PETRA MORSBACH, geboren 1956, studierte in München und St. Petersburg. Ihr erster Roman »Plötzlich ist es Abend« schöpft aus den russischen Erfahrungen. »Mein Gaststudienjahr an der Leningrader Theaterakademie 1981/82 brachte außer Kursen und Seminaren auch private Erfahrungen und Freundschaften. Die Kontakte aus jener Zeit habe ich gehalten. Was mich bewegte an Geschichten und Sinnfälligem, habe ich notiert. Ich hatte immer das Gefühl, es sei ein großer und wichtiger Stoff. Ich bedauerte, dass ich nicht imstande war, ihn zu gestalten. Schließlich habe ich es doch versucht, weil ich fand, es wäre schade, wenn er vergessen würde.«

Petra Morsbach in der Presse:

»Morsbachs ausgreifender, doch stets kontrollierter, pointierter Erzählstil erinnert an die großen Russen des 19. und frühen 20. Jahrhunderts.«
DIE ZEIT

Außerdem von Petra Morsbach lieferbar:

Petra Morsbach, Gottesdiener
Petra Morsbach, Opernroman
Petra Morsbach, Justizpalast

Besuchen Sie uns auf www.penguin-verlag.de
und Facebook.

Petra Morsbach

PLÖTZLICH IST ES ABEND

Roman

Sollte diese Publikation Links auf Webseiten Dritter enthalten,
so übernehmen wir für deren Inhalte keine Haftung, da wir uns diese
nicht zu eigen machen, sondern lediglich auf deren Stand
zum Zeitpunkt der Erstveröffentlichung verweisen.

Verlagsgruppe Random House FSC® N001967

PENGUIN und das Penguin Logo sind Markenzeichen
von Penguin Books Limited und werden
hier unter Lizenz benutzt.

1. Auflage 2018
Copyright © 2018 by Petra Morsbach
Durchgesehene und genehmigte Taschenbuchneuausgabe
im Penguin Verlag,
in der Verlagsgruppe Random House GmbH,
Neumarkter Straße 28, 81673 München
Der Titel erschien erstmals 1995 im Eichborn Verlag, Frankfurt/Main.
Umschlag: Bürosüd
Umschlagmotiv: Gettyimages/tato tururap
Satz: Uhl + Massopust GmbH, Aalen
Druck und Bindung: GGP Media GmbH, Pößneck
Printed in Germany
ISBN 978-3-328-10393-6
www.penguin-verlag.de

Dieses Buch ist auch als E-Book erhältlich.

Jeder steht allein auf dem Herzen der Erde,
durchdrungen von einem Strahl Sonne,
und plötzlich ist es Abend.

Salvatore Quasimodo

Inhaltsverzeichnis

I. – Anfänge 9

II. – Zukunft 103

III. – Streit 193

IV. – Weiterer Versuch 211

V. – Urteile 277

VI. – Dort und hier 301

VII. – Briefwechsel 377

VIII. – Die Datscha I 469

IX. – Dieses Land 515

X. – Iwan Sergejitsch 587

XI. – Das erste Mal 633

XII. – Die Datscha II 685

Anhang 711

Verzeichnis der wichtigsten Personen 713

Namen und Anreden im Russischen 716

Zur Schreibung der russischen Namen 717

Glossar 718

I.
Anfänge

1

Ljusja ist vierundzwanzig Jahre alt, hat ein uneheliches Kind und arbeitet in der Kugellagerfabrik »Fortschritt«; das heißt, in diesem Augenblick sitzt sie in ihrem Zimmerchen in einer kommunalen Wohnung auf der Petrograder Seite und träumt von der Liebe. Wir sind in Leningrad, im Februar des Jahres neunzehnhundertfünfzig.

Es klingelt.

Ein gewisser Petja, ein Leutnant, der mit Ljusjas Freundin Marina verlobt ist, steht im Treppenhaus. Als Ljusja ihn nicht hereinbittet, schlägt er vor: »Holen wir Marinuschka von der Arbeit ab, und dann trinken wir zu dritt ein Fläschchen!« Sie fahren im Bus ins Zentrum, zu der Garküche, die Marina leitet. Marina steht im Arbeitskittel auf der Straße, schimpft mit einem Lieferanten und stampft vor Kälte mit den Füßen; sie kann noch nicht weg, sie muß Überstunden machen, die beiden sollen in zwei Stunden wiederkommen. Ljusja bemerkt, daß Petja mit diesem Vorschlag sehr zufrieden ist. Ohne einzugreifen, schaut er zu, wie Marina sich gegen die schwere Holztür stemmt, um wieder ins Haus zu gelangen, und schnalzt unternehmungslustig mit der Zunge. Als Marina verschwunden ist, sagt er: »Weißt du was, ich lade dich solang ins ›Kaukasus‹ ein.« Er betrachtet Ljusja mit Wohlgefallen und faßt sie am Arm.

»Ich geh nur mit, wenn du mir versprichst: Kein Wein, kein Tanz!« entgegnet Ljusja. Er willigt ein. Er flirtet. Im »Kaukasus« quasselt er ununterbrochen: Wie schön es jetzt wäre, Schlittschuh zu laufen, und wie schön es ist, daß er Ljusja wiedergetroffen hat. »Dabei hatte ich dich schon ganz aus dem Horizont verloren! Eines Tages sag ich zu Marinuschka: Bring doch 'ne kleine Freundin mit, zu mehreren ist's lustiger, und mein Freund

Borja ... War ich vielleicht platt, als ich dich erkannte. Da hab ich Borja gleich zum Teufel geschickt.« Weil Ljusja nicht reagiert, wechselt er das Thema und spricht von seiner Arbeit. Welcher Soldat was gesagt hat und was er darauf erwiderte. Dem hat er aber gesteckt, daß. Fehlte gerade noch, daß die Soldaten. Sein Oberst meinte anerkennend: Pjotr Wassilytsch, das ist fast schon einen Stern wert. »Schau mich an: Wie sähe ich aus mit noch einem Stern?« Genauso doof, denkt Ljusja.

Was ist das für ein Kavalier? Kein Kellner beachtet ihn. Er redet Blödsinn. Ihre Gedanken schweifen ab. Sie blickt an ihm vorbei auf die holzgetäfelten Wände, die Kristallüster und die geschäftigen Kellner in kaukasischer Tracht und bemerkt nicht, wie ein weiterer Mann an ihren Tisch gesetzt wird. Sie nimmt ihn erst wahr, als eine Flasche Wein auf den Tisch gestellt wird – für ihn. Sie sieht ihn an und denkt: Für diesen Mann würdest du durch Wasser und Feuer gehen und bis ans Ende der Welt.

Seine Augen sind blau und ernst; das rechte hat oberhalb der Pupille einen hellen Fleck. Er trägt eine feine Metallbrille mit ovalen Gläsern. Sein Haar ist schwarz mit silbernen Fäden darin, halblang, gewellt. Er hat exotisch hohe Wangenknochen; dabei feine Gesichtszüge, die ihn städtisch und kultiviert erscheinen lassen. Er mustert seine Tischnachbarn mit einem unnachahmlich verantwortungsvollen, ja besorgten Ausdruck. Ist es Einbildung, daß er, als er Ljusjas Blick begegnet, für eine Sekunde innehält und die bereits zum Sprechen geöffneten Lippen wieder schließt? Natürlich einzigartige Lippen: edel, beherrscht aufeinandergelegt; ein Traum von einem Mund, ein Traum von einem Mann.

Hat er gesprochen? Seine Stimme ist leicht und etwas belegt, nicht eben klangvoll. Aber was hat er gesagt? Da auch Petja nicht reagiert – offenbar hat er nicht damit gerechnet, daß man ihn anreden könnte –, wiederholt der Fremde ohne Ungeduld seine Worte.

»Warum haben Sie nichts auf dem Tisch? Bedient man Sie nicht?«

»Nein«, antwortet Petja verlegen, »meine Begleitung hat mir sogar schon ein Ultimatum gestellt.«

Der Gast sieht sich um, schon kommt ein Kellner. »Darf ich Sie zu einem Wein einladen?«

»Nein«, sagt Petja, »meine Tischdame hat mich nur unter der Bedingung begleitet, daß wir keinen Wein trinken.«

»Doch, doch!« ruft Ljusja. »Natürlich trinke ich Wein!«

Sie prosten einander zu. Eine Tanzkapelle spielt. »Erlauben Sie, daß ich Ihre Dame zu einem Tanz entführe?« fragt der Mann Petja.

Petja räuspert sich. »Eigentlich, äh, ist sie nur unter der Bedingung mitgekommen, daß sie nicht tanzen muß, sozusagen.«

Ljusja ist bereits aufgesprungen: »Natürlich tanze ich, ich tanze gern!«

Der Mann führt Ljusja auf die Tanzfläche. Er ist groß, Ljusja sehr klein. Er lacht, als sie fragend und hilflos zu ihm hochsieht, da senkt sie den Kopf und starrt auf seine blaurot gemusterte Seidenkrawatte. Sie tanzen; ist das Wirklichkeit? Was für eine Krawatte; und was für ein Hals!

»Sagen Sie bitte –« Er spricht mit ihr! Er deutet mit seinem Kinn in Petjas Richtung und fragt: »Wer ist das für Sie?«

»Niemand! Niemand!«

»Also könnten wir im Prinzip gehen?«

»Sofort! Sofort! Ich hole gleich meinen Mantel!«

Als sie von der Tanzfläche zurückkehren, glühen Ljusjas Wangen. Der Fremde verabschiedet sich mit einer leichten Verbeugung, auch in Richtung Petjas, und geht hinaus, ohne sich umzusehen. »Warum setzt du dich nicht hin, Ljusenitschka?« fragt Petja. »Schau, wir haben fast die ganze Flasche Wein übrig.«

»Idiot! Ich habe dir doch gesagt, keinen Wein!«

Petja macht ein verdattertes Gesicht. »Aber Ljusja! Erklär mir doch...«

»Trink ihn alleine aus, deinen Wein, dann hast du mehr davon! Und wehe, du wagst es, mir zu folgen!« Petja sinkt auf seinen Stuhl zurück und greift nach der Flasche.

Der Garderobier erwartet Ljusja bereits; das muß der geheimnisvolle Kavalier angeordnet haben. Ljusja rennt mit offenem Mantel, das Kopftuch in der Hand, auf die Straße. Die eisige Luft nimmt ihr den Atem.

Obwohl es dunkel und neblig geworden ist, erkennt sie den Fremden schon von weitem. Er trägt einen Mantel mit breitem Biberpelzkragen und eine Samtmütze mit Biberaufschlägen; er sieht aus wie ein Zar. Er lächelt: »Sie haben sicher Hunger. Gehen wir ins ›Europa‹.«

Als sie über eine Fußgängerbrücke den Gribojedow-Kanal überqueren, ist Ljusjas Mut plötzlich wie fortgeblasen. Tatsächlich: Sie betrat die Brücke erwartungsvoll und verläßt sie vernichtet. Der Umschwung kam durch eine Einsicht: Sie hat sich betragen wie ein Flittchen. Was kann sie für diesen Herrn bedeuten? Sie hatte eine Chance, weil sie hübsch, jung und lebhaft ist, und hat sie vertan, weil sie sich benahm, als käme sie aus der Gosse. Ganz klar: Er ist der bestaussehendste, kultivierteste, interessanteste Mann von Leningrad, und sie hat sich an ihm festgekrallt wie eine Katze. Nun geht er schweigend neben ihr her. Sicher ist er enttäuscht.

Ljusja bemerkt, wie routiniert er ihr an der Garderobe des »Europa« den Mantel von den hängenden Armen schält. Ihr fällt auch auf, wie schwungvoll er wenig später seine Jacke über die Stuhllehne wirft und wie munter er dabei lacht. Er redet ziemlich viel, und alles klingt weltmännisch und klug. Aber er bestreitet die Unterhaltung allein.

»Was haben Sie?« fragt er schließlich. »Warum sind Sie so düster geworden?«

Ljusja bringt kein Wort heraus.

»Wie heißen Sie?«

»Ljusja«, flüstert sie.

»Sehr erfreut. Ich bin Damir. Ljusja, ich sage Ihnen, was los ist. Sie schämen sich Ihres Betragens und analysieren Ihre Fehler. Aber das Leben ist so kurz und unübersichtlich, wo kämen wir hin, wenn wir alles Unvorhergesehene analysieren und uns jedes Fehlers schämen würden? Essen Sie, trinken Sie, freuen Sie sich! Ich freue mich auch.«

Ljusjas Stimmung bessert sich nicht. Er bringt sie nach Hause, niedergeschlagen läuft sie hinter ihm her. Natürlich kommen sie erst nach zehn Uhr abends an, und das eiserne Tor im Haupteingang ist schon verschlossen. Sie müssen an das Fenster der Hausmeisterin klopfen, die sicher schon geschlafen hat. »Guten Abend, Nadjeshda Wladimirowna«, flüstert Ljusja beschwörend der krummen Gestalt zu, die ihnen durch den Torbogen entgegenwankt. Nadjeshda Wladimirowna knurrt: »Sieh mal an, du kleine Nutte. Mit einem Offizier ist sie fortgegangen, mit einem Biber kommt sie zurück!« Das Blut schießt Ljusja zu Kopf, sie stürmt an Nadjeshda und Damir vorbei, durch den Hinterhof in ihren Block. Sie hört Damir sagen: »Sie sollten etwas besser hinsehen, wen Sie vor sich haben«, und leider auch Nadjeshda Wladimirownas Antwort: »Hör mal, Biber, das ist mir scheißegal. Ich habe das Tor zu schließen und Schnee zu schaufeln. Verschwinde! Je schneller, desto besser!«

2

Am nächsten Tag kurz vor neun kommt Ljusja in die Fabrik. Sie geht ins Büro, wirft ihren Mantel über einen Stuhl, stellt die nassen Winterschuhe auf eine Zeitung, zieht die Filzpantöffelchen an, umkreist einmal den Samowar, setzt sich an ihren Tisch und bricht in Tränen aus.

»Aber Ljudmilotschka, was haben Sie denn?« ruft Antonina Romanowna erschrocken.

»Ich bin verliebt!« schluchzt Ljusja. »Es ist so furchtbar! Ich habe mich so danebenbenommen! Ich schäme mich ja so!«

»Immer mit der Ruhe. Kommen Sie, trinken Sie ein Täßchen Tee. Sagen Sie, wie heißt er denn?«

»Damir!«

»Und weiter?«

»Ich weiß nicht. Nicht mal den Vatersnamen!« schluchzt Ljusja. Antonina Romanowna setzt sich zu ihr, legt ihren Schal um sie und streichelt zaghaft ihre Schultern.

Ljusja erzählt ihr alles.

Antonina Romanowna ist Ljusjas Vorgesetzte. Sie leitet die Beschwerdeabteilung und gilt eigentlich als streng. Ljusja wurde vor zwei Jahren zu ihr strafversetzt, weil sie in allen anderen Abteilungen versagt hatte: Sie war unfähig, hundert Metallkügelchen zusammenzuzählen, ruinierte an einem Tag durch Fahrlässigkeit zwei Fließbänder und kam auf ihren Botengängen regelmäßig abhanden. Inzwischen hat sogar Antonina Romanowna es aufgegeben, Ljusja erziehen zu wollen. Ljusja ist vierundzwanzig, aber sie sieht aus wie sechzehn. Sie hat nicht einmal das siebte Schuljahr beendet, weil sie die Kriegsjahre in der deutschen Besatzungszone verbrachte, und hat auch sonst wenig gelernt. Ihr einziges Kapital ist ihre Munterkeit: Niemand kann ihr was übelnehmen. Die wütendsten Beschwerdeführer beruhigen sich in ihrer Gegenwart. Ljusja weiß das. Auch Antonina weiß es.

»Ihr Hauptverdienst, Ljudmilotschka, ist atmosphärischer Natur!« sagt sie, wenn sie, ohne zu seufzen, Ljusjas Kontrollbücher überprüft, mit anderen Worten: Ljusjas Arbeit tut.

Heute allerdings ist mit Ljusja rein gar nichts anzufangen. Ständig steht ihr das Wasser in den Augen. Sie zittert. Um drei Uhr nachmittags bringt Antonina Ljusjas Mantel. »Ljudmilotschka, besser Sie gehen jetzt nach Hause und legen sich ein bißchen hin, damit Sie munter sind, wenn Ihr Galan kommt.«

»Aber verstehen Sie doch, er kommt nicht wieder! Ich bin ihm nachgelaufen wie ein Flittchen, und dann mußte er sich wegen mir auch noch beleidigen lassen!«

Antonina gefallen die Requisiten dieser Geschichte: Champagner, Seidenkrawatte und Biberkragen. »Sie werden sehen, er kommt. Vornehme Menschen spüren Vornehmheit auch bei anderen. Er läßt sich nicht täuschen durch eine betrunkene Hausmeisterin.«

3

Am Abend des nächsten Tages schaut überraschend Wassja herein, ein alter Verehrer, den Ljusja seit der Besatzungszeit kennt. Alle halbe Jahre besucht er sie, um ihr Herz und Hand anzutragen, und immer behandelt sie ihn schlecht, aber diesmal ist sie so glücklich über seinen Besuch, daß sie ihn wie einen Bräutigam empfängt. Er weiß nicht, wie ihm geschieht, und stammelt: »Aber Ljusenitschka, aber Ljusenitschka...«

Wassja hat sein erstes Glas noch nicht geleert, da steht der Fremde in der Tür. Ljusja hatte das Klingeln absichtlich überhört, ein Mitbewohner ließ ihn herein. Und plötzlich steht er da, im Bibermantel, die Mütze in der Hand. Er sieht Wassja an dem winzigen Tisch, der vollgestellt ist mit Wodka und allen gastronomischen Schätzen, die Ljusja zu bieten hat, und sagt: »Ah. Ich komme wohl nicht nach Stundenplan.« Er dreht sich um und geht. Im Flur holt sie ihn ein. »Das ist ein Irrtum! Der da bedeutet mir gar nichts! Er kam nur zufällig vorbei!«

»Wie lange gedenkt er zu bleiben?«

»Höchstens eine Viertelstunde!«

Damir sieht auf die Uhr. »Es ist jetzt 17 Uhr 15. Ich habe noch eine Besorgung zu machen. Um 17 Uhr 45 bin ich zurück.«

Ljusja rennt in ihr Zimmerchen, räumt die Speisen vom Tisch und schreit Wassja an: »Geh, sofort! Verschwinde! Verschwinde!«

4

Diesmal führt Damir Ljusja ins »Astoria«. Er ist galant, kommt aber noch vor dem Hauptgericht zur Sache. Er heiße Damir Mirsaidowitsch Bojarow, sei achtunddreißig Jahre alt und von Beruf Schriftsteller und Aktivist. »Ich sage das, weil ich Ihnen gegenüber offen sein möchte, bitte Sie aber, es für sich zu behalten.« Er sei verheiratet und habe einen dreizehnjährigen Sohn. Seine Familie werde er niemals verlassen, was mit Verantwortungsgefühl und Ehre zu tun habe. »Wir beachten die Etikette.« Er hoffe, daß sie das verstehe, sagt er und bestellt eine zweite Flasche Champagner. Nun tanzt er mit ihr. Als sie seine Lippen an ihrer Stirn spürt, wird ihr schwindlig. Sie stellt ihm eine Frage und bemerkt erleichtert, daß ihre Stimme noch anspricht: »Woher kommen Sie – eigentlich?« Wieder blickt sie zu ihm empor wie vor zwei Tagen, und er lächelt auf sie herab und sagt: »Ich bin Tatar.« Einfach so sagt er das. Petja, der Dummkopf, der Bauernsohn aus dem Ural, hätte gesagt: »Ich bin Hauptstädter«, nur weil er eine Leningrader Zulassung hat. Aber dieser hier, ein Schriftsteller, ein Künstler, sagt ganz einfach mit seiner zärtlichen Stimme: Ich bin Tatar. Es klingt wie: Ich bin Zar.

Jetzt beginnt er, ihr Fragen zu stellen. Sie ist wohl auch nicht von hier? Geboren in Sibirien, so. Und seit wann hier? Sie ist vierundzwanzig, so, und hat schon, aha, einen fünfjährigen Sohn. Aber hat sie nicht gesagt, sie lebe allein? So, der Sohn lebt bei der Oma? Und der Vater des Sohnes? Aha, soso. Ihre eigenen Eltern? Die Mutter lebt in einem Vorort, der Vater ist tot. Gefallen? Nein, zugrunde gegangen in Sibirien, weil – ach ja. Hier folgt keine weitere Frage.

Sie gehen zum Tisch zurück. Das Hauptgericht wird aufgetragen. Ljusja beobachtet das blinkende Besteck in Bojarows feinen, kräftigen Händen. Sie errötet, als Bojarow sie anspricht. Was kann sie erklären? Bei sich zu Hause hantiert sie mit stumpfen Messern und verbogenen Blechgabeln. Solches Fleisch hat sie seit Monaten nicht gesehen, und solche Hände überhaupt noch nie.

Bojarow erlöst sie aus ihrer Verwirrung, indem er neue Fragen stellt. »Was arbeiten Sie? Seit wann? Wie ergeht es Ihnen da?« Ljusja erzählt von der Fabrik, von ihren Schwierigkeiten, bis hundert zu zählen, und ihrem Wechsel in die Beschwerdeabteilung, den sie als rettendes Wunder bezeichnet. Wunder? Rettung? Wieder kommt sie sich lächerlich vor. »Kugellager«, hilft Bojarow nach. »Das Kabinett von Antonina Rurikowna.«

»Romanowna«, verbessert Ljusja, und schon hat sie sich gefangen. »Antonina Romanowna! Stellen Sie sich vor, sie hat einen dunklen Fleck in ihrer Biographie. Sie ist nämlich aristokratischer Abstammung. Sie hat auf Bällen getanzt und ist Quadrille geritten, im Smolnyj wurde sie erzogen. Deswegen wird sie auch nicht befördert. Dabei arbeitet sie für drei. Für zwei in ihrer eigenen Funktion, und zusätzlich für mich. Und sie schimpft nie! Wissen Sie, was sie zu mir immer sagt? In der Zarenzeit hätte ich überhaupt nicht arbeiten müssen!« Hier erschrickt Ljusja, denn das ist nichts für fremde Ohren, man könnte es als Konterrevolution auslegen. Aber Bojarow lacht nur. Der Champagner beginnt zu wirken. Immer temperamentvoller erzählt Ljusja vom Alltag im Büro, von Leuten, die Antonina Lieferverzögerungen vorwerfen und über verlorene Zeit klagen, sich dann aber zum Teetrinken niedersetzen und eine Stunde lang über den Bau ihrer Datscha oder den neusten Sketch von Rajkin berichten. Als Ljusja kokett den vorletzten Tag schildert: wie sie litt, beinahe den Samowar umwarf und sich hinter dem Ofen versteckte, lacht Bojarow so sehr, daß sie die Goldplomben seiner Backenzähne sieht.

Im Taxi bringt er sie nach Hause, und wie selbstverständlich schickt er das Taxi weg. Ljusja macht eine vage Geste zur Rettung ihrer Ehre. »Die Nachbarn ... die Arbeit ...«

»Machen Sie sich keine Sorgen wegen der Nachbarn, Ljusja. Und vor allem grämen Sie sich nicht wegen Ihrer Arbeit. Antonina Romanowna wird Sie verstehen.«

»Und wenn man mich rausschmeißt, wovon soll ich dann leben, Damir Mirsaidowitsch?«

»Von mir.«

5

»Stell dir vor, ein richtiger Schriftsteller hat mich gestern zum Essen eingeladen. Natürlich ins Astoria«, erzählt Ljusja am nächsten Tag aufgeregt ihrer Freundin Rita, »und nicht nur das. Ein wahnsinnig gutaussehender Mann, ein blauäugiger Tatar. Er heißt – aber behalt es bitte für dich, denn er beachtet die Etikette – ...«

6

»Du läßt dich von einem verheirateten Mann aushalten«, sagt Pelageja Nikiforowna. »Das ist furchtbar, Ljusja.«
»Ich lasse mich ja gar nicht aushalten, Mama. Ich hab immer noch meine Arbeit, und er lädt mich nur ab und zu zum Essen ein.«
»Er ist verheiratet, Ljusja. Ganz abgesehen von deiner eigenen Lage solltest du daran denken, daß er sein Geld für seine Familie braucht.«
»Ach, Mamotschka, er ist so reich! In Restaurants würde er auch ohne mich gehen. Und die paar Rubel, die mein Essen zusätzlich kostet, das ist für so einen gerade soviel, als würden wir uns ein – Vögelchen kaufen.«
»Trotzdem ist es Sünde.«

7

Ljusja sieht das anders. Natürlich hat sie für das mit der Ehre Verständnis. Borja Sepuchin, der Vater ihres Söhnchens Jurik, hatte ihr damals nicht gesagt, daß er verheiratet war. Als er hörte, daß sie schwanger sei, wurde er plötzlich nach Kaliningrad versetzt. »Verbotene Zone, Ljusja; da kann ich dich leider nicht mitnehmen. Und ablehnen kann ich auch nicht, wenn das Vaterland ruft.« Am Tag nach dieser Erklärung fuhr sie zu seiner Kaserne, um ihm alle Schande zu sagen, und erfuhr dort, er sei bereits mit seiner Familie abgereist.

Mit einundzwanzig Jahren heiratete sie einen kräftigen Mann mit dicken Lippen, der ihr eine grandiose Zukunft versprach. Er hieß Wolodja; mit ihm hat sie viel gelacht. Der zweijährige Jurik hat ihn geliebt. Aber Wolodja verlor beim Kartenspiel. Einen Tag fuhr man im Taxi, am nächsten war kein Essen auf dem Tisch. Wolodja sagte zu Ljusja: »Das kommt von den unnützen Ausgaben. Warum sollen wir Geld für zwei Zimmer bezahlen? Ganz einfache Arithmetik!« Er kritzelte große Zahlen auf ein Stück Pappe, um Ljusja zu beweisen, was das für eine einfache Arithmetik sei, und zog zu ihr. Während Ljusja wochenlang versuchte, seine Gläubiger abzuwimmeln, saß Wolodja in ihrem Zimmerchen, drehte sich Zigaretten aus Zeitungspapier und bohrte mit einem Stück Draht in seinem Ohr. Er erzählte von seinen Projekten und warum sie sich im nächsten Jahr sogar eine Villa würden leisten können, mindestens aber eine Dreizimmerwohnung. Schon bald hielt sich Ljusja bei dem Wort »Arithmetik« die Ohren zu. Sie eröffnete ihrer Mutter Pelageja Nikiforowna, daß sie sich von Wolodja scheiden lassen wolle. Pelageja Nikiforowna sagte: »Was Gott zusammengefügt hat, soll der Mensch nicht scheiden.« Ljusja lachte darüber. Was hatten diese »einfache Arithmetik« und ein Bündel falscher Versprechungen mit Gott zu tun? »Hat nicht Papa selbst gesagt, bei Männern kommt es nicht darauf an, was einer sagt, sondern was einer tut?« – »Nicht nur bei Männern, bei allen Menschen ist es so.« – »Aber bei Männern besonders.« – »Ljusja! Du bist kein Kind mehr! Du bist zweiundzwanzig Jahre alt und hast ein Söhnchen, dem du ein Zuhause bieten mußt! Du bist verheiratet! Arbeite, versuch deine Lage zu verbessern, anstatt immer davonzulaufen.«

In der gleichen Woche schlug Ljusja Wolodja zum ersten Mal

die Scheidung vor. Er lachte sie aus. »Du kannst sagen, was du willst, ich sehe dir an, daß du mich liebst.« (In der Liebe hielt er sich für sehr versiert. Er war es auch, aber was nützt das?) Bei ihrem nächsten Vorstoß wurde er sehr aufgeregt, schleuderte sie zu Boden, malte ein ganzes Schulheft voll Zahlen und beschwor eine »obereinfache Arithmetik«. »Wolodja!« rief Ljusja. »Die Arithmetik ist nicht einfach! Um Geld zu verdienen, muß man nicht rechnen, sondern arbeiten!« Der kleine Jurik versteckte sich unter dem Bett. Es begann eine schwere Zeit. Wenn Ljusja von der Arbeit nach Hause kam, wußte sie nie, ob Wolodja sie mit Zärtlichkeit oder mit Vorwürfen empfangen würde. Ljusja nahm zusätzliche Arbeit als Näherin an, was zu neuen Vorwürfen führte, sie weiche ihm aus. Trotzdem war oft nichts zu essen da. Wolodja sagte höhnisch: »Ich weiß, du willst mich loswerden. Aber hier bringst du mich nicht raus. Du weißt ja selbst, daß ein Mann ohne Arbeit nirgends ein Zimmer findet.« Ljusja fiel plötzlich auf, wie häßlich seine Augen waren, und sie wunderte sich darüber, daß sie sich einmal für ihn hatte begeistern können. Wie heißt es im Sprichwort? Die Liebe ist böse, du verliebst dich auch in einen Ziegenbock. Als Ljusja Wolodja kennenlernte, sagte er: »Bei mir hat noch jede Frau am nächsten Morgen gesungen«, und tatsächlich sang Ljusja in der ersten Zeit jeden Morgen. Jetzt aber war sie bedrückt und gedemütigt und wußte keinen Ausweg: Dreiundzwanzig Jahre alt, und schon ein verpfuschtes Leben.

Die Lösung kam von unerwarteter Seite: Die Miliz holte Wolodja ab. Er wurde auf einer Gerichtsverhandlung, der Ljusja fernblieb, für eine Serie kleinkrimineller Unternehmungen, von denen sie nichts wissen wollte, zu fünf Jahren Lager verurteilt. Als Ljusja die Scheidungspapiere erhielt, hat sie den ganzen Tag aus Freude darüber, daß sie Wolodja los war, gesungen; ebenso, wie sie vor zwei Jahren aus Freude gesungen hatte, weil er bei ihr war. Der kleine Jurik aber kam kaum mehr unter dem Tisch hervor und nahm drei Kilo ab.

Anderthalb Jahre lang hatte Ljusja dann von der Liebe genug. Der Schreck saß ihr in den Knochen. Verehrer gab es natürlich. Aber warum soll sie sich wieder in die Hände eines Lügners wie Borja begeben, eines Taugenichts wie Wolodja oder eines Einfaltspinsels wie Petja?

Wie anders ist Bojarow: Vollendete Manieren. Bedeutende Worte. Eleganz und Autorität. Ernste Augen, in denen manchmal, wenn er sich unbeobachtet fühlt, Leidenschaft glimmt, das ist natürlich das Allerbeste. Schon ein einziger Tag mit einem solchen Mann ist ein Geschenk des Himmels, ein Beweis, daß es auf der Erde noch andere Dinge gibt als Dummheit, Haltlosigkeit, Betrug und Gier, ein Zeichen, daß es sich gelohnt hat, seinen Stolz zu bewahren und die Hoffnung nicht aufzugeben.

8

Bojarow kommt jetzt täglich. Ljusja fürchtet sich davor, selbst die Tür zu öffnen. Sie meint, sie müßte vor Enttäuschung in Ohnmacht fallen, wenn er es nicht ist. Aber mit hämmerndem Herzen erkennt sie seinen Schritt im Korridor.

Ljusjas Einrichtung besteht aus einem eisernen Bettgestell, einer Kommode, die Ljusjas Habseligkeiten enthält, einem Hokker und einem gußeisernen Öfchen, das mit Holz geheizt wird. Die einzige Möglichkeit, hier etwas zu veredeln, besteht darin, den Parkettboden möglichst blank zu putzen. Also scheuert Ljusja das rohe Parkett, bis es hellgrau wird und die Holzstruktur erkennen läßt. Die Truhe bedeckt sie mit einem sauberen, gebügelten Leinenfetzen. In dem Zimmerchen duftet es nach Seife, nach gescheuertem Parkett, nach dem im Ofen brennenden Fichtenholz, nach Jugend, Hoffnung und Glück. Bojarow läuft in seinem Bibermantel durch den engen Korridor, klopft einmal kurz und zieht sofort die Tür auf, als befürchte er etwas oder als könne er nicht erwarten, Ljusja zu sehen. Jetzt steht er in der Tür, vornehm, interessant, und ruft mit einer Stimme, als breite er die Arme aus: »Wie gemütlich!« Er ist ein zurückhaltender Mensch, niemals spricht er von Gefühlen oder gar von Liebe, aber dieser Hauch von Dankbarkeit auf seinem strengen Gesicht belohnt Ljusja für alle Mühsal des Tages, für alle Stunden der Sehnsucht und für alle Zweifel, die von ihr Besitz ergreifen, wenn Bojarow nicht da ist.

Oft bleibt Bojarow über Nacht, aber er läßt sich nie bewirten, er nimmt nicht einmal eine Tasse Tee. Er führt Ljusja aus: in teure Restaurants, manchmal auch ins Theater. Er kommentiert die Theaterstücke, die Inszenierungen, das Essen, die Neuigkeiten in der Zeitung, das Weltgeschehen mit so sicheren und gesetzten Worten, daß Ljusja, auch wenn sie ihn nicht versteht, vor Ehrfurcht ganz aufgeregt wird. Manchmal sagt auch Ljusja eine Art Meinung. Dann hört Bojarow aufmerksam zu und antwortet so behutsam, daß Ljusjas Worte nachträglich einen Sinn ergeben. In solchen Augenblicken ist Ljusjas Freude grenzenlos.

An den Abenden, an denen Bojarow nicht da ist, liest Ljusja Liebesgedichte. Sie ahnt, daß sie an einem Mysterium teilhat, und weint vor Glück. Manchmal allerdings überfällt sie die Einsicht, daß sie nichts ist als die Gespielin eines älteren verheirateten Mannes, daß sie kein Recht auf ihn hat, daß er sie ohne Zweifel bald satt sein wird, ja vielleicht schon ist, daß er sicherlich nie mehr wiederkommt, und dann weint sie vor Schreck.

9

»Nein, es ist kein Geheimnis, woher ich komme«, sagt Bojarow. »Ich habe mich aus einfachen Verhältnissen hochgearbeitet; und vieles verdanke ich übrigens der Sowjetmacht. Aufgewachsen bin ich in einem Dorf an der Kasanka. Weil mein Vater Lehrer war, habe ich früh angefangen, Bücher zu lesen, und eine brauchbare Bildung erhalten. Mit siebzehn trat ich der Partei bei und arbeitete als Aktivist für die Kollektivierung. Mit achtzehn wurde ich Kommandant meines Dorfes und Vorsitzender des Ortssowjets. Mit neunzehn bekam ich ein Stipendium an der Moskauer Universität. Bereits in meiner Schulzeit hatte ich Gedichte und journalistische Arbeiten veröffentlicht, und bald fand ich bei der Zeitschrift ›Junge Garde‹ ein gutes Auskommen als Redakteur. Gleich mein erstes Buch mit Geschichten aus der Kollektivierungszeit erhielt einen Preis. Im Auftrag der Zeitung bereiste ich meine tatarische Heimat, die Ukraine und Weißrußland, um über die Erfolge des sozialistischen Aufbaus zu berichten. Letztlich tue ich das immer noch; auch wenn zum Schreiben immer weniger Zeit bleibt. Zum Beispiel bin ich Berater beim Aufbau des tatarischen Schulsystems und Gründungsmitglied verschiedener Bibliotheken. Ich fördere den literarischen Nachwuchs in meiner Heimat. Hm. Wenn es mir darauf angekommen wäre, hätte ich dieses Jahr mein fünfundzwanzigjähriges Autorenjubiläum feiern können.«

Seine Bescheidenheit entzückt Ljusja. So eine ideale Biographie! Und wie er sie vorträgt – wie gedruckt! Wenn Ljusja an ihr eigenes Schicksal denkt, fällt ihr nichts als Chaos ein: Angst, Flucht, Illegalität, Krieg, dazwischen ein paar unbegreiflich fröhliche Stunden. Aber nichts Bedeutendes, vor allem gar keine Entwicklung. Sie lebt, weil sie geboren wurde. Na und?

»Was denkst du?«

»Ach, Damir, du bist so – bedeutend«, druckst Ljusja, »und ich so – gar nichts. Eine sibirische Feldmaus.«

»Wir sind nicht in Sibirien. Du bist keine Maus. Du bist ...«

»Ja?«

Er lächelt und wechselt das Thema. »Wie bist du eigentlich aus Sibirien fortgekommen?«

»Geflohen. Mein Vater war Priester. Er wurde im Jahr achtundzwanzig verhaftet.«

»Ah.«

»Wir sind alle rechtgläubig.«

»So.«

»Unser Haus ist vor unseren Augen verbrannt worden. Mama, Oma und wir sechs Kinder wußten nicht, wohin. Niemand durfte uns aufnehmen, weil doch auf ›Mitleid‹ zehn Jahre standen. Ein Bauer hat sich erbarmt und uns in seinem Windfang schlafen lassen, weil die Nächte so kalt waren. Aber vor dem Morgengrauen setzte er uns wieder raus. Mama sagte: ›Ein Land, in dem Mitleid bestraft wird, ist verflucht.‹ Und Oma: ›Diese Macht kommt aus der Hölle und bringt Finsternis. Sie ist so stark, daß niemand sie besiegen kann, aber eines Tages wird sie sich selbst vernichten. Es wird viel Geld geben, aber man wird sich nichts kaufen können.‹«

An dieser Stelle sieht Bojarow sich rasch um, bezahlt die Rechnung und führt Ljusja aus dem Restaurant. Sie stehen auf der Straße, geblendet vom hellen Sonnenlicht. Schmelzwasser tropft von den Dächern. Der Winter lockert seinen Griff. Bojarow führt Ljusja über die nasse schwarze Straße vom Hafen weg.

»Kennst du den Smolensker Friedhof?«

»Nein.«

»Gehen wir dorthin ... Ein bißchen spazieren.«

Auf dem Friedhof fragt er: »Und wie seid ihr nach Leningrad gekommen?«

»Zu Fuß!« prahlt Ljusja, die sein unausgesprochenes Erstaunen spürt. »Das heißt, ich bin natürlich getragen worden, ich war ja erst zwei Jahre alt. Aber ich erinnere mich genau. Anderthalb Jahre waren wir unterwegs. Überall Wirrwarr, eine Art Bürgerkrieg.«

Bojarow räuspert sich. »Nun ja, es war eine große, schmerzhafte – heroische Umwälzung.« Er spricht jedes Wort sehr deutlich aus.

»Wir haben auf den Feldern und in Scheunen geschlafen. Einmal, als Mama zusammenbrach, hat uns ein Bauer in einem Handwagen dreißig Kilometer weit gezogen. Solche unbekannten Menschen haben uns gerettet. Einer gab uns ein Stück Brot, ein anderer eine Jacke ...«

»Ich glaube nicht, daß du dich an all das erinnerst.«

»Dann hat man's mir eben so oft erzählt, daß ich's genau weiß«, sagt Ljusja friedfertig. »Doch! An eins erinnere ich mich bestimmt. Da haben mutige Leute uns Kinder auf dem steinernen Ofen schlafen lassen, weil die Nächte so kalt waren. Und Mama hat immer am Vorabend mit so einem besorgten Summen Holzspäne und faules Stroh zusammengescharrt. Das streute sie unter uns auf dem Ofen aus, denn wir hatten vor Angst Durchfall, wir alle, jede Nacht.«

»Sechs Kinder und eine Oma.«

»Fünf Kinder, Mama und Oma. Oma ist aber nicht durchgekommen. Sie war ja schon neunundneunzig. In der Nähe von Perm starb sie am Wegrand. Sie erklärte, sie hätte jetzt genug.«

»Wieso nur fünf Kinder und nicht sechs?«

»Meine älteste Schwester Ljuba war nach Leningrad vorausgefahren, noch von Nowosibirsk aus. Ein Hauptmann vom Enteignungskomitee hatte ein Auge auf sie geworfen. Sie war aber erst neunzehn. Wir haben unser ganzes Geld zusammengekratzt und sie in einen Zug nach Leningrad gesetzt. Papa hatte in Leningrad Verwandte, bei denen sollte sie unterkommen und auf uns warten.«

»Und so kamt ihr wieder zusammen.«

»So einfach war es nicht. Also, Ljuba ist tatsächlich in Leningrad gelandet, aber sie ist sehr – romantisch. Vom Bahnhof aus rannte sie gleich hinaus auf den Newskij-Prospekt, weil sie über den so viel gelesen hatte; eine Mitreisende wollte auf ihren Koffer aufpassen. Aber als Ljuba zurückkam, war die Mitreisende weg, und der Koffer auch. Im Koffer war das Adreßbuch gewesen und das ganze Geld. Da wußte Ljuba natürlich nicht, wohin. Sie schlief in den Parks. Am zweiten Tag ging sie in eine Bäckerei, um den Duft von frischem Brot einzuatmen, und fiel in Ohnmacht. Am dritten Tag stellte sie sich in einen steinernen Hof und fing an zu singen. So hat sie ein paar Kopeken verdient. Und da ist ein Wunder passiert: Eine fremde Frau hat Ljuba auf ihre schöne Stimme angesprochen. Die Frau war Pianistin im Kleinen Opernhaus. Sie brachte Ljuba zuerst bei sich daheim unter und dann im Wohnheim vom Konservatorium. Von da aus hat Ljuba die Verwandten ausfindig gemacht. Sie klapperte einfach den ganzen Ligowskij-Prospekt ab, Wohnung für Wohnung. Dafür brauchte sie Monate, und als sie endlich, endlich, ins richtige Haus kam, stieß sie auf uns – auf der Treppe. Wir waren gerade angekommen, ganz zerlumpt, halb verhungert. Lauter Wunder, oder nicht?«

»Ich glaube nicht an Wunder.«

Das hat Bojarow ziemlich schroff gesagt.

Die Sonne ist verschwunden, blaue Dämmerung breitet sich zwischen den Bäumen aus, unter den Füßen gefriert der Matsch. Bojarow zündet sich eine dünne Zigarre an. Ljusja mustert ängstlich sein Gesicht im flackernden Streichholzlicht, da wendet er sich ab. (Um Gottes willen, er ist beleidigt! Warum nur, was habe ich falsch gemacht? Alles aus.) Ljusjas Blick streift die obeliskförmigen Grabsteine und die kahlen, müden Bäume. Tränen kitzeln in der Nase.

»Und wie ging es weiter?« (Er fragt! Er nimmt den Faden wieder auf! Er interessiert sich für mich. Gerettet.)

»Schrecklich, schrecklich schwer war's. Wir hatten ja keine Aufenthaltserlaubnis und waren die Familie eines Volksfeindes. Wir haben uns hinter Schränken und in Kellern versteckt, alle sieben: Mama, die Brüder Wowa und Innokentij und wir vier Schwestern. Nadja – die jüngste vor mir, sie war gerade sieben – ist zwar im ersten Leningrader Sommer verunglückt. Sie rannte auf die Straße, da riß ihr ein Laster mit seiner Auslegeschaufel den halben Kopf ab, und sie stürzte blutüberströmt zu Boden, vor Mamas Augen. Und Mama durfte sich nicht zu erkennen geben und rannte davon, aber seitdem ist ihr Haar grau.«

»Und wie kamt ihr schließlich zu eurer Aufenthaltserlaubnis?« fragt Bojarow nach einer Pause.

»Die hat uns Isaak Abramowitsch Babizkij beschafft. Unser

erster Helfer mit einem Namen. Er brachte uns in seiner eigenen Wohnung unter, in der Speisekammer, und besorgte uns allen Papiere. Das war auch so ein Rätsel. Wie hat er das gemacht? Warum? Viel Geld konnte er an uns nicht verdienen. Als Mama ihm unter Tränen dankte, machte er ein paar komplizierte Witze, die keiner verstand. Und seitdem sind wir Leningrader.«

10

Bojarow, der sich sorgsam aus Ljusjas Familienangelegenheiten heraushält, der jede persönliche Bekanntschaft mit einem weiteren Gwosdikow kategorisch verweigert, wird nicht müde, Ljusja über alle auszufragen. Zum Beispiel über Jurik, Ljusjas Sohn (ein besonders schmerzliches Thema). Wie geht es ihm, wie zieht man so einen auf? Ljusja kann hier gar nichts Erfreuliches berichten, doch Bojarow lächelt sein verständnisvolles Literatenlächeln, und schon gibt sie alles preis.

Jurik war ein Unfall. Geboren ist er kurz nach Kriegsende. Gezeugt wurde er in Lettland. Ljusja, die fast die ganze Kriegszeit bei ihren Eltern auf dem Dorf Dubowka im besetzten Pskower Gebiet verbrachte, ist im letzten Kriegswinter nach Lettland geflohen und hat dort in der Nähe einer Kaserne gelebt, die erst deutsch, dann russisch kommandiert war. Dort hat sie auch diesen Borja Sepuchin kennengelernt, der Juriks Vater wurde. Dieser Sepuchin hat sie reingelegt. Er hat zwar nächtelang an ihrer Tür gekratzt... »Das wollen wir nicht so genau wissen«, unterbricht Bojarow mit einer eleganten Handbewegung. »Jetzt ist Jurik eben da.«

Ja, und mit Jurik gab es immer Probleme. Schon die Geburt: Ljusja war bei ihrer Mutter auf dem Dorf Dubowka. Nach zwei Tagen Wehen rief Pelageja Nikiforowna eine Ärztin, und es kam eine sehr junge, ängstliche Ärztin. Ljusja erinnert sich, daß die Mutter sagte, die Fruchtblase sei noch nicht geplatzt. Die junge

Frau reagierte, indem sie mit dem Fingernagel die Fruchtblase aufriß. Alles ergoß sich auf die alte Roßhaarmatratze, Jurik selbst schoß heraus. Er war schon tot. Mit Mühe belebte ihn die Ärztin wieder, aber einen Gehirnschaden hat er zurückbehalten. Im übrigen gab es keine Zeit, darüber nachzudenken: Ljusja war hochschwanger aus Lettland zurückgekehrt, hier in Dubowka drohte ihr die Verhaftung wegen Kollaboration, zwei Tage nach der Geburt floh sie mit Jurik nach Leningrad.

Bald zeichnete sich eine neue Krise ab. Jurik wog bei der Geburt dreitausendfünfhundert Gramm. Aber er konnte keine Nahrung bei sich behalten, nach fünf Minuten erbrach er, und zwar so exakt und in so hohem Bogen, daß er in der Universitätsklinik den Studenten vorgeführt wurde. Die Ärzte redeten von Darmverschluß. Nach vier Wochen wog Jurik nur noch 3000 Gramm, nach vier Monaten zweieinviertel Kilo. Er sah grau und runzlig aus wie ein Greis. Der Chefarzt sagte zu Ljusja: »Eine Operation wird er nicht überleben. Lassen Sie ihn sterben, Sie sind jung, Sie können noch viele gesunde Kinder gebären.« Ljusja flehte ihn an, trotzdem zu operieren: »Wenn er dann stirbt, werde ich mir sagen können, daß ich alles versucht habe. Aber ich kann ihn doch nicht einfach so verhungern lassen!« Jurik wurde operiert und überlebte. Vier Wochen aß er sehr viel, dann fing er an zu schreien, als müsse er die Monate des Dämmerns wettmachen. Er schrie Tag und Nacht. Inzwischen lebte auch Ljusjas Mutter im Leningrader Gebiet: In dem Ort Wyriza hatte sie ein kleines Blockhaus erworben. Dorthin brachte Ljusja den Kleinen, und dort beruhigte er sich allmählich und begann zu wachsen.

Jurik wohnt auch jetzt wieder bei Pelageja Nikiforowna, denn in der Kommunalwohnung ging es nicht. Er war mürrisch und jähzornig, sagte kaum ein freundliches Wort, aß aus der kommunalen Speisekammer die Vorräte der Nachbarn und randalierte, wenn sie ihn zur Rede stellten. Auf der Straße suchte er die Gesellschaft der wildesten Jungen. Aber auf dem Land langweilt er sich. Er verbringt die Tage damit, Käfern die Flügel und

Fröschen die Beine auszureißen, und hat einmal fast das Haus angezündet, als er in einem Wutanfall eine brennende Zeitung auf den Boden warf. Pelageja Nikiforowna hat sich nie beklagt, aber sie bekreuzigte sich, als Ljusja sagte, im nächsten Herbst, zur Einschulung, werde sie Jurik in einem Kinderheim unterbringen. »Was ist nur mit ihm«, seufzte Pelageja Nikiforowna, »haben wir an ihm gesündigt?«

Ljusja hat gesündigt. Sie interessierte sich viel mehr für ihre Verehrer als für Jurik. Eine Zeitlang nannte er jeden fremden Mann, der sie besuchte, Papa. Die fremden Männer bestachen ihn mit Schokolade und Spielzeug, damit er das Zimmer verließ, während Ljusja ihn bei sich haben wollte, damit die Männer sich beherrschten.

11

»Natürlich ist es ohne Jurik leichter«, sagt Ljusja. »Ein Zimmer für mich allein, das ist ein unerhörter Luxus. Du mußt dir vorstellen, am Anfang, in den dreißiger Jahren, haben wir zu sechst hier gehaust.« Ljusja vergißt selten, ihre Armut zu erwähnen, weil sie herausgefunden hat, daß das auf Bojarow Eindruck macht.

»Und nach dem Krieg hat mein ältester Bruder Wowa sechs Monate bei mir gelebt. Er war wie meine anderen Geschwister während der Blockade evakuiert worden, aber die anderen drei kamen zurück, und er hatte das Pech, daß seine ganze Fabrik in den Ural verlegt wurde. Er war da Ingenieur, sie hielten ihn fest. Da flehte er mich an, ich soll ihm eine Einladung schicken. Kurz: ohne mich säße er noch immer im Ural. Aber er hat es mir schlecht gedankt. Ich teilte mit ihm meine Lebensmittelmarken, weil er meinte, wir sollten gemeinsame Kasse machen. Aber kaum waren meine Marken aufgebraucht, sagte er: ›So, und jetzt machen wir wieder getrennte Kasse.‹ Zu dem Zeitpunkt hatte er eine neue Arbeit und ein eigenes Zimmer gefunden, und ich konnte mich nicht mal rächen. Ganz komisch, zwei von meinen Geschwistern sind üble Egoisten, die anderen zwei die reinen Engel. Die schädlichen sind leider tüchtig. Wowa ist schon wieder zum leitenden Ingenieur befördert worden, und meine zweitälteste Schwester Lera ist Administratorin in einer Druckerei. Außerdem hat sie zwei Söhne und einen fleißigen Ehemann. Sie bauen gerade eine Datscha. Ein knüppelhartes Weib. Die netten sind meine älteste Schwester Ljuba und mein Bruder Innokentij. Gott sei Dank hat Ljuba einen sehr guten Mann gefunden, einen Chemiker. Aber Innokentij ist zu bedauern. Der hatte eine so feine Seele, daß er im Krieg ein Magengeschwür bekam, obwohl er nur in der Etappe eingesetzt wurde. Im Lazarett ist er dann von einer Krankenschwester geheiratet worden. Alle haben ihn deswegen ausgelacht. Die Krankenschwester war schon durch sämtliche Betten gewandert, hieß es. Aber er sagte: ›Irgendwer mußte sich ihrer schließlich annehmen.‹ Ernsthaft, so redet der. Jetzt lebt er mit seiner Krankenschwester in Gatschina, natürlich arbeitet sie nicht mehr, und sie rührt auch im Haushalt keinen Finger. Sie macht Szenen, wenn er unsere Mutter besuchen will, und fährt nur noch Taxi. ›Mein Mann‹, sagt sie, ›ist ja schließlich Inscheniör.‹«

12

»Viel hast du zu erzählen. Nur alles etwas konfus.«

»Du fragst konfus!« verteidigte sich Ljusja.

»Macht ja nichts. Alles ist interessant. Seifenblasen... Seifenblasen.«

»Seifenblasen?«

»Seifenblasen. Das große, bunte Leben.«

Ljusja geht das Lächeln nicht aus dem Kopf, mit dem Bojarow das sagte. Es war ein... darf man sagen entrücktes?... Lächeln. Geredet hat er danach wie immer schulmeisterlich.

Natürlich hat Ljusja diese Beobachtung sofort mit ihrer Freundin Rita diskutiert. »Ganz einfach«, sagte Rita. »Das ist eben wie in Tausendundeiner Nacht. Solang du was zu erzählen hast, bleibt er bei dir.«

Ljusja wurde rot vor Glück. (Wenn das so ist, kommt er mir nicht mehr aus. Sollte der Stoff knapp werden, würde ich mir sogar was ausdenken, nur um ihn zu fesseln, aber bisher ist das ja gar nicht nötig, denn das Leben ist, solange es dauert, unerschöpflich.)

13

»Ich habe ja so viel Glück gehabt, Damir. Überhaupt, daß ich heil durchgekommen bin! Dabei kam alles immer ganz anders, als ich wollte, aber nur weil es anders kam, habe ich überlebt.

Das fing damit an, daß kurz vor dem Krieg mein Vater wieder auftauchte. Er war nach dreizehn Jahren aus dem Lager entlassen worden, durfte sich aber nicht in Leningrad aufhalten. Er hatte eine Stelle als Imker in Dubowka zugewiesen bekommen, das ist ein Kaff im Pskower Gebiet, jenseits der 300-Kilometer-Grenze. Nach Leningrad kam er heimlich, um uns wiederzusehen, für zwei Tage. Vor Angst haben meine Eltern die ganzen zwei Tage nur geflüstert und nie Licht gemacht, Gott sei Dank waren die Nächte schon ziemlich hell, es war im Mai. Also, sie verabredeten, daß Mama mit Papa nach Dubowka fährt, und ich soll zu meinem Bruder Wowa ziehen und die Schule beenden. Ich machte natürlich einen Skandal, weil ich nicht zu Wowa wollte – den konnte ich schon damals nicht leiden. Ich war ja schon fünfzehn, ich wollte lieber allein leben. Ich bin erst still geworden, als Papa sich an den Hals griff. Dann reisten sie ab, ich stritt mich vier Wochen lang mit Wowa herum, und eines Abends komme ich nach Hause, und Wowa erwartet mich und sagt: ›Es ist Krieg. Ich habe ein Bündel für dich gepackt, du fährst sofort zu den

Eltern.‹ Da machte ich den nächsten Skandal. Was soll ich in Dubowka? Außerdem hat mir mein Vater nicht gefallen. Wiedererkannt habe ich ihn sowieso nicht, aber außerdem gefiel er mir nicht. Ich hatte ihn mir immer als Helden vorgestellt, und statt dessen war er alt, krumm und gelb, hatte einen räudigen Schädel und roch streng. Seine Hände waren geschwollen, weil er im Lager so viel Steine geklopft hat. Er hat den Weißmeerkanal gebaut und nur überlebt, weil ein Sympathisant ihm einen Löffel Fischfett pro Tag zusteckte. Also, im Prinzip tat er mir natürlich leid, aber ich fand ihn auch gräßlich. Ich zanke also mit Wowa, da packt der mich plötzlich am Genick und zerrt mich zum Witebsker Bahnhof, dort ist Chaos und Panik, alle wollen fliehen, aber Wowas Freundin hatte die Karte schon besorgt, und Wowa schiebt mich in den überfüllten Zug und sagt: ›Wenn du zurückkommst, bring ich dich um.‹ Da bin ich halt gefahren. Und vielleicht hat mich das gerettet, denn was während der Blockade los war, weißt du ja.

In Dubowka war ich gerade ein paar Tage, da marschierten die Deutschen ein. Und blieben drei Jahre. Uns ging es in der Zeit relativ gut, weil Papa ja Priester war, also für die ein Antikommunist. Die Deutschen sperrten die Kirche wieder auf, und Papa erholte sich und hat noch mal drei glückliche Jahre verlebt. Dann lockerte sich die Besatzung, immer wieder bedrohten uns Partisanen, und Papa schickte mich nach Lettland. Er selbst aber blieb in Dubowka. Sofort nach Kriegsende wurde er von unseren Organen als Kollaborateur verhaftet, und wir haben ihn nicht wiedergesehen. Mein armer Papa!« Es fließen ein paar Tränen. »Und ich, so nichtsnutzig, wie ich war, kam durch! Die Flucht nach Lettland war meine Rettung, und beinahe hätte ich noch alles vermasselt, weil ich nach Dubowka zurückkehrte. In Lettland nämlich bin ich von diesem Borja Sepuchin geschwängert worden und verlor den Mut, und anstatt nach Westen zu flüchten, kam ich zurück, zu meinem Glück genau einen Tag, nachdem Papa verhaftet worden war. Die Henker waren schon wieder weg. Also, ich brachte Jurik zur Welt und floh sofort weiter nach Leningrad. Und dort schon wieder ein riesiges Glück: Obwohl ich keine Papiere mehr habe, gelingt es mir, bei der Wohnungs-Nutzungs-Behörde einen neuen Wohnberechtigungsschein für unser altes Pionierstraßenzimmer zu bekommen. Offiziell waren wir ja nie ausgezogen, auch unsere Möbel standen noch dort, aber natürlich wohnte jetzt jemand anderes in dem Zimmer, eine alte Frau, die mich nicht kannte. Als ich ihr meine Bescheinigung unter die Nase hielt, brach sie in Tränen aus. Es stellte sich heraus, sie war Flüchtling, eine Jüdin aus Mogiljow, sie erzählte fürchterliche Sachen. Die Deutschen hatten ihre ganze Familie in einem Ofen verbrannt. Da stehe ich mit Jurik auf dem Arm, Jurik schreit, die Frau weint, mir zittern die Knie vor Erschöpfung, und dann beschließen wir, es zu dritt zu versuchen.«

»Wie lange ging das gut?«

»Bis zuletzt. Sie war sehr nett und gescheit. In Mogiljow war sie von Beruf Heiratsvermittlerin gewesen, und plötzlich kam sie auf die Idee, das auch in Leningrad zu versuchen. Was soll ich dir sagen, das Geschäft blühte. Meistens wandten sich natürlich mittelalte oder jüngere Leute an sie, aber einmal kam ein siebzigjähriger Mann, der gar nicht schlecht aussah und auch Rücklagen hatte. Zu dem sagte sie: ›Nehmen Sie doch mich!‹ Dann zog sie zu ihm, und beide sind sehr vergnügt und lachen den ganzen Tag. Sie bäckt gern, ab und zu lädt sie mich zu Kuchen ein.«

»Wie lang habt ihr zusammen gewohnt?«

»Ein halbes Jahr.«

»Hier?«

»Ja, und ohne Streit. Nur mit dem Essen gab es manchmal Probleme, das mußte unbedingt koscher sein. Wir mußten zusammen kochen, aber ich konnte mir die Regeln nicht merken. Sie war sehr religiös. Zum Ausgehen setzte sie eine häßliche Perücke auf. Samstags rührte sie keinen Finger. Übrigens hatte sie nichts gegen meine Religion, sie meinte nur, jeder muß seinem Glauben treu sein. Konvertiten konnte sie nicht leiden. Der schlimmste Tag im Jahr war für sie Christi Auferstehung.«

»Und dann tauchte dein Bruder Wowa auf.«

»Nein, zuerst kam noch jemand anderes: Raissa aus Dubowka. Oh, das ist eine tolle Geschichte. Schade, daß du Raissa nicht kennengelernt hast, also die hatte vielleicht ein Mundwerk. Raissa kannte ich noch aus der Pskower Besatzungszone. Sie war die Tochter des Dubowkaer Ortssowjetvorsitzenden gewesen, mein Vater hat ihr mal das Leben gerettet. Danach floh sie hinter die Front, ins unbesetzte Rußland, schlug sich mühsam durch und landete im Knast. Direkt von dort, nach ihrer Entlassung, kam sie zu mir: kahlgeschoren, Wollmütze auf dem Kopf, ohne Gepäck. Nur ein Bündel hatte sie bei sich, einen Gegenstand, den sie in Zeitungspapier gewickelt unter dem Arm trug. ›Ljusik, Täubchen, hilf mir, damit das Werk von deinem Papa nicht umsonst gewesen ist…‹ Sie meinte die Lebensrettung. Na ja, da konnte ich sie schlecht wegschicken, aber schwierig war es. Rachel, die Frau aus Mogiljow, hatte irgendwelche Verbindungen zu Marktleuten gehabt oder wurde in Naturalien bezahlt, jedenfalls gab es, solang sie da war, meistens genug zu essen. Aber ohne sie… Du weißt ja, das Jahr sechsundvierzig… Für ein halbes Kilo Grütze standen wir einen Tag Schlange. Immerhin bekam ich Lebensmittelkarten, die versuchten wir zu teilen, aber für Raissa war's nicht genug, sie war einen Kopf größer als ich und kräftig gebaut, und sie hatte seit Jahren gehungert, sie war einfach rasend. Also eines Abends – halt, ich muß noch erzählen, daß auch ich gerade geschoren worden war, weil ich hartnäckige Läuse hatte, und so saßen wir einander gegenüber, zwei kahle Frauen mit Mützen auf dem Kopf, und schoben Kohldampf, und Jurik schrie. Also, an diesem Abend steht sie plötzlich auf und sagt mit schmerzerfüllter Stimme: ›Ich gehe jetzt zum ›Europa‹.‹ Du weißt schon, wo die Nutten stehen. – ›Glaubst du wirklich, daß einer dich so nimmt?‹ – ›Ganz egal, irgendwas muß ich versuchen, ich halt's nicht aus!‹ Sie geht und bleibt tatsächlich die Nacht fort. Am nächsten Mittag kehrt sie zurück und sagt atemlos: ›Stell dir vor, ich bin so gut wie verheiratet.‹ Ich falle ihr um den Hals und gratuliere, will sie fragen, ob er ihr nicht die Mütze abgenommen hat, aber da muß ich weinen. Sie erzählt: ›Er dient bei der Armee. Heute abend fährt er mit mir nach Tallinn, und dann nach Kaliningrad, wo er in besonderen Angelegenheiten stationiert ist, irgendwas mit Bernstein. In Tallinn wollen wir uns registrieren. Er hat gesagt, ich soll meine Sachen packen und mit meinen Leuten um acht zum Bahnhof kommen.‹ Dann setzt sie sich hin und weint ebenfalls. ›Aber ich habe doch weder Sachen noch Leute!‹ – ›Und das Bündel?‹ – ›Ach, das war doch nur eine einzelne Galosche.‹ – ›Wie, du schleppst eine einzelne Galosche mit dir rum?‹ – Sie weint noch stärker. ›Ja, was anderes hatte ich doch nicht mehr!‹ Also, ich machte mich sofort auf die Socken und trommelte eine echte Großfamilie zusammen, und am Abend begleiteten wir Raissa zum Bahnhof, küßten sie ab, umarmten den Bräutigam, sangen Lieder, ließen eine Flasche kreisen und bemerkten dann angeblich entsetzt, daß in dem Trubel ihre Koffer gestohlen worden seien. Er – Tigran hieß er – war da schon zu sehr in Stimmung, um Verdacht zu schöpfen, kurzum, er nahm sie mit. Übrigens war er Armenier, vierzig Jahre alt, sehr edel. Zwei Jahre später schickte sie mir eine Postkarte aus Eriwan, in der nur von Auberginen und Hammelfleisch die Rede war.«

»Und dann kam dein Bruder Wowa.«

»Genau. Während der ganzen Zeit war natürlich auch Jurik da.«

»Und dann hattest du Ruhe?«

»Fast. Nur einmal noch wohnte für vier Wochen eine Chinesin bei mir, ebenfalls ein Flüchtling. Aber das war schon ein Jahr später. Sie war nicht eingewiesen, nur zu Gast. Unser Nachbar Adam hatte ihr eine Unterkunft versprochen, aber in sein Zimmer wollte sie nicht. Bei ihr war das Problem folgendes: Sie war die Tochter eines Russen, im Grenzgebiet geboren, und sprach einigermaßen Russisch, konnte es aber nicht lesen. Deswegen fuhr sie nie Metro. Sie hätte sich verirrt. Sie suchte ihren Vater, der angeblich Leningrader war. Am Anfang begleitete ich sie immer zu den Behörden, aber dann mußte ich ja selbst wieder zur Arbeit, und von da an machte sie alles zu Fuß. Abends lag sie stöhnend mit geschwollenen Füßen auf dem Bett und schimpfte auf die kyrillischen Buchstaben. Schließlich ging sie gar nicht mehr aus. Sie legte nasse Lappen auf den Boden, um die Luft anzufeuchten, und kochte. Ich kaufte ein, sie kochte. Chinesisch.«

»Da gab es keine komplizierten Regeln?«

»Ich war in der Küche nicht zugelassen. Aber es war lecker. Wichtig ist, man darf mit denen nicht diskutieren. Zum Beispiel zerreißen sie die Kohlblätter mit den Fingern, anstatt sie mit dem Messer zu schneiden, weil sie überzeugt sind, daß es so besser schmeckt.«

»Hat sie ihren Vater schließlich gefunden?«

»Natürlich nicht. Wie sollte sie, vom Bett aus?«

»Und wie endete die Geschichte?«

»Mein Nachbar Adam hat sie rausgeschmissen, als ich nicht da war.«

Bojarow hat die ganze Zeit ungläubig vor sich hin gelacht und sein schönes Haupt geschüttelt.

Ljusja strahlt. »Und jetzt sag selbst, Damir: Bin ich nicht ein unglaublicher Glückspilz?«

14

Bojarow hat, weil er oft auswärts ißt, gute Beziehungen zur Gastronomiebranche. Und weil er es nicht mag, wenn Ljusja zu Zeiten, da er sie treffen möchte, nach Lebensmitteln Schlange steht, vermittelt er ihr eine neue Arbeit in einem kleinen, soliden Restaurant. Von dort trägt sie wie alle ihre Kollegen Essen nach Hause.

Eigentlich ist sie als Kontrolleurin angestellt. Sie sitzt auf einem Hocker in einem engen, gekachelten Flur zwischen Eßsaal und Küche und notiert die Speisen, die bestellt und hinausgetragen werden, damit alles seine Ordnung hat. Die Lehrzeit ist kurz. Eingewiesen wird Ljusja von ihrem Vorgänger, der zum Oberkellner befördert wurde. Schon nach einer Woche führt sie zwei Bücher: außer dem großen Registrierbuch, das aufgeschlagen auf einem roten Tischchen liegt und dazu dient, daß nichts gestohlen wird, eine geheime Kladde, in der vermerkt wird, was jeder stiehlt. Der Sinn der Kladde ist, daß demokratisch und angemessen gestohlen wird. Ein spezieller, besonders liebevoll erklärter Notationsschlüssel verhindert dabei, daß die Demokratie zu weit geht: Die wichtigen Leute bekommen mehr. Und alle geben einen Teil ihrer Beute an Ljusja ab.

Für Ljusja, die in der Kugellagerfabrik unter der Obhut von Antonina Romanowna gelernt hat, daß man seriös arbeiten oder es zumindest versuchen soll, auch wenn man es nicht kann, sind das hochinteressante Erfahrungen. Staunend berichtet sie alles Bojarow. Zum Beispiel von der ersten gesundheitsärztlichen Kontrolle, deren Termin aus irgendeinem Grund schon vorher bekannt war. Herd, Lagerraum und Auslage wurden zu diesem Anlaß gründlich geputzt und aufgeräumt. Die Kontrolleurin, eine blonde schmuckbehängte Dame, betrat die Küche wie ein Feldherr und erschauerte kurz darauf, sich die Nase haltend, wie eine Prinzessin. Ein blasser Gehilfe mit zarten Öhrchen und Lippen, die so weich waren, daß sie sich bei jeder Silbe verformten, hauchte: »Ja, Genossin – ja ... ja ...« und schrieb alle Anmerkungen in ein Notizbuch. Die Blonde fuhr mit dem Finger in die Suppe, leckte: Grimasse. Sie biß in ein Kotelett: Abscheu. Sie zog ein Salatblatt aus der Schüssel, über das eine schleimige Spur lief, und diktierte mit plötzlich erhobener, furchterregender Stimme: »Schnecken!« Die Belegschaft stand stramm. Ljusja war den Tränen nahe. Was würde passieren, wenn der Laden dichtmachte? Würde Antonina Romanowna sie noch einmal nehmen?

Die Kontrolle war beendet. Die Blonde und das Zartohr waren mit grimmigem Nicken dem Chef in sein Kabinett gefolgt, die anderen nahmen ihre Arbeit wieder auf. Ljusja arbeitete so korrekt wie nie. Sie schickte sogar die Kollegin Tonja zurück, die auf eine Bestellung zwei Portionen Braten hinaustragen wollte. »He, du hast sie wohl nicht alle?« beschwerte sich Tonja. Kurz darauf überreichte der Administrator Janytsch Ljusja drei gut verschnürte Pakete und zeigte mit seiner Zigarette aufs Chefbüro: »Hinbringen. Vorher klopfen.«

Im Chefbüro aber saß in entspannter Haltung die Blonde und trank Kaffee aus einer kleinen dicken Tasse. Der Gehilfe nahm selbstvergessen lächelnd von einem übervollen Teller Konfekt. Als der Chef einen Witz erzählte, lachten alle drei im gleichen Tonfall.

»Ich habe natürlich nicht lockergelassen, bis ich das Gutachten der Hygienekommission zu lesen bekam«, prahlt Ljusja gegenüber Bojarow.

»Ich glaube es.«

»Errätst du, was drin stand?«

»Ich nehme an, alles in Ordnung.«

»Nicht nur das. Phänomenal. Musterbetrieb. Beispielhaftes Kollektiv. Erstklassige Hygiene. Gastronomische Spitzenqualität. Vorzügliche sozialistische Leistung. Prämierungswürdig.«

15

»Na, wie weit bist du?« fragt Rita beiläufig.

»Womit?«

»Du willst doch den Literaten von seiner Familie loshebeln, oder?«

»Na hör mal! Er beachtet doch die Etikette!«

»Liebe ist stärker als Etikette, wenn du's richtig anfängst.«

Aber da läßt Ljusja nicht mit sich reden, nein, diesen Gedanken weist sie ziemlich weit von sich.

Sie ist nämlich zu einer erstaunlichen Einsicht gekommen: Selbst wenn Bojarow morgen verschwände, müßte sie ihm ewig dankbar sein. Er hat ihr, außer der Liebe, sozusagen das Leben neu eröffnet. Dadurch, daß er sich für ihre Erlebnisse interessierte, gab er ihnen Wert. Ljusja selbst hatte das meiste eher als störend empfunden, als lästiges Provisorium, mit dem man sich nebenbei plagt, während das Eigentliche noch bevorsteht.

Aber das unvollkommene Leben ist schon das Eigentliche! Denn es vergeht, und für Vergangenes gibt es keinen Ersatz. Man muß die Bedeutung des Augenblicks im Augenblick selbst erkennen; wenn man das kann, offenbaren sich – Schätze. So hat das Ljusja verstanden. Das Leben ist ein Wunder. Sie selbst, Ljusja, ist ein Wunder. Sogar das lästige kommunale Wohnen scheint plötzlich herrlich und spannend. Gelegentliche Reibereien zählen nicht. Ljusja ist überzeugt, alle mögen sie und freuen sich an ihrem Glück.

16

Das Glück sieht so aus.

Von ihrem Fenster im dritten Stock des Pionierstraßen-Mietshauses aus blickt sie auf eine Backsteinbrandmauer. Im Winter fällt kein Sonnenstrahl darauf, aber im Frühling und Herbst erkennt Ljusja auf der Mauer morgens die Schatten der Tauben, die über den First des eigenen Hauses spazieren. Sie lacht, wenn sie im Schattenspiel das Balzen der Tauber erkennt und kurze Zweikämpfe, bei denen plötzlich Federn durch die Luft wirbeln und als schwarze Flocken auf die aufgeregten Vögel niedersinken. Der helle Tag vervielfältigt die Wunder der Natur und wirft ihre Zeichen sogar in dieses dunkle, kleine Zimmer.

Im Juni beginnen, so schön und klar wie nie, die weißen Nächte. Jetzt scheint an den Nachmittagen die Sonne direkt in Ljusjas Zimmerchen, dessen Wände im Licht erglühen wie die

Mauern eines kristallenen Palasts. Auch die Mitbewohner genießen den Sommer. Alle bleiben lange auf, die Kinder sind immer auf der Straße, Erwachsene gehen unvermittelt um Mitternacht aus und spazieren andächtig an den Uferstraßen entlang, auf den Gesichtern den Widerschein des durchsichtigen orangefarbenen Himmels.

In der Kommunalka wohnen außer Ljusja in vier weiteren Zimmern vier Parteien. Das erste und größte Zimmer, direkt neben der Küche, gehört der Familie Bogdanow. Der alte Bogdanow ist dick und bewegt sich schwankend, weil ihm im Krieg die Zehen erfroren sind. Früher war er ein schöner Mann und hat angeblich alle Frauen des Viertels beglückt. Eine von ihnen heiratete er, und sie gebar ihm vier Kinder. Aber während der Blockade, als die Stadt hungerte, aß sie selbst alles Brot, das es für die Lebensmittelkarten gab, und die Kinder starben. Dann kehrte Bogdanow aus dem Krieg zurück. Er wollte seine Frau umbringen, aber da er schlecht laufen konnte, entkam sie. Er heiratete wieder, eine ergebene junge Frau, die im Krieg zwei Bräutigame verloren hatte, und wurde Vater von zwei Söhnen, den Zwillingen Kolja und Tolja. Kolja und Tolja sind inzwischen fünf und äußerst albern. Sie folgen ihrem Vater, der dem Alter nach ihr Großvater sein könnte, auf Schritt und Tritt und weiden sich an dem Effekt, den er macht. Läuft er die Straße entlang, tuscheln die Frauen, vielleicht im Gedenken alter Tage: »Da geht Bogdanow«, und die Zwillinge geben das Echo: »Bogdanow geht, seht, da geht Bogdanow!« Die jungen Männer machen sich über Bogdanow lustig. »Seht, da geht ein Samowar!« sagte einer letzte Woche, auf Bogdanows dicken Bauch anspielend, und Bogdanow antwortete mit dem ihm eigenen Humor, der, wie nicht anders zu erwarten, der eines alten Schweines ist: »Und wenn ich jetzt mein Kränchen öffne, wirst du trinken?« Die Zwillinge hüpfen vor Vergnügen und künden von dieser brillanten Parade lauthals im ganzen Block.

Im zweiten, fast ebenso großen Zimmer wohnt die kultivierte, schweigsame Familie Zucker. Wera Lwowna ist fein und unscheinbar, nur manchmal wird sie laut und wirft mit Büchern um sich. Dann packt sie ein Köfferchen und verschwindet für ein paar Wochen, keiner weiß, wohin. Dawid Markowitsch ist meistens fort. Er hat den beiden Töchtern eingeschärft, nur ja nicht aufzufallen, und so leben sie zurückgezogen in ihrem prächtigen Zimmer zwischen zwei hohen Mahagonibuffets, Ölgemälden und Brokatvorhängen. Ljalja, die ältere, ist von teigigem Gemüt und sitzt stundenlang mit offenem Mund im Lehnstuhl; die zwölfjährige Katjuscha aber hat sehnsüchtige Augen und liest immerzu Bücher. Katjuscha hatte Kinderlähmung und versucht zu verbergen, daß sie hinkt. Lange hat Ljusja sie kaum anders wahrgenommen als einen gehetzten, zuckenden Schatten. Aber eines Tages lud sie sie zu Erdbeeren ein, und seitdem sind sie Freunde. Genauer gesagt war es so: Bojarow besuchte Ljusja in ihrer Arbeit und brachte Erdbeeren mit von einer Dienstreise, aus Taschkent. Er kommt oft, meistens nur für eine Minute, um ihr »in die Augen zu sehen«, und er bringt auch meistens etwas mit, aber ein ganzes Kilo Erdbeeren, das ist ein seltener Luxus. Ljusja lief nach Dienstschluß sofort heim, um ihren Schatz mit jemandem zu teilen. Es war ein heißer Abend, alle bis auf die beiden Zucker-Mädchen waren ausgeflogen. Mühsam öffnete Katjuscha auf Ljusjas Klopfen den schweren Türflügel, und Ljusja schien es, als sehe sie in die großen, blinden Augen eines aufgestörten Höhlentiers. Ljusja rief: »Mädchen! Aufwachen! Wir feiern ein Fest! Mag jemand Erdbeeren?« Sie riß die schweren Vorhänge auf, und das Zimmer schien vor Licht zu explodieren. Ljalja betrachtete gähnend die durchweichte Tüte aus Zeitungspapier, Katjuscha aber folgte Ljusja in die Küche, um beim Teekochen zu helfen. Zum ersten Mal hielt sich Katjuscha in der Küche auf, wenn ein anderer dabei war. Sie konnte es selber kaum fassen und beobachtete Ljusja scheu. Gemeinsam wuschen und zupften sie die Erdbeeren. Katjuscha hatte noch nie in ihrem Leben Erdbeeren gesehen. Als sie, mehrfach von Ljusja ermuntert, davon kostete, malten sich auf ihrem Gesicht Wonne und Wehmut. Es wurde ein langer, fröhlicher Abend im Salon der Familie Zucker. Ljusja, die durstig war, trank sieben Tassen Tee und erzählte von der Arbeit, Ljalja schob träge eine Erdbeere nach der anderen in den Mund, und Katjuscha beobachtete hingerissen Ljusjas kastanienbraunes Haar, das in der Sonne glänzte. Schließlich fragte Katjuscha: »Darf ich dir einen Zopf flechten, Ljusja?«

Sie schieden als Freunde. Katjuscha flocht Ljusja fünfmal einen Zopf und löste ihn wieder auf. Ljusja versprach, Katjuschas Lieblingsbücher zu lesen und dann mit Katjuscha darüber zu sprechen.

Das dritte Zimmer, in dem Ljusja nie gewesen ist, gehört einem etwa vierzigjährigen Polen namens Adam. Wenn sie in der dritten Person von ihm sprechen, nennen sie ihn Adamtschik oder Adamuschka, aber zu ihm selbst sagen alle Adam Witoldowitsch. Adam Witoldowitsch küßt den Frauen die Hand und ist ein korrekter Mitbewohner, allerdings einsam, reizbar bei Lärm und unduldsam gegenüber Kindern. Nur einmal im Monat, wenn er sein Gehalt bekommt, lädt er Prostituierte zu sich ein, und das endet meistens mit Geschrei und damit, daß er den Damen Geldscheine durchs Treppenhaus nachwirft.

Im vierten Zimmer schließlich, das noch kleiner ist als das Ljusjas, leben Trifon und Agafja, und diese beiden sind bemerkenswert insofern, als sie andauernd geradezu unglaublich glücklich sind. Trifon ist der Sohn eines entkulakisierten Bauern. Er kam als Arbeiter in die Stadt und verlegte Gleise auf einer Metrobaustelle, Agafja aber arbeitete als Ingenieurin an derselben Strecke. Einmal, bei einem Richtfest, sagte Trifon zu einem Freund: »Guck mal, so eine wie die da, wetten, wenn ich mich neben die setze, redet die kein Wort mit mir?« Sie wetteten. Trifon setzte sich neben Agafja, und dann gingen sie miteinander nach Hause und haben sich seither nicht mehr getrennt. Lädt man Agafja ein, heißt das: heute kommt Agafja zu zweit. Geht Trifon aus, so geht Trifon immer zu zweit.

Ljusja ist zufrieden mit ihren Mitbewohnern. Schlägereien oder Messerstechereien hat es in dieser Kommunalka seit Kriegsende nicht gegeben. Laut ist nur die Familie Bogdanow, genauer gesagt der alte Bogdanow, der zur Eifersucht neigt. Er selber hat einmal Ljusja, die nur einen Meter neunundvierzig groß und zierlich ist, in der Küche gegriffen und gekeucht: »Ich kann nicht anders! Alexandra Kirillowna ist schon arg stattlich, aber du! Was hast du für zarte Knöchelchen! Aah!« Ljusja hat ihn mit ihrem Absatz auf die verstümmelten Füße getreten und ist entwischt. Aber dieser nämliche Bogdanow verfolgt die dicke, bescheidene, trotz ihrer Jugend bereits schwermütige Alexandra Kirillowna mit seiner Eifersucht. Bogdanow kann so finster gelaunt sein, daß die Luft um ihn ist wie schwarze Tinte; dann kämpft Alexandra Kirillowna mit den Tränen, und die sonst unerträglich lebhaften Zwillinge streichen stumm und ratlos durch den Korridor. Ferner kann Bogdanow brüllen wie ein Stier, und da jedes Wort überdeutlich durch die Steckdose in die Küche dringt, kniet Ljusja dann nieder und hustet in die Steckdose. Das gefällt auch Katjuscha. Katjuscha taucht inzwischen oft in der Küche auf, wenn Ljusja Tee kocht. Dann unterhalten sie sich. Bisweilen kommt Katjuscha mit in Ljusjas Zimmer, und Ljusja muß von ihrer Lektüre berichten, während Katjuscha ihr das Haar kämmt. Katjuscha blüht auf. Manchmal hört Ljusja, wie sie im Nebenzimmer mehrmals hintereinander die Vorhänge aufreißt und ruft: »Aufwachen, Mädels! Erdbeeren!« Und Ljusja freut sich darüber, daß auch Katjuscha teilzuhaben beginnt an ihrem, Ljusjas, Fest, dem Fest des Lebens.

17

»Ich bin ja so glücklich!« schwärmt Ljusja gegenüber Antonina Romanowna. »Er ist so großartig! Ich glaube, ich bin wirklich auserwählt.«

Manchmal an freien Vormittagen besucht Ljusja ihre ehemalige Chefin. Dann tanzt sie durch das fensterlose Kabinett und macht alle verrückt.

»Sicher schreibt er schöne Liebesbriefe«, sagt Antonina Romanowna andächtig.

»Das nicht.«

»Keine Briefe? Aber er liest dir Gedichte vor?«

»Das auch nicht.«

18

»Ich bin wahnsinnig glücklich und fühle mich, als wäre ich auserwählt!« berichtet Ljusja am nächsten Tag ihrer Freundin Rita. »Aber er schreibt mir keine Liebesbriefe und liest keine Gedichte vor.«

»Warum liebst du ihn eigentlich?« fragt Rita.

»Ach! Wenn du ihn sehen könntest! Seine Schönheit! Seine Vornehmheit! Die herrlichen Restaurants! Und – das übrige... Weißt du, es kommt mir so vor, als wär die Liebe genau für mich erdacht. Vorher verstand ich nie, was die alle daran finden, aber jetzt... Ich glaube, ich sterbe, wenn er mich verläßt.«

Rita muß lachen.

Ljusja weint.

»Regel Nummer eins: Weinen hilft gar nichts.«

Ljusja weint noch mehr. »Was soll ich tun?«

»Du mußt ihn stärker an dich fesseln.«

»Aber wie? Er ist so vollkommen!«

»Das gibt es nicht. Jeder hat Schwachstellen. Ein öffentlicher Mensch noch mehr als ein normaler.«

»Er nicht! Er nicht!«

»Was hat er denn zum Beispiel während der Kollektivierung getrieben? Während der großen Säuberung? Du sagst doch, er hat über diese Sachen geschrieben? Und dir vorgelesen?«

»Ja... Perfekte Parteilinie. Bei bestimmten Stellen muß er sich räuspern.«

»Aha! Da fängt's schon an. Das ist deine Chance. Verstehst du, du mußt ihn aus der Reserve locken. Wenn du ihn wirklich willst.«

»Was hat das mit unserer Liebe zu tun?«

»Ljuska! Wenn er sich räuspern muß, ist er gescheit. Wenn er gescheit ist, muß er Angst haben. An dir mag er deine Direktheit, deine – Freiheit. Aber solange er sein sonstiges Leben so sauber von dir trennen kann, hast du schlechte Karten. Er wird einfach zwei verschiedene Leben nebeneinander führen und gar nicht auf die Idee kommen, daß dir das vielleicht weh tut.«

»Aber was kann ich machen?«

»Überleg, wo er Schwäche zeigt. Wo er unnachgiebig ist. Worüber man nicht mit ihm reden kann.«

Ljusja überlegt. »Na ja, also: seine Vergangenheit und seine Familie. Darüber redet er nicht.«

»Und das läßt du dir bieten? Hast du je ernsthaft gefragt?«

»Nein, er... will das nicht.«

»Na, dann los. Zweitens: Unnachgiebig?«

»Seine Zeiteinteilung. Er ist zuverlässig, er läßt mich nie warten, aber es muß immer nach seinem Zeitplan gehen. Aber das ist doch natürlich, denn er ist bedeutend, und ich bin unbedeutend.«

»Schwächen?«

»Schon... Wenn du so fragst. An fremden Orten, in Hotels zum Beispiel, hat er Angst vor Steckdosen und Telefonhörern; wegen Wanzen, glaub ich. In der Küche dreht er manchmal plötzlich den Wasserhahn auf. In Restaurants sieht er sich öfters um, immer über die linke Schulter. Er will nie in der Nähe des Lüsters sitzen. Entspannt ist er eigentlich nur in meinem Zimmer. Und auf Friedhöfen. Komisch, was? Immer, wenn unser Gespräch interessant wird, schleppt er mich auf irgendeinen Friedhof. Aber... um Himmels willen, Rita, das bleibt doch unter uns? Er sagt, er ist eine Person des öffentlichen Interesses und auf absolute Diskretion angewiesen!«

Rita lacht wieder. »Diese Intellektuellen sind doch die reinen Angsthasen. Also, Ljusja. Jetzt haben wir schon drei Ansatzpunkte. Sein Räuspern, seine Angst und das andere, von dem du glaubst, daß es für dich erfunden wurde. Auf diesen drei Saiten mußt du spielen.«

19

»Erzähl du doch mal was, Damir.«

»Was denn?«

»Zum Beispiel von deiner Frau«, sagt Ljusja scheinheilig.

»Ich habe mehrmals angedeutet und muß nun leider ausdrücklich erklären, daß es mir lieb wäre, wenn du dieses Thema aussparfest.«

»Aber Damir, werd doch nicht gleich böse.« Ljusja riskiert einen Seitenblick. Er ist blaß. Sehr gut. Weiter.

»Es ist mir ja egal, was du erzählst.«

»Egal?«

»Nein!« Kurze Verwirrung. »Ich meine ja nur, alles, was du zu erzählen hast, interessiert mich! Aber du gibst ja gar nichts preis. Du bist doch ein Mustersozialist...« Seitenblick: Zuckt nicht seine Wange? Ja, sie zuckt.

»Aber du hörst dir Restaurantgeschichten an und lachst! Du läßt dir stundenlang Bürgerkriegsgeschichten erzählen. Dabei hast du selbst an der Kollektivierung teilgenommen, auf der anderen Seite. Was hast du denn dort gemacht, wenn du jetzt so staunst, was ihr angerichtet habt?«

»Hör zu, Ljusja...«

Er blickt streng drein, aber Ljusja hat mit Ritas Hilfe begriffen, daß ihre bisherige Willfährigkeit nur schädlich war, und weicht seinem Blick nicht aus. Er ist erschöpft, nervös und liebesbedürftig, sie aber hat nichts zu verlieren. Wenn er gehen will, soll er gehen, sie wird nicht lockerlassen.

»Hör zu, Ljusja, ich« – noch ein Blickwechsel – »Ljusja, ich – es ist ganz einfach.« Räuspern. »Entsetzlich einfach.« Räuspern, Räuspern. »Einfach entsetzlich. Entsetzlich. Ich habe entsetzliche Sachen gemacht. Für all das, worunter ihr gelitten habt, und für noch viel Schlimmeres ... bin ich mitverantwortlich.« Er ist heiser. »Es ist so entsetzlich, daß ich mich bis ans Ende meiner Tage schämen werde. Bitte frag nicht nach Einzelheiten. Du würdest mich verachten, wenn du sie wüßtest.«

»Aber nein, so habe ich das nicht gemeint! Es war doch eine große, schmerzhafte – historische Umwälzung!«

»Schluß! Hör auf! Quäl mich nicht, quäl mich nicht!«

Er ist außer sich! Das war aber leicht.

20

Eine weitere herrliche Entdeckung: Bojarow ist eifersüchtig.

Kürzlich traf er den Nachbarn Trifon in Ljusjas Zimmer an, während Ljusja im Nachthemd auf dem Bett saß. Die Situation war harmlos: Trifon hatte bei Ljusja geklopft und durch die Tür nach Tinte gefragt, und Ljusja, die, weil der Ofen aus war, schon im Bett lag und nicht aufstehen wollte, rief ihn herein und sagte, er solle sich die Tinte selber aus der Schublade holen. Als Trifon, das Tintenglas in der Hand, sich zu gehen anschickte, lächelte er Ljusja zu, aber weder lüstern noch werbend, eher verträumt, weil er beim Anblick jeder Frau an Agafja denkt.

Bojarow war wütend, freilich auf die ihm eigene gehemmte Weise. »Ich verlange eine Erklärung!« Leise, gepreßte Stimme, schmale Lippen, abgehackte Bewegungen. »Sofort! – Nein, das gilt nicht. Wofür hältst du mich eigentlich?«

Ljusja saß aufrecht im Bett, in ihrem rosa bedruckten Pskower Leinennachthemd, nur noch halb zugedeckt, und rang die

Hände. »Aber Damir! Wir sind doch hier nicht in Tatarstan! Vielleicht ist es in euren Jurten üblich...«

»Kein Wort mehr! Du willst mir was von Jurten erzählen, du... Anfängerin? Du... Flittchen!«

Fort war er.

Aber er kam natürlich wieder.

21

Ljusjas Sohn Jurik haßt Bojarow.

Jurik lebt schon das dritte Jahr bei seiner Oma, Pelageja Nikiforowna, und wartet auf Ljusjas seltene Besuche. Pelageja Nikiforowna hat Ljusja seine Verfassung eindringlich geschildert, und Ljusja hat, so gut sie konnte, weggehört.

Pelageja Nikiforownas Datscha im Ort Wyriza, eine Zugstunde südlich von Leningrad gelegen, ist ein auf Pfählen stehendes Blockhaus mit sechzehn Quadratmetern Wohnfläche. Es hat eine Terrasse, die eigentlich ein vergrößerter Treppenabsatz vor der Haustür ist, drei kleine Fenster mit geschnitzten Rahmen, ein andeutungsweise umzäuntes Gärtchen, in dem Pelageja Nikiforowna Kartoffeln, Salat und Kräuter anbaut; und einen lichten Kiefernwald rundherum, in dem im Sommer Millionen Pilze wachsen. Nach dem Tod ihres Mannes ist Pelageja Nikiforowna noch scheuer geworden. Sie fährt ungern in die Stadt und ernährt sich von Beeren und Pilzen. Ihren Tee, den sie aus Himbeerkraut oder Brennesseln braut, trinkt sie ohne Zucker. Das Wasser trägt sie aus dem einen Kilometer entfernten Flüßchen herbei. Sie selbst hackt das Holz, mit dem sie den Ofen heizt. Im Winter ist es in der Datscha auch tagsüber dunkel, weil alle Fenster zugefroren sind. Nur vor der Ikone brennt immer eine Öllampe. Das magere Flämmchen spiegelt sich im blankgeputzten Samowar und blinkt im bläulichen Halbdunkel wie ein Stern.

In diesem zugigen, auch bei stark geheiztem Ofen klammen

Raum verbringt Pelageja Nikiforowna die Weihnachtstage unter leisem, aber inbrünstigem Beten. Manchmal kommen andere Großmütter zu ihr, und mit ihren mürben Stimmen singen sie dann vierstimmig; gedämpft, weil sie die strenge weltliche Macht fürchten, aber ausdauernd, weil sie sich nach Gott sehnen, der sie im Stich gelassen hat. Jurik langweilt sich und stapft mürrisch um die Datscha herum. Der ganze erbärmliche Schuppen summt im tiefen Schnee vor sich hin, und manchmal schwillt der Gesang an und gipfelt in einem klirrenden Akkord, der abreißt, als Jurik von draußen mit einem Holzscheit gegen die Wände schlägt. Dann flüstern die Alten: »Herr, erbarme Dich, Herr, erbarme Dich«, und durch die Wand klingt Pelageja Nikiforownas leise, angestrengte Stimme: »Jurotschka, komm herein!«

Er stößt die schiefe Holztür so heftig auf, daß die Großmütter sich im Luftzug ducken, schleudert seine Filzstiefel in die Ecke und brummt: »Warum ist Mama nicht da? Du hast gesagt, sie kommt heute.« Dann flüstert Pelageja Nikiforowna ratlos: »Mein Gott«, und die Großmütter beginnen sich umständlich zu verabschieden.

Ljusja kommt erst nach Einbruch der Dunkelheit. Der Vorortzug war nicht geheizt, aber Ljusjas Gesicht glüht noch von Bojarows rauhen Wangen; sie lächelt die ganze Zeit. Sie küßt Pelageja Nikiforowna und Jurik, der sich finster abwendet. »Aber Jurotschka! Freust du dich denn gar nicht? Schau, was ich dir mitgebracht habe!« Unzufrieden zerrt Jurik an dem braunen Papier. Eine Lammfellmütze mit Ohrenklappen fällt heraus. Eine Fellmütze haben bei weitem nicht alle Jungen im Dorf. Jurik ist also erfreut und hebt sie auf. Andererseits weiß er, daß er verlassen ist und niemals aus seinem Exil bei den singenden Großmüttern befreit werden wird, denn er hat keinen Vater. Seine Mutter aber führt in der Stadt ein bewegtes, geheimnisvolles Leben, in dem er keine Rolle spielt. Jetzt steht sie vor ihm mit roten Wangen und funkelnden grünen Augen. Heftig schleudert er die Pelzmütze zu Boden.

Er ist ein blasser rothaariger Junge mit derbem Gesicht und trüben bernsteinfarbenen Augen. Wenn er sich ärgert, kann er nicht sprechen. Statt dessen wird sein Gesicht rot und zerfurcht vor Anstrengung. Als Ljusja ihn so vor sich sieht, rot, faltig und keuchend, erschrickt sie und zieht ihn in ihre Arme. »Jurotschka«, murmelt sie erschüttert, »was hast du denn, mein Armer. Weißt du nicht, daß Mama dich liebt?« Jurik erstickt fast an ihrem süßen Parfüm, aber sie küßt seinen Scheitel und liebkost seinen Kopf, und da löst sich seine Verkrampfung, und er umklammert sie seinerseits und schluchzt: »Nimm mich mit dir in die Stadt, Mama!«

»Gott... verzeih uns«, flüstert Pelageja Nikiforowna und nimmt den Samowar von der Anrichte. Ljusja hat aus der Stadt schwarzen Tee, Zucker, Brot und Kaviar mitgebracht.

22

Weil es kalt ist, schlafen sie alle in Pelageja Nikiforownas Bett neben dem Ofen. Jurik ist sieben Jahre alt und für sein Alter groß, aber Ljusja und Pelageja Nikiforowna sind klein, und so passen alle drei nebeneinander. Mitten in der Nacht setzt Tauwetter ein, und ihnen wird heiß. Schwitzend wälzen sie sich auf der zerschlissenen Decke hin und her. Jurik erwacht von dem scharf ausgesprochenen Wort »Kaviar«.

»Aber Mama«, flüstert Ljusja. »Ich dachte, ich kann euch eine Freude machen!«

»Eine Freude, die du dir mit Sünde verdienst?« Auch Pelageja Nikiforowna flüstert. »Das geht nicht, Ljusja. Nimm ihn wieder mit, wir wollen ihn nicht, deinen Kaviar.«

»Jurik soll ihn essen. Kaviar ist gesund.«

»Ich werde ihn essen«, flüstert Jurik. »Ich mag Kaviar!«

Da das Kind wach ist, stellen Ljusja und Pelageja Nikiforowna ihren Disput ein. Eine Zeitlang hängt jeder seinen Gedanken nach, dann schlummern sie ein. Im ersten Morgengrauen erwacht Pelageja Nikiforowna vom Rauschen des Regens auf dem zerknitterten Blechdach und murmelt: »Rette deine Seele, Ljusja.«

»Mama, meine Seele ist nicht verloren. Was redest du?«

»Du hast deine Seele und deinen Kopf verloren. Was kannst du diesem Literaten bedeuten? Du solltest deine Zeit nutzen, um einen Vater für deinen Sohn zu finden, anstatt sie zu deinem Vergnügen zu vertun.«

»Ich vergeude meine Zeit nicht. Wenn ich einen besseren finde, bitte sehr, sofort. Aber all diese Taugenichtse und Säufer...«

»Wer nicht sucht, findet auch nicht.«

»Aber ich suche doch!« ruft Ljusja.

Alle drei zucken zusammen. Jurik wohl, weil er spürt, daß hier nur scheinbar von ihm die Rede ist; Pelageja Nikiforowna, weil ihre Tochter nicht zur Vernunft kommt; und Ljusja, weil sie sich eingestehen muß, daß sie nicht sucht. Sie ist seit über einem Jahr die Geliebte von Bojarow, und nichts anderes ist mehr denkbar.

»Ich bin frei«, sagt sie trotzig. »Du siehst ja, jetzt bin ich für eine ganze Woche zu euch gekommen, obwohl auch er Ferien hat und ich sehr gut bei ihm sein könnte.«

Auch das ist natürlich nicht wahr. Sie könnte nicht bei ihm sein, weil er seinerseits mit seiner Familie aufs Land gefahren ist. Und jede Minute ohne ihn ist eine unsägliche Qual.

23

Das Tauwetter hat die Wege in Matsch verwandelt. Trotzdem geht Ljusja mit Jurik spazieren. Um seiner Mutter zu gefallen, weicht Jurik sogar den Pfützen aus. Aber Ljusja nimmt es nicht wahr. Sie denkt ununterbrochen an Bojarow. Wenn sie in einiger Entfernung einen hochgewachsenen Mann sieht, klopft ihr das Herz. Wenn sie beim Näherkommen feststellt, er ist es nicht, kitzeln die Tränen in ihrer Nase. Wenn sie die Augen schließt, stellt sie sich vor, er hält sie in seinen Armen, und wenn sie die Augen öffnet, schwankt sie in der überwältigenden Empfindung, sich ohne ihn keine Sekunde mehr auf den Beinen halten zu können. Sie spürt ein Summen im Ohr und fürchtet, ohnmächtig zu werden.

»Mama, du bist krank«, sagt Jurik trostlos.

»Jurotschka, ich bin wirklich krank«, flüstert Ljusja.

»Immer wenn du bei uns bist, wirst du krank.«

»Jurotschka, mein Schatz, das verstehst du falsch. Schau, so ein häßliches Tauwetter, und ich bin viel zu warm angezogen, schon den dritten Tag... aber andere Kleidung hab ich nicht mit... wie dumm von mir, wie dumm von mir, was bin ich dumm!« ruft sie heftig aus.

Jurik brummt: »Schon gut.« Sie kehren um. Ljusja widersteht der Versuchung, sich auf Juriks Schulter zu stützen, und setzt langsam die Füße voreinander, während sie mit den Tränen kämpft. Als wüßte er Bescheid, blickt Jurik nicht zu ihr auf, sondern marschiert an ihrer Seite mit gesenktem Kopf. Jetzt latscht er wieder durch die Pfützen. Ein heftiger Regen setzt ein, und beide halten es nicht für nötig, ihren Schritt zu beschleunigen. Durch die silbernen Fäden des Regens nähert sich ihnen eine Gestalt. Es ist Bojarow.

24

Übrigens hat Ljusja damals, als das Kriegsende nahte, ihren Eltern vorgeschlagen, mit den Deutschen nach Westen zu fliehen. Die Empfehlung kam von dem deutschen Major Paul Plank, von dem Bojarow überhaupt nichts hören will, denn in Paul war Ljusja so verliebt, daß sie in Ohnmacht fiel, als er sie das erste Mal küßte. Einmal las sie auf einem Briefumschlag Pauls Heimatadresse: Bischofsburg, Lindenallee. Absender war Pauls blonde Frau Hilde. Ein Foto von Hilde und den kleinen Zwillingssöhnen stand auf dem Schreibtisch; das drehte Paul, wenn Ljusja kam, immer um. Ljusja fand heraus, daß Bischofsburg in der Nähe der Stadt Königsberg liegt, sozusagen im Baltikum. Und obwohl Paul sehr böse wurde, als sie ihn darauf ansprach, wurde ihr ab sofort bei dem bloßen Gedanken an das Baltikum vom Scheitel bis in die Zehenspitzen heiß.

Ljusjas Vater Semjon Nikiforowitsch aber wollte aus zwei Gründen nicht von Dubowka weg. Erstens: Er habe niemandem in Dubowka geschadet und politisch nichts Falsches getan. Er sei sechsundsechzig Jahre alt und habe alle Rechnungen mit der Sowjetmacht beglichen. Zweitens: Er könne seine Bienenstöcke nicht im Stich lassen.

Drei Tage nach Abzug der Deutschen wurde er verhaftet. Eine Anklage lautete, er habe eine Totenmesse für einen deutschen Soldaten gehalten; eine andere, er habe in der Kirche, also öffentlich, für die Faschisten gebetet. Tatsächlich hat er die Obrigkeit, wie es seiner Meinung nach in der Heiligen Schrift verlangt wurde, in seine Gebete eingeschlossen.

Mit den Bienenstöcken aber hatte es folgende Bewandtnis: Semjon Nikiforowitsch war als Imker in den Kolchos Gluchoje bei Dubowka gekommen, weil er nach der Lagerstrafe nicht mehr Priester sein durfte. Er hatte schon als Kind auf dem väterlichen Hof und später in Nowosibirsk neben seinem geistlichen Dienst Bienenstöcke betreut und kannte sich mit Bienen aus. Im Winter einundvierzig wanderten drei alte Frauen durch den tiefen Schnee von Dubowka nach Gluchoje, um ihm das Priesteramt anzutragen. Gegen den verzweifelten Rat seiner Frau sagte er zu: »Wenn die Leute mich brauchen, kann ich ihnen meine Hilfe nicht versagen.« Für die Bienen aber fühlte er sich weiter verantwortlich, und die fünf Kilometer von Dubowka nach Gluchoje blieben sein häufigster Weg.

Übrigens hatte er sich niemandem gegenüber als Geistlicher zu erkennen gegeben. Einige Monate lang wurde das auch respektiert. Im alten Popenhaus gegenüber der Kirche wohnte noch das alte Väterchen Iwan, das neunzig Jahre alt und kaum mehr vom Ofen herunterzubringen war. Als die Besatzer den Leuten von Dubowka erlaubten, die Kirche zu öffnen und den Gottesdienst wieder aufzunehmen, wurde dieses alte Väterchen natürlich als erstes gefragt und soll mit zittriger Stimme entgegnet haben: »Ja, ist der Schlüssel denn noch da?« Der dreißig Zentimeter lange Eisenschlüssel zur Kirche fand sich in einer Schublade im Büro des geflohenen Ortssowjets. Auf zwei alte Männer gestützt, hielt das Väterchen seinen ersten Gottesdienst seit dreiundzwanzig Jahren, und angeblich hat es dabei vor Rührung geweint.

Es hielt noch bis zum Winter durch. Dann mußte ein Nachfolger gefunden werden, und die Frauen erinnerten sich an Semjon, den Imker von Gluchoje. Semjon war einmal in die Kirche gekommen und hatte sich dort, als anscheinend niemand hinsah, selbst mit Weihwasser geweiht. Das aber ist nach dem orthodoxen Gesetz nur Priestern erlaubt. Zwei alte Frauen, die die Bräuche kannten, hatten ihn beobachtet und wußten nun, wer er war.

25

Dubowka wurde bereits in den ersten Kriegstagen von den Deutschen eingenommen. Danach wurde dort nie mehr gekämpft. Bald lag das Dorf weit hinter der Frontlinie, und die Deutschen schickten Soldaten für ein bis zwei Wochen hin, damit sie sich erholen und neue Kraft für den Krieg sammeln konnten.

Dubowka war ein angenehmer Ort, auf einer sanften Anhöhe gelegen. Unterhalb des Abhangs ein Flüßchen und weite Felder, in der Ferne ein dichter Mischwald. Das Dorf selbst bestand aus drei Dutzend Blockhäusern zu beiden Seiten einer schnurgeraden, unbefestigten Straße. An einem Ende der Straße stand gegenüber dem Popenhaus die Kirche, am anderen Ende der sogenannte Sachanjew-Hof, vor der Revolution das Anwesen eines reichen Kulaken, zwischendurch Eigentum des Dorfsowjets und nun Hauptquartier der deutschen Armee. Im Hauptquartier wohnten die Offiziere, in den Hütten die einfachen Soldaten.

Die Soldaten standen morgens sehr früh auf, streckten sich im Sonnenlicht – nett sahen sie aus – und liefen durch das taunasse Gras hinunter zum Bach. Sie frühstückten ausgiebig, dann gingen sie auf die Jagd, halfen bei der Feldarbeit, spielten Karten oder versuchten, die einheimischen Mädchen zu verführen. Nachts stöhnten oder schrieen manche im Schlaf. Tags schien sich keiner darüber zu wundern.

Bisweilen rückte ein Trupp gegen Partisanen aus. Einmal stellte ein solcher Trupp zwanzig Partisanen, die sich bei Gluchoje in einer Scheune verbarrikadierten, und schoß die Scheune in Brand. Die Schreie der Brennenden hörte man bis Dubowka. An dem Abend bekamen die Soldaten viel Schnaps. Die Dubowkaer regten sich sehr auf. Mehrere Jungen liefen zu den Partisanen über. Das war der Anfang vom Ende.

Zweieinhalb Jahre lang aber war es fast wie im Frieden. Ljusjas Mutter, die Popenfrau Pelageja Nikiforowna, bewirtete die deutschen Soldaten großzügig. »Sie werden alle umkommen, die Armen, da muß man ihnen doch vorher was Gutes tun«, sagte sie. Sie fand einfach, daß das Leben weitergehen soll; trotz einiger grundsätzlicher Bedenken hinsichtlich der menschlichen Natur. »Außerdem werden sie sich dann vielleicht an der Front besser benehmen. Denn man weiß ja, wie verschieden die jungen Männer sind. Der eine erinnert sich, wenn er ein Dorf abbrennt, an die Kate seiner Mutter und weint, der andere aber – grad wie ein Raubtier ...«

Wenn Offiziere zu Besuch kamen, mußten die einfachen Soldaten weichen. Das Popenhaus, in dem die Gwosdikows seit dem Tod des alten Väterchens Iwan lebten, war, obwohl nach dem Sachanjew-Hof das zweitgrößte Haus im Ort, auf Verordnung des Majors Paul von Einquartierung freigestellt. Die Deutschen sprachen Semjon Nikiforowitsch mit »Herr Pfarrer« an und behandelten ihn höflich. Die Kirche galt als Sehenswürdigkeit, der Pope als gesellschaftsfähig, die Popenfrau als gute Köchin und das Töchterchen als Leckerbissen.

Für Offiziere wurde weiß gedeckt, weil sie so adrett waren. Ihre Manieren wurden von den Einheimischen staunend diskutiert. Da gab es einen pomadisierten Oberst, der einen winzigen gebratenen Fisch so geschickt mit Messer und Gabel tranchierte, daß plötzlich nur noch das Skelettchen auf dem Teller lag. Dieser Oberst brachte als Gastgeschenk Kognak mit, trank mit abgespreiztem kleinem Finger und erzählte von seinem Rosengarten. Er wollte Gauleiter in der Ukraine werden und dort Rosen züchten. Seine Stiefel waren gewichst, sein Kragen gestärkt. Um den Hals trug er ein Ritterkreuz, »eine Auszeichnung für besondere Verdienste in der Judenfrage«.

Nach dem Essen war eine Kirchenbesichtigung angesagt.

Die Kirche war der einzige Steinbau von Dubowka. Sie war knapp hundert Jahre alt, weiß verputzt mit hellblauen Fensterrahmen, und stand sehr wirkungsvoll auf dem Kamm des Abhangs unweit der Brücke. Das Zwiebeldach über der runden Tambourkuppel und das hohe Spiel über dem Glockenturm waren mit Zinkblech gedeckt und blinkten weithin sichtbar in der Sonne. Früher hatten auch das Gut Gluchoje und die fünf umliegenden Dörfer zu diesem Sprengel gehört. Nach der Revolution wurde die Kirche von dem damals zwanzigjährigen selbsternannten Ortssowjetvorsitzenden Galitsch verschlossen und versiegelt. Galitschs Siegel erkannten alle an. Deswegen wurde die Kirche nicht geplündert. Alle Ikonen und Geräte waren erhalten. Sogar die Glocken hingen noch.

Mit diesem Hinweis hat Semjon während der Okkupation das Leben von Raissa Galitsch gerettet. Jene Raissa nämlich, die ein Jahr nach Kriegsende kahlköpfig bei Ljusja in Leningrad erschien, war die jüngere Tochter des Ortssowjetvorsitzenden. Galitsch selbst war rechtzeitig vor den Deutschen geflohen, seine

Frau und die beiden Töchter aber blieben zurück, mußten den Sachanjew-Hof räumen und bezogen eine verlassene, halbverfallene Kate. Natürlich froren sie und litten Hunger. Raissa wurde beim Hühnerdiebstahl erwischt und sollte erschossen werden. Da bat Semjon, der Pope, den Major Paul um Gnade für sie: Es sei Raissas Vater Galitsch gewesen, der die Kirche, indem er sie versiegelte, vor Raub und Zerstörung bewahrte.

Ljusja war dabei und übersetzte mit glühenden Wangen, weil sie bereits in den Major Paul verliebt war. Raissa aber kam frei und verschwand am selben Tag, übrigens unter Mitnahme des betreffenden Huhns.

Ljusja dolmetschte auch, wenn Semjon den deutschen Offizieren die Kirche zeigte. Semjon sprach bei diesen Führungen sehr ausführlich und schien stark bewegt. Mit dem pomadisierten Oberst, der ihn ständig auf Zeichnungen in einem dicken Buch hinwies und dabei »Baedeker!« rief, fand er gar kein Ende. Er erklärte, was die Kreuzkuppelform bei orthodoxen Kirchen bedeutet, wie Kirchenraum und Ikonostas aufgeteilt sind, wozu die Königstür und die südliche Tür der Ikonenwand in der Liturgie dienen. Gott sei Dank wollten nicht alle Besucher so viel wissen. Aber auch die stumpfsten Militärs unterrichtete Semjon gewissenhaft, während Ljusja, deren deutscher Wortschatz sowieso begrenzt war, sich einen Spaß daraus machte, das Interesse der Offiziere von der Kirche ab und auf sich selbst zu lenken, was ihr fast immer rasch gelang.

26

Semjon sah Ljusjas Treiben schweigend zu. Früher, vor seiner Verhaftung, war er ein strenger Vater gewesen. In Nowosibirsk hatte er einmal den ältesten Sohn Wowa, als er ihn beim Rauchen erwischte, mit dem Gürtel verdroschen. Ein andermal nahm er Lera den Ausgeh-Sarafan weg, weil sie immer Innokentijs Pickelcreme »Metamorphose« stahl. Ljusja kannte diese Geschichten und fühlte sich überlegen. In ihren entscheidenden Jahren hatte Semjon gefehlt. Jetzt war er zu müde, um Einfluß zu nehmen. Einmal hat er es versucht: Er nannte Ljusja leichtsinnig und erhob sogar die Stimme. Aber sie lief einfach hinaus. Seitdem hat sie ihn nie mehr Papa genannt. Sie sonnte sich zwar in seinem Glanz, denn sie merkte, wie geachtet er war, und schrieb sich das aufs eigene Konto. Aber sie mußte auch zeigen, daß sie über den Gesetzen stand. Sie besuchte seinen Gottesdienst nur, wenn Pelageja Nikiforowna lang genug darum flehte. Dann stand Ljusja zwischen den Betenden und lachte. Sie sang absichtlich falsch.

27

Semjons Bemühen, in Dubowka wieder ein orthodoxes Gemeindeleben einzuführen, war von Pannen und Unglücksfällen begleitet. Ihn selbst hat das bekümmert, aber nicht beirrt. Es reizte allerdings Ljusjas Spottlust.

Zum Beispiel kannten zunächst, mit einer Ausnahme, nur noch Großmütter die Liturgie. Die sechziggjährige heisere Matrjona stellte einen scheppernden Kirchenchor zusammen, mit dem sie dreimal die Woche übte. Matrjona wurden auch die Psalmenlesungen vor Beginn des Gottesdienstes anvertraut. Semjon Nikiforowitsch erklärte kurzerhand, nach der Menopause sei das erlaubt, und Ljusja lachte sich darüber halbtot.

Weil es im Chor keinen Mann gab, holte Matrjona ihren fünfundsiebzigjährigen Gatten Mischa vom Ofen. Mischa war fromm, krumm und ziegenbärtig. Er hatte einen schütteren Tenor und ging bei tiefen Tönen immer in die Knie.

Matrjona und Mischa hatten sich immer offen zu ihrem Glauben bekannt. Sie waren auch nie dem Kolchos beigetreten. Deshalb lebten sie seit der Revolution in bitterer Armut. Sie bekamen weder Fleisch noch Milch noch Korn zugeteilt, durften keine Ziege halten und kein Gemüse anbauen. Sie ernährten sich von Beeren, Pilzen und Eiern, eine Nachbarin stiftete manchmal ein Pfund Mehl. Sie bekamen kein Brennholz. Mischa sammelte Reisig im Wald, aber kein Zweig durfte dicker sein als ein Messergriff. Der Wald lag drei Kilometer entfernt, und im Winter ging Mischa den Weg sechsmal am Tag. Den letzten Winter war er so krumm gewesen, daß jemand scherzte, er schaufle mit seinem Kinn den Schnee.

Sie beklagten sich nie. »Gott wird schon wissen, warum er uns diese Prüfungen auferlegt«, erklärte Matrjona ihrer Tochter Njura, der sie zu Hause bei zugezogenen Vorhängen die Gebete beibrachten.

Dann ergab es sich, daß Njura sich in einen deutschen Soldaten verliebte. Er hieß Hans: ein schüchterner, pickliger rothaariger Junge. Hans kam an einem Freitag nach Dubowka. Am Samstag suchte er vergeblich die Bekanntschaft verschiedener Mädchen. Am Sonntagmorgen traf er auf der Straße Njura, die vor allen anderen zur Kirche ging, um die Ikonen zu putzen. Nach der Messe begleitete Hans Njura nach Hause, allerdings ohne hereingebeten zu werden, und am Abend ging er mit ihr spazieren. Miteinander reden konnten sie nicht, denn Njura sprach kein Deutsch, Hans kein Russisch; aber einmal, das wurde beobachtet, nahm er kurz ihre Hand. Freche Leute schlossen Wetten ab, ob Hans Njura wohl knackt: Sie war dreiunddreißig Jahre alt, bescheiden, unscheinbar, und galt als spätes Mädchen.

Am nächsten Tag, dem Montag, hatte Hans im Stab zu tun und Njura auf dem Feld, aber sie begegneten sich ein paarmal und wechselten Blicke. Am Dienstag mußte Hans an einer Expedition gegen die Partisanen teilnehmen. Als er morgens ausrückte, lächelte er Njura zu, die errötend hinter dem Fenster stand. Am Abend kehrte die Expedition mit Hans' Leiche zurück.

Njura klagte so heftig und ausdauernd, wie niemand es für möglich gehalten hätte. Sie schrie stundenlang: »O Gott! Hans, Hans, Hans!« und: »Er war mein Schicksal!« Schließlich hielt

Semjon sogar eine Totenmesse für den armen Hans, um Njura zu trösten. »Wer mein Wort hört und glaubet dem, der mich gesandt hat, der hat das ewige Leben und kommt nicht in das Gericht, sondern er ist vom Tode zum Leben gelangt...« Semjons Ernst übertrug sich auf den Chor. Obwohl Hans gar nicht da war – seine sterblichen Überreste lagen bereits in einem Waggon nach Westen –, sang der Chor für ihn: »So kommt denn alle, die ihr mich geliebt habt, und schenkt mir den letzten Kuß... Zum Richter gehe ich nun hin, wo es kein Ansehen der Person gibt...« Und während Ljusja noch gönnerhaft überlegte, daß die Partisanen auf solche zugegebenermaßen traurige Weise Njura endlich zu einem Schicksal verholfen hätten, geschah es, daß Njuras Vater, der alte Mischa, bei einem tiefen Ton in die Knie ging und nicht mehr hochkam. Als er über die Chorschranke sank, soll er geflüstert haben: »Es ist so schade um Njura!« Und das war das vorläufige Ende des gerade erst wiedererstandenen Dubowkaer Kirchenchores.

Ein Jahr lang versah Semjon alle Dienste allein. Er schwenkte das Weihrauchfaß, weihte das Opferbrot am Rüsttisch, trug das Evangeliar und die Kerzen, läutete die Glocken. Allmählich wuchs die Gemeinde. Es kamen einzelne Männer hinzu und schließlich sogar ein Priesterlehrling. Dieser hieß Stjopka und blieb im zweiten Kriegswinter in Dubowka hängen.

In diesem Winter wanderten sieben oder acht zerlumpte Männer barfuß über die vereisten Felder, prophezeiten den baldigen Weltuntergang, geißelten sich und riefen zu Buße und Umkehr auf. Pelageja Nikiforowna bot ihnen Tee und heiße Suppe an. Die Dorfbewohner beobachteten während dieses Auftritts neugierig Semjon Nikiforowitsch, der die Büßer anhörte. Aber zuletzt schüttelte Semjon nur mild den Kopf, und die Menge zerstreute sich. Die Pilger zogen weiter bis auf einen, Stjopka, der sich hinter dem Popenhaus versteckte. Als seine Leute fort waren, fiel Stjopka vor Semjon in die Knie und bat, bleiben zu dürfen. Seine Füße waren wund, seine Schultern verschorft, die

Haare verfilzt, die Stirn heiß. Er redete wirr. Woher er kam, hat sich nie geklärt. Vielleicht hat er es zu erzählen versucht, aber weil er, außer beim Singen, stark stotterte, hörte keiner ihm zu. Nur mit der Liturgie kannte er sich aus. So wurde er Semjons Gehilfe. Auf eigenen Wunsch lebte er im Stall. In einem löchrigen, mit Strohhalmen gespickten Pullover stand er während des Gottesdienstes hinter Semjon und sang mit halbgeschlossenen Augen in seinem zarten, klanglosen Tenor, wobei er die Lippen spitzte wie ein Vögelchen.

Er fastete die ganze Zeit. Einmal, als die Frauen aus dem Flüßchen Wasser holten, sahen sie, wie Stjopka sich unter der Brücke geißelte. Es war ein frostiger Wintermorgen. Jemand hatte ins Eis ein Loch geschlagen, in das sie nacheinander ihre Eimer tauchten, und da entdeckten sie im Halbdunkel unter der Brücke Stjopka, der sich schluchzend vor Reue auf dem Eis schüttelte und wälzte. Noch bevor sie ihre Sprache wiedergefunden hatten, eilte Semjon herbei, barhäuptig, ohne Umhang, in seinem dunkelblauen Alltagsrock. Er sprang unerwartet behende die verschneite Böschung hinab und zerrte Stjopka unter der Brücke hervor. Stjopka rannte aufheulend ins Haus, die Frauen wiesen einander andächtig auf seine blutigen Schultern hin, und Ljusja ließ sofort das Tragejoch fallen und folgte Semjon zum Popenhaus.

In der Stube hielt Semjon Stjopka eine Standpauke. »Man zeigt seine Buße nicht öffentlich, weil man damit die Phantasie der Leute auf seine Sünden lenkt. Nicht das Böse soll im Vordergrund stehen, sondern das Vorbild des Guten.«

»Ich b-b-b-bin nicht w-w-w-würdig, S-s-s-tarez!« schluchzte Stjopka.

»Du mußt versuchen, es zu werden, wenn du hierbleiben willst!« Semjon riß plötzlich die Tür auf, zog Ljusja am Genick herein und schimpfte: »Und du auch!«

Stjopka warf sich zu Boden und wimmerte: »W-w-was s-s-soll ich t-t-t-tun?«

»Erstens: Anständig essen, damit du zu Kräften kommst. Zweitens: Ich dulde keinen halbnackten Burschen in der Nähe meines Hauses, denn ich habe ein aufsässiges Töchterchen im schlimmsten Alter. Drittens: Du hast dich nicht nur anständig, sondern auch warm anzuziehen, dann verlierst du vielleicht das Fieber, das deinen Verstand zerfrißt!«

Pelageja Nikiforowna rang die Hände. »Schon gut!« sagte Semjon barsch. »Pelageja, gib dem Jungen meine wattierte Jacke. Ljusja, du wolltest Wasser holen. Ich nehme an, der Eimer ist inzwischen festgefroren.«

Ljusja dachte hochmütig: ›Soso, jetzt wissen wir, was er von mir hält. Das büßt er mir!‹ Stjopka aber verließ kurz darauf Dubowka. Er war einfach eines Morgens verschwunden.

Im zweiten Kriegswinter kam, von der Kirchenleitung aus Pskow gesandt, ein Diakon namens Kolja, um seinen Dienst in Dubowka anzutreten. Kolja war dreiundvierzig Jahre alt, ein lebenslustiger Witwer mit einer kräftigen Baßstimme. Noch im selben Winter nahm er sich unter den Dubowkaer Bauersfrauen eine Geliebte. Außer ihr liebte er den Wodka. Semjon wies ihn mehrmals zurecht.

Da schrieb Kolja an die Kirchenleitung in Pskow eine Eingabe, in der er Semjon als Hochstapler bezeichnete. Tatsächlich besaß Semjon keine Dokumente. Ljusja öffnete eines Tages die Tür, und herein trat ein hochgewachsener, schöner Mann von etwa fünfzig Jahren mit schwarzgelocktem Bart, im Mönchsgewand, mit goldenem Brustkreuz und Hirtenstab. Semjon Nikiforowitsch war aufgestanden und musterte den Gast unruhig, als müsse er ihn kennen. Und plötzlich fielen sich die beiden Männer in die Arme.

Semjon hatte Kirill gekannt, als der noch ein Knabe war. Als Kirill auf die Priesterschule kam, schloß Semjon das geistliche Seminar gerade ab. Während Semjon im Lager saß, kletterte Kirill in der geistlichen Hierarchie nach oben. Kirill war gekommen, um die Eingabe des Diakons Kolja zu überprüfen. Nun unterhielten sie sich lang und herzlich, und die Eingabe war vergessen.

Der Diakon Kolja wurde verwarnt. Später folgte er den abziehenden Deutschen nach Westen. Kirill aber töteten bald darauf die Partisanen, indem sie ihm den lockigen Kopf vom Rumpf trennten.

28

Das meiste, was Ljusja von Semjon Nikiforowitsch weiß, stammt aus dem ersten Dubowkaer Jahr, als Ljusja es noch sensationell fand, einen Vater zu haben, und Semjon nicht von der Seite wich.

Semjon war fast immer ruhig. Keiner widersprach ihm, obwohl er weder schimpfte noch drohte. Von der Hölle sprach er nie, er sagte, die Heilige Schrift sei für das Diesseits geschrieben, um den Menschen auf Erden zu helfen.

Seine Ratschläge waren eher praktisch als spirituell. Zu Ljusja sagte er: »Lügen sind deswegen so gefährlich, weil man sie sich nicht merken kann. Der Lügner vergißt, was er erzählt hat, aber seine Zuhörer nicht. Das nächste Mal erzählt er was anderes, und schon ist er ertappt.« – »Und Gott? Dem ist das wohl egal?« – »Gott muß sich um zu viele andere Dinge kümmern. Deswegen hat er es so eingerichtet, daß ein Lügner sich auf lange Sicht immer selbst bestraft.«

Auch im Dienst stellte Semjon das Leben über die Liturgie. Er wollte zum Beispiel nicht, daß die strengen Fastenregeln eingehalten würden. »Ihr seid sowieso schon schwach«, sagte er zu den Frauen, »dem Herrn dient ihr besser, indem ihr wieder zu Kräften kommt.« Dafür forderte er während der Messe Disziplin. Gespräche waren verboten. Seine Predigten waren kurz und verständlich. Er verlangte, daß die Gebete klar ausgesprochen und nicht gemurmelt würden, denn »wer nicht klar spricht, denkt nicht klar und fühlt auch nicht klar.«

Einmal protestierte eine Frau: Wozu solle man klar fühlen, wenn man nicht wisse, was; und was solle man klar aussprechen, wenn klar gesprochene und klar gesehene Dinge nichts als Schmerz bereiteten? – »Segen ist, wenn es etwas gibt, wofür man danken kann«, antwortete er.

Er selbst fand, er habe für vieles zu danken. Zum Beispiel liebte er die Sonne. Er sagte, morgens als freier Mensch die Sonne aufgehen zu sehen sei das höchste Glück. In diesen drei Jahren hat er keinen Sonnenaufgang versäumt. Er begrüßte die matte rötliche Sonne über den Schneefeldern an den Wintervormittagen und die früh strahlend hell, fast weiß aufsteigende Sonne der frühen Julimorgen. Eine Zeitlang versuchte er auch Ljusja zu diesem kostbaren Vergnügen zu überreden, aber im Sommer ging die Sonne schon zur dritten Stunde auf, nach Ljusjas Begriffen also um Mitternacht, so daß Ljusja Semjons Einladungen nur ungern folgte und insgeheim diese Sonnenaufgänge verfluchte.

Semjon, der Bauernsohn, liebte die Erde. Im Garten des Popenhauses zog er Kartoffeln, Zuckerrüben, Radieschen, Frühlingszwiebeln, Petersilie und Dill. Im Wald sammelte er Pilze und Beeren. Noch das geringste Kraut, sagte er, ist zu etwas gut. Ausgekochte Brennessel hilft gegen Schuppen, Wermut gegen Motten und Flöhe. Kletten, in Handtücher eingelegt und mit siedendem Wasser übergossen, ergeben wohltuende Umschläge auf schmerzende Beine.

Immer hatte Semjon Sprüche auf Lager, die sich auf alles mögliche übertragen ließen. Einmal zu Beginn der drei Jahre fragte Ljusja: »Was meinst du, wie das mit den Deutschen wird?« Er sagte: »Wir müssen für ihre Vernunft beten.« Im zweiten der drei Jahre sagte er: »Sie benehmen sich wie das Wildschwein unter der Eiche, das auf Trüffelsuche die Wurzeln zerstört.« Im letzten: »Man kann nicht oben auf dem Tannenbaum sitzen, ohne sich den Hintern zu zerkratzen.« Ljusja bezog das zuerst auf die Deutschen und lachte übertrieben forsch, weil sie die

Abreise des Majors Paul noch nicht verkraftet hatte. Aber dann sah sie die Schatten in Semjons Gesicht.

29

»Hast du Lust, mit mir nach Odessa zu fahren?«

Es ist Bojarow, der das flüsternd fragt. Er nimmt eine Mittagsmahlzeit in dem kleinen, soliden Restaurant ein, in dem Ljusja als Kontrolleurin arbeitet. Da er der letzte Gast ist, kann sich Ljusja kurz zu ihm setzen.

Sie hat ihn zwei Wochen lang nicht gesehen. Er hatte in Wologda und Archangelsk zu tun, und die Trennung scheint ihm schwergefallen zu sein. Die Einladung nach Odessa ist riskant, das erhöht ihren Wert. Während Ljusja freudig diese Pluspunkte zusammenrechnet, bemüht sie sich, möglichst zweifelnd zu fragen: »Ja, aber ob die mir wohl freigeben?«

30

Für Bojarow ist es eine Dienstreise.

Er wohnt in einem eleganten Hotel. Abends geht er mit Ljusja in die Oper. Morgens holt ihn eine schwarze Limousine mit Chauffeur ab und bringt ihn zum Hafen, zu Fabriken oder auf Mustergüter, die er aufrechten Ganges besichtigt, im Anzug, das Notizbuch in der Hand, das Parteiabzeichen am Revers. Manchmal nimmt er Ljusja mit. Ljusja bewundert ihn, weil sie sieht, wie ehrerbietig er empfangen wird und was für raffinierte Speisen man sogar in kurzen Pausen für ihn auftischt. Oft muß sie aber auch auf ihn warten, und das ist die eigentliche Gelegenheit, Odessa kennenzulernen.

Dann streunt Ljusja durch die Straßen und genießt die Freiheit und die Sonne. In Leningrad war bereits der erste Kälteeinbruch. Am Abend ihrer Abreise sahen sie im Zwielicht, wie sich Schnee auf die goldenen Blätter legte. Ljusja atmete schaudernd die kalte, würzige Herbstluft ein, und Bojarow hat am Bahnhof sogar einmal kurz ihren Arm an sich gedrückt, es war sehr romantisch. Hier in Odessa aber sind die Bäume noch grün, die Tage lang. Man kann in den griechischen Höfen in der Sonne sitzen, Tee trinken und moldawischen Schafskäse essen; man kann das laute südliche Leben beobachten, das sich auf den hölzernen Treppen und Balkonen abspielt. Semjon Nikiforowitsch hatte recht: Von der Sonne kommt das Leben. Während die Leningrader in der Apathie der dunklen, endlosen Herbstabende versinken, feiern die Odessiten den hellen Tag. An jeder Straßenecke Zurufe, Fragen, ein Gespräch. Ljusja ist dankbar dafür; so lernt sie die kürzesten Fußwege und die billigsten Garküchen kennen. Da Bojarow ihr kein Taschengeld gibt (ihm wäre es lieber, sie würde im Hotel auf ihn warten), ernährt sie sich von Weißbrot, Schafskäse und Pistazien. Aber es findet sich auch immer wieder jemand, der sie einlädt. Ehrlich gesagt, ist das fast interessanter als mit Bojarow, der, trotz Luxus und Ehrungen, reizbar und verspannt wirkt.

31

Dann gibt es ein gänzlich überraschendes Wiedersehen, hier im Odessaer Luxushotel, dessen Speisesaal an diesem Samstagabend fast ganz von einer kaukasischen Hochzeitsgesellschaft belegt ist; also, wenn so was in einem Roman geschrieben stünde, würde es keiner glauben.

Leider ist Bojarow dabei.

In dem teuren Restaurant nämlich werden er und Ljusja, weil es keine freien Tische gibt, zu einem betrunkenen Paar gesetzt. Der Mann ist dick und kahl, ein ordenbehängter Militär, und die Frau ist Raissa: Raissa Galitsch, die Vorsitzendentochter und

Hühnerdiebin aus Dubowka, nachmalige Gattin des Bernsteinoffiziers Tigran aus Eriwan. Sie trägt ein himbeerfarbenes, weit ausgeschnittenes Kleid und ißt mit großem Appetit Bliny mit Kaviar.

»Rajetschka?«

»Ljusenka?«

Raissa wischt sich fassungslos die schwarzen Krümel vom Kinn und steht auf.

Umarmung, Küsse, Tränen.

»Darf ich vorstellen? Damir, das ist Raissa aus Dubowka, die Tochter des Ortssowjetvorsitzenden, ich habe von ihr erzählt. Raja, das ist...«

»Damir Mirsaidowitsch«, informiert Bojarow knapp.

»Und das...

»Taras Danilowitsch«, ergänzt Raissas Offizier im gleichen Tonfall.

Schon werden Erinnerungen ausgetauscht; verschlüsselt, da eine Besatzungsvergangenheit in Militärkreisen unerwähnt bleiben muß. Raissas Begleiter trinkt schnell und kann im Gespräch nicht mithalten, protestiert aber auch nicht. »Er ist Kubankosak und Held der Sowjetunion«, erklärt Raissa großartig und streicht ihm über den balkenförmigen grauen Schnurrbart. »Begeistert im Kampf, hart in der Liebe, ausdauernd im Trinken, bescheiden in der Unterhaltung.«

Bojarow hört interessiert zu.

»Was schaut mich der an wie ein Schwamm?« fragt Raissa.

»Er ist Literat«, sagt Ljusja stolz. »Wenn du was bietest, schreibt er vielleicht eine Geschichte darüber.«

»Was soll ich ihm denn bieten? – Moment, ich komm rüber!« Aber als Raissa aufstehen will, packt der Kosak sie am Genick. »Wir müssen noch etwas warten«, lenkt Raissa ein, »reich doch mal den Wodka rüber.«

Dubowkaer Erinnerungen. »Wie geht es deinem Vater, Raissa?«

»Er ist jetzt ein heroischer Kriegsinvalide und reorganisiert die kollektive Wirtschaft.«

»Schreibt ihr euch?«

»Na, was denkst du, bei meinen sozialistischen Erfolgen!«

»Und deine Mama?«

»Sie ist leider an ihrem Herzen gestorben. Und deine Eltern? Ist dein Papa nach dem Krieg zurückgekehrt?«

»Nein, leider nicht.«

»Ljusja hatte einen tollen Papa, Damir Sowiesowitsch! Ich verdanke ihm gewissermaßen ... nun, lassen wir das. Ein sehr seriöser Mann. Irgendwie tat er uns leid, so ein ehrenhafter Mann, aber sein Chor kratzte ab, und im Haus hatte er einen Gottesnarren und eine Kirsche.«

»Der Gottesnarr war Stjopka«, erklärt Ljusja.

»Und die Kirsche war Ljusja«, erklärt Raissa. »Weil sie die rotesten Lippen hatte. Hast du sie mit irgendwas angemalt, Ljusja, oder bloß draufgebissen? Jedenfalls, mit ihren kirschroten Lippen hat sie die glorreiche Dingsarmee aufgemischt.«

Erinnerungen! Der Kosak wankt davon, er muß austreten. Raissa sieht ihm mit schiefgelegtem Kopf nach, kommt um den Tisch, setzt sich neben Ljusja und beginnt, Bojarows Vanilleeis zu löffeln.

»Raissa, sag mir, wieso Taras und nicht Tigran?« flüstert Ljusja.

»Tigran ist hopsgegangen.« Raissa fährt sich mit den Fingerspitzen über die Kehle.

»Oh, das tut mir leid.«

»Mir auch, er war verdammt nobel.«

»Und dieser da?«

»Tja, was sollte ich tun, ich arme Witwe?«

»Ist er der erste seitdem?«

»Wo denkst du hin. Aber der beste.«

Damir hüstelt. Raissa schiebt ihm verächtlich die leere Eisschale zu.

»Und wie ist dein Literat?« fragt Raissa. »Bißchen geizig, wie? So wie du aussiehst.«

»Raissa, Vorsicht, er ist empfindlich.«

»Na gut, deiner ist empfindlich, meiner ein Klotz. Deiner gescheit wie eine Feder, meiner dumm wie ein Korken. Deiner... na ja, schon gut. Man kann es ja nicht so sagen. Vielleicht sollten wir eine Woche tauschen? Dann kommst du ein bißchen zu Pulver, und in meiner Flasche ist sowieso Platz für alle...«

»Raissa, nehmen Sie sich in acht. Sie wählen unglückliche Vergleiche.«

Raissa scheint von Damirs Protest nicht beeindruckt, aber selbst im Rausch weiß sie, bei welchen Themen man die Stimme senken muß. »Arbeitet der vielleicht in den Organen, Ljusja? Bei meinem Tigran hieß es auch zuerst, er wählt unglückliche Vergleiche, und am nächsten Morgen um vier...«

»Ljusja, wir gehen.«

32

Diesen Abend ist mit Bojarow nichts mehr anzufangen. Er schläft unruhig und knurrt, wenn sie ihn berührt. Am nächsten Morgen geht er zu einem Empfang. Ljusja streift durch die Stadt in der Hoffnung, irgendwo Raissa zu treffen, und kehrt am frühen Nachmittag unverrichteter Dinge und hungrig zurück.

Bojarow wartet schon und regt sich furchtbar auf. Eine halbleere Flasche Kognak steht auf dem Mahagonitischchen. »Das ist ja genau die richtige Gesellschaft für dich. Eine Prostituierte mit Hang zum Alkohol. Gratuliere!« Er wirft sich in den blaugepolsterten Lehnstuhl und zerrt an seiner Krawatte. Als es klopft, fährt er hoch.

Ein Kellner bringt auf einem Tablett türkischen Kaffee.

»Wenn ich nur wüßte, was du hast? Sie hat dir doch nichts getan?« fragt Ljusja.

»Entschuldige bitte, sie hat uns öffentlich, in einem Speisesaal, mit ihren Zoten belegt und kompromittiert, indem sie dich mit sich verglich und mich mit ihrem – Freier!« Bojarow gießt sich Kognak nach. Der erste Schwall geht daneben.

»Bist du böse, weil sie das mit den Organen gesagt hat?«

Er trinkt und gießt wieder nach.

»Aber Damir, mir ist es doch ganz gleich, ob du mit den Organen...«

»Ljusja!« Er springt auf, zieht sie am Handgelenk ins Bad, dreht alle Wasserhähne auf und flüstert: »Ich habe niemals in den Organen gearbeitet, kapiert? Weder stand noch stehe ich mit ihnen in Verbindung. Und jetzt kein Wort mehr davon.«

Er stellt das Wasser wieder ab. Als sie in den Salon zurückkehren, mustert er argwöhnisch den Lüster. Er nimmt den Telefonhörer, blickt in die Muschel, legt auf.

Die Nachmittagssonne scheint, gebrochen durch die Jalousien, in die Suite. Von unten dringt gedämpft Straßenlärm herauf. Niemand spricht.

Ljusja langweilt sich. Manchmal, wenn Bojarow Kognak trinkt, fängt er an, sich wegen seiner Kollektivierungssünden anzuklagen. Aber er bleibt immer vage und edel, nie kommt was Konkretes raus. Er bezichtigt sich eine Weile und geht dann nach Hause. Anders als sonst scheint er das Selbstanklagestadium heute übersprungen zu haben, aber nach Hause kann er nicht. Gequält reckt er seinen Hals. Heute morgen hat er sich beim Rasieren mehrmals geschnitten, die Wunden brennen unter dem engen Kragen, vergeblich reibt er sie mit seinen bronzefarbenen Fingerspitzen.

»Weißt du was, Damir, ich gehe ein bißchen spazieren.«

»Das läßt du bleiben.«

(Mein Gott, was für eine Quälerei. Wär ich bloß nicht mitgekommen.) »Kein Wort!« ruft er. Vor dem Spiegel rückt er seine Krawatte zurecht, zieht das Jackett mit den beiden Orden an und strafft sich. »Also los. Fahren wir.«

Sie verlassen das Haus durch den Hintereingang und suchen ein Taxi, obwohl vor dem Hotel eine Limousine mit Chauffeur bereitsteht. Bojarow ruft dem Taxifahrer einen Namen zu. (Na klar, es geht wieder zum Friedhof. Dabei hätte ich lieber was gegessen.)

Am Friedhofstor lauscht Bojarow, bis das Motorengeräusch verklungen ist, und geht dann schweigend los. (Vielleicht kann ich die Szene abkürzen, indem ich alle Schuld auf mich nehme?)

»Es tut mir leid, daß ich das mit den Organen gesagt habe, Damir. War nicht so gemeint. Verzeih mir. Und ich weiß auch, daß dir das mit der Kollektivierung leid tut. Bitte beruhige dich!«

Er entdeckt eine schwarzgekleidete alte Frau, die am Ende des Weges Blumen gießt, und führt Ljusja beiseite, einen Hügel hinauf.

Frische, helle, salzige Luft, wenig Vögel. Hellgraue Grabsteine, lange Schatten. Es ist fast ganz still. Eine Elster zu Fuß. In großem Abstand ringsum einzelne Frauen über einzelne Gräber gebeugt. Alle sind alt, schwarz gekleidet, und bewegen sich langsam. Bojarow läßt sie nicht aus den Augen.

»Ach Gott, die Kollektivierung«, flüstert er schließlich. »Die Erinnerungen reichen, um mein Leben zu vergiften. Aber es gibt noch einen anderen Aspekt, und zwar«, er sieht sich um, »die Gegenwart. Die Kollektivierung ist nur scheinbar Vergangenheit, der Schrecken geht weiter. Was wir jetzt haben, ist die blutige Ernte unserer blutigen Saat.«

Ljusja schweigt, um ihm zu helfen, und späht ihrerseits nach Lauschern aus. Sie haben eine Bank gefunden, und da sitzen sie nun, beschienen von der schräg einfallenden Sonne, und ihre hellen Gesichter wenden sich unruhig nach allen Seiten.

»Meine einzige Entschuldigung ist«, fährt Bojarow unvermittelt fort, »daß ich damals, als ich mich der Entkulakisierung anschloß, erst siebzehn Jahre alt war. Ich habe an die Ideale geglaubt. Als ich das Ausmaß und die Sinnlosigkeit der Zerstörung begriff, konnte ich nicht mehr zurück. Die fleißigsten Bauern, die tüchtigsten Handwerker und Unternehmer haben wir vernichtet. Der Schaden, den wir angerichtet haben, ist in Generationen nicht gutzumachen; die Opfer kann man sowieso nicht wieder zum Leben erwecken, aber auch die Moral ist zerstört, der Glaube an uns und an die Arbeit... Eine kurze Zeit dachte ich, es nütze, wenn man die Dinge beim Namen nennt; aber das war, wie sich sofort herausstellte, nicht mehr möglich.

Für meine effektive Enteignungsarbeit wurde ich mit dem Moskauer Stipendium belohnt. Schon im ersten Jahr ein Propagandaauftrag in Tiflis. Ich fuhr mit dem Zug durch die Ukraine. Dort ließ man gerade auf Anweisung Stalins die Bauern verhungern. Der Führer der Völker hatte sich über die Bauern geärgert, weil sie ihr Getreide nicht abgaben. Das Getreide wurde beschlagnahmt und zu Niedrigpreisen an die Amerikaner verschleudert; die Bauern, die nichts zu essen hatten, krepierten zu Millionen. An jeder Bahnstation stürzten sich Hungernde auf den Zug und bettelten um Brot – gelbe, schlaffe Haut, glühende Augen... Kinder mit geblähten Bäuchen... Auf dem Rückweg zogen die Schaffner vor jeder Station die Vorhänge zu und verriegelten die Türen.«

Der Himmel hat sich bewölkt. Zwei schwarze Frauen stehen auf einmal in der Nähe. Sind es die gleichen wie vorhin, oder sind es andere? Bojarow spricht schneller.

»Und das war noch gar nichts. Im Winter dreißig arbeitete ich in Kiew. Dorthin war vom Land geflohen, wer sich noch auf den Beinen halten konnte. Aber auch in Kiew gab es nichts zu essen, niemand nahm die Flüchtlinge auf, eisige Kälte... Sie kampierten auf dem Bessarabischen Markt – jeden Morgen, wenn ich zur Arbeit ging, stolperte ich über Erfrorene, manche halb vom Schnee zugeweht... dann ging ich in die Redaktion und verfaßte Elogen auf Väterchen Stalin, unseren Beschützer, den Klassiker des Marxismus. Monate- und jahrelang Elogen. Ich schrieb Jubelberichte über die Rekordernte des Jahres dreiunddreißig; aber daß niemand mehr lebte, um die Ernte einzubringen, habe ich nicht erwähnt. Ja, hör genau hin, Ljusja, das Volk am Verhungern, und die Ernte verdarb am Halm.«

Mehrere schwarze Frauen sind nun ziemlich nah. Bojarow ruft einer mit scharfer Stimme zu: »He, Oma, wieviel Uhr ist es?« Die Angesprochene reagiert nicht, aber eine andere nähert sich auf krummen Beinen: »Söhnchen, was hast du gesagt?« Sie schlägt das schwarze Kopftuch vom Ohr zurück: ein hundertjähriges graugelbes Gesicht. Drei freundlich entblößte schwarze Zahnstummel. Bojarow lacht hektisch.

Von irgendwo eine tiefe Stimme: »Halb sechs!«

Bojarows Nacken zuckt. Ljusja blickt sich um. Bojarow brüllt der Alten ins Ohr: »Wir haben nur nach der Zeit gefragt, Oma! Aber irgendein unbekannter Wohltäter hat sie uns schon gesagt! Danke!« ruft er laut ins Rund.

»Bitte sehr!« Die Baßstimme gehört einer der schwarzen Grabpflegerinnen. Sie scheint etwas größer, aber genauso gebückt wie die anderen, und harkt zwanzig Meter entfernt ein Grab.

»Wiedersehen! Guten Abend, liebe Omas!« ruft Ljusja, als sie möglichst gelassen davonschlendern. »Wiedersehn! Wiedersehn!« klappert es hinter ihnen her.

Bojarow dreht sich nicht um, aber er wechselt mehrmals die Richtung. »Zu blöd, zu blöd!« lacht er. Dann stehen sie auf einer Pappelallee. Der Himmel ist jetzt bedeckt, der Wind nimmt zu. Einzelne Regentropfen klatschen in den Staub. Nach einigem Zögern schlägt Bojarow die Richtung zum Meer ein.

Das Rauschen der Wipfel beruhigt ihn. Er spricht jetzt wieder mit ganzer Stimme. »Genau, Elogen. Das war das Stichwort. Es kamen die ersten politischen Prozesse... dann die Jeshowschtschina... Ich habe die Machenschaften durchschaut, aber es war zu spät. Auf welche übergeordneten Maßstäbe hätte ich mich berufen können? Die hatte ich alle bereits mit Füßen getreten... mit Füßen getreten.«

Es regnet in großen, weichen Tropfen, nicht stark. Bojarow

wendet das Gesicht zum Himmel und öffnet den Mund, als habe er Durst, aus seinem nassen Haar läuft ihm Wasser über die Schläfen. Der Wind ist jetzt sehr stark. Ljusja breitet die Arme aus. Ein schwarzer Wolga hält neben ihnen.

Bojarow reißt die Beifahrertür auf und ruft in die Kabine: »Danke, wir brauchen Sie nicht.«

Die Antwort ist nicht zu hören.

Bojarow lacht laut. »Machen Sie sich bitte keine Sorgen über unsere Gesundheit!« Nach einer Pause: »Sie sehen doch, wir sind gerade romantischer Stimmung.«

Er schlägt die Tür zu. Das Auto fährt langsam weiter. Aber nach der Biegung sehen sie es wieder: Es steht hundert Meter weiter am Straßenrand mit laufendem Motor. »Da will jemand unbedingt ein paar Rubel verdienen«, sagt Ljusja.

»Wie es aussieht.«

»Sicher Zufall.«

»Natürlich Zufall, was sonst? Lachhaft, lachhaft!«

Der Regen hat wieder aufgehört, aber der Wind bläst scharf. Ljusja beginnt zu frösteln.

Während sie auf den schwarzen Wolga zugehen, sagt Bojarow müde: »Ich kannte einen im Kreml, den ich manchmal traf, wenn ich in Moskau war; man kann sagen, er war ein Freund. Eines Abends trank er stark und erzählte viel. Am nächsten Tag erschien er nicht zu unserer Verabredung.

Ich hatte nachmittags im Schriftstellerverband zu tun und dachte immerzu nur einen Satz: Wenn er verhört wird, wird mein Name fallen. Am nächsten Morgen erfuhr ich: Herzinfarkt. Es gab kein Geheimnis, er lag schon aufgebahrt. Ich fuhr hin, um mich zu überzeugen. Du kannst dir nicht vorstellen, welches Glück ich empfand – ich hätte die Moskwa austrinken mögen ... Am Abend hatte ich einen Auftritt im Schriftstellerhaus, hinterher sagte mein Kollege Moltschalin: ›Nanu, ich erkenne Sie nicht wieder, Damir Mirsaidowitsch, Sie haben ja Esprit ...?‹«

33

»In diesem Jahr setzte der Leningrader Frühling besonders spät, überstürzt und explosionsartig ein. Noch im April fiel Schnee, im Mai gab es Nächte mit Frost. In der letzten Maiwoche riß die Wolkendecke auf, und die wie in Demut erstarrte Natur entfaltete sich plötzlich und bot ihre Schätze dem Sonnenlicht dar.«

Bojarow liest Ljusja eine eigene Erzählung vor. Das tut er neuerdings oft. Seine Helden sind in der Regel aufrechte Kommunisten, die in bedeutsamen Missionen irgendwohin aufbrechen. Diese politischen Passagen liest er eilig, verwaschen, etliches überspringt er. Dann verlieben sich die Helden in naive junge Frauen mit kristallreinen Seelen – hier wird Bojarows Stimme brüchig –, aber die bedeutsamen Missionen gehen vor. Außerdem ist zunehmend häufig verwegen und inbrünstig von der Natur die Rede.

Ljusja balanciert auf dem einzigen Hocker und beobachtet durch das Fenster die Schatten der Tauben auf der Brandmauer gegenüber.

Bojarow verstummt. Er sitzt in einem dunkelblauen Anzug aus englischem Stoff auf Ljusjas schmalem Bett, die schönen langen Beine übereinandergeschlagen, und lächelt, als wisse er nicht, wie ihm geschieht.

»Ljusja! Hörst du mir zu?«

»Ja. Der Frühling. Das ist dieser Frühling.«

»Unser Frühling.«

Ljusja, die sich über das Schattenspiel der balzenden Tauber ärgert, sagt zerstreut: »Ja... ja.«

»Mir scheint, Ljusja, du bist abgelenkt.«

»Nein, nein, Damir. Ich höre dir genau zu. Ich mag deine Geschichten. Sie sind – nicht so kompliziert wie bei Tschechow.«

»Ljusja! Sag mir endlich, was du hast!«

»Ach, Damir. Die Tauben... Einerseits ist alles so schön und andererseits so schwer.«

»Sieh mich bitte an, wenn du mit mir redest.«

»Damir! Ich mache mir Sorgen um Jurik. Ich bin eine schlechte Mutter. Er hat immer gedacht, er wird bei mir wohnen, wenn er erst zur Schule geht, aber ich kann mich ja nicht kümmern, weil ich den ganzen Tag arbeite; am Abend aber warte ich auf dich. Jetzt wohnt er am Narwa-Tor bei Tante Shenja, aber sie kommt nicht zurecht mit ihm, er schwänzt die Schule, er läuft weg... Du selber bist glücklich, das sehe ich. Aber in deinen Geschichten schreibst du immer nur von Verantwortung und Ehre.«

34

(Die Romanze läuft schlecht.

Was ist da bloß schiefgelaufen? Ich will doch nur geliebt werden und glücklich sein!

Allerdings wollen das alle.

Aber ich bin was Besonderes!

So?)

35

Wie ist nur alles so gekommen?

Semjon Nikiforowitsch saß im Lager, und Pelageja Nikiforowna war meistens fort. Sie arbeitete wie eine Sklavin, morgens als Putzfrau, nachmittags auf dem Bau, um die Miete für das kommunale Zimmer zu bezahlen und die Kinder satt zu bekommen. Wenn sie zu Hause war, brachte sie vor Müdigkeit kaum ein Wort heraus. Ihre Lider waren immer geschwollen. Aus irgendeinem Grund vermißte sie am meisten einen Samowar, und als Innokentij ihr eines Tages einen beschaffte, fiel sie fast in Ohnmacht vor Freude.

Ljusja nahm ihre Mutter nicht ernst. Sie weigerte sich sogar zu essen, wenn Pelageja sie bat; selbst wenn sie Hunger hatte, aus purem Trotz.

Haben sie miteinander gesprochen?

Selten. In den wenigen ruhigen Stunden erzählte Pelageja Nikiforowna von ihrem Mann, der im Lager litt. Und ein bißchen von ihren russischen Lieblingsheiligen. Ljusja wurden diese Heiligen vertraut wie schrullige Onkel: Der heilige Dimitrij von Priluki zum Beispiel, der so schön war, daß er in seiner Jugend, wenn Frauen in der Nähe waren, sein Gesicht verschleierte. Oder der heilige Nil von Stolobnoje. Das war ein so harter Asket, daß er sich nicht mal zum Schlafen hinlegte und schließlich im Sitzen starb. Die Unschuld des heiligen Michail von Twer, der von den Tataren zu Tode gefoltert wurde, weil er sich weigerte, ein verleumderisches Geständnis abzugeben, haben zuerst die wilden Tiere in der Steppe erkannt. Sie haben nämlich seinen Leichnam nicht gefressen, und da wurde auch den Tataren klar, daß sie Michail umsonst getötet hatten. Solche Dinge vollbringt Gott.

Er vollbringt noch ganz anderes. Man denke an die Gottesmutter des Zeichens von Nowgorod, eine heilige Prozessionsikone, die von den Nowgorodern auf die Stadtmauer gestellt wurde, als die Susdaler Nowgorod angriffen. Die Susdaler überschütteten Nowgorod mit einem Regen von Pfeilen. Ein Pfeil traf die Muttergottes. Da wandte sie sich von den Feinden ab, und aus ihren Augen flossen echte Tränen. Als die Susdaler das sahen, brachten sie sich vor Schreck gegenseitig um.

»Warum unternimmt Gott eigentlich nichts gegen die Sowjetmacht?« hat Ljusja gefragt. »Die Sowjetmacht wird sich selbst zugrunde richten«, antwortete Pelageja Nikiforowna. – »Und wann?« Hierauf folgte keine Antwort. Statt dessen ein schmerzerfüllter Blick zum Himmel, ein Kreuzzeichen und eine Verneigung bis zum Gürtel vor den Ikonen.

Zwei Ikonen hat Pelageja Nikiforowna hierher gerettet. Sie hat sie sozusagen während der ganzen Flucht aus Sibirien nicht losgelassen. Inzwischen hängt eine in der Datscha und eine bei Ljusja; als Ljusja ein Kind war, hingen beide in der östlichen Ecke des Pionierstraßenzimmers. Sie sind klein und einfach, ohne Beschläge. Die eine Ikone zeigt die Fjodorowsker Muttergottes und gefiel der kleinen Ljusja, weil im Hintergrund eine Kirche mit orangeroten Büscheln aufgemalt war. »Das sind Flammen. Die Kirche ist abgebrannt, aber die Ikone blieb übrig«, erklärte Pelageja Nikiforowna, sich bekreuzigend. Ljusja amüsierte sich über die orangenen Büschel. Wenn es ihr schlecht ging, stellte sie sich ab sofort ihre Probleme als ebenso rundliche, pelzige Flämmchen vor, die dem Eigentlichen nichts anhaben können. Das gab Trost.

Die zweite Ikone, die immer noch bei Ljusja hängt, zeigt die beiden Heiligen Sossima und Sawwatij in einem weißen Kloster. Vor dem Kloster schwimmen in einem braunen Teich rötliche Hechte, einer davon beißt einen aufgeregten Schwan in den Schwanz. Das Kloster, hat Pelageja Nikiforowna erklärt, heißt Solowki und liegt auf einer felsigen Insel im Weißen Meer. Die Mönche Sossima und Sawwatij haben es vor fünfhundert Jahren an diesem besonders strengen und kalten Ort erbaut. Inzwischen aber ist dort ein berüchtigtes Straflager. Auch Ljusjas Vater war viereinhalb Jahre lang dort interniert.

Das war der Grund, weshalb Ljusja später diese Ikone der anderen vorzog. Wie schön das Kloster einmal war: weiße Mauern, unzählige Türme, Glockenwände, Heiligenscheine. Der heilige Sossima und der heilige Sawwatij aber, die noch keine Ahnung haben, daß man in ihrem Kloster Semjon Nikiforowitsch quälen wird, blicken vergeistigt drein. Sie stehen auf einem goldverzierten Balkon unter einem roten Baldachin, einander halb zugewandt und die Hände erhoben; es sieht aus, als würfen sie sich Bälle zu.

36

Die Gwosdikow-Kinder waren gar nicht märtyrerhaft, sondern ausgesprochen fröhlich veranlagt. Sie brachten Freunde mit nach Hause, Bruder Wowa spielte Gitarre, sie sangen und lachten, nur Pelageja Nikiforowna saß schweigend am Rand und kämpfte mit dem Schlaf. Wowa, der Älteste, hatte in der Familie die Stelle des Vaters eingenommen. Er war groß, breitschultrig, gutaussehend und arrogant, nahm sich beim Essen die größten Portionen und schlief in dem einzigen Bett. Er spielte in einem Amateurzirkel Theater, natürlich nur Hauptrollen, und brüstete sich damit, daß alle seine Partnerinnen in ihn verliebt seien. »Ljusenka, widersprich Wowa nicht, er ist dein großer Bruder!« mahnte Pelageja Nikiforowna, und in ihrer Gegenwart beherrschte sich Ljusja, aber in ihrer Abwesenheit schimpfte sie: »Du Mistkerl, du hast das Stück Fleisch gegessen, das Mama extra für mich aufbewahrt hat!« Wowa schlug sie mit der Hand unter das Kinn, daß sie auf den Rücken fiel, und sagte: »Wer Autoritätspersonen beleidigt, ist selber schuld.« Ziemlich bald begann Wowa, mit Frauen herumzuziehen. Besonders oft kam eine Frau von etwa dreißig Jahren mit stark geschminktem Froschmaul, die mit hündischem Blick an Wowa hing. Sie sagte: »Wenn Sie es befehlen, Wladimir Semjonytsch, werde ich meinen Pelz verkaufen.« Ljusja sagte zu Wowa: »Nicht wahr, sie bezahlt dich dafür?« Das hatte sie auf der Straße gelernt, und sie bezog dafür von Wowa die schlimmste Tracht Prügel ihres Lebens. Auch die folgende Szene wird Ljusja nie vergessen: Wowa steht in der Tür und verabschiedet sich, er geht zu einer Frau, aber nicht zu dem Froschmaul, obwohl dieses ihn erwartet, und er sagt: »Ich weiß. Soll sie warten.« – »Das ist nicht recht, Wowa, sie leidet«, spricht Schwester Ljuba, aus einer ihrer Absencen auftauchend, mit klarer Stimme. Wowa aber wirft übermütig seine braunen Locken aus der Stirn und lacht mit blitzend weißen Zähnen: »Es ist nun mal mein

Schicksal, die Frauen unglücklich zu machen!« Er dreht sich kokett auf dem Absatz um und geht mit wiegenden Hüften davon.

Wer kein großes Schicksal hat, hat eben ein kleines. Während Wowa auf Liebhaberbühnen als Tschazkij oder Chlestakow glänzte, Verehrerinnen testete und nebenbei gute Noten am Wirtschaftsinstitut erzielte, arbeitete der jüngere Bruder Innokentij in der Fabrik »Küche«, um seine Mutter zu unterstützen. Das erste Pfund Margarine, das er mit nach Hause brachte, aß Ljusja in der Nacht heimlich auf, noch heute wird ihr schlecht, wenn sie daran denkt. Später studierte Innokentij Ingenieurswesen, und zwar auf der Kriegsakademie, weil er dort ein höheres Stipendium erhielt, das er mit seiner Mutter teilen konnte.

Ljuba, die Älteste, schien es eine Zeitlang am besten getroffen zu haben, mit ihrem netten Chemiker Andrej. Andrej, der Sohn eines aus Estland stammenden Mathematikprofessors, war neunzehn, als er sie kennenlernte, zwei Jahre jünger als sie. Er vergöttert sie immer noch. Ljuba sang wunderschön schwermütige Lieder und las Gedichte. Sie war so unpraktisch, daß sie vergaß, Brot und Tee zu kaufen, aber sie verzauberte einfachste Mahlzeiten, indem sie aus Radieschen kleine Mäuse schnitzte, aus Pellkartoffeln Kuhmäuler und aus Karotten Krokodile. Andrej wurde bei ihr selten satt, aber er hat sich nie beklagt.

Dann passierte ein Unglück. Die Firma, in der Andrej als Chemiker arbeitete, brannte ab; angeblich hatte der Chef selbst die Explosion verursacht. Andrej erlitt schwere Verbrennungen an Gesicht, Hals und Händen. Fast ein Jahr lang lag er im Krankenhaus. Er hatte auch einen Schock gehabt und litt an nervösen Zuckungen. Als er nach Hause kam, wollte er niemanden sehen. Ljuba tuschelte nervös und traurig mit Pelageja Nikiforowna, und Pelageja Nikiforowna sagte: »Furchtbar.« Dann wurde Ljuba noch leiser, und Ljusja, die schon auf der Matratze lag und sich schlafend stellte, spitzte die Ohren, aber sie verstand nur den Schluß des Dialogs, als Ljuba, wie vom langen Flüstern erschöpft, mit ihrer geschulten Opernstimme ausrief: »Kurzum, impotent. Deswegen hat er mir die Scheidung angeboten. Er sagt, er hätte kein Recht ... kein Recht. Was soll ich tun?«

»Welche Frage. Wenn dir so was zugestoßen wäre, würdest du nicht wünschen, daß er bei dir bleibt?« entgegnete Pelageja Nikiforowna. Ljuba blieb bei Andrej. Aber es dauerte ziemlich lange, bis Andrej die Familie Gwosdikow wieder einlud. Er sieht jetzt aus wie ein Monster: Die Lippen sind verzerrt, die eine Seite hängt herab. Das linke Auge ist zugewachsen, blind, das rechte schwimmt stark entzündet in einem Sack voll Tränenflüssigkeit. Die Nase ist praktisch fort. Die Stirn überwuchern drei rote Wülste. Auf dem Kopf trägt er immer eine Wollmütze, auch im Sommer.

37

Ljusja verbrachte mehr Zeit auf der Straße als zu Hause.

Ihre beste Freundin war schon damals Rita. Mit Rita tanzte Ljusja durch die ewig langen Ladenzeilen des Gostinyj Dwor, mit Rita streunte sie über den Newskij. Gemeinsam sprangen sie bei Herbstregen über die Sturzbäche von Wasser, die aus den dikken Regenrinnen auf die Trottoirs sprudelten, und schlitterten im Winter über die vereisten Kanäle. Beide machten grundsätzlich keine Hausaufgaben und hatten ziemlich schlechte Noten.

Als sie älter wurden, schlossen sie sich einer verwegenen Clique aus älteren, noch schlechteren Schülern an.

Fast alle Mitglieder dieser Clique waren vaterlos. Die Väter waren im Krieg gefallen, als Spione hingerichtet worden oder in Lagern verschwunden. Die Kinder spuckten darauf. Sie waren hochmütig und rachsüchtig und strebten ausnahmslos eine kriminelle Laufbahn an: Die Jungen wollten Räuber und Mörder werden, die Mädchen Diebinnen und Prostituierte. Dazu gehörte, daß sich alle tätowieren ließen. Auch Ljusja fand sich bei einem streng riechenden Individuum in einem Hinterzimmer ein. Sie hatte sich das ziemlich genau überlegt; sie wußte, daß es weh tut, und bereitete sich innerlich vor, indem sie eine Woche lang täglich vier Minuten ihren rechten Daumennagel in den linken Handrücken bohrte. Als es dann aber so weit war, mißfiel ihr, daß jeder Buchstabe zweimal eingestochen wurde. Nach dem ersten Buchstaben, dem »L« von »Ljusja«, stand sie auf und ging.

Zum Umfeld der Clique gehörte eine gewisse Anja Joffe, die nicht für voll genommen wurde, weil sie erstens gute Noten in der Schule hatte und zweitens, als einzige, einen Vater. Als der Vater eine Dienstreise nach Paris antrat, um eine Ausstellung zu organisieren, mußte Anja versprechen, alle Pariser Geschenke in der Clique zu verteilen. Sie hielt Wort. Weil der alte Joffe außerdem drei Tage nach seiner Rückkehr als Spion verhaftet wurde, kamen zu den Spitzentaschentüchern, Lackschuhen und Lippenstiften noch Seidenkrawatten, Wollstrümpfe und Edelstahl-Rasierklingen hinzu. Anja fledderte einfach die Hinterlassenschaft ihres verschwundenen Vaters. Drei Tage war die Clique wie berauscht von Wut und Triumph. Während dieser Tage gehörte es zu den angesehensten Mutproben, sich im Kaufhaus »Passage« unter die Kunden zu mischen und mit den französischen Rasierklingen unbemerkt möglichst viele Mäntel aufzuschlitzen.

Als Ljusja dreizehn Jahre alt war, beschloß der Cliquenrat, daß alle Mädchen entjungfert werden müßten. Die noch nicht so weit waren, wurden verächtlich die »Ganzen« genannt, im Gegensatz zu den »Echten«. Auch Ljusja wollte echt sein. Zu einem festgesetzten Termin brachten zwei unbekannte ältere Jungen sie in einen der weitläufigen Wohnblöcke am Gribojedow-Kanal, wo sie ihr eine Mütze über die Augen zogen. Sie wurde eine Viertelstunde lang durch zugige Gänge, hallende Treppenhäuser und muffige Keller geführt, bis sie die Orientierung verloren hatte. Dann stand sie in einem leeren Zimmer. Die beiden Burschen sahen sie prüfend an. Die Mütze lag im knöcheltiefen Staub neben einer rohen Matratze. Ljusja war normalerweise sehr keß, aber auch sehr klein und zart, sie sah aus wie zehn. Jetzt ballte sie die Fäustchen an den stocksteifen Armen, so, wie Rita, die diese Weihen schon hinter sich hatte, es immer empfahl, und wartete auf ihr Schicksal.

Aber die beiden Jungen berieten sich nur kurz in der anderen Zimmerecke, führten Ljusja wieder auf die Straße, kauften ihr einen Nußkringel und schickten sie nach Hause.

38

»So bin ich aufgewachsen«, erklärt Ljusja tapfer Bojarow. »Nicht mal sieben Schulklassen habe ich abgeschlossen. Keinen Beruf habe ich gelernt. Aber ich hab mich durchgeschlagen. Was für ein verrückter Weg. Von Sibirien nach Leningrad, dann die Besatzungszone, Lettland, zurück nach Leningrad, auf und ab, bis in deine Arme.«

Bojarow lächelt gezwungen.

39

Schon im September wird es empfindlich kalt. Eisiger Regen treibt durch die Straßen, die Wolken hängen tief über den dunklen Miethäusern der Petrograder Seite. Wer es sich aussuchen kann, bleibt lieber daheim. Aber auch in den eigenen Wänden ist es ungemütlich, weil die Fenster noch nicht verklebt sind und der Wind durch die Ritzen pfeift. An diesem Sonntag sind alle unzufrieden und reizbar. Ljusja leidet, weil Bojarow sich abgemeldet hat, obwohl sie seinetwegen zu Hause geblieben ist, anstatt zu Jurik zu fahren. Im Korridor herrscht Unruhe. Katjuschas Eltern sind da und streiten. Durch die linke Wand hört Ljusja, wie Wera Lwowna mit eigentümlich quäkender Stimme ruft: »Du gehst zu ihr! Ich weiß, du gehst zu ihr!«, und Dawid Markowitsch kalt antwortet: »Wohin soll ich denn, bitte sehr, sonst gehen?«

Dann knarrt die schwere Tür, es muß Katjuscha sein, die hinausschleicht, denn schon hört man Kolja und Tolja im Chor rufen: »Hinkefuß! Hinkefuß!« – »Anstand, Jungs!« erklingt gleich darauf der unternehmungslustige Baß des alten Bogdanow. »Zu einem weiblichen Wesen muß man immer höflich sein – vorher.« Alexandra Kirillowna ruft: »Nikolaj! Kinder! Das Essen ist fertig.« Und dann geht alles sehr schnell. Jemand ist von draußen hereingekommen, Alexandras gepreßte Stimme klingt plötzlich weich und warm: »Guten Tag, Adam Witoldowitsch!« Adam Witoldowitschs Gummimantel knirscht, und plötzlich brüllt Bogdanow: »Witoldowitsch, einmal noch, und ich polier dir die Fresse!« Adam ruft mit seiner scharfen, nasalen Aussprache: »Passen Sie auf, was Sie da sagen, Herr Nikolaj, ich zeige Sie an!«

Der alte Bogdanow ist eifersüchtig auf Bojarow. Weil er aber weiß, daß ihm das nicht zusteht, bündelt er seine grundsätzliche Eifersucht auf alle Männer in eine beständige Wut auf Adam Witoldowitsch. Offenbar hat Adam gerade Alexandra Kirillowna die Hand geküßt oder küssen wollen, da fiel Bogdanow über ihn her. Dem unregelmäßigen Trappeln entnimmt Ljusja, daß auch Katjuscha noch durch den Korridor irrt, und läuft hinaus, um sie zu bergen. Sie sieht, wie Adam sich totenblaß aus seinem Gummimantel zu befreien versucht, dessen Kragen Bogdanow in seiner kräftigen Faust hält. Bogdanow aber steht krumm und eisern, mit gesträubtem Haar, hinter Adam und schüttelt ihn wie einen mageren Hund. Angeblich verteidigt er Alexandras Ehre, in Wirklichkeit aber klammert er sich an seine eigene entschwundene Jugend; und übrigens sieht er tatsächlich aus wie ein Samowar. Als er Ljusja bemerkt, läßt er Adam los und surrt: »Ljusenitschka, Katjuschenka, meine Sternchen, wollt ihr mich nicht auf einen kleinen Kognak einladen, ein bißchen Konfekt?« – »Zu mir, Katjuscha!« ruft Ljusja. Und Katja huscht an den Männern vorbei in Ljusjas Zimmer.

Katjuscha ist mindestens so blaß wie Adam, aber ihr klarer Kopf schützt ihre zarte Seele. Sie greift nach dem Kamm, um Ljusja einen Zopf zu flechten, und seufzt: »Mensch, sind die blöd.« Ljusja küßt Katja auf den Scheitel. Nachdem sie ein bißchen geschwiegen haben, fragt Ljusja: »Katjuscha, hast du eigentlich ›Die Dame mit dem Hündchen‹ gelesen?« – »Selbstverständlich!« – »Und? Wie findest du das?« Katjuschas Gesicht hellt sich auf. In diesem Augenblick schreit zur Rechten Trifon: »Nein, Agafja! Um Gottes willen! Wenn du das noch einmal sagst, du ... Kuh!«, und Katjuscha und Ljusja brechen gleichzeitig in Tränen aus.

40

An diesem kalten Märzmorgen arbeitet keiner. Aus allen Radios tönt Musik von Bach. Die Putzfrau Warja fällt Ljusja um den Hals und schluchzt: »Was soll nur aus uns werden, Ljudmilotschka, wie sollen wir jetzt weiterleben?«

Ljusja frohlockt. Seit der ersten Meldung über Stalins Erkrankung hat sie geahnt, daß das das Ende ist. Natürlich ist Zurückhaltung angebracht. Alle diskutieren mit gedämpften Stimmen, manche, auch Männer, haben Tränen in den Augen. Als eine junge Kellnerin lacht, wird sie durch lautes Zischen zurechtgewiesen. Ljusja fühlt sich wie im Traum. So einfach ist das. Der Tyrann, der jahrzehntelang das Land in Furcht hielt, einfach krepiert. Seine Sachwalter wirken unsicher. Der Administrator Janytsch, ein fetter Wichtigtuer, heult so vehement, als erwarte er, in den Arm genommen zu werden. Der Chef Andrej Sinowjewitsch ist ein anderes Kaliber. Sein Gesicht wirkt taub vor – ja, eher vor Erstaunen als vor Trauer. Er spricht ungewohnt leise und höflich, aber seine Augen blicken lauernd. In diesen Tagen wird möglicherweise über sein Schicksal entschieden. Es ist, als grolle die Erde.

Die Putzfrau Warja jammert: »Was soll nur aus uns werden?« Ljusja sagt: »Da brauchst du dir wirklich keine Sorgen zu machen: Du wirst immer Putzfrau sein; was denn sonst?« Warja stößt einen schrillen Klagelaut aus. In diesem Augenblick tritt Bojarow ein.

Er kommt nur auf eine Minute vorbei, um sich abzumelden: Er muß auf einige Tage nach Moskau, um an den Trauerfeierlichkeiten teilzunehmen. Er sieht gefaßt aus und wirft Ljusja ein paar warnende Blicke zu. Schon ist er wieder fort, und Ljusja setzt für Warja, die mit blauen Lippen auf einen Stuhl gesunken ist, Tee auf.

41

Pelageja Nikiforownas baufällige Datscha steht ziemlich weit abseits der Bahnstation in einem kahlen Wäldchen, doch schon beim Aussteigen aus dem Vorortzug bemerkte Ljusja darüber dichten Rauch.

Es herrscht scharfer Frost. Die Bäume, der Zaun, die harte Erde, alles ist wie mit weißem Schimmel überzogen. Als Ljusja die Tür aufreißt, findet sie Pelageja Nikiforowna auf dem Boden über einem hölzernen Waschtrog kniend vor. Sie walkt Wäsche mit heftigen Bewegungen und stößt dabei glucksende Laute aus. Ihr Gesicht ist im Halbdunkel nicht sofort zu erkennen. Die liebe, schüchterne Pelageja Nikiforowna ist außer sich, sie schluchzt und lacht abwechselnd. »Habe ich dich überlebt! Du wolltest uns vernichten und hast es nicht geschafft! Ha! Ich lebe! Semjon ist zugrunde gegangen, und auch Nadjenka hast du auf dem Gewissen, aber die beiden sind im Himmel, und du wirst in der Hölle schmoren. Ich lebe! Die Kinder leben! Nein, es war nicht umsonst, es war nicht umsonst!«

Die Luft in der dunklen Stube ist trüb von Schweiß und Hitze, dicke Wassertropfen laufen an den Fensterscheiben herab.

Aus dem offenen Ofen schlagen Flammen.

»Ich wasche, weil jetzt ein neues Leben anfängt! Jahrelang

haben wir gezittert. – Aber der Satan ist krepiert! *Mein* Lehen hast du ruiniert, meinen Semjon hast du mir genommen, aber da bin ich. Der Schwefel muß raus! Häng eine Wäscheleine auf, Ljusja! Alles muß raus!«

Ljusja spannt ein langes, rohes Seil von Ast zu Ast und von Baum zu Baum. Die Rinde ist glatt. Ljusja muß auf einen Stuhl steigen und sich nach den Ästen strecken. Sie gleitet mehrmals aus, das grobe Seil sticht ihr die Finger blutig. In dem Gewirr von Leinen hängt sie Wäsche auf, Leintücher und auch farbige Wäsche, rote, gelbe und blaue, bestickte Tischtücher, die wie Fahnen durch die kahlen Äste leuchten, bevor sie in der kalten Luft erstarren. Pelageja Nikiforowna hatte auf dem Ofen weiteres Waschwasser aufgesetzt und läuft ins Haus, um es zu holen. Schon kehrt sie mit dem Eimer zurück und wirft sich auf die Knie, um die hölzerne Terrasse zu schrubben.

Die Seife schäumt, Schwaden von Dampf steigen von den Dielen auf und hüllen beide Frauen ein. Und während Pelageja Nikiforowna mit roten Händen unter rhythmischem Ächzen auf den Knien schrubbt, hat Ljusja das Gefühl, dies sei wirklich ein Neubeginn. Alles wird leicht. Was zu einer besseren Zukunft fehlt, ist ein einziger Schritt (Wenn man nur wüßte, wohin?). Natürlich denkt sie an *ihn*. Ein warmer Oktoberabend am Meer, war es nicht in Odessa? Sie stehen auf einem glitschigen Holzsteg, unter sich grünes, weiches Wasser, das sanfte Schnalzen der Wellen am Strand, ein warmer Nieselregen, und Bojarow mit seinen schönen, gequälten Augen, er lacht, daß ihm die Brille beschlägt.

42

Jetzt steht Semjons Mörder vor seinem Richter; falls es einen gibt. Ein Kreis hat sich geschlossen, und während alles Weitere völlig ungeklärt bleibt, kann man wenigstens in Andacht zurückschauen.

Ljusjas erste Erinnerung an ihren Vater war, wie er ihr mit den Lippen einen Dorn aus dem Fuß zog. Da war sie knapp zwei Jahre alt, und sie weiß noch, wie sein Bart ihre Fußsohle kitzelte.

Die zweite Erinnerung ist viel umfangreicher. Ljusja krabbelt durch das dunkle grüne, taunasse Gras, da hebt ihr Vater sie hoch. Das Gras fliegt unter ihr weg, die Welt um sie erweitert sich mit einem Atemzug zu einem unendlichen dunkelblauen Himmel; und während Ljusja in schwindelnder Höhe auf den ausgestreckten Armen des Vaters zappelt, ist sie auf einmal in das blendende Licht der aufgehenden Sonne getaucht.

Kann ein zweijähriger Mensch sich solche Sachen merken? Ljusja jedenfalls schwört, daß sie sich ganz genau erinnert, und an noch viel mehr; auch wenn sie zugeben muß, daß ihre Mutter zu dieser Erinnerung allerhand Einzelheiten beigetragen hat.

Das war im Jahr neunzehnhundertachtundzwanzig in Maslowo, einem Dorf im Nowosibirsker Gebiet. Ljusjas Vater Semjon Nikiforowitsch, der Pope von Maslowo, war im Pferdewagen zu einem Kranken gefahren. Da die Popen der beiden Nachbarstädtchen fortgezogen oder verschwunden waren, wurden Semjons Fahrten immer länger. Semjons Frau Pelageja wartete schon die ganze Nacht.

Ringsum Stille. Die Hähne krähen nicht, weil alles Federvieh von der Garnison verzehrt wurde; die Bienen summen nicht, weil die Soldaten mitten im Winter Lust auf Honig bekamen und die Bienenstöcke plünderten, worauf die Bienen eingingen. Die Kuh Asja wurde ebenfalls requiriert, die Ziege Majka liquidiert, der Hund Tjapa starb von selbst hinter dem Ofen einen würdigen Tod. Was Pelageja noch nicht weiß: Auf der Fahrt des Popen Semjon wurde auch das Pferd Mara samt Wagen konfisziert, und Semjon kehrt zu Fuß nach Hause zurück. Er läuft die ganze Nacht. Im Morgengrauen erwacht Pelageja, wie ihr scheint vom Wiehern des Pferdes. Immer kündigt Mara ihre Heimkehr durch Wiehern an, und auch diesmal hat Pelageja es ganz deutlich vernommen: ein heller, schmetternder, fröhlicher Klang in der klaren Luft, vielleicht etwas schärfer als sonst. Pelageja, die auf der Bank eingeschlummert war, springt auf und läuft hinaus, und da kommt ihr Semjon allein zu Fuß durch die Stille entgegen.

Ljusja ist ebenfalls erwacht, während die älteren Kinder auf dem Ofen weiterschlafen. Sie befreit sich aus der Decke und krabbelt ins Freie. Über dem Gras liegt ein blauer Schimmer; groß wie Glasperlen hängen Tautropfen an den hohen, fetten Halmen. In der Ferne kündigt sich die Sonne an: Ljusja erkennt einen glühenden Saum, der sich an einer Stelle verdickt. Das ist der Augenblick, da Semjon Ljusja hochhebt. Plötzlich ist überall Licht: Die Welt dehnt sich, als schöpfe sie Atem, Semjon stemmt Ljusja über sich und lacht zu ihr hinauf, und überall singen die Vögel.

Die Vögel gab es noch, hat Pelageja Ilarjonowna gesagt: Sie begrüßten jubelnd den Tag, damit er genauso herrlich werde, wie es der vergangene war.

43

Im September erklärt Tante Shenja, daß sie Jurik nicht mehr bei sich behalten könne.

Jurik besucht inzwischen erfolglos die dritte Klasse. Tante Shenja aber hat Probleme mit den Beinen, das Einkaufen fällt ihr schwer. Jurik ist ihr eine schlechte Hilfe. Im Haushalt tut er nichts, und wenn sie ihn einkaufen schickt, unterschlägt er Geld. Ljusja sucht nach einem größeren Zimmer. Wenn sie eins findet, kann sie Jurik zu sich nehmen. Angeblich steht sie ziemlich weit oben auf der Warteliste. Aber was heißt das schon.

In der Liebe gibt es nichts Neues.

Bojarow bestimmt nach wie vor den Stundenplan. Er meldet sich fast täglich, kommt vorbei oder ruft Ljusja in der Arbeit an, aber immer nur kurz. Er meldet sich mit »Bojarow«, immer rasch und knapp ausgesprochen. »Bojarow. Wie geht's? Wie sind deine

Schichten nächste Woche? Gut. Nein, ich habe einen Termin. Wir bleiben bei Samstag.«

Die Wirkung seiner Stimme hat nicht nachgelassen. Sein trokkenes, gespanntes »Bojarow« fährt ihr durch Mark und Bein, wie ein Stromstoß. Sie versucht, das Gespräch zu verlängern, nur um seinen Atem an ihrem Ohr zu hören.

Dabei hat ihr Bojarow nie etwas vorgemacht. Er wird seine Frau und seinen Sohn nie verlassen, hat er gesagt, und er hat sie nicht verlassen, das ist ja auch richtig so. Freilich hat er einmal sinngemäß erklärt, mit seiner Frau liefe schon lange nichts mehr, aber Rita meint, das behaupten alle verheirateten Männer.

Das Tauziehen geht also weiter. Auch Bojarow kämpft. Seine Eifersucht setzt ihm zu. »Ja, Ljusja und die Männer«, bemerkt er ironisch, wenn Ljusja ihm mit möglichst unschuldiger Miene berichtet, wie heute wieder ein junger Verehrer, irgendein Wanja (Wassja, Petja), ihr aus der Trambahn bis nach Hause gefolgt ist und gesagt hat: »Versuchen Sie es mit mir, Mädchen, ich bin unverheiratet, trinke nicht und erbe bald eine Datscha!« Ljusja aber will Bojarow reizen, damit er zu ihr eilt, um sich ihrer zu vergewissern, und den Moment auskosten, in dem sich seine strengen Augen trüben und er sie in seine Arme reißt.

44

Das mit den jungen Verehrern ist übrigens bei weitem nicht mehr so. Die Zeit verstreicht, Ljusja ist inzwischen achtundzwanzig Jahre alt, lange nicht mehr so unbekümmert wie früher und dabei genauso unversorgt. Jetzt steht sie mit einem leeren Einkaufsnetz am Eingang des Kirow-Kulturpalasts und überlegt, ob sie ins Kino gehen soll, um sich den einsamen Abend zu vertreiben. Es ist erst halb sechs, und gerade, weil es so hell ist, fühlt Ljusja starke Unruhe und eine tiefe Scham. Der Film, der heute abend läuft, heißt »Fröhliche Jungs«, und sogar dieser Titel beschämt Ljusja. Während sie noch steht und zögert, spricht ein Mann sie an; ein kleiner, schmuddeliger Dicker von etwa fünfzig Jahren. Ob er sie ins Kino einladen dürfe? Nein, antwortet sie nach einem Seitenblick, sie müsse nach Hause. Er folgt ihr durch mehrere Häuserblocks und erzählt von seiner Arbeit als Leiter in einer Kinderspielzeugproduktion, wie ihn die Sekretärin belogen hat und wie er die Mädchen hinter dem Fließband am Stehlen hindert. Plötzlich packt er sie am Arm: Er wohne dort drüben, ob sie nicht mitkommen mag. Als sie ablehnt, schimpft er: »Warum reden Sie erst so lange mit mir, wenn Sie dann doch nicht wollen?«

Ljusja nimmt die nächste Trambahn nach Hause und weint dort eine ganze Stunde lang. Nicht der Verlauf der Begegnung kränkt sie, sondern der kümmerliche Mann. Ljusja ist klein und zierlich, hat große grüne Augen, dichtes kastanienbraunes Haar und ein zartes rundes Gesicht. Die Männer waren immer hinter ihr her, und sie fand das in Ordnung. Aber der da? Da rieselte ja schon der Sand raus! Wie häßlich muß sie geworden sein, daß so einer sich Chancen ausrechnet! Die ständige Sehnsucht nach Bojarow hat sie abgenutzt, es ist schon fast zu spät, und Bojarow ist natürlich nicht da, um sie zu trösten und ihre Ehre zu verteidigen.

Wie anders war es früher. Freie Auswahl! Natürlich auch alte Böcke, aber was für welche! Da war zum Beispiel ein gewisser Iwanow, ein hoher Geheimdienstoffizier, der sie, das war kurz nach dem Krieg, im Vorortzug ansprach. Ljusja hatte ihrer Freundin Rita gerade lebhaft ihren Ärger mit der Miliz geschildert. Es ging um eine nicht erteilte Fahrerlaubnis nach Kaliningrad. In Kaliningrad wollte Ljusja ihren Bruder Innokentij besuchen, und Kaliningrad ist geschlossene Zone, so weit, so gut. Aber die Warteschlangen! Die Behandlung! Schikane, Willkür, Sauerei. Ein älterer Herr in Zivil (dunkelblauer Wollmantel) schaltete sich in die Unterhaltung ein: Ob er vielleicht helfen könne? Ljusja war ausgelassener Stimmung. »Soso, auch die Bonzen legen Wert darauf, sich über uns lustig zu machen?« Der Herr wiederholte sein Angebot, obwohl seine Frau neben ihm saß, und nannte schließlich seinen Namen und Adresse: Iwan Borissowitsch Iwanow, Urizkij Platz. Sie könne es sich ja überlegen.

Sie überlegte es sich. Am nächsten Tag war sie da. Die Adresse, die er angegeben hatte, war das Hauptquartier des NKWD.

Als Ljusja dem Pförtner sagte, zu wem sie wollte, wählte er lachend eine Nummer. Wenig später grüßte er höflich. Ein bewaffneter Milizionär führte Ljusja durch lange Gänge in ein prächtiges Audienzzimmer. Dort, weit entfernt von der Tür, saß Iwanow hinter einem gewaltigen, antiken Schreibtisch und rief ihr gutgelaunt zu: »Also ein Bonze, ja?« Er war tatsächlich einer. Er trug eine Uniform mit je drei goldenen Sternen auf jeder Schulter und wirkte so viel stattlicher als in seinem blauen Tuch im Vorortzug. »Und wohin wolltest du gleich? Kaluga?« fragte er großartig.

Ljusja wisperte: »Kaliningrad.«

»In welcher Sache?«

»Meinen Bruder besuchen.«

Iwanow schrieb ein paar Worte auf einen Zettel. »Geh damit zum Bahnhof, morgen hast du dein Billett. Und jetzt sag mir, wie du heißt und wo du wohnst.«

»Gwosdikowa... Ljudmila Semjonowna. Pionierstraße... Petrograder Seite.«

»Einzelne oder Kommunalwohnung?«

»Kommunal.«

»Kann man dich dort besuchen?«

»Nein, Genosse Oberst.«

»Warum nicht?«

»Unser Abschnittsbevollmächtigter, Grischka Utjeschew, läßt niemanden zu mir, weil ich nicht mit ihm ins Kino gehen wollte.«

Iwanow griff zum Telefon, ließ sich mit der Milizkommandantur verbinden und putzte jemanden herunter. Sein Ton war der eines Generals. »Ich habe hier eine Beschwerde ... Petrograder Seite, Pionierstraße ... Was fällt dir ein, deine Untergebenen so aus dem Ruder zu lassen?« Er hörte eine halbe Minute lang zu und legte grußlos auf. »So, das wäre erledigt. Und wer beleidigt dich noch?«

Ljusja war während des Gesprächs bestimmt um fünf Zentimeter gewachsen. Warm und aufregend stieg das Gefühl von Macht in ihr hoch. Muß sie nicht etwas ganz Besonderes sein, wenn dieser gefürchtete Bonze sich persönlich um ihre Schereien kümmert? Sie überlegte noch, wen sie als nächstes seiner strafenden Faust aussetzen solle, da schob er ihr einen Zettel mit einer Telefonnummer über den antiken Tisch. »Das ist meine Privatnummer. Ruf mich an, wenn du aus Kaliningrad zurück bist. Dann finden wir für dich eine schicke Wohnung, und ich werde dich besuchen.«

»Stell dir vor!« erzählte Ljusja am Abend aufgeregt Rita. »Erinnerst du dich an den alten Knacker gestern im Vorortzug? Der ist allen Ernstes Oberst des NKWD! Ruckzuck hatte ich meine Fahrberechtigung. Und weißt du, was: Er will mir sogar eine Wohnung beschaffen!«

Rita antwortete: »Bist du verrückt geworden? Was denkst du, womit du bezahlen wirst? Und was denkst du, was passiert, wenn du nicht bezahlst? Es kostet ihn vierundzwanzig Stunden, dir die schönste Wohnung von Leningrad zu besorgen, aber es kostet ihn nur zwei Stunden, dich für dein Lebtag aus der Dreißigkilometerzone zu verbannen.«

Ljusja hat Iwanow nicht angerufen, und auch er meldete sich nicht. Tatsächlich hatte sie ihn bald vergessen. Aber vielleicht war das dumm von ihr? Sie hätte jetzt eine Wohnung und einflußreiche Bekannte; sie wäre aus ihrer Misere heraus und könnte Jurik eine anständige Erziehung bieten. Denn, Glück hin oder her, was bringt ihr Bojarow? Sie schenkt ihm ihre Zeit und ihre Jugend und hat nicht einmal das Recht ihn anzurufen, wenn sie in Not ist.

Die Erinnerung an das Büro am Schloßplatz elektrisiert sie. Schluß mit den Flausen: Man muß praktisch denken. Die Begegnung mit Iwanow ist jetzt, mal nachrechnen, acht Jahre her. Damals war Iwanow um die Fünfzig, also müßte er noch im Amt sein. Hat er nicht gesagt, er sei ihr gern behilflich? Man kann es ja versuchen. Sie muß sich ja auf nichts einlassen.

Erst lange nach Mitternacht schläft Ljusja ein. Sie erwacht im Morgengrauen, springt auf und beginnt, ihr Adreßbuch zu suchen. Tatsächlich, sie hat seine Telefonnummer damals eingetragen, in einem Anfall von Vernunft. Erinnern Sie sich? wird sie sagen. Wir haben uns im Vorortzug kennengelernt, das ist freilich ein paar Jahre her... Sie haben mir sehr geholfen und gesagt, wenn ich ein Problem hätte, darf ich mich an Sie wenden... und nun möchte ich fragen, ob – Sie mir nicht – ich habe nämlich eins. Nein, ich brauche nicht mal eine Wohnung, nur ein Zimmer, etwas größer als dieses, daß ich meinen Sohn zu mir nehmen kann... Er soll ein tüchtiger sowjetischer Staatsbürger werden...

Nicht weit vom Haus steht eine ziemlich gut geschützte Telefonzelle. Mit trockenem Hals wählt Ljusja Iwanows Nummer.

Eine brüchige Frauenstimme meldet sich: »Hallo?«

Seine Frau! Das ist aber peinlich. Das war die, die neben ihm im Vorortzug saß und gute Miene machte zu seinem keineswegs taktvollen Spiel. Ljusja erinnert sich nur noch an ihr prächtiges künstliches Obergebiß. Es hing schimmernd aus ihrem faltigen Mund wie eine Perlenkette und demonstrierte ein tapfer wohlwollendes Lächeln.

»Guten Tag... Gwosdikowa hier... Sagen Sie bitte, kann ich vielleicht Iwan Borissowitsch...?«

Lange Pause. Scham. Auflegen oder nicht?

Schließlich ein erstauntes Räuspern. »Mein Mann ist vor drei Jahren gestorben. Wer sind Sie?«

»Ich – äh, das tut mir aber wirklich leid. Ich wußte nicht...«

»Woher kannten sie ihn?« Die brüchige Stimme zittert.

»Er – verzeihen Sie bitte! – Er hat mir einmal seine Hilfe angeboten in einer – Wohnungsangelegenheit.«

Am anderen Ende der Leitung Stille. So ein Pech! Während Ljusja noch überlegt, wie sie sich am schnellsten aus der Affäre zieht, kommt aus dem Hörer ein gurgelnder Ton, und dann ruft Madame Iwanowna mit veränderter, viel höherer Stimme: »Ja, er hat allen geholfen. Nicht nur Ihnen! Er war ein guter Mensch! Heutzutage weiß man ja gar nicht mehr, was das ist!« Und Madame Iwanowa bricht in Tränen aus und erzählt eine halbe Stunde lang, was für ein guter Mensch Iwanow war und wie er allen half.

45

»Bojarow. Wie geht's? Ist deine Mutter wieder gesund?«

»Danke, sie hustet fast nicht mehr. Dein Kräutertee hat prima geholfen.« (Bojarow hat von irgendwo orientalische Kräuter mitgebracht, das war natürlich nett von ihm.) »Freut mich. Bitte grüße sie herzlich, gute Besserung. Und Jurik, wo war er?«

»Er ist wieder bei Tante Shenja gewesen, Gott sei Dank. Ich habe ihn zurück ins Internat gebracht.«

»Hat er randaliert?«

»Nein, ich hatte Hilfe. Ein junger Mann, ein Student, der bei Tante Shenja wohnt, ist den ganzen Weg mit uns gegangen und hat uns sogar die Trambahn bezahlt. Er hatte sich schon etwas mit Jurik angefreundet und hat, stell dir vor, gesagt, er würde mir helfen, wenn Jurik…«

»Schon gut, schon gut. Also dann ist ja alles in Ordnung. Paß auf, ich muß heute mit dem Nachtzug nach Saratow, Dienstreise. In zwei Wochen bin ich zurück. Paß gut auf dich auf. Auf Wiedersehen.«

Eine halbe Stunde später steht er vor der Tür. Er stürmt ins Zimmer, sieht sich um, starrt den Mantel an, der an einem Nagel an der Wand hängt, und hebt argwöhnisch die Zuckerdose hoch, als suche er Spuren. Er lehnt sich an das Buffet und mustert Ljusja erschöpft und ratlos, ohne Verlangen. Er ist blaß und sieht alt aus. Seine Schläfen werden grau.

»Soll ich dir einen Tee machen?« fragt Ljusja frohlockend. »Du siehst aus, als könntest du's brauchen.«

Er löst sich vom Buffet und spricht langsam und abgehackt: »Du – wirst mir – allmählich zu – aufwendig.« Dann dreht er sich auf dem Absatz um und geht.

46

Bojarow hat sich nicht gemeldet, obwohl er schon seit drei Tagen aus Saratow zurück sein muß. Ljusja begreift, es ist aus. Sie hat sich damit abgefunden. Sie war keine Partnerin für ihn. Besser ein Ende mit Schrecken als ein Schrecken ohne Ende.

Um den Schmerz abzuschwächen, versucht sie, Bojarows Bild in ihrem Herzen zu verkleinern. War er denn ein solcher Held? Er ist Schriftsteller, aber er schreibt Lügen, um sich sein schickes Leben zu verdienen, und er weiß das. Ab und zu hat er deswegen Anwandlungen romantischer Selbstanklage, immer zu armenischem Kognak. Niemals hat er nach einem dieser Ausbrüche eine Konsequenz gezogen. Er hat Angst. Ist er nicht ein Lakai? Aber vor ihr, einer jungen Kleinbürgerin, brüstet er sich mit seinen vielen Rubeln, den Taxifahrten und dem Biberpelz.

Andererseits: Er lobt sich nicht. Wenn Ljusja unbefangen von ihren alten und neuen Abenteuern erzählt, wird sein Blick offen und wissend, ja, es mischt sich sogar ein Zug von Bewunderung hinein. Einmal hat er, Ljusja fest an sich pressend, gesagt: »Du hast eine kristallreine Seele. Wäre ich dir früher begegnet, hätte ich vielleicht einen anderen Weg eingeschlagen. Aber jetzt kann ich das nicht mehr; schon deswegen nicht, weil ich dich dann verlieren würde.« Ljusja kam das komisch vor, aber natürlich fühlte sie sich geschmeichelt, und natürlich hat sie sich darüber Gedanken gemacht, ob er aus solchen Bekenntnissen wohl einstmal bürgerliche Folgerungen ziehen wird.

Was jetzt (»im nachhinein«, sagt Ljusja tapfer zu sich) am meisten schmerzt, sind diese sinnlosen Kämpfe. Wenn ihre Zeit begrenzt war, warum konnten sie sie nicht einfach in Hingabe und Glück genießen? Denn wahr ist: Bojarow ist ihr Schicksal. Fortan wird sie alle Männer an ihm messen, an seiner vornehmen Gestalt, seinen kräftigen Schultern, seiner beherrschten Leidenschaft, an seinen klaren Zügen, seiner Klugheit und seinen schönen Beinen. So lange schon hat sie insgeheim nach einem Ersatz gesucht, doch neben ihm erschienen ihr alle Männer wie Attrappen.

Auch der Student, den sie bei Tante Shenja kennengelernt hat, ist eine Attrappe. Er ist hübsch, ja, aber die Luft zittert nicht um ihn. Er ist erst dreiundzwanzig, eigentlich nichts als ein netter Junge, ein reizendes, bemühtes Kind.

Allerdings ein recht entschlossenes Kind. Seitdem er Ljusja damals nach Hause begleitet hat, ist er fast jeden Tag gekommen. Er hatte bei ihr ein Buch liegen sehen, »Grammatik der Liebe« von Iwan Bunin, und es sich erbeten, und am übernächsten Tag brachte er es zurück und hatte bereits eine kluge Meinung dazu. Seinerseits brachte er ein weiteres Buch, »Die Sanfte« von Dostojewskij, das Ljusja mit Entsetzen las, und hat es respektvoll mit ihr diskutiert. Beim dritten Besuch brachte er Eintrittskarten für ein Konzert. Schon dreimal ist Ljusja seitdem mit ihm in die Philharmonie gegangen und hat erlebt, wie im Konzert aus dem zwar mutigen, aber auch unbeholfenen Jungen ein inspirierter, schöner Mann wurde. Er atmet tief, hat sie ganz vergessen, reckt den Kopf, und seine dunklen Augen leuchten. Um dieses Anblicks willen hat Ljusja ihn sogar ein bißchen liebgewonnen.

47

Ljusjas Eltern waren beide nicht in Sibirien geboren. Semjon Nikiforowitsch stammte aus dem Pskower Gebiet, Pelageja Nikiforowna aus der Gegend von Minsk. Nach Nowosibirsk sind sie gezogen, weil das Klima dort angeblich gesünder war, Semjon es aber auf der Lunge hatte. Auch im neuen Dorf Maslowo haben sie eine kleine Landwirtschaft betrieben. Sie lebten nicht schlecht, und unter normalen Bedingungen wären sie niemals fortgezogen. ·

Kennengelernt aber haben sie sich in Pelagejas Dorf.

Semjon war ein Bauernsohn, im Jahr achtzehnhundertachtundsiebzig geboren. Sein Vater Ilarion sagte zu Semjons älteren Brüdern: »Semjon ist gescheit, er wird mal was Besseres, also schuftet nur ordentlich, damit wir ihn auf die Schule schicken können.« Auf der Schule wurde Semjon von einem Komitee entdeckt, das begabte Bauernsöhne suchte, um sie zu Volksschullehrern auszubilden. Er erhielt ein Dreijahresstipendium in St. Petersburg. Später hieß es, daß dieses Komitee von dem Bürger Uljanow, Lenins Vater, gegründet worden sei, aber im Kreis der Familie legte Semjon Wert auf die Feststellung, daß in Wirklichkeit der Großfürst Konstantin Alexandrowitsch sein Wohltäter war. Konstantin Alexandrowitsch teilte auch eigenhändig die Diplome aus, und Semjon, den besten der Absolventen, küßte er dreimal auf den Mund.

Semjon wurde Volksschullehrer in der Gegend von Minsk. Er hatte ein regelmäßiges Gesicht, ein ernstes Wesen und eine schöne Stimme. Er trank nicht. Man fragte ihn oft um Rat. Schließlich schlug ihm der alte Pope vor, das geistliche Seminar zu besuchen, um selbst Priester zu werden.

Als Semjon siebenundzwanzig war, erzählten ihm die jungen Männer von einem besonders hübschen Mädchen im Nachbardorf Werchowo, achtzehn Kilometer entfernt. An einem langen, heißen Augusttag brachten sie ihn mit dem Pferdefuhrwerk hin. Die jungen Männer besuchten die Eltern des Mädchens, um sie abzulenken, Semjon aber wurde in ein längliches Blockhaus außerhalb des Dorfes geführt, wo die Mädchen Tee tranken und Lieder sangen. Dort traf Semjon Pelageja, die fünfzehnjährige Tochter des Kleinbauern Nigifor. Zwei Tage später schickte er den Brautwerber.

Pelagejas Eltern waren dagegen. Pelageja Nikiforowna hat später oft erzählt, wie sie und die Mutter am nächsten Tag ein Gemüsebeet bepflanzten. Ihre Mutter stieg immerzu in Pelagejas Setzreihe, griff nach Pelagejas Röckchen und sagte: »Du wirst ihn nicht heiraten! Du wirst ihn nicht heiraten!«, und Pelageja hüpfte jeweils eine Reihe weiter, um sich loszureißen, und rief: »Und ob ich das werde! Und ob! Und ob!«

II.
Zukunft

48

Der Student Pascha kommt inzwischen täglich. Er besucht ab und zu Jurik in dem Internat, das in der Nähe von Tante Shenjas Wohnung liegt. Pascha führt Ljusja aus, nicht teuer, aber anständig. Er ist sauber und kleidet sich für seine bescheidenen Verhältnisse sehr gut. Ein einziges Mal leiht er sich drei Rubel von ihr, darüber macht Ljusja sich Gedanken. Aber am nächsten Tag zahlt er das Geld zurück. Ein anderes Mal, als sie im Theater waren und es recht spät geworden ist, übernachtet er bei ihr, übrigens ohne den geringsten Annäherungsversuch, und auch hierüber macht sich Ljusja Gedanken. Ist er vielleicht gar kein Verehrer, sondern betrachtet sie nur als fröhliche Tante? Aber auch in diesem Punkt beruhigt er sie, indem er am nächsten Morgen sagt: »Heiraten Sie mich, Ljusja. Dann nehmen wir Jurik zu uns, und wir werden noch viele weitere Kinder zusammen haben.«

49

»Ich bin fünf Jahre älter als Sie, Pascha, und habe einen zehnjährigen Sohn. Sind Sie sicher, daß Sie diese Verantwortung auf sich nehmen wollen? Sie müssen doch studieren!«

»Ich werde studieren, und ich werde Sie ernähren. Ich werde Ihnen ein Haus bauen, und wir werden sechs Kinder miteinander haben. Unser Tisch wird immer gedeckt sein.«

Am nächsten Abend gehen sie in die Philharmonie. Ljusja hat noch nicht ja gesagt, beobachtet aber Pascha mit wachsender Sympathie. Pascha seinerseits hat durch ihre Aufmerksamkeit an Selbstbewußtsein gewonnen. Er hält sich gerade, und trotz seiner jungenhaften Gesichtszüge zieht er die Blicke der Frauen auf sich. Auch Männer mustern ihn mit Neugier.

Als Ljusja an Paschas Arm die Marmortreppe zum oberen Foyer hinaufgeht, erblickt sie unten Bojarow. Er steht in der Mitte der Kassenhalle und blickt suchend um sich. Sucht er sie? Vielleicht wollte er zu ihr, und die Nachbarn haben ihm erzählt, daß sie in der Philharmonie sei. Wie gut er wieder aussieht mit seinem gespannten, regelmäßigen Gesicht und seinem taillierten dunkelblauen Mantel. Ljusjas Herz krampft sich vor Mitleid und Sehnsucht zusammen.

Bojarow hat sie entdeckt und läuft die Treppe herauf. Ohne Pascha zur Kenntnis zu nehmen, faßt er Ljusjas Arm und sagt: »Ich muß mit dir reden. Laß uns gehen.«

Ljusja will auch mit ihm reden. Aber was? Pascha preßt ihre Hand mit seinem Arm an sich. Sie stottert: »Weißt du, Pascha, ich – ich muß wirklich mit – ihm reden.«

»Morgen kannst du mit ihm reden. Heute bist du mit mir im Konzert.«

Bojarow beachtet Pascha immer noch nicht. »Ich hole deinen Mantel. Gib mir die Garderobenmarke.«

»Die Garderobenmarke habe ich«, sagt Pascha. Er läßt Ljusjas Arm so plötzlich los, daß Ljusja schwankt, und fährt mit fester Stimme fort: »Es hat schon zum zweiten Mal geklingelt, ich möchte den Beginn des Konzerts nicht versäumen. Hier hast du dein Billett, wenn du nachkommen willst, komm nach.«

Sein Kindergesicht ist blaß und mitleiderregend, der Blick aber, mit dem er Bojarow streift, fast höhnisch, voll Trotz. Ohne sich umzusehen, rennt er die Treppe hinauf. Jetzt ist er in der Menge verschwunden. »Dann können wir ja gehen«, sagt Bojarow.

»Nein, Damir, die Garderobenmarke hat immer noch er.«

»Zum Teufel mit der Garderobenmarke. Ich kaufe dir zehn neue Mäntel.«

»Aber draußen ist es kalt.«

»Wir nehmen ein Taxi.«

»Aber wenn er mit der Marke...«

»Ljusja! Verstehst du nicht, hier geht es um mehr als um eine Garderobenmarke. Verstehst du mich? Hörst du mir zu?« fragt er mehrmals, da er spürt, daß sie an etwas anderes denkt. Nun läßt auch er sie los, wie eben Pascha, und sagt heiser: »Denk nach. Ich zähle bis drei.«

Es ist ihr letzter Zweikampf. Bojarow zählt nicht einmal laut. Plötzlich ist er weg.

50

Pascha studiert Kunstgeschichte. Er hat dichtes braunes Kraushaar und einen weichen Mund, zu dem der ernste, verschleierte Blick nicht recht paßt. Er ist in Polen geboren, durch ein abenteuerliches Schicksal nach Rußland verschlagen worden, und auch das nimmt Ljusja für ihn ein. Antonina Romanowna warnt zwar vor seiner »unklaren Vorgeschichte«, aber in dieser Zeit haben viele Leute unklare Vorgeschichten; Ljusja selbst hat eine. Umsturz und Krieg haben die Menschen durcheinandergewirbelt wie Spielkarten. Jeder fängt bei Null an.

»Die Kindheit ist wichtig. Die Herkunft muß geklärt sein«, beharrt Antonina Romanowna. »Jetzt ist vielleicht die Liebe groß, aber sie wird es nicht bleiben, und dann spielt die Zugehörigkeit eine entscheidende Rolle.« Ljusja lacht überlegen. Erstens kann bei Pascha von Zugehörigkeit keine Rede sein, er ist sozusagen Waise, und zweitens ist die Liebe nicht besonders groß. Ljusja hat alles genau bedacht und fühlt sich als Herrin der Lage. Gegen Pascha spricht: Er ist noch sehr jung. Er gibt sich reifer, als er ist. Er ist schwer zu durchschauen. Er hat Launen. Sein Schicksal ist so verworren, daß es häßliche Spuren in seiner Seele hinterlassen haben müßte. Aber die sieht man nicht, und dann ist es ja egal. Oder?

Für Pascha spricht: Er trinkt nicht, er raucht nicht, er ist fleißig und ehrgeizig, und er ist ihr wirklich ergeben. Er will ihr unbedingt ein Zuhause bieten. Sie wird eine Familie haben, und Jurik kriegt einen Vater. Sie kommt von Bojarow los.

Ljusja hat Paschas Vergangenheit nur mühsam ermitteln können, denn Pascha erzählt nicht gern. Nach vielem Fragen und Kombinieren kam etwa Folgendes heraus:

Pascha wurde neunzehnhunderteinunddreißig in Polen geboren. Sein Vater war Deutscher, Rektor eines deutschen Gymnasiums in Warschau, seine Mutter die Tochter eines jüdischen Kunsthändlers, in Berlin geboren. Solange Pascha sich zurückerinnern kann, war die Ehe der Eltern zerrüttet. Pascha erinnert sich an mindestens einen Sommer, in dem die Eltern nur schriftlich miteinander verkehrten.

Pascha war das mit großem Abstand jüngste von vier Kindern. Er liebte seine Mutter. Angeblich war sie einmal ein begabtes, mutiges Mädchen gewesen, das sich über Vorurteile hinwegsetzen und die Welt erobern wollte. Pascha erinnert sich nur an eine magere Frau mit gehetztem Blick. Ihre letzte kämpferische Tat war gewesen, daß sie den kleinen Pascha heimlich beschneiden ließ, um ihren Mann zu ärgern.

Über den Vater sagt Pascha: »Er war sehr streng. Vor dem Mittagessen ließ er anrufen, er sei in fünfzehn Minuten da. Er kam ganz pünktlich, und dann mußten wir alle am Tisch sitzen, die Hände links und rechts neben dem Teller, und Mama mußte gerade die Suppe einschenken. Wenn er nicht genau dieses Bild vorfand, warf er die Suppenschüssel nach ihr. Mama lobte immer seine gestochen scharfe deutsche Sprache, aber was er uns in dieser Sprache für Grobheiten gesagt hat, das würdest du niemals glauben.« Als Pascha sieben war, wurde seine Mutter in eine Nervenklinik eingewiesen und kehrte nicht zurück. Sie hatte überall in der Wohnung und bei Freunden Zettel verteilt mit dem Hinweis, ihr Mann wolle sie umbringen.

Der Vater war in der Folgezeit sehr gut gelaunt. Er lächelte dem blonden Dienstmädchen zu, das die Suppe auftrug, und sagte: »Machen wir das Beste draus. Es ist schließlich nicht zu spät.« Kurz darauf kam er bei einem Autounfall ums Leben.

Verwandte des Vaters fanden sich nicht. Die Berliner Verwandten der Mutter aber waren aus irgendeinem Grund alle verschwunden.

Die älteren Geschwister teilten das Erbe auf und gingen nach Übersee. In Warschau blieb nur Paschas einundzwanzigjähriger Bruder Josef, der Wirtschaft studierte und in die Politik gehen wollte. Er kam zunächst bei entfernten jüdischen Verwandten seiner Mutter unter. Später lebte er in Wohngemeinschaft mit einem Freund namens Jizchak Herzl, mit dem er eine kommunistische Revolte vorbereitete. Pascha war im Kinderheim untergebracht, durfte aber jedes zweite Wochenende zu ihnen und hörte stumm zu, wie sie das »Kapital« von Marx diskutierten. Die Kellerwohnung mit den blakenden Petroleumlampen und den konspirativen Regeln betrachtete er als sein Zuhause. »Dabei hatte mein Bruder Geld«, sagt er. »Wenn ich nur wüßte, wo es geblieben ist.«

Von dem Folgenden hat Pascha zwei Versionen erzählt.

Die erste ist: Am Tag vor Paschas achtem Geburtstag marschierten die Deutschen in Polen ein. Bruder Josef hatte den Nationalsozialismus »beobachtet« und beschloß, zusammen mit Jizchak zu fliehen. Am Sonntag holte er Pascha aus dem Kinderheim und sagte: »Wir müssen nach Rußland.« Pascha antwortete: »Ich will wieder ins Kinderheim. Sonst kann Mama mich nicht finden.« – »Hör zu, Paul. Wir müssen erst Ordnung schaffen, und dann holen wir Mama nach Rußland.« So, wie Pascha Josef aus dem Kinderheim entgegengekommen war, im unbequemen Sonntagsanzug und einem grauen Wollmäntelchen, so ging er nun mit zum Bahnhof, wo Jizchak, als Bauer gekleidet, bereits mit den Fahrkarten wartete. In der Eisenbahn erklärte Josef sechs Stunden lang die Weltlage und das Wesen des Faschismus, und Jizchak gab eine Lektion Russisch. An der Endstation stiegen sie aus. Sie liefen tagelang über Felder und schliefen in Gräben, zuletzt sprangen sie auf einen Lastwagen, auf dessen Ladefläche sich mehrere Familien drängten, die ebenfalls nach Rußland wollten. Dann wurde geschossen, der Wagen kippte um und ging in Flammen auf, und danach war Pascha allein. Er lief einen Bach entlang, überquerte, indem er sich an ein Ruderboot klammerte, einen Fluß und gelangte nach Stunden ins nächste Dorf. Er stand, durchnäßt und ausgehungert, vor einem Schild mit kyrillischen Buchstaben: Er war in Rußland. Ein Uniformierter griff ihn auf. Man brachte ihn in ein Waisenhaus.

»Und wenn du im Kinderheim geblieben wärst?«

»Keine Ahnung.«

»Hättest du um dein Leben fürchten müssen?«

»Wer kann das wissen? Das Kinderheim habe ich gehaßt. Außerdem eiferte ich meinem Bruder Josef nach. Wenn er ein hundertprozentiger Kommunist war, war ich ein hundertfünfzigprozentiger.«

In der zweiten Version blieb Pascha bis zum Herbst einundvierzig in Polen und half Jizchak und Josef im Untergrundkampf gegen die Faschisten. Einmal wurde er geschnappt, als er Flugblätter transportierte, und sein Bruder wurde streng verhört. Als Josef das nächste Mal ins Kinderheim kam, um Pascha abzuholen, sagte er: »Mit diesem Volk bin ich fertig.« Man hatte ihm nichts beweisen können, aber er wurde beschattet. Kurz darauf ging er in den Untergrund und bereitete von dort aus die Flucht nach Rußland vor.

Auch in dieser Version war Jizchak auf der Flucht dabei. Jeder der drei besaß gefälschte Papiere: Jizchak zu seinen eigenen deutsche, die ihn als Josefs Bruder Jakob auswiesen, Pascha und Josef alte polnische, die sie zu Brüdern Herzls erklärten. Falls die Flucht mißglückte, würden sie die polnischen rasch aufessen oder verbrennen; in Rußland aber würden sie die deutschen verbrennen und die polnischen vorweisen.

Als Pascha in Rußland seinen gefälschten Ausweis zeigte,

transkribierte der russische Milizionär seinen Nachnamen mit »Cherzew« (die slawische Endung – ew statt el – war eine Idee seines Bruders Josef gewesen). Normal wäre »Gerzew« gewesen. »Cher« aber heißt »Pimmel«: Der Mann machte sich einen Spaß. Als Pascha das begriff, war es zu spät. Noch heute wird er weiß vor Wut, wenn er daran denkt, welche Demütigungen er um dieses Namens willen ertragen mußte. Wenn sie heiraten, will er unbedingt Ljusjas Nachnamen annehmen.

Unter der Rubrik »Nationalität« stand in den neuen Papieren: »Pole«. »Wenn man mich aber fragte, antwortete ich: Jude. Ich fand nichts dabei«, sagt er und knirscht mit den Zähnen.

Pascha war ein hübsches Kind, außerdem das begabteste im ganzen Waisenhaus. Eine Lehrerin nahm sich seiner besonders an. Von dieser Lehrerin weiß Pascha noch, daß sie nach Zimt roch und ihn »mein kleiner Pionier« nannte. Von ihr lernte er rasch die russische Sprache und Schrift.

Zweimal wurde er adoptiert. Das erste Mal von einem kinderlosen Oberst, der ihn zurückbrachte, als Pascha ihm beim Abendessen erzählte, daß er Jude sei; das zweite Mal von einer Kaufmannsfamilie mit vier Töchtern, die einen männlichen Nachfolger wünschte. Von dort ist Pascha selbst weggelaufen. Er wollte nämlich immer ein Musterknabe sein, aber einmal hat er, angestiftet von Nachbarskindern, Honig auf den Stuhl eines unbeliebten Lehrers geschmiert und wagte danach nicht mehr, seinen Wohltätern unter die Augen zu treten.

Die deutsche Besatzung überlebte er mit Hilfe der Lehrerin, die nach Zimt roch. Sie packte ihn von oben bis unten in Gips, daß gerade Augen und Mund herausschauten, und erzählte dem im Waisenhaus einquartierten Nazi-Kantinenpersonal, der Junge habe eine schwere Rückenverletzung. Inzwischen nannte sie ihn »mein kleiner Prinz«. Nachts befreite sie ihn von seinem Korsett. Er gewöhnte sich daran, tagsüber zu schlafen und nachts Bücher zu lesen. Während dieses dreiviertel Jahres las er, sagt Pascha, alle tausend Bücher der Waisenhausbibliothek: Schulbücher, Klassiker, Fachbücher über Handwerk und Wissenschaften. Sein Wissensdurst war enorm. Schließlich glückte ihm die Flucht hinter die Besatzungslinie. Einen Sommer lang kundschaftete er für die Partisanen. Mit zwölf Jahren wurde er Rotarmist: Ein Oberst nahm ihn als Ordonnanz an. Dieser Offizier arbeitete beim NKWD, und Pascha studierte bei ihm gründlich die Methoden der Tscheka: »Manipulation, Suggestion, Drohung, Erpressung und Bestrafung«, erläutert er stolz, »das kenne ich aus dem Effeff. Nicht fein, aber nützlich.«

Nach Kriegsende – inzwischen war er fünfzehn – besuchte er die Militärschule. Der Oberst, dem er als Ordonnanz gedient hatte, unterstützte ihn. Es folgt eine unklare Episode, die damit zusammenhängt, daß das Deutsche Rote Kreuz Pascha ausfindig machte, nachdem Pascha selbst versucht hatte, mit seinen Geschwistern in Verbindung zu treten. Pascha beriet sich darüber mit einem älteren Freund namens Mischa, der beim MWD arbeitete. »Dann mußt du aus dem Komsomol austreten«, erklärte Mischa. Pascha trat aus dem Komsomol aus. »Und jetzt?« – »Jetzt mußt du die sowjetische Staatsbürgerschaft aufgeben.« Pascha gab sie auf. Als er nach Hause kam, sagte sein Oberst: »Bist du verrückt? Wer die sowjetische Staatsbürgerschaft aufgibt, kann hingerichtet werden!« Noch am selben Abend setzte ihn der Oberst in einen Zug nach Wladiwostok, mit einer Empfehlung an den dortigen Kommandanten. So kam es, daß Pascha nur sieben Schuljahre absolvierte.

In Wladiwostok diente er sich rasch hoch. Wieder arbeitete er in der Sicherheitsabteilung, erst als Sekretär, dann als Privatsekretär eines Generals. Er hielt Unterricht an der Militärschule in den politischen Fächern. Sein Vorgesetzter sagte über ihn: »Zu Pawel Jakowlewitsch kommen alle in den Unterricht, und sie hören ihm gerne zu.« – »Ich habe nämlich die Gabe«, erklärt Pascha, »jeden Menschen von allem zu überzeugen, wovon ich ihn überzeugen will.«

Nach fünf Jahren rief ihn der alte Oberst, sein Wohltäter,

nach Leningrad. Er wollte Pascha an der Universität in Moskau unterbringen, wohin er selbst in diesem Jahr versetzt werden würde. Pascha war begeistert von Leningrad, das immer noch halb in Trümmern lag. »Hier habe ich mich gleich zu Hause gefühlt. Verstehst du, hier weht der Atem der Kultur!« Pascha ging in alle Konzerte der Philharmonie, in alle Museen und in alle Bibliotheken. Nur zwei Monate nach seiner Ankunft starb sein Oberst beim Tennisspiel an einem Herzinfarkt.

»Also nichts Besonderes«, sagt Ljusja möglichst beruhigend zu Antonina Romanowna. »Eine ganz normale Kriegswirrenbiographie.«

Rita fragt: »Wieso gibt es zwei Versionen?«

51

Im Mai heiraten Ljudmila Semjonowna Gwosdikowa und Pawel Jakowlewitsch Cherzew, der damit Ljusjas Nachnamen annimmt. Hochzeitsgäste sind: Rita und Antonina Romanowna; Ljusjas Schwester Lera mit ihrem Kostja; Schwester Ljuba mit ihrem Andrej, der sein vernarbtes Gesicht in Ljusjas Hände drückt; Bruder Wowa, der besonders ausgiebig die Vorspeisen überprüft, während seine Frau Sweta und die beiden halbwüchsigen Kinder verschüchtert abseits stehen; und natürlich Pelageja Nikiforowna, die besorgt und lieb lächelt. Innokentij fehlt; er ist auf Dienstreise in Kiew und hat einen fünf Seiten langen, sehr herzlichen Brief geschrieben. Jurik, in einem ordentlichen blauen Anzug, den ihm Antonina Romanowna extra für diesen Anlaß beschafft hat, benimmt sich zum ersten Mal seit langem still und anständig; er weicht nicht von Paschas Seite und blickt hingebungsvoll zu ihm hoch.

Von Pascha ist niemand gekommen. Verwandte hat er keine, und Freunde von ihm hat Ljusja bisher nicht kennengelernt. Er steht zwischen den stattlichen Gwosdikows wie ein schlanker, dunkler Engel. Seine schwarzen Augen unter den langen Wimpern schimmern wie Samt, er entblößt lächelnd seine weißen Zähne. Normalerweise spricht er leise, in singendem Tonfall, aber wenn er seine Stimme erhebt, klingt sie voll und metallisch, und alle hören ihm zu. Nach seiner Rede rufen alle: »Küssen, küssen!«, und Ljusja fühlt zum ersten Mal Paschas Lippen auf ihrem Mund; weich, feucht, unbeholfen. Die Hochzeit ist fröhlich, obwohl es keinen Wodka, sondern nur zwei Flaschen Champagner gibt. Wowa sagt zu Ljusja: »Das ist ja ein richtiger Welpe, den du dir da an Land gezogen hast. Mußt du jetzt für zwei Söhne sorgen?«

»Er ist sehr tüchtig; ihr werdet noch froh sein, daß ihr mit mir verwandt seid«, erwidert Ljusja, um ihn zu ärgern.

52

Pascha ist ein Wunder. Er kann studieren, Geld verdienen, Möbel reparieren, kochen, Wäsche waschen und putzen. Und er hat gleich ein neues Zimmer für sie gefunden, in der Pestel-Straße unweit des Sommergartens. Das Zimmer ist immer in perfekter Ordnung. Pascha trägt Ljusja auf Händen. Er führt sie mindestens einmal pro Woche in die Philharmonie oder ins Kino. Ljusja arbeitet noch, während Pascha oft stundenlang über seinen Büchern sitzt. Aber immer wieder, wenn sie nach Hause kommt und Pascha über seinen Büchern vorfindet, als sei er seit dem Morgen nicht vom Tisch aufgestanden, zeigt er ihr irgend etwas Neues, das er erstanden hat: eine neue Lampe, eine weiße Zuckerdose mit Goldrand, einen Tulaer Samowar mit zehn Medaillen. Zu ihrem Geburtstag schenkt er ihr eine wertvolle Ikone (»Feodossij von Uglitsch und Tschernigow – Riza aus Perlen und Glassteinen auf Metallfolie, um 1900. Halte sie in Ehren!«). Pascha handelt nebenbei mit Kunstgegenständen, das ergibt ein beachtliches Zubrot.

Jurik ist jetzt öfter zu Hause. Sie haben beschlossen, ihn noch nicht aus dem Internat zu nehmen, da Pascha nach dem Sommer in Moskau studieren wird; aber sie holen ihn, sooft es geht, zu sich. Er ist immer noch schwierig und lernt schlecht, hat aber vor Pascha Respekt.

Freilich, mit dem Eheleben klappt es nicht so recht. Pascha scheint das nicht tragisch zu nehmen. »Wir lernen's schon noch«, sagt er fröhlich, »siehst du, du bist meine erste Frau. Bisher war ich immer unter Männern. Unter Soldaten bin ich aufgewachsen. Aber ich wußte gleich, mit dir werde ich leben können.«

Ljusja lächelt verständnisvoll. Tags sagt sie sich: Es nützt nichts. Bojarow war eine Sackgasse. Ich muß ihn vergessen. Pascha wird lernen. Er ist ein guter Mensch.

53

Beim Schlangestehen hat Ljusja Natalja Gerassimowna kennengelernt, eine ältere Frau, deren Vater ebenfalls Priester war und ebenfalls in Sibirien ums Leben kam. Natalja hat immer ein braungeflecktes Hündchen bei sich, das, obwohl Natalja Gerassimowna überhaupt keinen Humor hat, Herkules heißt. Sie philosophieren über Religion und treffen sich immer häufiger, obwohl Natalja Ljusjas Unvorsichtigkeit tadelt, denn Ljusja spricht offen darüber, daß Semjon Nikiforowitsch von Stalin vernichtet wurde, während Natalja darauf besteht, ihr Vater sei auf einer Dienstreise einer Erkältung erlegen.

Dann beginnt das Hündchen Herkules zu erblinden. Der Arzt hat Natalja Gerassimowna empfohlen, es mit Karotten zu füttern, aber Herkules will keine Karotten. Natalja Gerassimowna ist verzweifelt. Es stellt sich heraus, daß Herkules nur aus Ljusjas Händen Karotten frißt, woraufhin Natalja Gerassimowna sofort alle Vorbehalte Ljusja gegenüber aufgibt und sie für ganze Nachmittage zu sich lockt, nur damit Ljusja jede halbe Stunde dem Hündchen ein paar Karotten reicht.

Eines Nachmittags bleibt Ljusja bei Natalja hängen, und Pascha holt sie ab. Er folgt einer Nachbarin durch den Flur und die Küche ins Wohnzimmer, begrüßt Natalja höflich, plaudert ein paar Worte mit ihr und geht dann mit Ljusja hinaus. Sie sind noch nicht an der Bushaltestelle, da sagt er: »Zwischen den Fenstern steht eine Vase, das ist Katharina II, und in der Küche ein Gardner-Service aus dem achtzehnten Jahrhundert. Frag Natalja, ob du die Sachen kaufen kannst.«

Am nächsten Tag ruft Natalja von selbst an. »Ljudmilotschka, ich bin ja so froh über das mit meinem Herkules, ich weiß gar nicht, wie ich mich erkenntlich zeigen soll. Bitte sagen Sie mir, was ich Ihnen schenken darf.«

»Natalja, Sie müssen mir nichts schenken. Aber wenn Sie die Vase entbehren können, die zwischen Ihren Fenstern steht, würde ich sie Ihnen gerne abkaufen. Auch das Service in der Küche.«

»Was für eine Vase, Ljudmilotschka?« fragt Natalja. »Ich sehe gar keine. Vielleicht kommen Sie vorbei und zeigen sie mir!«

Ljusja war bestimmt zwanzigmal bei Natalja Gerassimowna gewesen und hat keine Vase entdeckt. Auch dieses Mal findet sie sie nur mit Mühe, nach Paschas Beschreibung. Die Vase steht hinter Zeitungsstapeln und ist flach und ganz schwarz. Natalja hat selbst nicht gewußt, daß sie sie besitzt, und überläßt sie Ljusja leichten Herzens für fünfzig Rubel. Die Frage des Geschirrs beschäftigt sie mehr. »Meine Mitarbeiter haben es mir zur Pensionierung geschenkt, deshalb hänge ich sehr daran. Aber weil Sie es sind, würde ich es Ihnen zum Einkaufspreis überlassen.« Sie räumt bedauernd ihren besten sowjetischen Set aus dem Schrank. »Achtzehn Rubel.«

»Aber das meine ich ja gar nicht!« ruft Ljusja, die, ebenfalls nach Paschas Beschreibung, das gänzlich eingestaubte Gardner-Service auf dem hohen Küchenbuffet ausgemacht hat. »Ich spreche von dem da...«

»Woher hast du nur diesen Blick?« fragt Ljusja später Pascha. »Du warst doch höchstens fünf Minuten in der Wohnung!«

Pascha wehrt erschrocken ab: »Frag mich nicht! Auf den ersten Blick erkenne ich alles. Aber auf den zweiten Blick bin ich fehlbar. Ich darf nicht anfangen nachzudenken...« Behutsam beginnt er, die Vase von Fett und Ruß zu befreien. Als er den Dreck aus den Kristallfurchen gekratzt und den angelaufenen Silberrand blankgeputzt hat, errötet er wie ein Schuljunge. Ljusja läuft zu ihm und drückt ihm einen Kuß auf die Stirn, er aber vermag den Blick nicht von dem Prachtstück abzuwenden. Er liebt Antiquitäten und Gemälde ebenso hingebungsvoll wie die Musik und preist die Schönheit der Kultur, sein Talent, sich ihrer zu bedienen, und das Schicksal, das ihm jemanden zur Seite gestellt hat, mit dem er seine Errungenschaften teilen kann.

54

Allerdings gibt es Überraschungen.

An einem heißen Septembernachmittag kommt unangemeldet Ljusjas ehemalige Freundin Wera Algisowna zu Besuch. Wera war rasend verliebt in Bojarow und hat Ljusja ihm gegenüber verleumdet, deshalb haben sie sich zerstritten. Als schließlich Wera einen Schiffsingenieur heiratete und nach Archangelsk zog, hat Ljusja sich nicht von ihr verabschiedet. Aber nun, drei Jahre später, steht Wera vor der Tür, als sei nichts geschehen, und überredet Ljusja und Pascha, mit ihr essen zu gehen.

Wera hat eine raffinierte blonde Frisur und einen rötlichbraunen Schneidezahn. Sie sagt, sie habe es hervorragend getroffen, und lacht ausgiebig. »In Archangelsk verdient mein Wassjetschka sechsmal soviel«, sagt sie. »Deswegen lade ich euch natürlich ein.«

Pascha antwortet: »Wenn wir Sie in Archangelsk besuchen, dann dürfen Sie uns einladen. Hier sind Sie unser Gast.«

»Ach, ist er nicht süß?« ruft Wera aus. »Mein armes Studentlein, ich achte Ihre Prinzipien, aber so wie ich es gewohnt bin auszugehen, rate ich Ihnen davon ab, mich einzuladen.« Als sie Bojarow verehrte, hat sie sich angewöhnt, derart kapriziös zu reden. Immerhin hat Wera in jener Zeit dreiunddreißig Bücher gelesen und betrachtet sich als Intellektuelle. Aber das alles ist nicht von Bedeutung. Merkwürdig ist, daß Pascha sich auf den Tonfall einläßt. Er holt sein bestes Jackett aus dem Schrank und mustert Wera mit fiebrigem Interesse. »Wera Algisowna. Sie sind unser Gast. Befehlen Sie, wo wir Sie hinführen dürfen.«

Sie gehen in ein Fischlokal in der Nähe des Hafens. Wera führt sich auf wie eine Gräfin: »Ich will Pilze, ich will Sprotten. Pascha, bitte bestellen Sie Champagner. In meinem Borschtsch ist zu wenig Rahm, kümmern Sie sich bitte, Pascha.« Pascha kümmert sich. Wera sagt zu Ljusja: »Also so ein Prachtjunge. Wie machst du das nur immer, Ljusja?« Ljusja ist so verärgert, daß sie kein Wort sagt. An diesem Abend stimmt nichts. Wera ist in Schwierigkeiten. Ihre raffinierte Frisur verdeckt, wie sich nach dem ersten Tanz zeigt, einen großen Bluterguß auf der linken Stirnseite. Sie ist offensichtlich nach Leningrad gekommen, um das Terrain für ihre Rückkehr zu sondieren. Na gut, ihre Sache. Aber warum apportiert Pascha wie ein Hund? Mit breitem Lächeln erfüllt er Weras Wünsche, beobachtet sie aber dabei mit verschleiertem Blick, als prüfe er sie, oder die Situation, oder sich selbst. Beide machen einander etwas vor, aber was, und wozu? Ljusja ist übel. War der Fisch verdorben?

Im Restaurant wird das Licht ausgeschaltet. Sie gehen auf die Straße hinaus. Auf der Hafenseite ist der Himmel noch hell, aber von Osten her nähert sich eine schwere Regenwolke. Ein warmer, böiger Wind zerrt an den Kleidern. Wera hängt beschwipst an Paschas Arm. »Nun, was haben Sie sonst noch zu bieten, mein vortrefflicher Kavalier?«

Ljusja sagt: »Wir haben überhaupt nichts mehr zu bieten. Wir müssen jetzt nach Hause, denn wir beide müssen morgen früh raus. Du hast ja gesagt, du kennst einen General hier in der Nähe.«

Wera steht wie vom Donner gerührt. Sie versucht zu lächeln, aber ihre Oberlippe flattert vor dem rötlichen Schneidezahn. »Nichts für ungut, Wera. Ich nehme an, wir sehn uns noch.« Ljusja zieht Pascha mit sich. Wera bleibt zurück. Ljusja weiß, daß Wera gerne eingeladen worden wäre, bei ihnen zu übernachten, aber sie ist zu wütend, und ihr ist zu übel.

Pascha läßt sich widerstandslos mitziehen. Als sie schon ein paar Minuten auf die schwarze Wolke zugegangen sind, blickt sich Ljusja um. Dort, vor dem hellen Himmel, steht als erstarrte Silhouette immer noch Wera. Auf einmal zuckt ihr Kopf nach rechts, und ihr Oberkörper krümmt sich, als spucke sie aus.

Nun zieht Pascha Ljusja hinter sich her. Als sie um eine Ecke gebogen sind, dreht er sich um. Sein Gesicht ist verzerrt. Plötzlich schreit er, daß es von den Häuserwänden widerhallt: »Du hast mich besudelt! Du Schlampe! Du Vieh!«

Er steht vor ihr wie ein Wahnsinniger und rauft sich die Haare. »Du hast das Gebot der Gastfreundschaft in meinem Namen verletzt! Ich muß mich schämen, ich kann meinen Nachbarn nicht mehr unter die Augen treten!« Seine Stimme überschlägt sich. Er hustet, und Ljusja nutzt die Pause, um zu rufen: »Aber die Nachbarn wissen doch gar nichts davon!« Danach kommt sie nicht mehr zu Wort. Tränen der Wut sprudeln aus seinen Augen, er heult und stampft mit den Füßen.

Auch zu Hause beruhigt er sich nicht. Er tobt bis fünf Uhr früh. »Sie hat vor mir ausgespuckt, und sie hat es zu Recht getan! Das ist mir noch nie passiert! Du hast Schande über mich gebracht!« Zweimal stürzt er mit irrem Blick auf Ljusja zu, die Finger gespreizt, als wolle er sie erwürgen, aber dann rennt er knapp vorbei und schlägt seine Stirn gegen die Wand, wobei er »Schande! Schande! Schande!« schluchzt. Endlich fällt er erschöpft in einer Ecke zusammen. Seine Nasenflügel beben, Oberlippe und Kinn glänzen vor Schweiß und Speichel. Er wimmert wie ein verwundetes Tier, aber als Ljusja bei ihm niederkniet, ächzt er: »Rühr mich nicht an, du Schlampe! Scheusal! Vieh!«

Ljusja legt sich auf den Diwan. Sie ahnt, sie ist schwanger. Jetzt, da Pascha verstummt ist, ergreift das Grauen von ihr Besitz. Das also war der Haken bei der Sache: Pascha ist verrückt! Alles aus. In der grauen Morgendämmerung erkennt sie Paschas gekrümmte Gestalt in der Ecke, und ihr wird wieder übel. Sie nickt minutenweise ein und träumt, Pascha triebe mit Hammerschlägen einen Meißel in ihren Bauch, aber als sie hochschrickt, hört sie ihn nur im Schlaf mit den Zähnen klappern. Es ist kalt geworden. Wieder schlummert Ljusja ein, und wieder erwacht sie, scheinbar nach Sekunden. Sie zwingt sich, in die Ecke zu sehen. Die Ecke ist leer. Pascha ist verschwunden.

Später, als Ljusja in der Küche Frühstück macht, kommt die Nachbarin Anna Petrowna, die Wand an Wand mit ihnen wohnt. »Was war denn bei euch los heut nacht?« fragt sie gemütlich. »Hast du ihm was abgeschnitten? So hörte es sich an!«

Nach der Arbeit fährt Ljusja nach Hause, um ihre Sachen zu packen. Sie hat sich zwei Stunden früher beurlauben lassen, denn sie wollte sichergehen, daß sie Pascha nicht antrifft. Aber er ist da: Er hat auf sie gewartet. Er sitzt mitten im Zimmer in der Haltung eines armen Sünders auf dem unbequemen Hocker. Als Ljusja zurückprallt, springt er auf, und seine Beine geben unter ihm nach, einen Augenblick lang scheint es, als wolle er auf die Knie fallen. »Um Gottes willen, verzeih mir«, ruft er. »Laß es uns noch einmal versuchen.« Seine weichen Lippen beben, er tut ihr leid.

»Was schlägst du vor?« fragt Ljusja vorsichtig.

»Vor allem müssen wir uns ein neues Zimmer suchen. Es ist mir zu peinlich vor der Nachbarn.« Er flüstert beschwörend: »Peinlich ... peinlich ... peinlich ...«

»Zimmer? Lohnt sich das denn?«

»Ich bin sicher, daß ich uns noch in dieser Woche eins besorgen kann!« ruft er. »Wir ziehen lieber heute um als morgen ...«

»Wollen wir künftig in solchen Fällen immer umziehen?«

Niedergeschlagen küßt er ihr die Hände. Ljusja denkt: Na ja.

Er trinkt nicht, er raucht nicht, er geht nicht fremd – ab und zu werde ich so einen Anfall schon ertragen.

55

Ljusja ist tatsächlich schwanger. Pascha jubelt. »Wir bekommen einen Sohn! Er wird richtige Papiere haben und an der Universität studieren!« Ljusja ist längst nicht mehr so zierlich, wie sie war, aber Pascha hebt sie hoch wie eine Puppe und wirbelt sie im Kreis. Dann setzt er sie behutsam auf den einzigen gepolsterten Stuhl und sagt: »Rühr dich nicht von der Stelle! Ich hol uns eine Flasche Champagner!« Nach einer Stunde kehrt er mit einer Flasche Krimsekt, frischem Brot, Sauerrahm, Butter, Rinderzunge, Karotten und grünen Zwiebeln zurück. Wie hat er das alles so schnell beschaffen können? Er deckt das Tischchen mit der Umsicht eines kaiserlichen Zeremonienmeisters. Dann sitzen sie einander gegenüber und prosten sich zu.

»Und wenn es ein Mädchen wird?« fragt Ljusja.

»Egal! Dann wird eben das nächste ein Junge. Iß mehr von den Karotten, Ljusenitschka, du brauchst Vitamine!«

Gleichzeitig blicken sich beide in ihrem neuen Zimmer um, das wesentlich größer ist als das vorige, einen großen weißen Kachelofen besitzt und zwei helle, unverbaute Fenster. »Fünfter Stock«, denkt Pascha laut nach, »vielleicht sollten wir ein anderes Zimmer suchen, wo du nicht soviel Treppen steigen mußt?«

»Ach, Paschenka! Hier ist es doch schön! So trocken und hell! So schön hatte ich es noch nie. Ein Telefon in der Wohnung. Und die Nachbarn sind auch in Ordnung. Wozu so ein Wutanfall manchmal gut sein kann ...«

Paschenka springt auf und läuft durch das Zimmer. »Ich bin – ich kann – ich muß – weißt du was, ich geh' eben in die Bibliothek. Ich hol' uns ein paar Bücher über Kindererziehung.«

56

Eines Tages steht ein gutaussehender Mann vor der Tür, der sagt, daß er Pascha von früher her kenne. »Vielleicht hat er einmal von mir erzählt? Ich heiße Dima.« Pascha ist nicht zu Hause, aber Dima wirkt kultiviert, und Ljusja bittet ihn ohne Bedenken herein. Obwohl er kaum über fünfzig sein mag, sind seine Haare weiß. Übrigens modisch geschnitten. Er selbst ist gediegen sportlich gekleidet und duftet nach einem besonderen, aufregend frischen Parfüm.

Sie ist neugierig. Noch nie hat sie jemanden von Paschas Bekannten getroffen. Sie bietet dem Gast Tee und Butterbrote an, und er lehnt alles ab. Er hat ein reizendes, wehmütiges Lächeln, das porzellanweiße künstliche Zähne freilegt.

»Wohnen Sie in Leningrad?« fragt sie.

»Ich bin gewissermaßen auf der Durchreise. Ich wohne im Hotel ›Europa‹.«

»Wie ist Ihr Vatersname? Vielleicht hat Pascha von Ihnen gesprochen?«

»Nennen Sie mich einfach Dima.«

»Wo haben Sie Pascha kennengelernt? Während der Besatzung? Oder schon in Sibirien?«

»Beides«, sagt Dima. »Ich habe ihn in Sibirien wiedergetroffen, wohin ich geschickt wurde, um eine Eisenbahn zu bauen.«

»Sie sind Ingenieur?«

»Nein. Ich war«, sagt Dima sanft, »Sträfling.«

In diesem Augenblick tritt Pascha ein. Er bleibt in der Tür stehen, als er den Gast erblickt, sein Gesicht versteinert. Dann lächelt er gezwungen. »Dima. Wie kommen Sie denn hierher.«

»Ich störe wohl?«

»Keineswegs. Es gibt viel zu besprechen. Aber dafür gehen wir am besten aus, wir brauchen meine Frau nicht zu langweilen.«

Am späten Abend sagt Pascha zu Ljusja: »Dieser Kusnjezow hat dich nicht zu interessieren.«
»Wieso, stimmt was nicht?«
»Er ist ein zerstörter Mensch. Diese Bekanntschaft brauchst du nicht.«

57

Noch ein Bekannter Paschas schneit in diesen Tagen ins Haus. Er stellt sich als Michail Jermolajitsch, Kunsthändler, vor, ist sicher noch keine fünfundzwanzig Jahre alt und trägt einen sehr teuren Anzug. Er zieht seinen kleinen Kopf zwischen die Schultern und lächelt unter hängenden Lidern hervor, während er sich schnell im Zimmer umsieht, als fotografiere er die Einrichtung mit dem Verstand. Er ißt und trinkt mit großem Appetit und plaudert überaus liebenswürdig von Kunstgegenständen und Preisen. Ljusja staunt über die sonderbar blicklosen, beinahe toten Augen in dem leutseligen, intelligent plappernden Gesicht. Michail Jermolajitsch möchte offenbar etwas von Ljusja erfahren, aber sie weiß nichts, und er nimmt das mit einem spöttischen Lächeln zur Kenntnis, ohne das Gespräch zu beenden.

Dies tut Pascha, als er nach Hause kommt. »Du läßt wohl jeden herein«, sagt er, nachdem er Michail Jermolajitsch hinausgeleitet hat. »Nein, Pascha, aber deine Freunde?«
»Es gibt keine Freunde. Du darfst den Menschen nicht alles glauben.«
»Aber du kanntest ihn doch? Ihr hattet etwas miteinander zu besprechen?«
»Er ist ein Idiot. Er hält sich für einen Überflieger, aber er wird Schiffbruch erleiden, wir brauchen ihn nicht.«
»Aber Pascha! Soll ich denn überhaupt niemanden hereinlassen?«
»Genau.«

58

Paschas Abreise nach Moskau steht unmittelbar bevor. Pascha ist aufgekratzt, hält Ljusja jeden Tag Vorträge darüber, wie sie sich als schwangere Frau zu verhalten habe, warnt sie vor allen Leuten, die behaupten könnten, ihn zu kennen, und verzeichnet sämtliche Einrichtungsgegenstände auf blauen Zetteln. Seine Stimmung wechselt ständig. Eines Tages betritt er mit einem Brief in der Hand das Zimmer, auf den Lippen ein erregtes, böses Lächeln. Pascha besteht darauf, immer selbst den Briefkasten zu leeren. Dieser Brief ist an Ljusja adressiert, ohne Absender. Ljusja aber erkennt aus zwei Metern Abstand die Handschrift Bojarows und fühlt plötzlich ihr Herz rasen.

»Haben wir Geheimnisse voreinander?« fragt Pascha.

»Nein.«

»Dann lies vor.« Er reicht ihr den Brief.

Bojarow schreibt: »Was wolltest du von mir? Das Standesamt? Das hättest du haben können. Du kannst es immer noch haben. Für mich ist es nicht zu spät. Komm zu mir zurück, Ljusenitschka, meine Seele, meine Freude.« Ljusja stockt.

»Ziemlich mäßig für einen Literaten«, kommentiert Pascha beißend. »Weiter.«

»»Ljusenitschka, ich habe...«« Nein, das darf man nicht vorlesen. Alles, was Bojarow vier Jahre lang zu sagen vermied, steht in diesem Brief. Damals war es ihm peinlich, so zu reden. Jetzt, wo es doppelt so peinlich ist und außerdem zu spät, spricht er es aus; aber was ist das für ein Triumph?

»Also?« fragt Pascha. »Ich warte.«

»Ich kann nicht. Du siehst ja, in welcher Verfassung er ist.«

»Na gut. Zur Sache. Was bedeutet dir dieser Brief?«

Ljusja sucht nach Worten. »Möchtest du deine goldene kleine Seele dem alten Schwätzer zu Füßen legen?«

»Pascha, sprich nicht so!«

»Ja oder nein!« brüllt er. »Ich fahre nächste Woche nach Moskau, ich will wissen, ob ich für dich oder für den Himmel arbeite. Ich will dir nicht jeden Monat Geld schicken und am Ende in ein leeres Haus zurückkehren. Entscheide dich, sofort! Ich werde dir keine Schwierigkeiten machen!«

»Pascha, ich bleibe bei dir. Ich habe dich doch geheiratet«, sagt Ljusja matt. »Ich bin schwanger«, fügt sie bedrückt hinzu. Pascha greift nach dem Brief und hält ihn in die Luft. »Also nein?«

»Nein«, flüstert Ljusja.

Pascha zieht ein Feuerzeug hervor und zündet den Brief an.

59

Ljusja muß zugeben, daß sie sich verrechnet hat. Sie dachte, sie sei Pascha überlegen und könne endlich alles nach ihren Vorstellungen regeln. Tatsächlich aber beginnt sie ihn zu fürchten und ist erleichtert, als er am Samstagabend nach Moskau abreist.

Ljusja denkt: Was immer mit ihm los war, ich werde es verkraften. Aber ich muß es wissen. Was, zum Beispiel, gibt es an einem sympathischen, kultivierten Menschen wie Dima Kusnjezow zu fürchten? Immerhin ist Dima der erste Mensch nach meinem Vater, der vor mir offen bekannt hat, daß er »dort« gewesen ist. Zeugt das nicht von Ehrlichkeit und Vernunft? Darf ich nicht sprechen, mit wem ich will? Sie erinnert sich an ihre Nachbarin in der vorigen Wohnung, Anna Petrowna, die ihnen mehrmals Geld lieh und mit Rat und Tat half. Anna Petrowna war neugierig und etwas verrückt, eine Nervensäge, aber bestimmt ohne Bosheit und ohne Berechnung. Als Ljusja sie nach dem Umzug zu sich einlud, hat Pascha geschimpft. »Wir müssen uns doch erkenntlich zeigen«, hat Ljusja sich verteidigt, und Pascha hat geantwortet: »Wozu? Wir brauchen sie nicht mehr.«

60

Ljusja ruft im Hotel »Europa« an und fragt nach Dmitrij Kusnjezow. Die Verbindung wird sofort hergestellt.

»Hallo?« Dimas Stimme klingt dunkel und entstellt von Mißtrauen.

»Dima? Hier ist Ljudmila Gwosdikowa, die Frau von Pawel Jakowlewitsch. Sie waren vorletzte Woche bei uns.«

»Ja.«

»Ich wollte Ihnen für die Bücher danken, die Sie Pascha mitgegeben haben. Das war ja eine halbe Bibliothek.«

»Keine Ursache.«

Pause.

»Und außerdem...« Ljusjas Schneid schwindet zusehends. »Ich wollte... Sie noch so vieles fragen... Über Ihre Vergangenheit... über Pascha... Er ließ uns ja gar keine Zeit...«

»Ljusja!« Dimas Stimme klingt bestürzt. »Ich darf Sie doch so nennen? Nennt man Sie so, ja? Ljusja, hören Sie, ich... ich habe ganz schwarze Hände... weil... ich habe eben gemalt... auch mein Gesicht ist schwarz... und meine Hände... verzeihen Sie mir, verzeihen Sie!«

»Aber ich habe Ihnen nichts zu verzeihen!«

»Ljusja. Madame Ljusja. Hören Sie, ich kann jetzt nicht... ich kann nicht... Verzeihen Sie mir, ich...«

»Es tut mir leid«, sagt Ljusja erschrocken, »ich habe Sie gestört.«

Er ringt keuchend nach Worten. »Nicht... verstehen Sie doch... ich habe gerade... ich war...« Seine Stimme klingt gequält. »Wollen Sie morgen um vierzehn Uhr zu mir kommen? Dann können Sie fragen...«

»Ich arbeite doch.«

»Also am Samstag?«

»Ja, sehr gern, wenn es Ihnen recht ist.«

»Wenn Sie mir vertrauen, können Sie... Der Portier soll mir Bescheid sagen. Ich bin dann oben...«
»Ich komme. Es stört Sie wirklich nicht?«
»Ljusja! Sie kommen, ja? Madame Ljusja. Um vierzehn Uhr. Verzeihen Sie mir. Ich küsse Ihre Hände.«

61

Eine halbe Stunde später klingelt das Telefon. Es ist Dima. Er schluchzt.
»Ljusja.«
»Ja, ich bin's.«
»Ljusja, ich wollte Ihnen nur sagen... ich bin ein schlechter Mensch.«
»Aber Dima! Wer ist gut?«
»Ljusja! Hinter dem Sarg gibt es weder Freunde noch Worte!« Dima lacht verzweifelt. »O Gott, o Gott! Verstehn Sie mich denn nicht?«
»Nein...«
»Es geht darum, Ljusja, ich bin ein sehr alter Mensch.«
»Ich weiß nicht, wie alt Sie sind.«
Am anderen Ende der Leitung ein grauenhaftes Gelächter: »Ich? Ich bin tausend Jahre alt!« Offenbar hat Dima getrunken, oder er trinkt während des Gesprächs. Seine Aussprache wird undeutlicher. Dann reißt er sich zusammen und sagt verwirrt: »Verzeihen Sie mir!«
»Wieso ich? Was müßte ich Ihnen verzeihen?«
»Ich bin ein schrecklicher Mensch!«
Er verstummt. Ljusja hört durchs Telefon ein kratzendes Geräusch und ruft: »Was tun Sie?«
»Ich male.« Seine Stimme wird kindlich, jetzt lispelt er. »Ich maale ein Biild für diich. Alle verstehen mich, weil ich Diima bin.«

»Dima, sind Sie da?«

»Ja«, lallt er zufrieden, »Dima ist da. Alle verstehen Dima, denn Dima ist k-ein kein schlechter Meen-sch. Verstehen Sie?«

»Dima ist kein schlechter Mensch.«

»Haben Sie das bemerkt, ja? Das ist gut. Ich liebe dich.«

»Sagen Sie das nicht.«

Er schweigt. Sie hört seinen unregelmäßigen Atem am Telefon.

»Was tun Sie, Dima?«

»Ich habe ein Iiinterviieeew miit dem Miiniisteriuum für Kultuur.« Plötzlich ist er wieder bei Verstand und sagt schroff: »Also wir sehen uns Samstag, vierzehn Uhr. Auf Wiedersehen. Ich küsse Ihre Hände.«

62

Pascha wohnt in Moskau in einem Zimmer, dessen Adresse Ljusja nicht kennt. Er hat ihr erklärt: »Mit den Zimmern ist das so eine Sache. Man muß immer wieder umziehen, damit die Vermieter sich nicht einmischen. Damit keine Post verlorengeht, schreib mir nur an die Moskauer Hauptpost. Schreib mir unbedingt jeden Tag! Ich werde jeden Tag hingehen. Wenn es nichts Neues gibt, schick einfach ein leeres Kuvert. Wenn ich vier Tage lang keine Nachricht oder kein Kuvert vorfinde, komme ich sofort nach Leningrad.«

Am ersten Tag schreibt Ljusja: »Paschenka, Lieber. Nach der Arbeit habe ich erst mal geputzt und aufgeräumt. Wie du weggefahren bist, ist es kalt geworden, aber wir haben noch keinen Leim, um die Fensterritzen zu verkleben. Komisch ist das mit so einer Fernheizung. Bernarda Jossifowna sagt, im Oktober werden sie heizen, aber es ist jetzt kalt, und im Oktober wird es sicher wieder warm. Am Sonntag hatte ich Jurik bei mir, und er fing gleich an zu schniefen und zu niesen. Aber sonst geht es ihm nicht schlecht. Er schickt dir einen Gruß.« Von ihrem Anruf im Hotel »Europa« schreibt Ljusja nichts.

Am zweiten Tag schickt sie ein leeres Kuvert.

Am dritten Tag schreibt sie: »Wir kämpfen gegen die Küchenschaben. Bernarda Jossifowna hat irgendwoher chemisches Gift, und das haben wir gestern verstreut. Es nützt auch. Zwei Stunden später liegen die Schaben zu Hunderten auf dem Rücken, sie knistern, wenn du sie zusammenkehrst. Aber heute waren schon wieder einzelne neue da. Das liegt an Arkascha. Er putzt den ganzen Tag seine Orden, aber nie sein Zimmer. Überall liegt bei ihm der Abfall, und sein Tisch klebt von Warenje. Bernarda sagt, das ist so, seit seine Frau verstorben ist. Er ist doch hilflos mit seinem Kopfschuß. Ich glaube, er müßte in ein Sanatorium. Als Kriegsheld hat er das doch verdient?«

Am fünften Tag bringt ein Halbwüchsiger einen elektrischen Radiator und eine Schachtel Insektenpulver vorbei. »Pawel Jakowlewitsch läßt grüßen.«

Am sechsten Tag kommt ein Brief von Pascha, zwei Seiten vollgeschrieben mit einer Schrift in engen, stark nach rechts geneigten Buchstaben. »Ljusenitschka, habe ich eine Sehnsucht nach dir! Aber schlimmer als meine Einsamkeit ist meine Angst, was du wieder alles anstellst. Was hast du im Zimmer von verkommenen Invaliden zu suchen? Was mischst du dich in Sachen, die dich nichts angehen? Leider reicht mein Arm noch nicht bis in die staatliche Sanatorienverwaltung, aber bestell Bernarda, sie soll das Insektengift, das ich dir geschickt habe, mit Wasser mischen und in Arkaschas Zimmerfugen streichen. Ach, Ljusenitschka, was für ein Elend mit der Schlamperei der Nachbarn. Ich habe hier Kurse über Kunstgeschichte, Restauration und Architektur belegt, und ich verspreche dir: Ich werde dir ein Haus bauen. Inzwischen halt dich gut. Ich bitte dich um eine Empfangsbestätigung, wenn ich dir was schicke wie z. B. das Insektengift. Machst du auch jeden Tag deine Schwangerschaftsgymnastik? Vergiß nicht, jeden Tag fünfzehn Minuten, immer fünf

Minuten und dazwischen drei Minuten Pause, das ist gut für die Gebärmuskulatur.«

Ljusja antwortet: »Ja, ich mache die Gymnastik und esse jeden Tag viele Kohlehydrate, wie du mir gesagt hast. Nur mit den Vitaminen ist es schwierig. Aber gestern habe ich ein Kilo Äpfel aufgetrieben. Über Arkascha redest du umsonst schlecht. Er ist nur krank, aber was kann man erwarten mit einer Kugel im Kopf? Er weint immer nachts um seine Frau, am Morgen ist sein ganzes Kopfkissen naß, hat Bernarda gesagt. Aber wenn man sein Zimmer betritt, salutiert er. Paschenka, vielen Dank für den Radiator. Es ist jetzt schön warm hier, und gleich gehe ich Jurik abholen.«

63

Bevor sie Jurik abholt, fährt Ljusja ins Hotel »Europa« und fragt dort nach Dima.

Der Portier notiert gerade ihre Daten, da tritt Dima hinter einer Säule hervor. Er trägt einen grauen Wollanzug und lächelt wehmütig. Er küßt ihr die Hand und führt sie am Arm in das Buffet im Erdgeschoß. Ein Kellner bringt Kaffee, Kognak und Konfekt. Mit einer zärtlichen Handbewegung schiebt Dima die schmalen, hängenden Blätter eines Gummibaums beiseite, um Ljusjas Anblick genießen zu können.

»Bitte verzeihen Sie ...«, beginnt Ljusja.

»Keine Ursache, keine Ursache!« ruft Dima rasch.

»Ich werde Sie nicht lange belästigen, denn ich muß noch meinen Sohn abholen. Er ist im Internat.«

»Wie heißt Ihr Sohn?«

»Jurik. Er ist schon zwölf Jahre alt. Wissen Sie, Pawel Jakowlewitsch ist nicht mein erster Mann ...«

»Natürlich, natürlich. Jurik. Ein vortrefflicher Name. Wenn ich einen Sohn gehabt hätte, hätte ich ihn auch Jurik genannt.«

»Dima, ich habe eine große Bitte an Sie. Seit über einem Jahr bin ich mit Pawel Jakowlewitsch verheiratet, und eigentlich weiß ich nichts von ihm. Ich glaube, er verbirgt was vor mir, aber mir ist nichts Schreckliches fremd, und wenn ich weiß, woran ich bin, kann ich doch mehr für die Familie tun, oder?«

»Soso, nichts Schreckliches ist Ihnen fremd?« Dima bricht in ein so furchtbares Gelächter aus, daß die einzigen anderen Gäste des Buffets ihnen die Gesichter zuwenden. Es sind bleiche Gesichter, die alle den gleichen Ausdruck haben, obwohl eines sichtlich einem Asiaten gehört, eines einem Kaukasier und das dritte einem Russen. Dima verstummt und beugt sich nach vorne. Er schenkt sich zum zweiten Mal aus der Kristallkaraffe Kognak nach, und während er in kleinen Schlucken trinkt, betrachtet er konzentriert das Glas.

»Dima, was haben Sie? Wenn es Ihnen unbequem ist, müssen Sie nichts erzählen. Ich dachte nur ... weil Sie doch von selbst zu uns gekommen sind ...«

»Nichts Schreckliches ist Ihnen fremd ...«, flüstert Dima vornübergebeugt. »Was halten Sie denn von folgendem. Ich war, wie Pawel Jakowlewitsch sicher erzählt hat, im Lager. Bei den Faschisten.«

»Ach, bei den Faschisten? Ich dachte ...«

»Bei den Faschisten«, wiederholt Dima drohend. »Und die haben mit mir – Kotschuma gemacht. Damit Sie wissen, mit wem Sie es zu tun haben.«

»Kotschuma?«

»Sie haben – mir und meinem Freund Stöcke in die Hand gegeben und gesagt, wir sollen aufeinander – einschlagen. Mein Freund warf seinen Stock weg und ließ sich in den Schnee fallen. ›Schlag ihn tot‹, sagten sie zu mir. Aber ich konnte ihn nicht schlagen, er war doch mein – Freund. Sie sagten: ›Wenn du ihn nicht totschlägst, machen wir – Kotschuma mit dir.‹« Dima schenkt sich mit zitternden Händen Kognak nach. »Sie sagten: ›Wir werden dich so behandeln ... daß du uns auf den – Knien bitten wirst, dich zu kastrieren.«« Er senkt den Kopf. »Sie haben es erreicht.«

Ljusja hat Tränen in den Augen.

»Sie weinen?« fragt Dima bewegt. »Sie weinen? Um mich?« Als Ljusja die Hände vors Gesicht schlägt, hört sie Dima flüstern: »Ich küsse Ihre Hände.«

»Genosse! Bereiten Sie dem Mädchen keinen Kummer!« ruft der Kaukasier vom anderen Tisch herüber. »Sonst holen wir sie zu uns, um sie zu trösten.« Dem Tonfall nach ist er betrunken. Auch die drei haben Kognak auf dem Tisch stehen.

Ljusja schneuzt sich. »Schon gut«, lächelt sie Dima zu. Dimas Augen sind gerötet, seine Lippen hängen schief aufeinander. »Bitte verzeihen Sie mir. Ich – wollte nicht – diese Dinge – aufwühlen«, stottert Ljusja. Inzwischen schämt sie sich. Wie kann sie jetzt noch nach Pascha fragen?

»Hinter dem Sarg gibt es weder Freunde noch Worte, Ljusja. Verstehen Sie das?«

»Nein, ehrlich gesagt, ich ...«

»Das ist ein Gedicht. Ich habe es im Lager gedichtet. Bitte wiederholen Sie: Hinter dem Sarg gibt es weder Freunde noch Worte.«

»Hinter dem Sarg gibt es weder Freunde noch Worte?«

»Ja«, seufzt Dima matt. »Ich danke Ihnen. Wenn es Ihnen nichts ausmacht ... Ich habe einen Gedichtzyklus über das Lager geschrieben. Wenn es Ihnen nichts ausmacht, werde ich Ihnen das Manuskript vorbeibringen. Und jetzt gehen Sie bitte. Ich muß mich ein wenig ausruhen.«

Als Ljusja aufsteht, kommt Dima um den Tisch herum und küßt ihr die Hände, wobei er sich schwer auf sie stützt. Ljusja befreit sich mit einiger Mühe. Als sie geht, sinkt Dima wie betäubt auf seinen Stuhl zurück.

64

»Ich höre, du hast dich mit Dima Kusnjezow getroffen«, schreibt Pascha aus Moskau. »Wozu gebe ich dir Ratschläge, wenn du sie nicht befolgst? Du mußt mir glauben, wenn ich dir sage, etwas ist nicht zu deinem Besten. Ich habe hier fünfundzwanzig Kurse belegt, das ist sehr anstrengend, und ich kann mich nicht konzentrieren, wenn ich mir dauernd Sorgen um dich machen muß. Wie kannst du sagen, Dima ist ein guter Mensch, wenn du ihn gar nicht kennst? Mach du deine Gymnastik und iß fleißig Vitamine. Alles andere ist Unsinn.«

»Paschenka, ich bin keine Maschine! Gymnastik ist langweilig, und Vitamine gibt es nicht. Ich esse heute den fünften Tag Kohl. Nach der Arbeit ist mir einsam. Manchmal spiele ich mit Jurik und Bernarda Karten, aber Jurik verliert ungern, da gibt es immer Szenen. Er geht am liebsten zu Arkascha, aber dann reizt er Arkascha und klaut ihm die Orden. Dima war nur einmal da. Er brachte Blumen und machte ein trauriges Gesicht, während wir Karten spielten, und dann ging er wieder. Weißt du, was, ich glaube, er wirft sich etwas vor... vielleicht hat er jemanden verraten...«

»Soso, er wirft sich was vor? Na und? Jeder von uns hat jemanden verraten. Ist das ein Grund, sich wichtig zu machen? Er soll selbst sehn, wie er damit fertig wird.«

65

Einen Tag vor dem Neujahrsfest fährt Pascha nach Leningrad. Als Ljusja von der Arbeit kommt, steht im Zimmer eine kleine Neujahrstanne, an deren Zweig mit einer roten Schleife ein Brief befestigt ist. »Für dich, Ljusenitschka!« Als Ljusja den Brief öffnet, fällt ein kariertes Papier heraus. Auf das Papier ist ein

Grundriß gemalt, und unter der Zeichnung steht in Paschas zierlichster Schönschrift: »Das ist unser zukünftiges Haus.«

66

Sie haben zusammen eine Flasche Sekt ausgetrunken, und gegen zwei Uhr früh erwacht Ljusja mit brennendem Durst. Sie steht leise, ohne Pascha zu wecken, auf, wandert durch den dunklen Flur zur Küche und öffnet in einer Eingebung die Haustür. Draußen steht Bojarow. Er hat nicht geklingelt. Er steht schweigend da in seinem Bibermantel und sieht Ljusja an. Dann dreht er sich um und geht die Treppe hinunter.

Ljusja wirft sich einen Pelz über den Morgenrock und folgt ihm. Draußen herrscht strenger Frost, im Mondlicht glitzert der verharschte Schnee. Bojarow, unter seiner Bibermütze, stößt lange Atemwolken aus und schreitet schnell voran. Ljusja hat Mühe, ihm zu folgen. Die kalte Luft schneidet in ihre Lungen. Einmal rutscht Ljusja auf einer Eisplatte aus, und Bojarow packt mit festem Griff ihren Arm. Aber sowie sie sich gefangen hat, läßt er sie wieder los. Etwas langsamer gehen sie weiter. Außer dem Klappern ihrer eigenen Zähne und dem Knirschen des Schnees unter Bojarows Schritt hört Ljusja nur das gedämpfte Motorgeräusch eines sich entfernenden Wagens zwei Blocks weiter.

Sie haben die dunkle Straße verlassen und stehen jetzt am Newa-Kai. Bojarow führt Ljusja die Treppe hinunter und über das Eis bis zur Mitte des Flusses. Mehrmals dreht sich Ljusja um die eigene Achse. Über ihr leuchtet der Mond in einem grünlichen Hof, das Eis unter ihr scheint zu vibrieren, um sie herum schwanken die dunklen Hausfassaden über den endlosen Uferkais. Plötzlich erkennt Ljusja etwa fünfzig Meter entfernt Pascha. Im Mondlicht schimmert sein ungeschütztes Gesicht. Er trägt weder eine Mütze noch einen Mantel. Über den Pyjama hat er eine Decke geworfen. Als sie stehenblieben, blieb auch er stehen. Bojarow sagt: »Du bist ja ganz durchgefroren. Wir kehren besser um.«

»Das da ist mein Mann. Was soll ich ihm sagen?«

»Du bist ein kluges Weib, dir fällt schon was ein«, antwortet Bojarow.

67

Zu Beginn der zweiten Januarwoche reist Pascha wieder nach Moskau. Ljusja hat ihn zum Bahnhof begleitet, und als sie zurückkommt, stößt sie beinahe mit Dima zusammen. Es ist fünf Uhr nachmittags.

Ljusja weiß inzwischen, daß Dima nur vormittags nüchtern ist. Gegen elf beginnt er zu trinken, gegen eins ist er auf der Kippe und nach drei unzurechnungsfähig. Deswegen wundert sie sich überhaupt nicht, als er ihr bleich und wortlos zwei Briefumschläge überreicht, weggeht, wieder umkehrt und ihr dann ebenso stumm hinauf zur Wohnungstür folgt. Er betrachtet Ljusja mit einem vorwurfsvollen, ungläubigen Blick. Ljusja ist erschöpft von dem weiten Weg und würde sich gerne hinsetzen, traut sich aber nicht, Dima hereinzubitten. Schließlich fragt Dima heiser, ob er einen Kaffee haben könne. Ljusja schlägt vor, in ein Café in der Nähe zu gehen. Immer noch stehen sie im Treppenhaus. Dima rührt sich nicht. Er blickt Ljusja lange und düster an und bittet nochmals um Kaffee.

»Wollen Sie vielleicht Ihr Manuskript zurück?« fragt Ljusja ratlos, und er nickt. Ljusja rennt in ihr Zimmer, zieht das Manuskript unter dem Kopfkissen hervor, reicht es Dima und schiebt ihn aus der Wohnung hinaus. Auf der Treppe ruft er sie, die vor ihm geht, an, damit sie sich umdreht, und zerreißt das Manuskript mit einem tauben Lächeln vor ihren Augen. Sie gehen weiter. Er überquert die Straße und wirft die Fetzen in das schmutzige Wasser der Fontanka.

»Bitte«, ruft Ljusja an der Ecke, »besuchen Sie mich nicht mehr unangemeldet.« Dima nähert sich ihr, küßt ihr die Hände, sagt mit belegter Stimme, er werde sie nie mehr besuchen und auch nicht mehr anrufen, und biegt um die Ecke. Dann taucht er wieder auf, murmelt »Ich kann nicht« und küßt ihr wieder die Hände. Er führt sie in ein Café und bestellt zwei Gläser Sekt mit Eis.

Im Café erklärt er ihr, sie habe ihn betrogen, durch sie habe er seine letzten Freunde verloren, denn auch ihnen könne er jetzt nicht mehr glauben. Er habe ein schweres Leben gehabt, ruiniert hätten ihn die Gestapo und das NKWD, aber sie, Ljusja, habe ihm den Rest gegeben.

»Ich kann Sie nicht zwingen, mir zu glauben«, sagt Ljusja, »ich kann Sie nur darum bitten. Aber selbst wenn Sie mir nicht glauben, ziehen Sie bitte keine Rückschlüsse auf Ihre Freunde. Ich kenne Ihre Freunde gar nicht.«

Dima küßt ihr die Hände, bleibt aber bei seiner Auffassung. »Sagen Sie mir, was mit Ihnen passiert ist, sagen Sie es mir! Sie waren in betrunkenem Zustand, als Sie geweint haben, nicht wahr? Sagen Sie es mir.«

»Ich war nicht betrunken.«

Dima versteht nicht, oder er hat nicht zugehört. »Ich hatte einen sehr guten Freund. Wenn er betrunken war, lachte und weinte er ganz offen... Aber vor einigen Jahren habe ich erfahren, daß er ein Spion war. Sie sind genauso... eine Kanaille. Vielleicht sind Sie nicht gerade eine Spionin, aber abgesehen davon...«

Dima besteht darauf, daß ihr irgend jemand, Pawel Jakowlewitsch oder das Ministerium für Innere Angelegenheiten, irgend etwas über ihn erzählt habe, aber sie solle das nicht glauben, die wüßten alle nichts über ihn.

»Ich glaube Ihnen. Glauben Sie mir?«

»Nein.«

Beide schweigen. Nach einer Weile sagt Dima: »Sie sind Antisemitin, geben Sie's zu.«

»Nein.«

Wieder schweigen sie. Ohne Ljusjas Wissen hat Dima eine ganze Flasche Sekt bestellt, zum Abschied, wie er erläutert. »Gehen Sie«, sagt er und schenkt ihr nach bis an den Rand. Zögernd nippt Ljusja an dem warmen, klebrigen Sekt.

»Ich rufe Sie nicht mehr an, und wir werden uns nie mehr treffen«, erklärt Dima. Ljusja schweigt. Nach einer Weile sagt er in vollkommen verändertem Ton: »Kommen Sie am Sonntag zu mir? Der berühmte Schriftsteller Simonow wird bei mir zu Gast sein. Wollen Sie ihn kennenlernen? Ich lade Sie ein.«

Er zieht seine Brieftasche hervor. »Ich gebe Ihnen zweitausend Rubel, weil ich Sie beleidigt habe.« Tatsächlich nimmt er mehrere Bündel Geldscheine heraus.

»Nein!« Ljusja drückt die Geldscheine weg; ein kurzer Zweikampf ihrer Hände, den Dima zu genießen scheint. »Sie haben mich nicht beleidigt!«

»Ich habe Sie eine Spionin und eine Kanaille genannt.«

»Sie können mich nicht mit Worten beleidigen, aber Sie beleidigen mich, wenn Sie mir Geld geben.«

»Ich habe viel Geld!«

»Geben Sie es Ihren Freunden.«

»Denen gebe ich bereits.«

»Aber ich will es nicht.«

»Tausend Rubel«, schlägt er vor.

»Nein. Glauben Sie mir lieber, daß ich Sie nicht betrogen habe.«

»Sie haben mich betrogen. Sie haben mich endgültig zerstört.«

»Verzeihen Sie mir.«

»Gehen Sie.« Dima füllt Ljusjas Sektglas wieder bis zum Rand. »Schluß für immer«, sagt er, während Ljusja austrinkt, und Ljusja wiederholt bekräftigend: »Schluß für immer.« Sie stellt das Glas ab und steht auf. »So, und jetzt gehen wir.«

»Wohin?« fragt er.

»Sie ins Hotel, ich in die Stadt. Oder wollen Sie noch bleiben?«

»Nein«, murmelt Dima und erhebt sich. Plötzlich taumelt er. Ljusja hält ihn. Sein Gesicht hat einen erstaunten und völlig verblödeten Ausdruck angenommen. Auf Ljusja gestützt, wankt Dima hinaus. Ljusja hält nach einem Taxi Ausschau. Zweimal faßt Dima Ljusja an den Schultern und dreht sie zu sich, um ihr in die Augen zu sehen mit seinem entgeisterten Blick. Endlich hält ein Taxi. Ljusja schiebt Dima hinein. Dimas Kopf baumelt auf seiner Brust, aber er zieht die Tür so schnell zu, daß Ljusja den Fahrer nicht instruieren kann. Dima lallt dem Fahrer etwas zu. Dann wendet der Wagen und fährt in Richtung von Ljusjas Wohnung davon. Glücklicherweise ist eine Telefonzelle in der Nähe. Ljusja hat sogar ein paar Zweikopeken-Stücke dabei. Walja ist nicht zu Hause, und auch Rita nicht, aber Gott sei Dank ist Sweta da. »Hör zu – ach!« sagt Ljusja. »Eine lange Geschichte; erklär ich später. Aber ich bin in einer Telefonzelle und kann nicht nach Hause ...«

68

Pascha kommt kaum mehr nach Leningrad. Wenn er einmal da ist, schläft er nicht bei ihr. Er betastet ihren Bauch wie ein Gynäkologe, bisweilen mit Handgriffen, die schmerzen. »Das war nur ein Test«, sagt er, wenn sie zusammenzuckt, und küßt sie auf den Scheitel. Sie ist froh, wenn er abreist.

Seine Briefe sind lang, aber ohne Herzlichkeit. Ljusja kann sich keinen Reim machen auf diese Mischung aus penibler Fürsorge und unerbittlicher Ferne. Ist das ein Spiel, und wenn, welches? Wenn Pascha sie nicht mehr mag, wieso plant er dann mit solcher Besessenheit das gemeinsame Haus? Stundenlang kann er laut vor sich hin träumen, wie die Möbel in diesem Haus aussehen, wie die Kinder in der Sonne spielen und sie alle miteinander im Sommer auf der Terrasse frühstücken werden. Dann betrachtet er Ljusja mit echter Zärtlichkeit, aber sowie Ljusja zu ihm geht und sich an ihn schmiegt, ist er imstande, zu sagen:

»Hat sich mein Trampel heute schon die Füße gewaschen?«, in einem so eisigen Ton, daß Ljusja zurückprallt.

Ljusja berät sich mit ihren Freundinnen. Swetotschka sagt: »Nimm dich nicht so ernst, Ljusenitschka, in der Schwangerschaft sind wir alle bekloppt. Ich erinnere mich, daß ich im dritten Monat plötzlich irgendwelche grünen Vorhänge nicht ertragen konnte, so grüne Samtvorhänge mit Fransen, aus der Zarenzeit. Ich wollte sie unbedingt loswerden, aber meine Mutter hing an ihnen, sie waren das einzige, was ihr geblieben war, und außerdem hatten wir keine anderen. Vor Wut habe ich die Kordel zerbissen. Der Monat verging, und heute freue ich mich jeden Tag an diesen Vorhängen.«

Rita ist anderer Meinung. »Wie, er wohnt in Moskau, und du kennst seine Adresse nicht? Dann hat er bestimmt eine Geliebte.«

69

Rita besorgt Ljusja eine Fahrkarte nach Moskau. Und unangemeldet, auf gut Glück, macht sich Ljusja auf den Weg, um Pascha zu suchen.

Pascha hat gesagt, er gehe jeden Tag um zwölf Uhr zur Hauptpost. Aber weil Ljusja sich auf dem Leningrader Bahnhof verirrt, ist sie erst nach zwölf Uhr da. Inzwischen verflucht sie Ritas Rat und ihren eigenen Mut. Sie kennt niemanden in Moskau. Wenn sie Pascha nicht ausfindig macht, wo soll sie dann übernachten?

Am Abholschalter sitzt eine fröhliche Blondine mit Hasenscharte. »Wen suchen Sie? Gwosdikow? Natürlich weiß ich, der elegante junge Mann. Ja, der war heut schon hier.«

Ljusja erschrickt. »Und Sie wissen nicht, wo er wohnt?«

»Nein. Er tut ein bißchen geheimnisvoll. Sie sagen, er studiert? Vielleicht finden Sie ihn in der Bibliothek.«

»Wo gibt es denn hier eine Bibliothek?«

»Es gibt bei uns hundert Bibliotheken«, amüsiert sich die Hasenscharte, »aber nachdem Ihr Mann oft mehrmals am Tag kommt, halte ich es für möglich, daß er in der Leninbibliothek arbeitet. Das ist nicht weit von hier.« Und sie beschreibt Ljusja den Weg.

Beklommen steigt Ljusja die breite Freitreppe zur Leninbibliothek empor. Sie gibt ihren Mantel einem betrunkenen Garderobier, der ihr auf den Ärmel sabbert, passiert mehrere Kontrollen, indem sie ihren Ausweis zeigt und den Inhalt ihrer Handtasche überprüfen läßt, und steht plötzlich in einem schmalen Gang neben einem Maschendrahtzaun. Schüchtern fragt sie einen gutaussehenden, schwarzgelockten Mann nach dem Lesesaal. »Soso, Sie wollen Bücher lesen?« prustet er los. »Da haben wir eine ordentliche Auswahl für Sie. Welcher Lesesaal wäre Ihnen denn recht?«

»Ich suche meinen Mann«, sagt Ljusja kläglich.

»Aha, verstehe, das Töchterchen ist krank.«

»Was?«

»Das Töchterchen. Oder?« Der Mann hat es plötzlich eilig. »Kommen Sie mit.« Er zieht Ljusja durch mehrere Gänge und ein paar Treppen und schiebt sie durch eine Tür, auf der steht: »Allgemeiner Lesesaal«. Ljusja erkennt an einem der vordersten Tische Pascha.

Im Lesesaal herrscht konzentrierte Stille. In dieser Stille hebt Pascha den Kopf. Seine Augen treffen Ljusja. Und dann verzieht sich sein Gesicht ganz langsam, wie von übermächtigen Leidenschaften gesteuert, zu einer Grimasse des Schrecks, dann der Wut. Zuletzt ordnen sich seine Züge, er steht auf und führt Ljusja aus dem Saal. Inzwischen lächelt er, aber Ljusja ist bestürzt von dem, was sie gesehen hat, und flüstert: »Freust du dich denn gar nicht, mich zu sehen?«

»Natürlich freue ich mich, Dummchen, aber was, wenn du mich nicht angetroffen hättest? Gerade war ich zwei Tage in

Tula. Wo hättest du übernachtet? Ich mache mir Sorgen, das ist alles.«

Pascha liefert seine Bücher ab und verläßt mit Ljusja die Bibliothek. Vorher gibt es ein Zwischenspiel an der Garderobe, weil der Säufer Ljusjas Mantel nicht findet. Scharf weist Pascha ihn zurecht. »Was geht mich Ihr Mantel an?« jammert der Garderobier. Er sieht aus, als wäre er achtzig Jahre alt. »Erste Lektion im Hauptstadtleben: Paß auf, zu wem du gehst. Garderobier ist nicht Garderobier«, schimpft Pascha. Ljusja murmelt: »Der war ja schon so gut wie tot.« Und Pascha, mühsam beherrscht: »Genau. Eben deshalb muß man aufpassen. Denn all diese Zwischenfälle kosten Zeit!« Das letzte Wort zischt er.

70

Pascha wohnt zur Untermiete bei einer Generalswitwe. Das Zimmer ist dunkel, bescheiden; aber die Generalswitwe, sagt Pascha, sei diskret. Er zeigt Ljusja übertrieben munter seine Bücher, Hefte und bisherigen Zeugnisse. Das einzige Schmuckstück im Zimmer ist ein Samowar, ebenfalls aus Tula, und Pascha erklärt Ljusja den besonderen Wert des Silberkännchens, das auf dem Samowar steht. Er flüstert: »Achtzehnhundertdreißig! Ich habe es erst seit gestern. Du darfst es einweihen. Ich hole inzwischen schnell von gegenüber etwas Konfekt, und dann trinken wir Tee und lassen es uns gutgehen.« Er greift nach seinem Mantel und läuft aus dem Zimmer. Die Wohnungstür ist noch nicht ins Schloß gefallen, da steht schon die Vermieterin im Raum.

Die Generalswitwe, gedrungen, mit großen Augen unter hohen runden Brauen, ähnelt einer Eule. Sie mustert Ljusja mit ihren grüngrauen Eulenaugen und schmatzt bewundernd.

»Machen Sie sich keine Sorgen«, sagt sie, »einen treueren Mann gibt es nicht! Verschiedene Verwandte von mir haben versucht, ihn zu verführen, aber er arbeitet nur oder geht in die Philharmonie. Er feiert keine Feste. Nur ab und zu übernachtet sein Neffe bei ihm.«

71

»Was für ein Neffe?« fragt Ljusja, als Pascha mit Konfekt und einer rosafarbenen Torte zurückgekehrt ist.

»Ach weißt du, ein armer Junge, eine Waise, die ich aufgelesen habe. Ab und zu gebe ich ihm was zu essen oder ein Kopfkissen, weißt du, ich bin ja selbst Waise. Er kommt heute abend. Du wirst ihn kennenlernen und mich verstehen, er ist in Ordnung.«

Plötzlich, obwohl die rosa Torte noch auf dem Tisch steht, will Pascha Ljusja unbedingt zum Essen ausführen. Er geht mit ihr in ein teures Restaurant und bestellt eine Flasche Sekt. »Wir müssen feiern, daß du hier bist. Keine Widerrede!« Natürlich ist Ljusja nach dem zweiten Glas beschwipst, aber Pascha schenkt nach und nötigt sie, immer weiter zu trinken. Spätabends kehren sie heim, und es ist kein Junge da.

72

Vor ihrer Niederkunft muß Ljusja nochmals umziehen, und das kommt so.

Pascha ist für ein Wochenende in Leningrad, er kommt unangemeldet am Samstagmorgen, als Ljusja gerade mit Bernarda die Wochenendeinkäufe organisiert.

Bernarda soll um Butter und Fleisch anstehen, Ljusja um Brot und Gemüse. Auch Arkascha wird in der Versorgung bedacht sowie die Nachbarinnen Tamara, die an Asthma leidet, und Ija, die im Krankenhaus Sonderschicht hat. Die Männer sind, weil gestern Zahltag war, erst spätnachts betrunken nach Hause gekommen und liegen schnarchend in ihren Zimmern. Und so schleichen Bernarda und Ljusja seufzend die Treppen hinab, Bernarda auf ihren geschwollenen Füßen und Ljusja mit ihrem schweren Bauch.

Ljusja ist lange vor Bernarda zurück. Pascha fragt in singendem, scheinbar scherzhaftem Ton, wie sie es wagen konnte, den Hauptteil des Einkaufens der alten Bernarda aufzubürden, die doch Geschwüre an den Füßen hat. Er steht hinter Ljusja, die in der Gemeinschaftsküche wortlos Kartoffeln und Kohl auspackt, und schreit plötzlich halblaut auf: »Schande!«

(O Gott, es ist wieder soweit.)

»Und schon wieder hast du dich ohne meine Erlaubnis mit Dima Kusnjezow getroffen«, fährt Pascha im selben Tonfall fort. Ljusja wird schlecht, sie stürzt auf die Toilette, während Pascha allein in der Küche weiterschimpft. Minuten später schleicht sie an der halbgeöffneten Küchentür vorbei, hinter der Paschas Redestrom allmählich anschwillt, und schlüpft aus der Wohnung hinaus. Sie rennt zu Swetotschka, die ihr heißen Kräutertee einflößt. Der Tee ist noch nicht ausgetrunken, da steht Pascha vor der Tür. Ljusja hört aus dem Gang seine belegte Stimme: »Bitte lassen Sie mich mit meiner Frau ein paar Minuten allein.« Kaum hat Sweta die Tür geschlossen, da kniet Pascha bereits auf dem räudigen Teppich und öffnet und schließt den Mund wie ein Fisch, weil ihm die Worte fehlen.

Sie versöhnen sich.

Pascha schwört ihr ewige Rücksicht und Treue. Nur: In dieser Wohnung können sie nicht bleiben. Bernarda hat gesehen, wie er in seiner Verzweiflung mehrmals mit der Stirn gegen die Ikone schlug. Bedrückt bringt er Ljusja nach Hause, um dann auf die Suche nach einem neuen Zimmer zu gehen. Er kehrt erst zurück, als Ljusja schon im Bett liegt. Im Halbschlaf sieht Ljusja ihn an dem kleinen Tischchen sitzen und bei Kerzenlicht schreiben. Als sie frühmorgens erwacht, sitzt er immer noch dort. Sein magerer Oberkörper ist auf das Tischchen gesunken, die Wange liegt auf einem Schulheft. Er schläft mit halboffenem Mund, feine

Schweißperlen auf der Stirn. Auch als sie ihn anspricht, kommt er kaum zu sich. Willenlos läßt er sich ins Bett führen. In dem Schulheft aber steht seitenlang, an einigen Stellen verwischt von der feuchten Wärme seiner Wange, nur ein einziger Satz: »Ljusja hat ihr eigenes Leben. Ljusja hat ihr eigenes Leben. Ljusja hat ihr eigenes ...«

73

Das neue Zimmer, das Pascha in unglaublich kurzer Zeit auftreibt, liegt in einem Jahrhundertwende-Bürgerhaus an der Fontanka, in der Nähe des Tolstoj-Hofs. Es ist eine riesige Kommunalka mit sechsunddreißig Personen, darunter acht Kindern. Der lange Gang ist dunkel, die Tapeten teilweise heruntergerissen, der Holzboden uneben und gequollen. Aber das Zimmer, das Pascha gemietet hat, ist wunderbar: so groß wie ihre letzten beiden zusammen, mit einer hohen Stuckdecke, und die Fenster gehen in einen stillen, baumbewachsenen Innenhof. Pascha selbst hat die Wände frisch tapeziert, gelb mit blaßgrünen Streifen, und in die Ostecke eine besonders schöne neue Ikone gehängt (die alte hatte er eines Tages plötzlich verkauft. »Die neue ist viel wertvoller. Eine Gottesmutter von Smolensk, Silberbeschlag mit Nimben aus Filigran, achtzehntes Jahrhundert!«). In der Mitte des Raumes eine Stehlampe mit Messingfuß und einem gelben Seidenschirm. Ljusja ist beeindruckt von soviel Stil und Eleganz. Dennoch steht ihr immer wieder das Wasser in den Augen, während sie ächzend Säcke mit Haushaltsgerät, verschnürte Pappkoffer und Kleiderbündel die vier Treppen hinaufträgt. Sie hatte Pascha angefleht, mit dem Umzug bis nach der Geburt zu warten. Aber Pascha schwor, dies sei der vorletzte Umzug. Der nächste und letzte aber führe ins eigene Haus.

Ein weicher, gemächlicher Frühling beginnt. Der wolkenlose Abendhimmel beschert bereits im Mai leuchtende, fast weiße Nächte. Ljusja übergibt sich nicht mehr so oft wie am Anfang der Schwangerschaft, aber eines Abends lädt eine Nachbarin Ljusja zu Nudeln mit altem Öl und frischen Kräutern ein, und davon wird Ljusja so übel, daß sie stöhnend auf ihrem verschwitzten Laken liegt und glaubt, sie müsse sterben. Sie erwacht gegen vier Uhr morgens. Der Himmel ist bereits flammend rot, durch das offene Fenster strömt duftende, feuchte Morgenluft herein. Ljusja, allein in ihrem dämmerigen Zimmer, umspült vom Gesang der Vögel, windet sich vor Schmerzen. Sie springt auf und rennt durch den langen Gang zum wie immer schmutzigen Klo. Zitternd, kalten Schweiß auf der Stirn, kniet sie vor der Schüssel und spuckt die langen Nudeln wieder aus. Zuletzt sitzt sie auf dem Boden der engen, fensterlosen Toilette und weint über ihre Ohnmacht.

Grölen im Treppenhaus bringt sie zu sich. Der Nachbar Taras kommt mit seinen Söhnen nach Hause. Die drei sind so betrunken, daß sie in den Taschen die Wohnungsschlüssel nicht finden, und treten mit ihren Stiefeln gegen die Tür. Ljusja flüchtet, sich den Kopf haltend, in ihr Zimmer, während Taras' bleiche Frau in Pantoffeln zur Tür schlurft. Der breite Gang hallt von Gelächter, Flüchen und Stampfen wider. Der ältere Sohn von Taras taumelt gegen Ljusjas Tür. Dann dringt durch die untere Türritze sein Stöhnen: »Ljusenitschka, ich höre, dir geht es schlecht? Laß mich rein, ich will dich trösten!«

Ljusja hat ein saures Gefühl in der Nase, aber kein Taschentuch. In das harte graue Leintuch schnaubt sie die frischen Kräuter von Antoninas Festmahl.

An diesem Morgen, zwei Wochen früher als erwartet, setzen die Wehen ein.

Auf Paschas Wunsch nennen sie das Mädchen Lidija. Seine Mutter, sagt Pascha, habe so geheißen.

74

Pascha ist wie ausgewechselt. Er hat sich ein ganzes Jahr freigenommen, um bei Ljusja und dem Kind sein zu können. Er kauft ein und kocht, und nicht nur das, er wäscht und wickelt Lilotschka besser, als Ljusja selbst es könnte. Wenn Ljusja fragt, woher er das alles weiß, nennt er ihr lachend Titel und Erscheinungsjahr seiner Bücher zum Thema Kinderpflege.

Im Sommer fahren sie für drei Monate mit Jurik zu Pelageja Nikiforowna aufs Land. Lilotschka ist ein ernstes Kind. Mit vier Monaten lächelt sie zum ersten Mal, dann aber mit einer Andacht, die Pelageja Nikiforowna die Tränen in die Augen treibt. Ljusja erinnert sich an ihre Angst und Unruhe, als sie Jurik stillte, und freut sich, daß jetzt doch alles gut geworden ist.

Es wird Herbst. Den stillen, heißen Tagen folgen die ersten schwarzen Nächte, morgens ist die Luft scharf und würzig, der Garten naß vom Tau. Pascha ist wieder häufiger in Geschäften unterwegs. Einmal zeigt er Ljusja einen Diamantring, den er in Kommission genommen hat. Er erklärt ihr etwas von Stempeln und Karatzahlen und sagt: »Das wird der Grundstock unseres Hauses.« Inzwischen übernachtet er wieder in der Stadt, weil es in seiner Arbeit oft spät wird. »Die richtige Arbeit findet in diesem Land nach Feierabend statt«, vertraut er Ljusja an.

»Was heißt richtige Arbeit?«

»Die Arbeit, die Geld bringt.«

Im September kehrt Ljusja mit den Kindern in die Stadt zurück.

75

Lilja ist sechs Monate alt, gesund, feist, gesegnet mit der Gabe eines langen, tiefen Schlafes. Ljusja kommt vom Einkaufen zurück, ist flott gelaufen in der frischen Luft, um schneller wieder bei Lilotschka zu sein, und betritt das Zimmer fröhlich, atemlos, mit geröteten Wangen.

Am Tisch sitzt eine verhärmte Frau, die sich als Kreisärztin Sofija Jewgenjewna Belowa vorstellt und fragt: »Wie fühlen Sie sich?«

»Blendend!«

»Ist es nicht so, daß Ihnen manchmal alles zuviel wird?«

»Wem nicht?« lacht Ljusja. »Aber sagen Sie mir doch, wer Sie hereingelassen hat.«

»Ihr Mann«, sagt Sofija Jewgenjewna. »Er hat uns gebeten, mit Ihnen zu sprechen.«

»Warum?«

»Er sagt, Sie wollen von Ihrem Kind nichts wissen, geben ihm nicht die Brust...«

76

»Was hast du den Leuten über mich erzählt?« fragt Ljusja aufgebracht, als Pascha nach Hause kommt.

Pascha gibt ihr einen Kuß. »Entschuldige, Ljusenitschka. Aber ich bekam heute einen Hinweis, daß ich zur Armee einberufen werden soll. Das wollte ich verhindern. Es gibt bei uns so ein Gesetz, das besagt, wenn meine Frau in psychiatrischer Behandlung ist, kann man mich nicht einziehen. Deswegen habe ich das ganz schnell in die Wege geleitet... Ist der Befehl nämlich erst mal zugestellt, wäre es zu spät. Deshalb konnte ich dich nicht vorher benachrichtigen. Aber du geh am besten morgen in die psychiatrische Ambulanz und sag, daß du manchmal so Zustände hast...« Und Pascha beschreibt Ljusja genau ihre Zustände, die sie morgen in der psychiatrischen Ambulanz melden soll. Er sieht ihr während seines Vortrages unverwandt in die Augen und stellt dann mit belustigter Miene Prüfungsfragen.

»Also Pascha, ich weiß nicht...«

»Hör zu!« sagt Pascha. »Die Existenz unserer Familie und unseres Hauses steht auf dem Spiel. Habe ich dich jemals betrogen? Habe ich dir nicht alles verschafft, was ich dir versprochen habe, ob du mich darum gebeten hast oder nicht? Willst du mir jetzt diese einzige Bitte abschlagen, die ich je an dich gerichtet habe?«

77

Jurik lebt jetzt bei Ljusja. Lilja stammelt ihre ersten Worte. Pascha muß nach Moskau. Es folgen stürmische Herbsttage mit eisigem, hartem Regen. Obwohl Pascha in Moskau nicht mehr studiert (»Ich sagte dir doch, ich habe mir ein Jahr freigenommen«), bleibt er dort hängen und fordert auch wieder die täglichen Briefe, wie im ersten Studienjahr. Leider gibt es in der Nähe keinen Briefkasten, und Ljusja muß mit Lilotschka auf dem Arm weit laufen, um die Botschaften abzusenden. Inzwischen sind die kurzen, dunklen Dezembertage gekommen. Die Fontanka friert zu. Kurz vor Neujahr wird es so kalt, daß Ljusja Jurik bittet, die Post zum Briefkasten zu tragen. Aber eines Tages kommt Jurik zerzaust und heulend, mit blutigem Kragen, nach Hause. Straßenjungen haben ihn verprügelt. Nachdem Ljusja ihn getröstet und versorgt hat, leert sie seine Taschen aus, um die Jacke zu waschen, und findet sieben ihrer Briefe darin. »Warum hast du sie nicht abgeschickt?« fragt sie. Jurik antwortet: »Vergessen.«

78

Im nächsten Frühjahr beginnt Pascha im Vorort Puschkin ein Haus zu bauen. Er hat ein Grundstück gefunden, den Bauplan gezeichnet, Baugenehmigung und Material organisiert und selber die Bauarbeiten bis zum Richtfest überwacht. Jetzt soll Ljusja sich um den Einbau der Sanitäranlagen, um Tapeten, Boden, Fenster und Türen kümmern. Pascha hat alles bestens vorbereitet. Schriftlich stellt er detaillierte Fragen und gibt kompetente Anweisungen. Ljusja lernt seine Briefe auswendig, wenn sie mit dem Vorortzug nach Puschkin fährt. »Da kommt wieder unser Lexikon«, sagt der Vorarbeiter Kolja, und schon stehen die Arbeiter im Unterhemd um Ljusja herum, rauchen Papirossy und feixen. Aber Paschas Anordnungen werden befolgt. Ljusja ist voller Bewunderung. »Woher weißt du das nur alles?« schreibt sie Pascha nach Moskau, »Du hast doch nie mit solchen Sachen zu tun gehabt!« Und Pascha antwortet bescheiden: »Als ich in meiner Jugend ein halbes Jahr im Gips lag, habe ich sämtliche Fachbücher gelesen, die in der Bibliothek zu finden waren. Alles andere ist Gedächtnissache.«

Im Sommer gibt es ein paar Pannen. Zwei Lastwagen mit Baumaterial sind verschwunden, und Pascha reist aus Moskau an, um die Sache in Ordnung zu bringen. Danach bleibt er zwei Stunden bei Ljusja, um eine Erklärung abzugeben. Der Hehler habe die Passierscheine unterschlagen, und deswegen habe die Miliz die Ware zwischen dem Ort, an dem sie gestohlen wurde, und dem Bauplatz, zu dem sie unterwegs war, bei einer Straßenkontrolle konfisziert. Der Hehler, ein narbiger Gauner, habe ihn ausgelacht. »Wir haben ehrlich gehandelt, Pawel Jakowlewitsch. Sie wollten nur ein Drittel zahlen, also habe ich die Ware zu einem Drittel aus der Hand gegeben.« Pascha sagte: »Wir haben über die Ware inklusive Passierschein gesprochen.« – »Eine Ware zum Drittelpreis ist nicht dieselbe Ware.« Zähneknirschend entrichtete Pascha nachträglich den vollen Preis. Der Händler schickte ihn zu dem Polizeihauptmann, der das Material konfisziert hatte. Dort lag der Passierschein bereits unterschrieben vor. Die Ware aber war in einem Hinterhof gestapelt und längst nicht mehr vollständig. »Das Holz ist in der Zwischenzeit geschrumpft«, erklärte Pascha grimmig, »und das Blech für die Regenrinnen geschmolzen.«

Pascha hat die Summe der Bestechungsgelder unterschätzt, wie er freimütig gesteht. Er lacht verächtlich. Dennoch ist er gut gestimmt. Er scheint das absurde Spiel zu genießen. »Ich mache einen Intensivkurs in sowjetischer Wirtschaft, das ist alles. Ich studiere die Mechanismen solange, bis ich sie beherrsche, und dann gehe ich in die Politik.«

»In die Politik?«

»Ja. Das Gemurkse ohne Macht ist auf die Dauer langweilig. Verstehst du, dort oben sitzt man an der Quelle!«

79

»Paschenka, lohnt sich das alles denn?«

»Was?«

»Die ganze Rennerei? Und dabei ist das auch noch gefährlich! Was machen wir, wenn sie dich erwischen? Du könntest im Gefängnis landen!«

Er lacht. »Geschäftsrisiko.«

»Was wird aus mir? Wie werde ich Lilja ernähren?«

»Dir fällt schon was ein.«

»Pascha! Ich habe Angst!«

»Ach, Ljusenka! Mir passiert nichts.« Wie immer, wenn Ljusja die Fassung verliert, wird Pascha zugänglich. »In diesem System sind alle Spekulanten, bis zum Generalsekretär. Haie fressen einander nicht. Außerdem bin ich kein Dummkopf. Was glaubst du, weshalb ich soviel Geld für Belege ausgebe? Damit man mich mit keinem Paragraphen fangen kann.« Er gibt Ljusja einen Kuß auf die Wange und läuft hinaus. Ljusja aber denkt an ihren versoffenen Mitbewohner Jefim Wiktorowitsch, der vorgestern in der Küche, mit einem roten Ausweis fuchtelnd, ausrief: »Wir finden für jeden einen Paragraphen!«

80

Bis Lilja zu sprechen begann, hat Ljusja sich nur für das Kind interessiert. Als sie jetzt, zum ersten Mal seit bald zwei Jahren, wieder mit Pascha in die Philharmonie geht, erblickt sie in den großen Spiegeln im Foyer ein verändertes Paar. Sie selbst ist inzwischen zweiunddreißig Jahre alt und füllig. Ihrem Gesicht fehlt die Frische von früher. Wenn sie lächelt, sieht es aus, als schneide sie eine Grimasse. Pascha aber ist schlank und interessant wie je. Er ist erst siebenundzwanzig; aber er ist reich. In den von Ljusja genähten Innentaschen seiner Weste stecken dicke Bündel von Geldscheinen. Das macht ihn selbstbewußt. Ging er früher eng neben Ljusja, so ist er jetzt auf Abstand bedacht. Ab und zu wirft er einen erfreuten Blick in den Spiegel. Immer noch erregt er die Aufmerksamkeit unbekannter Männer und Frauen. Aber er erwidert die Blicke nicht. Im Konzert sitzt er in sich gekehrt, aber nicht mehr versunken wie früher, sondern angespannt, ja zuckend unter dem Ansturm von Gedanken, die mit Musik nichts zu tun haben. In letzter Zeit zeigt sich unter seinem rechten Auge ein nervöser Tick.

81

Obwohl Pascha die Universität nicht abgeschlossen hat, arbeitet er als Sachverständiger für verschiedene Museen, sogar in der Eremitage. Hauptsächlich restauriert er Antiquitäten. Er stellt alte Möbel wieder her, zweigt dabei das eine oder andere Stück ab und verkauft es weiter. Besonders stolz ist er, als er einen alten dunkelroten Polsterbezug mit eingewebtem goldenem Zarenwappen so geschickt teilt, daß er zwei Stühle aus dem achtzehnten Jahrhundert damit beziehen kann. Die abgetrennte Hälfte deklariert er bei seinen Chefs als nicht restaurierbar, als

Abfall. Die Doublette aber bietet er einem georgischen Millionär an, dem er sagen läßt: »Es gibt nur zwei Exemplare davon auf der Welt. Eins steht in der Eremitage.« Der Georgier reist mit dem Flugzeug aus Tiflis an, um das eine Stück in der Eremitage zu besichtigen, und kauft dann das andere für enormes Geld. Pascha rennt zu Ljusja, die ihn seit drei Wochen nicht gesehen hat, um ihr seinen plötzlichen Reichtum zu zeigen. Er wirft die Geldscheine in die Luft und ruft: »Das ist der Beweis! Wer wagt, gewinnt!« Es klopft. Hastig scharrt er die Scheine zusammen und stopft sie in seine Weste, während Ljusja ihren Fuß vor die Tür stellt und möglichst unschuldig fragt: »Wer ist da?« Es ist eine der sieben Nachbarinnen. Pascha flötet: »Wir führen ernste eheliche Gespräche, Natalja Wladimirowna. Bitte uns nicht zu stören.« Von hinten umarmt er Ljusja. »Wir haben eine Einladung nach Tiflis«, flüstert er erregt. »Eduard Georgijewitsch möchte mich näher kennenlernen. Und natürlich meine Frau.« Vor Ehrfurcht fast atemlos fügt er hinzu: »Eduard Georgijewitsch besitzt einen echten Rembrandt!«

82

Im Oktober fliegen sie für drei Tage nach Tiflis. Lilja lassen sie bei der Großmutter, aber Ljusja sehnt sich so sehr nach ihr, daß sie die Reise kaum genießen kann. Immerhin hat sie Zeit, sich zu ihrem Schicksal zu beglückwünschen. Was für ein graues Leben stand ihr bevor! Und jetzt ist sie schon dreimal umgezogen, und ihr Mann baut ein zweistöckiges Haus. Pascha ist ein Genie. Für ihn gelten andere Gesetze.

Der Reichtum des Georgiers ist märchenhaft. Ljusja lernt in Tiflis, auf sowjetischem Gebiet, einen Palast mit Marmorboden, vergoldeten Treppengeländern, persischen Teppichen, chinesischen Porzellanvasen, Springbrunnen und livrierten Dienern kennen. Sie bemerkt die Wirkung, die diese Pracht auf Pascha hat. Er saugt alles förmlich in sich auf, wann immer er sich unbeobachtet fühlt: entrückt, zärtlich, in anderen Sphären. Dabei ist er in der Unterhaltung überhöflich, er beugt die Schultern, reibt beflissen die Hände und fletscht lächelnd die weißen Zähne. Ljusja stellt fest, daß auch Eduard Georgijewitsch Pascha mit Respekt behandelt. Er klopft ihm zwar herablassend auf die Schulter und sagt mit betont breitem georgischem Akzent: »Na, Jungä, halt dich ran, vielleicht kriegst du auch mal ein nättäs Haus!«, aber er horcht aufmerksam auf Paschas Urteil. Er will Paschas Meinung zu all seinen Kunstschätzen hören und macht sich lustig darüber, aber an dem Blitzen in seinen Augen erkennt Ljusja die Bedeutung jeder Information, die er erhält, wie im Fenster einer Registrierkasse. Einmal trinken sie in einem kühlen, gekachelten Innenhof zwischen Palmen grünen Tee. Eduard Georgijewitsch sitzt auf dem marmornen Rand eines Springbrunnens und streicht mit seiner behaarten Hand durch das Wasser, und Pascha spricht über ein Ölgemälde von Aiwasowskij, das er in Kiew bei einem polnischen Kunstliebhaber gesehen habe. Da sagt Eduard über die Schulter, ohne sich umzudrehen und ohne die Hand aus dem Wasser zu nehmen, zu seinem Privatsekretär: »Kijäw. Aiwasowskij. Pawäl Jakowläwitsch gibt dir die Koordinatän. Bis achtzähn.« Der Sekretär flüstert dienstfertig: »Mit Verlaub, Eduard Georgijewitsch. Stanislaw Stefanowitsch ist Oberst des KGB.« Und Eduard lächelt herablassend: »Also zwanzig.« Er ergreift im Fortgehen ein weißes Handtuch, das ein Lakai ihm reicht. Pascha läuft errötend hinter ihm her.

83

Während dieser drei Tage war die kleine Lilja bei ihrer Großmutter untergebracht. Pelageja Nikiforowna hat eine gute Hand für Kinder, aber sie muß auch im Garten arbeiten, und so kommt es, daß Lilja, als Ljusja vom Flughafen zurückkehrt, allein in der

Stube steht, im Nachthemd, barfuß auf dem rohen Holzboden. Pelageja Nikiforowna hat die Kleine für den Nachmittag ins Bettchen gelegt, aber Lilja ist aufgestanden. Draußen weht ein kalter Wind. Die Sonne scheint hell, Wyriza scheint sich zu dukken im harten Schatten der vorüberjagenden Wolken. Und da steht Lilotschka, allein, mitten im Zimmer, und blickt Ljusja mit aufgerissenen Augen an. »Was hast du denn, mein Schatz?« ruft Ljusja, während sie sich rasch von Koffer und Umhängetaschen befreit. Sie umarmt Lilja fest. »Was hast du? Sag doch, was du hast!« Und Lilotschka antwortet beschwörend: »Angst!«

Ljusja fragt sich, woher Lilja dieses Wort und seine Bedeutung wohl kennt. Sie wurde behütet und geliebt, sie schien immer zufrieden zu sein. Hat Ljusja etwas falsch gemacht, oder ist das Gefühl von Schrecken und Gefahr schon im Menschen angelegt? Ljusja versetzt es einen Stich: Warum mußte sie zu dem reichen Angeber nach Tiflis fahren, anstatt Lilotschka zu beschützen und ihr die kurze Zeit ahnungslosen Friedens zu verlängern, die dem Menschen beschieden ist?

84

Bald darauf muß der Bau eingestellt werden. Ljusja ist wieder schwanger und sehr nervös. Aus Andeutungen versteht sie, daß mehrere Geschäfte geplatzt sind, aber Pascha erklärt nichts. Er ist meistens unterwegs. Im Sommer wird Ljusja bewußt, daß sie ihn seit zwei Monaten nicht gesehen hat.

Als er wieder auftaucht, redet er nur noch von einer gewissen Rosa Awramowna. »Eine wirkliche Dame. Das endlich ist der Kontakt, den ich die ganze Zeit über gesucht habe.«

Rosa Awramowna hat ihm eine antike Brosche und einen Ring für fünfundzwanzigtausend Rubel zum Weiterverkauf angeboten. Ergriffen zeigt Pascha Ljusja den Schmuck: »Reines Gold! Zehn Brillanten. Der Ring ebenfalls aus Gold mit einem

Saphir. In Georgien kriege ich dafür mindestens fünfzigtausend.«

»Und diese Frau vertraut dir den Schmuck an? Kannst du sie denn auszahlen?«

»Sie vertraut mir«, sagt Pascha stolz.

In Georgien schlägt er die Brosche für fünfundvierzig und den Ring für zwanzigtausend los. Er frohlockt. Die Dame, Rosa Awramowna, gibt ihm wiederum Schmuck, diesmal für fünfundsechzigtausend, die er in bar bezahlt, und schlägt vor, er solle dafür in Georgien hunderttausend verlangen und bekäme fünfzehntausend Provision. Aus irgendeinem Grund muß alles sehr schnell gehen. Aber in Georgien stellt sich heraus, daß es sowjetischer Schmuck ist, also eine Fälschung, und man bietet Pascha dort nicht einmal die Hälfte von dem, was er selbst bezahlt hat. Verstört und gedemütigt kehrt er nach Leningrad zurück.

Es ist für die Familie eine Katastrophe. Pascha erklärt, er werde das Grundstück mit dem Rohbau verkaufen, um wenigstens ein Drittel seiner Schulden bezahlen zu können.

Ljusja, glücklich, daß Pascha sich ihr anvertraut hat, sagt: »Weißt du, was, wir gehn zu Rosa Awramowna und leuchten ihr heim.«

Pascha windet sich.

»Was haben wir zu verlieren?« fragt Ljusja.

»Na gut ...« Er geht zögernd zum Telefon.

»Nicht telefonieren! Willst du dich etwa anmelden?«

»Ja ... Sie schätzt keinen unangemeldeten Besuch«, erklärt er verlegen.

»Das werden wir ja sehen.«

Sie treffen Rosa Awramowna zu Hause an: eine elegante Dame von Mitte Vierzig in einem seidenen Morgenrock, mit aristokratischem Profil und schmalen schwarzen Augen. Sie sagt streng: »Pawel Jakowlewitsch, wie Sie wissen, schätze ich keinen unangemeldeten Besuch.«

»Sieh mal einer an«, sagt Ljusja, in den Korridor tretend, »für unangemeldeten Besuch bist du zu fein, aber junge Leute um dreißigtausend Rubel betrügen, das ist vornehm genug für dich, ja?«

Rosa Awramowna ruft empört: »Ich verbiete Ihnen, in diesem Ton mit mir zu sprechen. Verlassen Sie sofort mein Haus!« Ljusja geht an ihr vorbei in die Wohnung.

Das Wohnzimmer sieht aus wie ein Museum. An den Wänden hängen Gemälde, an der Decke ein Lüster, eine antike Vitrine enthält wertvolles Geschirr, Meißen, achtzehntes Jahrhundert, wie Pascha später erklärt. In der Mitte des großen, mit Seide gedeckten Tisches steht eine goldgefaßte Kristallschale voll Obst.

»Was wollen Sie von mir?« ereifert sich Rosa Awramowna. »Merken Sie sich eins: Ich lasse mich nicht erpressen!«

»Was spielst du dich eigentlich auf?« fragt Ljusja. »Noch dazu vor uns. Du bist doch eine ganz gewöhnliche Spekulantin, genau wie wir, aber außerdem bist du eine Betrügerin. Du hast meinem Mann für fünfundsechzigtausend Rubel sowjetischen Schund angedreht, obwohl du wußtest, daß uns das ruiniert. Sag selbst: Welchen anderen Ton hättest du verdient?« Sie legt die Ringe auf den Tisch. »Hier sind deine Ringe. Gib uns die fünfundsechzigtausend zurück, und zwar auf der Stelle.«

Ljusja hat ziemlich laut gesprochen. Rosa Awramowna erbleicht. »Erstens«, sagt sie mühsam, »kenne ich diesen Schmuck nicht. Sie phantasieren. Zweitens möchte ich Sie bitten, in diesem Hause nicht zu schreien, weil meine Tochter nebenan studiert.«

»Soso, die Tochter studiert? Von geraubtem Geld? Und damit willst du Eindruck schinden? Bei uns? Paß auf, du Kanaille...

Ljusja hat ihre Stimme noch mehr erhoben. Pascha, in seinem hellen Anzug, drückt sich in die dunkelste Ecke des Raumes. Rosa Awramowna reißt das Fenster auf: »Ich habe es satt, mir in meinem eigenen Haus Grobheiten sagen zu lassen. Wenn Sie nicht sofort verschwinden, rufe ich die Miliz!«

»Ruf nur«, sagt Ljusja. Rosa Awramownas aristokratisches Gesicht hat sich ins Dunkelrote verfärbt.

»Aber vergiß nicht«, fährt Ljusja ruhiger fort, »daß du mehr zu verlieren hast als wir.«

»Alles hier in dieser Wohnung ist rechtmäßig erworben«, schimpft Rosa Awramowna, »denken Sie bloß nicht, daß ich das nicht belegen kann. Außerdem habe ich Beziehungen zur Staatsanwaltschaft. Mir passiert nichts, ihr aber werdet zertreten wie Würmer!«

»Probieren wir's aus«, schlägt Ljusja vor.

Pascha ringt die Hände. Rosa Awramowna denkt angestrengt nach. »Ich habe kein Geld im Haus«, sagt sie schließlich.

»Überleg mal. Vielleicht findest du doch noch irgendwo welches.«

»Überhaupt, was wenden Sie sich an mich. Der Schmuck ist von Lew Issakjewitsch. Gehen Sie zu ihm, wenn Sie was wollen. Das ganze Geschäft ist seine Idee.«

»Lew Isaakjewitsch ist der Chef eines Juweliergeschäfts am Newskij«, erklärt Pascha flüsternd.

»Um so besser. Der hat bestimmt Geld.« Ljusja wendet sich an Rosa Awramowna. »Ruf ihn an, er soll es vorbeibringen lassen.«

Widerwillig geht Rosa Awramowna zum Telefon. »Und vor allen Dingen denk an eins«, fügt Ljusja hinzu, »im Zweifelsfall rufen wir die Miliz. Wir haben nämlich nichts mehr zu verlieren.«

Pascha wählt die Nummer und reicht Rosa Awramowna den Hörer.

85

Am Ende dieses Jahres bringt Ljusja ein weiteres Mädchen, Annotschka, zur Welt. Pelageja Nikiforowna ist bei ihr. Schwester Ljuba und Bruder Wowa kommen zu Besuch und küssen das Kind. »Jetzt sind wir eine richtige Familie«, stellt Pascha zufrieden fest.

Die Katastrophe mit Rosa Awramownas gefälschtem Schmuck ließ sich zwar abwenden, aber insgesamt gehen die Geschäfte schlecht. Es folgt ein hartes Jahr. Zeitweise ernährt sich Ljusja nur von Brot und Zucker. Pascha läßt sich wochenlang nicht blicken. Ljusja fragt sich, was einem ein Haus nützt, wenn man nichts zu essen hat. Gibt es den Bau überhaupt noch? Oder hat sie das alles nur geträumt? Gibt es Pascha noch? Gab es ihn je? Nun, die Kinder schreien. Irgendwas war da wohl.

Eines Abends steht Pascha wieder im Zimmer und wirft Geldscheine in die Luft, und im folgenden Oktober beziehen sie das neue Haus.

86

Es fehlen zwar noch Teile der Verschalung, die Kellerwände sind nicht verputzt und die oberen Zimmer noch ohne Strom, aber es gibt einige luxuriöse Finessen, die die Aufmerksamkeit des ganzen Viertels und die Bewunderung aller Besucher auf sich ziehen: Die Regenrinne ist aus Kupfer und blitzt in der Sonne; alle Zimmer im Erdgeschoß haben Parkettböden; es gibt ein funktionierendes Wasserklosett aus Keramik. Zur Einweihung versammelt sich bei Ljusja erstmals wieder die ganze Familie Gwosdikow. Ljusjas Schwester Lera sagt nicht ohne Neid: »Na, du hast es vielleicht getroffen. Wie im Märchen.« Bruder Wowa ergänzt: »Wie Puschkins Fischerin.« Innokentij untersucht gründlich die sanitäre Installation und lächelt: »Allerhand!« Seine Frau fügt hinzu: »Na so was. Und dabei ist er nicht mal Inscheniör.« Pelageja Nikiforowna schweigt. Sie kümmert sich um die Enkel. Ljusja bewirtet alle und strahlt.

87

Um keine Zeit mit An- und Abfahrten zu verlieren, hat Pascha ein Zimmer in der Stadtmitte gemietet. Er sagt, er käme in der Regel erst um zwei Uhr nachts heim und schlafe nie mehr als vier Stunden. Nach Puschkin kommt er einmal pro Woche. Im Winter steht Ljusja um fünf Uhr früh auf, um Feuer zu machen, damit die Kinder es beim Aufstehen warm haben. Trotzdem sind die Fenster zugefroren. Jurik ist unruhig, Lilja schwierig. Sie hat einen wulstigen Mund und große, strenge Augen. Wenn sie will, spricht sie gut und schnell, aber sie hat auch Launen und kann für Stunden, sogar für Tage verstummen. Sie wirbt um Pascha. Manchmal ist sie so ausdauernd finster, daß Pascha sie auf den Schoß nimmt und ihr Lieder vorsingt. Aber kaum taut sie auf – sehr schnell, beängstigend schnell, wie Ljusja findet –, kaum lächelt sie wieder, wobei die Hingebung ihre schweren Züge beinahe entstellt, da legt Pascha sie beiseite wie einen reparierten Gegenstand und beginnt, von seinen Geschäften zu sprechen. Anja schließlich, die Kleine, ist still bis zur Selbstaufgabe, mehrmals am Tag läuft Ljusja zu ihr aus Angst, sie könne zu atmen aufhören.

Es gibt eine einzige Zeit, zu der Ruhe herrscht, das ist der späte Donnerstagnachmittag. Dann schläft Anja, Lilja ist bei ihrer Freundin im Nachbarhaus und Jurik angeblich im Komsomol. An diesen Nachmittagen fällt Ljusja, nachdem sie nachgeheizt hat, ins Bett und schläft. Und oft kommt Pascha, der so selten kommt, genau zu dieser Zeit. Dann weckt er Ljusja, weil ihm nach Zärtlichkeiten ist, wie er das nennt. Aber sie ist wie zerschlagen, er tut ihr weh. »Merkst du's denn nicht? Du tust mir weh!« schluchzt sie. Dann leckt er ihr mit spitzer Zunge die Tränen von den Wangen und lacht: »Dummchen, das begreifst du nur nicht. Wenn es ein bißchen weh tut, das ist der höchste Genuß.«

88

Paschas Geschäfte scheinen jetzt gut zu gehen. Ein großer Spekulant namens Oleg Fjodorytsch, mit dem Pascha schon vor Jahren einmal zusammengearbeitet hat, nimmt wieder Kontakt zu ihm auf.

Oleg Fjodorytsch wirkt auf Ljusja wie ein Kinobösewicht: ein eleganter, unberechenbarer Mann von schneidender Autorität, sehr interessant. Er ist gut zehn Jahre älter als Pascha, den er als seinen Lehrling betrachtet; Pascha seinerseits sagt über ihn: »Ich kann viel von ihm lernen, und wenn ich alles weiß, zeige ich ihm den Hintern.« Oleg Fjodorytsch kommt öfters zu Besuch, meistens allein, manchmal mit seiner ganzen Familie, manchmal nur mit seiner Frau. Mit der Frau freundet sich Ljusja an. Oleg Fjodorytsch ist charmant, seine Frau klug. Zum ersten Mal ergibt es sich, daß Pascha und Ljusja gemeinsame Freunde haben, worüber Ljusja unbeschreiblich froh ist, denn sonst spricht Pascha nur mit Verachtung über Ljusjas Freundinnen, während Ljusja Paschas Kollegen fürchtet.

Eines Tages, als Pascha in Geschäften unterwegs ist, erscheint Oleg Fjodorytsch allein bei Ljusja, fällt vor ihr auf die Knie und küßt ihre Finger, Hände, Handgelenke und Arme, wozu er alles mögliche sagt. Ljusja, die das noch vor wenigen Jahren genossen hätte, ist wirklich erschüttert – so ändert man sich. »Wie können Sie das tun, wo Sie doch schon mit Ihrer Frau und Ihren Kindern hier gewesen sind, und wo Pawel Jakowlewitsch Ihnen vertraut?« Schlimmer noch als Oleg Fjodorytschs Verrat trifft sie die Erkenntnis, daß die gerade erst gewonnene Freundschaft zu ihm und seiner Frau hiermit verloren ist.

Oleg Fjodorytsch ist nicht gewohnt, auf Widerstand zu stoßen. Als Ljusja sich wehrt, läßt er nicht von ihr ab, aber als sie weint, steht er auf und geht. Ljusja erzählt am Abend alles Pascha. Pascha zuckt die Achseln. »Hör mal!« empört sich Ljusja.

»Wenn es nach Oleg Fjodorytsch ginge, wäre ich jetzt seine Geliebte!« Aber Pascha unternimmt, zu Ljusjas Erstaunen, überhaupt nichts. Offenbar erwähnt er die Sache Oleg Fjodorytsch gegenüber mit keinem Wort. Er bleibt weiterhin in Kontakt mit ihm und wird einer seiner engsten Partner. Zusammen werden sie immer reicher. Sie spekulieren mit Ikonen, Antiquitäten, Bildern und Schmuck, und Oleg Fjodorytsch geht bei Gwosdikows ein und aus.

89

Dann hat Pascha eine neue Pechsträhne. Er wird launisch, sagt zu Ljusja: »Misch dich nicht ein!« und läßt sich zu Hause monatelang kaum blicken; wenn er aber erscheint, ist er fahrig und explosiv, ein Besessener. Ljusja ruft Oleg Fjodorytsch an und bittet ihn, keine Geschäfte mehr mit Pascha zu machen. »Sie haben gesagt, ich hätte bei Ihnen einen Wunsch frei.«

»Ja, aber nur einen einzigen, und nur in einer entscheidenden Sache.«

»Die Sache ist entscheidend. Meine Familie zerfällt.«

»Also gut. Abgemacht.« Oleg Fjodorytsch hängt auf.

Pascha ist in der nächsten Zeit öfter zu Hause. Aber nach einem Vierteljahr verschwindet er wieder. Er hat Zimmer in Moskau, in Leningrad, in Kiew und in Tiflis gemietet, so daß Ljusja nie weiß, wo er sich gerade aufhält. Jede Frage betrachtet er als Zumutung.

So kommt es, daß Ljusja erneut Oleg Fjodorytsch anruft und fragt: »Warum machen Sie wieder Geschäfte mit Pawel Jakowlewitsch? Sie hatten doch versprochen...«

»Wer hat Ihnen gesagt, daß ich Geschäfte mit Pawel Jakowlewitsch mache?« unterbricht Oleg Fjodorytsch schroff.

»Er selbst«, lügt Ljusja.

»Ist er jetzt bei Ihnen?«

»Natürlich nicht.«

Eine Woche später kommt Pascha überraschend nach Hause, und keine Stunde später steht Oleg Fjodorytsch vor der Tür. Oleg Fjodorytsch begrüßt Ljusja wie immer mit Handkuß, tritt dann auf Pascha zu, der ihn im Wohnzimmer erwartet, und schlägt ihn wortlos zweimal mit der rechten Hand ins Gesicht. Dann verbeugt er sich leicht vor Ljusja, dreht sich um und geht.

Und wieder hat Ljusja Gelegenheit, sich über Pascha zu wundern: Er steht reglos in der Mitte des Zimmers, so, wie Oleg Fjodorytsch ihn geohrfeigt hat: den Kopf zwischen die Schultern gezogen, mit angewinkelten Armen und einem verknautschten, ohnmächtigen Gesicht wie ein Embryo.

90

Die Mädchen gedeihen: Lilja, nun fünf, ist stattlich für ihr Alter. Es sieht so aus, als finge die Größe ihrer Gestalt die Wuchtigkeit ihrer Züge auf, und heraus kommt ein gut proportioniertes, großflächiges Gesicht mit einer breiten, gewölbten Stirn. Lilja konnte schon lesen, bevor sie zur Schule ging, und wird im Kindergarten mit Respekt behandelt. Anja dagegen ist weich und zärtlich, etwas verzagt, spielt selten mit anderen Kindern, ist aber geschickt und bietet ständig ihre Hilfe in der Küche an.

Jurik bleibt schwierig. Er gehorcht unwillig und nie ohne Diskussionen. Ljusja fällt auf, daß die Mädchen immer verstört sind, wenn sie mit Jurik allein waren. Einmal sah Ljusja durchs Fenster, wie Jurik sich auf Liljas Kopf setzte. Ein andermal erwischte sie ihn dabei, wie er die Mädchen zwang, Milch zu trinken, in der getötete Fliegen schwammen. Wieder ein anderes Mal drückte er ein Kissen auf Anjas Gesicht, und als Ljusja ihn fortstieß, war Anja in Panik: Anja, die zutrauliche Anja, mit kaltem Schweiß auf der Stirn, im dreijährigen Gesichtchen Todesangst. Ljusja stürzte sich mit einem Wutschrei auf Jurik, doch er entwich durchs Fenster. Erst spätabends kam er zurück; betrunken. Ljusja war immer noch voller Abscheu. »Du hättest Annotschka umbringen können, Jurik.« – »Ach was«, lallte Jurik, während er sich mühsam von seinen zerrissenen Klamotten befreite, »... nur erschreckt.« Er stand vor Ljusja, nur noch mit einer Unterhose bekleidet, schüttelte seine rote Mähne und stemmte die Hände in die Hüften. Er ist sechzehn Jahre alt und überragt Ljusja um Haupteslänge. »Ich bin ein Mann, verstehst du? Die Jungs wissen das, nur ihr habt es offenbar noch nicht kapiert.« Er schob Ljusja beiseite und taumelte in sein Schlafzimmer.

Am nächsten Tag hat er übrigens geweint und sich entschuldigt. Er flehte Ljusja an, Pascha nichts zu sagen, und gelobte Besserung. An diesem Tag hat er außerdem ein sehr schlechtes Schulzeugnis bekommen.

91

Pascha ist selten da, aber er betritt das Haus wie ein König seinen Palast. Er kennt jeden Nagel und gibt Ljusja Aufträge, was wie zu verbessern sei. Möbel kommen zwar nur unregelmäßig herein, aber jedes Teil ist ein Prunkstück, alles antik, von den Betten bis zum Eßtisch. Pascha bringt Bilder in Rahmen aus Edelholz und Ikonen mit Goldbeschlägen. Manchmal bittet er Ljusja, sie nach eigenem Gutdünken aufzuhängen, und wenn sie es getan hat, lacht er sie aus, nennt sie sein zurückgebliebenes Torfköpfchen und erklärt ihr, warum genau dieses Bild genau auf diese Stelle überhaupt nicht passe. »Aber du kannst ja nichts dafür, daß du ein Trampel bist. Ich meine, woher hättest du auch eine Bildung nehmen sollen, bei euch im Dorf?« Manchmal verteidigt sich Ljusja, und dann wird sein Spott beißend, bis Ljusja in Tränen ausbricht.

»Wenn dir nicht gefällt, wie ich es mache, warum bittest du mich dann darum?« Hierauf wird seine Stimme süß wie Honig, er umarmt Ljusja und flüstert: »Ich denke immer, du entwickelst dich. Daß man Geschmack auf der Straße nicht lernt, ist mir klar, aber wenn du noch zehn Jahre bei mir lebst, wirst du jeden Kunstprofessor an der Universität verblüffen.«

Die Möbel wie die Bilder wechseln. Ljusjas Freunde und Paschas Bekannte aus der Kunstszene nennen das Haus »Paschas Museum«. Ljusja räumt aus und ein: Wäsche von dieser Kommode, die verkauft wurde, in jene neubeschaffte, Bücher aus diesem Regal in ein anderes. Manchmal wechselt Pascha das Mobiliar, während sie in der Stadt einkauft. »Wo ist die Empire-Anrichte?« kann er dann fragen, und Ljusja, die nicht weiß, von welchem Möbelstück er spricht, erschrickt. »Mein Mädchen war Eis essen in der Stadt, und in der Zwischenzeit wurde mein bestes Möbel hinausgetragen. Nicht wahr, du hast das Küchenfenster offengelassen?« Das stimmt nicht. Ljusja ist zerstreut, aber sie ist extra deswegen vom Bahnhof zurückgelaufen und hat die Fenster überprüft. Sie waren alle verschlossen. »Dreitausend Rubel ist sie wert!« ruft Pascha mit einer Stimme wie ein Peitschenschlag.

»Aber Pascha, ich schwöre dir...«

»Schwöre nichts! Versprich mir, daß du die Villa nie mehr allein läßt. Du hast ein Telefon. Ruf eine von deinen Freundinnen an, aber eine, die etwas weniger dumm ist und nicht stiehlt, und bitte sie, auf das Haus aufzupassen, während du am Newskij-Prospekt dein Eis lutschst!«

»Pascha, ich fahre nicht zum Eisessen in die Stadt!«

»Weshalb fährst du denn in die Stadt?« äfft Pascha ihren kläglichen Tonfall nach.

»Ich... ich... ich habe Swetotschka Galina besucht!«

»Ach, Swetotschka Galina! Und was hast du mit Swetotschka Galina angestellt?«

»Wir haben Kaffee getrunken... sie hat Pflaumenpiroggen gebacken...«

»Pflaumenpiroggen! Kein Eis! Nun, dann rufst du also eine

deiner kleinen Freundinnen an, eine, die etwas weniger dumm ist und nicht stiehlt, und bittest sie, auf das Haus deines arbeitenden Mannes aufzupassen, während du auf den Kirow-Inseln mit Swetotschka Galina Pflaumenpiroggen ißt!«

»Pascha! Du bist grausam!«

»Und die dreitausend Rubel?« donnert Pascha. »Ist das nichts? Was meinst du, wieviel ich dafür arbeiten muß, während du in die Stadt fährst, um Pflaumenpiroggen zu fressen?«

Je fester Ljusja sich vornimmt, nicht zu weinen, desto weniger kann sie die Tränen zurückhalten. Das Haus wird jeden Monat prächtiger, die Einrichtung wertvoller, die Küche moderner; und Ljusja immer unsicherer und trauriger. »Pascha«, schluchzt sie, »trennen wir uns! Ich bin dich nicht wert! Ich ziehe in die Stadt und such mir eine Arbeit als Gemüseverkäuferin, und dann zahle ich dir alle dreitausend Rubel zurück!«

»Aber Ljusenitschka! Mein armes Äffchen! Du bist mir doch viel mehr wert als dreitausend Rubel. Wenn ich ernsthaft rechnen würde, hätte ich dich doch nie geheiratet. Vergiß die Anrichte...« Wieder umarmt er sie und küßt ihr Gesicht. »Und jetzt versprich mir, daß du aufhörst zu weinen. Du hast schon eine ganz rote Knollennase.«

»Pascha!« ruft Ljusja verzweifelt. »Das nützt doch nichts! Der Haushalt ist zu groß für mich! Du bist immer fort! Diesmal war es die Anrichte, aber nächstes Mal kann die ganze Einrichtung verschwinden...«

»Mein dummes Knollenschnäuzchen! Die Anrichte ist doch gar nicht verschwunden. Ich habe sie selbst verkauft, während du nicht da warst. Ich wollte dich nur erschrecken. Mach es so, wie ich dir geraten habe, dann wird nichts passieren...«

92

Jurik ist ein Schulschwänzer und Hooligan. Immer wieder bittet Ljusja Pascha, zu kommen und ihr beizustehen, aber Pascha wohnt anderthalb Stunden entfernt am anderen Ende der Stadt und dirigiert das Familienleben mit schriftlichen Anweisungen. Jetzt ist mit Jurik etwas besonders Schlimmes passiert: Der Schulleiter hatte ihm nach einer Prügelei zur Strafe verboten, an einem Tanzabend teilzunehmen. Jurik schleuderte ein Tintenfaß nach dem Direktor und schrie: »Ich habe eine Pistole, das nächste Mal werde ich auf Sie schießen!« Der Direktor antwortete: »Vorher holt dich der Schwarze Rabe!« Der Schwarze Rabe ist das Gefängnisauto der Polizei. Als Ljusja davon erfuhr, rief sie weinend Pascha an (er hat inzwischen ein Telefon), und wunderbarerweise ist er nach wenigen Stunden da. Ljusja weint nun vor Erleichterung. Allerdings geht es ihr schlecht, denn sie hat eine Nierenkolik bekommen. Pascha meint: »Das ist die Aufregung!«, aber Ljusja glaubt, es sei Zufall. Pascha beharrt auf seiner Erklärung und redet auf Ljusja ein. Sie windet sich auf dem Diwan. »Aber Pascha, es geht doch um Jurik! Was sollen wir tun? Was sollen wir tun?«

Pascha blickt auf sie herab. »Paß auf, ich rufe die medizinische Ambulanz und bringe inzwischen Jurik zu Pelageja Nikiforowna. Wenn der Schwarze Rabe kommt, mach nicht auf, tu, als wären wir fort. Wenn es aber die Ambulanz ist, mach auf.« Er läuft davon, bevor Ljusja etwas erwidern kann.

Eine halbe Stunde später klingelt es an der Tür. Ljusja rührt sich nicht. Jemand ruft: »Haben Sie nicht die Ambulanz gerufen?«

»Ja! Ich komme!« Ljusja schleppt sich zur Tür. Drei Männer in Zivil treten ein. Sie helfen Ljusja zum Diwan. Einer gibt ihr eine Spritze. Dann fragt er: »Warum wollten Sie die Tür nicht aufmachen?«

»Ich hatte Angst vorm Schwarzen Raben.«
»Vielleicht ist es besser, Sie kommen mit uns«, sagt der Mann.
»Auf keinen Fall! Ich habe zwei kleine Kinder...«
»Nur kurz. Sie sind in keiner guten Verfassung, Sie müssen gründlich untersucht werden. Ihr Mann ist ja da, er sagte, er wird sich um die Kinder kümmern.«
Ljusja fühlt sich nach der Spritze besänftigt und müde. Die Schmerzen lassen nach, die Männer sind höflich. »Na gut«, murmelt sie, »aber versprecht mir, daß ich noch heute wieder nach Hause darf.«
Der Krankenwagen bringt Ljusja ans andere Ende der Stadt, und sie wundert sich noch, daß sie nicht einfach in das Bezirkskrankenhaus drei Blocks weiter gefahren wird. Über der Tür steht »Krankenh...«, mehr kann Ljusja in der Eile von der schwankenden Trage aus nicht entziffern, aber es fehlt hier der übliche Krankenhausgeruch aus Desinfektionsmittel, Arznei und Seife. Statt dessen riecht es nach Schweiß und Urin. Die Männer klingeln an einer schweren zweiflügligen Tür, die hinter ihnen wieder mit einem Riegel verschlossen wird. In diesem Gang sind alle Türen gepolstert. Dennoch ist der Gang erfüllt von Lärm: dumpfem Stöhnen, Kreischen, Beten und Geschrei. »Wo sind wir hier?« fragt Ljusja mit schwerer Zunge, immer noch betäubt.
»In der Psychiatrie«, sagt einer der Gehilfen, ein eifriger, etwas aufgekratzter junger Mann.
»Wieso?«
»Sie sind eingewiesen.«
»Warum, um Gottes willen?«
»Angst vorm Schwarzen Raben«, gibt er bereitwillig Auskunft. »Ihr Mann hat uns benachrichtigt.«
»Aber ich bin vollkommen gesund!«
Er hilft Ljusja von der Trage. »Bitte bleiben Sie ruhig. Es wird sich bestimmt alles klären.« Und er führt sie in einen der Räume mit gepolsterten Türen. Er murmelt etwas und schließt hinter ihr ab.

Ihr wird schwarz vor den Augen. Sie lehnt sich gegen die Wand und gleitet an ihr hinab.

93

Fünf Frauen stehen im Halbkreis um sie herum und betrachten sie mit großen Augen. Ljusja sitzt auf dem Boden und sieht hinauf. Die fünf tragen schmutzige Kittel, zwei sind frisiert, die anderen haben wirres Haar. Einige Meter entfernt wälzt sich jemand auf dem Boden und jammert: »Da kommen sie wieder, da kommen sie wieder, dort, durch die Wand!« In der Ecke heult eine Frau: »Das werdet ihr mir büßen!«

Die fünf haben sich um Ljusja herum niedergelassen. »Ihr Lieben«, sagt Ljusja schwach, »das ist ein Irrtum. Ich bin ganz gesund.«

»Wer hat dich denn hergebracht, Schatz?« fragt eine dicke rothaarige Frau ohne Zähne.

»Mein Mann!«

»Ach! Mich auch. Sieh mal an, die Kanaillen. Auch Tanjetschka dort ist von ihrem Mann hereingebracht worden, und Galitschka...«

»Mich haben die Nachbarn reingebracht. Sie wollen an mein Zimmer.«

»Mich meine Kinder. Sie wollen mein Erbe!«

»Mich mein Mann.«

Ljusja wird schlecht. Lilja und Annotschka sind allein zu Hause. Pascha hatte offenbar nicht vor, sich um Jurik zu kümmern. Was ist, wenn Jurik nach Hause kommt und die Mädchen ihm ausgeliefert sind, diesem halbstarken Grobian?

Sie zwingt sich zur Ruhe. Offenbar sind hier alle gegen ihren Willen eingeliefert worden, und alle halten sich für gesund; es ist sinnlos, zu toben oder seine Unschuld zu beteuern.

Wenn sie nur besser Luft bekäme! Aber das Herz trommelt in

der Brust, man kann nicht klar denken. Im Raum ist es keine Sekunde still. Fünfzehn Frauen sind hier untergebracht. Galitschka schreit, sie würde von Männern vergewaltigt, die durch die Wand kommen, und sucht nach Gegenständen, mit denen sie sich verbarrikadieren kann. Jekaterina Prochorowna will mit ihrem Urin ein Atomkraftwerk betreiben. Ira sagt mit tieftraurigen Augen: »Ich bin einfach zu sensibel. Bist du auch so sensibel?« Tanja schlägt mit ihrem Kopf gegen die Wand. Am Abend geht keine Lampe an. Im Dämmerlicht verzehren sie ihr Essen: Eintopf, den sie aus speckigen Schalen löffeln, und Brot. Einige der Frauen haben keine Zähne mehr und auch kein Gebiß. Aus ihren offenen Mündern spritzen Brotkrümel und Eintopf auf den Tisch. »Sagen Sie, Schwester«, flüstert Ljusja, »wie lang dauert es, bis man hier merkt, ob einer wirklich verrückt ist oder gesund?«
»Drei Wochen«, antwortet die Schwester.

94

Am nächsten Tag um neun Uhr öffnet sich ein kleines quadratisches Fenster in der Tür, und ein Kopf schiebt sich hindurch. Es ist der Kopf Paschas. Er dreht sich beinahe wohlig in dem engen Rahmen aus abgestoßenem Holz und nickt.

»Ljusenitschka!« säuselt Pascha, »was machst du denn hier? Ich komme gestern nach Hause, aber keiner ist da, die Kinder schreien...«

Ljusja bricht in Tränen aus. »Hol mich raus, Pascha, was hast du mir angetan! Die Mädchen... Du darfst sie auf keinen Fall mit Jurik allein lassen! Ach, Pascha...« Ljusjas Kiefer zittert, sie schneuzt sich in ihren Kittel; ein paar Frauen, die sich um sie vor dem Fensterchen versammelt haben, beginnen ebenfalls zu schluchzen.

Paschas Kopf rekelt sich weiterhin in dem Fensterchen; genießt Pascha den Anblick, der sich ihm bietet? »Du scheinst mir doch mit den Nerven ziemlich am Ende zu sein«, sagt er munter,

»weißt du, was, bleib doch einfach zehn Tage hier und erhol dich, ich werde dich jeden Tag besuchen!«

»Wie kannst du?« schreit Ljusja. »Von Puschkin bis hierher sind es anderthalb Stunden einfache Fahrt, wer kümmert sich um die Kinder? Bring mich hier raus, Pascha, ich flehe dich an!«

Paschas Kopf verschwindet, sie hört seine Stimme, die mit gewohnter Festigkeit Anordnungen trifft: »Sehen Sie denn nicht, Schwester, meine Frau ist ganz außer sich. Geben Sie ihr etwas zur Beruhigung, sonst tut sie sich was an, dann werde ich Sie zur Verantwortung ziehen ...«

95

Am nächsten Tag kommt Pascha wieder, streckt wieder seinen Kopf durch das Fensterchen und redet auf Ljusja ein. Wieder fängt sie an zu heulen, worauf er wieder ein Beruhigungsmittel fordert.

An diesem Tag bekommt Ljusja endlich Gelegenheit, mit einer Ärztin zu sprechen. Die Ärztin ist ruhig und wirkt kompetent, sie hört Ljusja an und findet Kontakt mit ihr. »Sie sind ja gar nicht krank«, sagt sie überrascht.

»Das sage ich doch!« schluchzt Ljusja. »Aber keiner glaubt mir!«

»Ich glaube Ihnen. Aber nur der Chefarzt kann Sie entlassen. Er kommt nächsten Dienstag in Ihre Abteilung. Erklären Sie ihm alles. Nur: Weinen Sie nicht, auf keinen Fall. Dann wird es schon gutgehen.«

Ljusja darf einen Brief an ihre Nachbarin Wera Michajlowna schreiben, in dem sie Wera erklärt, was passiert ist, und sie bittet, sich um die Kinder zu kümmern. Die Ärztin selbst ist bereit, den Brief abzuliefern und den Hausschlüssel, den man Ljusja abgenommen hat, Wera Michajlowna zu überbringen; sie hat ein Auto und kommt auf dem Heimweg an Weras Straße vorbei.

96

Der vierte Tag. Wieder Paschas plappernder, erregter Kopf in dem quadratischen Fensterchen. Aber dann hört Ljusja wie im Traum Wera Michajlownas Stimme: »Du verantwortungsloser Schuft! Wie kannst du deine Frau ins Irrenhaus bringen, obwohl sie gesund ist, und deine Kinder allein im leeren Haus zurücklassen?« Pascha zieht seinen Kopf so schnell zurück, als habe ihn ein Skorpion gebissen. Er versucht, das Fensterchen zu schließen. Es ist kein Traum! Wera Michajlowna ist gekommen, die Gute! Und auch die junge Ärztin ist da, Ljusja erkennt ihren nüchternen, bestimmten Tonfall: »Kommen Sie bitte beide in mein Zimmer, Genossen.« Sehen kann Ljusja nichts, denn das Fensterchen ist zu hoch für sie und außerdem schon wieder zu.

Ljusja schmort. Pascha kommt nicht wieder, und auch Wera Michajlowna nicht. Einige Stunden vergehen, Ljusja sitzt mit schmerzendem Kopf und brennenden Augen in dem Raum, in dem aus irgendeinem Grunde gespenstische Stille eingekehrt ist. Plötzlich springt die Tür auf. Zwei Putzfrauen laufen herein, die anfangen, Erbrochenes aufzuwischen, und mehrere Krankenschwestern, die die Bettwäsche wechseln. Die junge Ärztin hatte Ljusja gesagt, was das bedeutet: Chefarztvisite! In der allgemeinen Hektik wäscht Ljusja ihr Gesicht und versucht, sich zu sammeln. Dann wird Entwarnung gegeben. Die Putzfrauen verlassen das Zimmer, ohne ihre Arbeit beendet zu haben. Eine Krankenschwester flucht. Ljusja schwankt vor Enttäuschung. Sie lehnt an der Wand und preßt sich die Fäuste gegen den Mund.

Die Ärztin steht neben ihr. Ljusja hat nicht gehört, wie die Tür ging. »Kommen Sie mit, der Chefarzt erwartet Sie!« flüstert die Ärztin. Ljusja folgt ihr bis vor das Zimmer des Chefs. »Gehen Sie hinein. Nur Mut! Und bloß nicht weinen!«

Sie schiebt Ljusja durch die Tür ins Sprechzimmer. Ljusja

nähert sich dem Chefarzt, der in einem weißen Kittel auf einem Drehstuhl sitzt und ihr prüfend entgegensieht. Ein ruhiger Mann. Er wird die Lage erkennen. Bloß nicht weinen, denkt Ljusja. Erschrocken bemerkt sie, wie die Augen des Arztes zerfließen, sein ganzes Gesicht verschwimmt in einem hellen Fleck – Ljusjas Augen stehen voll Tränen, und dann verliert sie die Beherrschung. »Ich weiß ja, daß ich nicht weinen darf«, schluchzt sie, »aber was soll ich tun, meine Kinder sind allein zu Haus, die Jüngste ist erst drei, mir zerspringt das Herz!«

Der Chef wendet sich an die Ärztin. »Veranlassen Sie, daß Ljudmila Semjonowna sofort entlassen wird. Ich stelle inzwischen die Papiere aus.«

97

Im Haus wartet Wera Michajlowna. Sie steht in der modernen Küche und kocht mit sichtlichem Genuß. Annotschka schläft, und Lilja spielt allein in einer Ecke. Pascha ist nicht da. Lilja und Wera laufen auf Ljusja zu, umarmen und küssen sie. »Komm, setz dich hin, ich koche fertig. Gleich kriegst du ein ordentliches Abendessen. Du hast bestimmt fünf Kilo abgenommen«, sagt Wera.

Wieder Tränen. »Ich danke dir so sehr! Wenn du nicht gewesen wärst, Werotschka! Ich ...«

»Dein Mann ist verrückt. Er ist ein Wahnsinniger und ein Verbrecher«, sagt Wera. Liljas Augen weiten sich.

»Warte, Wera. Erst essen wir zusammen. Später, wenn die Kinder schlafen, kannst du erzählen.«

Als die Kinder schlafen, erzählt Wera folgendes.

Sie und Pawel Jakowlewitsch sind mit der Ärztin ins Sprechzimmer gegangen. Pawel Jakowlewitsch hat sehr gut ausgesehen, war frisch rasiert und manikürt und duftete nach Parfum. »Unsere Nachbarin Wera Michajlowna ist eine ehrenwerte Frau«, sagte er und zwinkerte der Ärztin zu, »aber sie kennt unsere Verhältnisse nicht. Ich habe meiner Frau ein Haus mit fünf Zimmern gebaut, mit Waschmaschine, Eisschrank, Gasherd und allem Luxus, und jetzt hat sie zu wenig zu tun und macht dauernd Randale.«

Die Ärztin hat gefragt: »Wieso wenig zu tun? Fünf Köpfe sind fünf Teller pro Mahlzeit bei einem Gang und zehn Teller bei zwei Gängen. Es muß gekocht, gewaschen, abgespült und geputzt werden. Wissen Sie, was das heißt?«

Pawel Jakowlewitsch hat ohne Erröten geantwortet: »Allerdings weiß ich, was das heißt. Ich koche, wasche, spüle und putze selbst. Sie tut nichts.«

»O nein«, hat sich hier Wera eingemischt, »so ist es nicht. Fragen Sie die Nachbarn. Er wohnt kaum dort, hat ein Zimmer in der Stadt, und die letzten drei Tage hat er sich überhaupt nicht blicken lassen. Alle zwei Wochen kommt er mal vorbei. Er ist ein Intelligenter, schauen Sie sich seine Hände an! Der hat seit Jahren kein Stück Wäsche gewaschen.« Pawel Jakowlewitsch verbarg unwillkürlich seine gepflegten Hände. »Danke, das reicht«, hat die Ärztin gesagt und Wera freundlich verabschiedet. Pawel Jakowlewitsch ist noch geblieben, aber Wera war sicher, daß die Sache den richtigen Gang nehmen würde, und ist rasch nach Hause gefahren, um sich um die Kinder zu kümmern.

»Mein Gott«, sagt Ljusja, »ich verstehe nichts. Was soll ich nur tun?«

»Wenn du mich fragst: Ihn verlassen. So schnell es geht.«

98

Pascha erscheint am nächsten Mittag. »Ljusenitschka!« ruft er schon von der Gartentür aus, »in der Nervenklinik haben sie mir gesagt, daß du entlassen bist! Das ist aber schön! Fühlst du dich auch wirklich ganz gesund?«

Ljusja fühlt sich gesund, aber überhaupt nicht wohl. Sie hat Angst vor Pascha. Ihn verlassen, hat Wera geraten. Aber wohin soll sie gehen? Annotschka ist erst drei Jahre alt. Jurik ist ein Hooligan. Wie soll sie sich mit den drei Kindern durchschlagen? Sie säße auf der Straße. Einen Beruf hat sie nicht gelernt. Und Pascha? Wenn er sie, wie es manchmal den Anschein hat, haßt, wird er sie sowieso bald verlassen, dann sitzt sie früh genug auf der Straße. In der Zwischenzeit sollen zumindest die Mädchen ohne Not heranwachsen.

Man muß ja sagen: Pascha ist nicht geizig. Im Haus ist für alles gesorgt. Und er ist selten da. Zwei- bis dreimal im Monat wird sie ihn ertragen. Warum soll er sie schließlich umbringen? Die Strafe wäre zu hoch: Loswerden kann er sie billiger.

Andererseits: Wie soll sie ihm jetzt noch in die Augen sehen?

Die Tür fällt leise ins Schloß. Pascha eilt mit leichten Schritten auf Ljusja zu, die zu Boden blickt und sich auf die Unterlippe beißt.

»Ljusenitschka!« Pascha umarmt sie fest. »Bin ich froh, daß du wieder da bist! Du hättest dich sehen sollen! Ich habe mir solche Sorgen gemacht! Aber jetzt ist ja alles wieder gut, und ich lasse dich nie mehr fort...«

99

Ljusja hat überlegt: Ich bin reich, ich bin gesund. Pascha ist, wenn auch auf schwer verständliche Weise, mir zugetan. Wahrscheinlich ist er nicht ganz richtig im Kopf. Aber wenn ich es weiß, kann ich mich ja darauf einstellen.

Sie hat sich das Leben in den verschiedenen Kommunalwohnungen vergegenwärtigt. Ein grauer, entwürdigender Alltag. Enge, Lärm, die allmorgendliche Schlange vor dem Klo, der Zank um die Putzordnung; Schlangestehen für angefaulte Äpfel, saure Milch und modrige Kartoffeln; in der Küche immer der Geruch von Kohl und ranziger Butter; gedunsene, gelbgesichtige Kinder, saufende und randalierende Väter, gierige oder weinerliche Mütter, freche, erpresserische Hausverwalter. Auch in der Arbeit gibt es keine Hoffnung. Die Menschen behindern und quälen einander. Sie arbeiten schlecht und produzieren schlechte Ware. Sie verachten sich selbst dafür. Manchmal sieht man kühne junge Männer einen Beruf erlernen. Sie brechen morgens bei Dunkelheit zur Arbeit auf und küssen herzhaft ihre jungen Frauen. Sonntags im Zoo werfen sie ihre dicken Kinder in die Luft und freuen sich, wenn die Kleinen vor Vergnügen quietschen. Zwar beschweren sie sich untereinander über ihre brennenden Augen nach Stunden an dunklen, staubigen Werkbänken; über Kopfschmerzen nach einer Schicht an veralteten, brüllenden, nach Öl riechenden Maschinen; über das Herumstehen an schlammigen Baustellen, während sie auf Material und Werkzeuge warten; über die Bürokratie und einen Funktionär im dunkelblauen Mantel, der kürzlich lauernde Fragen stellte: »Wir hören, hier würde schlecht gearbeitet? Wer sagt, daß hier schlecht gearbeitet würde?« – Wenn die jungen Männer sich, was manchmal sein muß, in Rage reden, müssen sie unbedingt Wodka trinken. Dann schießt ihnen das Blut zu Kopf, sie kommen sich mutig und unsterblich vor und lachen knatternd. Sie trösten sich bei ihren besorgten, erwartungsvollen Frauen und zeugen neue gelbgesichtige Kinder. Nach zehn, fünfzehn Jahren verlieren sie die ersten Zähne, hassen sich, wenn sie in die grauen, schon lange nicht mehr erwartungsvollen Gesichter ihrer schwerfällig gewordenen Frauen blicken und brauchen immer mehr Wodka, um sich noch ab und zu unsterblich zu fühlen.

In der Stadt kann man nicht leben; aber wie ist es auf dem Dorf? Ljusja erinnert sich an ihre Jugend in Dubowka während des Krieges; an ergebene Frauen mit ledrigen Händen, an schmutzige, gebückte alte Männer. Natürlich gab es dort damals wenige junge Männer: Die wurden als Soldaten im Krieg verheizt oder von den Deutschen verschleppt oder aufgehängt. Während sie aber geopfert wurden, freuten sich ihre Frauen und Mütter am Anblick der glattrasierten jungen Deutschen. Die Nachbarin Fjokla zum Beispiel hat mit Wonne einen fünfundzwanzigjährigen Wehrmachts-Leutnant umsorgt. Sie kam sogar zum Popen Semjon, um dessen Segen zu erbitten. Semjon fragte: »Was sagt dein Gewissen dazu?«, und sie lachte: »Was heißt hier Gewissen? Wir sind arme Leute! Ich weiß nur eins: Er singt mir Lieder vor! Von meinem Wasja aber habe ich in den zehn Jahren Ehe keine anderen Worte gehört als ›Hündin‹ und ›Fotze‹!« Und genauer wollen wir es nicht wissen.

Ist dagegen Pascha nicht Gold wert? Nein, ehrlich: Ljusja hat es blendend getroffen. Eigentlich war ihr genauso ein dumpfes, entbehrungsreiches, hoffnungsloses Leben zugedacht wie den anderen. Wer ist sie schon? Sie hat nichts gelernt. Sie wird älter. Sie ist zu dick, ein Zahn ist locker. Pascha hat ihr Wohlstand und Ansehen beschert. Wer hat ein schöneres Haus, wer trägt feinere Kleider? Sie kauft Gemüse auf dem Kolchosmarkt – wer sonst kann sich das leisten? Wer lebt so ruhig? Wer hört so viele Vögel singen? Die Eiche rauscht vor dem Fenster. Drei Stationen mit dem Bus, und sie sind in Gottes freier Natur.

An diesem Morgen singt Ljusja, während sie das Frühstück bereitet. Sie weiß, nach dem Essen fährt Pascha weg, und freut sich darauf. Mindestens zwei Wochen wird er fortbleiben. Ferienzeit! Sie wird mit den Kindern im Park spazierengehen und sich am Frühling freuen.

»Was hast du denn, Ljusenitschka?« fragt Pascha beunruhigt. »Du freust dich wohl, daß ich wegfahre?«

»Ach, Paschenka! Ich freue mich, daß ich wieder zu Hause bin. Wie schrecklich das in der Klinik war! Aber ich bin ja selbst schuld. Ich war so mutlos geworden. Kein Wunder, daß mir das passiert ist. In der Klinik habe ich erst gemerkt, wie gut es mir hier geht.«

»So?« fragt er mißtrauisch.

Ljusja tanzt um den Tisch herum und küßt Pascha auf die Stirn. »Reise du nur schön. Ich bringe hier alles in Ordnung, damit ich dich wie einen Fürsten empfangen kann, wenn du wiederkommst.«

Das mit dem Kuß war ein Fehler. Pascha hat ihre Oberarme gepackt und läßt sie nicht los. Er steht auf und atmet plötzlich heftig.

»Nein, Pascha, heut ist der falsche Tag!« ruft Ljusja. Sie haben beschlossen, keine weiteren Kinder zu bekommen. Aber Pascha ist nicht mehr zu bremsen.

100

Eine Abtreibung in der Klinik ohne Narkose gibt es umsonst. Aber die Narkose kostet fünfzig Rubel. Diese fünfzig Rubel sind im Haushaltsbudget nicht drin; wegen der Zukunft.

Bis zu dreimal im Jahr wird Ljusja schwanger.

Den Schmerz während des Eingriffs kann man aushalten, findet Ljusja. Wenn nur nachher das Gefühl der Verwundetheit nicht wäre, die Schwäche, der Blutverlust. Diese ständige Schwäche. Schon nach der zweiten Abtreibung hat Ljusja ihre Sicherheit wieder verloren.

Jurik sagt höhnisch: »Du selbst hast mich einen Sadisten genannt, Mamotschka, also muß ich dafür sorgen, daß du recht behältst.« Ljusja aber hat in diesem Winter gelebt wie unter einer Glocke. Allein von der Anstrengung, die Stimme zu erheben, traten ihr die Tränen in die Augen. Ist sie nicht selbst schuld, daß Jurik so geworden ist? Warum schafft sie es nicht, sich Paschas Dressur zu entziehen? Wie soll Jurik sie achten, wenn er vor Augen hat, wie Pascha mit ihr verfährt?

Wenn Pascha kommt, bringt er die Familie auf Vordermann. Er streicht mit dem Finger über das Küchenbuffet und hält Ljusja seinen von Staub dunkelbraunen Finger unter die Nase.

Während Ljusja sich beschämt an die Arbeit macht, geht er mit den Kindern einkaufen. Er spendiert den Mädchen bunte Sommerkleidchen, er schenkt Jurik ein Taschenmesser oder ein Kartenspiel. Wenn die Kinder aufgekratzt und hochzufrieden nach Hause kommen, ist Ljusja in der Regel bereits in Tränen aufgelöst. Es stimmt: Sie allein ist zu nichts mehr fähig, sie kann weder einkaufen noch nähen noch putzen. Alles, was früher leicht und selbstverständlich war, scheint jetzt ein unüberwindliches Hindernis. Wenn Pascha sie in diesem verzweifelten Zustand vorfindet, lächelt er. »Mein armes Tierchen, nicht wahr, Hausarbeit ist anstrengend. Und die Küche, mein dämliches Kamel, oje, oje! Aber jetzt zeig ich dir, wie man sie saubermacht, schau, so einfach geht das. Ich helfe dir, und schon haben wir's geschafft. Was weinst du denn, Frätzchen, ich liebe dich doch!«

Das ist die panische Erleichterung eines Menschen, dessen Kopf unter Wasser gedrückt wurde und der sekundenlang plötzlich mit der Nase ins Freie stößt und keuchend die Luft einzieht: Er liebt mich noch, also ist noch nicht alles aus. Ich bin häßlich und nichtsnutzig geworden, und trotzdem gibt er mich nicht auf.

101

Eines Tages bewirtet Ljusja im oberen Stock Paschas Gäste, zwei wichtig auftretende Geschäftsleute, die schmatzend an dikken Zigarren saugen, und fünf elegante junge Kerle mit Ringen an den Fingern und seidenen Krawatten um die glatten, muskulösen Hälse. »Kognak, keinen Kaffee!« ruft Pascha, als Ljusja mit einem Tablett voll Geschirr und Süßigkeiten das Zimmer betritt.

»Aber du hast doch gesagt...«

»Ich habe gesagt, ich habe gesagt!« unterbricht Pascha. »Aber jetzt sage ich: Kognak! Weil meine Gäste es wünschen. Nicht

Kaffee, nicht Tee, nicht Wodka, nicht Whisky, sondern: Kognak. Sofort.«

»Pascha, ich glaube, es ist kein Kognak ...«

»Es ist Kognak da«, donnert Pascha. »Mach dich nicht lächerlich vor unseren Gästen.« Ljusja hat gerade die Tür hinter sich zugemacht, da strömen ihr bereits die Tränen aus den Augen, der Schweiß bricht ihr aus vor Scham. Sie setzt das Tablett auf dem Flur ab und sinkt zu Boden. Während sie sich gegen die Wand kauert und die Zähne zusammenbeißt, hört sie durch die tapezierte Holzwand Paschas stolzes Lachen: »Das Gespenst, das Sie eben gesehen haben, ist meine Frau. Sie ist mein Geschöpf. Wenn ich ihr sage, sie soll aus dem Fenster im fünften Stock springen, wird sie springen.« Seine Stimme bebt plötzlich, warm und werbend. »Will jemand wetten?«

102

An seinem achtzehnten Geburtstag morgens geht Jurik aus dem Haus, ohne sich zu verabschieden, und kommt nachts nicht zurück. Am nächsten Tag erscheint die Miliz. Es stellt sich heraus, daß er mit Freunden eine Bank ausgeraubt hat. Achtzigtausend Rubel.

Wieder, wie immer, wenn es Katastrophen gibt, ist Pascha zur Stelle und bestens aufgelegt. Er gibt den Milizionären eine Adresse in Tiflis, die Jurik ansteuern könnte. Und tatsächlich, drei Monate später, als das Geld durchgebracht ist, meldet sich Jurik mit seinen drei Komplizen genau dort und wird sofort verhaftet.

Pascha engagiert einen teuren Anwalt und verfolgt die Verhandlung mit lebhaftem Interesse, während es Ljusja vor Niedergeschlagenheit kaum schafft, Jurik unter die Augen zu treten. Sie hat mal wieder versagt, ganz klar. In der Besucherzelle lächelt Jurik zerknirscht: »Ich hoffe, du kannst mich ein bißchen unterstützen, Mama. Sie sagen, im Lager wird's teuer ...«

Man verurteilt ihn zu dreizehn Jahren, abzubüßen in einem Arbeitslager im hohen Norden, in Workuta.

103

An einem windigen Septemberabend schickt Pascha Ljusja mit den Mädchen in die Philharmonie. »Ich wollte selbst mit euch hin, habe aber einen wichtigen Termin. Geht ohne mich! Je früher die Mädchen damit anfangen, desto besser.«

Es ist ein Orgelkonzert. Eine strenge Frau von etwa fünfzig Jahren mit silbergrauem Haar und silberner Glitterbluse spielt Präludien von Bach. Sie trägt einen langen schwarzen Rock und geht mit flachen Schritten. Nach jedem Stück erhält sie für ihr vehementes, ehrliches Spiel starken Applaus; wenn sie sich erhebt, um ihn an der Rampe entgegenzunehmen, wirkt sie, als trüge sie auf ihren Schultern die Last der ganzen Welt. Sie verbeugt sich mit steifen Armen, die Hände zu Fäusten geballt, ohne eine Spur von Lächeln.

Es ist kein Konzert für Kinder. Die Mädchen verlangen schon in der Pause gebieterisch nach Essen und heißer Milch.

Noch in der Dämmerung kommen sie nach Hause. Im Haus brennt bereits Licht. Jemand läuft gestikulierend durchs Zimmer. Mitten im Zimmer aber steht Pascha in derselben betäubten, fast embryonalen Haltung wie damals, als Oleg Fjodorytsch ihn geschlagen hat.

Der gestikulierende Besucher aber ist nicht Oleg Fjodorytsch, sondern ein hübscher blonder Junge.

Kaum hat Ljusja den Schlüssel im Schloß gedreht, da zieht Pascha von innen die Tür auf. »Meine drei Prinzessinnen! Ich hab mich ja schon so nach euch gesehnt!«

Ljusja blickt sich um: »Hoffentlich stören wir nicht? Ich sah, du hast Besuch?«

Überrascht läuft Pascha an ihr vorbei ins Wohnzimmer. Ljusja folgt ihm auf dem Fuß. Er zeigt auf das offene Fenster, durch das kalter Wind hereinbläst, und sagt: »Na so was! Er ist aus dem Fenster gesprungen!«

»Wer war das?«

»Ja, leider. Ein Spekulant. Ich hätte mich nicht mit ihm einlassen sollen. Er hat mich erpreßt.«

Ljusja denkt: Warum auch nicht. Es ist ganz egal.

104

Am Ende des Winters wird die erste Fahrt nach Workuta fällig.

Jurik hat das Recht auf einen Besuch pro Jahr. Schreiben darf er einmal pro Monat, und in jedem Brief klagt er über die schwere Arbeit und nennt eine Liste von Dingen, die ihm Ljusja im März unbedingt mitbringen soll: Zigaretten, warme Socken, lange Unterwäsche, mehrere Schals, Speck, Zucker, Wodka, Tee, nochmals Zigaretten und vor allem Geld.

Schwerbepackt macht sich Ljusja auf den Weg. Weil sie nicht wagte, von Pascha zusätzliches Geld zu erbitten, fährt sie statt im Schlafwagen im allgemeinen Waggon, der keine Coupés hat und keine Matratzen, sondern statt Gepäcknetzen gepolsterte Regalbretter, auf denen man sich nachts ausstrecken kann.

Das Schlingern des Waggons und die Angst vor Dieben halten Ljusja wach, bis zum Morgen. Dann schlummert sie auf einer Holzbank im Bahnhof von Kotlas ein und verpaßt den Anschlußzug. Sie steht zwei Stunden lang Schlange für eine neue Platzkarte und findet ihr Gepäck nicht mehr; sie sucht vergeblich die Polizei; erinnert sich, daß sie das Gepäck nicht im Aufenthaltsraum, sondern im Buffet in der Obhut einer Bäuerin aus Wologda gelassen hat; sucht das Buffet, das inzwischen geschlossen hat; bricht vor der Tür des Buffets zusammen und wird dort von der Bäuerin aus Wologda gefunden, die sie ihrerseits seit einer Stunde sucht.

»Ich glaube, ich verliere den Verstand«, flüstert Ljusja.

»Das kommt dir nur so vor, Töchterchen«, tröstet die Bäuerin.

Ljusja will alles erzählen, aber ihr fällt nichts mehr ein.

105

Eine weitere Nacht im Zug.

Gegen Morgen wird es klamm, weil der Waggonschaffner zu wenig Kohle nachlegt. Die Passagiere wühlen sich tiefer in ihre Mäntel und beginnen zu husten. Ljusja, die seit langem unter Schlaflosigkeit leidet, fühlt sich zwar wie zerschlagen, genießt aber auf sonderbare, schmerzliche Weise die Entfernung von Leningrad.

Hier in der dunklen, häßlichen Lagerstadt Workuta weiß niemand, daß sie ein Gespenst ist. Als sie mit schweren Taschen den Bahnhof verläßt, scheint ihr, alle bewunderten ihren Importmantel. Grüngesichtige Hausfrauen schielen im Bus nach Ljusjas Taschen. Das Lagertor durchschreitet Ljusja wie ein Rettungsengel.

Ein Soldat führt sie in den Besuchstrakt, eine zwischen äußere und innere Mauer geklemmte Baracke. Die zugewiesene Zelle hat zwei Zimmerchen, eines mit zwei Metallbetten, eins mit einem Tischchen, einer Holzbank und einem dreckstarrenden Gasherd. Als Ljusja ihre Taschen ausgepackt hat und den Kohl zu schneiden beginnt, während das Öl bereits in der Pfanne verläuft, kommt der Kommandant selbst herein und mustert sie neugierig. »So, ja, aus Leningrad. Ein wirklich hoher Besuch, eine schöne Frau.«

(Eine schöne Frau? Ich?)

»Setzen wir uns doch ein bißchen. Ihr Sohn muß jeden Augenblick kommen, da wollte ich mit Ihnen ein paar Dinge besprechen. Wir werden uns ja in Zukunft öfter sehen.«

Er setzt sich auf die Bank und zündet eine Zigarette an.

»Kommen Sie, setzen Sie sich zu mir!«

»Was haben Sie mir zu sagen?«

»Nun – Kleinigkeiten. Sie wissen, daß Sie Ihrem Sohn nur fünf Kilo mitbringen dürfen.«

»Ja.«

»Was Sie dabeihaben, sieht aber nach mehr aus.«

»Sieht nach mehr aus, vielleicht. Aber wiegen...«

»Sage ich ja, wiegen. Vor der Übergabe muß alles auf die Waage.«

(Das heißt, mindestens drei Kilo umsonst geschleppt. Als ob es darauf noch ankäme.)

»Na und?«

»Sondergenehmigungen kann ich in Ausnahmefällen erteilen«, sagt der Kommandant und legt ihr die rechte Hand um die Hüfte, nachdem er die Zigarette in die Linke genommen hat.

106

Jurik stolpert in das Zimmer, mit hochgeschlagenem Kragen, hustend und keuchend. In dieser löchrigen Steppjacke ist er bei minus zwanzig Grad zwischen den Mauern entlanggerannt. Das Schlimmste aber ist: Ljusja erkennt ihn kaum. Sie sieht schon lange keine Gesichter mehr und könnte zum Beispiel nicht die Haarfarbe des Kommandanten nennen, der eben hinausgegangen ist. Aber daß sie nicht einmal Jurik erkennt, ihren eigenen Sohn, das ist schon – schade. Blaß ist er und unerträglich mager. Seine Kopf ist geschoren, seine Nasenspitze und seine Ohren sind kalt wie Eiswürfel. »Jurik, du Ärmster, hast du keine Pelzmütze?« – »Gestohlen!« schluchzt er. »Mama, du ahnst ja nicht, was hier für Verhältnisse sind!«

Nachdem er sich sattgegessen hat, sieht er die Geschenke durch. »Geld?«

»Hier sind zwanzig Rubel...«

»Zwanzig???« Seine Nüstern blähen sich. Verzweifelt fegt

er alles mit dem Ellbogen vom Tisch. »Habe ich dir nicht gesagt...«

Das ist der Ton Cherzews.

»Schick mir was, Mama, im nächsten Paket. Ich brauche mindestens hundertfünfzig Rubel!«

»Jurik, man darf doch Geld nicht unbegrenzt...«

»Mama! Stell dich nicht dümmer, als du bist! Man kann Geldscheine eingerollt in Zigaretten schieben, zwischen Tabak und Papier. Alle wissen das!«

107

Das Wiedersehen darf vierundzwanzig Stunden dauern. Aber diesmal wird es schon kurz vor zehn Uhr abends unterbrochen. Jemand klopft an die Tür und tritt, als sie noch überlegen, einfach ein. Es ist der Kommandant.

Er schlägt Jurik auf die Schulter. »Zufrieden, Gwosdikow?«

Die Mitbringsel liegen in einem Haufen neben dem Tisch. Der Kommandant zeigt darauf. »Pack alles zusammen und nimm's mit. Jetzt gleich.«

Jurik sieht ihn ungläubig an.

»Na los! Abmarsch!«

»Soll ich wiederkommen?«

»Nein! Verschwinde, bevor ich's mir anders überlege und alles abwiegen lasse!«

Jurik geht, und der Kommandant sitzt auf der Holzbank und raucht. »Jetzt können wir endlich ein bißchen plaudern, Ljudmila Semjonowna. Sie ahnen ja nicht, wie gut das tut, mit so einer eleganten Dame aus einer so kultivierten Stadt...«

108

Es ist zehn Uhr, finstere Nacht. Ljusja hat das Lagergelände fluchtartig verlassen. Jetzt steht sie auf der leeren Ausfallstraße und krümmt sich vor Kälte.

Sie stolpert durch eine Schneewehe. Wie weit der Bahnhof ist und in welcher Richtung, weiß sie nicht. Ihre Augen brennen im scharfen Wind, sie kneift sie zusammen, die Tränen gefrieren auf den Wangen.

Ein Auto hält.

Es ist ein richtiges, gut geheiztes Taxi.

»Schlechte Zeit zum Spazierengehen, nachts bei minus neunundzwanzig Grad. Aber was haben Sie denn? Wie, zum Bahnhof? Fährt denn jetzt Ihr Zug?«

»Ich kann im Wartesaal auf Zeitungen schlafen!« Ljusjas Zähne klappern so stark, daß der Taxifahrer nachfragen muß.

»Wie bitte? Zeitungen? Wartesaal? – Nein, auf keinen Fall«, sagt er plötzlich fest. »Da treiben sich Kriminelle jeder Art rum, was glauben Sie, wo wir hier sind? Sie übernachten bei uns, keine Widerrede, bitte sehr.«

Er wohnt zusammen mit seiner Frau und seinem sechsjährigen Sohn in einem schlauchartigen Kommunalka-Zimmer am anderen Ende der Stadt. Die Frau ist blond und hat ein ungesundes Gesicht, aber sie lacht freundlich. »Das ist ja eine Überraschung! Nein, Sie machen uns keine Umstände. Im Gegenteil, ich muß Ihnen danken, weil Sie meinen Mann von der Straße geholt haben! Sehen Sie, und zufällig habe ich noch Kohlsuppe übrig, die mache ich Ihnen schnell heiß...«

Später schläft die Familie, deren Namen Ljusja nicht kennt, auf einer Matratze am Boden hinter dem Schrank. Ljusja selbst haben sie, keine Widerrede, unter fünf Decken auf den Diwan gelegt. Und zum ersten Mal seit Monaten schläft Ljusja sofort ein und schläft neun Stunden lang durch.

109

In Leningrad ist bereits Frühling.

Nachts herrscht noch strenger Frost, tagsüber aber scheint eine köstliche, warme Sonne. Wenn Ljusja morgens einkaufen geht, zerspringt das Eis der Pfützen unter ihren Füßen zu tausend blitzenden Scherben.

Ljusja atmet tief die weiche Luft ein, die getränkt ist vom Duft nach Erde und vom Gezwitscher der Vögel, und ruft Pascha an. »Weißt du, was, Pascha, ändern wir unser Leben.«

»Was?« fragt er entgeistert.

»Ja. Ich möchte nicht mehr mit einem Phantom leben. Das ist ja absurd, daß ich nicht mal weiß, wo mein eigener Mann wohnt.«

»Was schlägst du vor?« fragt er vorsichtig.

»Nicht am Telefon. Ich komme jetzt zu dir. Sag mir deine Adresse.«

»Ach, Ljusenka, du mußt dich doch um die Kinder kümmern. Warte eine Stunde. Ich komme zu dir.«

»Sag mir deine Adresse, sonst brauchst du gar nicht mehr zu kommen.«

»Bist du eifersüchtig?«

»Adresse!«

»Ljusenka, was soll der Quatsch. Du weißt doch, und ich schwöre dir hiermit, daß ich außer dir nie eine Frau angeschaut, geschweige denn berührt...«

»Adresse?«

»Schkolnaja...«

110

Unter der angegebenen Adresse öffnet niemand. Weil das Wetter schön ist, geht Ljusja auf dem Serafimowsker Friedhof spazieren und versucht es gegen Mittag und Nachmittag noch einmal. Wera Michajlowna hat versprochen, sich zu Hause um die Mädchen zu kümmern. Am frühen Abend öffnet eine temperamentvolle, stark geschminkte Frau in den Vierzigern. Sie bietet Ljusja Wodka und Tomatensaft an und plaudert: »Keine Bange. Einen treueren Mann gibt es nicht. Ich habe ja extra einen jüngeren Untermieter gesucht, damit ich ihn in Notzeiten zum Liebhaber nehmen kann. Aber es ist mir nicht gelungen, ihn in mein Bett zu bringen. So ein gutgebauter Mann, ein Jammer: Denkt nur an seine Arbeit. Einmal allerdings hörte ich ihn nachts in seinem Zimmer mit jemandem sprechen, da war ich ganz wild vor Eifersucht. Denn, glauben Sie mir, es ist noch nie passiert, daß ich einen nicht rumgekriegt habe. Am anderen Morgen lauere ich vor dem Bad, um die Rivalin abzufangen, aber es stellt sich heraus, es ist ein Junge! Da habe ich vielleicht gelacht...«

111

Auf dem Heimweg kommt Ljusja an einer Telefonzelle vorbei. Sie muß dringend mit jemandem sprechen, aber mit wem? Mühsam pickt sie im Halbdunkel aus ihrem Portemonnaie sieben Zweikopekenstücke und blättert ihr Adreßbuch durch. Schließlich wählt sie 02, die Nummer der Miliz.

»Ich habe eine Frage. Ich glaube, daß mein Mann ein Homosexueller ist. Was soll ich tun?«

Die Frau am anderen Ende der Leitung spricht mit ruhiger Stimme: »Vor allem lassen Sie ihn auf keinen Fall merken, daß Sie ihn durchschaut haben. Homosexuelle fürchten ihre Frauen wie die Hölle, weil die Frauen die einzigen sind, die sie überführen können; beziehungsweise ein Interesse daran haben, das zu tun. Deswegen können sie ihre Frauen totschlagen, oder ins Gefängnis bringen, oder ins Irrenhaus...«

»Ins Irrenhaus?«

»Ja, natürlich. Weil dann niemand den Frauen mehr glaubt.«
Ljusja schluckt. »Warum ... sind sie so?«
»Aus Angst. Die Paragraphen dagegen sind streng.«
»Und ... müssen sie die Frauen denn vernichten? Sind sie alle so?«
»Nein. Es kann auch gutgehen.«

112

»Ich sehe, Ljusenitschka, du bist überarbeitet und hysterisch«, sagt Pascha. »Aber ich kann dir nicht helfen, das Haus liegt einfach zu weit vom Schuß.«

Ljusja schweigt.

Pascha beobachtet sie einige Minuten und sagt unerwartet: »Weißt du, was, wir verkaufen das Haus und ziehen in eine Eigentumswohnung in der Stadt. Dann kann ich dir mehr im Haushalt helfen, und alles wird wieder gut.«

Ljusja fängt an zu weinen. »Ach, Pascha, das würdest du wirklich tun?«

Paschas Augen sind immer noch kalt, aber er lächelt. »Komm, laß uns ausgehen. Weißt du, du denkst zuviel nach. Alles ist ganz einfach. Wir gehen jetzt ins Kino, um auf andere Gedanken zu kommen, und dann überlegen wir, wie wir's am besten hinkriegen.«

Der Film, in den Pascha Ljusja führt, handelt von einem Jungen, den sein Vater jahrelang sorgfältig von der Welt abgeschirmt hat, weil er anders ist als die anderen. Eines Tages sagt der Vater zu ihm: »Ich habe getan, was ich konnte. Nun muß ich dich in die Welt entlassen. Die Welt ist furchtbar, aber wenn du dir merkst, was ich dich gelehrt habe, kannst du es schaffen.« Natürlich geht alles schlecht aus. Der Junge tötet sich, und der Vater zündet die Wohnung an, die, einige kurze Jahre lang, die einzige Heimat des Jungen war. Die Sache ist so wahnsinnig traurig, daß Ljusja mehrere Taschentücher vollweint und ganz vernichtet ist. Nach dem Kino fragt Pascha: »Sind dir die schicken modernen Möbel in dem Film aufgefallen? Mochtest du sie? Was hältst du davon, wenn wir unseren alten Kram verkaufen und uns solche Garnituren zulegen?« Ljusja, dankbar für die Ablenkung, nickt.

Am nächsten Tag setzt Pascha Anzeigen in die Zeitungen: Möbel zu verkaufen. Er schärft ihr die Preise für jedes einzelne Teil ein und begibt sich auf Geschäftsreise. »Warum wollen wir denn die Waschmaschine verkaufen?« fragt Ljusja.

»Weil sie alt ist und umständlich zu bedienen. Wir kaufen dir eine neue Waschmaschine, die alles von selber macht.«

»Und warum verkaufen wir das Geschirr?«

»Dummchen, es ist antik und bombastisch. Wie paßt so ein Geschirr zu so schnittigen Garnituren?«

»Aber was machen wir in der Übergangszeit?«

»Es gibt keine Übergangszeit. Ich habe die Villa bereits verkauft und die neue Wohnung ausgesucht. Sowie ich aus Tiflis zurück bin, ziehen wir ein. Weißt du, wir haben viele Fehler gemacht. Wenn wir neu anfangen wollen, ist das Beste, wir vergessen die Vergangenheit. Ein scharfer Schnitt.«

113

In den nächsten drei Wochen verkauft Ljusja die ganze Einrichtung einschließlich der Waschmaschine. Als Pascha von seiner Geschäftsreise zurückkehrt, ist das Haus leer bis auf ein paar Matratzen und einen Koffer mit Kindersachen. Die Kinder sind bei Pelageja Nikiforowna; das Haus ist sogar geputzt. Zufrieden sieht er sich um. »Gib mir die Schlüssel«, sagt er. »Und jetzt komm. Ich zeige dir die neue Wohnung. Wir können noch heute mit dem Einrichten anfangen.«

Er nimmt den Erlös von den Möbeln an sich, fünfundzwanzigtausend Rubel, und verstaut sie in den Innentaschen seiner Jacke, ohne nachzuzählen. Bevor sie das Haus verlassen, verriegelt er alle Fenster. Er schließt sorgfältig die Tür. Dann sagt er: »So, und jetzt verlasse ich dich. Das Geld habe ich. Schau selbst, wie du zurechtkommst. Und was die Kinder anbetrifft, so halte mich meinetwegen für einen Schuft.«

Ljusja hatte die ganze Zeit eine böse Ahnung und hat Paschas Anweisungen nur aus einem Gefühl der Ohnmacht heraus befolgt. Jetzt, wo das Schlimmste eingetreten ist, spürt sie wie einen Schock das Gefühl von Freiheit. Sie hat sich jahrelang gequält, weil sie nicht wußte, ob Pascha ein Freund oder ein Feind war, hat gelitten, weil sie ihm mißtraute, und sich gefürchtet, wenn sie ihm glaubte. Jetzt ist er ein Feind. Die Zeit der Abhängigkeit und Selbstverachtung ist vorbei.

Es ist ein schwüler Aprilabend. Sie stehen vor dem dunklen, verschlossenen Haus. Im Zwielicht sind Paschas Züge kaum mehr zu erkennen. (Dieses Haus war das meine, jetzt ist es ein normales, fremdes, leeres Haus. Na und? Was gibt es dort drüben? Die Silhouette der kahlen Kastanie vor dem stumpfgelben Himmel. Über uns eine braune Wolke. Am Horizont Regenschlieren. Das Geschrei der Vögel, und in der Ferne das Knistern des Donners.) »Na gut«, sagt Ljusja, »geh nur, ich brauch' dich nicht. Mit achtzehn habe ich allein einen Sohn durchgebracht, wieso soll ich mit siebenunddreißig nicht zwei Töchter durchbringen? Jurik ist erwachsen, er wird nach dem Lager zur Arbeit gehen. Die Mädchen aber werden wissen, daß ihr Vater eine Kanaille ist, und sie werden immer bei mir bleiben. Du hast das Geld, ich habe die Kinder. Und weißt du, mir tut der Tausch nicht leid.«

Er lacht höhnisch. »Was, du sitzt noch auf dem hohen Roß? Und ich dachte, du würdest einen hysterischen Anfall bekommen. Aber ich kriege dich schon klein. Du bist nichts, du kannst nichts, du bist alt und leer. Mich wird jedes zwanzigjährige Mädchen mit Begeisterung heiraten, aber dich nimmt bestimmt keiner mehr. Vielleicht schauen dir noch ab und zu die Männer auf der Straße nach, aber das Beste, was du zu erwarten hast, sind einzelne Besucher, die auf einen Abend zu dir kommen mit einer Flasche ›Stolitschnaja‹ und zweihundert Gramm ›Liebhaberwurst‹. Sie nehmen dich her und schicken dich dann zum Teufel. Das ist dein Los. Aber wenn du in zwei Jahren am Newskij stehst und die Hand aufhältst, nehme ich dich bei mir auf, und dann wirst du keine Ansprüche mehr stellen.«

III.
Streit

114

An das Volksgericht des Kujbyschewer Rayons der Stadt Leningrad

> von Gwosdikow Pawel Jakowlewitsch Schkolnaja
> Straße Nr..., Whg... Leningrad
>
> an Gwosdikowa Ljudmila Semjonowna wohnhaft
> Newskij-Prospekt..., Whg...

ANTRAG

Das Volksgericht hat mit meinem Einverständnis Gwosdikowa, L. S., 6 Monate Aufschub gewährt hinsichtlich der Entscheidung des Volksgerichts: Abgabe ihres Töchterchens Anna Pawlowna, 5,5 Jahre alt.

Das Volksgericht, das Kollektiv des Kindergartens Nr..., wo das Kind untergebracht ist und die Mutter arbeitet, und ebenso ich sind von der Voraussetzung ausgegangen, daß Gwosdikowa die durch diesen Aufschub ermöglichte Gelegenheit nutzt, um zu beweisen, daß die Maßnahme, ihr die Kinder wegzunehmen und sie der elterlichen Rechte zu entheben, unbegründet ist bzw. einem vorübergehenden Umstand zu verdanken war.

Ich habe bedingungslos die Entscheidung des Gerichts angenommen, zum Vorteil von Gwosdikowa Alimente zu zahlen, bis das Kind volljährig ist, denn ich nahm an, Gwosdikowa werde den Aufschub nutzen, um sich in den Augen der Gesellschaft zu rehabilitieren.

Statt dessen hat Gwosdikowa sofort nach der Verhandlung

den ihr gewährten Aufschub mißbraucht, um überall zu behaupten, ich selbst sei der elterlichen Rechte enthoben, und zwar nicht nur für dieses Kind, sondern auch für das ältere. Aber das ist nicht die Hauptsache.

Augenblicklich nämlich begann sie offen zum Nachteil der Kinder zu handeln. Sie weigerte sich, die Kosten für den Kindergartenaufenthalt des jüngeren Töchterchens (nur 8 Rubel im Monat!) zu bezahlen, sie weigerte sich, die Garderobe für das Kind zusammenzustellen, als es im Sommer aufs Land fahren sollte, sie weigerte sich, Früchte für das Kind (nur 4 R!) zu bezahlen usw. bis dahin, daß sie begann, Früchte und andere Leckerbissen, die ich für das Kind mitgebracht hatte, selbst aufzuessen.

Besonders ekelhaft war ihr letztes Vergehen.

Wie bekannt, fahren die Kindergärten für den ganzen Sommer aufs Land. Ein Nachschicken verspäteter Kinder ist unzulässig.

Da für Gwosdikowa die Arbeit im Kindergarten nur nötig ist, um sich zu legitimieren und als Quelle für günstige Charakterisierungen und Auskünfte über sich, mit denen sie sich inzwischen zur Genüge eingedeckt hat, gibt es keinen Grund für sie, für 30 Rubel im Monat den ganzen Sommer über aufs Land zu fahren. Na klar, wie kann sie mich auch nur drei Monate in Ruhe lassen?

Daher produzierte Gwosdikowa 2–3 Tage vor der Abfahrt aufs Land einen ihrer gewohnten »Infarkte«, was bei den naiven Mitarbeitern des Kindergartens, die nicht wissen, daß derartige Tricks zu Gwosdikowas Repertoire gehören, einen unauslöschlichen Eindruck hervorrief. O Götter!!! Mir ist diese Komödie gleichgültig. Aber Gwosdikowa, die sich in die Krankheit geflüchtet hatte, hat 3,5 Monate die Kindergartengebühr nicht bezahlt, hat dem Kind keine Kleidung für die Abfahrt aufs Land zusammengestellt und war daher sicher, daß sie nicht allein in der Stadt zurückbleiben muß, sondern daß das Kind bei ihr bleibt und mit ihr zusammen den Marathonlauf durch die Leningrader Organisationen unternimmt.

Deswegen kaufte ich, weil ich nicht wünschte, daß das Kind den Sommer in der Stadt verbringt, im Verlauf eines Tages vor der Abfahrt der Kinder nach Komarowo 69 Kleidungsstücke und Schuhe für Annotschka, die ich der Kindergärtnerin gegen Quittung aushändigte. Darunter zwei Mäntel, sieben Kleider, zwei Trachtenkleidchen, zwei Sarafane, vier Paar Schuhe usw. – alles neu, sauber, gestärkt, ferner warme Wollsachen, eine Auswahl an Schokolade und Bonbons, Plätzchen, Kefir, Spielzeug und dergleichen. Alles ganz neu.

Beim Gespräch mit der Leiterin des Kindergartens und den Erzieherinnen und dem ebenfalls anwesenden Arzt versprach ich, am nächsten Morgen die fällige Gebühr für 3,5 Monate Kindergartenaufenthalt zu entrichten, bat aber, die Sachen so gut wie möglich zu verstecken.

Zwei Stunden lang wollten sie alle, zusammen mit dem Arzt, beweisen, daß Gwosdikowa wirklich krank sei, *ich selbst aber litte an Verfolgungswahn.*

AM MORGEN, als ich zum Kindergarten kam, zusammen mit den Quittungen für die entrichtete Kindergartengebühr, die ich vorweisen mußte, bevor das Kind in den Bus stieg, entdeckte ich, daß das Kind, dem ich am Vorabend alles Neue ausgehändigt hatte, ein altes zerrissenes Kleidchen trug. Im gleichen Augenblick erschien Gwosdikowa, bemalt wie eine von der Straße, packte das Kind und zog es mit sich fort.

Da sie über solide Ersparnisse verfügt, kleidet sie sich selbst luxuriös und kommt in teuren Kleidern zur Arbeit, das Kind aber kriegt die abgetragenen Sachen von anderen Kindern, zum Beispiel, mit seinen 5 Jahren, die Kleider seiner anderthalbjährigen Nichte, trägt Schuhe, die um zwei Nummern zu klein sind usw.

Die guten Kleider für die Kinder aber, die ich erworben hatte, hat sie sämtlich weiterverkauft.

Kürzlich brachte ich wieder ein paar für das Kind unverzichtbare Dinge, aber die Erzieher haben nur einen Teil davon entgegengenommen, auch noch den weniger wertvollen Teil, da sie sagten, daß Gwosdikowa mit dem Ziel, die Sachen weiterzuverkaufen, in ihrer Abwesenheit an die Schränke geht. Und das ungeachtet dessen, daß man Gwosdikowa nach ihren Eskapaden aus dem Kindergarten hinausgejagt hat, weil, wie die Leiterin des Kindergartens in ihrer Charakteristik schreibt: ›... man sie nicht mehr an das Kinderkollektiv heranlassen darf.‹

Der unveräußerliche Hintergedanke von Gwosdikowa aber ist: ›Auch ein räudiges Schaf gibt ein Büschel Wolle‹, d. h., sie weiß, daß es mir weh tut, mein Kind in Fetzen zu sehen, und daß ich jedesmal mich gezwungen fühle, für das Kind neue Sachen zu kaufen.

Deswegen bitte ich das Volksgericht des Kujbyschewer Rayons, Gwosdikowa den Empfang von Alimenten zu versagen, da sie damit nicht bestimmungsgemäß verfährt.

Ich füge Quittungen über die Bezahlung des Kindergeldes vom Juni bis September bei.

Die Akte über den Diebstahl der Sachen ihres eigenen Kindes bitte ich beim Kindergarten anzufordern.

1. August 1965

Die Unterschrift Gwosdikow P. Ja. ist durchgestrichen, darüber hat Pascha in kleinen schrägen Buchstaben geschrieben: Cherzew.

115

Ljusja ist Pascha nicht los. Im Gegenteil, es scheint, daß sie sicherer vor ihm war, als sie noch in seinem Haus lebte.

Nachdem Pascha sie verlassen hatte, lief Ljusja zu ihrer Schwester Ljuba. Andrej und Ljuba nahmen sie bei sich auf.

Noch bevor Ljusja zu Ende erzählt hatte, klingelte das Telefon, und Andrej hatte Pascha in der Leitung. Pascha sagte: »Meine Frau ist eine Hure, Lügnerin und Diebin. Jagen Sie sie sofort auf die Straße, oder Sie werden es bereuen.«

Andrjuscha fragte: »Haben Sie sich nicht soeben getrennt? Ist es Ihre Sache, was Ljudmila Semjonowna tut?«

»Ich befehle Ihnen, sie hinauszujagen!« schrie Pascha und legte auf.

Es folgte ein unruhiger Abend. Alle fünfzehn Minuten klingelte das Telefon, und Pascha schrie so laut, daß sogar die Frauen es hörten: »Ist sie noch bei Ihnen? Ich habe Sie gewarnt! Warum widersetzen Sie sich? Sie können sich viel Schaden ersparen!«

Jedesmal antwortete Andrej: »Was Sie verlangen, ist unmoralisch.«

Um Mitternacht flehten Ljusja und Ljuba: »Leg doch einfach den Hörer neben die Gabel, Andrjuscha!«

Andrej sagte: »Ich habe noch nie den Hörer neben die Gabel gelegt. Wegen ihm fange ich nicht damit an.« Und noch bis tief in den Schlaf hinein vernahm Ljusja das Klingeln des Telefons und Andrjuschas unerschütterliche Antwort: »Es ist unmoralisch!«

116

Aber Andrej mußte am nächsten Morgen früh zur Arbeit, Ljusja konnte ihm den Terror auf die Dauer nicht zumuten. Sie fand ein sechzehn Quadratmeter großes Zimmer in einer Kommunalka am Newskij-Prospekt. Andrjuscha lieh ihr zweihundert Rubel für den Start.

Und während die reiche Villenbewohnerin Ljusja vor Angst, etwas falsch zu machen, nicht mehr imstande gewesen war, auch nur ein Kinderspielzeug zu kaufen, entwickelt die verarmte, hinausgeworfene Ljusja eine unglaubliche Energie.

Jeden Morgen, an dem sie durch die blaue Dämmerung zur Arbeit eilt, wirft sie ein Quentchen Sklaverei ab. Die Kinder, von dieser Entschlossenheit beeindruckt, fügen sich ohne Murren in das Kommunalka-Leben.

An einem windigen Oktobertag fühlt Ljusja sich so übermütig, daß sie Bojarow anruft. Seit jenem nächtlichen Spaziergang auf der vereisten Newa hat sie ihn nicht mehr gesehen, fast zehn Jahre ist das her, und weder vor- noch nachher hat sie ihn je angerufen. Nun vernimmt sie aufgeregt seine schöne, belegte, mißtrauische Stimme am Telefon: »Ich höre« – und braucht mehrere Sekunden, um einigermaßen gefaßt zu sagen: »Guten Tag, Damir Mirsaidowitsch. Hier spricht Ljusja Gwosdikowa. Mein Mann hat mich verlassen.«

Sie hört seinen Atem.

»Wo bist du jetzt?«

»Ich wohne am Newskij-Prospekt.«

»Wo können wir uns sehen?«

»Sommergarten?«

Eine halbe Stunde später kommt er ihr durch das tiefe goldene Laub zwischen den weißen Statuen hindurch entgegen. Er geht langsam, aber angespannt, leicht vornübergeneigt in seinem eleganten blauen Mantel. Seine Haare sind grau.

Er küßt ihr die Hand und will alles wissen.

Er sieht immer noch sehr gut aus, wirkt aber ängstlich. Von sich erzählt er, daß er damals, als sie ihn verließ, einen Herzinfarkt bekommen habe. Die Ärzte haben ihn vor Aufregungen gewarnt.

117

»Dein Mann ist ein Affärist«, sagt Bojarow.

»Ein Affärist?«

»Ein Intrigant. Und du hast es nicht gemerkt.«

»Nein«, sagt Ljusja schuldbewußt. (Das stimmt natürlich nicht ganz. Ich habe allerhand geahnt, aber weggeschaut, denn ich wollte es bequem haben.)

»Und warum hast du ihn genommen? Warum wolltest du fort von mir?«

Sie sind bei Ljusja. Die Kinder spielen unten im Hof, das tun sie immer, wenn Bojarow kommt. Wieder, wie vor elf Jahren, sitzt Bojarow im Mantel auf der einzigen Truhe, aber er strahlt nicht mehr wie damals. Er preßt seine rechte Faust auf sein Herz. Ljusja reicht ihm eine Tasse Tee.

»Als Schriftsteller«, sagt Bojarow, »bin ich doch Ingenieur der menschlichen Seele. So habe ich es jedenfalls gelernt. Aber dich habe ich nie verstanden. Ging es dir wirklich nur um die Registration? Die hättest du haben können ... Hättest du nur etwas gesagt!«

Sie horchen auf den Lärm im Korridor. Jemand klopft sich Schnee von den Stiefeln. Ein schwerer Mann, nicht die Kinder. Ljusja sieht aus dem Fenster.

Bojarow stellt langsam die Tasse auf die Truhe und erhebt sich. Jetzt steht er hinter Ljusja und legt ihr beide Hände auf die Schultern, und Ljusja genießt das und wartet reglos, was er weiter unternehmen wird.

Er dreht sie zu sich herum. Früher waren seine Zärtlichkeiten ohnmächtig und explosiv; jetzt sind sie kontrolliert und bedächtig. Ljusja gibt sofort nach, um ihn nicht zu entmutigen.

»Nein«, stöhnt Bojarow auf, »ich kann dir nicht verzeihen, daß du zehn Jahre lang unter diesem Juden gelegen hast.«

»Aber er war kein Jude, er war Deutscher!«

»Um so schlimmer!« stößt er hervor und läuft hinaus.

118

Natürlich kommt er wieder; aber nicht mehr oft. Im Frühjahr erhält Ljusja eine Karte aus einem Sanatorium: Er habe einen weiteren Herzanfall gehabt. Sein Sohn sei bei ihm, übrigens ein prächtiger Junge, seit kurzem fertiger Arzt.

Ljusja hat keine Zeit, ihn zu besuchen.

Die erste Arbeit, die sie nach der Trennung fand, als Arbeiterin in einer Bleistiftfabrik, verlor sie nach nur zwei Monaten, weil Pascha sie bei der Werksleitung denunzierte: Sie habe unter der faschistischen Besatzung eine Grundausbildung als Spionin erhalten und sei seitdem Saboteurin aus Überzeugung.

Mit viel Glück findet Ljusja Arbeit in dem Kindergarten, in dem Anjetschka untergebracht ist. Auch hier setzen fast sofort Paschas Nachstellungen ein.

Am Anfang will Pascha Ljusja nur schwächen. Eines Tages aber kommt eine echte Anklageschrift ins Haus: Ljusja soll der elterlichen Rechte enthoben werden.

119

Ljusja war noch nie vor Gericht und regt sich entsetzlich auf. Dann geschieht ein Wunder: Jemand empfiehlt ihr als »hervorragende Anwältin in Frauenfragen« eine gewisse Katerina Dawidowna Zucker. Das ist Katjuscha, die hinkende kleine Katja aus der Pionierstraße, die sich nur in Ljusjas Begleitung in die Küche traute. Katjuscha schreit am Telefon auf, als Ljusja sich meldet. Sie kommt am selben Abend vorbei, die beiden fallen einander in die Arme. Ljusja vergießt viele Tränen, und dann trinken sie miteinander Tee und sprechen stundenlang über alte Zeiten. Katjuscha war sechzehn, als Ljusja auszog. Viel größer ist sie seitdem nicht geworden, aber während Ljusja zum Rundlichen tendiert, ist Katja dünn wie ein Vögelchen. Sie spricht etwas abgehackt mit rauher Stimme und bewegt sich linkisch, aber sie hat immer noch dasselbe schöne, traurige Gesicht und die leidenschaftlichen schwarzen Augen. Sie ist unverheiratet, »und auch sonst war nichts«. Ljusja erfährt, daß Katjuscha damals, als sie stundenlang versonnen Ljusjas Zöpfe flocht, eine Theorie der Entsagung entwickelte. Diese Theorie lautet: Die Universität wird sie niemals besuchen dürfen, und wenn, wird sie niemals Karriere machen, weil sie niemals der Partei beitreten wird. Sie bekommt niemals einen Mann, weil sie erstens Jüdin ist und zweitens hinkt. Für die klugen jüdischen Männer ist sie nicht klug und nicht reich genug. Die dummen jüdischen Männer aber wollen keine hinkende Frau. Die klugen russischen Männer schließlich werden keine Jüdin heiraten, weil das ihrer Karriere schadet, und die dummen russischen Männer werden saufen und sie schlagen, darauf verzichtet sie lieber. Ljusja ist entsetzt über diese Theorie, aber damals, als noch Zeit gewesen wäre, sie zu korrigieren, hatte Ljusja nur ihre eigenen Angelegenheiten im Kopf. Dann heiratete sie Pascha, zog aus und ließ Katjuscha zurück – und erfährt jetzt, daß sie der einzige Mensch war, den Katja in ihrer Kindheit je geliebt hat.

Katja aber hat inzwischen, weil sie in der Schule nur Spitzenleistungen vollbrachte, tatsächlich studieren dürfen. Sie beendete die juristische Fakultät mit einer Medaille und wurde Anwältin, denn immerhin war in ihrer desolaten Theorie Raum für eine Idee: den Kampf um Gerechtigkeit. Katjas Herz gehört den Zukurzgekommenen, vor allem den ausgenutzten Frauen. Für deren Recht kämpft sie leidenschaftlicher und aufwendiger, als es ihrem Gehalt entspricht, und mit beträchtlichem Erfolg. Freilich gibt es, weil das Leben grundsätzlich unordentlich und verrückt ist, Konstellationen, die den Idealen widersprechen. Über diese Sonderfälle, sagt Katja, sollte man großzügig lachen, sofern einem das Lachen nicht im Halse steckenbleibt.

Ljusja hat dem letzten Teil von Katjas Erörterungen nicht wirklich folgen können, weil sie selbst zu viele Sorgen hat.

Fängt alles wieder von vorne an?

Schon erzählt Ljusja die Geschichte ihrer Ehe. Katja hört genau zu, macht Notizen und stellt viele Fragen. Als Ljusja geendet hat, sagt sie: »Die Sache hat zwei Aspekte. Erstens einen psychologischen. Pawel Jakowlewitsch hat sich gemerkt, daß du gesagt hast, die Kinder seien dir wichtiger als das Geld. Also will er dir die Kinder wegnehmen, um dir weh zu tun. Die Kinder selbst interessieren ihn weniger, da er sich sowieso nicht um sie kümmern kann. Der zweite Aspekt ist ein gesellschaftlicher. Dein Mann ist ein Affärist.«

»Ein Affärist! Das höre ich schon zum zweiten Mal.«

»Ein Affärenmacher und Spekulant. Er manipuliert und benutzt die Leute aus Leidenschaft.«

»Wie, das gibt es öfter?«

»Massenhaft. Solche Leute gedeihen vor allem in einem Umfeld, das keine Gerechtigkeit kennt. Weil konsequente Leistung nicht belohnt wird, versuchen sie es mit Hochstapelei. Möglicherweise hebt Pascha sich durch besondere Begabung hervor.«

»Was bedeutet das für uns?«

»Er wird einfallsreich und gefährlich in der Wahl seiner Mittel sein, aber er ist unberechenbar und inkonsequent. Er wird Fehler machen. Welche Vorwürfe kann er beweisen?«

120

Pascha erscheint in einem weißen Anzug vor Gericht. Sein glänzendes dunkelbraunes Haar ist pomadisiert, er hält sich gerade und unterstützt seine Worte durch wenige, aber eindrucksvolle Gesten mit seinen gepflegten Händen, an denen goldene Ringe blitzen. Ljusja dagegen wirkt matt und bedrückt, ihre Lider sind geschwollen, sie hat die Nacht kaum geschlafen. Sie trägt das einzige bessere Kleid, das ihr nach der Trennung geblieben ist. Es kneift in den Hüften. Katja schließlich hat ein unauffälliges graues Kostüm an. Ihr Haar ist, wie immer, wirr, und auf dem Weg zum Gericht hat sie den Absatz ihres rechten Schuhs verloren, so daß sie noch stärker hinkt als sonst. Sie steht etwas gebückt, aber sie stellt mit trockener Stimme kurze Fragen, auf die Pascha zunehmend mühsam antwortet, und sagt »Danke«, wenn er sich vergaloppiert oder in Widersprüche verwickelt hat.

Ljusja kommt kaum zu Wort. Nach fünfundfünfzig Minuten ist die Verhandlung beendet, Ljusja bekommt »endgültig« die Kinder zugesprochen, und Pascha stürmt aus dem Gerichtssaal.

121

Nach der Kindergarten-Episode findet Ljusja Arbeit als Verkäuferin in einem Getränkeladen. Galja, eine Freundin aus der Bleistiftfabrik, war dort untergekommen und hat Ljusja vermittelt. Galja ist groß und rosig. Als einmal Pascha aufkreuzte, um Ljusja zu verleumden, zückte sie ihre rundliche Faust und rief: »Solche wie dich, Bürschlein, erledige ich im Akkord!« Als sie sich ihm näherte, habe er die Beine in die Hand genommen, erzählt sie zufrieden. Mit Galja versteht Ljusja sich blendend.

Eine Woche später flattert die nächste Anklageschrift ins Haus.

122

Die acht vorangegangenen Verhandlungen hat Pascha verloren, aber er gibt nicht auf. Immerzu schreibt er Eingaben, denen zufolge Ljusja eine Hure ist, eine Hooliganin, Säuferin und Sadistin, der man die Kinder keinesfalls überlassen dürfe. Die bisherigen Verhandlungen wurden wegen Mangels an Beweisen eingestellt, aber sie fanden statt, und Ljusja hatte nie Ruhe. Einmal hat Pascha ihr anvertraut: Je unverschämter du lügst, desto eher wird dir geglaubt. Sowjetische Behörden prüfen nichts nach. Wenn du schreibst: Sachvorgang Nr. soundsoviel, Quittung Nr. soundsoviel, Zeuge Sowieso, Adresse... wird das so ernst genommen wie ein Gerichtsbeschluß.

Diesmal hat Pascha ein ganzes Paket an Eingaben zusammengestellt.

»Gwosdikowa L. S. hat am 3. Juni 1965 das Haus Nr... in der Lyzeums Straße, Puschkin, überfallen und dabei insgesamt 48 Scheiben zerschlagen, ein Türschloß aufgebrochen, ca. 75 qm Tapeten abgerissen und einen Fensterrahmen zerstört.« (Unterschrift: Dobrodjejew, Vorsitzender des Straßen-Komitees.)

Oder (von Pascha selbst unterschrieben): »Ich bitte, Gwosdikowa L. S., wohnhaft am Newskij-Prospekt..., für vieljährigen Betrug des Staates zur strafrechtlichen Verantwortung zu ziehen. Sie hat vom Staat Unterstützung eingestrichen, obwohl ich ihr Alimente bezahle und sie in einem Schnapsausschank arbeitet, wo sie, nach ihren eigenen Worten, dreißig am Tag ›macht‹. Auf diese Weise hat sie in den letzten Jahren den Staat um rund 2.400 Rubel betrogen.«

Ebenfalls von Pascha unterzeichnet: »Gwosdikowa L. S. hat ihre älteste Tochter Lidija regelmäßig mißhandelt und bei Laster- und Raubzügen mitgeschleppt. Lilotschka bekam hysterische Anfälle und begann systematisch in die Hosen zu machen, zuerst nur klein, schließlich auch groß.«

Eine Näherin der Strumpffabrik »Avantgarde« Soluchina hat gesehen, wie »Gwosdikowa ihre minderjährige Tochter Lidija solange kratzte und zwickte, bis diese vor Schmerz schrie«, und fährt fort: »Niemals in meinem Leben habe ich so etwas gesehen und hätte es auch nicht geglaubt, hätte ich es nicht mit eigenen Augen gesehen... Ein Sergeant der Miliz, der bei diesem Vorfall zugegen war, erzählte von einem ähnlichen Vorfall im vergangenen Jahr, als Gwosdikowa L. S. Lidijas Gesicht zerkratzte und anschließend nach der Doktorin der pädagogischen Wissenschaften Godaspowa einen Aktenordner warf. Ich bitte Sie, dieser Banditin Einhalt zu gebieten!«

Dieselbe Soluchina hat auch geschrieben: »Im Januar 1966 traf ich Gwosdikowa L. S. im Vorortzug von Puschkin nach Leningrad. Sie kam sehr liebenswürdig auf mich zu und sagte daß Borja mein Mann ein Homosechsueller ist. Ich wußte nicht was das ist und sie hat es mir erklärt. Ich habe sehr geweint und sie riet mir mich scheiden zu lassen und auf keinen Fall Kinder mit Borja zu haben. Da erst einen Monat nach der Heirat verließ ich Borja und machte einen Schwangerschaftsabbruch.

Später suchte Borja mich auf und erzählte mir alles über diese Kanallje, wie vielen Leuten sie das Leben verdorben hat. Am 10. Juni aber zeigte sie ihr wirkliches Gesicht, als sie sich mit einer Schaufel auf mich stürzte, und wäre nicht Borja gewesen, hätte sie mich umgebracht. Jetzt haben mir die Ärzte gesagt, daß wir keine Kinder mehr haben können ...«

123

Ohne Ankündigung wurde ein Vorortzug nach Puschkin vom Fahrplan gestrichen. Ljusja, die pünktlich zur Gerichtsverhandlung nach Puschkin muß, hat dreißig Minuten vergeblich auf dem Witebsker Bahnhof gewartet. Es ist schon spät. Sie läuft die seitliche Treppe hinunter zum Taxistand.

Am Fuß der Treppe stehen drei Leute und diskutieren. Ljusja hat sie eben am Bahnsteig gesehen und weiß daher, daß sie dieselbe Richtung haben. »Genossen, Sie müssen nicht zufällig nach Puschkin? Wir könnten uns vielleicht ein Taxi teilen, das kostet vier Rubel.«

Es handelt sich bei den dreien um ein älteres Ehepaar und einen stattlichen Herrn in schwarzem Anzug. Der stattliche Herr fragt: »Vier Rubel für jeden oder für alle zusammen?«

Im Taxi unterhalten sie sich. Der Herr im schwarzen Anzug nimmt, weil er der größte und dickste ist, vorn neben dem Fahrer Platz, die anderen drei drängen sich hinten.

Ljusja, die es sich zur Gewohnheit gemacht hat, nur in bester Aufmachung vor Pascha zu treten, ist geschminkt, trägt ein buntes Sommerkleid und einen hellen, breitkrempigen Hut. Die Sonne scheint, und alle freuen sich über den herrlichen Tag. Man spricht über das jeweilige Ziel der Fahrt. Das ältere Ehepaar will in Puschkin eine Datscha für den Sommer mieten. Der dicke schwarze Herr fährt einen Freund besuchen. »Ich«, sagt Ljusja verwegen, »fahre zum Gericht gegen meinen Mann. Wir lassen uns scheiden.«

»Oho!« sagt der dicke Herr, »dann haben Sie Ihren Mann bestimmt betrogen!« Und Ljusja, die immer noch nachts mit Beklemmungen und Tränen aufwacht, kontert fröhlich: »Wenn eine Frau einen Mann betrügt, ist immer der Mann schuld!«

Der Dicke ergeht sich in Galanterien. Er sitzt die halbe Fahrt über verdreht auf seinem Vordersitz, um Ljusja sehen zu können. Er mag Ende Vierzig sein und ist, der freien Rede nach, irgendwas Besseres, das er mit Koketterie verbirgt. Schließlich stellt er sich als Alexander Alexandrowitsch Tretjakow, Professor der Fakultät für Physik an der Universität, vor. Er trägt eine schwere Kastenbrille mit dicken Gläsern, die seine blauen Augen stark verkleinern, und mit diesen wässrigen Äuglein hinter der dicken Brille mustert er Ljusja mit so unverhohlenem Entzücken, daß ihr ganz warm wird. Sie leistet nur geringen Widerstand, als er um ihre Adresse bittet. Schließlich hält der Wagen vor dem Gerichtsgebäude. Tretjakow steigt aus, um Ljusja aus dem Wagen zu helfen. Er, der große, imposante Herr in Schwarz, öffnet ihr die Tür, hilft ihr aus dem Wagen und küßt ihr mit einer tiefen Verbeugung die Hand. Vor der Treppe zum Gerichtsgebäude steht, neben seinem Anwalt, im beigen Anzug Pascha und erbleicht. Mit schwingender Hutkrempe und einem infamen Lächeln schreitet Ljusja an ihm vorbei. »Du Hure!« zischt er ihr zu.

124

Auch diese Verhandlung wird mangels Beweisen eingestellt. Ein Säufer namens Uschakow, der bezeugt hat, daß Ljusja täglich ihre Kinder schlägt, antwortet auf die Frage, wann er sie zuletzt gesehen habe: »Vor vierzehn Jahren.« Aber Lilja ist erst zehn. Eine Lehrerin, die Liljas Verwahrlosung anzeigte, nachdem sie ihr eine Woche zuvor ein hervorragendes Zeugnis ausgestellt hatte, verstummt auf die Frage, was denn in dieser Woche geschehen sei, bringt kein Wort mehr hervor und kämpft mit den Tränen.

Pascha hat sich inzwischen so sehr an die Lüge gewöhnt, daß er nicht mehr imstande ist, korrekt mitzuteilen, ob etwa draußen die Sonne scheint. Glaubt er sich selbst? Einmal in einer Verhandlungspause, als niemand es hören kann, zischt er Ljusja zu: »Und jetzt schau, wie du das alles widerlegst!« Andererseits hat er selbst keinen Überblick über die verschiedenen Varianten. Zunächst macht er auf alle Zuschauer, Gutachter und Juristen einen hervorragenden Eindruck: Er ist intelligent, gepflegt, schön, sehr gut gekleidet, raucht nicht und trinkt nicht. Im Zeugenstand tritt er auf wie ein Redner. Er spricht straff, mit wohlklingender Stimme, in der verhaltene Klage und männliche Leidenschaft mitschwingen. »Aus Liebe habe ich sie bei mir aufgenommen. Vor mir war sie dreimal verheiratet gewesen, und doch gab ich ihr eine Chance. Sie kam mit dem Haushalt nicht zurecht: Die Kinder gingen in Lumpen, sie selbst lief ins Kino. Sie klagte, das Geld reiche nicht. Ich brachte ihr tausend Rubel die Woche. Das Geld reichte immer noch nicht. Ich brachte ihr tausendfünfhundert die Woche. Rund um die Uhr war ich unterwegs, um das Geld herbeizuschaffen. Wenn ich von einer Dienstreise heimkehrte, fand ich sie halbnackt und volltrunken auf dem Diwan, und vor ihr kniet ein Georgier und leckt ihr die Hüften. Ich gehe ins Bad – auch dort ein fremder Mann, er duscht sich, wahrscheinlich von vorausgegangenen Beschmutzungen...«

Doch jedesmal verschenkt Pascha den ihm anfänglich zugebilligten Kredit, indem er sich zu immer grotesqueren Vorwürfen hinreißen läßt. Ja, er beginnt sich selbst zu widersprechen: Auf einmal sagt er, sie sei vor ihm bereits fünfmal verheiratet gewesen, und noch einmal eine halbe Stunde später, zum krönenden Abschluß der Rede, sind es achtmal. Der Richter wird ungeduldig. Er will Pascha zur Ordnung rufen und nennt ihn dabei sogar mehrmals – absichtlich? – bei seinem alten Schandnamen. »Cher--zew!« unterbricht er streng, und jedesmal heult Pascha auf wie ein verwundetes Tier: »Ohne Bindestrich bitte!«

IV.

Weiterer Versuch

125

Wenige Tage später klingelt an Ljusjas Tür Tretjakow, der Dicke aus dem Auto. Ljusja wollte gerade einkaufen gehen, und er begleitet sie und trägt ihr die Taschen. Bei seinem nächsten Besuch ist Ljusja nicht allein, sie sitzt mit den Töchtern beim Abendessen und lädt ihn dazu. Ljusja hat viele Sorgen: Gerade hat sie auf Paschas Intrigen hin wieder ihren Arbeitsplatz verloren, und immer noch wohnt sie mit Lilja und Anja in dem feuchten, sechzehn Quadratmeter großen Zimmer am Newskij-Prospekt. Trotzdem versucht sie munter zu sein und es allen einigermaßen gemütlich zu machen. Tretjakow bleibt fast zwei Stunden. Als er geht, sind seine Augen feucht und verliebt.

Als er das dritte Mal kommt, ist sie allein. Ljusja kocht Tee. Einige Minuten plaudern sie am Tisch, dann steht er auf, geht zu ihr, kniet vor ihr nieder, beginnt ihre Hände und Arme zu küssen und erklärt, wie verliebt er sei. Er ist so groß, daß er sie im Knien noch überragt, und aus seinen riesigen Händen kann sie sich nicht befreien. »Hören Sie zu, Alexander Alexandrowitsch«, sagt sie ungeduldig, »Ich mag das nicht. Vom Heiraten habe ich genug, Sorgen habe ich auch genug, und einen Liebhaber brauche ich nicht!« Er hält überrascht inne, sieht, daß es ihr ernst ist, denkt kurz nach und sagt dann, indem er aufsteht und sich den Staub von der Hose klopft: »Na gut. Ehrlich gesagt, ich brauche das auch nicht. Aber besuchen darf ich Sie doch?«

126

Es ist ein regnerischer Abend. Nach der Arbeit hat Ljusja Wäsche gewaschen und Marmelade eingekocht. Auch jetzt, im August, ist es in dem Zimmer kalt; der Duft der dampfenden, gezuckerten Erdbeeren setzt sich nur kurz gegen den Moder durch. Ljusja will nicht hinaus, obwohl sie niemanden erwartet; sie weiß überhaupt nicht, wohin mit sich. Die Kinder sind während der Sommerferien bei Pelageja Nikiforowna auf der Datscha, und Ljusja hat eigentlich nach der Arbeit hinausfahren wollen, ist dann aber in der Stadt geblieben, um sich zu grämen. Denn, das gesteht sie sich ein, sie sitzt mal wieder in der Tinte. Sie hat den Bogen überspannt, hat Tretjakow hingehalten, und jetzt, wo er die Konsequenzen gezogen und seine Besuche eingestellt hat, wird ihr klar, daß sie in ihn verliebt ist.

Dabei ließ sich alles so gut an. Sie hat im Schnapsladen die Spätschicht übernommen, damit Tretjakow sie vormittags antraf. So konnte er sie besuchen, wenn die Mädchen in der Schule waren. Er stellte ihr ein altes Grammophon ins Zimmer und brachte Schallplatten mit, die sie gemeinsam hörten. Dann las er aus seinen eigenen Büchern vor, die er anschließend wieder mit nach Hause nahm. Sie merkte, daß sie sich langweilte, wenn er nicht da war. Ihr fehlten seine Aufmerksamkeiten, sein verliebter Blick, seine interessanten Romane; vor allem aber beschäftigte sie, daß er noch immer unabhängig von ihr war. Er kam oft, aber nicht regelmäßig. Sie weiß, daß er geschieden ist, aber mindestens eine ständige Geliebte hat. Was soll sie tun, wenn er eines Tages beschließt, sie lohne der Mühe nicht? Ljusja hat sich diese Frage gestellt, aber keine Strategie daraus entwickelt, und jetzt ist es wahrscheinlich zu spät.

Was waren das für amüsante Vormittage mit Tretjakow! Zuerst las er ihr aus Boccaccios »Dekamerone« vor, aber sie protestierte: sie fände das »uninteressant«. Da ging er zu französischen Romanen über. Vor allem der letzte davon hat einen unauslöschlichen Eindruck hinterlassen. Er hieß »Veilchen am Mittwoch« und handelte von einem reichen, unglücklichen jungen Mann, der sich aus verschmähter Liebe das Leben nimmt, seiner Angebeteten aber per Testament jeden Donnerstag Veilchen schicken läßt. Jahrelang erhält sie diese Veilchen. Schließlich verliebt sie sich selber in ihn und macht sich auf die Suche, aber da erfährt sie, daß er schon lange tot ist. Bei diesem Kapitel hat Ljusja besonders viele Tränen vergossen, und Tretjakow blickte immer wieder mit verliebt schimmernden Augen von seiner Lektüre auf. Seitdem aber ist er nicht mehr gekommen, und Ljusja sehnt sich schrecklich nach ihm.

Ljusja ist achtunddreißig Jahre alt. Sie erinnert sich an Paschas Worte: »Was du zu erwarten hast, sind einzelne Besucher, die auf einen Abend kommen mit einer Flasche ›Stolitschnaja‹ und zweihundert Gramm ›Liebhaberwurst‹. Das ist dein Los.« Ljusja graust es. Er hatte recht. Sie kann nichts: Sie hat hintereinander drei Arbeitsplätze verloren. (Zwar hat Pascha hier nachgeholfen, aber wenn sie einen anständigen Beruf gelernt hätte, wäre ihm das schwerer gefallen.) Sie lebt in einer menschenunwürdigen Höhle. Seit der Trennung von Pascha hat sie keinen interessanten Verehrer gehabt. Tretjakow war ihre einzige Wahl, aber auch der wollte nur das eine und wurde sie leid, als er nicht gleich zum Ziel kam. Ehrlich, was hat sie erwartet? Daß er, der Bürger und Akademiker, ihr, der Wodkaverkäuferin, einen Antrag macht? Das ist ja absurd. Sie hätte sich nicht so anstellen sollen, dann hätte sie zumindest etwas Vergnügen gehabt, wenn schon kein Vertrauen und keine Liebe.

Ljusja hat sich eine Decke um die Beine gewickelt und liegt trauernd auf dem Diwan. Der Regen schlägt gegen die Fensterscheibe. Schluß, sagt sie heftig zu sich. Sie wird jetzt das klebrige Geschirr abspülen und dann schlafen gehen, damit sie morgen abend frisch genug ist, um zu den Kindern zu fahren. Denn dort ist ihr Platz. Alles andere ist unwürdig. Ljusja will aufstehen, aber es ist so kalt, daß sie die Decke noch einmal bis an die Schultern hochzieht. Im nächsten Augenblick ist sie eingenickt. Sie erwacht, weil es an der Haustür klingelt.

Das gab es schon öfter: Sie ist mit Herzklopfen zur Tür gerannt, aber an der Tür stand niemand, sie hatte nur geträumt.

Diesmal bleibt sie liegen. Sie wickelt sich tiefer in die Decke, da klingelt es noch einmal. Sie öffnet. Es ist Tretjakow.

Er hat eine Flasche Wodka bei sich und ein Päckchen. Der Wodka ist von der Marke »Stolitschnaja«, in dem Päckchen aber befinden sich zweihundert Gramm »Liebhaberwurst«.

Unsicher deckt Ljusja den Tisch. Die Wurst liegt da in ihrem fettigen Papier, und sie rühren sie nicht an. Sie trinken auch fast nichts, denn beide vertragen wenig Alkohol. Tretjakow trinkt normalerweise überhaupt nicht. Bereits nach dem ersten Glas wird sein Blick trübe, und als er an ihr vorbei auf die Toilette geht, schwankt er. Ljusja sitzt benommen auf dem Stuhl und wartet auf ihr Schicksal. Tretjakow kehrt zurück, nimmt sie bei den Händen und führt sie zum Diwan. Hinterher schläft er augenblicklich ein. Ljusja aber liegt noch lange wach, und Tränen laufen ihr über die Wangen.

127

Am nächsten Morgen sagt Tretjakow, bevor er geht: »Warum sollen wir eigentlich immer alleine essen? Hier sind fünfundzwanzig Rubel, kauf uns doch was ein, und ich bringe heute abend mein Töchterchen mit.«

Übermütig ruft Ljusja Katja Zucker an. »Hast du nicht heute eine Unterredung mit Cherzew? Dann richte ihm doch schöne Grüße von mir aus und sag ihm, heute nacht war einer bei mir, der hat nicht nur einen halben Liter ›Stolitschnaja‹ und zweihundert Gramm ›Liebhaberwurst‹ mitgebracht, sondern auch noch fünfundzwanzig Rubel dagelassen!«

128

Ein neuer Besuchstermin bei Jurik in Workuta steht an, diesmal im Sommer. Anfang Juli ist in Workuta die Zeit der Mitternachtssonne, und die Menschen scheinen friedlicher. Ljusja mietet im Hotel einen Platz in einem Mehrbettzimmer und schläft sofort ein. Gegen drei Uhr morgens, die Sonne steht bereits hoch am Himmel, erwacht sie, weil sich ein Kerl mit einer Schnapsfahne von hinten an sie schmiegt. Eine tätowierte Hand zerrt an den Knöpfen ihrer Bluse. Ohne sich zu rühren, flüstert Ljusja: »Ich zähle bis drei, und wenn du dann nicht weg bist, erhebe ich ein solches Geschrei, daß das ganze Haus zusammenläuft und...«
»Und?«
»... und man dich wegen Mordversuchs einbuchtet.« Pause. Er bewegt sich nicht. Ihr schlägt das Herz bis zum Hals, aber sie sagt möglichst langsam und kaltblütig: »Eins – zwei...« Er steht auf, geht um sie herum, sieht ihr ins Gesicht und knurrt: »Tatsächlich. Dir trau ich das zu.« Er trollt sich mit den Worten: »Hure, verdammte.«
Auf dem Weg zum Bus begegnet Ljusja einer Gruppe von Zwangsarbeitern. Sie schlurfen über eine staubige Brücke. Ein kahlgeschorener junger Mann fällt ihr auf, der seinen schmutzigen Hals reckt und sich lebhaft umsieht. Er trägt eine Nickelbrille, die Gläser spiegeln das Sonnenlicht. Ein Stich, ein Anflug von Bedauern und Schmerz: Vielleicht ist der Junge ein Politischer, ein Idealist, der dafür leiden muß, daß er irgendeine Wahrheit gesagt hat? Er wirkt so ganz anders. Wahrscheinlich ist er erst seit kurzem hier, so neugierig nimmt er alles in sich auf. Jetzt lächelt er sogar. Hört er die Vögel? Genießt er die Luft und das Licht? Hat er jemanden, der auf ihn wartet? Ljusjas Blick sucht seine Augen; sie will ihm zeigen, daß er nicht allein ist, aber er bemerkt es nicht.
Die Bewacher wirken ebenso stumpf wie die meisten Häft-

linge. Ein Hund trottet so schläfrig hinter der Kolonne her, als habe er fünf Schichten hinter sich. Es ist ein langhaariger, ockerfarbener deutscher Schäferhund, ein hübscher eigentlich. Welches Schicksal hat ihn hierher verschlagen? Auch dem Hund lächelt Ljusja zu, aber der Hund bemerkt es. Er hebt mühsam ein Lid und wirft Ljusja aus seinem geröteten Auge einen kalten, verächtlichen, mißgünstigen Blick zu, den Blick eines Mörders.

129

Seit sechs Monaten ist Tretjakow der ständige Liebhaber von Ljusja, wobei er sich äußerst unabhängig aufführt. Ljusja hat sich damit abgefunden. Erst als er beginnt, im Gespräch ziemlich offen die Heirat mit einer anderen Frau zu erwägen, regt sich ihr Widerspruchsgeist. Sämtliche Wochenenden verbringt Tretjakow auf irgendeiner Datscha, wahrscheinlich bei dieser Frau. Montags aber kommt er zu Ljusja. Eines Montags bleibt Ljusja fort: Den ganzen Tag vor und nach der Arbeit verbringt sie bei einer Freundin und kostet den wehmütigen Schmerz der Befreiung aus. Als sie nach Hause kommt, findet sie an der Tür einen Schwarm von Zettelchen: »10 Uhr – ich war da. T.« – »11 Uhr – Kuß, T.« – »12 Uhr –??? T.« – »2 Uhr – wo steckst du? T.«

Am nächsten Mittag kommt Tretjakow sogar in den Schnapsladen, um Ljusja zur Rede zu stellen. Er macht eine seltsame Figur mit seinem abgewetzten, aber kostbaren Zertifikatmantel und der imposanten Aktentasche an diesem Ort des Niedergangs und der Sucht. Ljusja und Galja putzen gerade die Auslage, Kunden sind noch keine da.

»Tut mir leid, Genosse, vor vierzehn Uhr dürfen wir keinen Wodka ausgeben!«

Als er die lachende, scheinbar unbekümmerte Ljusja hinter dem blankgeputzten Tresen sieht, verwandelt sich sein strenges Gesicht in eine leutselige Grimasse, und er fragt scheinheilig:

»Na, mein Engel, bist du gestern bei Galitschka hängengeblieben, in wichtigen fraulichen Angelegenheiten?«

»Nein.«

»Sondern bei wem?«

»Ist das deine Sache?«

»Ich denke doch.«

»Ich denke, da irrst du dich.«

»Was möchtest du mir damit sagen, Ljudmila?«

»Daß ich dir nicht verpflichtet bin. Auch ich hab schließlich ein Recht auf Auswahl.«

»Na, viel Spaß«, brummt er und geht grußlos hinaus. An der anderen Straßenseite dreht er sich um, blickt zweifelnd durch die verglaste Front in den Laden und kratzt sich am Kopf. Erst nach fünf Minuten setzt er rasch, aber keineswegs entschlossen seinen Weg fort. Ljusja, die ihn beobachtet hat, und ihre eingeweihte Kollegin Galja prusten vor Lachen.

»Du hast Nerven, ehrlich!« sagt Galja. »Aber ich glaube, den siehst du nicht wieder.«

»Den seh ich allerdings wieder«, bemerkt Ljusja und schluckt.

130

Ljusja hat im Augenblick tatsächlich Nerven, denn bei ihrer Freundin Katja hat sie einen neuen Verehrer kennengelernt. Er ist Berufsoffizier, etwas jünger als Tretjakow, dabei genauso stattlich, und in Murmansk stationiert. Nach Leningrad ist er gekommen, um seiner Frau beizustehen, die wegen Gebärmutterkrebs operiert worden ist. Aber bei der Frau ist eine Wendung zum Schlechteren eingetreten. Die Ärzte haben ihm mitgeteilt, daß sie das Krankenhaus kaum lebend verlassen wird; ihm aber graust es bei dem Gedanken, allein in das dunkle Murmansk zurückzufahren. Ljusja gefällt ihm offensichtlich. Er hat sie, zu Tretjakows Ärger, zweimal zum Essen ausgeführt, und sie lädt ihn zum Tag der Sowjetarmee am 23. Februar zu einem Festessen ein. »Warum eigentlich nicht Murmansk?« hat sie Katja gefragt. »In Murmansk bin ich wenigstens Pascha los.«

Galja sagt andächtig: »Ein Bataillonskommandeur? Ein richtiger Kombat? Dann hast du ausgesorgt, Ljusja. Jedes Bataillon hat ein eigenes Lebensmittelmagazin und eine eigene Landwirtschaft, und der Kommandeur bekommt von allem das Beste. Wenn du ihn nicht willst, verweis ihn doch bitte an mich!«

Ljusja kann sich durchaus vorstellen, ihn zu wollen. Trotzdem hat sie vorsichtshalber für diesen 23. Februar auch Katja Zucker eingeladen. Der Tisch biegt sich unter den Vorspeisen, zwei Karaffen Wodka stehen auf dem Tisch, und der Offizier hat neben zwölf roten Rosen immerhin vier Flaschen Sekt mitgebracht. Schon nach einer halben Stunde sind Ljusja und ihre Gäste bester Stimmung. Tretjakow erscheint, wie immer unangemeldet, erblickt den vergnügten Offizier und geht wütend wieder weg. Ljusja lacht ihm nach. Alle drei sind ziemlich beschwipst. Der Offizier, der übrigens Nikolaj Iwanytsch heißt, stellt Tretjakows Grammophon an und tanzt mit Ljusja, während Katja auf ihrem Stuhl sitzt und zusieht. Plötzlich ist Tretjakow wieder da. Er bringt Wodka und Wurst mit. »Wer sind Sie eigentlich?« fragt Nikolaj Iwanytsch mit schwerer Zunge, wobei er den Tanz nur kurz unterbricht.

»Tretjakow, Alexander Alexandrowitsch. Professor an der Leningrader Universität, Fakultät für Physik. Ich möchte gern mitfeiern. Das da ist übrigens meine Geliebte.«

»Nehmen Sie Platz, Genosse. Erlauben Sie, daß ich zu Ende tanze.« Nikolaj Iwanytsch bemüht sich trotz des Zungenschlages um einen vornehmen Tonfall. Er beugt sich tief zu Ljusja hinab und flüstert ihr ins Ohr: »Nach Murmansk nehmen wir den aber nicht mit!«

»Der Tanz ist vorbei. Jetzt bin ich dran. Ich habe Ihnen schon eingeschenkt.« Tretjakow trennt Nikolaj Iwanytsch von Ljusja und tanzt selbst mit ihr. Beim Tanzen schweigt er. Übrigens tanzt er schlecht. Er hat bereits ein halbes Glas Wodka getrunken, und Ljusja kann zusehen, wie sein Blick verschwimmt.

Sie fühlt sich prächtig. Noch vor zwei Wochen hat sie hier am Tisch nur mit Mühe ihren Kummer vor den Mädchen verborgen: das Bewußtsein, eine alternde, alleinstehende, ausgenutzte Frau zu sein, die dankbar sein muß für die sporadische Gunst eines unberechenbaren Lebemanns. Vergessen wir das! Das Auftauchen von Nikolaj Iwanytsch hat alles verändert. Ljusja fühlt sich wieder jung und unwiderstehlich. Sie tanzt abwechselnd mit Tretjakow und dem Offizier und ist begeistert vom Einfallsreichtum des Schicksals.

Tretjakow ist nach dem zweiten halben Glas hochrot im Gesicht und erregt, während Nikolaj Iwanytsch, der beträchtlich mehr getrunken hat, sich langsam und mit einer gewissen Schwere bewegt, den Rivalen aber mit unauffälliger Routine im Auge behält. Auf einmal nimmt Tretjakow seine Brille ab und verstaut sie in der Brusttasche seines Jacketts, und Ljusja begreift, daß er Nikolaj Iwanytsch hinauswerfen will. Nikolaj Iwanytsch hat die Absicht bemerkt und schiebt ohne besondere Eile einen Stuhl beiseite, der zwischen ihnen steht. In ihrem Rausch findet Ljusja den Gedanken, daß diese beiden Riesen sich gleich um sie prügeln werden, dermaßen köstlich, daß sie unbändig zu lachen beginnt. Verdutzt wenden sich die Männer ihr zu. Katja ruft warnend: »Bewahren Sie die Ruhe, lassen Sie uns die Sache klären, Genossen.« – »Nichts, es ist nichts, meine Goldstücke!« prustet Ljusja, der die Lachtränen über die Wangen laufen. »Amüsiert euch gut, ich hole nur eben den Braten aus der Röhre!«

Tretjakow, der den nächsten Tanz gut hat, greift nach ihr, aber da er ohne Brille ist, weicht sie ihm ohne Mühe aus und entwischt in die Küche. Unsicher, immer noch halbblind, tappt er hinter ihr her und steht neben ihr, als sie den heißen, halbverschmorten Braten auf den Küchentisch stellt. Plötzlich hebt er sie auf und trägt sie auf seinen großen Händen aus dem Haus. »Ich habe mich entschieden!« ruft er. »Dich will ich heiraten!«

Ohne Ljusja abzusetzen, hält er ein Taxi an und ruft dem Fahrer seine Adresse zu.

Erst am nächsten Tag kehrt Ljusja heim. Nikolaj Iwanytsch ist verschwunden. Katja sitzt noch dort, als sei sie nie aufgestanden, und schimpft. »Nikolaj Iwanytsch hat bis fünf Uhr früh gewartet. Was ist nur in dich gefahren?«

131

Der Triumph ist komplett. Tretjakow trägt einen Schnurrbart, weshalb Katja sagt, er sähe aus wie Ljusjas Großvater. »Solange du einen Schnurrbart trägst, weigere ich mich, auf der Straße neben dir zu gehen«, sagt Ljusja zu Tretjakow. Tretjakow aber will neben Ljusja gehen, damit alle Leute sehen, daß sie ihm gehört. Ljusja reißt ihm aus. Schließlich rasiert er sich den Schnurrbart ab.

Sie beginnen, die Hochzeit zu organisieren. Katja wird Trauzeugin sein. »Hast du eigentlich noch mal von Nikolaj Iwanytsch gehört?« fragt Ljusja.

»Nicht viel. Er hatte natürlich zuletzt die üblichen Scherereien, denn in jener Nacht ist seine Frau gestorben.«

132

Alle Freunde und Bekannten kommen zur Heirat von Ljudmila Semjonowna Gwosdikowa mit Alexander Alexandrowitsch Tretjakow. Sie leisten sich sogar eine kirchliche Trauung, da beider erste Ehen nur standesamtlich waren. Die Heirat findet in der Alexander-Newskij-Kathedrale statt. Zwanzig Rubel kostet dort eine gängige Vermählung nach orthodoxem Ritus, eine besondere aber, bei der die Lüster angezündet werden, fünfzig Rubel. Alexander Alexandrowitsch war gegen die Lüster, aber an einem besonders leidenschaftlichen Vormittag vor zwei Wochen stieß er hervor: »Also gut, Lüster.« Als das Hochzeitspaar über den roten Teppich auf den Altarraum zuschreitet, beugt er sich zu Ljusja hinab und flüstert nervös: »Lüster?« – »Das hast du selbst gesagt neulich – als wir...« – »Ich erinnere mich nicht.« Aber dann grinst er gutmütig und drückt ihren Arm. Als der Priester die Traukrone über ihn hält, hat er Schweißperlen auf der Stirn. Der Knecht Gottes Alexander Alexandrowitsch wird vor Gottes Antlitz mit der Magd Gottes Ljudmila Semjonowna zu Mann und Frau.

Alexander Alexandrowitsch ist Universitätsprofessor, gebildet, rechtgläubig und wohlhabend, ein stattlicher Mann in den besten Jahren. Seine Wangen sind rosig, seine Manieren relativ gut. Er trinkt nicht, raucht nicht und küßt Frauen die Hand. Er bewohnt eine weitläufige Vierzimmerwohnung im Erdgeschoß eines ehrwürdigen Hauses auf der Wassilij-Insel, in der 6. Linie unweit der Metrostation. Ljudmila Semjonowna ist geschieden, Mutter dreier Kinder von zwei verschiedenen Männern, Wodkaverkäuferin, und bewohnte bis heute eine Sechzehn-Quadratmeter-Bude in einer Kommunalka. Das Paar wird lebhaft diskutiert.

»Du bist aber fein raus«, sagt Galja bewundernd zu Ljusja, »ein richtiger Akademiker. Wie hast du das bloß gemacht?«

Tretjakows Kollegen, intelligent aussehende Leute mit Brillen, stehen abseits und sprechen mit feinen Stimmen. Immer wenn Ljusja sich ihnen nähert, verstummen sie und lächeln ihr aufmunternd zu. Es sind auch vier Frauen dabei, und diese beobachten mit verständnislosen Gesichtern Tretjakow.

»Wie würdest du den Akzent einordnen?«

»Sie soll Wodkaverkäuferin sein.«

Ljusjas Familie und vor allem Ljusjas Freundinnen, kleinbürgerlich herausgeputzt, feiern munter und laut. Die Töchter, in hellen Kleidern, mit Schleifen im Haar, laufen (das war Galjas Idee) mit Tabletts von Gruppe zu Gruppe, und ihre kindlichen Gesichter nehmen wie kleine Spiegel die Mimik der jeweiligen Gruppe auf.

Es nähert sich Lew Jurjewitsch, Tretjakows Chef, der Leiter der Sektion Physik. Schon mehrmals kam er näher, doch jedesmal machte er kehrt. Die Frauen aus dem Institut haben auf ihn eingeredet und dabei in Ljusjas Richtung gedeutet. Nun reicht Lew Jurjewitsch Ljusja seine dünne rote Hand und murmelt etwas von Verantwortung für einen wertvollen Mitarbeiter, hofft, daß – Bewußtsein; Anstand, Nüchternheit... »Möchten Sie noch was trinken?« fragt Ljusja verwirrt. Er verneint händeringend. »Ich – äh, möchte – Sie eigentlich fragen – bitte verzeihen Sie mir –, warum Sie Alexander Alexandrowitsch – äh – geheiratet haben.« So, da liegt der Hund begraben: Das Institut fürchtet, daß die Wodkaverkäuferin den Professor auf die schiefe Bahn bringt! Die vier Physikerinnen nähern sich unauffällig und spitzen die Ohren.

Ljusja antwortet: »Ich bin neununddreißig Jahre alt, geschieden, ziehe allein in einem Kommunalka-Zimmer zwei Töchter auf und arbeite in einem Schnapsausschank. Alexander Alexandrowitsch hat eine Vierzimmerwohnung, ist Professor und arbeitet in der Universität. Und Sie fragen mich, warum ich ihn geheiratet habe? Fragen Sie ihn, warum er mich geheiratet hat!«

Als Tretjakow zu ihnen tritt, entschuldigt sich Lew Jurjewitsch hastig. »Willst du wissen, was er mich gefragt hat, und was ich ihm geantwortet habe?« kichert Ljusja. Tretjakow blinzelt ihr vergnügt zu. Dann lacht er schallend. »Ach, mein Schatz!« flüstert er, »Du bist nicht nur ein entzückender, sondern auch noch ein besonders kluger Engel. Du hast es eben da – und da. Hach, ich kann die Hochzeitsnacht kaum erwarten, weißt du was, schicken wir die ganze Bande weg...« Schäkernd stehen sie in der Ecke und vernachlässigen die Gäste.

Schwester Lera beobachtet das Paar angewidert. Schließlich nähert sie sich. Sie schiebt die Unterlippe vor. »Wie siehst du denn aus neben ihm. Du so winzig, er so riesig. Du so arm, er so reich. Du so dumm, er so gescheit.«

Ljusja antwortet: »Trifft sich doch hervorragend. Was ich zuwenig habe, hat er zuviel.«

»Haben Sie das gehört, Alexander Alexandrowitsch?«
»Ja«, lacht er, »was ich zuwenig habe, hat sie zuviel.«

133

Am übernächsten Tag, einem Montag, wird umgezogen. Die Kinder sind in der Schule. Ein Kollege Tretjakows stellt sein Auto zur Verfügung, zwei Studenten helfen beim Tragen. Nach weniger als zwei Stunden liegt Ljusjas Habe in einem Haufen im vordersten der vier Zimmer von Tretjakows Wohnung. Die Studenten empfehlen sich. Der Kollege fährt mit seinem Auto davon. »Nun an die Arbeit«, sagt Tretjakow in undefinierbarem Tonfall, »das ist jetzt dein Reich.« Dann entschuldigt er sich – er muß zur Arbeit – und geht.

Die Wohnung hat etwas von einem Tunnel, der durch alchimistisches Dämmerlicht direkt in ein pompöses Schlafzimmer führt. Die Zimmer gehen ineinander über, die Fenster sind mit Tüll verhängt. Möbel gibt es kaum. Das vorderste Zimmer ist leer bis auf einen quadratischen Tisch, auf den ein zerrissenes Wachstuch genagelt ist, und drei nicht zueinander passende hölzerne Stühle. Im zweiten Zimmer steht ein verstaubter Flügel mit Kerzenhaltern aus schwarz angelaufenem Messing; in der Ecke ein Kinderbett mit zerwühlten Kissen und ein paar alten Stofftieren. Das dritte Zimmer enthält einen Haufen Gerümpel, über den ein graues Tuch gebreitet ist. Das hinterste Zimmer schließlich, bei dessen Einrichtung sich Tretjakow anscheinend die meiste Mühe gegeben hat, ist das Schlafzimmer. Das Bett, in der Mitte des Raumes aufgebaut wie ein Altar, besteht aus zwei übereinanderliegenden großen Matratzen. In der Ecke ein Stehpult, um dessen Füße bekritzelte Papierfetzen verstreut sind wie Laub. Zwischen Stehpult und Bett hängt eine von Motten angenagte rote Stofflampe, die neben trübem Rotlicht unregelmäßige gelbe Punkte auf die abblätternden Tapeten wirft. An der Wand ein gigantischer Spiegel mit schmutzigem Goldrahmen. Vor allem aber Bücher, Tausende und Abertausende von Büchern. Da es in der ganzen Wohnung kein Regal gibt, stehen sie, zu halbhohen Mäuerchen geschichtet, quer durch die Flucht von vier Zimmern, ein sonderbares Labyrinth aus verstaubtem Papier. Tretjakow, an der Schwelle zum Alter, hat Anwandlungen von Frömmigkeit, worüber sich Ljusja bereits lustig gemacht hat, und sammelt geistliche Literatur. Diese Bücher sind besonders prächtig, einige haben goldgeprägte Einbände. Sie liegen zwischen naturwissenschaftlichen Werken und Pornographischem um das Bett herum.

Ljusja erklimmt entschlossen die Fensterbänke und zieht an den Tüllvorhängen. Sie waren oben an die Wand genagelt und reißen neben den Nägeln auch tassenweise Putz herab. Erst jetzt, im Tageslicht, zeigt sich das wahre Aufkommen an Dreck. Das Parkett ist so schmutzig, daß man die Holzstruktur nicht erkennt. Unter den Heizbatterien liegen vertrocknete Orangenschalen, leere Konservenbüchsen und vergilbte Zeitungen. In einer Ecke stehen das Grammophon und Tretjakows Schallplatten zwischen dicken Flocken aus weißen Haaren und Staub.

Das Telefon klingelt. Ljusja findet es in der Küche auf einem wackligen Tisch, zwischen verschimmeltem Brot und angetrockneten Speiseresten. Ich bin Madame Tretjakowa, sagt sie zu sich, trotz allem. Sie nimmt den Hörer ab und spricht würdevoll: »Ich höre.« Pause. Dann eine interessante, belegte Frauenstimme: »Alexander Alexandrowitsch bitte.«

»Er ist nicht da. Kann ich etwas ausrichten?«

Während Ljusja sprach, hat es in der anderen Wohnung geklingelt, dann quietscht eine Tür. »Nein danke«, sagt die interessante Stimme, »hat sich erledigt. Da kommt er schon selbst.«

134

Ein alter Mann mit einer abgewetzten ledernen Aktentasche steht an der Tür und fragt sehr höflich nach Alexander Alexandrowitsch. »Alexander Alexandrowitsch ist leider nicht da«, antwortet Ljusja, »ich weiß auch nicht, wo er ist. Vielleicht möchten Sie auf ihn warten?«

»Danke, vielleicht ein paar Minuten ... Ich weiß nicht, ob Alexander Alexandrowitsch mich angekündigt hat. Mein Name ist Müntzer, Anton Robertowitsch, ich bin ein Fachkollege von Alexander Alexandrowitsch. Ich war um diese Zeit mit ihm verabredet. Und Sie sind wohl seine junge Frau? Darf ich nach Ihrem Vor- und Vatersnamen fragen?«

Anton Robertowitsch mag in den Siebzigern sein und ist nicht groß, von normaler Statur. Er trägt einen anständigen, etwas fleckigen Anzug und hat eine altmodische Frisur, die halblangen weißen Haare vom geraden Haaransatz nach hinten gekämmt. Wahrscheinlich ist er einer der »bedeutenden Bekannten«, über die sich Tretjakow so gerne lustig macht. Er gefällt Ljusja: Er ist ernst und zurückhaltend und gleichzeitig von einer bezaubernden Pedanterie.

Indessen kommt sie mit ihm nicht zu Rande. Sie hat den Gast gebeten abzulegen, was er verweigert. Sie bietet ihm einen Platz im noch sehr unordentlichen Salon an, was er nach langem Zögern annimmt. Tee will er nicht trinken, nein danke. Auch Kaffee nicht, er hat's mit dem Magen. Die Konversation geht schleppend. Anton Robertowitsch sieht sich unruhig in dem Salon um, der einer Rumpelkammer gleicht. Als Ljusja sich eine Zigarette anzünden will, erhebt er sich und meint, nun müsse er aber wirklich gehen. Ljusja läßt die Zigarette fallen. Anton Robertowitsch gräbt umständlich in seiner ledernen Mappe, reicht Ljusja einen Stapel Papiere und setzt zu einer Erklärung an. In diesem Augenblick kommt Tretjakow.

Tretjakow strahlt: »Na, habt ihr euch schon miteinander bekannt gemacht, meine Königskinder? – Anton Robertowitsch, bitte um Verzeihung wegen der Verspätung, das ist meine Frau. Ljusenitschka, das ist Anton Robertowitsch Müntzer« (er knallt vergnügt mit dem »tz«), »der Begründer des vaterländischen Elektromaschinenbaus, Träger mehrerer Staatspreise der UdSSR, verdienter Arbeiter der Wissenschaft und Technik der RSFSR, Professor der technischen Wissenschaften und Stellvertreter des obersten Konstrukteurs der Leningrader Elektromaschinenbauabteilung ›Sowjetische Zukunft‹«.

»In Rente, in Rente«, murmelt Anton Robertowitsch.

Tretjakow greift Müntzers kaum merklich deutsche Intonation auf. »Sehen Sie sich meine Frau an. Es hat ihr die Sprache verschlagen. Also mir ist das noch nie gelungen. Ljusenitschka, Anton Robertowitsch beißt nicht, jedenfalls nicht mehr. Er ist ein richtiger deutscher Zwieback. Ich schätze ihn sehr als wissenschaftlichen Gesprächspartner. Er schimpft mit mir, und das ist recht. Aber wenn ich immer auf ihn gehört hätte, wäre ich wahrscheinlich heute Lyzeumslehrer.«

135

Ljusja tauscht gegen eine alte Anrichte sieben verzogene, zwei Meter hohe Bücherregale ein, baut aus ihren eigenen Möbeln eine Wohnecke und schafft in einem der Durchgangszimmer einen Winkel für die Kinder. Acht Tage lang scheuert sie den Boden, kratzt Dreck von den Wänden und baut aus Draht und alten Seidentüchern Lampenschirme. Allmählich beginnt die Wohnung einer menschlichen Behausung ähnlich zu sehen. Tretjakow lacht unzufrieden und sagt, sie habe ihn verspießert.

Das Telefon klingelt mehrmals täglich. Die meisten Anrufer sind Frauen. Manche hängen erschrocken auf, wenn Ljusja sich meldet, andere verlangen herrisch nach Alexander Alexandrowitsch. »Aber weißt du denn nicht«, hört ihn dann Ljusja ins Telefon flöten, »ich bin doch seit kurzem verheiratet! Warum nicht? Man wird alt, man muß sich konsolidieren! Aber so weine doch nicht, mein Herzchen, warte, gleich bin ich bei dir!«

»Wer war das schon wieder?« fragt Ljusja, und Tretjakow seufzt: »Mach dir nichts draus! Weißt du, jetzt war ich so lange Junggeselle, da kann ich nicht von heut auf morgen mit meiner Vergangenheit brechen.«

»Das solltest du aber tun«, sagt Ljusja scharf, »wenn du willst, daß wir eine Zukunft haben!«

»Ljusenka, mein Schatz! Sei doch nicht so empfindlich!«

Ljusja schweigt. Tretjakow schließt sie in seine starken Arme. »Mein süßer Engel. Wenn du es willst, bleibe ich dir natürlich treu. Aber jetzt noch nicht.«

136

Ljusja arbeitet nicht mehr als Wodkaverkäuferin. Sie führt Tretjakow den Haushalt, aber leicht ist das nicht, denn er trennt sich nur ungern von seinen Kopeken. Dabei hat er genug Geld. Seine vier Doktortitel schlagen mit jeweils achtzig Rubeln pro Monat zu Buche. Ferner veröffentlicht er regelmäßig Artikel für Fachzeitschriften und schreibt unter der Hand Dissertationen für Studenten aus Kasachstan, die dafür in bar bezahlen. Aber Liebschaften außer Haus sind teuer: Geschenke, Parfüms, Blumen, Taxis, Restaurants. Einschränken will er sich nicht, außer im eigenen Heim.

Jeden Monat gibt es Theater wegen des Haushaltsgeldes. Tretjakow überreicht Ljusja mit großartiger Miene zehn Rubel und sagt: »Wenn du Nachschub brauchst, sag's.« Da er aber regelmäßig auf ein paar Tage verschwindet oder nur nachts für ein paar Stunden kommt oder nicht ansprechbar ist, entstehen Versorgungsengpässe. Ljusja schimpft: »Das ist doch idiotisch. Gib mir zweihundert Rubel im Monat, das ist nicht zuviel verlangt für zwei Erwachsene und drei Kinder. Und dir tut es bestimmt nicht weh.«

»So was tut immer weh, mein Engel.« Er grinst gutmütig. Sichtlich angeregt durch ihre Entrüstung nähert er sich ihr. Er stürzt sich auf sie, sie kämpfen, nach einem atemlosen Gerangel rückt er noch zehn Rubel heraus. Ljusja hat ihn bereits in vielerlei Hinsicht abgeschrieben, aber das Haushaltsgeld betrachtet sie als ihr Recht. »Gib mir auf der Stelle zweihundert Rubel, oder ich zerschlage die Fensterscheibe!«

Das trifft seinen Nerv. Hastig zieht er vier Fünfzigrubelscheine aus seiner Brieftasche. »Schon gut, schon gut, mein Engel, nicht doch. Hier hast du zweihundert Rubel, aber dann gib mir bitte die beiden Zehner zurück!«

137

Tretjakows erste Frau stammte aus Lettland. »Sie war ganz nett«, hat Tretjakow unbehaglich gesagt, »aber zu jung.« Tretjakow selber war, als er sie heiratete, bereits vierzig und ein selbstbewußter Wüstling. Die Frau war eine seiner Studentinnen. »Mäßig begabt, sehr hübsch, leider mit einer Tendenz zum Alkohol«, sagt Tretjakow ohne Genugtuung. Er schämt sich. Die Hypothek aus dieser gescheiterten Ehe ist das sechsjährige Töchterchen Irka, das bei Tretjakow lebt, weil die Mutter nicht mehr imstande ist, für es zu sorgen.

Irka ist ein verlorenes Kind. Körperlich zart, mager, aber mit einem eigensinnigen runden Gesichtchen, beobachtet sie verächtlich die Umtriebe des Vaters. Sie scheint entschlossen, den Erwachsenen heimzuzahlen, daß sie geboren wurde. Tretjakow hat ihr gegenüber ein schlechtes Gewissen, da er sie oft in der Wohnung allein läßt oder zur Mutter schickt. Die Mutter aber wälzt sich betrunken auf dem Boden und lallt: »Willst du dir was kaufen, Schatz? Da, nimm dir Geld!«

Irka freundet sich rasch mit Lilja und Anja an. Aber sie ist auch ungebärdig, tyrannisch und von demonstrativer Unordentlichkeit. Sie freut sich an den gemeinsamen Spaziergängen und Mahlzeiten und macht Ljusjas Mädchen gleichzeitig unmißverständlich klar, daß für sie andere Gesetze gelten. Sie zerreißt ihre Kleider, wäscht sich nicht, verliert Schulhefte und hilft nie in der Küche.

Eines Sonntagmorgens, als Irka ohne Socken zum Frühstück kommt, beschließt Ljusja einzugreifen. »Zieh dir deine Socken an, dann kriegst du Frühstück.« Es ist Winter.

Irka antwortet hochmütig: »Ich hab sie verloren.«

»Lilja und Anja verlieren ihre Socken nicht, warum verlierst du sie?«

Irka mustert Ljusja mit bösem, starrem Blick und sagt: »Ich brauch keine Socken. Such du sie, wenn du sie brauchst.«

»Ohne Socken kriegst du kein Frühstück«, wiederholt Ljusja.

Irka erhebt ein solches Geschrei, daß Tretjakow entsetzt aufspringt. »Soso, eine Szene willst du uns machen?« fragt Ljusja. Irka schreit immer heftiger. Ljusja nimmt sie bei der Hand und zieht sie ins Kinderzimmer, wobei Irka sich wehrt, als solle sie geschlachtet werden. »Na, wein dich aus, und dann suchst du deine Socken.«

Irka wirft sich zu Boden, stößt ihre Stirn aufs Parkett und heult noch erbärmlicher.

Ljusja kehrt zum Frühstückstisch zurück, bringt aber keinen Bissen mehr herunter. Nach einer Stunde betritt sie vorsichtig Irkas Zimmer. Irka sitzt aufgelöst, mit heruntergerissenen Kleidern und geschwollenem Gesicht, auf dem Boden und schluchzt immer noch. Als sie Ljusja sieht, schreit sie auf. »Na, wein dich nur aus«, wiederholt Ljusja und geht. Sie beginnt, das Mittagessen vorzubereiten, aber ihr eigener Magen rebelliert. Noch eine Stunde später erscheint Irka in der Küche, verheult, aber tapfer bemüht, ihr Schluchzen zu unterdrücken, und sagt nach Luft schnappend, in den Augen tiefste Not: »Ich – sieh-st du – ich – wei-weinja – gar ni-nicht mehr!«

»Ausgezeichnet«, sagt Ljusja. »Und jetzt suchen wir deine Sokken.«

138

Als Anton Robertowitsch zum ersten Mal die aufgeräumte Wohnung mit den stattlichen Bücherregalen sieht, ist er tief beeindruckt. Er hat so lange Tretjakows barbarischen Haushalt gekannt, daß er die Verwandlung nicht fassen kann. Auf seinen schwachen Füßen läuft er mit ausgebreiteten Armen durch die ganze Zimmerflucht und ruft: »Verblüffend! Verblüffend!« – mit emporgewandtem Gesicht, denn er ist von kleiner Gestalt.

Er besucht Tretjakow regelmäßig. Sie ziehen sich in Tretjakows Büro, das letzte Zimmer vor dem Schlafgemach, zurück und diskutieren. Ljusja, die das Zimmer nur betritt, um Tee zu bringen, wird von ihnen kaum zur Kenntnis genommen. Meistens streiten sie, bisweilen so heftig, daß Ljusja sie durch die Tür hört: Anton Robertowitschs etwas brüchige leise, aber eifrige Stimme und Alexander Alexandrowitschs trompetenhaften Bariton. Sie stellt sich vor, wie Alexander Alexandrowitsch in unordentlicher Schrift eine mathematische Formel auf ein Papier schreibt, es Anton Robertowitsch unter die Nase hält und sagt: »Hier!«, während Anton Robertowitsch auf eine Zahl oder einen Buchstaben tippt und ruft: »Ungenau.«

Da Tretjakow unzuverlässig ist, kommt es immer wieder vor, daß Anton Robertowitsch ihn nicht antrifft. In solchen Fällen setzt er sich neuerdings eine Weile zu Ljusja an den Tisch. An Wochenenden bringt er für die Kinder Bonbons und Kuchen mit. Selber aber nimmt er nie etwas zu sich, er trinkt nicht einmal eine Tasse Tee.

Ljusja hat so viel Respekt vor ihm, daß sie immer nachdenkt, bevor sie etwas zu ihm sagt; das strengt an. Ein einziges Mal hat sie sich in seiner Gegenwart ereifert, noch in der ersten Zeit ihrer Bekanntschaft. Sie schilderte einen Zusammenstoß mit der Kassiererin aus dem Milchladen, wurde laut und hatte gerade die ersten Kraftausdrücke angebracht, als sie Anton Robertowitschs unbewegliches Gesicht sah. Sie verstummte sofort. Anton Robertowitsch sagte: »Das ist wohl die asiatische Krankheit, von der Alexander Alexandrowitsch sprach?« Wenn Ljusja flucht, nennt Tretjakow das ihre »tatarischen Wendungen«: »Ah, mein Engel, sprichst du wieder tatarisch? Weißt du, daß das Wort ›Arsch‹ dem tatarischen ›aschar‹ entlehnt ist, das etymologisch der zweiten Familie nahgeschlechtlicher Koseworte angehört? Und weißt du, was diese tatarischen Assoziationen bei Frauen bedeuten, die nicht wirklich tatarischen Bluts sind, sondern nur spirituell verwandt?«

Offenbar hat Tretjakow auch Anton Robertowitsch gegenüber etwas in dieser Richtung erwähnt, und Anton Robertowitsch hat das verwechselt. Aber Ljusja ist zu eingeschüchtert, um Anton Robertowitsch aufzuklären, und kommt sich primitiv und lächerlich vor.

Anton Robertowitsch hat ein regelmäßiges Gesicht mit einem geraden Mund. Zwei tiefe Furchen führen von den Nasenflügeln zu den Mundwinkeln. Der Blick der grauen Augen ist klar, ohne Fröhlichkeit. Manchmal zieht Anton Robertowitsch die linke Augenbraue hoch und preßt die Lippen aufeinander, wodurch sein linkes Auge etwas größer wirkt als das rechte und sein Gesicht einen skeptischen, verschlossenen Ausdruck bekommt; wenn es soweit ist, bringt Ljusja kaum mehr die Lippen auseinander.

Übrigens hat auch er wenig zu erzählen. Er spielt manchmal auf dem alten Flügel, den Tretjakow in Ljusjas Gegenwart noch nie benutzt hat, und erläutert: »Chopin, Regentropfen-Prelude«, oder: »Beethoven, opus 111, zweiter Satz« (das ist eines der langweiligsten Stücke für die Kinder, aber auch sie wagen nicht zu mucksen). Die Noten bringt er selber mit, und jedesmal erläutert er etwas zum Komponisten, zu Tonart und Entstehungsjahr. Manchmal improvisiert er auch, wobei er öfters an einer verstimmten Taste hängenbleibt, immer wieder daraufdrückt und nachdenklich vor sich hinspricht: »Fis, nicht F A! Das ist ja schon eine Terz!« Hierzu empfängt Ljusja einen kurzen, fragenden Blick, den sie nicht zu deuten vermag.

Manchmal liest er Gedichte vor. Einige, deren Autoren Anton Robertowitsch mit sichtlicher Bewegung nennt, liest er in deutscher Sprache. Die Gedichte verstehen Ljudmila und die Kinder natürlich nicht, aber sie lauschen voll Andacht. Anschließend spricht Anton Robertowitsch russische Gedichte, und auch diese verstehen Ljusja und die Kinder nicht. Aber sie fühlen sich geehrt, und Ljusja ist erschüttert darüber, daß der alte Mann offenbar niemand anderen hat, dem er seine Gedichte vorlesen kann, als sie, eine Kleinbürgerin und Wodkaverkäuferin, und drei Mädchen im Alter von sieben bis zehn Jahren, die immer noch mit der russischen Orthographie kämpfen.

139

Die Wohnung wird immer ordentlicher. Tretjakow entstammt einer »provinziellen Kleinbürgerfamilie«, wie er ohne Aufhebens erzählt. Das provinzielle Erbe mischt sich auf verblüffende Weise mit seiner privat geübten Anarchie.

Ein Gesetz dieser Familie war, abgetragene Schuhe ewig aufzubewahren. Tretjakow wuchs bei einer Großtante auf, und seit der Jugend dieser Großtante wurde kein Tretjakow-Schuh mehr weggegeben. Die alten Paare, die bis ins Jahr 1870 zurückreichen, stapeln sich, in Stoffetzen gewickelt, in Vorratsraum und Küche bis zur Decke. Der Geruch von Leder und Schweiß ist aus der Küche nicht wegzubringen. »Wag es nicht, etwas wegzuwerfen«, sagt Tretjakow streng zu Ljusja. »Vielleicht brauchen wir sie noch mal.« Als aber eines Abends die Schuhe fort sind, seufzt er: »Endlich schmeckt das Essen nicht mehr nach Leder.«

Schwieriger ist es, die Zeitungen loszuwerden. Tretjakows Großtante hatte sie noch zu Bündeln geschnürt, er selbst legt sie einfach übereinander. In jeder Zimmerecke wächst eine neue Zucht. Die alten Jahrgänge sind so vergilbt, daß man meint, sie müßten bei Berührung zu Staub zerfallen. Die neuen Jahrgänge türmen sich im Klo. Die Jahrgänge 1920 bis 1948 wurden zur Kriegs- und Nachkriegszeit verfeuert, und Tretjakow jammert jedesmal, wenn er sich daran erinnert. »Unschätzbare Quellen! Darin war alles enthalten! Die Sowjetunion in nuce!«

Doch Tretjakow kann nicht verhindern, daß Ljusja und die Mädchen Zeitungen als Klopapier verwenden. Ein paarmal geschah es, daß Tretjakow mit einem angerissenen Exemplar der »Prawda« ins Wohnzimmer rannte und rief: »Wer hat es gewagt, sich mit der Rede des Führers der Völker vom XVIII. Parteitag den Hintern zu putzen?« Als Ljusja erschrak, sagte er treuherzig: »Da sieht man's mal wieder: Jede Politik endet am weiblichen Unterleib.«

Tatsächlich hält er überhaupt nichts von Stalin. Ljusja hat nie einen leidenschaftlicheren Antikommunisten gesehen. Tretjakow liest alle verbotenen Bücher, die er kriegen kann. Die meisten werden ihm nur tageweise überlassen, und er gibt sie nicht einmal Ljusja in die Hand. Er liest sie ihr vor, vormittags, wenn die Mädchen in der Schule sind, oder nachts im Schlafzimmer. In diesen Stunden vergißt er seine üblichen Witze. Mit grimmigem Genuß liest er Jewgenija Ginsburg, mit Bitterkeit Schalamow, mit Begeisterung Solshenizyn... Ljusja muß ziemlich oft weinen, und das findet er angemessen. Er wartet, bis sie sich gefangen hat, und liest dann weiter. Er selbst äußert sich zur Politik in ungewohnt kurzen Sätzen. »Der Kommunismus ist eine Katastrophe. Das Land blutet aus; materiell, kulturell, geistig. Was nach uns kommt, weiß ich nicht.« Er lächelt Ljusja zärtlich an.

»Aber unsere Kinder und Enkel werden uns verfluchen.«

140

»Auszüge aus dem staatsbürgerlichen Vorgang 2-8/69 der Wassilij-Insel, über die Wegnahme der Kinder von Tretjakow A. A. und Gwosdikowa L. S. sowie den Entzug der elterlichen Rechte von Tretjakow A. A.

Blatt Nr. 7

– aus der Charakteristik A. A. Tretjakow, die vom Rektor der Universität und dem Sekretär der Parteiorganisation unterschrieben wurde:

›Bei A. A. Tretjakow sind Anzeichen von unmoralischem Lebenswandel aufgetreten. Er hat eine große Anzahl wertvoller Bücher aus verschiedenen Bibliotheken der Stadt entwendet. Nach einer Anmahnung durch das Rektorat und einer kurzfristigen Besserung sowie seiner Wiederwahl traten erneut Anzeichen moralischen Verfalls auf. Von diesen Fakten ausgehend, sind das Rektorat, die Partei- und die gesellschaftliche Organisation zu dem Schluß gekommen, daß A. A. Tretjakow nicht den Anforderungen eines Erziehers der studentischen Jugend entspricht.‹ 1. August 1968

Blatt Nr. 13

– aus einer Charakteristik, die vom Chef der Kriegsmarineakademie, dem Vize-Admiral L. G. Kulakow, unterschrieben wurde:

›Tretjakow hat seinen Unterricht immer mehr gekürzt, um die so gewonnene Zeit zu seiner persönlichen Befriedigung zu nutzen.‹

Blatt Nr. 20

— aus einer Aktennotiz des RONO des Kujbyschewer Rayons:

›A. A. Tretjakow hat Verbindung mit sehr vielen Frauen. Gwosdikowa L. S. ist eine grobe, ungebildete, schlecht erzogene Frau. Gwosdikowa L. S. und Tretjakow A. A. haben in Anwesenheit der Bürgerin Kornejewa und der Kinder kopuliert ... Das Töchterchen Irka hat kein eigenes Bett, sie schläft mit dem Vater. Es ist unbedingt notwendig, daß das Kind dem Vater weggenommen und wieder der Erziehung durch die Mutter zugeführt wird.‹

Blatt Nr. 21

— Die Wohnungsnachbarn Grigorjewa M. B. und Molotschewskaja T. P. haben ausgesagt:

›Gwosdikowa L. S. ist eine in jeder Hinsicht unsaubere Frau. Die Kinder erzieht sie zu Banditen und Prostituierten, da jede Nacht massenhaft Männer zu ihr kommen, da tanzt sie nackt auf dem Tisch und alles vollzieht sich vor den Augen der Kinder. Tretjakow A.A. ist ein moralisch völlig zersetzter Mensch. Ohne Scham vor den Nachbarn läuft er nackt durch die Kommunalwohnung.‹

Blatt Nr. 69

– aus den Akten der Ausnüchterungsanstalt Nr. 7 des Puschkin-Rayons, Akt. Nr. 123790 vom 30.9.1966:

›1. Der Milizionär Palubin hat den Bürger Tretjakow A.A. im Zustand der Betrunkenheit II. Stufe aufgegriffen und zur medizinischen Hilfeleistung sowie zur vollkommenen Ausnüchterung hierhergebracht.

2. Bei der medizinischen Überprüfung wurden folgende körperliche Beschädigungen festgestellt: ein blauer Fleck unter dem rechten Auge, eine Schramme an der Nasenwurzel. Medizinische Hilfe wurde geleistet.

3. Bei der Entkleidung wurden folgende Gegenstände zur Aufbewahrung weggenommen:

a) Geld: 12 Rubel – 4 Kopeken

b) Wertgegenstände: eine Uhr der Marke ›Sieg‹

c) Weiterhin: Paß, Geldbeutel, Kamm in Futteral, Bleistift, diverse Papiere, Schlüssel, Anstecker, Brille.

4. Kleidung: schwarzer Mantel, dunkelblaue Hosen, blaue Jacke, schwarze, abgetragene Stiefel.

Personalien:

a) Name: Tretjakow Alexander Alexandrowitsch
  b) geb. am 1.6.1917
  c) Geburtsort: Jaroslawl
  d) Wohnort: L-d, WO., 6. Linie Nr. ..., Whg. Nr. ...
  e) Arbeitsplatz: Universität, Dozent für Physik

f) Parteizugehörigkeit: keine

Der Bürger Tretjakow wurde entlassen am 1. Oktober 1966 um 6 Uhr 00 Minuten.‹

Unterschriften: Der Direktor der Ausnüchterungsanstalt Korowin
Der Diensthabende: Schuchow

Blatt Nr. 76

— aus einer Mitteilung der Fakultät für Physik:

›Das Schriftmaterial, über das das Rektorat und die gesellschaftlichen Organisationen des Instituts verfügen, sowie die Aussagen von Mitgliedern des Kaders und anderer Personen lassen die Feststellung zu, daß Tretjakow A. A. ein moralisch verkommener Mensch ist, der sich selbst in einem Maße kompromittiert hat, daß er nach Meinung des Kollektivs nicht mehr in der Eigenschaft eines Lehrers verbleiben sollte.‹

Zusammenfassung: Als Resultat dieser Nachforschungen, ausgehend von den Interessen des Kindes, kommt die Kommission zu dem Schluß, daß man das Kind der Mutter zur Erziehung zurückgeben sollte.

Die Mutter hat sich sieben Jahre lang aufopfernd um das Kind gekümmert, und das Kind hat sie geliebt. Der Umstand, daß Irina der Mutter entwöhnt ist und nicht zu ihr zurückkehren will, aber eine fremde Frau – Gwosdikowa L. S. – Mama nennt, kann nur mit einer gewaltsamen Einwirkung auf die Psyche des Kindes von seiten des Vaters erklärt werden sowie von seiten seiner Lebensgefährtin Gwosdikowa L. S. sowie derer Kinder.

Nach Meinung der Kommission ist dies aber kein Grund, das Kind seiner leiblichen Mutter vorzuenthalten.

Die Vorsitzende der Kommission LENGORONO – Wertjagowa
 Die Mitglieder der Kommission Molotschewskaja, Petrenko, Golubejewa, Alexandrowa

Mit den Folgerungen der Kommission einverstanden:

Der Leiter des LENGORONO Dubenko E. T.«

Das alles ist mit derselben Maschine geschrieben. Darunter steht in Paschas Handschrift: »Abschrift beglaubigt. P. Ja. Gwosdikow.«

»AN DEN ERSTEN SEKRETÄR DES KREISKOMITEES DER KPDSU VON LENINGRAD, DEN GENOSSEN ZHADNIKOW S. W.

In unserer Stadt lebt auf der Wassilij-Insel, 6. Linie, Haus Nr...., Wohnung Nr. 7, eine krasse Anti-Sowjetschiza, die Bürgerin Tretjakowa L. S., die zur Zeit der Okkupation im Pskower Gebiet aktiv mit den Faschisten zusammengearbeitet hat, indem sie als Übersetzerin im einem Lager arbeitete; eine Popentochter, die bei den Deutschen eine Spezialschulung in der Hetzjagd auf Menschen durchgemacht hat.

Bis heute fährt sie mit nicht nachlassender Intensität fort, zig und zig meist verdienten sowjetischen Menschen – Kommunisten, Mitarbeitern der Miliz und des Gerichts – Schaden zuzufügen, wobei sie die durchtriebensten Methoden anwendet. Sie hat systematisch mit Skandalen, Streit, Beleidigungen und Randalieren ihre Nachbarn Bereschkow und Berdjajewa eingeschüchtert, Staatseigentum gestohlen und zerstört und mehrere Leute blutig geschlagen. Sie hat verleumderische Gerüchte ausgestreut, anonyme Briefe geschrieben und Drohungen ausgestoßen. Den Genossen Larionow hat sie mehrmals zusammengeschlagen, schwerer Verbrechen beschuldigt sowie angekündigt, sie werde ihm die Augen mit Säure ausbrennen.

Die verbrecherische und antisowjetische Tätigkeit der Bürgerin Tretjakowa L. S. darf auf keinen Fall unbestraft bleiben.«

Unterschriften: 39 Namen (mit Schreibmaschine), darunter Gwosdikow P. Ja. und Larionow B. W. Am Schluß, markig unterzeichnet, noch eine handschriftliche Notiz von Gwosdikow, P. Ja.: »Nach Fertigstellung des vorliegenden Briefes hat Tretjakowa L. S. noch weitere fünf Personen zusammengeschlagen und ihnen leichte bis schwere Verletzungen zugefügt, entsprechend untenstehender gerichtsmedizinischer Expertise.«

Tretjakow hat zu Ende gelesen. Ab und zu lachte er überrascht auf. »So ein Blödian. Aber Phantasie hat er.«
»Sag mal, Saschenka, stimmt das mit den Büchern?«
»Aber ja, das weißt du doch, mein Engel. Wenn ich ein Buch einmal in den Händen halte, kann ich mich nicht mehr davon trennen. Meine einzige Schwäche.« Er pfeift vergnügt durch die Zähne.
»Und mit der Ausnüchterungsanstalt?«
»So was passiert jedem mal. Ich frage mich nur, wie er an das Protokoll gekommen ist.«
»Hast du früher – also, vor meiner Zeit – mit Irka in einem Bett geschlafen?«
»Gott behüte. Ich habe sie in ihrem Zimmer eingesperrt, damit sie uns nicht stört.«
»Uns?«
»Ach, mein garstiger Engel. Bitte fang nicht wieder davon an.«

»Wie stehst du zu der ganzen Sache?«

Tretjakow schwenkt den Packen Papier: »Das?« Er zuckt die Achseln. »Mir tut nur leid, daß Blatt 21 nicht stimmt. Sag, mein Schatz, warum tanzt du eigentlich nie nackt auf dem Tisch?«

141

Pascha hat sich mit Tretjakows Ex-Frau zusammengetan, einer an sich gutartigen, aber willenlosen Frau, und sie überredet, um das Sorgerecht für Irka zu klagen. Tretjakows Frau ist krank und wird sich kaum um das Kind kümmern können, aber das ist Pascha egal. Er will einfach Tretjakow schaden.

Tretjakow muß sich vor Gericht sehr peinliche Dinge sagen lassen. Ab und zu grinst er erstaunt über die Details. Andererseits sind viele Vorwürfe Paschas leicht zu entkräften. Tretjakow hat noch nie in einer Kommunalka gewohnt. Ljudmila Semjonowna ist keine unsaubere Frau, er läuft nicht nackt in der Wohnung herum (»Kommen Sie uns besuchen, auch unangemeldet, jederzeit«, strahlt er die Richterin an). Die Kinder sind nicht verwahrlost, und Irka hat, seit sie nicht mehr bei ihrer Mutter wohnt, deutlich bessere Noten. Irka läßt während der Verhandlung Ljusja kein einziges Mal los. Als die Richterin mit keineswegs überzeugter Stimme das Sorgerecht der leiblichen Mutter zuerkennt, klammert sich das Kind weinend an Ljusja und ruft: »Gib mich nicht weg, Mama, bitte gib mich nicht weg!« Ljusja umarmt Irka. »Ich respektiere das Urteil des Gerichts, aber wie kann ich das Kind davonjagen? Holt es euch selbst!« Alle schauen auf Irkas Mutter, die mit taubem Gesichtsausdruck, Blasen vor dem Mund, neben ihrem Anwalt sitzt. Ihr Blick wiederum sucht Pascha, der sie die ganze Zeit über angefeuert hatte. Aber Pascha ist verschwunden.

142

Irka ist bei Tretjakows geblieben. In der Schule hat sie bessere Noten als Ljusjas Töchter, was aber nicht nur an ihrem ruhigeren neuen Leben liegt. Tretjakow nämlich hat Anfälle von despotischer Erziehungswut. Dann weckt er Irka morgens eine Stunde vor Ljusjas Mädchen und trainiert.
»Wieviel ist zehn und zehn?«
Irka jammert: »Mir ist kalt! Ich will ins Bett!«
»Zehn und zehn!«
»Papotschka, bitte laß mich!«
»Zehn und zehn!!«
»Papotschka, ich flehe...«
»Zehn und zehn!!!«
Ein Aufschrei: »Zwanzig!«
»Brav. Und jetzt fünf dazu!«

143

Liljas Ehrgeiz wird durch Irkas Erfolge angespornt, während Anja in der Schule immer mehr nachläßt. Einmal hat Anja Irkas Schulheft verschmiert, als die Tinte noch frisch war. Irka weinte. Tretjakow aber hatte die Aufgaben bereits kontrolliert und gesehen, daß das Heft vorher sauber war. Nun wird Anja zum Strafgericht zitiert. Als sie abstreitet, wird Tretjakow verlegen. Er läßt von Anja ab und sagt zu Ljusja: »Der Fall ist klar. Übernimm du.« Ljusja gibt Anja eine Ohrfeige: »Die ist nicht dafür, daß du das Heft verschmiert hast – das verstehe ich sogar –, sondern dafür, daß du gelogen hast, und dann auch noch so dumm!«

144

Pascha läßt nicht locker. Eines Tages ruft er bei Ljusja an und zischt ins Telefon: »Du wirst niemals glücklich sein auf meinen Knochen. Das werde ich verhindern. Denk an meine Worte.« Am selben Abend klingelt es an der Tür, und als Ljusja öffnet, lehnt Tretjakow im Rahmen, blind, zerzaust, mit schweißnassem Kinn. Drei Schläger sind im Schatten des Torbogens über ihn hergefallen, als er von der Arbeit zurückkehrte. Sie schlugen ihm die Brille von der Nase und schlitzten ihm mit einem Messer den Unterarm auf. Aber er ist ein Hüne mit Händen wie Bratpfannen, er schleuderte die Angreifer beiseite und ging blutend nach Hause.

145

Bald darauf wird Tretjakow nahegelegt, seine Stelle an der Universität aufzugeben, und nicht einmal darüber beschwert er sich. Da sein Ruf als Wissenschaftler einwandfrei ist, findet er sofort eine Anstellung im B. R.-Institut für physikalische Studien. Auch dort bildet er Studenten (und Studentinnen) aus. Seine neue Position ist weniger angesehen als die alte, dafür verdient er dort mehr Geld, und er hat mehr Freiheiten.

Um das alles zu feiern, geht er mit Ljusja und den Kindern in den Zoo.

146

Der Zufall will es, daß einer seiner neuen Studenten der Sohn des RONO-Chefs Kotow ist. RONO ist das Gebietskomitee für Volksbildung, Vater Kotow somit oberste Instanz in allen Erziehungs- und Sorgerechts-Angelegenheiten des Leningrader Gebiets.

Kotows Sohn nun ist in Physik sehr schwach. Tretjakow setzt sich mit Vater Kotow in Verbindung und stellt einen bürgerlichen Zusammenhang her zwischen Pascha Cherzews Attacken und den Noten des jungen Kotow. Vater Kotow sagt, er begreife zwar absolut nicht, was Tretjakow andeuten wolle, werde aber natürlich gewissenhaft seine Pflicht erfüllen, zumal er Tretjakow als Wissenschaftler schätze.

Mehrfach kommen in der Folge unangemeldet Beamtinnen des Jugendamts ins Haus und staunen über die saubere Wohnung und die drei lebhaften, gutgenährten und anständig gekleideten Kinder. Vater Kotow studiert die Akten, besucht Tretjakow zu Hause, unterhält sich lange und einfühlsam mit den drei Mädchen und sagt dann: »Der Fall läßt sich klären. Bei der nächsten Eingabe Cherzews wenden Sie sich direkt an mich.« Von da an hört man nur noch einmal von Pascha, und der junge Kotow wird zu seiner Überraschung ins nächste Studienjahr versetzt.

147

»Was hast du denn, mein Engel?«

Tretjakows rundes Gesicht mit den glitzernden Äuglein strahlt aus großer Höhe auf Ljusja herab. Ljusja will aus dem Zimmer, aber er breitet seine langen Arme aus und verstellt die Tür. Immer zeigt er diesen Gesichtsausdruck zwischen Treuherzigkeit und Gier, wenn Ljusja unruhig ist, und sie weiß, dann steht die nächste Attacke unmittelbar bevor. Aber diesmal ist ihr nicht nach Attacken zumute, und nicht nach Diskussionen. Als sie heute am späten Vormittag aus Wyriza zurückkam, fand sie auf dem Kopfkissen Abdrücke roter Lippen, ohne Zweifel von einem sehr farbintensiven Importlippenstift. Wer kommt mit derart geschminkten Lippen in diese Wohnung? Ljusja klopft das

Herz. Sie weiß, daß Tretjakow andere Frauen besucht, aber wenn andere Frauen schon zu ihm ins Haus kommen, ist das nicht der Anfang vom Ende? Sie will zur Nachbarin Pjatkowa gehen, um sich zu beraten, aber in der Tür trifft sie die Nachbarin Simonowa, die ihr mit Verschwörermiene rät, besser aufzupassen: Die Pjatkowa sei bei Tretjakow gewesen, und das zwei Stunden lang, sie habe »stark bemalt« bei ihm geklingelt, als Ljusja noch nicht aus dem Hof war. Ljusja betrachtet die Simonowa, die in sonderbarer Erregung spricht, mit ihren auseinanderstehenden Zähnen, deren Spitzen rot sind von – ja, Lippenstift, aber welcher Farbe? Was, wenn die Semjonowna lügt? Andererseits: wenn man schon den Nachbarinnen vom selben Stockwerk nicht mehr glaubt und gleichzeitig dem eigenen Ehemann alles zutraut, was ist dann diese Ehe wert? Offenbar langweilt Tretjakow sich mit Ljusja, also ist es doch besser, wenn Ljusja den Zeitpunkt für das unvermeidliche Ende wählt, solange sie noch die Übersicht hat.

Jetzt steht er mit ausgebreiteten Armen vor der Schlafzimmertür, versperrt ihr den Ausgang und lächelt verliebt, und Ljusja ist sprachlos vor Zorn und Enttäuschung.

»Ich lasse dich nicht hinaus, bevor du mir nicht sagst, warum du so ein böses Gesichtchen machst.«

»Laß mich, du Hurenbock, ich will nicht mit dir reden. Laß mich sofort gehn.«

»Wovon sprichst du eigentlich, mein Engel? Hat wieder jemand angerufen, während ich in der Arbeit war?«

Ljusja schnappt nach Luft. »Arbeit? Die Arbeit im Bett?«

»Welches Bett?« fragt er routiniert. Ein keineswegs unschuldiges Lächeln erhellt plötzlich seine Züge.

Du fragst noch, will Ljusja kalt zurückgeben; sie hebt das Gesicht, blickt ihm kämpferisch in die wäßrig blauen Augen und bricht in Tränen aus.

Plötzlich kniet Tretjakow vor ihr, schlingt seine langen Arme um sie und birgt sein Gesicht an ihrem Hals. »Um Gottes willen«, ruft er mit zitternder Stimme, »Ljusenka, ich wollte dich

nicht kränken, bitte verzeih mir!« Sie wird geschüttelt vom Beben seines mächtigen Leibes und spürt auf einmal, wie ihr Hals feucht wird. Tatsächlich, er weint; seine Tränen laufen in ihren Ausschnitt und an ihrer Schulter entlang. Das löst ihren letzten Widerstand. »Aber mußtest du denn das tun«, schluchzt sie, »ausgerechnet in unserer Wohnung, ausgerechnet mit der Pjatkowa?«
»Pjatkowa?« Er hält inne. »Nun, wie auch immer«, fährt er sachlicher fort und beginnt, ihren Hals zu küssen, »es hat nichts zu bedeuten. Bitte verzeih mir diese kleinen Ungezogenheiten. Das sind Schrullen aus meiner langen, langen Junggesellenzeit. Es geht bestimmt bald vorüber.« Als sie sich befreien will, fügt er eilig hinzu: »Es ist sozusagen hiermit vorüber. Du mußt mir glauben – glaubst du mir?« Er nimmt ihren Kopf in beide Pranken, in deren einer noch ein Bügel seiner Brille hängt, und lächelt Ljusja mit seinen kurzsichtigen Augen an: »Ich liebe nur dich. Du bist sozusagen mein allerköstlichster, einzigartiger Engel! Du meine Freude, fühlst du denn nicht, daß ich ohne dich gar nicht mehr leben kann?«

148

Tretjakow liegt neben Ljusja und hält einen Vortrag. »Weißt du, von der Natur können wir viel lernen. Hast du mal die Kühe auf der Weide gesehen? Der Bulle begattet alle Kühe, aber er grast immer nur neben seiner Lieblingskuh.« Er drückt Ljusja an sich. »Oder die Hühner im Hof. Auch der Hahn muß sich um alle Hühner kümmern, aber wenn du genau aufpaßt, wirst du sehen, die besten Körnchen bringt er seiner Lieblingshenne.«

»Vor einer halben Stunde hast du anders geredet«, protestiert Ljusja.

»Ja-nein, ich weiß schon«, antwortet er rasch, »ich will ja bloß sagen, du mußt nicht denken, daß ich ein Unmensch bin. Wir Menschen haben natürlich die Möglichkeit, uns auf eine andere sittliche Ebene zu erheben. Nur, die natürlichen Wurzeln zu leugnen fällt manchmal schwer.« Tretjakow ist zufrieden über diese würdevolle Wendung.

»Ich weiß, daß du immer lügen wirst. Aber es gibt eine Grenze«, sagt Ljusja warnend, »und das ist, wenn die Kinder in diese Sache hineingezogen werden. Das werde ich nicht dulden.«

»Wie meinst du das?« fragt er erschrocken.

»Was hättest du getan, wenn die Mädchen vorzeitig aus der Schule gekommen wären? Kälte- oder hitzefrei?«

»Ach das«, sagt er erleichtert, »da mußt du dir keine Sorgen machen: Ich hatte doch eine Kommode vor die Tür gestellt.«

149

Wie soll Ljusja ihn kontrollieren? Mal muß er einen Professoren-Kollegen besuchen, mal einem Freund bei der Reparatur eines Autos helfen, mal das kranke Kind eines Studenten in einer Klinik unterbringen, mal mit einem wissenschaftlichen Mitarbeiter einen Artikel für eine Zeitschrift schreiben. Einmal, nachdem Ljusja ihn zwei Tage lang zu Hause festgehalten hat, ruft er nervös: »Ich muß dringend – Zigaretten kaufen!« und stürzt aus dem Haus. Ljusja wundert sich – schließlich ist Tretjakow Nichtraucher –, und folgt ihm, der wie ein Wahnsinniger zur nächsten Telefonzelle rennt. Ljusja wartet vor der Zelle, durch das vereiste Glas kann Tretjakow sie nicht sehen, aber er sieht sich auch nicht um, sondern ruft nacheinander drei verschiedene Frauen an, denen er gleichermaßen erregt genau die gleiche Geschichte auftischt: Irka sei leider bös an den Ohren erkrankt, er habe ihr Wickel machen müssen und Tag und Nacht an ihrem Bettchen gewacht... Ljusja setzt eine erzieherisch-spöttische Miene auf und postiert sich einen halben Meter vor der Zelle, um ihm wirkungsvoll in Empfang zu nehmen. »Galitschka, mein süßes Frätzchen, in einer halben Stunde bin ich bei dir«, ruft Sascha brünstig ins Telefon, »ich muß nur noch zwei Telefonate führen!« Er legt auf, kramt in seiner Tasche und flucht, offenbar findet er keine Zwei-Kopeken-Münze. Plötzlich stößt er die Tür der Telefonzelle auf und stürmt an Ljusja vorbei. Beinahe rennt er sie um; murmelt ein paar entschuldigende Worte und ist fort, er hat sie tatsächlich nicht erkannt.

150

Ljusja ist schon lange nicht mehr Herrin der Lage, aber sie beschützt und ernährt die Kinder. Unter ihren Fittichen erholt Irka sich etwas von den Schrecken ihrer Kindheit. Ein Teil von Tretjakows Bekannten kommt gern zu Besuch. Um Anton Robertowitsch kümmert Ljusja sich mit einer Ehrfurcht und Zärtlichkeit, die sogar Tretjakow zur Kenntnis nimmt.

»Ich weiß nicht, mein Engel, wohin ich die Mappe getan habe. Ich habe sie eben verlegt, du siehst ja, in wieviel Papieren ich mich täglich vergrabe, nur um meinen Engel und seine himmlische Brut zu ernähren!«

»Ja, aber Anton Robertowitsch kommt morgen vorbei, und er sagte, er braucht die Mappe zurück.«

»Wie, Anton Robertowitsch kommt morgen? Da muß ich mich ja aus dem Staube machen...«

»Du abscheulicher Egoist! Du hast Anton Robertowitsch versprochen, daß du die Berechnungen überprüfst, und jetzt hast du nicht nur die Berechnungen nicht überprüft, sondern auch noch die Mappe verloren, bestimmt waren das alles Original-Manuskripte!«

»Mein hinreißender Engel! Vergiß endlich Anton Robertowitsch und sag noch mal ›Berechnungen‹, das höre ich so gern aus deinem Munde! Und sag ›Original-Manuskripte‹, ja, das am besten zuerst! Und wenn du das fünfmal richtig ausgesprochen hast, bringe ich dir ein neues Wort bei, es beginnt auch mit O...«

Ljusja schämt sich entsetzlich, als sie Anton Robertowitsch am nächsten Tag gestehen muß, daß seine Mappe mit den Formeln und Berechnungen verloren ist. Sie hatte ihm versprochen, sich um die Papiere zu kümmern. Anton Robertowitsch verzieht keine Miene und sagt nur: »Aha.«

Als Tretjakow wieder einmal für zwei Wochen auf »Dienstreise« ist, macht Ljusja Großputz und findet die Mappe zwischen Alexander Alexandrowitschs Matratzen. Am selben Abend ruft Tretjakow an. Er ist zärtlich gestimmt und sagt eine Menge unanständiger Dinge. Mit schneidender Stimme fährt die Telefonistin dazwischen: »Genossen, die drei Minuten sind um, ich muß jetzt unterbrechen!«

»So warten Sie doch, hören Sie denn nicht, daß es gerade interessant wird! – Ljusenitschka, ich muß dir unbedingt sagen, daß...«

»Sascha! Saschenka! Stell dir vor, ich habe die Mappe wiedergefunden!«

»Was für eine Mappe? Ljusenitschka, laß dir sagen, daß...«

»Genossen!« schreit die Telefonistin, »jetzt reichts! Beenden Sie Ihr Gespräch!«

»Saschenka, die Mappe von Anton Robertowitsch, die du verloren hattest!«

»Zwischen den Matratzen? Mein märchenhaft naiver Engel, hör zu, jetzt muß ich dir augenblicklich sagen...«

Die Verbindung reißt ab.

Am nächsten Tag präsentiert Ljusja die wiedergefundene Mappe stolz Anton Robertowitsch. Sie erzählt ihm vom Hausputz und, einmal in Eifer geraten, auch von der Reaktion Alexander Alexandrowitschs. Zum ersten Mal lächelt Anton Robertowitsch. »Aber ich habe doch zu Hause Kopien gehabt...«

152

Ljusja hat die Mädchen in einem Internat untergebracht, damit sie sich nie unbeaufsichtigt in Tretjakows Wohnung aufhalten müssen. Ausschlaggebend war ein Vormittag, an dem Ljusja eigentlich zu Pelageja Nikiforowna hinausfahren wollte. Im Bahnhof Kuptschino aber brach sie sich einen Absatz vom Schuh, und sie kehrte um. Im Treppenhaus traf sie die drei Mädchen an. Die Wohnungstür war verrammelt.

Lilja und Anja blickten verwundert drein, Irka aber zynisch. Ljusja rief: »Kommt, Mädchen, gehen wir ans Wasser, Möwen angucken...«

An der Kleinen Newka wehte ein frischer Wind, aufgeregt schossen die Möwen hin und her. Lilja und Anja gaben einzelnen Möwen Namen und versuchten, sie möglichst lang im Auge zu behalten. Irka aber stand mit gesenktem Kopf abseits. Plötzlich seufzte sie aus tiefer Brust: »Wie unglücklich ich bin!«

»Wie kannst du so was sagen«, schimpfte Ljusja. »Du bist satt, sauber, gut angezogen, im Winter hast du es warm – Millionen anderer Kinder wären froh...« Irka aber sagte: »Ich bin ganz allein. Mit dem da kann man es nicht aushalten. Und auch ihr geht sicher bald fort.«

Ljusja wollte gern länger am Wasser bleiben, aber die Mädchen strebten nach Hause, weil sie froren. Als sie schließlich zurückkehrten, öffnete sich vor ihren Augen die Wohnungstür, und die Nachbarin Pjatkowa trat heraus. Mit einem leisen Aufschrei flüchtete sie wieder in das Halbdunkel der Wohnung zurück. In der Mitte des Zimmers aber stand, nur halb bekleidet, dampfend und zufrieden Tretjakow.

153

Galja sagt: »Dein Tretjakow ist ein Erotomane.«

»Ein was?«

»Ein Erotomane. Das ist ein Stier, der sich auf jede Frau stürzt, die an ihm vorüberläuft«, erklärt Galja. »Sonnenklar.«

Tretjakow kann sich beim Anblick einer Frau gleich welchen Alters nicht beherrschen. Er schläft mit seinen Studentinnen. Ljusja braucht ihre Phantasie nicht anzustrengen, einige der Mädchen sind von hemmungslosem Bekenntnisdrang erfüllt. Eine sucht bei ihr sogar Rat, wie sie Tretjakow stärker an sich fesseln könne. Was sie erzählen, ist einheitlich: Zuerst verehren sie seine Position und seine wissenschaftliche Autorität. Dann kommt der Stolz über seine Aufmerksamkeit. Er streicht ihnen mit seinen gewaltigen Händen über das Haar und küßt voll Andacht ihre Finger. Wenn sie in Bewunderung verstummen, greift er zu: ohne Hast, ohne Grobheit, kaum eine entzieht sich ihm. Sein Alter scheint seiner Anziehungskraft keinen Abbruch zu tun. Zunächst erzählt er jeder neuen Geliebten, sie sei die einzige, köstliche und wunderbare, dann beginnt er sie zu belügen, doch bald gibt er die Ausflüchte auf, und die Geliebten teilen sich ihn ohne Neid. Sie rufen bei ihm an und erzählen Ljusja, wie großartig er sei. Seine Schrullen finden sie entzückend. Eine reife Dame erklärt Ljusja ausführlich, daß sich in Tretjakow das Akademische und das Tierische auf besonders gelungene Weise verbänden. Für ihn sei eine Frau ein Kunstwerk, darin unterscheide er sich von all den anderen Stoffeln. Schon wie er küßt: Keiner kann das so. Nur damit bringe er einen bereits wer weiß wie weit. Als Ljusja sie zu beschimpfen beginnt, versucht die Dame sie in aller Unschuld zu trösten: »Sie liebt er am allermeisten, Sie Glückliche, Beneidenswerte! Sie haben doch nichts zu befürchten.«

Aber Ljusja fürchtet sich. Tretjakow hat einmal gesagt (in Krisensituationen verweist er neuerdings gerne auf Beispiele aus der Physik, seit er bemerkt hat, daß die biologischen Parallelen nicht mehr greifen): »Weißt du, eine Ehe ist wie ein Gummiband. Spürst du es nicht? Nach jeder Dehnung zieht es uns wieder zueinander, und zwar um so heftiger, je stärker es überdehnt war.« Ljusja versteht nichts von Physik, weiß aber aus Erfahrung, daß auch das stärkste Gummiband ausleiert. Tretjakow ist Ljusja gegenüber liebenswürdig, aber ohne wirkliches Interesse. Ab und zu stürzt er sich mit großem Pomp auf sie, aber ihr scheint, er kommt nicht mehr zum Ende. Er gerät längst nicht mehr in Verlegenheit, wenn sie ihn nach dem Einkaufen mit fünf Frauen in der Wohnung antrifft. »Mein Engel«, ruft er zwar, wenn er sie in der Tür erblickt. Er läuft auf sie zu, umarmt sie und wirbelt sie im Kreis herum, aber Ljusja scheint dies eher eine Komödie für die Frauen zu sein als wirkliche Freude. Er scheucht die Besucherinnen davon und küßt Ljusjas widerstrebendes Gesicht. »Was hast du denn, mein einzigartiger, goldener Engel! Du bist doch nicht eifersüchtig? Vergiß nie, das da sind bloß meine Gespielinnen, du aber bist meine kleine Hausfrau!«

Dann kocht die kleine Hausfrau, und Tretjakow verschlingt zwei Teller Borschtsch mit Sauerrahm, einen halben Laib Brot, drei Koteletts, acht Kartoffeln und eine Schüssel Apfelkompott. Dazu trinkt er einen Liter Tee. Er bedankt sich galant für die gute Mahlzeit und setzt sich an seinen Schreibtisch, um zu arbeiten. Aber nach spätestens einer Stunde wird er unruhig, schließlich geht er und kehrt die Nacht nicht zurück.

154

Lilja weigerte sich immer, zu Tretjakow »Papa« zu sagen. Bisher benahm sie sich kühl, aber nicht unhöflich zu ihm. Nun entwickelt sie eine regelrechte Wut. Sie nennt ihn »den Typ«. »An dem Typ liegt es, daß du uns rausgeschmissen hast.«

»Ich habe euch nicht rausgeschmissen. Schau, es gehört alles zusammen. Wenn ihr wollt, gehe ich weg von ihm, und wir leben wieder zu dritt in einem kommunalen Zimmer. Erinnerst du dich, wie das war? Feucht, kalt, eng, laut, gestunken hat es, und ich habe oft bis spät in die Nacht gearbeitet. Hattet ihr da mehr von mir? Jetzt aber bin ich ausgeruht, zum Essen gibt's bei uns alles außer Vogelmilch, und in den Ferien fahren wir sogar in die Ukraine.«

Lilja nagt an ihrer Unterlippe.

»Komm, Lilja, sprich dich aus. Willst du wieder in einer Kommunalka leben?«

»Nein«, sagt Lilja schließlich zögernd. »Trotzdem kann ich nicht verstehen, was du an dem findest.«

155

Ljusja versteht es selber nicht.

Tretjakows »Schrullen«, wie er das nennt, haben sich mit den Jahren nicht gegeben; im Gegenteil, sie werden schlimmer. Ljusja ist jetzt vier Jahre mit Tretjakow verheiratet und findet ihn ziemlich unerträglich. Sie kocht für ihn, muß sich aber überwinden, mit ihm zu essen, weil es sie abstößt, wie er einen Bissen nach dem anderen in seinen Mund schiebt, ohne zu kauen. Sein Kinn ist fettig. Er selbst wird immer fetter. »Kannst du nicht langsamer essen?« fragt Ljusja.

»Keine Zeit, keine Zeit!«

Tatsächlich hat er es immer eilig. Am eiligsten hat er es, wenn er weiß, daß ein Übergabetermin für das Haushaltsgeld naht. Im Haus selbst ist er meist geistesabwesend. Er kann plötzlich aufspringen und in sein Arbeitszimmer laufen, und zwei Stunden später findet Ljusja ihn grübelnd über Zetteln, auf die er unter besorgtem Gebrumm Zahlen und Pfeile malt. Manchmal springt er mitten in der Nacht auf, taumelt nackt zu seinem Stehpult und kritzelt etwas, wobei seine Nase fast das Papier berührt. »Was hast du denn heute nacht gekritzelt?« fragt Ljusja am anderen Morgen. Dann geht er zu seinem Stehpult, liest das oberste Blatt und sagt überrascht: »Gar nicht so schlecht! Hinter der Formel war ich seit Wochen her... Ist es nicht erstaunlich«, fährt er zu Ljusja gewandt fort, »daß die entscheidenden Offenbarungen nicht mit Willenskraft zu erzeugen sind, sondern wie von selbst zu uns kommen, in Augenblicken herabgesetzter Kontrolle? Schon das ist der Beweis, daß es eine übergeordnete Intelligenz gibt. Nicht wir denken, sondern Es denkt in uns.« Sein Gesicht überzieht sich, wie üblich, wenn er auf die Religion zu sprechen kommt, mit einem rosa Schimmer.

Ljusja möchte fragen: »Soso, deswegen liebst du also die ›Augenblicke herabgesetzter Kontrolle‹?« Aber sie schweigt, weil sie ihn nicht auf falsche Gedanken bringen will.

156

Andererseits genießt sie die viele freie Zeit. Sie besucht ihre Schnapsladen-Freundin Galja, die einen Spekulanten an der Angel hat, Katjuscha Zucker, die so fleißig und einsam ist wie je, und alle ihre Verwandten.

Pelageja Nikiforowna ist seit sieben Jahren in Rente. Sie lebt weiterhin in ihrem Blockhaus in Wyriza vom mageren Ertrag ihrer Erde. Ljusja bringt ihr Zucker, Butter, Gewürze und Fleisch aus der Stadt mit, aber Pelageja Nikiforowna bewirtet die halbe Straße, und ihr selbst bleibt nichts. Im Winter ernährt sie sich manchmal eine Woche lang von Brot, das sie nach sibirischer Art in Zucker taucht, mit Tee. Sie will aber nicht in der Stadt leben.

Innokentij kommt einmal pro Woche mit der Elektritschka, um seiner Mutter Geld zu bringen. Das Geld landet im Sparstrumpf, trotzdem legt er großen Wert darauf, daß sie es bekommt, und hat sich sogar selbst angezeigt und gerichtlich zur

Unterstützung seiner Mutter verurteilen lassen. »Aber Jenka«, jammerte Pelageja Nikiforowna, »mußtest du dich wirklich der Staatsgewalt ausliefern?« – Jenka sagte: »Ist schon gut so, Mama. Das Urteil erspart mir einen monatlichen Skandal.« Den Skandal hatte seine Frau jedesmal gemacht, wenn er mit dem Geld zu Pelageja Nikiforowna aufbrach. Das quälte ihn, denn er hat ein schwaches Herz. Er wirkt überhaupt unglücklich. Wenn Nadja ihm zusetzt, zieht er den rechten Mundwinkel herab und blickt zu Boden. Er streitet nie, und mit Nadja ist auch schlecht streiten. Wenn er von der Arbeit nach Hause kommt, sitzt sie hervorragend gekleidet auf dem Diwan und droht: »Sag bloß nicht, du willst was essen.« – »Ich habe Hunger.« – »Warum gehst du nicht in eine der tausend Leningrader Garküchen? Denkst du, in diesem Kleid stelle ich mich an den Herd?« – »Warum wechselst du nicht das Kleid?« – »Wieso, gefällt dir etwa nicht, daß ich mich anständig anziehe?« Einmal, als es ihm besonders schlechtging, hat Innokentij Pelageja Nikiforowna gegenüber angedeutet, es sei nur wegen seines Sohnes Boris, daß er bei Nadja bleibe.

Der älteste Bruder Wowa ist soeben seine vierte Ehe eingegangen. Bei ihm läuft es so: Wenn er sich für eine Frau begeistert, jagt er sofort die alte davon und ist der neuen treu, bis er sich für die nächste begeistert. Diesmal war es etwas anders, weil die Frau, wegen der er seine dritte Ehefrau verlassen hatte, noch vor der Hochzeit ihn verließ. Sie hatte bereits ihr Geschirr und ihr Nachthemd zu ihm getragen und seine Hosen gewaschen, doch eines Tages packte sie Geschirr und Nachthemd wieder ein und fuhr davon. Er litt sehr. Er bat sogar Ljusja, ihm eine Frau zu suchen. Ljusja stellte ihm die Schnapsladen-Kollegin Galja vor, die sich aber keine große Mühe gab (wegen des Spekulanten). Wowa sagte zu Ljusja: »Das war nichts. Die entflammt mich nicht.« – »Na ja, du wirst eben langsam alt«, spottete Ljusja. »Allmählich braucht's wahrscheinlich ein Pulverfaß, um dich zu entflammen.«

Die älteste Schwester Ljuba lebt einträchtig mit ihrem Andrej zusammen, dem Chemiker mit dem entstellten Gesicht. Ljuba singt nicht mehr in der Oper, betrachtet sich aber immer noch als Künstlerin. Letzten Monat hat sie Ljusja zu Kohlrouladen eingeladen. Der Kohl war scharf angebraten, wie es sich gehört, die Fleischfüllung aromatisch, der Reis aber war nicht vorgekocht. Ljusja spie die harten Körner auf den Teller und bestaunte Andrej, der aß, ohne mit der Wimper zu zucken. Schließlich flüsterte sie ihm zu: »Andrjuscha! Fällt dir am Reis nichts auf?!« – »Wieso?« kaute Andrjuscha. »Wie sollte Reis denn sein?« Kurz darauf lud Ljuba sogar acht Gäste zum Essen ein und war dann selbst nicht zu Hause. Sie kam anderthalb Stunden später. Allen knurrte der Magen, alle fühlten sich mißachtet und beleidigt, und plötzlich betrat Ljuba mit einem wehenden orangefarbenen Seidenschal das Zimmer, wedelte mit den erhobenen Händen und rief mit klingender Opernstimme: »Oj! Pardon, Pardon, Pardon!« Andrej näherte sich ihr drohend. »Jetzt«, erklärte er, »werden wir dich schlagen.« – »Ah! Das war Gogol!« rief sie, und alle brachen in Gelächter aus.

»Stell dir vor, sie hatte gar nichts da!« erzählte Ljusja am selben Abend Tretjakow, den sie zufällig zu Hause antraf, übrigens im Gespräch mit ihrer Freundin Warja, die ihrerseits zu Ljusja gewollt hatte. »Sie hatte kein Essen im Haus, weil ihr am Morgen aufgefallen war, daß sie gar keinen großen Kochtopf hatte. Na, der haben wir's aber gegeben. Nächsten Sonntag muß sie sich – hat Andrjuscha gesagt – reha-reha-bilitieren. Ich stelle ihr unseren großen Suppentopf zur Verfügung, den du reparieren wolltest, hast du das übrigens gemacht?«

Tretjakow sah sie an, als käme sie aus dem Urwald. Warja aber, die übrigens als Blaustrumpf gilt, weswegen Ljusja auf sie nicht eifersüchtig ist, schlug die Hände über dem Kopf zusammen. »Du liebe Güte, Alexander Alexandrowitsch, jetzt begreife ich Sie. Wir diskutieren über Hegel, und sie kommt mit ihren Kochtöpfen!«

Auf keinen Fall will Ljusja die Sommerferien mit Tretjakow verbringen. Sie möchte mit den Mädchen aufs Land, aber bei Pelageja Nikiforowna kommen sie zu viert nicht unter. Nun ist es Ljusja mit viel Diplomatie gelungen, zwei Zimmer in einem Wohnheim auf der Krim zu reservieren. Es fehlt nur das Geld. Der Zahlungstermin ist verstrichen, und seit zwei Wochen hat Ljusja Tretjakow kaum zu Gesicht bekommen.

Letzten Dienstagnachmittag war er kurz da, aber nur um telefonische Verabredungen zu treffen: mit einer wissenschaftlichen Mitarbeiterin des Instituts zu einer mehrstündigen Arbeitssitzung bei ihr; mit einem pensionierten Kollegen wegen der Redaktion eines gemeinsamen Artikels für eine Fachzeitschrift in der Bibliothek; mit einem Kollegen wegen eines Treffpunkts bei der Mai-Parade (»Wer hat schon Lust? Aber man ist zur Zeit ein bißchen hinter mir her, deswegen muß ich, und zu zweit wär's angenehmer«). Immerhin registriert Ljusja bei diesem Gespräch eine nützliche Information: Die Mitarbeiter des Instituts sollen sich am 1. Mai um neun Uhr früh auf der Wojnow-Straße zwischen dem Schriftstellerhaus und dem Litejnij-Prospekt versammeln und werden dann von Demonstrationshelfern in den großen Umzug eingefädelt, der über den Newskij-Prospekt auf den Schloßplatz führt.

Tretjakow hat es eilig. Er war nur hergekommen, um zu duschen und seine Kleidung zu wechseln, als das Telefon klingelte. Ljusja wirtschaftet in der Küche und hört sein optimistisches, aber nicht ganz unbefangenes Trompeten am Telefon. Sie möchte mit ihm sprechen, sowie er zu Ende telefoniert hat, aber er ist plötzlich verschwunden: so laut er organisierte, so leise zog er die Tür hinter sich ins Schloß.

158

Am ersten Mai um neun Uhr früh fährt Ljusja zum Litejnij-Prospekt, um Tretjakow zu stellen. Sie malt sich sein dummes Gesicht aus, wenn sie ihre Forderung erheben wird, und fühlt sich im Vorteil. Aber sie ist so überstürzt aufgebrochen, daß sie den Regenschirm vergessen hat. Es regnet in Strömen, das Regenwasser läuft über ihr Gesicht und verschmiert die Schminke.

In der Innenstadt ist der Teufel los. Es wird gewartet, gedrängelt, marschiert. Aus allen Lautsprechern dröhnt Triumphmusik. Transparente mit Parolen, alle mit derselben weißen Farbe auf Stoffbahnen aus demselben Hellrot geschrieben, werden über den Newskij getragen oder ragen in Nebenstraßen aus Gruppen von Regenschirmen heraus. GETREU DEM LENINSCHEN VERMÄCHTNIS. WIR BEJAHEN DIE POLITIK DER KPdSU. DIE KPdSU IST INSPIRATOR UND ORGANISATOR DER SOZIALISTISCHEN ARBEIT. ES LEBE DIE GROSSE, UNZERSTÖRBARE EINHEIT VON PARTEI UND VOLK. DAS EINZIGE ZIEL DER PARTEI IST DAS WOHL DES VOLKES. RUHM DER GROSSEN SOWJETISCHEN HEIMAT.

Ljusja verläßt den Newskij. In den Nebenstraßen stehen apathisch die wartenden Gruppen. Von weitem schon erkennt Ljusja den Umzugswagen des B. R.-Instituts, einen Pritschenwagen, der von Studenten in freiwilliger gesellschaftlicher Arbeit mit viel rotem Tuch und Pappmaché dekoriert wurde, und zwar mit einem überdimensionalen Rechenschieber und einem ebensolchen Zirkel, der sich fest in eine halbmeterdicke Buchattrappe mit der Aufschrift: »Kommunistisches Manifest« bohrt und den freien Arm wie eine Faust in den Regenhimmel streckt. Über dieser Skulptur hängt an zwei Stäben, nachlässig gespannt, ein Transparent: RUHM DER SOWJETISCHEN WISSENSCHAFT. Auf dem Wagen ferner in einer Plastiktüte ein Kofferradio, das Schlager plärrt. Ein paar Studenten, etwas abseits, rauchen und flüstern unter Regenschirmen; direkt neben dem Wagen aber, als passe er auf ihn auf, steht Tretjakow. An der Spitze seines Regenschirms ist ein roter Luftballon befestigt. Tretjakow lächelt vor sich hin und ist so in sich gekehrt, daß er Ljusja nicht wahrnimmt.

Es nähert sich ihm eine Gruppe entschlossener, wichtig dreinblickender Jungkommunisten, vielleicht das Leitungskomitee der Festinitiative, und Tretjakow begrüßt sie mit einem fröhlichen: »Guten Feiertag, Genossen.« Er schüttelt allen die Hand; den Mädchen, denen er die Hände wohl lieber küssen würde, blinzelt er mit feuchten Äuglein zu. Eine Studentin dreht die Lautstärke des Kofferradios auf und wechselt das Programm. Man hört jetzt die Übertragung vom Schloßplatz, kommentiert von einem Reporter mit inbrünstigem Tenor: »Die Stimmung ist zweifellos gut, festlich, wie es sich für einen Feiertag des Volkes gehört. Immer wieder ertappe ich mich bei dem Gedanken: Wie schön muß es doch sein, inmitten seiner Freunde in diesem Augenblick auf den Schloßplatz zu kommen, vorbei an unseren dankbaren Führern, die uns schon das zweite Jahr des Fünfjahresplanes mit atemberaubendem Erfolg auf dem glorreichen Weg in die sozialistische Zukunft führen ...« Dann hört man den Festredner, offensichtlich einen Schauspieler mit sehr schöner Stimme, im Dialog mit den Massen.

»Es lebe der Kommunismus – Hurra!« Die Masse antwortet: »Hurra!«

»Es leben die sowjetischen Frauen, die Erbauer des Sozialismus – Hurra!« Die Masse antwortet: »Hurra!«

»Es lebe die ruhmreiche Sowjetarmee, Beschützerin und Verteidigerin der Heimat – Hurra!« Die Masse antwortet: »Hurra!«

Jemand dreht das Kofferradio noch lauter. Die Plastiktüte zittert, als die Stimme aus dem Lautsprecher plärrt: »Es leben die Wissenschaftler, die Sicherer und Erneuerer der sozialistischen Idee – Hurra!« Das Initiativ-Komitee brüllt: »Hurra!«, und Ljusja beobachtet Tretjakow, der ebenfalls mit schwacher Stimme hervorstößt: »Hurra.« Er hatte, als er die entscheidende Ansage hörte, unvermittelt den Schirm hinter seine Schulter gesenkt, und der Regen läuft an seinen Brillengläsern hinab, so daß man seine Augen nicht sieht.

»Saschenka!«

»Ljusenitschka«, flüstert er, »wo bist du?« Er hebt den Schirm wieder über seinen Kopf und nimmt die Brille ab. »Komm, gib mir deine Hand! Ich sehe gerade nichts! Das ist aber schön, daß du vorbeischaust.« Er wendet sich an die Studenten des Komitees, die herausfordernd neben ihm stehen. »Darf ich Ihnen meine Frau vorstellen, Genossen? Sie sollte eigentlich zu Hause warten und mir ein heißes Bad vorbereiten, aber die Leidenschaft für die sozialistische Idee trieb sie auf die Straße.« Einige Studenten mustern Tretjakow verächtlich, andere mißtrauisch; die Studentinnen aber betrachten Ljusja mit einem Ausdruck zwischen Neugier und Entsetzen. Es war keine gute Idee hierherzukommen, denkt Ljusja, wahrhaftig nicht. Schon setzt sich, von Ordnern mit roten Armbinden dirigiert, die Abteilung des B. R.-Instituts in Gang. Die leitenden Mitarbeiter gehen voran. Tretjakow flüstert Ljusja zu: »Was hältst du von einem heißen Bad, mein Engel?« Er drückt Ljusjas Arm und marschiert los, schreitet kräftig aus, um die Vorderen einzuholen, und Ljusja sieht bald nur noch den roten Luftballon an seiner Schirmspitze auf und ab wippen.

159

Ljusja ist überzeugt davon, daß es so etwas wie ein magisches Band zwischen Menschen gibt. Sie selbst zum Beispiel hatte einen besonderen Radar für Pascha entwickelt. In der ersten Zeit nach ihrer Trennung traf sie ihn öfters auf der Straße, woraufhin er in hysterisches Gebrüll ausbrach, nach der Miliz schrie und Zeugen anrief, Ljusja verfolge ihn. Sie begann, seine Gegenwart in fünfzig Metern Entfernung zu spüren, und schlug dann sofort einen anderen Weg ein. Bisweilen träumte sie nachts von ihm, erwachte mit einem klebrigen Gefühl auf der Zunge und änderte ihre Pläne für den nächsten Tag. Während dieser Zeit entwikkelte sich Paschas endloser, erbitterter Kampf gegen sie mit den Prozessen, den Denunziationen gegen sie und Tretjakow, dem Angriff der Schläger und schließlich Tretjakows Kotow-Intrige, die den juristischen Abschluß brachte. Zwar hat Pascha hiernach Rache geschworen und eine Kassationsklage eingereicht, doch danach hörte man nichts mehr. Nur noch selten ahnt Ljusja seine Nähe, aber sie weicht ihr immer noch aus.

Plötzlich, von einem Tag auf den anderen, ist die Vorsicht wie weggeblasen. Wenn die Mädchen jetzt schüchtern nach ihrem Vater fragen, antwortet Ljusja ruhig und sachlich und wundert sich darüber, wie unklar sie sich an ihn erinnert, ihn, den Vater ihrer Kinder, der doch eigentlich der Mann ihres Lebens war. Ljusja leistet sich neuerdings sogar den Luxus, sich Gedanken über Pascha zu machen, über seine qualvolle Jugend, die bereits von Verrat und Verlust geprägt war, und seine Einsamkeit. Inzwischen ist sie der Meinung, daß auch sie sein Schicksal war. Sie war die einzige Frau, die Paschas Sehnsucht nach einer Familie und einem bürgerlichen Leben bündeln konnte. Als Pascha entdeckte, daß er nicht imstande war, diese Sehnsucht zu verwirklichen, packte ihn die Zerstörungswut. Er wollte Ljusja vernichten und meinte seinen eigenen Traum. Deswegen ließ er nicht von ihr ab. Ljusja ist überzeugt, daß er selbst die Begegnungen auf offener Straße suchte, auf die er so hysterisch reagierte. Er prozessierte auch so hartnäckig, weil die Prozesse seine einzige Möglichkeit waren, Ljusja zu sehen. Einmal sagte eine Richterin zu ihm: »Es fällt mir schwer Sie zu verstehen, Pawel Jakowlewitsch. Wenn einer seine Frau haßt, nimmt er doch normalerweise die Beine in die Hand und macht sich aus dem Staub, Sie aber, statt froh zu sein, daß Sie sie los sind, suchen unaufhörlich ihre Nähe.« Pascha antwortete ohne Zögern: »Stellen Sie sich vor, Sie haben jahrelang einen Hund gehabt. Am Anfang war er lustig und süß, aber dann wurde er garstig, bissig und grindig und pinkelte in die Wohnung. Natürlich werfen Sie ihn raus, aber sagen Sie selbst, wird es Ihnen nicht noch lange leid tun um ihn?« Damals hat sich Ljusja maßlos geärgert, aber inzwischen lacht sie darüber. Tretjakow mit seinen Eskapaden nimmt jetzt ihre Gedanken in Anspruch. Pascha war eben ein Irrtum. Er schien der Mann ihres Lebens zu sein, aber inzwischen hat sich herausgestellt, er war nichts als ein schlechter Scherz.

Eines Tages erkennt Ljusja Pascha mitten im Gewühl auf dem Newskij-Prospekt. Er geht nur zehn Meter vor ihr, aber die innere Alarmsirene schweigt. Ljusja biegt nicht, wie sie es noch vor einem Jahr getan hätte, in die nächste Seitenstraße ab, sondern setzt ihren Weg fort. Freilich achtet sie darauf, Pascha nicht zu überholen. Sie beobachtet seinen rundlich gewordenen Rücken und seine hängenden Schultern und empfindet Mitleid mit ihm, obwohl Pascha flott vorwärts schreitet, gut gekleidet ist und offensichtlich ein Ziel hat. Er schwenkt ein Diplomatenköfferchen. Die Sonne scheint. Paschas lockiger Kopf wippt hin und her, Pascha überlegt wohl und nimmt seine Umgebung lebhaft auf, und plötzlich dreht er sich um und lacht Ljusja ganz unbefangen ins Gesicht. »Ljusenitschka! Du siehst aber hübsch aus heute! Wie geht es dir denn, mein Mädchen?«

»Gut, Paschenka!« Ljusja ist etwas überrascht über die unerwartete Wendung, über seine Freundlichkeit und darüber, daß sie ihn Paschenka genannt hat. »Wie soll es mir schon gehen? Wir sind alle gesund und gut versorgt, Lilja hat ausgezeichnete Noten... Und du, Pawel?«

»Danke, ich kann nicht klagen. Gute Perspektiven.« Pascha sieht Ljusja beinahe freundlich an. »Vergiß, was zwischen uns war, Ljusja, nach der«, er hüstelt, »Scheidung. Seien wir froh, daß alle so gut darüber weggekommen sind.«

»So philosophisch, Paschenka? Was ist in dich gefahren?«

»Wir alle brauchen Perspektiven«, sagt Pascha geheimnisvoll. »Liest du eigentlich Zeitung?«

»Ich denke nicht daran. Die lügen alle.«

»Sie lügen in den Zeilen. Aber wer zwischen den Zeilen lesen kann, versteht alles.«

»Was gibt es da zu verstehen?«

»Wart's ab. Hast du einen Fernseher?«

»Ja, seit kurzem.«

»Schau dir die Nachrichten an. Und denk an meine Worte: Bald wirst du mich am Rednerpult im Kongreßpalast sehen.«

»Das hast du schon vor fünf Jahren gesagt.«

»Ich war zu ungeduldig und habe Fehler gemacht. Ich habe mich geändert.«

Ljusja bleibt stehen. »Also, ich wünsche dir Glück, Pawel. Was immer du vorhast.«

»Danke dir. Und denk an meine Worte.« Pascha drückt ihr die Hand und setzt beschwingt seinen Weg fort. Keine Aufforderung zum Kaffeetrinken, keine Frage nach den Mädchen, kein weiteres Wort über die Vergangenheit.

Es war eben wirklich alles nur ein schlechter Scherz.

Gott sei Dank.

160

Ein Offizier Jaschin, Jefim Danilowitsch, ruft an und fragt mit gehetzter Stimme: »Wissen Sie, daß meine Frau mit Alexander Alexandrowitsch schläft?«

»Ja.«

»Ach, das wissen Sie?« fragt er verblüfft.

»Sie wissen es doch auch.«

Er faßt sich mühsam. »Wann?«

»Vermutlich, wenn ich nicht da bin.«

»Sind Sie morgen nachmittag zu Hause?«

»Nein.«

»Können Sie mir helfen?«

161

Tatsächlich ist Ljusja am nächsten Tag, wie immer donnerstags, bei Klawdija Alexandrowna. Als sie gegen sechs Uhr abends nach Hause kommt, trifft sie im Torbogen einen Offizier, der unendlich erleichtert aussieht. »Sie sind wohl Jefim Danilowitsch?« »Ja«, sagt er. Er ist mittelgroß, dicklich, hat eine Entennase und kluge Augen. Er trägt einen schwarzen Uniformmantel mit goldenen Knöpfen und eine weiße Mütze. »Ich habe bei Ihnen geklingelt, und es ist niemand zu Hause!« verkündet er glücklich.

»Wollen Sie mitkommen?« fragt Ljusja.

Die Wohnungstür ist von innen verschlossen. Ljusja zeigt dem Offizier, durch welches Fenster seine Frau möglicherweise auf die Straße springen wird, und klingelt an der Haustür.

Nichts geschieht. Sie klingelt wieder. In der Wohnung wird es laut. Beim sechsten Klingeln öffnet Tretjakow, und es bietet sich folgendes Bild: In der Mitte des Zimmers steht Sinaida Michajlowna wie eine wütende Katze, fauchend, mit gesträubtem Haar. Links mit abgewandtem Gesicht Jefim Danilowitsch, der um Fassung ringt. Er hat, wie sich später klärt, das Windfensterchen zur Toilette eingeschlagen und sich so Zugang verschafft. Vor der Tür aber öffnet Tretjakow weit die Arme und ruft fröhlich: »Hallo, mein Engel! Stell dir vor, das Ehepaar Jaschin ist zu Besuch!«

Sinaida Michajlowna ist eine schöne Frau. Sie reckt den Hals, wie um sich von einem schmerzenden Griff zu befreien, und spricht: »Genug der Komödie. Alexander Alexandrowitsch und ich lieben uns. Wir werden heiraten.« Zu Ljusja: »Sie liebt er nicht.«

Jefim Danilowitsch fängt an zu weinen. »Sinotschka, wie kannst du uns das antun. Die Kinder ...«

Sinaida Michajlowna ist unerbittlich. »Alexander Alexandrowitsch hat Ljudmila Semjonowna mit drei Kindern bei sich aufgenommen, er wird auch mich mit zweien zu sich nehmen, wenn Ljudmila Semjonowna fort ist.«

»Sinotschka! Überleg es dir noch mal!«

»Nein!« schreit Sinaida Michajlowna plötzlich außer sich. »Laßt mich in Ruhe! Ich setze meinen Fuß nicht mehr in dein Haus! Ich bleibe hier und bitte euch zu gehen. Auf der Stelle!«

»In Ordnung«, sagt Ljusja. »Ich packe nur schnell meinen Koffer.«

»Nein!« Zum ersten Mal äußert sich Tretjakow.

Liusja läuft an ihm vorbei ins mittlere Zimmer, packt in aller Eile ein paar Sachen und denkt: Wenigstens ist der Spuk vorbei. Als sie durchs Wohnzimmer hinauswill, ergreift Tretjakow ihr Handgelenk.

»Sinaida Michajlowna, sagen Sie Alexander Alexandrowitsch, er soll mich loslassen!«

»Saschenka! Was machst du denn!« Sinaida Michajlowna bricht in Tränen aus. Jefim Danilowitsch steht bleich neben ihr.

Tretjakow packt plötzlich mit je einer Hand Sinaida Michajlowna und Jefim Danilowitsch am Genick und schiebt beide zur Tür hinaus. Auf dem Boden liegt noch, von der Sonne beschienen, die weiße Mütze des Offiziers. Tretjakow hebt sie auf, wirft sie zum Fenster hinaus und kniet dann nieder. Er betrachtet Ljusja mit einem Ausdruck des Triumphs und des Entzückens.

»Du hast schon wieder gesiegt, mein Engel!« ruft er und streckt die Arme aus. »Komm her zu mir, laß dich küssen!«

»Du Schwein.«

162

»Ich gehe weg von dir.«

»Ach, mein Engel, laß diese Späße. Komm, laß dich küssen!«

»Nein! Rühr mich nicht an! Du bist mir widerlich!«

»Das bildest du dir nur ein! Komm her, ich ...« Ljusja flüchtet, aber Tretjakow breitet seine Arme aus, die eine Spannweite von zwei Metern haben, und treibt Ljusja in eine Zimmerecke.

»Pfui! Schleck mich nicht ab, sonst muß ich spucken!«

Tretjakow kniet vor Ljusja und umarmt sie heftig, aber Ljusja ist kalt bis ans Herz. Sie fürchtet sich nicht vor ihm, denn gewalttätig war er nie. Er war nur leichtfertig, weil ihm alles zuflog, und log aus Bequemlichkeit. Ihr Problem war ihre Schwäche. Aber das ist vorbei. Ljusja schielt auf sein schmutziges weißes Haar und schämt sich, daß sie ihn jemals ernst genommen hat. Einige Minuten vergehen. Tretjakow hält sie, immer noch kniend, umklammert und preßt sein Gesicht an ihren Hals, und als begreife er, daß es ihr diesmal ernst ist, demonstriert er keinerlei Lüsternheit.

»Nein!« stöhnt Tretjakow plötzlich. »Nein!« Er springt auf und rennt heftig schluchzend durch die ganze Zimmerflucht zur Tür. (Hoffentlich geht er, dann kann sie in Ruhe packen.) Er kehrt um, fällt wieder auf die Knie und wendet ihr sein tränenüberströmtes Gesicht zu. »Nein! Tu mir das nicht an! Ljusenitschka, mein Engel, ohne dich kann ich nicht leben, ich schwöre dir, daß ich nie wieder...« Er gerät in Feuer und kommt auf den Knien, die Hände ringend, auf sie zu. Ljusja flüchtet in sein Büro. »Ljusja! Du bist doch meine Einzige! Du schmeckst am besten! Ohne dich geht es nicht!« Er folgt ihr auf den Knien ins Büro, sein altes, rotes Gesicht, sein verzerrter Mund, sein weißes Haar, alles kommt ihr unerträglich abgeschmackt und peinlich vor, sie ergreift mit der rechten Hand eine Messingvase und mit der Linken den schweren Vorhang: »Keinen Schritt näher! Oder ich springe durchs Fenster!«

Er kniet in der Mitte des Zimmers mit ausgebreiteten Armen und ruft: »Nenne deine Bedingungen! Nenne deine Bedingungen!«

163

Ljusja sitzt im Zug nach Workuta, wo ein Wiedersehen mit Jurik ansteht, und schaut durch das schmutzige Fenster. Das Auge verliert sich in den endlosen Schneefeldern. Nach Stunden ein Dorf: schmucklose Holzhäuser, fast versunken im Schnee; zwei Rauchfahnen. Einige niedrige Bäume, vom Wind verkrümmt, die Zweige umklammert von armdickem Eis.

Kurz vor ihrer Abreise hat Ljusja eine neue Arbeitskollegin von Tretjakow kennengelernt. Sie war zum Kaffeetrinken da, plauderte ziemlich geistreich, und als sie ging, küßte Tretjakow ihr ausgiebig die Hand und sagte: »Kommen Sie möglichst bald wieder, Tamarotschka – ich darf Sie doch so nennen?« – Tamara sagte: »Nicht, solange ...« Ihr Blick folgte Ljusja, die gerade das schmutzige Geschirr in die Küche trug, und dann lachte sie auf – Ljusja hörte das von der Küche aus – und flüsterte: »Bißchen primitiv, was?«

Juriks Lager in Workuta hat seit drei Jahren einen neuen Kommandanten. Ljusja kennt ihn nicht. Beim diesjährigen Besuchstermin aber kommt er in die Besuchszelle, stellt sich vor und beobachtet sie neugierig, während sie die Taschen auspackt.

»Stimmt es eigentlich, daß Juras Vater Professor ist?«

»Wo denken Sie hin«, lacht Ljusja. »Mein jetziger Mann ist Professor, aber den hat er noch nie gesehn.«

Und wird ihn wohl nie sehen, hätte sie beinahe hinzugefügt.

164

Alle sind verblüfft, als Lilja die siebte Klasse mit Bestnote beendet. Tretjakow, der sich um die schulische Entwicklung der Gwosdikow-Mädchen nie besonders gekümmert hat, bringt Lilja sogar einen Strauß Nelken mit, und Ljusja backt ein Blech

Quarkkuchen. Alle drei Mädchen bringen Klassenkameradinnen mit, einige von diesen wiederum ihre jüngeren Schwestern.

Tretjakow ist vor dem Gejubel, Gezänk und Geschnatter in sein Büro geflüchtet. Im Fortgehen musterte er die übermütige Gesellschaft wie ein unfreiwilliger Zoobesucher das Zwergaffenhaus. Als er zurückkehrt, sitzt längst keines der Mädchen mehr am Tisch – man turnt durch alle vorderen Zimmer. Tretjakow geht immer langsamer und dreht sich immer öfter um die eigene Achse. »Na das ist ja eine Stutenherde – sachte, sachte«, er greift ein Kind, das ein Bücherregal erklimmen will, und trägt es zu Ljusja. Seine Augen glänzen.

Am Abend glänzen seine Augen immer noch. »Wie hieß denn das Äffchen, das ich vom Regal gepflückt habe?« fragt er Ljusja, die abgekämpft in der Küche sitzt und raucht.

»Katjka.«

»Und wie alt war die?«

»Zwölf.«

»Na, das war aber ein Leckerbissen.«

»Jaja, schon gut.«

»Also diese vegetativen Reize... Ein wirklich süßer Racker.« Eine halbe Stunde lang bleibt Tretjakow in der Küche, um von Katjka zu schwärmen. »Und diese Lippen, diese Brüstchen...«

»Jetzt reicht's aber!«

»Aber mein Engel! Ich tu ja nichts, du siehst ja, ich bin in dem Alter, wo man nur noch redet... Da darf ich mich doch wenigstens am Anblick der Jugend freuen?«

»Du darfst, aber ich will nichts davon hören.«

»Soso, du gönnst mir nicht die biologischen Brosamen, die vom Tisch des Lebens abfallen...«

»Raus!« Ljusja wirft ein nasses Handtuch nach ihm.

Sie kocht das Abendessen. Gegen sieben sind auch die Mädchen, die ihre letzten Freundinnen nach Hause begleitet haben, zurück, und man setzt sich gemeinsam zu Tisch. Alle Mädchen sind naß geworden, weil draußen ein Platzregen niedergegangen ist; lebhaft erzählt Lilja, wie man sie in den verschiedenen Häusern in Empfang nahm. Tretjakow sitzt in sich gekehrt abseits.

»Und Katjka ist natürlich gleich in eine Pfütze gesegelt«, spottet Anja.

Tretjakow fragt mit zitternder Stimme: »Geht die Katjka in deine Klasse?«

165

Ljusja wartet auf Tretjakow, um ihm freundlich auseinanderzusetzen, daß sie ihn verlassen wird. Die Kinder sind über das Wochenende bei Pelageja Nikiforowna auf dem Land, und Ljusja ist entschlossen, sehr deutlich zu sein, damit er ihr nicht zu nahe kommt. Der Sinn des Gesprächs ist: Trennung von Tisch und vor allem Bett; und möglichst baldige Scheidung, damit Ljusja eine neue Wohnung beantragen kann. Natürlich wird sie zunächst in ein Kommunalka-Zimmer ziehen müssen; auf dem schwarzen Wohnungsmarkt hat sie sich ein paar Adressen beschafft.

Ljusja fühlt sich souverän. Sie wird ohne Bitterkeit mit Tretjakow sprechen. Er hat sie mit zwei Kindern bei sich aufgenommen, als sie in Not war, er hat seine Stelle an der Universität verloren, ist überfallen worden und hat doch immer zu ihr gehalten. Daß es nicht ging, war nicht seine Schuld. Er ist eben nicht normal.

Es ist vier Uhr, ein sonniger Juninachmittag. Plötzlich öffnet sich die Schlafzimmertür.

Tretjakow kommt heraus, das breite Gesicht gedunsen vom Schlaf, mit roten Streifen von den Falten des Kissens. Er riecht nach Schweiß. Sein bleicher Bauch hängt über das verschlissene Gummi der Pyjamahose. Er ist überrascht, Ljusja hier zu sehen; warum? Sie hat ihm gesagt, sie brächte nur die Kinder aufs Land, mußte er nicht damit rechnen, daß sie nach drei Stunden zurück ist? Oder dachte er, sie fahren zu Tante Mascha nach Nowgorod? Sie hat ihn zweimal korrigiert, als er ihr Grüße für Tante Mascha auftrug, aber er war wohl erfüllt von einem anderen Gedanken und hat nicht zugehört. Ljusja aber hat nicht im Schlafzimmer nach ihm gesucht, weil sie eine Dose Mückenspray, die Klawdija Alexandrowna aufgetrieben hatte, im Zimmer versprüht und alle Fensterritzen verstopft hat. Wenn er wirklich in dem vergifteten Zimmer geschlafen hat, muß er sehr müde gewesen sein.

Tretjakow kratzt sich verlegen am Bauch, da gleitet aus dem abgedunkelten Zimmer ein vielleicht zwanzigjähriges Mädchen heraus, an ihm vorbei ins Bad. Ljusja sieht im Schein der Nachmittagssonne ihr goldenes Haar aufschimmern, ihre klare Haut und ihren zarten, knabenhaften Popo. Dann ist sie verschwunden wie eine Erscheinung. Zwei Monate lang hat sich Ljusja auf dieses Gespräch vorbereitet und sich lauter großzügige, würdevolle Worte zurechtgelegt. Aber nun öffnet sie den Mund und sagt: »Und du schämst dich überhaupt nicht, du ekelhafter Lustgreis?«

Tretjakow schüttelt sich, als habe ihn eine Mücke gestochen. Er räuspert sich und findet über eine kleine Serie von Grimassen wieder zu seinem gutmütigen Grinsen zurück. Währenddessen hat er Ljusja gemustert, ihre rundliche, gespannte Gestalt im geblümten Sommerkleid und ihre entschlossenen rotbemalten Lippen, und sagt unvermittelt: »Sie verlangen die Scheidung, ist es das, was Sie mir in Ihrer tatarischen Muttersprache sagen wollen, Madame Tretjakowa?«

Das Telefon klingelt. Tretjakow rührt sich nicht. Ljusja läuft in den Salon, um abzuheben. Es ist ihr Bruder Innokentij, der schluchzend zu erklären versucht, daß sein einziger Sohn Borja tödlich verunglückt ist. Der Junge ist beim Spielen auf eine Mine getreten. Ljusja versteht zuerst nicht. Sie denkt an ihren Ärger mit Tretjakow und an die Schwierigkeiten, ein Zimmer zu suchen (alles Blödsinn, miserable Improvisationen, Stümperei, und so vergeht das ganze Leben!), und da ist direkt neben ihr ein Leben beendet worden, es ist etwas Endgültiges passiert, und sie denkt immer noch an das Problem, wie sie künftig die Miete bezahlen soll für ein Zimmer, das sie noch gar nicht hat, aber plötzlich ist der Telefonhörer in ihrer Hand naß und klebrig von Tränen. »Jenka, beruhige dich, ich bin gleich bei dir!« flüstert Ljusja. Sie dreht sich um. Tretjakow ist ihr gefolgt. Er lehnt im Türrahmen, die Arme vor der Brust verschränkt, mit seiner lächerlichen Pyjamahose und seinem dünnen, verklebten weißen Haar. Er hat sich die Brille aufgesetzt und sieht Ljusja an. (Jetzt bitte nicht kämpfen. Vielleicht vergessen wir einfach die letzten Worte und geben uns mit dem zufrieden, was wir haben?) »Mein Neffe Borja – ihm ist was passiert«, erklärt Ljusja unsicher, »ich muß nach Gatschina.« Keine Reaktion von Tretjakow.

166

Als Ljusja gegen neun Uhr abends aus Gatschina zurückkehrt, kann sie die Tür nicht öffnen. Auf ihr Klingeln öffnet niemand. Tretjakow muß das Schloß ausgetauscht haben, bevor er die Wohnung verließ. Während Ljusja vergeblich mit dem alten Schlüssel im neuen Schloß bohrt, wird ihr ganz heiß, obwohl sie nur ein leichtes Sommerkleid trägt. Sie hat keine Kopeke Bargeld bei sich. Ihre letzten drei Rubel hat sie Innokentij gegeben, damit er für die Beileidsgäste Wurst und Brot kaufen konnte. Ringe und Perlenkette hat sie vor dem Aufbruch abgestreift, um nicht im Schmuck zu trauern. Verstört läuft sie durch den Toreingang hinaus. Es ist noch sonnig, die Zeit der weißen Nächte, und die zärtliche Luft bleibt ihr im Halse stecken. Ihr ist plötzlich so übel, daß sie schwankt. Beinahe rennt sie jemanden um, der ihr im schattigen Toreingang entgegenkommt, und entschuldigt sich heftig.

»Was haben Sie, Ljudmila Semjonowna? Ist Ihnen nicht gut?« Es ist Anton Robertowitsch Müntzer.

Er ist auf dem Weg zu Tretjakow, vielleicht einfach so, vielleicht auch einer Einladung Tretjakows folgend, die der, als er sich auf den Weg zu seinen Weibern machte, vergessen hatte. Aber nun führt Anton Robertowitsch Ljusja auf die sonnige Straße hinaus und fragt sie ebenso ernsthaft nach ihren Angelegenheiten, wie er mit Tretjakow Themen der Wissenschaft diskutiert hätte.

»Was wollen Sie jetzt tun?«

»Ich fahre zu einer Freundin.«

»Erwartet Ihre Freundin Sie? Weiß sie Bescheid?«

»Nein, aber sie ist sicher zu Hause ... sie ist alt.«

»Haben Sie Geld?«

»Nein«, sagt Ljusja überrascht.

Er zieht seine Geldbörse hervor. »Leider habe ich nur fünfzehn Rubel bei mir«, sagt er, »aber ich hoffe, daß das vorerst reicht.«

Er gibt Ljusja die Scheine und denkt kurz nach. »Können Sie mir Adresse und Telefon Ihrer Freundin geben?« Ljusja findet die Frage angemessen – schließlich schuldet sie ihm Geld – und schreibt Klawdija Alexandrownas Adresse in Müntzers zerfleddertes Adreßbuch.

167

Klawdija Alexandrowna hat Ljusja und die Mädchen in ihrer großen Wohnung am Gribojedow-Kanal aufgenommen, mit einem Seufzer zwar, aber auch mit etlichen lieben Worten. Ljusja mußte ihr alles genau erzählen, und Klawa findet die Sache sensationell. Schon drei Tage hausen Ljusja und die Kinder im Arbeitszimmer von Klawas verstorbenem Mann, da ruft Müntzer an. Ljusja selbst hat den Hörer abgenommen.

»Sind die Kinder bei Ihnen?«

»Ja.«

»Können Sie mir Lilja herunterschicken? Ich stehe an der Ecke Newskij/Gribojedow-Kanal.«

Lilja ist dreizehn Jahre alt. Vom Fenster aus sieht Ljusja sie mit wippenden Zöpfen am glitzernden Wasser des Kanals entlang in Richtung Newskij davonlaufen. Wenig später taucht Lilja wieder auf, diesmal langsam, mit weichen, kraftvollen Schritten, und an ihrer Seite trippelt gebückt der zarte alte Mann. Ljusja sieht von oben die beiden sich der Haustür nähern; Müntzer hält mehrmals inne und stützt sich auf das schmiedeeiserne Geländer der Fußgängerbrücke. Später wird Lilja erzählen, daß Müntzer ihr Geld geben wollte, aber Lilja hat abgelehnt. Nun klettert er langsam auf seinen kranken Beinen die drei Stockwerke hinauf.

Er, der seine Kleidung zu vernachlässigen pflegt, trägt einen grauen Sonntagsanzug und eine dunkelblaue Krawatte. Er begrüßt Ljusja höflich wie immer und lehnt ihr Angebot, Platz zu nehmen, ab, obwohl ihn die Treppen sichtlich angestrengt haben. »Erlauben Sie, daß ich Ihnen helfe«, sagt er und zieht hundertfünfzig Rubel hervor.

»Das kann ich nicht annehmen«, sagt Ljusja errötend, »denn weiß der Himmel, wann ich es Ihnen wiedergeben kann.«

»Sie brauchen es mir nicht wiederzugeben.«

»Nein, dann erst recht nicht!«

Anton Robertowitsch scheint über die Reaktion nicht überrascht, aber er ist müde und will seine Kräfte sparen. »Es ist nichts dabei«, sagt er deutlich, »glauben Sie mir, ich habe genug Geld. Ich bin einundachtzig Jahre alt und allein. Verwandte habe ich nicht, auch keine Erben, die zu kurz kommen könnten. Sie brauchen sich also keine Sorgen zu machen. Mir aber bereiten Sie eine Freude, wenn Sie mir Gelegenheit geben, einmal etwas Nützliches zu tun.«

Er, der Wissenschaftler und Held der Arbeit, hält es für eine nützliche Tat, einer hinausgeworfenen Ehefrau Geld zuzustecken?

Immer noch auf seinen müden Beinen stehend, erzählt er,

daß er deutscher Herkunft sei, übrigens aus der Familie eines in Deutschland recht bekannten Kirchenmannes aus dem fünfzehnten Jahrhundert. In Rußland sei er der letzte dieses Namens. Als Achtzehnjähriger, noch vor der Revolution, hat er ein Jahr in Göttingen studiert; von dort stammt seine inzwischen arg abgewetzte lederne Aktentasche. Auch in Deutschland hat er keine Verwandten ausfindig machen können, die einzige vorhandene Spur führt nach Amerika. Er lächelt: »Sie brauchen sich also wirklich keine Sorgen zu machen.«

Er wendet sich zum Gehen, doch vor der Tür richtet er sich noch einmal gerade auf und sagt streng: »Stellen Sie eine Liste aller Ihrer Möbel auf, die bei Alexander Alexandrowitsch zurückgeblieben sind. Ich werde sie Ihnen ersetzen.«

168

Anton Robertowitsch muß die Möbel nicht ersetzen. Ljusja hat am selben Tag endlich Tretjakow telefonisch erreicht. Sie hört in seiner Stimme das bekannte leutselige Grinsen. Er streitet nichts ab und erklärt nichts. Er freut sich, daß er sie hereingelegt hat.

»Schon gut, du bist mich los«, sagt Ljusja, »trotzdem, Saschenka, müssen wir das genauer besprechen. Du hast immer noch meine Möbel.« Sie verabreden sich für den nächsten Samstagabend in seiner Wohnung.

Natürlich ist Tretjakow am Samstagabend nicht da. Ljusja zerschlägt das Windfensterchen, dringt in die Wohnung ein und wartet auf ihn. Es wird zehn Uhr, es wird elf. Sie ruft Klawdija Alexandrowna an. »Kannst du ein Taxi beschaffen und mich abholen? Ich sammle inzwischen unsere Wäsche ein.« – »Ach, dort bist du«, sagt Klawdija Alexandrowna. »Sehr gut. Wir kommen gleich vorbei und helfen dir beim Ausräumen.«

Keiner schläft zu dieser Zeit in den weißen Nächten. Klawdia kommt mit drei Nachbarn. Die Nachbarn brechen das Türschloß auf und räumen Ljusjas ganzen Besitz in den Hof. Ein vierter Nachbar hat noch zwei Taxen und einen Lieferwagen organisiert und kommt gerade, als die Räumung beendet ist. Im Triumph kehren sie zu Klawdija Alexandrowna zurück.

Gleich am nächsten Morgen ruft Ljusja vergnügt Anton Robertowitsch an, um von dem Handstreich zu berichten. Als sie geendet hat, sagt Anton Robertowitsch: »Erlauben Sie, daß ich vorbeikomme und mir das ansehe.« Er glaubt ihr nicht.

Klawdija Alexandrowna ist fasziniert, als Ljusja von Anton Robertowitschs Wohltaten berichtet. Sie will alles ganz genau wissen. »Und das tut er einfach so?« Sie kann es sich nicht vorstellen.

»Na ja, vielleicht nicht für jeden«, sagt Ljusja kokett, »er hat uns eben liebgewonnen. Wir aber«, fügt sie feierlich hinzu, »wir werden es ihm ewig danken.«

»Und er – ohne Gegenleistung, also, ich meine, tritt er nicht an dich heran?«

»Nein. Er ist schon alt, weißt du. Und außerdem ist das eine andere Sorte. Er ist ein – ein richtiger – Intellektueller.«

»Ach«, sagt Klawdija Alexandrowna.

V.
Urteile

169

Seit der Trennung von Tretjakow ist ein Jahr vergangen. Ljusja ist nicht ins Straucheln gekommen. Sie bewohnt mit den beiden Mädchen ein Doppelzimmer in einer Kommunalka auf der Wyborger Seite. Jurik schreibt aus dem Lager vergleichsweise vernünftige Briefe. Tretjakow zahlt keinen Unterhalt, da die Kinder nicht seine sind. Aber Ljusja arbeitet wieder im Lebensmittelsektor, zu essen ist also genügend da.

Anton Robertowitsch schickt jeden Monat fünfundzwanzig Rubel. Manchmal ruft er an, selten kommt er vorbei, aber mindestens einmal pro Woche schickt er eine Postkarte, auf der ein berühmtes Gemälde, eine Statue oder ein ehrwürdiger Palast abgebildet ist. Den Mädchen stellt er Rechenaufgaben (»Wieviel ist 1/3−1/2?«), für deren richtige Lösung er Belohnungen aussetzt.

Lilja hat gute Noten in der Schule, aber einen schroffen Charakter. Anja kämpft mit der russischen Grammatik und Orthographie, ist aber im Haushalt tüchtig und hilfsbereit. Manchmal findet Ljusja, Anja sei zu still, schädlich still. Ihre Taktik ist die Taktik der Schwachen. Lilja etwa bleibt bis zwei oder drei Uhr nachts auf und verkündet am nächsten Morgen, sie werde nicht in die Schule gehen. Man kann mit ihr diskutieren und von Fall zu Fall entscheiden. Anja aber verläßt morgens pünktlich das Haus, und erst später zeigt sich, wie oft sie geschwänzt und wieviel sie versäumt hat.

Ljusja arbeitet von früh um sechs bis nachmittags um vier im Buffet eines Wohnheims für Metallarbeiter, sie hat die Mädchen nicht unter Kontrolle. Zwar gibt sie Anweisungen, zum Beispiel: Lilja soll abspülen, Anja Staub wischen. Aber als sie einmal zufällig mittags nach Hause kommt, sieht sie Anja Liljas Arbeit tun. Auf ihr Nachfragen antworten die Mädchen wie aus einem

Mund: »Was geht dich das an?« Es stellt sich heraus, daß Lilja für Anja Hausaufgaben macht, während Anja für Lilja putzt. Anja weint: »Bitte laß mich von der Schule, Mama! Ich werde kochen und euch bedienen...« So leben sie. Ljusja beginnt sich die Haare zu färben und verliert noch einen Backenzahn. Sonst passiert nichts.

170

Aber eines Tages liegt im Briefkasten eine Vorladung zum Komitee für Staatssicherheit, Außenstelle Puschkin, Straße, Hausnummer.

Natürlich kann diese Vorladung nur mit Pascha zusammenhängen. Was hat er diesmal ausgeheckt? Ljusja hat lange nichts von ihm gehört, sie glaubte, er tue ihr nur noch leid. Aber als sie sich zum angegebenen Termin auf den Weg macht, hat sie Angst.

Die KGB-Außenstelle befindet sich in einem zweistöckigen Haus an einer stillen Vorortstraße. Der Name der Behörde steht nicht am Eingang. Ljusja drückt auf den einzigen Klingelknopf. Ein Summer ertönt, und sie steht vor einer schmalen Treppe, die in den ersten Stock hinaufführt. Auch der Gang oben ist schmal und wirkt harmlos. Es gibt nur eine einzige gepolsterte Tür, die offensteht. Ljusja betritt ein unauffälliges Büro. Hinter einem sauberen Schreibtisch, auf dem nur eine einzige Mappe liegt, sitzt ein Mann in Zivil, der Ljusja mit Namen begrüßt, aber ihr nicht die Hand gibt. Er stellt sich vor mit: Pjotr Wjatscheslawowitsch, ohne Familienname. Er habe ein paar Fragen Pawel Jakowlewitsch Gwosdikow betreffend.

»Sie meinen Cherzew«, verbessert Ljusja.

»Er ist verhaftet worden«, sagt der Beamte und blickt in seine Mappe. »Wegen Spekulationen und Schmuggels im großen Stil.«

Ljusja verspürt grenzenlose Erleichterung.

»Ach so? Ist das was Besonderes?« fragt sie scheinheilig.

»Es ist nicht meine Aufgabe, darüber zu philosophieren, was besonders ist«, antwortet Pjotr Wjatscheslawowitsch. »Ich muß mich darum kümmern, daß die Gesetze eingehalten werden.«

»Na, tun Sie das«, sagt Ljusja.

»Wir brauchen ein paar Auskünfte«, fährt Pjotr Wjatscheslawowitsch fort.

»Ich weiß nichts. Wir sind seit acht Jahren geschieden.«

»Kennen Sie Freunde Ihres Mannes?«

»Er hatte keine Freunde.«

»Larionow, Boris Wassiljewitsch?«

»Ja.«

»Was wissen Sie über ihn?

»Er lebte mit meinem Mann zusammen. Soweit ich weiß, führten sie zusammen den Haushalt und teilten miteinander alle Ausgaben und Einkünfte.«

»Es fällt uns schwer zu glauben, daß Ihr Mann all die Arbeiten in seiner Werkstatt, all die Transaktionen mit den Geldern, all die Korrespondenz nur mit einem Handlanger wie Larionow durchgeführt haben soll. Ganz abgesehen von seinen Schätzungen von Kunstwerken. Hatte er die entsprechende Ausbildung? Hat er sein Studium nicht abgebrochen?«

»Er hatte ein absolutes Auge für den Wert von Kunstgegenständen. Manchmal kamen wir irgendwohin zu Gast, also in seinen Kreisen natürlich, und er sah dort Bilder an der Wand und sagte: Dieses ist soundsoviel wert. Das da ist eine Fälschung. Und so weiter. Auf den ersten Blick! Und alle haben ihm geglaubt. Wenn sie ihm nicht gleich geglaubt haben, haben sie oft später zugegeben, daß er recht hatte.«

»Hat er auch die handwerklichen Arbeiten selbst durchgeführt?«

»Ich weiß nicht.«

»Können Sie mir sagen, was er besonders gut konnte?«

»Es fällt mir schwer zu sagen, was er nicht konnte. Er hatte goldene Hände.«

»Bei seiner Verhaftung hatte er vierzehn Rubel und siebenundzwanzig Kopeken bei sich. Anderes Geld wurde nicht gefunden. Verträgt sich das mit goldenen Händen?«

»Er nahm ein und gab aus, dabei hat er sich nichts gedacht. Zwei Tage später hätte er vielleicht fünfzehntausend in bar mit sich rumgetragen.«

»Wissen Sie etwas über seine politischen Interessen?«

»Nichts.«

»Er hat sich nie für Politik interessiert?«

»Er las Zeitungen.«

»Hat er sich nie in Ihrer Gegenwart antisowjetisch geäußert?«

»Nein. Er hat mal gesagt, er will in den Obersten Sowjet.«

Der Offizier denkt nach. »Wurden Sie von Pawel Jakowlewitsch finanziell unterstützt?«

»Schon lange nicht mehr. Darf ich Sie was fragen?«

»Bitte.«

»Warum interessiert sich der KGB für einen Spekulanten?«

»Zur Bewahrung unserer Staatssicherheit gehört die Bewahrung des Staatseigentums«, sagt Pjotr Wjatscheslawowitsch kühl. »Sie können gehen. Allerdings bitten wir Sie, sich für eventuell anfallende weitere Fragen zur Verfügung zu halten.«

171

Die Aufregung überfällt Ljusja erst viel später, als sie bereits auf der Wassilij-Insel angelangt ist, wo sie ihre Freundin Rita besuchen will. Sie muß die Neuigkeit unbedingt mit jemandem besprechen; Rita eignet sich vorzüglich, sie wundert sich über gar nichts, und seit sie diese sonderbare Nervenkrankheit hat, ist sie auch so gut wie immer zu Hause. Aber heute nicht. Heute nicht.

Ljusja klingelt mehrmals, ungläubig. Nichts rührt sich im

Haus. Niemand schaut aus dem Fenster, keine Kinder spielen im Hof. Ein tropfendes Handtuch schwingt an einer Wäscheleine.

Ljusja, allein im weiten Hof des labyrinthartigen Mietblocks, ist plötzlich schweißgebadet. Alle Haustüren sind verschlossen. Ein leichter Sommerwind treibt Pappelflaum in weißen Kügelchen über den Platz.

Von beiden Seiten ragen ockerfarbene fünfstöckige Quader wie gigantische Torflügel in den leeren Hof. Die helle Sonne wirft scharfe Schatten. In der Stille hört Ljusja ihr Herz jagen. Sie schwankt vor Erleichterung, als sie jenseits der Torquader das Kratzen eines Reisigbesens hört.

Witja, der Hausmeister, taucht am Fuß des linken Blocks auf. Noch ist er weit von Ljusja entfernt. Zwischen den hohen Mauern wirkt er winzig, und wie immer fegt er langsam, aber gründlich. Ljusja hält es nicht aus und läuft zu ihm. »Sagen Sie, Witja, haben Sie Margarita Iwanowna vom siebten Eingang zufällig gesehen?«

Ohne seine Arbeit zu unterbrechen, antwortet er: »Nein.«

Immerhin wirft er ihr einen Blick zu. Sein Kittel ist schmutzig, seine Stirn staubig, aber seine Augen blicken klar. Rita sagt, er sei ursprünglich Intellektueller gewesen und habe eine achtjährige Lagerstrafe verbüßt. Einmal, während er bei Rita einen Boiler zu reparieren versuchte, hat Ljusja ihm ihre ganze Lebensgeschichte erzählt, und er hörte mit Interesse zu, den Schraubenzieher in der Hand, auf einem Küchenstuhl stehend. Einmal fuhr er sogar vor Aufregung mit der ölverschmierten Linken durch seinen grauen Schopf und rief: »Allerhand!« Er stellte Fragen, hat aber selbst nichts über sich preisgegeben. Ljusja weiß nicht, warum sie ihn als Freund betrachtet. Nun platzt sie heraus: »Ich muß dringend mit Rita sprechen. Mein Ex-Mann ist nämlich verhaftet worden. Pawel Cherzew, ich habe, glaub' ich, mal von ihm erzählt.«

Witja sagt: »Ich weiß.«

»Wegen Spekulantentums! Stellen Sie sich vor, das Staatskomitee selbst hat mich vorgeladen und gefragt, ob er sich mit Politik befaßt hätte! Ich hab das Gefühl, daß was anderes dahintersteckt.«

»Ich auch.«

»Sie auch?«

Er lächelt.

Ljusja ist so überrascht, daß sie sofort das Thema wechselt. Nun reden sie einige Minuten über die Hitze, über die Verhältnisse und über die Zukunft Rußlands (hier sind beide sehr bedenklich). Witja fragt, ob er Ljusja benachrichtigen solle, wenn Rita zurückkehrt. Rita selbst hat kein Telefon. Ljusja gibt Witja ihre Telefonnummer.

172

Zwei Wochen später ruft er an. Sie treffen sich auf dem Smolensker Friedhof.

»Woher kennen Sie meinen Mann?« fragt Ljusja.

»Ich habe ihn kurz vor seiner Verhaftung kennengelernt.«

»Haben Sie auch mit Ikonenschmuggel zu tun?«

»Nein.«

»Mit Politik?«

»Ich glaube, er ist ein wichtiger Mann, was die Zukunft unseres Landes angeht.«

Es hat Witja offenbar viel gekostet, das zu sagen. Er hat lange überlegt, den Satz langsam begonnen und rasch beendet, mit einer Stimme, als sei ihm schwindlig. Ein solcher Satz in den falschen Ohren kann Jahre Gefängnis bedeuten. Ljusjas Aufregung wächst.

Ist Witja ein Idealist? Oder ist er vielleicht ein bißchen naiv, weil er Pawel Jakowlewitsch für bedeutend hält, den halbverrückten Pascha? Ist an Pawel Jakowlewitsch irgend etwas Besonderes, das Ljusja bisher entging?

»Also ich weiß gar nicht, was ich von allem halten soll!« Ljusja beschließt, sich dumm zu stellen. »Ich weiß nichts. Der KGB hat mich ausgefragt, aber ich habe nichts gesagt. Ich habe doch seit acht Jahren keinen menschlichen Kontakt mehr mit Pawel Jakowlewitsch. Und ich verstehe gar nichts von Politik.«

»Sie erzählten, Ihr Vater sei im Lager umgekommen.«

»Ja, das stimmt. Ich kann die Sowjetmacht nicht leiden, wer kann das schon? Aber was soll man machen...«

Nach einer weiteren langen Pause sagt Witja: »Ich möchte Ihnen vorschlagen, bei der Staatsanwaltschaft ein Wiedersehen mit Pawel Jakowlewitsch zu beantragen. Sie sind die einzige erwachsene Person auf der Welt, die ein Recht darauf hat, weil Sie die Mutter seiner Kinder sind.«

»Und dann?«

»Vielleicht können Sie etwas für ihn tun.«

»Warum sollte ich das?«

»Er ist der Vater Ihrer Kinder.«

»Das war ihm selber bisher hauptsächlich egal.«

»War es auch Ihren Kindern egal?«

Ljusja stockt. »Was interessieren Sie meine Kinder?«

»Ich gebe zu, mir geht es um ihn. Er ist vollkommen isoliert. Wenn er nicht über Sie Kontakt zur Außenwelt hält, ist er für uns und vielleicht auch für sich verloren.«

»Was versprechen Sie sich von ihm?« fragt Ljusja. »Ich weiß nicht, ob Sie ihn richtig einschätzen. Ich war immerhin zehn Jahre mit ihm verheiratet und bin nicht sicher, ob er so bedeutend war.«

»Bedeutend ist hier vielleicht das falsche Wort. Aber er hat die Sowjetmacht herausgefordert, egal aus welchen Motiven. Und büßt jetzt dafür. Wenn es solche wie ihn nicht gäbe, wäre unsere Lage aussichtslos.«

»Was bringt Ihnen sein – Opfer?«

»Er wird die Lager kennenlernen. Er wird darüber berichten, hier und im Ausland, dafür sorgen wir. Er wird sich mit vielen zusammentun, die sein Los teilen. Er wird dort vielleicht einem helfen können, der wirklich bedeutend ist. Wissen ist Macht. Unsere Ohnmacht liegt im Unwissen der übrigen Welt begründet. Aber wenn diejenigen, die etwas wissen, ihr Wissen bündeln, können sie die Sowjetmacht verunsichern, aushöhlen und in die Knie zwingen.«

»Was sind Sie für einer?« fragt Ljusja. »Stimmt es, daß ...?«

»Ich war dort«, nickt er. Zum ersten Mal lächelt er. »Vorher war ich Physiker.«

»Wie alt sind Sie, Witja?«

»Achtunddreißig.«

»Sind Sie allein?«

»Sehen Sie, wir sind nicht viele. Aber jeder, der sich für die Wahrheit interessiert, hilft uns zu überleben.«

»Wieso führen Sie dieses Gespräch mit mir?«

»Zufall ... Schicksal.«

»Aber das ist doch gefährlich!« erregt sich Ljusja. »Ich könnte eine Provokateurin vom KGB sein! Eine – Ente, so nennt man das wohl?«

Hier lacht Witja beinahe fröhlich auf. Ihm fehlen mehrere Zähne.

173

Ljusja kommt aufgewühlt nach Hause. Zum ersten Mal seit Jahren hat sie mit einem »von dort« gesprochen, der klar bei Verstand war. Sie erinnert sich an Dima, der vor siebzehn Jahren am Telefon aufschrie: »Ljudmila Semjonowna! Ich habe ganz schwarze Hände!« Und sie erinnert sich an Semjon, ihren Vater, der zwar bei Verstand war, aber nichts erzählte, weil er »die Hölle nicht in den Kreis der Familie tragen« wollte. Sie, Ljusja, – ein Stich! – hat ihm keine einzige Frage gestellt, sondern über seinen krummen Rücken hinweg den deutschen Offizieren zugelacht, wenn er die Kirche von Dubowka aufschloß. Sie erinnert sich an Alexander Alexandrowitsch Tretjakow, den unverwüstlichen Spötter, der nur dann ernst wurde, wenn er im Flüsterton aus verbotenen Büchern vorlas. An Pascha denkt sie nicht. Sie beginnt zu kochen und ärgert sich über die halbverfaulten Kartoffeln, den vergilbten Salat und die saure Milch, über die Küchenschaben, die die Wand entlanglaufen, über das enge Zimmer und über ihr ganzes verpfuschtes Leben.

Um fünf Uhr kommen die Mädchen nach Hause. Lilja pfeffert ihre Schuhe in die Ecke, Anja stellt sie still in den Schrank. Während der Mahlzeit schweigen beide.

»Was ist los?« fragt Ljusja.

»Ich mußte für den Aufnahmeantrag in den Komsomol Papas Beruf angeben und konnte es nicht«, flüstert Lilja. »Wie schreibt man – Affärist? Und wo lebt er eigentlich?«

»Nun paßt mal auf, Kinder«, sagt Ljusja.

174

Anton Robertowitsch schreibt: »Liebe Lilja! Danke für die Mitteilung über Ihre Aufnahme in den Komsomol, zu der ich Ihnen gratuliere! Und danke der Nachfrage bezügl. meiner Gesundheit. Darüber habe ich Ihrer Mama bereits ausführlich berichtet. Herzliche Grüße auch an Anja. A. R.«

175

Ljusja kommt sich bedeutend vor. Sie hat tatsächlich ein Wiedersehen mit Pascha beantragt, das ihr aber mit dem Hinweis verweigert wurde, Recht auf ein Wiedersehen bestünde erst nach der Verhandlung. Die Ermittlungen dauern inzwischen sechs Monate.

Regelmäßig wird Ljusja beim KGB vorgeladen und spricht dann immer mit Pjotr Wjatscheslawowitsch, der sie mit ausgesuchter Höflichkeit behandelt. Inzwischen hat er ihr mitgeteilt, daß die Hauptanklage gegen Pascha auf antisowjetische Propaganda lautet, weil Pascha antisowjetische Dokumente verfaßt und verbreitet habe. Ljusja tut überrascht. Gemeinsam rätseln sie über Paschas Charakter. Es stellt sich heraus, daß Pjotr Wjatscheslawowitsch als Prokuror die Ermittlungen leitet. Tatsächlich fühlt sich Ljusja vertraut mit dem müden, höflichen alten Mann, der ihr einmal von seiner Jugend in Taschkent erzählt hat, von Erdbeeren, Schaschlik und grünem Tee, und der nichts so sehr zu bedauern scheint wie seine Karriere, die ihn nach Leningrad in das administrative Herz der Staatsgewalt geführt hat. Aber vielleicht spielt er ihr etwas vor? Gütige Menschen machen keine Karriere im KGB. Kaum hat sich Ljusja das überlegt, bekommt sie Lust, mit Pjotr Wjatscheslawowitsch zu diskutieren, und sucht ihn freiwillig auf.

»Sagen Sie, warum steht in der Zeitung, Pawel Jakowlewitsch Cherzew versteht gar nichts von Bildern, sondern kann nur ihren Preis einschätzen? Wer was nicht versteht, kann doch auch nicht wissen, was es wert ist, oder?«

»Nun ja, das war möglicherweise mangelhaft recherchiert und leichtfertig geschrieben.«

»Aber da blamiert ihr euch doch! Jeder, der denken kann, wird anfangen, euch zu mißtrauen!«

Pjotr Wjatscheslawowitsch wirft Ljusja einen prüfenden Blick zu. »Ich nehme nicht an, daß Sie zu mir gekommen sind, um das zu diskutieren.«

»Nein, ich habe noch mehr. In der Zeitung steht auch, Cherzew hat seinem Sohn ein zweistöckiges steinernes Haus geschenkt. Warum das, wo Cherzew doch gar keinen Sohn hat? Das weiß jeder, der ihn kennt! Er hat keinen Sohn, sondern nur einen Stiefsohn, und der sitzt im Lager wegen Bankraub. Warum müssen Sie lügen?«

»Wir?«

»Das schadet nur und ist doch in dem Fall gar nicht nötig«, erklärt Ljusja.

»Es freut uns, daß Sie sich Sorgen um unsere Glaubwürdigkeit machen.«

»Pjotr Wjatscheslawowitsch! Hier wird Cherzew Undankbarkeit vorgeworfen, weil er seine Retter verriet. Er hätte als Neunjähriger eingeklemmt zwischen seinen toten Eltern in der Gaskammer gestanden, und die Sowjetmacht hätte ihn da rausgezogen. Aber erstens war er doch zur Hälfte Deutscher, und die wurden nicht vergast...«

»Woher wissen Sie das so genau?«

»... und zweitens sterben Kinder vor den Erwachsenen.«

»Sie zeigen sich überraschend orientiert.«

»Mich wundert bloß, warum soviel Falsches geschrieben wird. Das klingt so, als hätten Sie ein schlechtes Gewissen.«

»So?«

»Oder als wäre Ihnen jedes Mittel recht, auch die Verleumdung. Aber so was schwächt doch Ihre Autorität!«

»Ljudmila Semjonowna«, seufzt Pjotr Wjatscheslawowitsch, »passen Sie auf! Solange ich hier sitze, kann ich Sie schützen, aber bald werden Sie andere vor sich haben. Halten Sie Ihren Charakter zurück!«

176

Kurz darauf wird Ljusja ins Große Haus vorgeladen, das Hauptquartier des KGB am Litejnyj-Prospekt.

Der Anblick des Großen Hauses bestärkt Ljusjas Gefühl, bedeutend zu sein. Es ist ein achtstöckiger grauer, wuchtiger Block auf einem rötlichen Granitsockel. Breit und eckig vorspringende Betonstreben durchschneiden die Vorderfront vom Sockel bis zum Dach. Ein gewaltsames, drohendes Haus. (Aber sie kommt als freier Mensch. Hier, immerhin, braucht man ihren Rat.)

Andächtig geht Ljusja auf die große mittlere Holztür zu, die ein Glasfensterchen hat. Gesichtskontrolle. Hinter der Tür befindet sich eine weitere. Dahinter ein Gang, durch den bewaffnete Milizionäre laufen. »Bürgerin, wohin? Ihre Vorladung!« Ein uniformierter Pförtner telefoniert. Ein Milizionär gibt Ljusja einen Wink, ihm zu folgen. Sie stellt ihm Fragen, er spricht kein Wort.

Sie klettern vier Stockwerke hinauf. Ljusja ist außer Atem. Der Milizionär treibt sie durch einen langen, breiten Korridor mit geschlossenen Doppeltüren. An dessen Ende biegen sie in einen ebenso langen Korridor ein. Auch an diesen Türen stehen weder Bezeichnungen noch Namen, nur Nummern. Wieder biegen sie ab. Aber dieser Gang ist schmal und hat keine Türen. Er führt leicht bergab und wird noch schmaler. Am Ende ist eine Eisentür, sonst nichts. »Sind wir hier sicher richtig?« Ljusja merkt, daß ihre Stimme zittert. Sie bleibt stehen und blickt sich fragend um.

»Vorwärts!« herrscht der Milizionär sie an.

Die letzten Meter geht Ljusja stockend.

Hinter der Eisentür nach einigen Metern noch eine Eisentür, durch die der Milizionär entschwindet. Ljusja steht schwitzend in dem toten Gang. Was ist passiert? Hat es mit Witja zu tun? Oder gibt es ein Gesetz für Sippenhaftung? Warum nur hat sie zu Hause keine Nachricht hinterlassen? Wie kann sie die Töchter ...

»Gwosdikowa!«

Der Milizionär hat die zweite Eisentür geöffnet und winkt Ljusja hindurch. Die Tür fällt hinter ihr ins Schloß.

Ljusja steht in einem ganz normalen Büro.

Hinter einem Schreibtisch sitzt ein ganz normaler Mann mittleren Alters ohne Uniform.

»Wir hörten, Sie haben viele Fragen«, sagt er kalt.

Ljusja hat alle ihre Fragen vergessen.

»Es geht um die Sache Cherzew, Pawel Jakowlewitsch. Was möchten Sie in diesem Zusammenhang wissen?«

Ljusja räuspert sich. Ihre Stimme spricht kaum an. »Wie – äh – lang gedenken Sie ihn denn – äh – einzusperren?«

»Das entscheidet das Gericht. Warum wollen Sie das wissen? Sagten Sie nicht, Sie hätten nicht die geringste Verbindung mehr mit Ihrem geschiedenen Mann?«

Ljusja, die sich ertappt fühlt und aufgespießt wie ein Insekt, stammelt: »Ich meine, ich fürchte ihn nämlich. Von mir aus können Sie ihn gar nicht lange genug einsperren. Also, was der mir angetan hat!«

177

Anton Robertowitsch schreibt: »Ich danke für Ihre Mitteilung, daß Sie nach Moskau gerufen wurden anläßlich der Angelegenheiten des Vaters der Kinder. Zwar weiß ich nicht, welche Möglichkeiten der Vater der Kinder in seiner Lage hat, den Kindern Hilfe zu erweisen, aber ich nehme an, Sie haben sich Ihren Schritt genau überlegt. Tatsächlich beschert Ihnen dieses Jahr viel Kummer, und wir wollen hoffen, daß ›den dunkelsten Tagen des Jahres helle folgen werden‹. In der Zwischenzeit können Sie auf mich zählen. Herzliche Grüße, A. R.«

178

Ljusja sucht den Prokuror Pjotr Wjatscheslawowitsch auf und setzt alles auf eine Karte.

»Ich verstehe ja, daß Sie meinen Mann nach Ihren Gesetzen bestrafen müssen. Aber warum bestraft man mich und meine Kinder?«

»Wie meinen Sie das?«

»Ja, weil ich immer noch keine Wohnung habe. Vor Pawel Jakowlewitschs Verhaftung hieß es, ich bin ganz weit oben auf der

Warteliste, und jetzt werde ich dort abgewimmelt, als hätte ich die Pest.«

»Wer ist Ihr Sachbearbeiter?«

»Schabajew, Alexej Jurjewitsch.«

Pjotr Wjatscheslawowitsch wählt eine Nummer und sagt, ohne seinen Namen zu nennen: »Alexej Jurjewitsch? Ljudmila Semjonowna Gwosdikowa ist gerade bei mir. Sie ist unzufrieden. Von unserer Seite gibt es keine Vorwürfe gegen sie.« Er legt auf. »Gehen Sie morgen früh zu ihm.«

Zwei Monate später bezieht Ljusja mit ihren Töchtern eine Dreizimmerwohnung auf der Insel der Werktätigen, eine eigene Wohnung im Erdgeschoß mit Küche und Bad, in die sogar morgens kurz die Sonne hereinscheint. Und noch zwei Monate später, es ist wieder Sommer geworden, wird in Moskau die Verhandlung eröffnet gegen Cherzew, Pawel Jakowlewitsch, geboren 1931 in Warschau/Polen, parteilos, geschieden, zwei Kinder, wegen antisowjetischer Tätigkeit.

179

»Geschäfte mit dem KGB? Sind Sie wahnsinnig?« ruft Jelisawjeta Nikolajewna, als Ljusja triumphierend von ihrer neuen Wohnung erzählt.

»Wieso Geschäfte? Ich habe mir doch nur vom KGB bestätigen lassen, daß gegen mich nichts vorliegt«, erwidert Ljusja bestürzt.

»Glauben Sie ernsthaft, der KGB tut irgend etwas aus Freundlichkeit? Sie werden sich wundern!« Jelisawjetas Stimme klingt schrill. »Entweder Sie sind schlau und arbeiten mit denen zusammen, dann bringen Sie uns in Gefahr, oder Sie sind einfältig und bringen nur sich selbst in Gefahr, aber dann bringen Sie uns ebenfalls in Gefahr.« Jelisawjeta verschluckt sich und stürzt hustend aus dem Zimmer.

»Ihre ganze Familie ist von Stalin vernichtet worden«, erläutert Sinaida Borisowna. »Sie selbst wuchs im Waisenhaus auf. Erst mit drei Jahren hat sie sprechen gelernt. So was sitzt tief. Ich glaube, es ist besser, wenn Sie hier nicht übernachten.« Sie steht auf. »Warten Sie hier, ich versuche sie ein bißchen zu beruhigen. Und dann gehen wir.«

Ljusja ist vor drei Tagen zu dem Prozeß nach Moskau gekommen. Jelisawjetas Adresse hatte sie von Witja. Jelisawjeta ist eine hektische Frau von Fünfzig, die immer von Idealen spricht. Schon mit ihrem ersten Kommentar hatte Ljusja sich kompromittiert. Sie war sehr erleichtert, als an diesem Abend Sinaida aufkreuzte, Sinaida mit dem schwarzglänzenden Haar und der langen Nase, Sinaida, die sich lässig bewegt und alles in mildem Tonfall und deutlicher Aussprache erläutert mit einer Miene, als übergebe sie den Tatbestand hiermit endgültig dem Meer der Vergangenheit. Jetzt führt diese bewundernswerte Sinaida Ljusja durch das abendliche Moskau zu ihrer Wohnung, und obwohl Sinaida nicht größer ist als Ljusja und mit scheinbar schleppenden Schritten geht, hat Ljusja Mühe, ihr zu folgen.

»Was halten Sie von Pawel Jakowlewitschs politischer Tätigkeit, Ida?« keucht Ljusja.

»Er hat sich abgesichert«, erklärt Sinaida. »Seine Spekulationen hatten einen gefährlichen Umfang erreicht. Er dachte, wenn er auffliegt, will er nicht als normaler Krimineller auffliegen, dann muß es schon was Besonderes sein.«

»Und was hat er jetzt davon?«

»Aufsehen. Das Interesse bedeutender Leute. Das wird wichtig sein für die Zeit nach der Entlassung.«

»Hat er Ihnen das gesagt?«

»Nein. Ich glaube, er sagt nicht einmal sich selbst die Wahrheit.« Ida lacht ein fröhliches, gurrendes Lachen.

»Woher kennen Sie ihn so gut? Die anderen hier verehren ihn alle.«

»Das ist der Nimbus der Verfolgten.«

»Und Sie sind nicht anfällig dafür?«

»Ich habe Respekt für die Verfolgten. Aber sie sind nicht alle gleich.«

»Ist Cherzew typisch?«

»Dazu kenne ich ihn zu wenig.«

»Was tun Sie in diesem Kreis?«

»Ich suche einen Ausweg«, antwortet Ida. »Meine Mutter war Armenierin, mein Vater halb Balte, halb Tatar. Aufgewachsen bin ich in der Steppe. Zur Schule gegangen in Kasan. Studiert habe ich in Kiew, geheiratet nach Leningrad, jetzt bin ich geschieden und lebe mit meinem Sohn in Moskau, und ich möchte gern nach Paris. Noch lieber wäre mir, die Verhältnisse änderten sich so, daß man es hier aushalten kann. Aber das werde ich wohl nicht mehr erleben.«

»Beschäftigen Sie sich mit Politik?«

»In Maßen. Wenn ich Mut hätte, würde ich mehr tun. Aber eingesperrt werden möchte ich auf keinen Fall, das brächte mich um.«

Sie sind von der Hauptstraße abgebogen und durchqueren ein paar Hinterhöfe. Ljusja hat die Orientierung längst verloren. Sie passieren Schluchten aus fünfstöckigen Mietblocks, die den Himmel verdunkeln. Ob diese Ida ernst zu nehmen ist?

»Da sind wir.« Ida deutet nach oben. Im vierten Stock, in der schmucklosen Hauswand mit den über dreißig nackten Fenstern, befindet sich ein bewachsener Balkon. Was heißt bewachsen? Ein von sandfarbenem, wucherndem Gestrüpp berstender Balkon, von dem ein Windstoß körnige, weiße Steppenblüten fegt, die wie Schnee auf Ljusja niederwirbeln.

180

Auf Pawel Jakowlewitschs Wunsch wird die Verhandlung gegen ihn unter Ausschluß der Öffentlichkeit geführt. Wenn Pascha mit gefesselten Händen an den wartenden Zeugen vorbei in den Gerichtssaal geführt wird, sieht er bleich und tapfer aus. Unter den Zeugen sind ehrbare Leute, die ihn trotz ihrer Furcht vor der Staatsgewalt niemals belasten werden und die später, draußen, hinter vorgehaltener Hand von seiner Haltung und Courage künden werden. Von ihnen schlägt ihm heimliche Verehrung entgegen. Aber er nimmt es nicht wahr. Seine Augen suchen Ljusja in der Menge. Als er sie das erste Mal sah, schrie er durch den Gang: »Wo sind meine Kinder? Lilja! Anja! Ich liebe euch!« Eine Frau, die neben Ljusja stand, stöhnte. Pascha maß Ljusja im Vorübergehen mit einem irren Blick, aber er sprach sie nicht an. Die ganzen sieben Tage seitdem schien er keine Notiz von ihr zu nehmen, obwohl er sie suchte und erkannte, sowie er den Gang betrat. Einmal versteckte sich Ljusja hinter einem vierschrötigen Mann, und da wurde Pascha von einem wahren Entsetzen befallen, er stürzte in den Händen der Bewacher mit großen Schritten vorwärts und warf panische Blicke in sämtliche Nischen des Korridors, zur Decke und zum Fußboden, wobei sein Kopf hin und her gerissen wurde wie von einem Alptraum.

181

Pawel Jakowlewitsch Cherzew wird wegen antisowjetischer Tätigkeit und Spekulationen zu neun Jahren Lager verurteilt.

Die politische Tätigkeit bestand darin, daß Pawel Jakowlewitsch Cherzew zusammen mit seinem »Assistenten« Boris Wassilytsch Larionow in den Jahren 1968 und 1969 mehrfach antisowjetische Dokumente aufsetzte und verbreitete, die von einer angeblich 1947 gegründeten illegalen Partei namens »Sozialistische Parteilose Arbeiterbewegung« verfaßt sein sollten.

Zu diesem Zweck hätten Cherzew und Larionow eine Schreibmaschine der Marke »Korona« nebst Ersatzteilen, einen Fotoapparat der Marke »Leica« mit Zubehör und eine Rechenmaschine erworben. Sie tippten die Dokumente in einem eigens dafür gemieteten Keller. Im Februar 1968 tippten sie drei Dokumente über ihre Partei und schickten sie per Post an das Präsidium des Obersten Sowjet der UdSSR und der RSFSR. Ein weiteres Exemplar brachte Pawel Jakowlewitsch »persönlich, in der Kleidung eines Ausländers«, zur polnischen Botschaft. Bei dieser erkundigte sich Pawel Jakowlewitsch mehrfach telefonisch über den weiteren Weg der Sendung. Im Oktober 68 sowie im März und August 69 verfaßten sie weitere Dokumente, die Pawel Jakowlewitsch, wiederum als Ausländer verkleidet, in die polnische, diesmal aber auch in die tschechische und ungarische Botschaft brachte. Mit ihrer Kamera fotografierten sie ihre politischen Werke. Die Negative bewahrten sie auf.

Im August 1969 wurde Pawel Jakowlewitsch verhaftet. Als Larionow von der Verhaftung erfuhr, vernichtete er verabredungsgemäß die Schreibmaschine, indem er sie in ihre Einzelteile zerlegte und sie von der Krementschug-Straße aus in den Obwodnyj Kanal warf. Der Negativfilm mit den politischen Erzeugnissen aber wurde sichergestellt.

Beide Angeklagten bekannten sich schuldig, schworen aber, sie hätten mit ihrer Tätigkeit nicht die Sowjetmacht schwächen wollen.

Dreimal so lang spricht die Anklage von Spekulationen mit Kunstgegenständen, die 1962–1965 von Pawel Jakowlewitsch allein, 1965–1970 von Pawel Jakowlewitsch mit Boris Wassilytsch zusammen über die Kommissionsgeschäfte Nr. 100 und Nr. 109 »Kunst-Kommission« verkauft wurden. Der Umsatz betrug 1960–64 circa 30.000, 1965–70 über 75.000 Rubel. Pawel Jakowlewitsch und Boris Wassilytsch haben die Ladenangestellten Kobylew, Kugel und Kisch systematisch bestochen, damit diese die Kunstgegenstände höher bewerteten und schneller verkauften. Bei den Kunstgegenständen handelte es sich um Ikonen, Antiquitäten, Schmuck, Porzellan, Steingut und Bilder (Öl, Aquarelle, Skizzen, Stiche). Pawel Jakowlewitsch hatte sie eingetauscht, gekauft sowie von Sammlern für seine Restaurationsdienste erhalten. In seiner Werkstatt besserte er beschädigte Stücke aus und verpackte sie neu, um sie mit Gewinn weiterzuverkaufen.

Das Urteil lautet auf neun Jahre »unter Konfiskation des Vermögens, ohne Anwendung von Verbannung, abzuleisten in einer Besserungs-Arbeitskolonie mit besonders strengen Bestimmungen unter Anrechnung der Zeit in Untersuchungshaft«. Larionow erhält drei Jahre.

Pascha hört das Urteil mit zurückgelegtem Kopf und weit geöffneten Augen an, am ganzen Leib zitternd.

182

»Du mußt zu ihm gehen«, sagen Jelisawjeta Nikolajewna und Sinaida Borisowna. »Du bist die einzige, die mit ihm Verbindung halten darf. Wir brauchen ihn. Tu es für uns.«

»Ich fürchte mich. Er wird mich hassen. Sicher denkt er, ich habe gegen ihn ausgesagt.«

Ida lächelt: »Ach was. Er wird dir glauben wollen.«

183

Vierzig Minuten lang darf Ljusja Pascha sehen, in einer engen Zelle des Zuchthauses Lefortowo, deren Wände getränkt sind von Verzweiflung und Verderben. Als Ljusja Pascha gegenübertritt, ist sie so bleich wie er, der seit über einem Jahr gefangen ist und keinen Sonnenstrahl sah.

Pascha wirft sich ihr zu Füßen. Er ist traumatisiert, sein Körper wird geschüttelt vor Erregung, und die ganzen vierzig Minuten redet er wie im Fieber auf Ljusja ein. Sie soll unbedingt noch ein Wiedersehen durchsetzen. Jedes Familienmitglied habe das Recht auf ein Wiedersehen, also auch jede der beiden Töchter,

Anträge sind zu schreiben hierhin, Genehmigungen einzuholen da und da. Sie muß, sie darf keine Zeit verlieren, berufen kann sie sich auf Paragraph sowieso, denn die Überstellungsfrist für ihn belaufe sich auf ...

Ljusja kommt nicht zu Wort. Hinterher fällt ihr ein, daß sie hätte fragen können: Hast du mir sonst nichts zu sagen? Aber Paschas Schock hat sich auf sie übertragen. Pascha war dreizehn Monate inhaftiert, die letzten zwei davon in Einzelhaft. Einen Monat hat die Verhandlung gedauert. Pascha ist abgemagert, von Erschöpfung, Erniedrigung und Einsamkeit gezeichnet, eine gequälte Kreatur.

Auf dem ganzen Rückweg vom Gefängnis kämpft Ljusja mit den Tränen. Es ist ein sonniger Tag. Ljusja flüchtet durch die lange Lindenallee und springt wie gehetzt in die nächste Tram. Es ist die Fünfundvierziger, die vom Vogelmarkt kommt. Die Passagiere haben bunte Vögel, verschlafene Kätzchen und ängstliche Welpen dabei. Alle reden über Tiere. Jemand hebt einen zappelnden Goldhamster hoch und ruft gutgelaunt durch den Waggon: »He, Genossen, überprüfen Sie Ihre Taschen, wer hat seinen Hamster verloren?«

Tiere. Pascha wirkte wie ein gequältes Tier. Ljusja denkt an den Abend, an dem der dreiundzwanzigjährige Pascha sie aus der Philharmonie führte, nachdem er so mutig dem berühmten Bojarow entgegengetreten war. Sie denkt an den unbeholfenen Stolz, mit dem er sagte: »Ich werde für dich da sein. Ich kann gut sein, ich wußte bisher nur nie, für wen.« Nur hatte er diese Veranlagung. Was kann er dafür, nach der Jugend – ohne Familie, unter Soldaten? Vielleicht ist so was aber auch angeboren? Wer weiß das?

Ljusja erinnert sich an den Dubowkaer Ziegenbock Wanjka, der rücksichtslos seine Ziegenfrauen bedrängte, sie mit den Hörnern traktierte und in den Dreck stieß. Nein, nett war der nicht. Aber wenn sie in ein dichtes Gestrüpp flohen, in das er mit seinem dicken Bauch nicht eindringen konnte, stand er stundenlang vor diesem Dickicht und schrie vor Not. Als Wanjka endlich abkratzte, wurde sein Sohn Foma zu seinem Nachfolger bestimmt. Aber Foma kümmerte sich nicht um die Ziegen, sondern verausgabte sich in vergeblichen Versuchen, die viel größeren Schafe zu begatten. Was für ein Spiel treibt die sogenannte Schöpfung? Wo liegt die Schuld beim Menschen, wenn sogar Ziegenböcke vor den Launen der Natur nicht sicher sind? Ljusja hätte Pascha gewähren lassen sollen. Es war kleinlich, ihn herauszufordern. In den ersten Jahren ihrer Ehe wußte sie zwar nichts, aber sie spürte, daß da ein wunder Punkt war, und bohrte nach. Ist es nicht erwiesen, daß er mit ihr und keiner anderen Frau leben wollte? Nur, weil sie ihn in die Enge trieb, hat er durchgedreht. (Wahrscheinlich habe ich alles falsch gemacht. Auch mit Tretjakow, obwohl es da um Weiber ging. Die Männer sind eben ihren Trieben ausgeliefert. Daß sie sich trotzdem mit sagenhafter Anmaßung als das rationale Geschlecht bezeichnen, beweist nur ihre Bedrängtheit: Sie können der Wahrheit nicht ins Auge sehen. Aber wir Frauen müssen, weil wir die Schwächeren sind, klüger sein; wir müssen – hat das nicht Papa einmal so ähnlich gesagt? – die Übersicht wahren und die Verantwortung für die Frucht des Lebens tragen über die Augenblicke der Gier hinweg.)

Das war's. Ljusja hat immer zuviel gefordert. Sie muß die Töchter großziehen und ihnen den Vater lassen, das ist das Sinnvollste, was ihr im Leben zu tun bleibt. Wenn das Leben einmal so beschaffen ist, daß sich die unglücklichen, unfreien Menschen aus Wahn und Unbeherrschtheit immerzu sinnlos fortpflanzen, dann müssen sie sich wenigstens um ihr Erbe kümmern. Das ist alles.

184

»Sie machen einen Fehler«, sagt der Prokuror Pjotr Wjatscheslawowitsch, als Ljusja um einen Termin bittet, um sich wieder mit Pawel Jakowlewitsch als Mann und Frau zu registrieren. »Sie sind für ihn nichts als ein Fensterchen zur Außenwelt. Das werden Sie merken, wenn er freikommt. Haben Sie nicht gesagt, Ihre Ehe war unglücklich?«

»Er hat viel durchgemacht. Ich glaube, er bereut vieles. Vielleicht wird er sich im Lager bessern?«

»Im Lager hat sich noch keiner gebessert«, antwortet Pjotr Wjatscheslawowitsch knapp.

»Aber er weiß doch, was er mir dann schuldig ist! Wir haben uns versöhnt! Er hat gesagt, wir fangen ein neues Leben an!«

»Es gibt keine Versöhnungen. Und noch etwas, was nichts mit Privatem zu tun hat: Sie sagen, er war kein wirklicher ›Politischer‹. Das ist schon möglich. Aber wenn er aus dem Lager zurückkehrt, wird er einer sein.«

»Und Sie werden ihn wieder verfolgen.«

»Ich...«, Pjotr Wjatscheslawowitsch sieht mit einem bizarren Schulterzucken auf seine Uhr, »... ich werde dann Gott sei Dank in Pension sein.«

Hat er gelächelt?

»Haben Sie ›Gott sei Dank‹ gesagt?«

Pjotr Wjatscheslawowitsch lächelt nicht mehr. Er zieht einen Plastikkamm hervor und fährt sich damit durch die kurzen weißen Haare. »Im übrigen«, sagt er und erhebt sich, »werde ich Ihnen keine Steine in den Weg legen. Tun Sie, was Sie für richtig halten. Aber Sie werden es bereuen.«

VI.
Dort und hier

185

Pascha schreibt aus dem Lager: »Meine geliebte, leidgeprüfte, geduldige, eigens für mich geschaffene kleine Frau! Wie ich Dir danken soll, weiß ich nicht. Aber ich werde auch das Meine dafür tun, Dich nicht stärker als nötig zu belasten.

Die Ernährung hier kostet 13–14 Rubel im Monat. 20 R habe ich von Dir in Lefortowo bekommen. Ich selber verdiene pro Tag 2 bis 4 R. Allerdings gebe ich die für Lebensmittel aus. Aber nachdem ich den Plan regelmäßig übererfülle, erlaubt man mir, noch zwei Rubel im Lager zusätzlich auszugeben, für die ich ausschließlich Sonnenblumenkerne, Butter und Marmelade kaufe.

Danke, daß Du mir einen Tag gewidmet hast, um herumzurennen wegen des Gesetzbuches. Aber wahrscheinlich war die Mühe vergeblich. Ich habe doch geschrieben, daß es nur in der öffentlichen Bibliothek zu finden ist. Sonst nirgends. Trotzdem danke für die Mühe und such es nicht mehr, aber befreie Lilja von der Hausaufgabe: Nachdem ich parallel zu Euch meinerseits Schritte unternommen habe, habe ich es schon aufgetrieben, es befindet sich in meinen Händen. Das Rasiermesser und die Turnschuhe haben sie mir ausgehändigt, ebenso den Bastwisch. Riesigen Dank! Dabei gibt's bei mir nichts zu rasieren mit meinen beiden Rasiermessern! Dafür sind die Bonbons verschwunden, ebenso wie die englische Postkarte. Besonders dringend warte ich auf die Thermosflasche.

Aber ›dieses Blech‹ habe ich mir nicht ›ausgedacht‹, das ›ergibt sich von selber‹ so... Nicht zuletzt deshalb, weil ich dumm bin und niemals, für keinen Pfefferkuchen, ›klug‹ werde. Vielleicht dann, wenn der Verstand erlischt und der Blick trübe wird. Aber bis dahin dauert es noch ein Weilchen. Und so lange (wiederhole ich nochmals und nochmals!!!) muß man mich so ertragen, wie ich bin.

Selber sage ich mir ständig das eine: In Zukunft wird mein Geist immer auf dem Weg des Guten sein! Ich habe jeden Grund, mit meinem Schicksal zufrieden zu sein, denn auf mich ist seine unergründliche Wahl gefallen, es hat mir die Gnade erwiesen, bestraft zu werden mit der tiefen Sehnsucht zum Schönen Sauberen Hellen. Und ich werde mich bemühen, nach Maß meiner Kräfte (und über meine Kraft hinaus) die Zeit aufzuholen. Aber das ›Blech‹ wird zeigen, wer recht hatte.

Wisse, daß in meiner Seele von dem, was war, nicht mal eine Schramme zurückgeblieben ist. Das ist mein Schicksal, und es wird mich vollständig ›zerreißen‹. Auf jeden Fall würde es mir nicht mal im Traum einfallen, mein Schicksal mit irgend jemandem zu tauschen!«

186

»Ein Wahnsinn ist das mit diesen Intelligenzlern«, seufzt die Eisverkäuferin Soja Dobrynina, deren Mann ebenfalls im Lager sitzt. »Die englische Sprache hat er gelernt, er ist Doktor für englische Literatur. Mir hat er versprochen, er wird Professor. Und was tut er? Er lernt eine Engländerin kennen und … o nein, nicht was du denkst; damit hat er's nicht so besonders. Nein, er spricht sich aus mit ihr, in englischer Sprache. Erzählt von unserem Leben. Warum ihr, warum nicht mir? Sie reiste ab, schrieb dort ein Buch und verdiente ordentliche Dollars oder Pfunde, und er wurde verknackt. Antisowjetische Propaganda. Acht Jahre! Und ich lebe jetzt das sechste Jahr mit dem Töchterchen in meinem Kommunalka-Hinterzimmer und schicke ihm Pakete.«

Sojetschka, klein, kräftig, knopfäugig, hat immer geschwollene Füße. Ljusja arbeitet, wenn auch nur als Putzfrau, in der Gastronomie und kann mit ein bißchen Schwierigkeiten Ware abzweigen, aber Sojas Ware ist Speiseeis; Speiseeis kann man nicht verschicken, und Soja steht nach ihrer Arbeit noch stundenlang Schlange um Lebensmittel. »Dann kommen die Schikanen bei der Post, mit der Verpackung... Also das war vielleicht 'ne Pleite.«

»Dafür hast du einen intelligenten Mann«, sagt Ljusja andächtig. »Wahrscheinlich trinkt er nicht?«

»Nein, trinken tut er allerdings nicht.«

»Wie kommst du überhaupt an so einen?«

»Ach – er lief hilflos durch den Regen, und ich hab' ihn mir geschnappt.«

»Vom Eiswagen aus.«

»Sozusagen. Er ging im Nieselregen spazieren, und ich verkaufte am Straßenrand Eis.« Soja muß lachen. »Ein magerer Student. Strich um mein Wägelchen und kaufte ein ›Plombir‹; schon dazu konnte er sich kaum entschließen. ›Warum so melancholisch, junger Mann?‹ frage ich. Er zuckt die Achseln. Wie ein Welpe sieht er aus. Sein Haar ist naß, der Regen tropft ihm in den Kragen, er friert; na, und mir war auch langweilig. ›Ich habe gerade meine Abschlußprüfung bestanden‹, sagt er traurig. – ›Gratuliere! So ein Ereignis muß doch festlich begangen werden!‹ Er bricht fast in Tränen aus. ›Wissen Sie was, in einer halben Stunde mache ich sowieso den Kasten zu. Wir können ein bißchen feiern. Ich lade Sie zum Tee ein. Ich wohne ganz in der Nähe.‹ – Er geht also mit. In meinem Zimmer bewirte ich ihn mit Tee, Likör und Warenje, was anderes hatte ich nicht da; er sah glücklich aus. Wir reden bis in die Nacht. Er ist einsam. Immer wieder treten ihm Tränen in die Augen, und ich tu so, als seh' ich's nicht. Schließlich steht er auf, nimmt seinen Mantel und drückt mir allen Ernstes die Hand.

›Schon?‹

›Ich bin müde‹, sagt er, ›ich muß mich hinlegen.‹

›Leg dich doch hier hin! Ich richte den Diwan her und braue uns noch einen Tee, und dann liegen wir gemeinsam und plaudern noch etwas.‹

Er, verwirrt: ›Aber – geht denn das, einfach so, ich meine – ohne Standesamt?‹

›Es geht. Komm, ich zeig's dir.‹

Er zögert, beschließt dann, mir nicht zu glauben, und verabschiedet sich rasch. Na ja, wir trafen uns noch ein paarmal, und dann ging's zum Standesamt. Vor der Heirat passierte tatsächlich nichts. Was soll ich dir sagen, Ljusja, ein richtiger Intelligenzler. Er war anständig, er trank nicht, er war solide – nur daß er sich mit Politik befaßt, hat er verschwiegen, und das wird er mir büßen.«

187

Seit einem Monat arbeitet Ljusja als Putzfrau in der Kantine einer wissenschaftlichen Bibliothek. Sie hofft, möglichst bald eine Stelle in der Küche zu bekommen. Aber die Strukturen im Versorgungsbereich werden von Ära Nikodimowna, einer Kaderfrau mit dem Auftreten eines Kosakenhauptmanns, überwacht und unerbittlich verteidigt. »Wer putzt, kommt nicht in die Küche, wegen der Bakterien.«

Ära Nikodimowna sitzt auch hinter der Kasse der Kantine. Die Küche liegt hinter dem Gang zur Selbstbedienungstheke. Ab und zu füllen abgehetzte Küchenfrauen die Auslage mit stinkenden Lachsbroten und schwitzenden Käseschnitten. Jeden Mittag gibt es Suppe und ein Hauptgericht. Ära Nikodimowna kommt in dieser Zeit nicht von ihrer Kasse weg, aber sie riecht das ranzige Öl, und ihre Stirn umwölkt sich. Regelmäßig macht sie den Küchenfrauen eine Szene. Die Küchenfrauen hassen sie, und keine spricht mit ihr ein Wort. Ljusja beginnt, Ära Verbesserungsvorschläge zu machen. Ära ballt die Fäuste: »Wieso, es ist doch alles in Ordnung!« Nein, eine Stelle in der Küche sei nicht frei. Ljusja solle erst mal den Speisesaal in Ordnung bringen.

Es stellt sich heraus: Ära ist gar nicht Chefin der Kantine.

Chef der Kantine ist ein gewisser Jewgenij Wiktorowitsch, der seit einem halben Jahr eine Entziehungskur macht und seitdem die Kantine nicht betreten hat. Er ist der Bruder eines Funktionärs im Stadtsowjet. Regelmäßig erscheint der Chauffeur des Stadtsowjets in der Kantine, um sich Lebensmittel aushändigen zu lassen, die er in seinem Wolga ins Sanatorium bringt. Aber all das erfährt Ljusja nicht von Ära, sondern von der Geschirrspülerin Nadja. Ära versucht, ohne eigentliche Macht in den Händen die Ordnung in der Kantine aufrecht und das Banner des Kommunismus hoch zu halten. Bei jeder Entscheidung muß sie die Bibliotheksleitung um Erlaubnis fragen. »Sie hat einen dunklen Punkt in ihrer Biographie«, kichert Nadja.

Nadja verrät auch, daß Ära Nikodimowna am dreißigsten November Geburtstag hat. In der Kantine gratuliert Ära kein Mensch. Ära sitzt mit stoischem Gesicht hinter ihrer Kasse und beißt die mit einer Metallspange verschweißten Zähne zusammen. Beim Verlassen des Gebäudes überreicht Ljusja ihr eine Papiertüte. Ära donnert: »Ich nehme keine Geschenke von meinen Untergebenen!« Ljusja erwidert: »Wir stehen auf der Straße und sind beide freie Menschen. Sie sind eine Privatperson, die Geburtstag hat, und ich wünsche ihnen ein schönes Geburtstagsfest. Machen Sie sich keine Sorgen. Bis ich selbst Geburtstag habe, bin ich schon gar nicht mehr hier.« Während Ära Nikodimowna noch über den letzten Satz nachdenkt, geht Ljusja ihrer Wege.

Das Geschenk war ein Stoffelch mit ganz weichem Fell, ein Importstück aus Deutschland. Ljusja hatte es ihrer Schwester Lera abgekauft, die keine Verwendung dafür hatte, und gleich an Ära gedacht. Am nächsten Tag ist Ära wie ausgewechselt. Vor Rührung zittert ihre Stimme. Sie vertraut Ljusja an, sie habe den Elch »Konrad« getauft, weil er doch aus Deutschland sei. Nadja, die einmal uneingeladen in Äras Zimmer in einer Kommunalka am Litejnyj-Prospekt gekommen ist – angeblich, um rechtzeitig zwei Krankmeldungen für den morgigen Montag auszurichten, in Wirklichkeit aber, um zu spionieren –, tratscht herum, auf Äras Teetisch sitze ein Stoffelch mit einem wollenen Schal um den Hals und Spuren von Lippenstift im Fell. Augenblicklich entsteht in der Kantine das Gerücht, Ära Nikodimowna besitze einen faschistischen Elch, und wenige Tage später, Ära Nikodimowna wolle ein Stofftier verkaufen. Ära benimmt sich zwei Wochen lang abweisend und sichtlich verletzt, und Ljusja ist sehr verlegen.

Die Kantine im Keller der wissenschaftlichen Bibliothek ist ein großer, zugiger Raum. Aus den Kästen der dröhnenden Entlüftungsanlage stehen einzelne Lamellen wie gebrochene Rippen heraus. Tauben flattern herum. Graugesichtige Akademiker schieben feuchte, angefressene Plastiktabletts auf einer Aluminiumschiene zwischen einer mannshohen Sperrholzwand und der armseligen Auslage zur Kasse. An deren Ende thront, etwas erhöht, wie ein Feldherr Ära Nikodimowna und schimpft. Sie überwacht auch die Teeausgabe. Vor der Kasse steht eine Schüssel mit Teeblättern, aus der die Kunden einen oder zwei weiße Plastiklöffelchen in ein Teeglas füllen. Auf der anderen Seite des Saales stehen zwei Fünfzigliterzylinder, aus denen Dampf aufsteigt. Mit einem Kränchen füllt man das heiße Wasser in das Glas mit den Teeblättern. Da das Essen salzig ist, ein Löffelchen Tee aber nur zwei Kopeken kostet, haben manche Kunden fünf Gläser auf das Tablett gestellt. Drei davon zieht Ära Nikodimowna gleich schimpfend wieder ein, denn die Teeblätter gehen regelmäßig bis vier Uhr nachmittags aus.

Gegessen wird an runden wackligen Stehtischen. Den meisten Kunden gehen sie nur bis zur Brust, aber Ljusja muß sich auf die Zehenspitzen stellen, um sie zu säubern. Schmutzig sind sie dauernd. Ein Esser vermag sein Fleisch nicht zu meistern, oder er ist auf Knorpel geraten, jedenfalls spuckt er einen Bissen nach dem anderen wieder auf den Teller. Er schiebt einfach das Unkaubare mit der Zunge über die Unterlippe in den Teller und verspritzt dabei ölige, rötliche Soße. Ein kleiner, schlecht gekleideter Greis mit gerunzelter Stirn und strengen Augen klopft rhythmisch seinen Löffel ins Essen. Der Tränensack seines rechten Auges ist ausgeleiert, das Lid hängt herunter und bildet mit dem entzündeten Auge eine Art Tasche, die so groß scheint, daß man einen ganzen Teller Suppe hineinkippen könnte. Ein Student hustet sich die Lunge aus dem Leib. Niemand wünscht ihm Gesundheit. Alle sind geistesabwesend. Diese Leute lesen den ganzen Tag Bücher. Ist da irgendwas ein Wunder?

Geschlossen wird um sechs. Fluchend poliert Ljusja die gewaltigen Heißwasserzylinder, kämpft gegen den Taubendreck an, stolpert über herausgerissene Steinfliesen, angelt mit einem Besen nach Spinnweben und spült Berge schmutzigen Geschirrs. »Komisches Publikum, diese Wissenschaftler«, ruft sie Ära Nikodimowna zu, die dabei ist, an der Kasse das Geld zu zählen.

Manchmal ist Ära Nikodimowna gesprächsbereit. Den ganzen Tag wütet sie hinter ihrer Kasse, jetzt, am Feierabend, ist die Stunde der Philosophie. »Man muß sie nur richtig anpacken«, sagt Ära Nikodimowna. »Etwas weltfremd sind die, aber gefügig.«

Es stellt sich heraus: Ära Nikodimowna ist aus altem kommunistischem Adel. Ihr Vater war Parteimitglied seit neunzehnhundertsiebzehn und ist einmal mit Lenin zusammen durch einen Korridor im Smolnyj gegangen. Im selben Jahr wurde Ära geboren, deren voller Name Nowaja Ära lautet, Neue Ära. Ära stand immer an vorderster Front. Sie war Aktivistin im Betrieb, half während der Blockade beim Schmuggel von Munition über den vereisten Ladogasee, verfolgte schließlich mit einer Partisaneneinheit die flüchtenden Faschisten und leitete eine Baubrigade, die zerschossene Häuser wieder bewohnbar machte. Schließlich brach Ära mit offener Tuberkulose zusammen. In den folgenden Monaten der Untätigkeit (»Rekonvaleszenz«, sagt Ära angeekelt) begann sie, beraten von einer Zimmernachbarin, Bücher zu lesen, und entdeckte ihr Herz für die Poesie. Und weil sie sich in den vergangenen Jahren so verdient gemacht hatte, durfte sie anschließend eine Ausbildung als Bibliothekarin absolvieren. Sie heiratete und zog nach Moskau. Wegen ihrer verdienstvollen Vergangenheit kam sie sogar in der Leninbibliothek unter. Noch heute schwärmt sie von ihrem Dienst im Lesesaal Nummer Eins. Sie erzählt von Wolkenstores, von den riesigen Fenstern mit Blick auf die goldenen Kuppeln des Kreml, von den weichen Teppichen, den Tischen mit hellbraunem poliertem Holz und den grünlackierten Lampenschirmchen an mehrgliedrigen, kunstvollen Messingarmen. In diesem Saal lasen nur Professoren, Akademiemitglieder und hochverdiente Wissenschaftler, viele mit Orden. Sie studierten mit Vehemenz Stapel von Büchern und hatten konzentrierte, verantwortungsbewußte Gesichter. Einer, ein recht alter, schlief ab und zu sabbernd über seine Bücher gebeugt ein, zwischen das Rascheln der Seiten und das Klappern der Bleistifte mischte sich dann diskretes Schnarchen. Und Ära, die so treu und ehrlich ist, daß sie immer husten muß, wenn sie lügt, selbst wenn sie gar nicht weiß, daß sie lügt, sagt ohne zu husten: »Das war der Höhepunkt meines Lebens. Ich war im Gehirn der Sowjetunion, und jeden Tag ging ich mit Stolz zur Arbeit.«

Ein Akademiker blieb von einem Tag auf den anderen fern, dann ein zweiter. Man munkelte, sie seien Spione. Ära war dem einen wohlgesonnen gewesen, weil er Puschkin-Spezialist war und sie ihm einmal sieben Strophen aus dem »Ehernen Reiter« hatte vortragen dürfen. Außerdem war er kriegsversehrt. Er hatte, wie Ära, die abziehende faschistische Armee verfolgt und durch eine Granate die rechte Hand verloren. Manchmal half ihm Ära beim Umblättern. Jetzt ging sie zur Bibliotheksleitung und sagte: »Ich weiß, mit Spionage ist nicht zu spaßen, aber kann es nicht sein, daß hier ein Irrtum vorliegt?« Ära verlor ihre Arbeit in der Leninbibliothek und zog aus nicht näher erläuterten Gründen nach Tadshikistan.

Über diese und die folgenden Jahre schweigt Ära sich aus. Tatsache ist: Sie bezeichnet sich als Witwe, und sie ist nach Leningrad zurückgekehrt. Sie arbeitet – hier vibriert ein stolzer Brustton in ihrer Rede – wieder in einer bedeutenden Bibliothek, wenn auch nicht mehr als Bibliothekarin. Sie begegnet auf den Treppen neugierigen Studenten und ernsten Wissenschaftlern. Sie inhaliert in den Korridoren lustvoll den Geruch von Papier, Staub und Leim.

Ljusja ist nur Putzfrau in dieser Kantine und Ära immerhin Kassiererin, dennoch behandelt Ära Ljusja inzwischen wie ihresgleichen. »Wer für den Sozialismus arbeitet, ist meine Schwester«, sagt Ära. »Ich sehe dir an, daß du ehrlich bist; nicht so wie die da« – sie deutet mit dem Daumen hinter sich, auf die Küche –, »die nur daran denken, Lebensmittel nach Hause zu tragen. Da passe ich aber auf. Drei von denen habe ich im letzten Jahr über die Klinge springen lassen. Ich selber habe niemals etwas nach Hause getragen, und wenn ich zu Hause faule Kartoffeln essen mußte. Das bin ich meiner Partisanenvergangenheit schuldig.« Ljusja flüstert erschrocken: »Ehrlich gesagt, genau auf die Lebensmittel hatte ich gehofft. Denn mein Mann sitzt im Lager, und ich muß ja die Kinder ernähren. Das Geld würd' ich hier verdienen, aber woher nehme ich die Zeit, Schlange zu stehen?«

Und im Laufe der nächsten Wochen, fünfminutenweise während der Arbeit oder abends beim Thekeputzen, erzählt Ljusja Ära ihre ganzes Leben. Ära will alles wissen. Wenn sie kommentieren will, fängt sie an zu husten, und manchmal ruft sie: »Unmöglich!« Aber sie fragt und fragt.

Eines Tages nach der Arbeit drückt sie Ljusja in der dunklen Garderobe eine Tragetasche mit Lebensmitteln in die Hand und sagt drohend: »Wehe, wenn du dich erwischen läßt! Dann muß ich selbst dich feuern. Und wenn du mich verpfeifst, übergebe ich dich der Staatsgewalt.« Ära, die einsachtzig groß ist und von starkem Knochenbau, stampft verlegen und heftig atmend durch die Garderobe wie ein erregtes Pferd. »Ach, Ärotschka!« Ljusja stellt sich auf die Zehenspitzen und umarmt Ära. »Das ist ja so lieb von dir! Aber ich verspreche dir, ich werd' dich nicht in Ge-

fahr bringen. Ab Januar habe ich eine Arbeit im Wohnheim der
›Rotfront‹-Stahlwerke, ich übernehme da ein Buffet.«
 Ära bricht in Tränen aus.

188

Müntzers Postkarten, die weiterhin wöchentlich eintreffen, zeigen Leningrader Brücken, Kanäle und Denkmäler, manchmal auch, in künstlerischem Schwarzweiß, Ansichten von Moskau aus dem Jahre 1946. Die Rückseite ist von links bis rechts gefüllt mit unruhigen, in der Breite schwankenden Buchstaben. Die Anrede ist groß und, weil sie nicht in eine Zeile paßt, rechts nach unten gebogen. Dafür ist für die Unterschrift meistens kein Platz mehr: A. R. steht ganz klein in der rechten unteren Ecke. »Hochgeehrte Ljudmila Semjonowna! Ich danke für die Glückwunschkarte und für die Benachrichtigung, daß Anja und Lilja in die Ukraine gefahren sind. Ich hoffe, daß der Urlaub im Süden für sie effektiv wird. Auch von Anja habe ich eine Glückwunschkarte bekommen, und ich bitte Sie, ihr meinen Dank zu übermitteln. Bisher habe ich die Feiertage immer in Seljenogorsk verbracht, aber bereits diesen Sommer mußte ich feststellen, daß mich bei meinem Gesundheitszustand der Aufenthalt dort eher ermüdet als erfrischt, ganz zu schweigen von den Strapazen der Fahrt dorthin.«

189

»Also«, sagt Ida, »das geht zu weit.«
 Sie kommt müde, aber amüsiert und gesättigt von Geschichten und Leben, nach Hause und beginnt zu erzählen, bevor sie den Mantel ausgezogen hat. Sie war bei einem angeheirateten baltischen Cousin namens Igor. Igor, der eigentlich Journalist

ist, hat soeben eine Schriftstellerkarriere begonnen, indem er einen dicken Schlüsselroman über die Moskauer Intelligenz veröffentlichte mit dem Titel: »Leben ohne Vorzeichen. Städtischer Roman«. Er behandelt unter anderem Igors Freundschaft mit Idas erstem Ex-Mann Kolja, die später zur Feindschaft wurde. Im Buch hat Igor, der in der Ich-Form schreibt, nur gute Eigenschaften. Alle schlechten Eigenschaften hat er auf Kolja übertragen, so daß Kolja dort seine eigenen guten, seine eigenen schlechten und Igors schlechte Eigenschaften hat. Eine zweite Schlüsselrolle spielt eine gewisse Cousine Ida aus Tatarstan, die ebenfalls eine Fülle schlechter Eigenschaften aufweist. Alle Eingeweihten wissen natürlich, daß damit nur unsere Ida gemeint sein kann. Igor hat sich auch gleich bei ihr entschuldigt mit den Worten: »Aus künstlerischen Gründen war das notwendig, verstehst du?« Ida beklagt sich: »Aber erklär das mal allen!« Übrigens gibt Igor ihr den Roman nicht zu lesen. Immer kommt etwas dazwischen, er hat ihn gerade verliehen oder der Kritik zur Verfügung gestellt und so weiter. Heute war wieder ein Übergabetermin. Es stellte sich heraus: Igor war gar nicht da. »Er muß jeden Augenblick kommen«, sagte Igors Mutter. Ida wartete anderthalb Stunden, und das Schlimmste war, daß sie keinen Tee bekam. Die Mutter goß zwar heißes Wasser über den Sud, aber der Tee wurde nicht dunkel. »Er muß noch ein bißchen ziehen«, entschuldigte sich Igors Mutter. Dabei war es, wie Ida von Igors zehnjährigem Sohn Mischa hinter vorgehaltener Hand erfuhr, schon der fünfte Aufguß. Igors Mutter, dem geizigen Miststück, tat es leid um den neuen Löffel Teeblätter, und Ida konnte ewig warten; aber vor Erschöpfung und Durst nach starkem, heißem Tee knirschte sie mit den Zähnen. Sie wirft mit einer virtuosen Geste ihren Mantel über den morschen Kleiderständer und ruft: »Tee! Dringend! Sofort!«, und im gleichen Augenblick stürmen beide in die Küche, wo das von Ljusja aufgesetzte Wasser soeben verkocht ist.

Ljusja besucht Ida jedesmal, wenn sie auf ihren Fahrten in den Ural in Moskau Zwischenstation macht. Und sie macht immer Zwischenstation, denn die Gespräche mit Ida sind meist das einzig Lohnende an diesen zermürbenden Reisen.

Die Reisen gelten Pascha. Auch die politischen Häftlinge dürfen einmal im Jahr besucht werden, aber diese Wiedersehen werden behindert. Nachdem die Angehörigen tagelang mit dem Zug unterwegs waren, wird ihnen das Wiedersehen verweigert, und sie fahren erschöpft und gedemütigt wieder ab. Nur das erste Wiedersehen mit Pascha hat wirklich stattgefunden. »Ist mein Mann so bedeutend?« fragt sie Ida, die immer alles weiß. Ida sagt: »Nein, so machen sie's mit jedem. Das läuft unter ›Zermürbung‹. Bereits von der Idee her sind diese Wiedersehen pure Schikane.« Einmal schrieb Ljusja an Pascha: »Man rät mir ab zu fahren.« Pascha antwortet: »Ich flehe dich an, versuch es. Ein Blick auf dich gibt mir Kraft für ein ganzes Jahr. Und du wirst sehen, wie ich es dir lohnen werde.« Jetzt macht sich Ljusja zum vierten Mal auf den Weg.

Die Reise hat so beschwerlich wie immer begonnen: mit dem Nachtzug nach Moskau. Es ist März, knapp über null Grad, Regen, überall Schlamm und Schmutz. Unter dem eisigen Regen dampfen die breiten Treppen zu den Unterführungen. In der Metro drängen sich die Menschen. Zerzauste, verregnete Pelzmützen, schweißglänzende Gesichter, nach Mottenpulver riechende Mäntel. Immerzu läuft man in einem Pulk. Vor einem die breiten Rücken eiliger, schwerbepackter Frauen und die schlammbespritzten Hosenbeine überholender Männer. Man hastet durch die heißen, trockenen Betontunnel der Metrostationen. Schwingtüren schnellen einem ins Gesicht, Unsichtbare stoßen einen zur Seite. »Ich komme ja selbst aus einer Großstadt«, seufzt Ljusja erschöpft, »aber was bei euch los ist...«

»In den letzten Jahren ist es schlimmer geworden«, erklärt Ida. »Das liegt daran, daß die Versorgung in den Provinzen allmählich zusammenbricht. Inzwischen kauft die ganze Union bei uns ein. Und je leerer die Geschäfte, desto mehr wird gesucht und gefahren. Mein Sohn Sascha hat eine wissenschaftliche Formel daraus entwickelt: ›Die Verkehrsintensität ist reziprok proportional zum Handelsangebot.‹«

»Du bist so gelassen; wie machst du das?«

»Ich kaufe nicht ein. Der Junge ist Gott sei Dank leicht zu ernähren. Sascha? Hast du was besorgt?«

»Ja«, brummt Sascha, Idas dreizehnjähriger Sohn. »Zucker und Tee.«

»Butter?«

»Butter hat die Tscheka.«

»Käse?«

»Käse gibt's in Bonn.«

191

Nach einem gemütlichen Tag bei Ida geht es weiter nach Perm. Einundzwanzig Stunden im Zug. Der Waggon ist vollbesetzt, auf den Liegen stöhnen, schnarchen und pfeifen im Schlaf achtundsiebzig Menschen. Der Kohleofen ist überheizt. Es riecht nach Schweiß. In den Morgenstunden sinkt die Temperatur. Als Ljusja erwacht, wird sie geblendet von frischem Schnee, der in der Sonne blitzt.

Bis zum Anschlußzug dreieinhalb Stunden Aufenthalt, und eine schreckliche Entdeckung: Ljusja hat ihren Proviant bei Ida vergessen. Im Plaudern bekamen sie plötzlich Lust auf Wurst und haben alles ausgepackt, so kam das. Und jetzt hat Ljusja Hunger.

Das Bahnhofsbuffet ist nicht geschlossen, hat aber keine Speisen. Ljusja, die die Päckchen für Pascha nicht antasten will, streift mit knurrendem Magen durch die Stadt. Über einem schmucklosen Hauseingang steht »Café«. Ljusja gelangt in einen schmalen Vorraum, an dessen Ende hinter einem Tisch eine schielende, teetrinkende Greisin sitzt. Sie wühlt mit zahnlosen Kiefern in einem feuchten Brot und nimmt Ljusja nicht zur Kenntnis.

»Oma, guten Tag! Sagen Sie, ist hier das Café?«

»Nebenan«, schmatzt sie.

»Wo?«

»Nicht hier!« Die Alte schluckt ihren Bissen herunter und ruft, nasse Brotkrümel in Ljusjas Richtung spuckend: »Gehen Sie raus! Hier ist heut Sanitätstag!«

Nebenan befindet sich ein weiterer, ebenso schäbiger Hauseingang, über dem »Café« steht. Ljusja kämpft sich mit ihren Taschen die enge Treppe hinauf. Eine dicke, rauchende Kellnerin stürzt ihr entgegen: »Was wollen Sie hier!«

»Tee und was zu essen.«

»Hier gibt's keinen Tee und zum Essen nur Pilze!«

»Na dann eben Kaffee. Und warum eigentlich keine Pilze?«

»Kaffee gibt's auch nicht, und die Pilze sind alle. Das hier ist ein Café! Verschwinden Sie!« Drei Kilometer weiter soll es eine Schaschlikbude geben. Ljusja, die öfters nach dem Weg fragen muß, braucht für den Weg eine gute Stunde. Aber als sie anlangt, ist die Tür verschlossen. Auf Ljusjas Rütteln schießt wie eine Muräne ein rotäugiger alter Mann heraus, schreit empört, was sie hier wolle, es gäbe keine freien Plätze mehr und Schaschlik schon gar nicht, und schlägt ihr die Tür vor der Nase zu.

Eher zufällig auf dem Rückweg zum Bahnhof findet Ljusja doch noch ein Lokal. »Diät-Garküche« steht über der quietschenden Holztür, die Ljusja in einen zugigen Keller führt. An einer Theke gibt es grünlichen Kartoffelsalat und Sprotten.

Die Sprotten sind braun und sehen verfault aus. Beim ersten Bissen stellt Ljusja fest, daß sie es auch sind, und ißt nur den Salat zu Ende. An ihrem Tisch haben inzwischen zwei Frauen Platz genommen, die abenteuerlich aussehen; ein Mann, der noch abenteuerlicher aussieht, kommt mit drei Tellern dazu und bringt ihnen ebensolche Sprotten. Eine der Frauen beißt in eine Sprotte und sagt: »Hau, die kriegt man aber nur mit Wodka runter.« Daraufhin zieht der Mann aus seiner ledernen Aktenmappe eine Halbliterflasche, und zu dritt trinken sie diesen Wodka und essen die verfaulten Sprotten auf.

192

Nach weiteren drei Stunden Zug, fünf Stunden Aufenthalt und viereinhalb Stunden Busfahrt ist Ljusja am Ziel. Gegessen hat sie seit der Ankunft in Perm nur grünlichen Kartoffelsalat und trocknes Brot in lauwarmem Tee.

Das Lager grenzt an ein halbverlassenes Dorf. Es gibt ein Hotel, eine Fabrik, einen steinernen Wohnblock, eine Schule, ein paar Katen, einen Laden und Kasernen. Die Bewohner sind scheu und geben keine Auskünfte.

Rechts der Einfahrtsstraße liegt das Hotel, an ihrem Ende das Verwaltungsgebäude, links bereits die Lagermauer. Die Menschen, die mit Ljusja aus dem Bus steigen, sind fast alle Angehörige von Häftlingen. Sie laufen sofort zum Verwaltungsgebäude, um sich anzumelden. Ljusja geht mit ihren Tüten und Schachteln in das Hotel und mietet ein Zimmer zu dreißig Kopeken pro Nacht.

Wenige Minuten später klopft ein Milizionär an die Tür. Auf ihren Gruß erwidert er: »Sie haben kein Recht, hier zu wohnen.«

»Ich besuche meinen Mann. Ich bin zu einem Wiedersehen geladen worden, und das nehme ich wahr.«

»Trotzdem dürfen Sie hier nicht wohnen.«

»Mit wem habe ich, bitte sehr, zu tun?«

»Sehn Sie nicht meine Abzeichen?«

»Mit Abzeichen kenn' ich mich nicht aus. Aber das hier ist freies Sowjetgebiet. Und ich bin freie Sowjetbürgerin. Ich habe die Übernachtung im voraus bezahlt, bin sauber, nicht betrunken, nicht kriminell – was spielen Sie sich also auf?«

Ihm fällt nichts mehr ein. Er steht und gafft, und sie nimmt ihren Mantel und ihre Tasche und geht an ihm vorbei.

Vom Verwaltungsgebäude her kommen ihr bereits mit gesenkten Köpfen die ersten Angehörigen entgegen: Das Wiedersehen wurde abgelehnt. Sie schleppen ihre Koffer zur Bushaltestelle zurück und wollen möglichst rasch fort. Der Mann trägt eine Goldbrille und einen Bibermantel, die Frau einen Persianer: ein wohlhabendes, kultiviertes älteres Ehepaar. Intellektuelle, wie's aussieht, wahrscheinlich Angehörige eines Politischen.

»Liebe Freunde!« ruft Ljusja sie an. Die Frau zuckt zusammen. Sie mustert die kleine, runde Ljusja, die sich einen verfilzten grauen Schal um die Brust gebunden hat und vor Eifer schnauft.

»Womit können wir Ihnen dienen?« fragt der Mann höflich.

»Sind Sie abgewiesen worden?«

»Ja. Sie vermutlich nicht?« fragt die Frau scharf. Wahrscheinlich glaubt sie, Ljusja sei die Angehörige eines Kriminellen und werde deswegen besser behandelt.

»Ich wollte Sie fragen: Sie hatten doch bestimmt Lebensmittel für Ihren Sohn dabei, die Sie nicht losgeworden sind? Die Ihnen auf der Rückreise vergammeln würden?«

»Ja. Möchten Sie uns was abkaufen?« fragt die Frau bereitwillig.

Ljusja nickt verblüfft.

Die Frau beginnt ihre Taschen zu sortieren und rechnet halblaut vor sich hin. »Brot – fünfzehn Kopeken der Laib, Sie sehen, es ist gutes Brot, Marke ›Gesundheit‹. Schokolade – einsdreiundsechzig. Für die Sprotten muß ich leider vierfünfzig berechnen, das ist nicht der Ladenpreis, aber wir selbst haben soviel bezahlt, Sie wissen ja, Defizit...«

Der Mann ist zur Bushaltestelle vorausgegangen.

193

Es stellt sich heraus: Alle anderen Besucher, insgesamt noch fünf, sind ebenfalls abgewiesen worden. Man hat alle zu besuchenden Häftlinge wegen eines »Disziplinarvergehens« kurzfristig zu zwei Wochen Kerker verknackt und den Verwandten mitgeteilt, daß das Wiedersehen aus diesem Grund aufgehoben sei. Fast alle Verwandten sind von der tagelangen Anreise derart zermürbt, daß sie keinen Widerstand leisten und Hals über Kopf wieder abreisen.

Als Ljusja das Dienstgebäude betreten will, versperrt ihr ein Milizionär die Tür. »Kein Eintritt. Mittagspause.«

Ljusja geht spazieren. Als sie von der Hauptstraße abbiegen will, ertönt ein so scharfer Pfiff, daß sie herumfährt. Da steht derselbe Milizionär, der schon im Hotel gewesen war. Offenbar hat er die Niederlage von eben noch nicht verwunden. »Dort darf man nicht gehen!« sagt er finster. Als Ljusja einen anderen Weg einschlagen will, pfeift er wieder.

»Wohin darf ich denn gehen?«

»Ins Hotel.«

Ljusja dreht sich zu ihm um. »Jetzt paß mal auf, mein Junge. Du könntest mein Sohn sein. Und du spielst dich hier auf? Ich verstehe zwar nichts von Abzeichen, aber ich sehe dir an, wer du bist. Du bist ein Stümper, ein Anfänger-Milizionär. Dritte Klasse. Aber weißt du, wer ich bin? Plötzlich stelle ich mich als eine heraus, mit der zu streiten sehr, sehr unangenehm werden kann.« Wieder fehlen ihm die Worte, und er steht da mit offenem Mund. Wär ja gelacht, denkt Ljusja, als sie an ihm vorbeischreitet. Idiot. Degenerat. – Er aber knirscht hinter ihr her: »Kanaille.«

Der Lagerkommandant ist Ende Dreißig, ein zurückhaltender, seriös wirkender Mann. »Wir können Ihnen das Wiedersehen leider nicht gewähren«, sagt er.

»Warum nicht?«

»Ihr Mann hat Einzelhaft bekommen.«

»Warum?«

»Nicht Ihre Sache.«

»Wie lange?«

»Auch nicht Ihre Sache.«

»Warum nicht? Es geht ja hier auch um meine Zeit. Ich warte, bis die Einzelhaft aufgehoben wird, und nehme dann das Wiedersehen wahr.«

»Wie lange haben Sie Zeit zu warten?«

»So lange ich will.«

»Wie lange können Sie das Hotel bezahlen?«

»Lang genug.«

In diesem Augenblick klingelt das Telefon. Er nimmt den Hörer ab. »Warten Sie bitte vor der Tür.«

Das Empfangszimmer liegt im Erdgeschoß der zweistöckigen Baracke, nur vier Schritte vom Eingang entfernt. Die Sonne ist hervorgekommen und bescheint die graue, narbige Wand. Ljusja schließt die Augen und genießt die Wärme auf ihrem Gesicht. Ist es Einbildung, oder hat dieser Kommandant mit ihr sympathisiert?

Sie spürt einen Schatten auf dem Gesicht. Jemand steht vor ihr. Es ist der Milizionär. Er bellt: »Es ist verboten, hier zu stehen.«

»Man hat mir gesagt, ich soll warten«, sagt Ljusja gleichmütig und tritt zwei Schritte zur Seite, aus seinem Schatten ins Licht.

»Hörst du nicht, was ich dir gesagt habe? Hau ab von da, oder du kriegst es mit der Staatsgewalt zu tun!«

»Leck mich am Arsch«, knurrt Ljusja.

Wütend läuft er ins Haus. Zwei Minuten später hört Ljusja die strenge Stimme des Kommandanten: »Ljudmila Semjonowna zu mir!«

Ljusja folgt. Sowie der Kommandant die Tür hinter ihr geschlossen hat, fragt er: »Wo sollte mein Milizionär Sie lecken?«

Ljusja sieht einen Funken der Belustigung in seinen dunkelblauen Augen und will erklären, aber er winkt ab, und beide lachen. Er verspricht ihr, die Sache Gwosdikow, Pawel Jakowlewitsch, zu überprüfen. Morgen um dieselbe Zeit soll Ljusja wieder bei ihm vorsprechen.

195

Das Hotel, ein zweistöckiges, zugiges Blockhaus, hat zwar ein Restaurant, aber es gibt dort nichts zu essen. Immerhin steht auf der Theke ein großer Samowar, aus dem Ljusja an diesem Nachmittag aus Langeweile acht Gläser bitteren, pelzigen Tee trinkt, während die halbblinde Rezeptionsfrau Ljusjas Zimmer mit feuchtem Holz zu heizen versucht. Die Rezeptionsfrau heißt Wiktorija Porfirjewna. Ljusja will alles mögliche von ihr wissen: Wie viele Menschen hier leben, wie lange der Kommandant schon da ist, ob es ein Dampfbad gibt, ein Kino; und Wiktorija Porfirjewna antwortet ungenau und ungern, indem sie gequält ihren Hals reckt und das Auge zum Himmel richtet. Als Ljusja schließlich fragt, wo das Klo ist, ruft sie weinerlich: »Was wollen Sie eigentlich von mir?«

Das Häuschen steht im Hof, hinter einer mannshohen Zaunwand. Zwei riesige Schweine stürzen grunzend auf Ljusja zu, als sie über die morschen Bretter balanciert. Beinahe wäre sie in den Schneematsch gestoßen worden, aber dann hat sie es geschafft und schiebt hastig den Riegel vor, während die Schweine sich gegen die Tür werfen. Ach was, denkt Ljusja, Schweine sind doch keine Raubtiere. Die haben Hunger und langweilen sich, wie ich. Und während sie im Dunkeln sitzt, wohin, durch die Ritzen der schlecht vernagelten Wände, nur die Abenddämmerung dringt, flötet sie: »Hört doch, meine Schnäuzchen! Ich hab ja selbst nichts zu essen. Die Defizit-Sprotten für vierfünfzig, die Kekse und die Schokolade kriegt mein Mann, der hinter der Mauer brummt, und das Brot brauch ich selbst. Außerdem seid ihr groß genug. Wenn ihr jetzt auch noch dick werdet, schlachtet man euch, ritschratsch, und wen könnt ihr dann noch tyrannisieren?« So sitzt Ljusja und hofft und flötet, und als die Sonne fort ist, wird es empfindlich kalt.

196

Lang sind die Märzabende im Ural. Ljusja knabbert ein paar Kekse, versucht zu lesen, gibt es wieder auf (die Glühbirne ist schwach), legt sich angezogen ins Bett, um sich aufzuwärmen, knabbert noch ein paar Kekse, steht wieder auf und geht zur Rezeption hinunter.

Es gibt im Dorf, wie die Rezeptionsfrau Wiktorija Porfirjewna unter gequältem Halsrecken preisgibt, ein Dampfbad. Heute ist sogar Frauentag. Ljusja macht sich auf den Weg.

Inzwischen herrscht strenger Frost. Der von groben Reifen zerwühlte Feldweg, der zur Banja führt, hat sich in eine schartige Fußfalle verwandelt. Zähneklappernd turnt Ljusja über die knochenharte Kante der linken Fahrrinne. Die Nacht ist sternklar. Zur Rechten liegt im Licht einzelner Scheinwerfer das Lager. Ljusja macht die Fenster zweier Wachtürme aus. Ihre eigenen Atemwolken nehmen ihr die Sicht. Irgendwo tuckert ein Generator.

Das Dampfbad liegt am Rand des Dorfes und ist ein kleines Blockhaus, das im Schnee fast versinkt. Die Tür ist nicht verschlossen.

Im Vorraum hängen, von einer trüben Lampe beschienen, zwei bis drei Dutzend Kleidungsstücke. Erwartungsvoll wirft Ljusja ihre Kleider an einen der wenigen freien Haken und läuft barfuß über den schlammigen Boden zur Kabine. Das Bad scheint bestens besucht zu sein.

Aber als Ljusja eingetreten ist und nach einem freundlichen Gruß das glitschige Holzgerüst erklimmt, während der heiße Dampf ihr Sicht und Atem verschlägt, wird es blitzschnell leer. Jemand stößt einen gellenden Schrei aus und stürzt hinaus, die anderen folgen. Schweißtriefende, erhitzte, bleiche Leiber rutschen an Ljusja vorbei und taumeln draußen dampfend und kreischend durch den Schnee. Ljusja läuft hinterher, sie ist die kleinste, hat aber die lauteste Stimme, und so überschreit sie alle: »Was habt ihr denn! Ich habe einen sowjetischen Paß und sowjetische Kinder, meine Kinder sind im Komsomol und besuchen sowjetische Schulen!«

»Fort, hinaus mit Ihnen!« ruft jemand. »Das ist unser Bad! Wir wollen Sie hier nicht!«

»Wieso!« Ljusjas Stimme überschlägt sich. »Was heißt euer Bad? Was seid ihr für Kommunisten?«

Ein vielstimmiger Schrei antwortet ihr. »Sie ist eine Spionin! Verschwinde! Solche wie du haben kein Recht! Holt die Miliz! Mein Mann ist Offizier, er wird dich...«

»Hört zu! Mein Mann ist kein Politischer! Er ist Spekulant!« Ljusja holt tief Luft, um alles zu erklären, da bricht ihr die Stimme. Sie steht nackt im Schnee, der unter ihren Füßen schmilzt, und die Tränen laufen ihr über das Gesicht.

Jemand sagt: »Warum muß sie denn eine Spionin sein?«

»Weshalb sitzt dein Mann?« fragt eine tiefe Stimme. »Mit was hat er spekuliert?«

»Schmuck!« schluchzt Ljusja.

»Na komm, Täubchen«, brummt die tiefe Stimme, »ist nicht so schlimm. Kann doch jedem passieren.« Plötzlich ist Ruhe eingetreten. Frierend streben die Frauen in die Banja zurück. Eine knochige Greisin legt Holz nach. »Ach«, murmelt sie, wie zu sich selbst, »was ein Unglück. Na, wärm dich bei uns. Heute kannst du bleiben. Sicher liebt er den Wodka, oder? Was für ein unglückliches Land, ach, ach, ach...« Dann gießt sie Wasser über die Steine, eine dichte, weiße Wolke schnellt wie eine Faust den Frauen entgegen, und alle gleichzeitig ducken sich und klammern sich an den Lattenrost.

Die meisten Frauen drängen sich in der anderen Hälfte der Banja, aber drei sind außer der Alten bei Ljusja geblieben, sitzen um sie herum und weinen mit Ljusja und der Alten, und ihre Tränen tropfen in dasselbe dunkle, von Dampf und Schweiß gedunsene Holz.

197

»Ich kann leider nichts für Sie tun«, sagt Knjasjew, der junge Kommandant. »Ihre einzige Möglichkeit ist, zur Hauptverwaltung dieser Lagergruppe nach Peschkow zu fahren und um eine Sondererlaubnis zu bitten.«

»Wie weit ist das?«

»Vierzig Kilometer. Zwei Stunden mit dem Bus. Aber wenn Sie wollen, können Sie ein Stück mit mir fahren. Ich habe heute eine Dienstfahrt. Bis Galinsk kann ich Sie mitnehmen. Das sind zwar nur dreizehn Kilometer, aber von dort ist die Busverbindung besser.« Nach einer kurzen Pause fügt er hinzu: »Gehen Sie um zehn Uhr fünfzehn los. Ich starte eine Viertelstunde später und lese Sie hinter dem Wäldchen auf.«

Alles klappt wie besprochen. Ljusja macht sich zu Fuß auf den Weg, blickt sich mehrmals um, ob ihr jemand folgt, freut sich am diesigen Sonnenschein, wird hinter dem Wäldchen von Knjasjews bereits warmgelaufenem Militärauto eingeholt und fährt guten Mutes in Richtung Peschkow. Als sie prustend vor Vergnügen von ihrem Gespräch mit den Schweinen und dem

Abenteuer im Dampfbad erzählt, lächelt Knjasjew säuerlich: »Ja, das ist unsere Malo-Sewersker Folklore.«

»Wie lange arbeiten Sie schon hier?«

»Ich bin hier geboren.«

»Nicht möglich! Sie wirken so anders!«

»Ich habe in Moskau studiert.«

»Warum sind Sie nicht dort geblieben?«

Er lächelt statt einer Antwort.

»Na«, ruft Ljusja temperamentvoll, »meine Zeit ist ja leider vorbei, aber wenn ich zehn Jahre jünger wäre, dann würde ich Sie hier rausholen. Sie hätten keine Chance.«

Knjasjew zeigt auf ein Schild an einer Weggabelung: »Hier müßte ich eigentlich abbiegen, aber ich bringe Sie noch ein Stück weiter, da ist die Verbindung noch besser.« Er wirft Ljusja einen unwiderstehlichen Blick aus seinen ernsten blauen Augen zu und schnurrt kokett: »Vielleicht können Sie mich auf den nächsten Kilometern überzeugen, daß ich aus Malo-Sewersk fort muß? Ich selbst war immer der Meinung, einen geeigneteren Flecken für mich gäbe es nicht.«

Sie amüsieren sich bestens. Als Ljusja mit geröteten Wangen und funkelnden Augen aussteigt, sagt Knjasjew: »Viel Glück. Wenden Sie sich an Gennadij Dmitrjewitsch. Aber sagen Sie nichts von mir. Wenn Sie eine Antwort haben, kommen Sie morgen früh um zehn in mein Büro. Vergessen Sie nicht: Der letzte Bus nach Malo-Sewersk fährt um vier. Und: Im Dampfbad ist heute Männertag. Ich wünsche viel Erfolg!«

198

Zwei Stunden wartet Ljusja auf einen Termin bei Gennadij Dmitrjewitsch. Der Sekretär will sie nicht vorlassen: »Sie sind nicht angemeldet, er kennt Sie nicht.« Aber als sie sich mit viel gutem Zureden – Geld weist er zurück – durchgesetzt hat, empfängt Gennadij Dmitrjewitsch sie mit den Worten: »Wie weit hat Knjasjew Sie gebracht?«

Er ist ein eisiger, ausgemergelter Bürokrat, der Ljusja keine Zeit zum Überlegen läßt. Worüber hat Knjasjew mit ihr gesprochen? Über nichts? Haben sie Witze gemacht? Was für welche? Haben sie über Pawel Jakowlewitsch gesprochen? Warum nicht? »Hören Sie!« Ljusja versucht, Luft zu gewinnen. »Wenn ich neben einem so attraktiven jungen Mann sitze, ist Pawel Jakowlewitsch für mich kein Thema!«

Es war ein ziemlich geschmackloser Scherz. Gennadij Dmitrjewitsch reagiert nicht einmal mit einem Wimpernzucken. »Sie können zurückfahren.« Er deutet auf die Tür. »Ihre Frage soll Knjasjew entscheiden.«

199

»Major Knjasjew ist für Sie nicht zu sprechen«, sagt der Milizionär, der den Eingang zum Verwaltungsgebäude bewacht.

»Warum nicht?«

»Keine Zeit.«

»Wann hat er Zeit?«

»Vielleicht später.«

Ljusja versucht es stündlich wieder. Sie flirtet, gurrt, beharrt, droht. Er triumphiert. Ihre Unruhe wächst. Der Kopf schmerzt.

Um vier Uhr ist Empfangsschluß. Als sie über die vereiste Straße, durch die kalter Wind fegt, zu ihrem Hotel läuft, spürt sie ein Stechen in der Brust, und Sterne tanzen vor ihren Augen.

Es sind der Schmerz und die Scham der Niederlage. Ljusja ist umsonst gekommen, sie hat nichts für Pascha tun können, und durch ihre Eitelkeit und ihren Leichtsinn hat sie auch noch Knjasjew in Gefahr gebracht. Offenbar hat man ihn eingeschüchtert, und er läßt sich verleugnen, der Waschlappen. Andererseits: Was soll er tun? Kann man von ihm verlangen, daß er sich wegen ihr, der Frau eines Häftlings, mit seinen Vorgesetzten anlegt?

Sie findet keinen Schlaf. Unten grölt eine Betrunkene. Durch den Boden und drei Wände versteht Ljusja den Text.

»Das abchasische Alphabet hat zweiundfünfzig Buchstaben, damit kann man alle Laute schreiben. Alle, verstehst du, Mißgeburt? Ausgeleierte F...!« Dann hört man einen dumpfen Fall und einen Fluch, der aus mindestens dreißig Silben besteht.

Wie, wenn Knjasjew gar nicht weiß, daß Ljusja zu ihm wollte? Vielleicht handelt es sich um die Privatrache des Milizionärs? Das muß es sein. Ljusja springt auf, zieht sich an und läuft zur Rezeption hinunter. Dort bietet sich ein erstaunliches Bild: Wiktorija Porfirjewna hat sich hinter dem Tresen verkrochen, und in der Mitte des Empfangszimmers, direkt unter der verstaubten Neonlampe, liegt auf dem Rücken, alle viere von sich gestreckt, in ihrem Urin die Betrunkene, grölend und rauchend. Als sie Ljusja wahrnimmt, erhebt sie ihre Stimme zu einem anklagenden Gebrüll, während sie immer wieder heftig an ihrer Papirossa saugt und Rauchringe in die Luft stößt.

»Hör mal, Schätzchen, ich muß telefonieren.« Ljusja winkt Wiktorija Porfirjewna. Sie schleifen die Betrunkene, die zwar nicht imstande ist, sich zu wehren, aber aus Empörung für ein paar Sekunden ihre Sprache wiederfindet, in den Vorraum hinaus. »Ich zünde euch die Bude an!« schreit die Kranke. Ljusja nimmt ihr Zigaretten und Streichhölzer weg. Ängstlich verschließt Wiktorija Porfirjewna die Tür. »Ich bin Ihnen sehr da-da-dankbar!« Sie eilt zur Kammer, einen Putzlappen zu holen.

»Sollten wir nicht die Angehörigen benachrichtigen?«

»Hat sie nicht. Sie ist eine Re-re-rezidivistin. Sitzt ab, und dann läßt man sie frei, wo soll sie hin? Sie kommt ins Hotel und versäuft ihre paar Rubel, und wenn die alle sind, randaliert sie und zerschlägt meine Einrichtung. Dann buchten sie sie wieder ein.«

Wiktorija ist froh, daß Ljusja bei ihr bleibt, während sie den nackten Boden aufwischt. »Früher hatten wir hier einen Teppich«, jammert sie, »alles dahin! Was für eine Welt!«

»Ich muß telefonieren«, sagt Ljusja. »Können Sie mich verbinden? Knjasjew, Boris Sergejitsch.«

Wiktorija sieht ein, daß sie Ljusja heute nichts abschlagen darf, und stellt die Verbindung her. Mit klopfendem Herzen hört Ljusja den Klingelton. Fieberhaft überlegt sie, was sie Knjasjew sagen wird. Sie darf ihn nicht kränken, denn er war ihr ja wohlgesonnen und hat sie gut beraten. Aber sie muß deutlich machen, daß sie sich nicht abwimmeln lassen wird. Boris Sergejitsch, guten Abend! wird sie sagen. Bitte entschuldigen Sie, daß ich so spät störe, aber haben Sie nicht eine Verabredung vergessen? Oh, das tut mir leid, daß Sie Schwierigkeiten haben. Aber versetzen Sie sich bitte auch in meine Lage. Dreitausend Kilometer... meine Kinder daheim ohne Aufsicht...

»Hallo?«

Ljusja hätte beinah wieder aufgelegt. Es ist eine Frau.

»Ist Boris Sergejitsch zu sprechen?«

»Mein Mann ist nicht da. Wer sind Sie?«

»Ljudmila Semjonowna Gwosdikowa. Ich bin...«

»Ich weiß.« Knjasjews Frau hat eine angenehme, klare Stimme. Aber nun schweigt sie. Auch Ljusja sucht nach Worten. Über den Tresen hinweg beobachtet Wiktorija Porfirjewna sie mit ihrem törichten Auge.

Knjasjews Frau beginnt wieder zu sprechen. »Wissen Sie, wo Ihr Mann jetzt ist?«

»Ja.«

»Wo?«

»Im Lager«, antwortet Ljusja streng.

»Wo genau?«

»Block vier, Abteilung B.« Ljusja verliert das Konzept. »Das heißt, wahrscheinlich ist er im Augenblick im Kerker, man hat ihn zu Einzelhaft verdonnert.«

»Für wie lang?«

»Zwei Wochen.«

»Und wann wird er aus dem Lager entlassen?«

»In vier Jahren und drei Monaten.«

»Sehen Sie«, sagt Knjasjews Frau, »Sie wissen, wo Ihr Mann ist und wann er wiederkommt. Aber ich weiß nie, wo der meine ist. Und ich weiß auch jetzt nicht, wo er ist, noch, wann er wiederkommt.«

200

Weil seine Füße immer schlechter werden und er kaum noch Treppen steigen kann, ist Anton Robertowitsch umgezogen. Er wohnt jetzt nur noch im zweiten, nicht mehr im fünften Stock des Mietshauses in der 5. Linie der Wassilij-Insel, in dem er bereits geboren wurde. Es ist ein fremdartig wirkendes, dunkelrotes Backsteingebäude mit vielen steilen, grauen Dächern und Türmchen.

»Hochgeehrte Ljudmila Semjonowna«, schreibt Anton Robertowitsch, »ich freue mich, daß Sie mit Ihrer neuen Arbeit zufrieden sind. Mein Umzug hat am 1/IX. stattgefunden, aber bereits am 3/IX. wurde der Strom abgeschaltet, so daß ich jetzt bei Kerzenlicht schreibe. Unannehmlichkeiten gibt es viele! Der rechte Fuß führt sich nicht besonders gut auf. Es verdrießt mich, daß mit Gas geheizt wird, wegen der größeren Feuchtigkeit! Inzwischen wappne ich mich mit Geduld! Ein Telefon wird offenbar noch nicht so bald angeschlossen.«

201

Merkurij Dobrynin, der Mann der Eisverkäuferin Soja, ist aus dem Lager zurück. Er ist groß, dürr und seltsam schief gewachsen. Auf seinem langen Hals sitzt ein schmaler Kopf mit einer kühn hervorspringenden Nase. Kinn und Stirn weichen ebenmäßig zurück. Dobrynin hat ein Profil wie ein Rasiermesser, findet Ljudmila; aber wenn er Ljudmila das Gesicht zuwendet, sieht sie darin nur ernste blaue Augen und das Lächeln eines Märtyrers. Sein Gesicht ist so schmal, daß die Schneidezähne fast übereinanderliegen. Deswegen kann er, behauptet Soja, englische Wörter so gut aussprechen. Dobrynin ist Spezialist für englische Literatur, aber nach acht Jahren Lager ist ihm der Rückweg in die Wissenschaft versperrt.

Sojetschka hat ihre Drohung wahrgemacht. Als er aus dem Lager zurückkam, gequält, krank, nur noch Haut und Knochen, sagte sie zu ihm: »Acht Jahre lang habe ich gearbeitet und allein unsere Tochter aufgezogen. Jetzt arbeite du.« Er fand eine Stelle als Lagerarbeiter. Seine Knochen biegen sich. »Selber schuld«, sagt Sojetschka, »mir hast du versprochen, du würdest Professor. Jetzt bade deine Dummheit aus.«

Weil Ljusja Soja öfters mit Lebensmitteln ausgeholfen hat, führt Soja ihr »ihren Wissenschaftler« vor. Ljusja lädt aus diesem Anlaß zum Sonntagsessen ein. Dobrynins kommen mit ihrem Töchterchen Nastja, und alle essen mit so viel Appetit, daß kaum eine Unterhaltung aufkommt. Danach setzt sich Dobrynin auf Ljusjas Diwan und schläft augenblicklich ein.

»Ja, viel ist nicht mit ihm los«, sagt Soja. »Eigentlich hatte er versprochen, mit Nastja Schlittschuh zu laufen.«

»Laß ihn doch hier und geh selber mit Nastja Schlittschuh laufen«, schlägt Ljusja vor. »Er kann weiterschlafen, und du holst ihn auf dem Rückweg ab.«

»Au ja, bitte, Tante Soja!« rufen Anja und Lilja. »Wir kommen mit!«

Ljusja spült ab. Später bringt sie Dobrynin Tee. Er sitzt benommen auf dem Diwan. Eigentlich ist er hoch gewachsen, aber im Sitzen sinkt er zu einem Knochenhäufchen zusammen.

»Sie waren mit meinem Mann im selben Lager, Merkurij Wassilytsch?«

»Ja«, seufzt Dobrynin. Er reibt sich die Wangen. Seine Bewegungen sind von ohnmächtiger Langsamkeit.

»Ich sehe, wie müde Sie sind«, sagt Ljusja. »Schlafen Sie einfach noch ein bißchen. Aber später einmal, wenn Sie wieder bei Kräften sind, erzählen Sie mir vielleicht etwas darüber?«

Sie deckt ihn mit einer Wolldecke zu. Er zieht die Beine an und murmelt: »Wie Sie wünschen... später... bei Kräften...«

Schon schläft er wieder. Kurz darauf klingelt es an der Tür. Soja und die Kinder sind zurück.

202

Eine fremde Frau ruft an und sagt mit schwerfälligem Swerdlowsker Akzent: »Ihr Sohn Jurij schuldet meinem Sohn Oleg neunhundert Rubel.«

»Kaum möglich«, sagt Ljusja, »mein Sohn Jurij sitzt.«

»Mein Sohn Oleg auch.«

»Ach so? Weshalb sitzt denn Ihr Oleg?«

»Diebstahl. Und Ihr Jurij?«

»Bankraub.«

»Wieviel hat Ihrer bekommen?«

»Sieben. Und Ihrer?«

»Dreizehn.«

Nun unterhalten sie sich über die Besuchsregeln, die Schikanen der Lagerverwaltung, das schwere Schicksal der Mütter, das Verschwinden der Männer und die schlechten Angewohnheiten der Söhne. Es stellt sich heraus, daß Jurij beim Kartenspiel neunhundert Rubel verloren hat, die er nicht zahlen kann. Der arme Oleg aber braucht das Geld für eine Operation. Oleg ist überhaupt ein besonders armer Dummkopf. Er brauchte immer zuviel Geld, um seinen Freunden zu imponieren, die ihn nicht für voll nahmen.

»Auch mein Jurik wollte immer seinen Freunden imponieren. Was für ein Kreuz mit diesen Jungs. Und ohne Grund!«

Man ist vertraulich geworden und tauscht Biographien aus. Ljusja verkündet, daß ihr Vater Pope gewesen sei, von Stalin repressiert, und Olegs Mutter gesteht überraschend, daß auch ihr Vater repressiert worden sei, nämlich als Deutscher. »Aber das traut man sich ja nur ungern zu sagen; im übrigen hatte ich niemals Schwierigkeiten mit der Sowjetmacht.«

Ljusja tröstet die Anruferin, die sich als Marija Alfredowna Baumann vorstellt, und sie geben einander Ratschläge. Beide sind sich einig, daß das Leben sehr schwer sei. Ljusja erzählt von ihrer Kindheit, der Flucht aus Sibirien und dem Tod ihres Vaters, Marija Alfredowna von der Auflösung der Wolgarepublik, der Arbeitsarmee und dem Exil in Kasachstan. Sie weinen auch ein bißchen miteinander.

»Und das Geld?« fragt Marija Alfredowna schließlich.

»Welches Geld?«

»Die neunhundert Rubel, die Ihr Sohn Jurij meinem Oleg schuldet.«

»Wissen Sie was, fahren Sie am besten nach Workuta und holen Sie sich's bei meinem Sohn Jurij persönlich.«

203

Ida hat Ljusja gewarnt, daß wahrscheinlich der KGB hinter ihr her sei.

»Warum, was habe ich denen getan?«

»Du bist die Frau eines Staatsfeindes und gehörst eingeschüchtert.«

»Aber ich bin doch schon eingeschüchtert!«

»Es ist Routine, nimm's nicht persönlich: So ein gewaltiger Apparat will schließlich beschäftigt sein.«

»Was meinst du, was sie tun werden?«

»Na, wo können sie einen schon packen? Bei der Arbeit natürlich.«

Ljusja verdient als Buffetfrau sechzig Rubel im Monat. Jeder, der mit Lebensmitteln zu tun hat, verdient wenig, da davon ausgegangen wird, daß er stiehlt. Gleichzeitig macht es der niedrige Lohn einem unmöglich, nicht zu stehlen. Man wird zwangsläufig kriminell, und es kommt nur darauf an, ob der Staat Wert darauf legt, das festzustellen. Ein Kommissar vom OBChSS, der staatlichen Überwachungsorganisation für Dienstleistungs- und Nahrungsmittelbetriebe, taucht immer wieder an Ljusjas Buffet auf, beobachtet sie, liest ihre Rechnungsbücher und zählt ihre Ware, wenn sie nicht da ist. Er heißt Wiktor Borissytsch. Übrigens ist er sehr liebenswürdig zu ihr; vergleichbar vielleicht einem Menschen, der ein Kaninchen liebkost, bevor er ihm den Hals umdreht. »Hören Sie, Wiktor Borissytsch«, sagt Ljusja eines Tages zu ihm, »was streichen Sie um mich herum wie die Katze um den Käse?« Gerade in diesem Monat ist massenhaft linke, also nicht registrierte, Ware angesagt, und wenn Ljusja sie nicht verkauft und ihrem Direktor einen Anteil auszahlt, verliert sie ihre Anstellung.

»Ljudmila Semjonowna, es ist unsere Pflicht, das Volkseigentum zu schützen. Kann es sein, daß du die gesellschaftliche Arbeit so wenig schätzt?«

»Sind Sie hinter linker Ware her?«

»Ja, äh, unter anderem.«

»Linke Ware kommt dauernd, Wiktor Borissytsch. Aber bei mir sind Sie im falschen Stockwerk. Überprüfen Sie doch meine Chefs, wenn es Ihnen mit dem Volkseigentum ernst ist.«

Ljusja bemerkt, daß Wiktor Borissytsch sehnsüchtige Blicke auf die Spirituosen in ihren Regalen wirft.

»Weißt du, Ljudmila Semjonowna, hinter dir persönlich bin ich gar nicht her. Aber ich brauche meine Prozente. Erfolgszahlen. Alle wissen, daß linke Ware durch diesen Betrieb geht, und wenn ich niemanden fange, gelte ich als unfähig.

Aber ich habe eine Idee!« ruft er plötzlich mit einem vertraulichen Zwinkern. »Du arbeitest doch eng mit Warwara Kirillowna zusammen. Hilf mir, Warwara Kirillowna auf frischer Tat zu fangen, dann stehst du ab sofort unter meinem persönlichen Schutz!«

»Und wie gehn wir vor?«

»Wenn nächstes Mal linke Ware für Warwara Kirillowna angesagt ist, rufst du mich an. Dann fädeln wir die Sache sauber ein, und du hast deine Ruhe.«

205

Eine Woche später ruft Ljusja Wiktor Borissytsch in seinem Büro an.

»Für morgen ist linke Ware angekündigt.«

»Was?«

»Würstchen.«

Wiktor Borissytsch pfeift durch die Zähne. »Ausgezeichnet. Wo bist du jetzt?«

»Bei mir zu Hause. Wollen Sie vorbeikommen?«

»In zwanzig Minuten bin ich da.«

Ljusja stellt in aller Eile Kognak, Wodka und Sakuski auf den weiß gedeckten Tisch und sagt zu den Mädchen: »Wartet im Nebenzimmer, und wenn ich euch rufe, kommt sofort herein.«

Es klingelt. Ljusja öffnet. Wiktor Borissytsch steht in der Tür und schwenkt eine Aktenmappe. Ljusja geleitet ihn ins Wohnzimmer. Er folgt ihr lächelnd, mit Verschwörermine, aber als er die Flaschen auf dem Tisch sieht, wird er mißtrauisch.

»Hör zu, trinken werden wir nicht, das ist gegen das Gesetz«, sagt er unruhig, nimmt aber Platz.

»Unser ganzes Komplott ist gegen das Gesetz.« Ljusja schenkt Wodka ein, erst ihm, dann sich. »Wenn Sie nicht trinken wollen, ist das Ihre Sache, aber erlauben Sie, daß ich einen Schluck nehme.«

Nervös beobachtet er die Flasche.

»Na komm schon!« Sie stößt an und hebt ihr Glas. Ihm läuft das Wasser im Munde zusammen. Gott sei Dank saufen sie alle, wenigstens darauf kann man sich verlassen.

»Na gut«, sagt er schließlich, »aber merk dir eins: Wenn das rauskommt, kriegen wir beide fünf Jahre. Ich, weil ich im Dienst Wodka getrunken habe, und du, weil du einen OBChSS-Kommissar zu bestechen versucht hast. So dumm wirst du doch nicht sein.« Er packt das Glas und trinkt.

Ljusja schenkt nach. Seine Spannung löst sich allmählich.

»Komm«, sagt sie, »fünf Jahre sind fünf Jahre, ob wir ein Glas trinken oder zwei.« Wieder trinkt er in einem Zug aus, und Ljusja schafft es, so schnell nachzugießen, daß er nicht merkt, wie voll ihr Glas noch war.

Wiktor Borissytsch kippt auch das dritte Glas.

Er lehnt sich seufzend zurück und öffnet seine Aktenmappe. »Das tat gut, aber jetzt müssen wir an die Arbeit ...«

»O nein«, sagt Ljusja, »arbeiten werden wir nicht. Und nun paß auf: Nicht ich kriege fünf Jahre, sondern du, und auch nicht fünf, sondern mindestens sieben. Denn ich habe heute erstens meinen freien Tag und zweitens Geburtstag, hier ist mein Paß, lies nach. Ich darf heute Gäste einladen, soviel ich will, und wen ich will. Du aber bist im Dienst. Warum trinkst du im Dienst? Warum kommst du zu fremden Frauen ins Haus? Was willst du von mir? Du solltest mich doch kontrollieren, nicht wahr? Anjaa! Liljaa!« ruft sie. »Kommt herein. Schaut ihn euch gut an, das ist der Mann, der eure Mutter ins Gefängnis bringen will!«

»Ljudmila Semjonowna, das wäre wirklich nicht nötig gewesen«, sagt Wiktor Borissytsch errötend. Dann hat er seine Situation erfaßt; er springt auf und schreit: »Du hast mich betrogen!«

»Was blieb mir anderes übrig? Schau dir meine Töchter an, wie sollen die ohne mich durchkommen?« Ljusja schenkt nach. »Setz dich, trink noch ein Gläschen. Darauf kommt's auch nicht mehr an.«

Er sinkt auf den Stuhl und trinkt, gierig, vernichtet.

Sie sagt: »Also paß auf. Ich werde dich nicht verpfeifen, und du wirst nicht sitzen. Es ist für morgen keinerlei linke Ware angesagt. Und ich werde nicht mehr am Buffet arbeiten. Ich suche mir eine Arbeit als Putzfrau, da könnt ihr mich nicht verfolgen.«

Ungläubig, mit irrem Lächeln, stammelt Wiktor Borissytsch: »Entweder du bist sehr gut, oder du bist sehr schlau. Was hast du vor?«

»Ich will in Ruhe leben, sonst nichts. Was habe ich dir getan?«

Wiktor Borissytsch trinkt den Rest der Flasche allein aus und erzählt ihr alles. Das Komitee für Staatssicherheit hat ihn auf Ljusja angesetzt. Er hat, sagt er, keine Lust gehabt, denn er forscht lieber nach wirklichen, schädlichen Wirtschaftsverbrechen. Was Ljusja anstellte, lag »vollkommen in den Grenzen des Üblichen«. Aber kann man sich den Anweisungen des Komitees widersetzen? Er hat doch Frau und Kinder! Na ja, und eine Prämie hätte er im Erfolgsfall natürlich schon bekommen, fügt er hinzu und lächelt dankbar, als Ljusja eine neue Flasche aus dem Eisschrank holt.

206

Sie hat sich mit Wiktor Borissytsch geeinigt. Er wird sie decken, damit sie an ihrer Arbeitsstelle bleiben kann. Sie arbeitet und schickt Päckchen. Die Mädchen gehen zur Schule.

Eines Abends kommt das Ehepaar Kirsch zu Besuch und bringt jemanden mit, »unseren sehr angenehmen Gast Lukian Lukianowitsch Leschenko. Wir haben ihn drei Wochen lang gerne bei uns gehabt, aber nun müssen wir leider verreisen, und allein in der Wohnung – das wäre ungünstig, die Nachbarn ... Er hat nämlich keine Aufenthaltsgenehmigung«. Nach der zweiten Tasse Tee verabschieden sie sich. Der Gast bleibt da und sieht Ljusja zerknirscht an.

Lukian ist Ukrainer, obwohl er kaum Ukrainisch spricht: den

größten Teil seines Lebens hat er in sibirischen Arbeitslagern verbracht. Achtundzwanzig Jahre.

»Achtundzwanzig Jahre?« Ljusja schnappt nach Luft.

»Ja«, sagt er erschrocken, »warum denn nicht?«

»Du liebe Güte! Warum nur, wie ist das möglich?«

Lukian erklärt, daß er sich im Zweiten Weltkrieg auf die Seite der ukrainischen Nationalisten geschlagen habe. Am Ende des Krieges war er dreiundzwanzig Jahre alt. Man verurteilte ihn zu dreizehn Jahren. Er saß sie ab. Aus Sibirien zurück, ging er sofort wieder in den Untergrund, und knapp zwei Jahre später wurde er erneut verhaftet. Das neue Urteil lautete auf fünfzehn Jahre, und auch diese saß er alle ab. Danach verbot man ihm, in der Ukraine zu wohnen. Die Miliz brachte ihn in ein Fischerdorf an der Ostsee namens Rybaschiza. Dort sollte er bleiben. Bei sich hatte er einen Rubel vierzig Kopeken, die Kleider, die er am Leibe trug und die Entlassungspapiere. Es war Frühling. Zwei Nächte schlief er auf Zeitungen, die Jacke über den Kopf gezogen, im Garten eines verlassenen Bauernhauses, dann nahm ihn ein mitleidiger Fischer auf. Um Quartier und Arbeit zu finden, mußte Lukian einen Paß beantragen, aber er schwor sich, nie mehr im Leben einen sowjetischen Paß in die Hand zu nehmen. Er betrachtete sich als Österreicher, da er in Lwow, ehemals Lemberg, geboren war. Alles, was er wollte, war die Ausreise nach Österreich. Rybaschiza war eine Sackgasse für ihn. Ohne Paß würde er weder Arbeit noch Wohnung finden, den mitleidigen Fischer aber durfte er nicht länger in Gefahr bringen. Er lieh sich von dem Fischer Geld und brannte nach Leningrad durch.

In Leningrad hatte er eine Adresse: die der Eltern eines Mithäftlings, der inzwischen freigelassen worden und nach Israel ausgewandert war. Diese Familie Kirsch nahm ihn bei sich auf. Er bat sie, ihm fiktive Verwandte in Israel zu suchen; wenn die Ausreise klappte, werde er in Österreich arbeiten wie ein Pferd, um seine Schulden abzuzahlen. Aber der Plan war illusionär: Sie konnten nicht einmal ihrem eigenen Sohn nach Israel anders als in Andeutungen schreiben, da ihre gesamte Korrespondenz vom KGB gelesen wurde. Immerhin gewährten sie Lukian Unterschlupf, obwohl sie wußten, daß er gesucht wurde. »Ich verstehe, daß sie mich loswerden wollten. Ich weiß nicht, was ich selbst getan hätte.«

»Und wie soll es weitergehen, Lukian?«

Er zuckt deprimiert die Achseln. »Ob ich ein paar Tage bei Ihnen unterkommen könnte, Ljudmila Semjonowna?«

Ljusja rührt die leise Stimme. Lukian ist ein kräftiger Mann mit eng zusammenstehenden, etwas argwöhnischen blauen Augen und gespannten Lippen. Er hat etwas Weltfremdes und hoffnungslos Tapferes an sich.

Sie sitzen einander gegenüber am Tisch, es ist spätabends. Die Mädchen sind schlafen gegangen. Was macht man mit so einem?

»Möchten Sie etwas Wodka, Lukian?«

»Nein danke.« Er wiegt die Teetasse in seinen großen Händen. »Ich trinke nicht.«

»Aus Prinzip?«

»Ja.«

»Seltsames Prinzip für einen Russen.«

»Ich bin Ukrainer.« Jetzt muß Lukian lachen. Er hat noch fast alle seine Zähne. Sein Lachen ist jungenhaft verlegen. »Nein, ehrlich gesagt: Ich wollte einfach nüchtern bleiben. In jedem Sinn. Sonst hätte ich die Lager nicht verkraftet.«

»Ich dachte immer, es wäre umgekehrt?«

»Wenn man sich achtundzwanzig Jahre lang betäubt, hört man auf, ein Mensch zu sein.«

»Und was haben Sie davon, daß Sie ein Mensch geblieben sind?«

»Ich habe genau hingesehen und mir alles gemerkt. Ich wollte das System studieren. Was ich gesehen habe, ist eine Katastrophe, eine unsägliche Schande für das Land und für die Menschheit. Das alles darf nicht vergessen werden.«

207

Lukians Höflichkeit wirkt wie im Schulbuch gelernt; wenn er etwas Artiges sagt und seine Wirkung beobachtet, lächelt er kindlich wie ein Musterschüler. Er übt das Familienleben.

Er ist groß. In den kleinen, mit Möbeln vollgestellten Zimmern der Gwosdikows bewegt er sich unbeholfen, dabei mit einer Andacht, die Ljusja rührt. Auch die Töchter mögen ihn. Das einzig Schwierige an dem Zusammenleben mit ihm ist, daß er jeden Abend, wenn die Mädchen schlafen, zu erzählen beginnt. Er kennt die Namen, Adressen, Strafen und Schicksale unzähliger Mithäftlinge. Ständig fallen ihm neue Gefangene ein, die der Unterstützung bedürfen. Er erklärt, was sie warum am dringendsten brauchen. Er weist auch auf die weniger Vertrauenswürdigen hin, mit denen Ljusja zu tun bekommen kann. Das ist der idealistische Teil des Abends; er ist zu verkraften. Aber darauf folgt unweigerlich der historische.

»Wenn«, sagt Lukian, »mein Leben auch nur den einen Sinn hatte, diese Erfahrungen zu sammeln und weiterzugeben, dann hat es sich gelohnt.« Jetzt ist er scheinbar frei, aber er hat keine Verwandten mehr, die ihn fragen könnten, und niemand interessiert sich für ihn. An wen soll er sein Wissen weitergeben, wenn nicht an Ljusja? Und unbeirrbar, beinahe stolz legt Lukian seine bittere Beute auf Ljusjas schmutzigen Küchentisch, Name für Name, Strafe für Strafe, Schicksal für Schicksal.

208

»Garrik erlebte als Zwölfjähriger die Entkulakisierung seiner Eltern. Vor seinen Augen wurden die Eltern und Brüder erschossen. Da ergriff er eine Maschinenpistole, die ein Soldat abgestellt hatte, um in die Büsche zu gehen, und feuerte auf die

Tschekisten. Fünfundzwanzig Jahre hat er bekommen. Im Lager lernte er wie ein Besessener Wissenschaft und Philosophie. Er malte mit Blut, Kohle und Erde... Ein Riesentalent, hat der ehemalige Moskauer Kunstprofessor Bunin festgestellt, der in derselben Baracke wegen Paragraph 58 einsaß. Nur zerstörte ihn seine tierische Einsamkeit, und da...«

»Lukian, genug, ich kann nicht mehr!«

»Es ist die letzte Geschichte für heute.«

»Nein, Lukian, unmöglich, es bringt mich um!«

Lukian ist verwirrt. Sein Blick sagt: Wenn auch Ljusja nicht zuhört, wozu lebt er dann noch?

»Also gut«, lenkt Ljusja ein, »aber wenigstens nichts von Kindern!«

209

Das zweitfürchterlichste Thema ist die ukrainische Hungersnot der dreißiger Jahre. Auch Lukian war damals ein Kind. Aber von sich selbst erzählt er nichts. Die Katastrophe lebt in den Seelen fort, sagt er; wer immer damit zu tun hatte, ist ein Gezeichneter. In den Lagern sammelten sich die Gezeichneten und erzählten alles Lukian.

»Die Sowjetmacht ist die Macht des Bösen. Die Verwüstung des Landes und die Vernichtung der Menschen ist noch das geringste. Ebenso schlimm, wenn nicht noch schlimmer, ist die Hölle, die sie in den Seelen angerichtet hat, nicht nur in den Seelen der Henker, sondern auch in denen der Opfer.« Wenn Lukian bei diesem Thema ist, beginnt er zu keuchen, und Ljusja fürchtet sich.

»Ich glaube es, Lukian! Bitte keine Beweise!«

Aber von dieser Beweisführung bringt man ihn nicht ab. Sie ist sein Kardinalthema.

»Wie kann man ein Grauen gegen das andere aufrechnen?«

ruft er aus. Welche Opfer zum Beispiel der ukrainischen Hungersnot (das Wort »Beispiel« wird gebellt), welche Opfer der Hungersnot also waren besser dran, die Millionen Toten oder die Überlebenden? Die Davongekommenen selber jedenfalls wissen es nicht. Viele von ihnen müssen sich zeit ihres Lebens verachten, obwohl sie weiß Gott nichts Böses taten – sie wurden verurteilt, weil sie ihre Erde liebten, und wurden schuldig, weil sie das Ausmaß der Heimsuchung zu spät erkannten. Der Bauer zum Beispiel (zum Beispiel!), der seine tote Frau am Bahndamm zurückließ, um sich mit letzter Kraft an einen fahrenden Zug zu klammern – worin bestand seine Schuld? Er hatte die Sterbende bis zu den Gleisen geschleppt, dann kauerte er neben ihrer Leiche (zwischen hundert anderen Leichen), als sich der Zug näherte. Was muß sich dieser arme Mann vorwerfen?

Er wirft sich einen Wortbruch vor. Denn er hatte der Frau versprochen, sie »mit Kreuz« zu begraben, aber dann kam der Zug, der Verwesungsgeruch war kaum auszuhalten, Holz für ein Kreuz, einen Spaten, um zu graben, Kraft, mit den Händen in der Erde zu wühlen, gab es nicht mehr, und es gab auch keinen Gott, denn sonst wäre das alles nie passiert. Oder? Irgend etwas gibt es, denn Gott meldet sich hinterher in der Seele, sagt Lukian. Nur wozu, das weiß keiner. Ist es nicht grausam, die Geschändeten nach allem auch noch dem Urteil ihres Gewissens auszusetzen? Ein Gewissen zeichnet doch einen Menschen aus! Es enthält seine besseren Seiten: Verantwortungsgefühl, Mitgefühl; Liebe. Aber in solchen Zeiten richtet sich sogar das gegen ihn.

»Oder was halten Sie davon, Ljudmila Semjonowna? Ein achtjähriger Junge sollte auf sein Schwesterchen aufpassen, während die Mama irgendeine Nahrung suchen ging. Einen halben Kilometer weiter brieten die Kommissare des Dorfsowjets eine Gans, und er hielt es in der Kate nicht aus, wankte zum kommunistischen Quartier, sog durch die Fugen des Blockhauses den Bratenduft ein und begann, in seinem Wahn das rissige Holz zu lecken. Ein Kommissar warf ihm einen Gänseflügel zu. Als der

Junge nach Hause kam, war das Schwesterchen fort. Eine Verrückte hatte es davongetragen; Nachbarn hatten sie gesehen, waren aber zu schwach gewesen, um einzugreifen. Wozu braucht eine verhungernde Wahnsinnige ein fünfjähriges Mädchen? Wollte sie mit ihm im Arm auf einem vereisten Feld sterben? Suchte sie Ersatz für ihre toten Kinder? Oder wollte sie« – an dieser Stelle beginnt Lukian zu schreien – »Tanjetschka aufessen? Denn im nächsten Frühjahr fand der Junge die Knochen eines Kinderhändchens hinter der benachbarten Scheune. Natürlich ist nicht gesagt, daß – aber wie...«, schreit er, »wenn überhaupt...«

Jetzt haben sie sich darauf geeinigt, auch die Hungersnot aus ihren Gesprächen auszuschließen.

Trotzdem nimmt Ljusja in zwei Wochen fünf Kilo ab.

210

Was weiter? Ljusja fährt jeden Tag zur Arbeit und verkauft in ihrem Arbeiterwohnheim Koteletts und Bier. Die Mädchen gehen in die Schule. Und Lukian?

Lukian hat im Lager alle erreichbaren Bücher über die altrussischen Städte gelesen, »vor allem die Bildbände«. Er kennt theoretisch jedes Bild in jedem Museum und alle Baudenkmäler. »Fahr doch hin und schau's dir an«, sagt Ljusja. Zögernd fragt er Lilja, ob sie Lust hätte mitzukommen, und Lilja willigt großmütig ein. Zusammen fahren sie ins Russische Museum, in die Eremitage, nach Peterhof, dann noch einmal in das Russische Museum, noch einmal in die Eremitage – und hier streikt Lilja. Lukian ist verstört. Er hatte sich so gut vorbereitet und Lilja alles so genau erklärt; allein hat es eigentlich keinen Zweck, er weiß ja schon alles, sagt Lukian und wirft Ljusja einen gehetzten Blick zu.

Nun sitzt er zu Hause.

Binnen weniger Wochen hat er die ganze Samisdatliteratur verschlungen, die Ljusja zu besorgen vermochte, die klassische und die neue. Er liest Amalrik, Solshenizyn, Schalamow, er liest Terz und Arshak, er liest Brodskij…

Aber er sitzt immer noch zu Hause. Er verspannt sich zusehends.

Er wirft sich auf historische Werke, die ihm Lilja aus der Bibliothek herbeiträgt.

Allmählich entspannt er sich wieder. Er hat aus seiner Beschäftigung mit der Weltgeschichte die Theorie entwickelt, daß alle sieben Jahre etwas Entscheidendes passiert. Die Akzente in der sowjetischen Geschichte liegen zum Beispiel auf den Jahren 17, 24, 31, 38, 45 und so weiter. Lukians persönlicher Rhythmus ist jeweils um vier Jahre versetzt, wie Lukian detailliert auszuführen weiß: Zweiundvierzig trat er der ukrainischen Befreiungsarmee bei, neunundvierzig hat er einen Blinddarmdurchbruch überlebt. Sechsundfünfzig, als er mit Tuberkulose im Sterben lag, wurde überraschend das »strenge Regime« für ihn aufgehoben, und er erhielt die Möglichkeit, sich zu kurieren. Dreiundsechzig hat er zum ersten Mal im Lagerradio eine Sinfonie gehört. Siebzig hat man ihn aus dem Lager bei Orotukan in Kolyma, wo er auf der Abschußliste der Kriminellen stand, plötzlich in den Süden ans Kaspische Meer verlegt. Auf dem Transport dorthin geschah es auch, daß Lukian an einem Augusttag im Alter von achtundvierzig Jahren zum ersten Mal in seinem Leben das Meer sah. Zehn Stunden war der Waggon auf einem Nebengleis abgestellt. Eine halbe Stunde lang durften sie schließlich aus dem Waggon hinaus, und als Lukian über die Verladerampe auf den flimmernden Teerbahnsteig taumelte, hob sich unten in der Bucht für Minuten der Dunst, und Lukian ging, geblendet vom Sonnenlicht, das auf dem weiten Meer gleißte, in die Knie. Damals glaubte er erstmals, daß er überleben wird. Das war wie ein Schock, sagt er und schluckt die Tränen herunter, die ihm in die Kehle gesprungen sind. Er dankte seinem Schöpfer dafür, daß der ihm weitere Qualen auf Erden versprach; dem herbeilaufenden Wärter aber erklärte er, ihm sei bloß schlecht geworden.

Der nächste besondere Termin ist neunzehnhundertsiebenundsiebzig. Da wird sich alles klären. Bis dahin muß er sich halt etwas in Geduld üben. Andererseits: Was sind drei Jahre für einen wie ihn?

Und wo soll er inzwischen bleiben?

»Bei Ihnen!« schlägt er der überraschten Ljusja vor. »Bei Ihnen habe ich zum ersten Mal in meinem Leben ein Zuhause gefunden. Hier ist es gut.«

211

Zuerst hat er ihr übrigens gefallen. Der Statur nach ist er ein richtiger ukrainischer Bauer, groß, muskulös, mit blauen Augen und dickem weißblondem Haar, das bereits ins Graue übergeht.

Ljusja, die sich den Fünfzig nähert und in Sachen Liebe eigentlich nichts mehr erwartet, sonnt sich in seiner Verehrung. Eines Tages sitzt sie neben Lukian und den Mädchen auf dem Diwan vor dem Fernseher, da legt Lukian vorsichtig den Arm um sie, und ihr wird ganz warm. Aber wenige Minuten später holt sie aus der Küche Konfekt, und als sie im Zurückkehren Lukian auf dem Diwan sitzen sieht, mit seinen dünnen Lippen und den bedürftigen Augen, wird er ihr plötzlich unangenehm, und sie setzt sich nicht mehr zu ihm:

Lukian nimmt Angewohnheiten an, die dem Leben der Gwosdikows gespenstische Züge verleihen. Von dem Taschengeld, das ihm Kirschs gegeben hatten, kauft er ein paar billige dunkelgrüne Tücher, mit denen er die Wohnzimmerfenster verhängt. Den ganzen Tag, während Ljusja bei der Arbeit und die Kinder in der Schule sind, sitzt er im Halbdunkel, hebt aber den unteren linken Zipfel eines Vorhangs hoch und lugt hinaus, weil er sich langweilt. Schon von weitem sieht Ljusja die schiefen Fetzen vor dem Fenster und in der Ecke Lukians bleiches Gesicht. »Das ist auffällig, Lukian«, sagt sie zu ihm. »Besser, wir nehmen die Tücher wieder ab, und du stehst einfach einen halben Meter vom Fenster entfernt. Dann sieht dich keiner, du selber aber siehst um so besser.« – »Meinen Sie, Ljudmila Semjonowna?« fragt Lukian unsicher. Aber am nächsten Tag ist alles wie zuvor.

Eine weitere Schrulle ist, daß er sich nicht täglich rasiert. Die Gwosdikows, die es ungemütlich finden, mindestens jeden zweiten Tag mit einem unrasierten Mann am Tisch zu sitzen, bitten ihn inständig, sich öfter zu rasieren, aber er behauptet, das reize seine Gesichtshaut. Lilja, die zu Beginn fast verliebt in Lukian war, beginnt ihn schließlich zu hassen. Er weiß es. Wenn sie kommt, steht er auf und geht in das hinterste der drei Zimmer. Aber er schließt die Tür hinter sich nicht ganz, sondern späht gebückt durch den Spalt. Auch das kann ihm Ljusja nicht abgewöhnen. Er sieht anständig aus (sie hat ihm einen Trainingsanzug gekauft, den er zu Hause immer trägt); weshalb verbirgt er sich vor Lilja und ihren Freundinnen? Und wenn ihn ihre Gesellschaft nicht anzieht, was äugt er dann stundenlang durch den Türspalt wie ein Höhlentier?

Die Freiheit ängstigt ihn. War er in den ersten Wochen noch stundenlang durch die Stadt gezogen, so wagt er sich jetzt nicht mal mehr zum Einkaufen vor die Tür. Wenn Ljusja abends von der Arbeit heimkehrt, muß sie ihn auf der Straße spazierenführen wie einen Hund, sonst käme er nie an die frische Luft. Ljusja hängt sich bei ihm ein, damit alle ihn für ihren Liebhaber halten, und führt ihn ein paarmal die Straße auf und ab. Er ist ausgehungert nach Kontakt und Bewegung und will sich mit ihr unterhalten, aber sie hat den Tag unter Menschen verbracht und ist müde, sie sehnt sich nach Schweigen und Ruhe.

212

Jurik schreibt aus dem Lager: »Mama, ich flehe dich an, schick mir 900 R!!! Wenn ich meine Spielschulden nicht in sieben Tagen beglichen habe, bringen mich diese Verbrecher um, das ist hier so üblich!«

Ljusja schreibt: »Ich antworte postwendend, mein Sohn, damit du keine Minute verlierst und dich sofort selbst an die Beschaffung des Geldes machen kannst.«

213

Es stellt sich heraus: Lukian ist ein Dichter. Errötend zieht er ein paar handbeschriebene Blätter unter dem Teppich hervor und beginnt, im trüben Licht der Stehlampe, vom hellen Abend abgeschirmt durch seine dunkelgrünen Fetzen, Ljusja und den Mädchen eigene Gedichte vorzulesen.

Sie handeln alle von der Ukraine.

Lukian wirkt ein bißchen lächerlich, wenn er rezitiert. Seine Stimme wird dann laut und unkontrolliert, und auch an den Werken kommt Ljusja manches ungeschickt vor.

»O Hütte meiner Kindheit,
Terem aus Holz, nun verfallen,
wie herrlich du warst!

Allee mit den alten Weiden,
immer offenstehendes Tor,
Garten meiner Jugend!

Schwengel des Brunnens
mit dem an der Kette schaukelnden Eimer,
Verheißung der Labsal an glühenden Abenden reicher Ernte!

Pilze und Waldbeeren im alten Kiefernwald,
Saftige Äpfel in gesunden Kronen,

in der Hütte warmes Brot
und draußen das Roggenfeld,
gelbe Kornblumen unter blauem Himmel...

Gelb und Blau, ihr Farben der Ukraine, wo seid ihr geblieben?
Brach die Äcker, umwölkt der Horizont,
und wie du, Heimat, so liege auch ich in Fesseln,
meine blauen Augen gebrochen,
mein ehemals blondes Haupt weiß wie Schnee.

Doch der schwarze Adler der Rache...

Nicht wahr, ich bin ein bißchen lächerlich?« fragt Lukian.
»Aber nein, warum denn!« ruft Ljusja beschämt.
Lukian antwortet: »Ich bin zweiundfünfzig Jahre alt. Ich habe nichts gelernt, ich habe nie einen Freund gehabt, nie eine richtige Frau, nicht mal eine Heimat. Ich bin ein richtiges Gespenst.«
Ljusja denkt: Was heißt hier ›richtige Frau‹? Also, wenn jetzt das Durcheinander mit den Trieben losgeht, muß er raus.

214

Die drei Zimmer der Gwosdikows gehen ineinander über. Im hintersten schlafen die Mädchen. Das mittlere ist normalerweise Ljusjas Schlafzimmer, zur Zeit haust Lukian darin. Das vordere, an das Flur, Küche und Bad grenzen, ist eigentlich der Salon. Dort richtet Ljusja abends für sich den Diwan zum Schlafen her.

Gegen zwei Uhr nachts erwacht Ljusja, weil Lukian durch ihr Zimmer zur Toilette schleicht. Später hört sie ihn in der Küche rumoren. Er hat das Licht nicht angeknipst. Ab und zu seufzt er.

Gegen drei Uhr erwacht sie wieder. Lukian schleicht auf

Zehenspitzen in sein Zimmer zurück. Als spüre er, daß sie die Augen aufschlägt, bleibt er stehen und fragt: »Sind Sie wach?«

»Du hast mich geweckt.«

»Bitte verzeihen Sie.« Nach einer Weile erklärt er: »Ich kann nicht schlafen.«

»Aber ich muß schlafen, Lukian. Ich muß morgen um halb sieben zur Arbeit. Ich bitte um Verständnis.«

»Verzeihung«, flüstert er und schleicht weiter.

Gegen vier steht er wieder im dunklen Zimmer; auf dem Hin- oder auf dem Rückweg? »Lukian!« wispert Ljusja. »So geht das nicht! Was für eine Quälerei!«

»Bitte hören Sie mich an! Nein, haben Sie keine Angst!«

Lukian weicht bis an die entgegengesetzte Wand zurück und stößt dabei gegen das Buffet. Gläser klirren, zwei Bücher fallen herunter. Lukian bückt sich, um den Schaden zu beheben, da kippt auch der Teller mit Konfekt über den Rand der Ablage; ein kurzer Wirbel von Aufschlägen der Pralinen auf dem staubigen Parkett. Lukian murmelt eine Entschuldigung. Im Dunkeln tastet er den Boden ab.

Als Ljusja um sechs Uhr aufsteht, sitzt Lukian auf dem Boden, ans Buffet gelehnt, und schläft mit offenem Mund.

Wenig später, sie kocht gerade Buchweizengrütze, steht er im Türrahmen zur Küche. »Das gefällt mir nicht, Lukian«, sagt Ljusja streng. »So können wir nicht miteinander leben.«

Lukian erschrickt. »Ich hatte nur eine Idee ... Einen wichtigen Gedanken, der mich nicht schlafen ließ«, erklärt er hastig. »Ich wollte Sie nicht wecken, Ehrenwort. Aber wenn Sie nichts dagegen haben, werde ich ihn Ihnen darlegen.«

Schweigend spült Ljusja die Teekanne aus und gibt neue Teeblätter hinein.

»Wissen Sie, plötzlich dachte ich, was das Schlimmste ist. Schalamow schreibt: ›Die Liebe kehrte nicht zu mir zurück.‹ Nacheinander kehren alle Gefühle zu ihm zurück: Bitterkeit, Angst, Neid, zuletzt das Mitleid. Aber nicht die Liebe. Und da fiel mir ein, daß die Liebe zu mir nicht nur nicht zurückgekehrt ist, sondern, viel schlimmer: Ich habe sie nie gekannt. Ich fing gerade an, mir Gedanken zu machen, da war es schon aus mit mir.«

Schlaftrunken kommen die Mädchen in die Küche. Lilja schiebt Lukian beiseite.

215

Einmal ist übrigens doch was passiert mit Lukian, eines Nachmittags, als die Mädchen auf einem Klassenausflug waren; aber das war so versehentlich und peinlich, daß man es am besten nur in Klammern erwähnt. (Lukian stand im Türrahmen, und Ljusja wollte mit zwei schmutzigen Tassen in die Küche. Lukian sah ihr mit brechendem Blick entgegen, und Ljusja verstand, diesmal kommt sie nicht an ihm vorbei. Sie ging aber weiter.)

216

»Ich habe mir auch Gedanken gemacht, Lukian. Du mußt wieder anfangen zu leben. Du mußt arbeiten, sonst achtest du dich nicht. Und dann wirst du auch Freunde und Frauen kennenlernen.«

Lukian sieht Ljusja ungläubig an.

»Ich habe dir Antragsformulare für einen Paß besorgt«, fährt Ljusja fort. »Ich werde dir helfen, sie auszufüllen, und mit dir zum Fotografen gehen. Dann fahren wir miteinander ins Baltikum, und dort werden wir sie einreichen.«

Die Formulare liegen auf dem Eßtisch.

Lukian greift danach.

Seine Hand zuckt zurück wie nach einem elektrischen Schlag.

Er beginnt, unsicher zu kichern, greift wieder nach den Papieren und zuckt wieder zurück.

Seine ausgestreckte Hand wird von einem Krampf geschüttelt, die Adern an seinem Hals schwellen, sein Gesicht wird dunkelrot und ist plötzlich schweißüberströmt. Er brüllt vor Lachen. »Niemals«, lacht er, »werde ich ein sowjetisches – hahaha – Formular in die Hand – hahaha – nehmen – ha! – nehmen können!« Er lacht immer lauter, sein Hemd ist klatschnaß. »Hahaha! Ludmila – Semjonowna, ich – hahaha – bin verdammt! Ich bin verdammt! Verzeihen Sie mir, um Gottes willen, verzeihen Sie mir!«

217

Der Ostertisch ist gedeckt, sie wollen gerade zu essen anfangen, da sieht Ljusja, daß ein Brotmesser fehlt. »Ich hol's«, ruft Lukian, springt auf und läuft in die Küche. In diesem Augenblick klingelt es. Lilja öffnet. In der Tür stehen drei Männer in Zivil und blicken in den Salon.

Ljusja erkennt einen von ihnen: Er heißt (angeblich) Filin und ist Hauptmann des KGB. Daß sie aber die Möglichkeit hat, ihn zu erkennen, ist ein reines Wunder.

Drei Tage zuvor nämlich war sie beim KGB und hatte dort ausgerechnet mit diesem Filin zu tun.

Es ging um eine Frage.

Seit der Staat vor einigen Monaten verboten hatte, politischen Gefangenen Wurst zu schicken, buk Ljusja für Pascha würzige Kekse aus Suppenwürfeln. Die Suppenwürfel aber haben Verwandte von Pascha aus Israel gesandt. Im Lager erfreuten sich die Kekse einer solchen Beliebtheit, daß bald aus allen Teilen der Union Briefe eintrafen, in denen Angehörige Gefangener nach dem Rezept fragten.

Doch plötzlich blieben die Suppenwürfel aus. Die Verwandten beteuerten, sie hätten jeden Monat welche geschickt. Ljusja erkundigte sich beim KGB; genau vor drei Tagen.

»Sagen Sie bitte: Ist es erlaubt, sich aus Israel Suppenwürfel schicken zu lassen?«

»Daß Sie sich nicht schämen!« rief ebendieser Hauptmann Filin, »– aus dem kapitalistischen Ausland!«

»Was soll ich tun?« verteidigte sich Ljusja. »Mein Mann braucht meine Hilfe. Ich bin aber selbst auf Hilfe angewiesen! Ich verdiene sechzig Rubel im Monat und habe zwei schulpflichtige Töchter!«

»Sie sollten Ihren Mann beschuldigen«, sagte Filin, »nicht uns.«

»An ihn kann ich mich nicht halten, wie Sie sehen. An euch kann ich mich nicht halten. Was soll aus mir werden? Na gut, das ist euch egal. Aber was wird aus meinen Kindern? Die sind doch auch eure Zukunft!«

Schließlich gab Filin nach.

Und jetzt steht er in Ljusjas Wohnung und blickt auf den Ostertisch.

»Ah!« ruft Ljusja aus, übertrieben laut, so daß Lukian in der Küche es unbedingt hören muß. »Sogar das Staatskomitee ist zum Osterfest gekommen! So treten Sie ein, setzen Sie sich zu uns!«

Filin zeigt Ljusja eine Fotografie von Lukian. »Haben Sie diesen Mann in der letzten Zeit gesehen?«

»Ja, er war hier. Wieso, wird er gesucht?«

»Wohin ist er gegangen?«

»Ich weiß es nicht. Aber wenn er auftaucht – soll ich Ihnen dann Bescheid sagen?«

»Ehrlich gesagt«, seufzt Filin nach einer Pause, »ich weiß es selber nicht.«

218

Nach diesem Vorfall kann Lukian nicht mehr bei Gwosdikows bleiben. Er ist nicht nur selbst in Gefahr, er gefährdet auch die Familie. Zum ersten Mal vergegenwärtigt sich Ljusja, daß sie mit einem Bein im Lager steht. Manchmal wacht sie nachts schweißgebadet auf.

Sie erinnert sich an ein armes Arbeiterehepaar, dessen Tochter einmal in Jurik verliebt war. Damals waren sie preisgekrönte Stoßarbeiter: Für ihre Verdienste um die sozialistische Arbeit haben sie sogar eine Zweizimmerwohnung erhalten. Inzwischen aber sind beide schwere Alkoholiker. Mit ihnen ist leicht zu reden.

Ob sie nicht ihren Liebhaber eine Zeit bei sich unterbringen könnten? fragt Ljusja an. »Liebhaber? Bitte sehr«, lallt Wassilij Iwanowitsch am Telefon. Ljusja bringt Lukian zu ihnen hinaus in die Neubausiedlung am Stadtrand.

Unterwegs kauft sie einen halben Liter Wodka und Pralinen, die Lukian den Gastgebern überreichen soll. Argwohn werden sie nicht schöpfen; ihre Welt ist unter der Herrschaft der Flasche sehr klein geworden.

Man setzt sich an den Tisch, der schon mit Sakuski gedeckt ist. Lukian überreicht die Flasche. Wassilij Iwanowitsch schenkt ein und bringt einen Toast auf die Liebe vor. Er leert ein ganzes Wasserglas, während Ljusja und Lukian nur nippen. Dann aber muß Lukian auch die Pralinen übergeben. Zögernd öffnet er die Schachtel und beginnt, sie einzeln auszuteilen, wie im Lager. »Stell die Schachtel auf den Tisch!« wispert Ljusja. Lukian wirft ihr einen unsicheren Blick zu, während seine großen Hände zu zucken beginnen; aber sie lassen die Schachtel nicht los. Ein wenig wundert das die Gastgeber, aber sie sagen nichts. Offen protestieren sie erst, als Ljusja sich spätabends auf den Heimweg macht, anstatt bei ihrem Liebhaber zu schlafen. »Ach, ich habe es Ihnen noch nicht gesagt«, fällt Ljusja ein, »mein Mann kommt heute nacht. Ich habe es erst vor unserem Aufbruch erfahren.«

219

Lukian ist es in seinem neuen Asyl bald unheimlich. Er ruft mehrmals täglich bei Ljusja in der Arbeit an. Noch keine Woche ist vergangen, da steht er draußen auf der Straße. Ljusja versucht, ihn nicht zur Kenntnis zu nehmen. Nach zwei Stunden wirft sie wieder einen Blick hinaus: Lukian ist noch da. Er geht vor der Tür des Wohnheims auf und ab.

Er ist deprimiert und verzweifelt. Auch Ljusja weiß keinen Rat.

Sie meldet sich wieder bei Kirschs. Jewgenij Solomonowitsch erzählt von einem geheimnisvollen Fonds, der von einem prominenten Exilrussen eingerichtet wurde, um notleidenden Verfolgten zu helfen. Sie haben sogar eine Adresse in Moskau. Dort soll Lukian sich melden. Kirschs selbst steuern die Hälfte des Fahrpreises bei.

»Wieso nur die Hälfte?« fragt Lukian.

»Die andere Hälfte zahle ich.«

»Die hätten ruhig alles zahlen können!« ereifert sich Lukian plötzlich. »Die sind schließlich reich! Sie sind beide Dentisten, Jewgenij Solomonowitsch ist sogar Professor. Zusätzlich haben sie eine illegale Privatpraxis! Die Patienten, die auf der Hintertreppe warten, zahlen pro Konsultation zehn Rubel und für eine Operation dreißig Rubel!«

»Na und? Was geht dich das an?«

Es stellt sich heraus: Lukian ist ein wütender Antisemit. Ohne rot zu werden, legt er los: Die Juden sind schuld an der Revolution. Waren nicht fast alle Köpfe der Revolution ganz oder zur Hälfte Juden, und haben sie nicht achtzig Prozent der ersten kommunistischen Minister und Kommissare gestellt? Trotzkij,

Radek, Dsjershinskij, Swerdlow, Bucharin, Pjatakow, Sinowjew, Kamenew, Kaganowitsch... Diese Liste führt er ohne zu stokken weiter bis Berija. »Und wer hat die sowjetischen Arbeitslager organisiert? Lesen Sie nach, es steht sogar bei Solshenizyn...«

Erst hier gelingt es Ljusja, ihn zu unterbrechen. »Die sind alle zugrunde gegangen, genau wie unsere.«

»Hätten sie sich nicht eingemischt! War ja nicht ihre Sache!«

»Sie haben es gemacht, wie sie's verstanden. Es war doch auch ihre Heimat.«

»Ist es nicht!«

»Viele haben dir geholfen. Kirschs...«

»Die Juden sind schuld an dem System, da können sie auch zahlen!«

»Lukian! Hast du nicht erzählt, der Sohn von Jewgenij Solomonowitsch habe seine Lebensmittelpäckchen mit dir geteilt?«

»Er ist ein guter Kerl. Aber was tut das zur Sache? Es gibt gute und schlechte, wie es auch gute und schlechte Russen gibt. Wir Ukrainer...«

Am nächsten Tag fährt Lukian nach Moskau und kehrt nicht zurück.

220

Im Mai stehen zwei Wiedersehen an. Das eine mit Pascha im Ural; es wird nicht gewährt. Offenbar hat sich Pascha einen Tag vorher so heftig mit der Lagerleitung angelegt, daß er einen Monat Einzelhaft bekam. Anschließend soll er in ein Lager mit strengem Regime überführt werden, das in Sibirien liegt.

Das zweite Wiedersehen ist mit Jurik in Workuta. Es findet statt. Jurik ist dankbar und kleinlaut. Er ißt gierig alles auf, was Ljusja ihm an Speisen mitgebracht hat, und sagt: »Wenn nur die Müdigkeit nicht wäre. Alles andere ist erträglich.«

Er arbeitet als Lastträger. »Schau mal, Mama, was für Muskeln ich habe«, sagt er tapfer und beugt den Arm, »mit solchen Muskeln kann man doch auch in Leningrad sein Geld verdienen, oder? Lastträger werden doch überall gebraucht, oder?«

Ljusja denkt: Wichtiger wäre ein guter Kopf. Sagt nicht das Sprichwort: Besser einen Klugen verlieren als einen Dummen finden? Laut sagt sie: »Natürlich werden Lastträger in Leningrad gesucht, Jurik. Überall sehe ich Aushänge.« Sie küßt Juriks kahlen Kopf und befühlt anerkennend seine kräftigen Schultern.

221

Ljusja schreibt an Müntzer: »Endlich, lieber verehrter Anton Robertowitsch, stehe ich materiell wieder sicher auf meinen Füßen. Sie brauchen uns kein Geld mehr zu schicken, bereits jetzt stehen wir unendlich tief in Ihrer Schuld. Eigentlich hätte ich Ihnen das schon viel früher sagen sollen, aber es war so viel los ...«

Müntzer antwortet: »Bitte entheben Sie mich nicht des einzigen Vergnügens, Ihnen und den Kindern einen Teil dessen zu erstatten, was das Schicksal Ihnen vorenthält!«

222

Seit Ljusja Ida kennt, redet Ida vom Auswandern. Ida rühmt sich, in ihr flössen einige Tropfen italienischen Blutes, und deshalb müsse sie mindestens einmal im Leben nach Italien. Wenn sie aber erst einmal im Westen sei, brächte nichts auf der Welt sie nach Rußland zurück. »Leben werde ich in Paris!« wiederholt sie beschwörend.

»Aber wovon?« fragt Ljusja besorgt. »Im Westen, hörte ich, muß man arbeiten.«

»Pah! Ich entwerfe Mode! Halb Moskau kauft bei mir Kleider.«

Das stimmt. Die Kundinnen kommen in Idas Wohnung. Ida wirft einen Blick auf sie und weiß, was sie brauchen. Sie nimmt Maß, und wenn die Frauen weg sind, zieht sie einen Neckermann-Katalog hervor, den ihr ausgewanderte Freunde aus Deutschland haben zukommen lassen, und näht sozusagen vom Blatt dasjenige Gewand, das sie für angemessen erachtet, nur mit größerem Kragen und aus farbigerem Stoff. Idas Kleider haben eine nicht erklärbare exzentrische Note. Die Herkunft der Stoffe aber, die sie verarbeitet, hütet sie wie ein Staatsgeheimnis. Daß es in keinem Laden solche gibt, ist allen klar.

Ljusja gönnt Ida ihr Geheimnis. Sie ist überzeugt, daß Ida alles erreichen wird, was sie sich wünscht. Ida mit ihrem Temperament, ihrer Bildung, ihrem Charme – Ljusja hat sich nie über mangelnden Zuspruch vom anderen Geschlecht beklagen können, aber Ida stellt alles in den Schatten. Desto gespannter ist Ljusja nun, als sie Ida mutlos und grau auf ihrem Sofa sitzen sieht. Idas Liebesgeschichten sind immer verwegen und enden turbulent, und die von Ida demonstrierte Erschütterung dient meist nur als Vorspiel zu einem geradezu dämonisch übermütigen Gelächter. Immer noch.

»Wer war es denn diesmal?«

»Ach«, sagt Ida, »diesmal gibt es nichts zu lachen. Er wollte mich heiraten. Ein Millionär! Kein Hochstapler. Ich war in seiner Villa. Sagenhaft.«

»Erzähl, erzähl!«

»Also, ein Georgier, Millionär. Rasend verliebt. Ich sagte zu ihm, ich will nicht nach Georgien, ich will nach Paris. Er sagt: Ich bringe dich hin. Bereits beim dritten Treffen hat er mir einen Heiratsantrag gemacht. Du kannst dir das nicht vorstellen. Eine Villa am Schwarzen Meer mit siebzehn Zimmern. Wir fahren spazieren zwischen Pinien und Zypressen, da bremst er, springt aus dem Auto und rennt einen Hügel hinauf. Und plötzlich taucht er wieder auf mit einem Strauß knallroter Mohnblumen und wirft sich mir zu Füßen, direkt am Straßenrand, auf die spitzen Kiesel. Bedenken Sie, sagte ich, ich habe einen fünfzehnjährigen Sohn. Er schnaubt, er stöhnt: Das sei ihm ganz egal. Da habe ich gesagt: Ja.

Wir verbrachten zwei wunderschöne Wochen miteinander, obwohl, aber davon hatte ich schon gehört, im entscheidenden Punkt halten diese Kaukasier nicht, was sie versprechen. Nun, dafür machen sie einem so romantisch den Hof. Ich fuhr also ohne besondere Erwartungen nach Moskau zurück. Ich dachte: Südländer, man weiß ja: Aus den Augen, aus dem Sinn. Ich habe meinen Koffer noch nicht ausgepackt, da klingelt das Telefon: Er will mich schon morgen heiraten, er hält es nicht aus. Ich habe noch nicht Saschas schmutziges Geschirr abgespült, da steht er vor der Tür. Er nimmt meinen Paß, um die Registrierung in die Wege zu leiten. Ich mache mich im Bad fertig. Ich komme heraus, da lehnt er in seinem Mantel an der Wand und weint. Er schluchzt nicht, nur Tränen laufen ihm über die Wangen. Es stellt sich heraus: Er hat meinen Geburtstag im Paß gelesen. Er dachte, ich sei fünfunddreißig, aber ich bin – siebenundvierzig.«

»Das hatte er nicht gewußt?«

»Offenbar nicht. Ich dachte: Mich sieht er ja, und mein Junge redet im Baß.«

»Und dann ging er?«

»Nicht gleich. Er war ganz durcheinander. Ich wollte es ihm erleichtern und sagte: ›Möchtest du Zigaretten kaufen?‹ Er nickt und geht. Ich sehe ihm von hier oben durchs Fenster nach. Auf dem Hof spricht er jemanden an, der ihm eine Zigarette gibt, und er zündet sie sogleich an und läuft heftig rauchend im Kreis. Und plötzlich fällt er um.«

»Herzinfarkt?«

»Nein, Schlaganfall.«

»Wie alt ist er denn?«

»Er war achtundsechzig.«

223

Auch Katja hat einen Roman gehabt. Und als hätte sie geahnt, daß es ein unglücklicher Roman würde, oder als wollte sie das Schicksal, das kein Glück für sie vorsah, nicht herausfordern, hat sie niemandem davon erzählt. Sie ließ einfach monatelang nichts von sich hören und hatte es, wenn man anrief, immer eilig. Einmal, an einem Septembertag, rief sie Ljusja an und fragte mit angespannter Stimme, ob sie nicht vorbeikommen könne; aber Ljusja war gerade im Begriff, in Kur zu fahren. Ein andermal, als Ljusja einen juristischen Rat benötigte, hat Katja gesagt, sie habe leider gar keine Zeit, sie führe morgen nach Kamtschatka. Jeder folgt seinem Schicksal, und so rennen alle aneinander vorbei. Immerhin fragte sich Ljusja: Was sucht eine Juristin in Kamtschatka? Ein Ferienort ist das nicht. Aber plötzlich nahm sie die untergründige Feierlichkeit in Katjas Ton wahr und sagte: »Was immer du dort machst, ich wünsche dir viel Glück.«

»Danke«, gluckste Katja, »danke!« Beim zweiten »Danke« zitterte ihre Stimme, und sie legte auf.

Eines Abends, gut ein Jahr später, steht Katja vor der Tür, und es ist, als sei sie gestern zuletzt dagewesen. Ljusja umarmt sie. Katja ist blaß und anscheinend noch leichter geworden, aber sie wirkt gelassen und gefestigt, als habe sie gerade einen Fortbildungsgang durchs Fegefeuer mit Auszeichnung absolviert. Sie überreicht Ljusja stolz eine Tüte Erdbeeren und tritt ein.

Ida ist zu Besuch. Ida und Katja sind durch Ljusja miteinander bekannt. Nun backt Ljusja in der Küche Pfannkuchen, Ida baut zur Feier des Tages den Samowar auf, und Katja zündet zwei Kerzen an. Sie plaudern, lutschen vom Löffel Warenje und lachen, und schließlich fragt Ida: »Und? Wie war's?«

Und Katja erzählt ihren Roman mit der Objektivität einer Juristin, aber auch mit einer Spur dankbarer Verwunderung, als könne sie immer noch nicht fassen, was geschah.

224

Nennen wir ihn Ljonja, sagt Katja. Ein Doktor der Geophysik, ganz seiner Wissenschaft hingegeben, ansonsten ein schwieriger Mensch, unausgeglichen, jähzornig, bisweilen grob und herrisch, bisweilen feige. Groß, schwarzhaarig, grauäugig – gefällt den Frauen. Hohe Position in einem wissenschaftlichen Institut.

Einfachste Herkunft. Dorf. Sein Vater war Analphabet und wurde Rotarmist, weil seine Hütte zufällig in einem Gebiet lag, das von der Roten Armee besetzt war. Man rekrutierte ihn. In der Armee kam er zum ersten Mal mit Bildung in Berührung und lernte schreiben, weiter reichte es nicht; aber sein kultureller Ehrgeiz war erwacht und wurde auf den Sohn übertragen.

Ljonja, Jahrgang neunundzwanzig, biß sich durch. Er studierte, heiratete eine Studentin seines Kurses, wurde Vater, ließ sich scheiden. Sein großer Wunsch war ein Auto. Jede Kopeke legte er dafür zurück. Wenn seine Frau um einen Beitrag für ein Kinderhemd bat, sagte er: Kommt nicht in Frage, das Geld ist fürs Auto. Bis zur Scheidung hatte sie eine solche Wut auf ihn, daß sie ihm anbot, kein Geld für den Unterhalt der Kleinen zu verlangen, wenn er dafür offiziell auf die Vaterschaft verzichte.

Sein zweiter Roman: eine Arbeitskollegin. Sie wollte ein Kind, er nicht. Eines Tages sagte sie zu ihm, sie sei schwanger, und für eine Abtreibung sei es zu spät. »Warum hast du mir das nicht früher gesagt?« – Sie, erschrocken über seine Miene: »Hör doch, Ljonitschka, wir können ...« – Er: »Wer mich betrügt, mit dem habe ich nichts zu schaffen.« Er ging und kehrte nicht zurück. Sie schickte ihm regelmäßig Fotos des Kleinen und schrieb ein paar Sätze dazu, wie es ihm ging. Ljonja antwortete nicht. Als der Kleine neun war, schickte sie ihre Schwester zum Vermitteln zu Ljonja: Ob er seinen Sohn nicht einmal sehen wolle? Er sagte: »Nein.« Seitdem schickt sie ihm keine Briefe mehr.

Dritter Roman: Ljalja, Katjas Schwester. Ljusja erinnert sich an Ljalja, wie sie damals, vor einem Vierteljahrhundert, in ihrem Zimmer in der Kommunalka in der Pionierstraße saß, träge, mit offenem Mund, während die nervöse Katja Bücher lesend in der Ecke kauerte. »Sie hat sich verändert«, sagt Katja errötend, »sie ist ruhig, das stimmt, aber ziemlich vernünftig. Sie hat jetzt eine Familie und zieht sehr umsichtig ihr Kind und zwei fremde auf.«

»Das eigene ist von Ljonja?«

»Wo denkst du hin«, sagt Katja. »Ljonja wollte keine Kinder.

Ljalja war für ihn nur bequem. Er lebte mit ihr bei unserer Mutter, die nahm ihm das Geld für seinen Unterhalt ab. Regelmäßig bekam er Wutanfälle. Dann schrie er, er werde sogleich für immer gehen, und Ljalja flehte ihn unter Tränen an, zu bleiben. Aber allmählich stumpfte sie ab. Sie machte einen ehemaligen Verehrer ausfindig, der frisch geschieden war, und stellte fest, er war noch warm. Sie brachte ihn dazu, in eine Heirat einzuwilligen, und als Ljonja bald darauf wieder seinen Wutanfall bekam, sagte sie ganz ruhig: ›Na, dann geh doch.‹ Überrascht verließ Ljonja die Wohnung und fuhr ein bißchen in seinem Auto herum. Am Abend rief er an, um die Lage zu sondieren. Ljalja fragte: ›Wann holst du deine Sachen ab?‹«

Es folgte für Ljonja eine schwere, einsame Zeit. Er war Mitte Vierzig, etwas müde, nicht mehr knusprig. Eher aus Ratlosigkeit machte er ein wenig Katja den Hof. Katja wußte alles über ihn. Sie hatte ihn, als er noch ihr Schwager war, öfters aus der Ferne mit skeptischem Wohlwollen betrachtet. Er gefiel ihr durch seine unbewußte, strenge Schönheit und rührte sie durch seine Ungeschicklichkeit. Sie beobachtete ihn ohne Begehren und war froh, daß er unerreichbar war.

Zwei Monate nach seiner Trennung von Ljalja klingelte er unangemeldet an ihrer Wohnungstür. Er setzte sich in die Küche und fragte nach Katjas Meinung. Er liebe Ljalja natürlich nicht mehr, aber man werde alt, die Gewohnheiten... Katja legte ihm mit der ihr eigenen Objektivität dar, warum da nichts mehr zu machen sei, und wunderte sich über ihre eigene brüchige

Stimme. Sie sah seinen aufmerksamen Blick und wurde plötzlich rot. Er bat lächelnd um einen Tee, und die Vorstellung, daß sie jetzt aufstehen und mickrig und hinkend an ihm vorbei zum Herd gehen muß, war ihr so furchtbar, daß ihr der Schweiß ausbrach. Sie hatte ernsthaft antwortend neben ihm auf dem Diwan gesessen und sein Interesse und seine Bewunderung gespürt, so wie es sein muß zwischen Mann und Frau – »Oder nicht?« fragt Katja –, und nun muß sie aufstehen und ist nur noch ein Krüppel, der durch die enge Küche balanciert unter den grauen Augen dieses fabelhaft gewachsenen Mannes, und muß noch aufpassen, daß sie nicht über seine herrlichen langen Beine stolpert. Ljonja sah ihre Bestürzung und sagte: »Tue ich dir so leid?« Katja überlegte blitzschnell: Sagt sie ja, ist sie aus dem Schneider, er aber vielleicht beleidigt. Sagt sie nein, wird er das als Desinteresse deuten und, empfindlich wie er ist, gehen. Tatsächlich fiel ihr in diesem Augenblick eine von Ljusjas Weisheiten ein: Das einzige, worauf du dich bei einem Mann immer verlassen kannst, ist seine Eigenliebe. Und im selben Augenblick stellte sie fest, daß sie zum ersten Mal in ihrem Leben im Begriff war, taktisch zu handeln, das heißt zu lügen, und vor Schreck darüber fing sie an zu weinen. Ljonja lächelte geschmeichelt, aber als Katja nach drei freundlichen Worten immer noch betrübt war, stand er auf und ging, denn Frauentränen konnte er nicht ertragen.

Ab und zu tauchte er in den folgenden Monaten wieder auf, sah sie neugierig an, erzählte aber zugleich beschwichtigend, daß er möglicherweise seine Sekretärin heiraten werde. Er erschien sogar an seinem eigenen Geburtstag. Er rief vorher an und fragte: »Hast du Champagner?« – »Ja«, rief Katja und humpelte sofort los, um nach einer mühevollen Odyssee durch vier leere Läden eine Flasche süßen bulgarischen Sekt zu erstehen. Ljonja erschien – Katja verschlug es den Atem – in einem dunkelgrauen Anzug und brachte ihr eine echte Rose. Sie unterhielten sich über Ljalja und waren beide sofort betrunken.

An dem Abend ist es passiert. Vielleicht nicht optimal, meint

Katja und gibt sogleich an allem, was nicht klappte, sich selbst die Schuld. Sie hatte ja praktisch keine Ahnung. Und doch war es insgesamt sehr fesselnd und einmalig und genauso, wie es in den Büchern stand.

Am anderen Morgen sagte Ljonja, er habe leider Verpflichtungen und stünde halbwegs im Wort bei seiner Sekretärin. Ganz entschlossen sei er freilich noch nicht. Im August stehe eine Reise mit dem Sohn der Sekretärin bevor. »Natürlich«, sagte Katja tapfer. »Fahr, triff deine Entscheidung, und im September rufst du mich an und teilst sie mir mit.« Sie trennten sich. Für Katja begann eine Zeit der Qual.

Im September ging es ihr besonders schlecht. Sie hatte Herzrhythmusstörungen und einmal kurz vor einer Gerichtsverhandlung einen solchen Schwächeanfall, daß sie die Verhandlung absagte und direkt mit der Metro in die Klinik fuhr.

Der Arzt sagte zu ihr: »Sie brauchen Ruhe, Spaziergänge und positive Emotionen.« – »Aber woher soll ich die nehmen?« fragte Katja schüchtern. Er zuckte die Achseln: »Suchen Sie sich was.«

Auf dem Heimweg zu ihrer leeren Wohnung geriet Katja in Panik. Sie überlegte fieberhaft, wohin sie sonst gehen könne, aber natürlich fiel ihr ausgerechnet jetzt nichts ein. Während sie auf den Trolleybus wartete, wurde ihr übel. Neben der Station stand ein grauer Getränkeautomat. Mineralwasser! Fahrig, mit leerem Kopf, scharrte Katja in ihrem Portemonnaie nach einer Drei-Kopeken-Münze; und da hörte sie, wie in einem Roman, Ljonjas Stimme. Ljonja stand hinter ihr, er war ebenfalls zum Trinken an den Automaten getreten und hielt bereits eine Münze in der Hand. Der Automat hatte keine Gläser, sie waren geklaut worden oder zerbrochen; aber Ljonja ließ sich das kalte Wasser in seine großen Hände sprudeln und reichte es in den Händen Katja und trank dann selbst. Erst jetzt konnte Katja ihn betrachten. Sein Gesicht leuchtete vor Freude, aber insgesamt sah er elend aus. Sie fragte: »Und, hast du dich entschieden?« und er lächelte und sagte: »Ja.«

Zunächst lebten sie sehr gut miteinander. Aber als Katja ihrer Schwester Ljalja erzählte, sie werde demnächst Ljonja auf eine Expedition nach Kamtschatka begleiten, sagte Ljalja: »Es freut mich, daß du glücklich bist. Aber du mußt wissen: Wenn dir kalt ist, wird er dich nicht wärmen, sondern dir im Gegenteil noch die Decke wegziehen.« Katja wunderte sich, so kluge und konkrete Worte aus dem Mund der schwammigen Ljalja zu hören, aber dann dachte sie: Ich werde es einfach besser machen! und kaufte sich für achtundsechzig Rubel eine prachtvolle Wolldecke.

»Genau!« ruft Ljusja aus. »Diese Kamtschatkareise! Du bist also wirklich gefahren.«

Katja erwidert: »Wart's ab.«

225

Vor der Abreise, die für fünf Uhr früh vorgesehen war, eine schlaflose Nacht. Sie hatten – dürftig – gefeiert, dann ging Katja zu Bett, und Ljonja machte sich daran, seinen Fotoapparat noch einmal zu überprüfen.

Ljonja besaß viele teure Dinge: ein Auto, drei japanische Kameras, Teppiche aus dem Orient, Lüster und silbernes Besteck. Für Wertgegenstände war ihm sein Geld nicht zu schade, denn die konnte man jederzeit weiterverkaufen. Geizig war er mit Dingen des persönlichen Bedarfs, mit Kleidung, Essen und Trinken. Er ernährte sich, wenn niemand auf ihn achtgab, von Wurst und Leitungswasser und fand, daß das auch für andere genug sein müsse. Anständige Mahlzeiten hielt er für Verschwendung, üppige für Sünde. Bald wurde Katja klar, welch gewaltiges Opfer für ihn damals der Kauf jener Rose gewesen sein mußte, und diese Erkenntnis erfüllte sie im nachhinein mit Stolz.

Ljonja nahm also seine Kamera auseinander, im spärlichen Licht der Nachttischlampe, auf der glatten Tischplatte, mit müden Augen. Ein Schräubchen fiel herunter. Er fluchte, knipste das Hauptlicht an, wodurch er Katja weckte, verschob laut Stühle und Tische und schimpfte auf den Teppich.

Dann arbeitete er bei Vollbeleuchtung weiter. Das zweite Schräubchen fiel herunter. Er sprang auf, warf seinen Stuhl beiseite, trat nach dem Tisch, riß an den Vorhängen und warf eine Wasserkaraffe um.

Das dritte Schräubchen fiel herunter. Er knirschte mit den Zähnen, schleuderte sämtliche Stühle in die andere Ecke des Raumes, rannte im Kreis und trat gegen das Bett von Katja, die sich entsetzt aufrichtete.

Das vierte Schräubchen. Er schrie vor Wut, stürmte hinaus, kehrte wieder zurück, warf sich aufs Bett und brüllte: »Ich fahre nicht nach Kamtschatka! Zum Teufel mit Kamtschatka!«

Katja saß erstarrt. Als sie sich ihm näherte, fauchte er: »Rühr mich nicht an!« Sie wartete eine halbe Stunde lang reglos vor dem Bett, dann näherte sie sich noch einmal, streichelte behutsam seinen Kopf und flüsterte: »Aber Ljonitschka, das geht doch nicht; überleg doch mal, Ljonitschka, wir müssen...«

Sie wäre nie auf die Idee gekommen, daß er das alles einfach so gesagt haben könnte. Katja, die gute, ehrliche Katja: Niemals hätte sie gesagt, sie führe nicht nach Kamtschatka, wenn sie nicht entschlossen gewesen wäre, wirklich nicht zu fahren. Oder anders: Hätte sie einmal gesagt, sie führe nicht, wäre sie zu Hause geblieben. Ljonja aber weckte sie am anderen Morgen um viertel vor fünf – sie war auf ihrem Stuhl eingeschlafen – und sagte: »Was, bist du noch nicht fertig? Es ist viertel vor fünf!«

226

Ljonja nahm in Kamtschatka an einer Expedition teil. Er grub dort mit einem anderen Wissenschaftler und sechs Studenten zusammen am Waldrand nach Steinen. Katja blieb im »Lager«, einem von der Armee zur Verfügung gestellten Holzhäuschen, und bereitete die Mahlzeiten. Eines Tages hatte sie schon frühzeitig das Abendessen für die ganze Gruppe vorgekocht und war dann unaufgefordert zur Grabestelle gekommen. Alle Männer standen bis zum Kinn in Gruben, aus denen sie Steine beförderten. Die Studenten waren vergnügt, aber Ljonja, der weder sehr jung noch sehr sportlich war, wirkte stark ermüdet. Katja ging zu ihm und half: Sie trug hinkend seine Steine auf einer Schaufel vom Grubenrand fort und kam wieder, um neue Steine abzuholen. Ljonja war so überrascht, daß er sein Werkzeug fallen ließ. Er breitete die Arme aus und kam auf Katja zu. Seine grauen Augen strahlten. Wäre er auf gleicher Ebene mit Katja gewesen, hätte er sie geküßt, aber er stand in seiner Grube und Katja oben an deren Rand. Und da packte er ihre lehmigen Stiefelspitzen und drückte auf jede einen Kuß. Katja schossen die Tränen in die Augen, er hielt ihre Füße in seinen großen Händen und sah lächelnd zu ihr auf, und das – ja, das war der Höhepunkt ihrer Reise.

227

Bald darauf folgte der Tiefpunkt. Alle miteinander hatten über dem Lagerfeuer Essen gekocht und anschließend das Feuer gelöscht. Aber Katja hatte es wieder angezündet, weil sie fror, und Tee darauf gekocht. Von dem Tee tranken alle. Bevor sie gingen, warfen die Männer ein paar Schaufeln Sand auf das Feuer, um es zu ersticken. Am Nachmittag wechselten sie den Standort.

Am nächsten Tag brannte ein Teil des alten Waldes. Als Katja zu den Männern kam, waren diese verzweifelt bemüht, den Brand zu löschen. Auch Soldaten halfen dabei. Und vor ihnen allen stürzte Ljonja mit rußgeschwärztem Gesicht und funkelnden Augen auf sie zu und schrie: »Das kommt von deinem gottverdammten Feuer!«

Der Brand war bald gelöscht, aber natürlich wurden sie vom

Expeditionschef darauf angesprochen. Dieser, ein paar Jahre jünger als Ljonja, war ein fröhlicher Kollege, den alle mochten und respektierten. Ljonja sagte: »Katerina Dawidowna ist schuld!«

Alle erstarrten. Natürlich wußten sie von seinem Verhältnis zu Katja, die er vor ihnen schon einmal scherzhaft seine Frau genannt hatte. Jetzt nannte er sie beim Vor- und Vatersnamen, und in diesem Zusammenhang? Die Blamage war perfekt. Katja, als Übeltäterin bloßgestellt, war nun auch noch von ihrem eigenen Bräutigam verraten.

Der Expeditionschef meisterte die Lage, indem er mit erstaunter Miene und einem leichten Lächeln fragte: »Ach – und Sie, Leonid Alexandrowitsch, waren nicht dabei?« Einen Augenblick herrschte Totenstille. Dann verließ Ljonja wortlos den Raum.

228

»Danach schleppte es sich noch etwa ein halbes Jahr hin. Viel zu lange. Das ist es, was ich mir eigentlich vorwerfe. Man muß mutiger sein. Wenn man einmal die Achtung vor einem Menschen verloren hat, geht es nicht mehr«, faßt Katja ihre Erfahrungen zusammen.

Ljusja, die das anders sieht, will auch etwas sagen, aber dann fällt ihr nichts ein als: »Solange es gut war, war's gut, aber wenn's nicht mehr geht, ist es gut, Schluß zu machen.«

Ida fragt: »Und wie war die erotische Seite?«

Katja winkt ab. Zögernd gibt sie preis: Vor dem Einschlafen liebkoste und streichelte Ljonja sie, aber ohne erotisches Programm, etwa wie man eine Katze streichelt. Spätnachts wachte er auf, weil sich etwas bei ihm regte, rüttelte sie wach, und dann mußte alles ganz schnell gehen. Sie hatte kaum die Augen geöffnet, da lag er bereits wieder auf der Seite und schlief.

»Ich hab's geahnt«, seufzt Ida. »Ein Analphabet. Typisches Produkt der verklemmten dreißiger Jahre, Komsomolze, und dann auch noch vom Dorf! Das war einfach Pech, Katja.«

Ljusja, der dieses Thema peinlich ist, fragt: »Hat er dich wenigstens versorgt?«

»Ach wißt ihr«, sagt Katja, »auf all das kommt es nicht an. Für mich ist interessant: Ich bin ja seit Jahren Anwältin in Scheidungsangelegenheiten. Immer sah ich die häßliche Seite der Liebe, die Grausamkeit der Gehenden und die Verzweiflung der Verlassenen; oder die Unzulänglichkeit und Selbstgerechtigkeit von beiden; und oft genug pure Not. Was für unerträgliche, unwürdige Konstellationen, dachte ich. Und was für Figuren das sind, die da im Namen der Liebe vor einen treten – ihr glaubt es nicht. Gott sei Dank, dachte ich, bin ich gefeit. Dann ist es mir selber passiert. Was soll ich sagen? Es war noch viel schmerzhafter, quälender und peinlicher, als ich es mir jemals hätte ausdenken können; inzwischen würde ich sogar sagen, es war die Hölle. Und das Seltsame ist: Seitdem hoffe ich unaufhörlich, daß es mir wieder passiert.«

229

Ein Brief von Lukian trifft ein: »Liebe Ljudmila Semjonowna, die Reise nach Moskau war eine komplette Fehlanzeige. Der Mensch von dem Fonds, ein gewisser Kolja, riet mir, einen Paß zu besorgen und formell die Ausreise zu beantragen, woraufhin ich wohl einen Wutanfall bekam. Um mich loszuwerden, drückte er mir fünfzig Rubel und eine Fahrkarte nach Weißrußland in die Hand. Ich hatte auch nur einen Gedanken: Fort!, und fuhr. Ich hatte noch ein paar Adressen in der Gegend von Minsk... Eine Familie Weinstein nahm mich auf. Aber sie will nichts Schriftliches im Haus haben, daher meine Bitte an Sie: Können Sie die beiliegenden Gedichte aufbewahren? Ich habe sie hier in Minsk geschrieben. Ferner: Können Sie nicht die USA, Israel und Kanada anschreiben und mir eine Einladung verschaffen? Meine Adresse ist...«

230

»Wie war es eigentlich im Museum mit Lukian?« fällt Ljusja ein.

»Och – zuerst standen wir zwei Stunden Schlange, um reinzukommen. Dann standen wir vor einem Bild, und er sagte: ›Rembrandt. Die Rückkehr des verlorenen Sohnes‹«, erzählt Lilja. »Da standen wir fünf Minuten. Dann gingen wir zu einem anderen Bild, und er sagte: Friedrich Kaspar, irgendwas. Da standen wir wieder fünf Minuten. Langweilig...«

Lilja ist die Beste ihrer Klasse, zudem sieht sie gut aus. Das gewellte schwarze Haar bindet sie zu einem dicken Pferdeschwanz. Unter dichten, über der Nasenwurzel zusammengewachsenenen Brauen funkeln strenge braune Augen. Man achtet sie in der Klasse: Während alle anderen Mädchen zum Frauentag von den Jungen Plastikblumen geschenkt bekommen, erhält Lilja eine echte Blume. Andererseits hat Lilja als einzige der Klasse keinen Verehrer. Man sagt ihr ein schroffes Wesen nach. Ljusja wundert sich darüber: Ihr selbst gegenüber wirkt Lilja erschütternd wehrlos. Aber hat sie nicht schon den armen Lukian das Fürchten gelehrt?

Und Anja? Anja ist blond, weißhäutig und still. Obwohl ebenso groß wie Lilja und von ebenso runden Formen (beide überragen Ljusja um Hauptelänge), wirkt Anja zart. Ihre Haut ist weich, ihre Augen sind klein und blaßblau. Für Anja kommt bisweilen ein Verehrer. Aber Anja sitzt nur stumm am Tisch. Wenn der Verehrer wieder weg ist, seufzt sie erleichtert und sagt: »Endlich. Dummkopf...«

Ljusja muß sich eingestehen, daß sie ihre Töchter wenig kennt. Sie arbeitet schwer, spart für Päckchen, reist zu Wiedersehen in Straflager, nimmt Gäste auf. Auf Launen der Mädchen wird keine Rücksicht genommen. Aber, Vorsicht: Die Mädchen sind jetzt ausgewachsen. Bald geht das Theater mit der Liebe los. Ljusja nimmt sich vor, sich besser um die Töchter zu kümmern, sowie sie etwas mehr Übersicht und Muße hat.

231

Ljusjas Bruder Innokentij ist gestorben, als er vom Bahndamm zu Pelageja Nikiforownas Datscha ging. Er fuhr seit fünfundzwanzig Jahren einmal im Monat mit dem Vorortzug nach Wyriza, um seine Mutter zu besuchen und ihr Geld zu bringen. An diesem Dezembernachmittag hatte er sich verspätet, deswegen ging er schnell. Es dämmerte bereits. Innokentij bekam einen Anfall von Angina pectoris und begann zu schwanken, aber statt sich zu setzen, was ihn vielleicht gerettet hätte, versuchte er, es bis zur Datscha zu schaffen. Etwa siebzig Meter vor dem Zaun fiel er in den Schnee. Die Leute, die mit ihm aus dem Zug gestiegen waren, sahen ihn schwanken und stürzen, kümmerten sich aber nicht darum, weil sie ihn für betrunken hielten. Nur eine Frau blieb stehen und sagte: »Ich kenne ihn. Das ist einer von den Gwosdikows. Die Gwosdikows trinken nicht.« Ein Mann fragte den am Boden liegenden Innokentij: »Ist es das Herz?« Innokentij nickte. Der Mann rief: »Moment, ich habe zu Hause Medizin!« und rannte davon. Nach zehn Minuten kehrte er mit einer Tablette zurück. Innokentij war nicht mehr in der Lage, sie in die Hand zu nehmen, und öffnete den Mund. Der Mann schob ihm die Tablette in den Mundwinkel, und Innokentij verdrehte den Kopf, um sie zwischen die Zähne zu bringen, und in dem Augenblick, da er auf sie biß, starb er.

232

Pascha schreibt aus dem Lager: »Die Nachricht von Innokentijs Tod hat in meinem erlöschenden Gedächtnis viele Erinnerungen angefacht... Leider war er offensichtlich immer so unglücklich, wie ein unglücklicher, erwachsener, lebendiger, gebildeter und denkender (meiner Meinung nach relativ richtig denkender) Mensch nur sein kann. Sowohl er als auch sein Vater waren richtige Opfer. Laß uns, dem Vorbild nach, aufmerksamer zueinander sein; mitleidiger und wärmer.

Na ja, Todesfälle haben in unserer Fernseh-Ära auch ein Gutes: Sie bringen die Menschen wieder zusammen, wenigstens physisch. Heute zerbrechen ja alle normalen menschlichen Beziehungen, es entfremden sich einander sogar nahe Menschen. Gut, daß es wenigstens noch 2–3 Feiertage gibt, oder Begräbnisse, die einen Anlaß liefern, sich zu treffen. Sozusagen per Tradition.

Offenbar kann ich weder Dich überzeugen noch Dir beweisen, sondern im Gegenteil, Du willst aus irgendeinem Grunde unbedingt denken und sogar mich überzeugen, daß Du ›alle‹ meine Post erhältst und ich all Eure Post bekomme. Nichtsdestotrotz ist es bei weitem nicht so, aber ich beabsichtige nicht zu klären, wer hier recht hat oder schuldig ist. Aber das Minimum an Postsendungen, das mir irgend jemand zudosiert, kann mich in keiner Weise zufriedenstellen.

Übrigens ist das der Grund für meine inzwischen hundertste Beschwerde beim ZK. Ich habe Dir wohl schon geschrieben, daß mich das Resultat dieser Korrespondenz wenig kümmert. In vielen Angelegenheiten ist sie vollkommen unnütz und vergeblich, das weiß ich selbst. Also brauchst Du nicht zu denken, ich sei blind, oder mir sei das alles nicht so klar wie Gottes Tag.

Kaffee darf ich natürlich nicht bekommen, also schick mir auch keinen, er wird zurückgeschickt. Aber Butter und Kekse –

bitte sehr. Keine Butter in Metalldosen, sondern in Polyäthylen. Ergänzen kann man die Sendung mit grünem geriebenem (oder ungeriebenem) Käse. Ich habe Dir das bereits erklärt. Er ist sehr billig und sehr gut.

Ljusja, was machen Deine Augen? Vergiß nicht, das beste dafür ist Vitamin A. <u>Aber enthalten ist es nur in Stockfischleber.</u> Berücksichtige das und iß welche, wenn Du welche kriegen kannst. Meine Dosen mit Leber sind ganz und unberührt. Das ist mein ›Nr. 3‹, und ich werde sie nur unter ganz besonderen Umständen öffnen. Außerdem rate ich Dir, wie übrigens auch mir selbst, die Vitamine ›Undevit‹ – das sind solche, wie Lilja und Anja sie mir zum Wiedersehen mitgebracht haben. Aber sie sind teuer.

Und am besten von allem, darin bin ich absolut sicher, ist Honig, Honig, Honig, Tee, Tee, Tee + Milch = sogar so eine, wie sie sie im Lager verkaufen.

Und außerdem, wenn ich Euch so sehe, wie selten auch immer, so fällt doch auf, daß Euch vollkommen das fehlt, was wir ›Lebensart‹ nennen. Eure Ernährung steht auf dem denkbar niedrigsten Niveau. Das heißt, ausschließlich auf dem der Nahrungsaufnahme. Entschuldige: möglicher- und vielleicht sogar wahrscheinlicherweise irre ich mich. Aber nicht sehr, fürchte ich.«

233

Nicht zu fassen: Katja hat ihren Ljonja geheiratet. Es scheint ihr selbst peinlich zu sein. Aber als sie damals ihre Geschichte erzählte, war sie bereits von ihm schwanger, ohne es zu wissen. Abtreiben wollte sie nicht. Sie hat Ljonja ohne Hintergedanken, aus purer Höflichkeit, mitgeteilt, daß sie schwanger sei, und dann gab es tatsächlich eine Art Aussprache zwischen ihnen mit folgendem Ergebnis:

1.) Für uns beide ist es reichlich spät. Keinem von uns würde viel entgehen, wenn wir uns zusammentäten.

2.) Wenn wir nichts Besonderes voneinander erwarten, können wir auch nicht besonders enttäuscht werden.

3.) Ein Kind ist trotz allem etwas Heiliges. (Diese Klausel stammt von Katja.)

Geheiratet haben sie heimlich. Zuerst warf sich jeder insgeheim vor, daß es ihm nicht gelungen sei, etwas Besseres zu finden, und daher verachteten sie einander. Aber dann haben sie sich gewöhnt.

»Und wie ist die Gewöhnung?« fragt Ljusja.

»Schlimmer als erwartet«, antwortet Katja nüchtern und streichelt ihren dicken Bauch.

234

Dobrynins, der arme Ex-Literaturwissenschaftler Merkurij und seine Frau Soja, die Eisverkäuferin, haben die Ausreisegenehmigung erhalten. Nachdem sie ihren Haushalt schon aufgelöst haben, wird die Genehmigung plötzlich zurückgezogen, dann neu erteilt, aber um zwei Monate verschoben. Sojetschka fährt enerviert mit dem Töchterchen zu ihrer Mutter nach Smolensk, und Merkurij kommt bei Ljusja unter.

Es tut ihm gut, nicht zu arbeiten. Er schläft immer noch viel. Aber jeden Abend, wenn Ljusja nach Hause kommt, hat er irgendeinen originellen Gedanken entwickelt. »In der englischen Literatur erkennst du eine Verfeinerung der oberen Stände, die bei uns immer fehlte«, sagt er zum Beispiel. »Und hier liegt das Geheimnis unseres Niedergangs.«

»Verfeinerung? Obere Stände?«

»Das sind die Lords; die Adligen, die Reichen. Sie redeten eine andere Sprache als das Volk. Das zeigte sich schon in der Idiomatik, noch deutlicher merkt man es in der gesprochenen Sprache, wie ich las. Die Oberschichts-Söhne mußten an Elite-Universitäten studieren, das war selbstverständlich. Bei uns hingegen war das Hauptprivileg der Adligen, daß sie nichts lernen mußten und nichts arbeiteten. Gutsbesitzer und Leibeigene redeten von gleich zu gleich, in der gleichen Ausdrucksweise, oft duzten sie sich sogar. Die Diener waren frech, die Herren rücksichtslos, das einzige, was sie unterschied, war das Maß, in dem sie ihre Gier befriedigen konnten, waren Besitz und Macht, nicht aber Kultur. Lies es nach, bei wem du willst: bei Turgenjew, Leskow, Tschechow, Gorkij, Bunin ... Die Reichen soffen mehr, fraßen mehr und hurten mehr als die Armen, aber sie waren genauso faul, genauso verantwortungslos und genauso grob. Deswegen hatte der Adel im Grunde schon vor der Revolution Lebensfähigkeit und -berechtigung eingebüßt, er hatte buchstäblich abgewirtschaftet. Ich glaube, die einzige Chance jedes Volkes besteht darin, daß seine Elite, also diejenigen, die ohne Not aufgewachsen sind und deren primäre körperliche Bedürfnisse gestillt sind, Kultur, also Bewußtsein, Übersicht und Verantwortungsgefühl entwickelt. Wir Russen waren dazu nicht fähig, und deswegen haben wir einen in Europa einzigartigen sozialen Niedergang erlebt: Die Diktatur des Proletariats wurde zum Triumph des Pöbels.«

»Ach, Merkurij, ich verstehe das alles nicht so gut, aber ich wünsche von Herzen, daß du in England glücklich wirst.«

»Glücklich?« fragt er verwundert.

235

Von gemeinsamen Bekannten erfährt Ljusja, daß Lukian in Weißrußland verhaftet wurde. Weinsteins, die Leute, die ihn bei sich aufgenommen hatten, bekamen je drei Jahre.

236

Für die letzten drei Wochen vor der Ausreise zieht Merkurij Dobrynin nach Wyriza zu Ljusjas Mutter. Pelageja Nikiforowna hat ihm im ehemaligen Kuhverschlag eine Liege bereitgestellt. Das Wetter ist warm, es ist die Zeit der weißen Nächte. Ljusja fährt jedes Wochenende mit den Kindern hinaus.

Ernst stapft Dobrynin durch die Wälder, das Gesicht nach oben gewandt zu den Wipfeln der dunklen, schweigsamen Fichten. »Die Bäume in Mitteleuropa sind höchstens halb so groß«, erklärt er Ljusja, »und die Ebenen sind Spielplätze im Vergleich zu unserer Steppe. Mitteleuropa ist ein köstlicher Garten mit grünen Hügeln und bunten Gärten. Dort *kann* uns niemand verstehen.«

Pelageja Nikiforowna ist eingeschüchtert durch den einsamen Gast, dabei geht ihr Dobrynin im Garten zur Hand. Aber er tut auch hier absonderliche Dinge. Er befreit umständlich Schmetterlinge aus Kinderhänden, Insekten aus Spinnennetzen und Mäuse aus Katzenkrallen. Er pflanzt Blumen um, die im Schatten stehen. »Was machst du nur, Onkel Merkurij?« fragt Lilja spöttisch. »Du hältst bloß den Lauf der Welt auf!«

»Ich halte den Lauf der Welt auf«, antwortet Dobrynin nachdenklich.

Eines Abends sehen sie hinter einer Schneise zwischen den gewaltigen Bäumen, die sich im Wind biegen, die Sonne in einer diesigen Wolke verschwinden: ein glühender, dampfender Wirbel, der gelbe, rote und orangefarbene Wolkenfetzen über den durchsichtigen Himmel schleudert. Ljusja hat es zuerst nicht bemerkt; sie jätete Unkraut im Garten. Aber dann hört sie Dobrynin schwer atmen und blickt sich um. Dobrynin, der neben einer alten blinden Puppe auf dem Holzbänkchen vor der Datscha sitzt, hat Schweiß auf der Stirn und kämpft mit den Tränen.

»Gleich bin ich fertig im Garten«, sagt Ljusja mitleidig, »dann mach' ich dir leckere Pilze mit Sauerrahm und Bratkartoffeln. Hast du Lust?«

237

Müntzer schreibt: »Liebe Lilja und liebe Anja! Vielen Dank für Euer Glückwunschtelegramm! Ich habe mich davon überzeugt, daß die letzte Aufgabe richtig gelöst war. Die Fünf ist eine natürliche Zahl; aber sie gehört auch zu einer ganz besonderen Serie von Primzahlen: Wenn eine Primzahl die Summe zweier Quadrate ist, also zum Beispiel $5 = 2^2 + 1^2$, dann ist auch ihr Quadrat die Summe zweier ganzzahliger Quadrate! Die ganze Reihe dieser Zahlen 5, 13, 17, 29, 37 usw. bis unendlich sind die Hypotenusen ganzzahliger rechtwinkliger Dreiecke. Das ist einer der 48 Leitsätze der Zahlentheorie von Fermat (XVII. Jahrhundert).
Mit herzlichem Gruß Ant. Rob.«

VII.

Briefwechsel

238

Ein Jahr später kommt, diesmal von Pascha vermittelt, wieder ein ehemaliger Sträfling zu Gwosdikows; und auch dieser junge Mann ist wahrhaft interessant.

Pascha hatte Ljusja geschrieben: »Hier ist seit kurzem ein 24jähriger Student, der nie Post bekommt, weil er keine Angehörigen hat. Kümmere dich doch ein bißchen um ihn.« Ljusja begann, dem jungen Mann Pakete zu schicken. Manchmal stellte sie sich gerührt vor, wie er, der ganz allein war auf der Welt, lächelte, wenn er Post von Unbekannten erhielt. Der junge Mann schrieb hingebungsvolle und zugleich stolze Briefe, er bat um Fotos der Familie und nannte Lilja und Anja seine Schwestern. »Wie glücklich bin ich, zum ersten Mal im Leben eine Familie zu haben. Ich denke an Sie mit der größten Dankbarkeit und Zärtlichkeit.« Zwei Jahre später schrieb er: »Wegen eines Magengeschwürs werde ich vorzeitig entlassen. Erlauben Sie, daß ich zu Ihnen komme und mich bedanke. Ich verbeuge mich und drücke Ihnen fest die Hand. Wjatscheslaw Petrowitsch Balmaschow.« – »Kommen Sie«, antwortete Ljusja. »Und falls Sie erschöpft sind und nicht wissen wohin, ruhen Sie sich bei uns aus.« Drei Wochen später ist er da.

Er klingelte kurz und wartete lange vor der Tür, weil Ljusja in zischendem Fett Quarkteilchen briet und das Klingeln nicht hörte. Lilja öffnete ihm. Jetzt folgt er ihr in die Küche.

Er ist groß, breitschultrig und muskulös, obwohl sichtlich geschwächt. Staunend betrachtet Ljusja sein männliches Gesicht mit den vollen, leidenschaftlichen Lippen und den dichten dunkelblonden Locken. Seine Augen leuchten in einem unglaublich hellen Blau. Wjatscheslaw Petrowitsch grüßt mit einer knappen Verbeugung. Ein zu kleines, aber sauberes Hemd spannt sich über seine breite Brust. Ausgebeulte Hosen schlottern um die schmalen Hüften. Einen lächerlichen Pappkoffer hat er neben sich abgestellt.

Er steht aufrecht da und mustert Ljusja mit seinen taghellen Augen. Den Mädchen schenkt er keinen Blick. Lilja sieht ergriffen zu ihm hoch, und Anja versteckt sich errötend hinter Liljas Rücken. Ljusja selbst ist überzeugt, niemals einen schöneren Mann gesehen zu haben. »Wjatscheslaw Petrowitsch?« fragt sie, sich das Fett mit einem Handtuch von den Händen wischend. »Willkommen bei uns.«

»Nennen Sie mich Slawa«, sagt er mit dumpfer, leicht vibrierender Stimme und streckt ihr seine braungebrannte Hand entgegen. Ein starkes, goldbehaartes Handgelenk. Ein kräftiger Händedruck.

»Nun, kommen Sie in den Salon, Slawa. Der Tisch ist gedeckt. Die Mädchen haben ihn sogar mit Blumen geschmückt.«

239

Slawa fragt, ob er eine Woche bleiben dürfe, um sich von seiner Magenoperation zu erholen. In der Zwischenzeit werden, hofft er, mit der Post seine Entlassungspapiere eintreffen, so daß er Arbeit suchen kann.

»Hast du die Papiere denn nicht mit?«

»Unsere Lagerbürokratie arbeitet sehr langsam. Ich hätte noch vor Ort warten müssen, aber es war heiß und ungesund im Ural. Als Freigelassener durfte ich nicht mehr in die Baracken, ich mußte den ganzen Tag in der prallen Sonne warten. Das war nicht sinnvoll. Die Fliegen setzten sich auf meine blutige Narbe. Zu essen bekam ich nur, was die Soldaten übrigließen. Normalerweise werfen sie die Essensreste den Schweinen vor, aber nun bekamen wir Freigelassenen sie und mußten uns noch dafür bedanken. Die Schweine aber schrien den ganzen Tag vor Hunger und Wut. Sie wälzten sich direkt vor uns in einer Grube. Einmal fiel einer von uns in diese Grube, den haben sie fast zerrissen.« Dies spricht er langsam, ohne äußere Bewegung, nur das Vibrieren in seiner Stimme verstärkt sich. Während der ganzen Erzählung sieht er Ljusja genau in die Augen, und Ljusja ist wie geblendet von seinem Blick.

240

Obwohl Ljusja früh aufsteht und den ganzen Tag arbeitet, wird sie nicht müde, am Abend Slawas Geschichten zu lauschen. Manchmal erzählt er von den asiatischen Völkern der Sowjetunion, den Nenzen und Samojeden in der Taiga. Alles ist spannend und verblüffend. »Wir Russen müssen uns um diese Leute kümmern, denn sie entwickeln sich nicht. Sie lernen nichts dazu. Die Samojeden zum Beispiel benützen für den Fischfang kleine Kanus, mit denen sie die westsibirischen Seen durchstreifen. Aber diese Boote sind sehr empfindlich gegen Wellengang. Sie verlieren sofort das Gleichgewicht und kentern, und dann ertrinken die Samojeden, die nicht schwimmen können. In der ersten Zeit der Zivilisierung kam es oft vor, daß vorbeifahrende Motorboote solche Kanus zum Kentern brachten, worauf die Samojeden immer ertranken. Trotzdem haben sie nicht schwimmen gelernt. Inzwischen fahren die Motorboote vorsichtiger.«

Oder er sagt: »Die Nenzen sind so sehr in ihrer mythischen Welt befangen, daß sie nicht mit ihren Personalpapieren umgehen können. Sie wickeln ihre Dokumente in bunte Bänder und versenken sie in tiefe Brunnen, die sie eigens dafür in das Eis der Taiga bohren. Der Grund ist, daß bei ihnen Namen heilig sind. Sie geben ihren Kindern die Namen verstorbener Ahnen, die aber nicht ausgesprochen werden dürfen. Gerufen werden die Kinder mit Bezeichnungen für Zufälle oder Gedanken, die bei ihrer Geburt eine Rolle spielten, etwa: ›Schieläugiger Hund‹, wenn während der Geburt zufällig ein schielender Hund vorbeilief, oder ›Ziemlich viel‹ für die zehnte Tochter, oder, für die elfte Tochter: ›Jetzt reicht's.‹«

Manchmal scheint Ljusja allerdings, er ist ein unglaublicher Phantast. Er erzählt, wie sie im Lager hungerten. »Einer von uns, wir nannten ihn Grischka den Stier, konnte den Hunger so schlecht ertragen, daß er sich ein Stück Fleisch aus seinem eigenen Hintern schnitt und es am lodernden Feuer briet. Ein Unteroffizier kam vorbei und sagte: ›Hier riecht es nach gegrilltem Fleisch. Sagt sofort, wer es gestohlen hat, sonst kommt ihr alle wegen Unterschlagung von Staatseigentum in den Bau.‹ – ›Ich habe Fleisch gebraten, Genosse Leutnant‹, sagt Grischka der Stier. ›Aber das war mein Hintern.‹ – Der Leutnant entgegnet: ›Du bist unverschämt, Grischka. Beweise mir das, sonst bekommst du einen Monat Einzelhaft wegen Beleidigung der Sowjetmacht!‹ – ›Ich würde es Ihnen gern beweisen, aber ich kann meine Hosen nicht runterziehen‹, sagt Grischka der Stier. ›Sehen Sie, Genosse Leutnant, meine Hosen sind angetrocknet.‹ Und tatsächlich, am Feuer war es so heiß, daß das Blut aus der großen Wunde schon nach zwölf Minuten geronnen war.

Allerdings, Grischka der Stier war tatsächlich ein bißchen verrückt«, gibt Slawa zu, als er Ljusjas ungläubiges Gesicht sieht.

241

Die Papiere kommen nicht. Slawa bleibt zwei Wochen, drei, vier – aber er benimmt sich anständig und höflich. Er ist der faszinierendste Gast, den die Gwosdikows jemals hatten, darin stimmen sie überein. In ihm mischen sich Düsternis und unterdrückte Wildheit mit der Haltung eines Fürsten. Er biedert sich nicht an. Sein Stolz und seine Zurückhaltung gehen so weit, daß er nicht ein einziges Mal um etwas bittet. Zu Ljusjas Erleichterung nimmt er die beiden Mädchen kaum wahr.

Diese ihrerseits betrachten ihn erschreckt und entzückt. Sie umsorgen ihn wie Sklavinnen. Ljusja selbst bereitet ihm jeden Abend ein Bad. Einmal läßt er sie den Verband von seiner Operationswunde abnehmen, und Ljusja bemerkt atemlos seinen flachen, muskulösen Bauch. Slawa hält still wie eine Statue. Sie bringt es fertig, gegen seine runde, mächtige Schulter zu streifen, die hart ist wie Stahl. »Aber Slawotschka, wo hast du denn nur all die Muskeln her?« murmelt Ljusja benommen. »Du warst doch Student?«

»Im Lager haben wir gearbeitet wie die Tiere, Ljudmila Semjonowna. Und außerdem bin ich auf dem Kosakendorf aufgewachsen. Schon mit zwölf habe ich gelernt, Stiere umzulegen. Von meinem zehnten Lebensjahr an habe ich mit der Sense die Felder gemäht und hackte Holz für das ganze Dorf.«

Und Slawa erzählt während des ganzen Abendessens von seiner Jugend auf dem Kosakendorf, von seinem hundertjährigen Großvater, von Tieren und Lagerfeuern. Seine Mutter starb, als er elf war. Sie war Redakteurin des Literaturteils einer Provinzzeitung in Alma Ata, erzählt Slawa, eine überaus gebildete, vornehme Frau. Wegen ihres blonden Haars und ihres scharfen Verstandes nannte man sie die »Athene von Alma Ata«, und die Männer verehrten sie. Einer schlief sogar vor ihrer Schwelle, sie aber wollte nach dem frühen Tod ihres Petruscha, des Vaters von Slawa, nicht mehr heiraten. Pjotr Balmaschow war Pole, adeliger Abstammung, Flieger beim Militär. Er stürzte vor Slawas Geburt mit dem Flugzeug ab. In seiner verkohlten Hand fanden die Sanitäter einen Zettel: »Mein Sohn soll Slawa heißen, zu unser aller Ruhm.« Hier lächelt Slawa verlegen.

»Ich wollte nie berühmt werden. Ich wollte nur in Frieden mit meiner Mutter leben. Aber sie war sehr ehrgeizig und schonte weder mich noch sich selbst. Sie hatte Tuberkulose. Sie hustete oft hinter vorgehaltener Hand, und einmal sah ich, daß ihre Handflächen blutverschmiert waren. Eines Tages, in einem heißen Sommer, ich war gerade elf geworden, fuhren wir zu den

Heilquellen von Wyssokije Ogni, das ist ein sprudelnder See in viertausend Meter Höhe im Kaukasus. Wer ihn einmal durchschwimmt, heißt es, kuriert seine Lungen besser aus als in einem Jahr Sanatorium. Das Wasser ist zweiunddreißig Grad heiß und voller Minerale und Kräuter, die nur auf dem Grund dieses Sees wachsen. Da die Luft dort oben sehr dünn und kühl ist, dampft der See, man schwimmt sozusagen durch eine Riesentasse Tee, und man atmet diesen duftenden Dampf ein und wird gesund. Am linken Ufer ist das Wasser trübe, weil die Leute Blut hineinspucken, aber am rechten Ufer ist es ganz klar. Nur schaffen es nicht viele. Durch den Dampf fahren langsam Sanitäter mit weißen Ruderbooten und rufen den Schwimmern zu: ›Alles in Ordnung? Geht's noch?‹ Weil es so sehr dampft, sieht man nichts, man hört nur diese Rufe und das Keuchen der Schwimmer, und ab und zu gleitet durch den Nebel ein weißschimmerndes Boot an dir vorüber ...

Meine Mutter bat mich, mit ihr zu schwimmen. Der See ist tausendvierhundert Meter breit. Sie schwamm hinter mir. Auf halber Strecke fragt sie: ›Slawotschka, kannst du noch?‹ – ›Ja‹, antwortete ich. Noch zweihundert Meter weiter, diesmal ein ganzes Stück hinter mir: ›Slawotschka, geht's dir gut?‹ – ›Ja‹, sagte ich, aber diesmal drehte ich mich um. Und ich sehe, ihr Gesicht ist so weiß wie die Boote, von denen jetzt keines mehr zu sehen ist, und ihre Augen groß wie Teller. – ›Mamotschka!‹ rufe ich und will zu ihr hin, und in diesem Augenblick ging sie unter. Ich tauchte bis an den Grund des Sees, aber ich habe sie nicht mehr gefunden. In der Nacht wurde sie am rechten Ufer angespült. Bei der Obduktion stellte sich heraus, daß ihr rechter Lungenflügel ganz zerfressen gewesen und bereits mit Kalk vernarbt war, der linke Lungenflügel aber war tatsächlich gesund geworden und sah aus wie neu.«

Es ist elf Uhr abends, und die Gwosdikows hören so gebannt zu, daß sie sogar vergessen, Teewasser aufzusetzen. Slawa erzählt, daß fremde Leute ihn verkaufen wollten, um an die Möbel und die Bibliothek seiner Mutter zu kommen. Ein Kollege seiner Mutter befreite ihn aus dem Kartoffelkeller, in dem er eingesperrt war, und nahm ihn bis zum Begräbnis bei sich auf. Zu dem Begräbnis seiner Mutter sei er inkognito gegangen, erzählt Slawa, in einem viel zu großen Regenumhang. Und er erzählt von den turmhohen Wolken über dem Steppenfriedhof, dem betäubenden Duft von Eukalyptus und den Verehrern, die noch am Grab Streit aus Eifersucht bekamen und einander mit Erde bewarfen. Der Priester rief: »Ihr versündigt euch!« und wollte die Streithähne trennen, aber er war selbst so betrunken, daß er in das offene Grab fiel. Der kleine Slawa wandte sich ab und ging ganz allein die fünfzehn Kilometer nach Hause, während in dicken Tropfen der Regen fiel. Seitdem hat Slawa, sagt er, nicht mehr geweint. In der Wohnung war bereits das Schloß ausgewechselt. Beamte in Zivil warteten in einem Wagen, um Slawa ins Waisenhaus zu bringen.

Nun erzählt Slawa vom Waisenhaus, von den hohen Mauern, in deren Zinnen Glasscherben einzementiert waren wie bei Gefängnismauern. Das Regime war streng. Das Schlimmste aber war für Slawa, der die Steppe kannte, daß der Blick überall gegen Hindernisse stieß. Sogar der Himmel wurde durch Gitter versperrt, denn die Jungen wären bereit gewesen, sich Hände, Füße und Bäuche aufzureißen für nur eine Minute der Freiheit. Von Mauer zu Mauer, über fünfundsiebzig mal einhundertzwanzig Meter Breite, wurde ein Gitter gespannt. Um es zu bauen, mußten drei Jahrgänge der Waisen eine Schmiedelehre machen, obwohl etliche von ihnen lieber Tischler oder Automechaniker geworden wären.

Slawa entkam durch die Kanalisation.

Inzwischen ist es zwei Uhr nachts. Slawa erzählt, wie er sich in den Kaukasus zu seinem Großvater durchschlug, erzählt von Hyänen, Adlern, Stürmen und Gletschern. Tatsächlich spürten die Beamten vom Waisenhaus Slawa nach dreizehn Monaten auf, aber sein Großvater klemmte den Hals des Jungen unter seine linke Achsel, zog mit der rechten Hand seinen Dolch und sagte: »Ihr tötet ihn, wenn ihr ihn zurückbringt. Bevor ich das zulasse, töte ich ihn selbst, damit er unter freiem Himmel stirbt wie ein Kosak.« – »Aber Genosse Großväterchen«, sagten die Beamten erschrocken, »Sie sind neunzig Jahre alt. Sie können jeden Tag sterben, und dann steht er wieder alleine da.« – »Ich sterbe erst in drei Jahren«, sagte der Großvater, »und bis dahin wird er alles wissen, was er fürs Leben braucht.«

Slawa ist aufgestanden. Er steht vor dem Tisch mit ausgebreiteten Armen, als werde er gleich davonfliegen, in seinen Augen leuchtet ein überirdisches Licht. »Ach, Slawa, du kannst ja so gut erzählen«, sagt Ljusja mit trockenem Mund.

»Tja«, lächelt Slawa, »meine Mutter war schließlich Literatin.« Er verstummt plötzlich. Über sein verwegenes Gesicht legt sich ein Schatten von Zärtlichkeit und Wehmut. »Gehen wir besser schlafen«, sagt er, »es ist ja schon drei Uhr.«

242

»Bei uns lebt seit einem Monat ein junger Mann, den uns Pawel Jakowlewitsch geschickt hat, ein Student«, berichtet Ljusja Anton Robertowitsch Müntzer am Telefon. »Er erzählt unglaubliche Geschichten und sieht phantastisch aus. Alles in allem der effektvollste Mann, den ich je gesehen habe.«

»Was studiert er denn?« fragt Anton Robertowitsch.

243

»Was studierst du eigentlich?« fragt Ljusja an diesem Abend Slawa.

»Geschichte und Politik.«

»Und wo?«

»In Bratsk«, antwortet Slawa, ohne zu zögern.

»Mußt du dann nicht wieder nach Bratsk?«

Slawa schüttelt den Kopf. »Die Professoren dort taugen nichts, deswegen möchte ich mein Studium in Leningrad beenden. Mit einem Diplom aus Bratsk hat man keine Perspektiven.«

»Aber meine entscheidenden Studienjahre hatte ich beim Großvater im Aul.« Und wieder, nach dem Abendessen, beginnt Slawa vom Kosakendorf zu erzählen, von den Gipfeln des Usmajtschok, auf dem im Juni durch den ewigen Schnee hindurch Kirschbäume wachsen, deren Früchte so heilbringend sind, daß die Kosaken niemals kranke Zähne haben und hundert Jahre alt werden. »Sie pflücken diese Kirschen nach der ersten Frostnacht und wälzen sie, die ja gefroren sind und sehr lange halten, im Mund.« Wieder steht Slawa auf und läuft mit ausgebreiteten Armen um den Tisch. »Mein Großvater kletterte mit mir hinauf«, sagt er. »Die Pferde waren längst erschöpft, einem lief Blut aus den Nüstern; wir mußten sie bei einem Schafhirten an der Baumgrenze zurücklassen. Ich war damals erst zwölf, dort oben pfiff ein eisiger Wind, und das Klettern war so anstrengend, daß ich von einer dünnen Schweißschicht bedeckt war, die augenblicklich gefror. Irgendwann konnte ich mich nicht mehr bewegen, ich fiel zwischen zwei Felsbrocken und regte mich nicht mehr. Plötzlich sehe ich, gegen das weiße Sonnenlicht, die Silhouette meines Großvaters. Er hebt mich auf und trägt mich auf seinen Armen zum Gipfel, und mit einem singenden Ton zerspringt das Eis, von dem ich umgeben war.«

»Ach, Slawotschka, deinen Großvater, den würde ich gern kennenlernen«, seufzt Ljusja.

»Mein Großvater ist zwei Meter und vier Zentimeter groß«, sagt Slawa, »wie würde das denn aussehn, wenn er Sie am Flughafen abholt?« Er malt ihnen die Szene aus, wie die dicke Ljusja mit ihren einsneunundvierzig und der archaische Großvater von zwei Metern miteinander über den Flughafen von Pjatigorsk gehen, und lacht ausgiebig und ansteckend in seinem herrlichen Baß.

244

Zu Irkas sechzehntem Geburtstag lädt Alexander Alexandrowitsch Tretjakow Ljusja zum Tee ein. »Ich bereite etwas vor.« Er schweigt eine Minute und fügt hinzu: »Aber erschrick nicht über Irka. Sie hat sich verändert.«

Natürlich ist bei ihm nichts vorbereitet. Er hat zwar tatsächlich eine kleine runde Torte beschafft, aber drei Viertel davon bereits selber aufgegessen, der Rest steht auf einem wackligen Tischchen in einem fettigen Karton, von dem noch eine Schnur herunterhängt. Die Wohnung ist wieder in dem Zustand, in dem Ljusja vor zwölf Jahren, als sie Tretjakow heiratete, sie vorgefunden hat: Dreck, zerschlissene Vorhänge, leere Konservendosen, vertrocknete Orangenschalen unter der Heizung; und wie damals durch alle Zimmer hindurch zu halbhohen Mäuerchen aufgeschichtet Tausende von Büchern. In einer Ecke aber, auf einem räudigen Kissen, lehnt kraftlos, wie hingesunken, mit leerem Blick Irka. Als sie Ljusja sieht, lächelt sie bitter und erhebt sich.

Sie ist so dünn wie ein Strohhalm. Ihr rundes Gesichtchen wirkt nun kantig. Die bleiche Haut spannt sich wie Papier über die hohen Wangenknochen und die früher so niedliche Sattelnase. Irka lächelt Ljusja mit ihren auseinanderstehenden Zähnen an wie aus dem Jenseits und sagt: »Guten Tag.«

»Saschenka! Was hast du mit dem Kind gemacht!« ruft Ljusja aus. Irka lächelt nachsichtig.

»Ich habe überhaupt nichts gemacht«, sagt Tretjakow unbehaglich. »Nachdem du ausgezogen bist, hat sie nichts mehr gegessen. Ich mußte sie ins Krankenhaus bringen, und da blieb sie ein halbes Jahr.« »Aber Irka, du mußt mehr essen!« Ljusja ist ehrlich erschüttert.

»Warum. Es geht mir nicht schlecht. Ich bin sechzehn und weiß, was ich tue. Sag ihm lieber, er soll mir mehr Freiheit lassen.

Er liest meine Briefe, durchsucht meine Handtasche und geht immer selbst ans Telefon. Man muß sich ja schämen.« Irka steht auf und verläßt das Zimmer.

»Wohin gehst du?« ruft Tretjakow ihr nach.

»Wohin soll ich schon gehen.« Die Zimmertür fällt ins Schloß.

»Sie ist so philosophisch geworden«, sagt Tretjakow bedrückt. »Manchmal denke ich, ich sollte die Wohnungstür absperren. Irka könnte in schlechte Gesellschaft kommen. Sie raucht! Aber wahrscheinlich muß man der Jugend ihre Freiheit lassen. Sie wird ja bald studieren, und was kann ich da noch ...«

»Ach!« fällt Ljusja ein, »was ich dich fragen wollte: Gibt es in Bratsk eine Universität?«

»In Bratsk? Nicht, daß ich wüßte.«

245

Einmal sagt Ljusja in einer plötzlichen Eingebung zu Slawa: »Bitte mißbrauche mein Vertrauen nicht.«

Slawa wirft Ljusja aus seinen hellen Augen einen bestürzten Blick zu. »Was sind Sie nur für ein Mensch, Ljudmila Semjonowna? Warum soll ich Ihr Vertrauen mißbrauchen?«

Ljusja kann es nicht beschreiben. Sie haben zu viert Karten gespielt, die Mädchen quiekten, weil sie gewannen, und da erkannte Ljusja plötzlich einen bestimmten Zug um Slawas Mund, den sie sekundenweise schon früher sah, aber erst jetzt, als Slawa dauernd verliert, eingehender studieren kann. Er wirkt irgendwie lauernd und – grausam. Sie kann das nicht beschreiben und schon gar nicht Slawa erklären, aber ihr wird unheimlich davon.

»Wofür halten Sie mich, Ljudmila Semjonowna?« insistiert Slawa.

»Manchmal bin ich nicht sicher, ob du ein guter Mensch bist.« Es folgt eine verlegene Pause; dann wechseln sie das Thema. Aber im Laufe des Abends kommt Slawa mehrmals auf diese

Äußerung zu sprechen. Gegen Mitternacht sagt er, er habe öfter darüber nachgedacht, daß er in seiner Kindheit wahrscheinlich kein sehr guter Mensch gewesen sei. Einmal, als sein Großvater in einen Brunnen gefallen sei, habe er ihm mehrere schwere Steine hinterhergeworfen, ohne zu wissen, warum.

Ljusja denkt, es wird Zeit, daß er geht.

246

Pascha schreibt aus dem Lager: »Anjas Schulprobleme erschrekken mich in keiner Weise. Ich würde mich nicht mal wundern, wenn sie überhaupt die Schule hinschmeißt. Ich bin auch nicht sicher, ob ich das für schlecht hielte. Sie schlägt nach Dir, und damit ist alles gesagt. Sie muß eine Familie haben und diese Last tragen mit all ihren Freuden und Beschwernissen. Hat sie es etwa besser, wenn sie Ärztin oder Ingenieurin wird? Das glaube ich nicht. Im Gegenteil. Der Weg ist zu dornig. Außerdem gibt es sowieso zu viele Ingenieure und Ärzte. Und wo findest Du schon eine würdige Frau, die sich bereit erklärt, Mutter zu sein und nichts sonst? Zerr nicht an ihren Nerven mit ungerechtfertigten Anforderungen. Und lies ihr das hier nicht vor.

Was aus Lilja werden soll, weiß ich nicht. Der Gedanke, sie in Moskau studieren zu lassen, ist mir organisch zuwider. Da gibt es zuviel emanzipiertes Gesocks. Dort beginnt alles zu leicht und zu früh. Gäbe es eine Familie, wo sie wohnen könnte? Und wenn sich eine findet, ist es die richtige? Es würde mich beinahe überhaupt nicht stören, wenn beide Mädchen keinen Abschluß machen; wenn sie Fräserinnen in einer Fabrik würden oder so. Aber ich wäre sehr unglücklich, wenn sich ihr Privatleben unglücklich entwickelte. Ich sehe in ihnen in erster Linie Frauen, mit allen Folgen die daraus hervorgehen. Alles andere ist Quatsch. Kein Diplom kann eine Frau aufwerten. Wenn Lilja wirklich Talent hat – wenn sie nicht anders kann –, dann soll sie meinetwegen studieren. Aber nicht für irgendeinen Stempel im Ausweis. Was immer sie wird, das Stück Brot in ihren Händen ist dasselbe wie bei der Arbeiterin in der Zeche. Vielleicht sehen wir uns bald, dann können wir noch in Ruhe darüber sprechen. Aber vorläufig hüte einfach ihre Kindheit.«

247

Anton Robertowitsch schreibt: »Meine hochgeehrte Ljudmila Semjonowna! Wenn Lilja die Aufnahmeprüfung an der Hochschule nicht besteht, folgt daraus, daß sie Ihnen mehr bei der Arbeit helfen kann. Sie kann es nächstes Jahr wieder probieren. Über meine Gesundheit kann ich nichts Neues berichten. Die Genesung zieht sich, wie in meinem Alter nicht anders zu erwarten, hin, so daß ein Urlaub in Seljenogorsk kaum effektiv ausfallen würde. Mit herzlichem Gruß Ihnen allen A.R.«

248

Eines Abends, als die Mädchen schon im Bett sind, sagt Slawa zu Ljusja: »Ich halte um die Hand Ihrer Tochter Lilja an. An ihrem achtzehnten Geburtstag werde ich sie heiraten.« Sie haben miteinander Karten gespielt, und er schnippt mit den liegengebliebenen Spielkarten.

»Mach doch erst deine Ausbildung fertig«, schlägt Ljusja vor, »und laß Lilja das Institut besuchen, dann ist immer noch Zeit zum Heiraten.«

Slawa stimmt ihr zu.

249

Eine Woche später – diesmal ist Slawa fort – schneidet Lilja das Thema an. »Stell dir vor, Mamotschka, er hat mir gesagt, er wird mein erster Mann sein und ich seine erste Frau.«

Ljusja erschrickt wieder. Sie hält es für unwahrscheinlich, daß Lilja Slawas erste Frau ist. Er ist siebenundzwanzig Jahre alt, gesund und von atemberaubender körperlicher Schönheit. Alle Nachbarinnen fragen Ljusja nach ihm aus.

250

»Slawa – wir haben dich gern bei uns«, sagt Ljusja an diesem Abend nicht ganz aufrichtig, »und ich wünsche dir und Lilja alles Glück der Welt. Aber eine Familie bedeutet auch Verantwortung. Du mußt etwas lernen, wenn du Kinder ernähren willst.«

»Ich weiß, Ljudmila Semjonowna. Ich war bereits im Dekanat auf der Universität. Aber mir fehlen noch Unterlagen. Jede Woche schreibe ich an die Lagerleitung, sie soll endlich meine Papiere schicken.« Diese Erklärung ist neu, aber überzeugend vorgebracht. Slawa wirkt aufgewühlt; Ljusja wird förmlich geblendet von der glühenden Verzweiflung in seinem Blick.

251

Am nächsten Abend ist Slawa fort. Als Ljusja aus der Arbeit kommt, sieht sie Anja ratlos auf der Straße auf und ab gehen. Lilja hat sich in ihr Zimmer verkrochen; sie wirkt verstört. Ihr Zimmer ist verdunkelt. Das Bett ist zerwühlt, das Leintuch blutig.

»Lilja! Was ist passiert? Wo ist Slawa?«

»Ach, Mamotschka! Ich wollte nicht, aber er sagte, er muß das tun, damit ich ihm gehöre... Er sagt, du willst ihn loswerden!«

»Wo war Anja?« fragt Ljusja scharf.

»Er hat sie auf die Straße geschickt. Ich sagte: warum? und er meinte, er muß mit mir alleine sprechen, es ist – sehr – wichtig!« Lilja bricht in Tränen aus und vergräbt ihr Gesicht in dem besudelten Leintuch.

»Lilja! Wie konntest du das tun?«

»Ich wollte ja gar nicht!« schreit Lilja.

»Wo ist Slawa jetzt?«

»Er sagt, er bleibt nicht in einem Haus, wo man ihn nicht will. Er kommt nur wieder, wenn wir ihn bitten!«

»Und – willst du ihn denn noch?«

Eine neue Tränenflut.

»Mach dich sauber«, sagt Ljusja zu Lilja, »ich hole inzwischen Anja rein.« Auf dem Weg zur Wohnungstür stößt sie fast mit Slawa zusammen. Anja hat ihn hereingelassen, er steht mitten im Wohnzimmer.

Er mustert sie mit seinen hellen Augen. Ljusja merkt, daß sie ihn trotz ihrer Wut fürchtet. »Slawotschka«, sagt sie beherrscht, »wie konntest du mir das antun? Ich habe alles für dich getan, und du mißbrauchst mein Vertrauen in dieser Art?«

»Ich mußte es tun, damit Sie endlich aufhören, sich wichtig zu machen. Früher oder später hätten Sie sich ja doch was ausgedacht, um mich abzuwimmeln. Aber jetzt hängen Sie drin.« Seine Stimme klingt dumpf.

»Denkst du, daß wir dich jetzt noch wollen?«

»Lilja will mich.«

»Sie will dich nicht mehr!«

»Ich werde sie davon überzeugen, daß sie mich will. Sie können nichts dagegen tun. Ich komme, wenn Sie in der Arbeit sind.«

»Du bist ein Verbrecher, Slawa.«

Ohne ein Wort dreht er sich um und verläßt die Wohnung.

Lilja, die das Gespräch von der Schlafzimmertür aus verfolgt hat, stößt einen spitzen Schrei aus.

252

Pascha schreibt aus dem Lager: »Seid nicht böse, aber der Briefwechsel mit Euch – das ist das Schwerste, was mir in der Zone zu tun beschieden ist. Einerseits kostet er eine Menge Zeit; dabei habe ich nicht mal genug Zeit, um die Zeitung zu lesen. Meine Lektüre bleibt immer 1,5 bis 2 Monate liegen!... Andererseits verführt er zu geistiger Verwirrung und belastet meine Nerven rund um die Uhr!

Ich bin sehr froh darüber, daß, wie Du mir schon mehrmals geschrieben hast, das ganze Gepäck, das Ihr erhalten habt, ganz war. Du hast mich nur nicht verstanden: Ich zweifle keine Sekunde daran, daß das, was ankam, vollständig war. Ich habe mich nur gefragt: Ist alles angekommen, was ich geschickt habe?

Im Detail interessierte mich: Sind alle 610 Briefbogen angekommen, alle 100 Stück Postkarten; 11 Stück Telegramme; 8 Stück zusammengenähte Hefte mit Gedichten; einige Pakete mit Zeitungsausschnitten. Aber übrigens ist das alles ein so unwichtiger, lächerlicher Blödsinn, daß man darüber natürlich weder schreiben mußte, noch, wie ich inzwischen kapiert habe, sie auch nur schicken mußte. <u>Wie ist bei Euch in Leningrad die Überschwemmung gewesen?</u>

Und überhaupt ist das alles Unsinn. Ich verstehe das natürlich. Vielleicht wird mich mit der Zeit das Alter bessern und ich werde so klug, praktisch und ernst wie alle anderen. Aber inzwischen lebe ich, Ruhm dem Allerhöchsten, überaus unruhig. Aber nicht mehr lange. Denn bald, nach zwei Jährchen und ein paar Wöchelchen, werden wir wieder zusammen sein, und dann wird man wieder für sein Vergnügen leben können. Danke, daß ihr Euch um Slawa kümmert und ihm helft. Gedenke des Spruches: ›Die Hand des Gebenden wird nicht verarmen‹ – mag er dir inzwischen ein schwacher Trost sein. Denk daran, daß es ein Glück ist, nicht zu denen zu gehören, die nehmen müssen, sondern zu denen, die die Möglichkeit haben, etwas zu geben.

Gratuliere zu Ritas fünftem Kind! Sie ist ein Prachtkerl. Aber von wem ist es? Fürs fünfte gibt's 100 R, vielleicht auch eine Medaille?...

Sag mal, wo und wann hat Dein Vater unterrichtet? Und von wann bis wann war er unterwegs? Danke Dir für den weisen und guten Rat, mir ihn zum Vorbild zu nehmen. Du hast mir sehr gut und wahr über ihn geschrieben:

›Ich erinnere mich lebhaft, daß dieser Mensch weder seine Seele noch sein Gewissen gekrümmt hat, an Anständigkeit kam ihm keiner gleich. Zugrunde gehen, ohne gebrochen zu werden. Das ist mein Stolz. Ich kann nicht an ihn denken, ohne daß mir die Tränen kommen.‹ Danke Dir für Beispiel und Rat. Ich werde mich daran halten, so wie ich mich übrigens immer schon daran gehalten habe.«

253

Slawa fragt höhnisch: »Und, soll ich sie jetzt heiraten oder nicht?«

Lilja schreit: »Aber Slawa, du hast es doch versprochen!«

Ljusja sagt: »Lilja, solange du minderjährig bist, werde ich es verhindern. Wenn du erwachsen bist, kann ich dich nicht mehr hindern. Aber überleg dir diesen Schritt.«

»Was kann ich dafür! Ich bin doch schwanger!«

»Genug gezetert«, unterbricht Slawa dumpf. »Geben Sie mir dreihundert Rubel, Ljudmila Semjonowna, dann fliege ich in den Kaukasus zu meinem Großvater und beschaffe dort die letzten Papiere, die für die Registration notwendig sind.«

Die ganze Familie Gwosdikow begleitet Slawa zum Flughafen Pulkowo. Slawa hat sich einen neuen Anzug gekauft, in dem er aussieht wie ein Filmstar. Fremde Frauen drehen sich nach ihm um. Zwei Mädchen folgen ihm wie hypnotisiert, sie sehen aus, als wollten sie gleich um ein Autogramm bitten.

Er wundert sich nicht darüber; er geht seinen Weg. Die Gwosdikows, die in ihren einfachen Kleidern hinter ihm herlaufen, herrscht er an: »Was rennt ihr hinter mir her wie eine Putzkolonne? Haltet gefälligst Abstand!« Als Lilja ihn küssen will, schnauzt er: »Weib, leck mich nicht ab!«

Lilja, die schon seit dem Morgen zittert wie Espenlaub, verzieht das Gesicht und fängt an zu weinen. »Was hast du bloß, Slawa?«

»Frag nicht mich, frag deine Mutter«, sagt Slawa finster.

»Mamotschka«, schluchzt Lilja, »was hast du zu ihm gesagt?«

»Nichts. Aber dir, Lilja, muß ich etwas Wichtiges sagen. Schau ihn dir gut an. Das ist dein künftiger Gemahl, und so wird er sich immer benehmen, ob ich da bin oder nicht.«

Slawa wirft Ljusja einen hellen Blick zu und denkt offensichtlich nach. Er führt Lilja beiseite und flüstert ihr etwas zu, und plötzlich strahlt Lilja wieder und scheint durch die Halle zu schweben. Sie sind an der Sperre angelangt, die nur Fluggäste mit Gepäck passieren dürfen, und Slawa winkt ihnen noch einmal zu. »Wann kommst du wieder, Slawa?« ruft Lilja ihm nach.

»Bald. In einer Woche, es sei denn, daß ich irgendwo meinem Schicksal begegne«, lacht Slawa.

255

Dann drei Wochen lang kein Wort von ihm. Ljusja hofft, er käme niemals wieder. Aber Lilja leidet wie ein Tier. Die Liebe ist böse, denkt Ljusja, aber wie kann ich meinen Kindern diese Erfahrung verbieten? Habe ich selbst in dem Alter nicht noch viel ärgeren Blödsinn gemacht, und habe nicht auch ich damit meine Mutter geängstigt? Auch ich habe andere in Mitleidenschaft gezogen. Ich habe Jurik vernachlässigt und den Töchtern keine andere Heimat bieten können als das Irrenhaus Paschas und das Hurenhaus Tretjakows.

256

Nach drei Wochen kommt ein Telegramm aus Perm. »Bin am Flughafen bestohlen worden. Schickt dringend 50 R an folgende Adresse. Werde geschäftlich aufgehalten. Slawa.«

257

Spätabends klingelt das Telefon. Am anderen Ende der Leitung ein unartikuliertes Gestammel. Es klingt wie ein Gewitter, und Ljusja wartet, bis es sich entladen hat. Endlich ist Stille.
»Ich höre.«
»Ljudmila Semjonowna Gwosdikowa?« fragt eine schwere Stimme.
»Ja.«
»Walerija Mironowna Balmaschowa. Ich bin Slawas Mutter.«
»Na hallo. Ich dachte, die wäre tot.«
»Das erzählt er allen. Er schämt sich, weil ich eine einfache Frau bin, sozusagen vom Dorf. Ich lasse ihm auch seine Freiheit,

er ist schließlich erwachsen. Aber jetzt möchte ich doch seine neue Frau kennenlernen.«

»Was heißt das, neue Frau?«

»Na, im Augenblick ist er in Perm bei seiner alten, sein Söhnchen besuchen.«

»Sein was?«

»Schicken Sie mir fünfzig Rubel, dann komme ich und erkläre Ihnen alles.«

»Warum sollte ich Ihnen glauben?«

»Ich gebe Ihnen jetzt eine Telefonnummer, das ist die von Slawas Ex-Frau. Sie werden ihn dort erreichen. Und dann schreiben Sie folgende Adresse auf, das ist meine, und schicken dorthin die fünfzig Rubel...«

Ljusja wählt die Nummer in Perm und hat tatsächlich Slawa am Apparat. »Rufen Sie bitte Ihre Frau ans Telefon«, sagt Ljusja mit verstellter Stimme, und er ruft: »Ljubotschka, da will dich wer sprechen!« Dann hebt er die Muschel wieder an den Mund und fragt plötzlich mißtrauisch: »Wer sind Sie?«

»Deine Leningrader Schwiegermutter.«

»Ljudmila Semjonowna! Woher haben Sie meine Nummer?«

»Von deiner Mutter, du Früchtchen.«

»Aber meine Mutter ist tot, das schwöre ich!«

»Schwöre nichts. Sie hat mich angerufen und schien sehr lebendig!«

»Ljudmila Semjonowna! Lassen Sie mich erklären! Schicken Sie mir fünfzig Rubel, dann komme ich und erkläre Ihnen alles!«

258

Eine Woche später steht Walerija Mironowna vor der Tür.

Sie tritt ins Wohnzimmer, ordinär, dick, mit schwarzen Fingernägeln, geschwollenen Beinen und ungekämmtem blondem Kraushaar, in ein geflicktes Kleid gezwängt, und lächelt zynisch, als sie Ljusjas kleinbürgerliche Pracht erblickt. »Na, er hatte schon Besseres. In Perm war ein Fabrikdirektor sein Schwiegervater, und in Saratow immerhin ein Kommandant.«

»Schon gut!« Ljusja gießt Walerija Mironowna ein Wasserglas Kognak ein. »Setz dich und erzähl.«

259

Folgendes berichtet Walerija Mironowna von Slawa.

Slawa verbrachte seine Jugend in einem Dorf im Ural. »Ein Hooligan, was soll ich sagen.«. Eines Tages, er war noch keine siebzehn, wurde er geschnappt, als er ein gestohlenes Auto in der Steppe gegen einen Telegraphenmast fuhr. Man verurteilte ihn zu vier Jahren Lager.

Im Lager mußte er arbeiten. Da er aber hübsch, interessant und neugierig war, durfte er auch die Schule besuchen. In diese Schule gingen hauptsächlich die Kinder der Freien, darunter die Tochter des Kommandanten. Slawa setzte sich neben sie, und so weiter. Sie wurde schwanger. Ihr Vater, der Kommandant, wollte sie zur Abtreibung bewegen, aber sie sagte, sie liebe Slawa und werde ihn heiraten, sobald sie volljährig sei.

Nun versuchte der Kommandant, das Beste aus der Sache zu machen. Er setzte Slawas vorzeitige Entlassung durch und schickte den Jungen zur Beendigung einer Lehre in das Permer Traktorenkombinat »Roter Sieg«, mit dessen Direktor er befreundet war. Dort sollte Slawa »etwas werden« und später, als »fertiger Mann«, die Mutter seines Kindes heiraten. Der Kommandant selber kaufte ihm einen Pappkoffer, neue Kleider und eine Fahrkarte nach Perm.

Auch der neue Chef hatte eine Tochter, die sich in Slawa verliebte. Slawa heiratete sie und zog in die Wohnung des Direktors. Bei seiner alten Braut meldete er sich mit keiner Silbe mehr. Sie wartete und grämte sich, bis ihr Vater, der Kommandant des

Jugend-Straflagers Nr. ..., bei dem Direktor der Traktorenfabrik anfragte, was denn aus dem jungen Mann geworden sei. »Ach, Slawa? Der ist doch jetzt mein Schwiegersohn! Hat er Ihnen nicht geschrieben?«

Sie klärten einander auf. Der neue Schwiegervater hatte längst den Verdacht, daß Slawa ein Taugenichts sei, und beschloß, den Jungen loszuwerden. Da seine Tochter aber fanatisch an Slawa hing, bediente er sich einer Intrige. Er sagte zu Slawa: »Sieh mal, Slawotschka, du hast ja recht, wenn du sagst, wie schlecht bei uns alles aussieht. Weißt du was, wir hängen an der Fabrikmauer ein Plakat auf, um die Arbeiter aufzurütteln. Dann können sie sich zusammentun und Verbesserungsvorschläge ausdenken.«

Während Slawa das drei mal vier Meter große Plakat im Keller des schwiegerväterlichen Hauses malte, wurde er verhaftet. Er war so erschrocken, daß er weinte, und nannte natürlich seinen Schwiegervater als Anstifter. »Wie, ich soll gegen meinen eigenen Betrieb Propaganda gemacht haben?« sagte der Alte. »Das ist ja lächerlich!« Slawa wurde wegen antisowjetischer Tätigkeit zu fünf Jahren Zwangsarbeit verurteilt.

Er kam in das Lager Nr .... im Ural, wo neben vielen anderen »Politischen« auch Pawel Jakowlewitsch einsaß. Damals war er vierundzwanzig Jahre alt und erzählte allen, er sei Waise, Student, wegen Freidenkerei verurteilt und ganz allein auf der Welt.

Die Mitternacht ist vorbei. Walerija Mironowna erzählt feurig, aber wenig zusammenhängend, und schielt in jeder Redepause mit geröteten Augen nach der Flasche. Ljusja stellt immer wieder Fragen.

»Wer war sein Vater?«

»Ich glaube, ein Pole. Ein richtiger Herr. Ich hab ihn so bewundert, daß ich nicht mal Geld von ihm nahm.«

»Und woher hat Slawa diese – Phantasie?«

»Von Geburt an«, sagt Walerija Mironowna und dreht die Flasche um. Die Flasche ist leer. »Er war immer ein begabter Junge. Er ist ein Genie! Er steckt euch alle in die Tasche«, grölt sie. »Gib zu, du bist selbst scharf auf ihn!« Sie sinkt auf den Tisch und schluchzt: »Hast du nicht was Richtiges im Haus, einen halben Liter?«

»Mir scheint, es reicht für heute. Gehn wir schlafen, Mironowna. Morgen bring ich dir ein neues Fläschchen.«

Mironowna läßt sich zum Diwan führen und sinkt sofort in Schlaf. Sie riecht streng. Ihr Gesicht ist gedunsen, die Äderchen auf Nase und Wangen geplatzt, die Tränensäcke geschwollen, aber sie ist zweifellos Slawas Mutter. Sie hat dasselbe dichte, dunkelblonde Haar, dieselben hellen Wolfsaugen und die lauernde Wildheit. Während Ljusja sie zudeckt, überlegt sie, welchen Umweg sie morgen auf dem Nachhauseweg machen wird, um Desinfektionsmittel zu besorgen. Der Morgen dämmert bereits.

260

Als Ljusja am Abend von der Arbeit nach Hause kommt, hat die Mironowna blutunterlaufene Augen und bewegt sich schleppend.

»Wo ist der halbe Liter, den du mir mitbringen wolltest?«

»Ach, Mironowna! Mir scheint, du hast schon genug geladen.«

Die Mironowna schäumt. »Bist du wahnsinnig geworden? Gib mir sofort einen halben Liter, oder ich schlag dir deinen Lüster kaputt!«

»Das läßt du bleiben.«

Schwankend bückt sich die Mironowna und reißt sich einen Schuh vom Fuß, um ihn gegen den Lüster zu schleudern. Anja ist mit einem Satz bei ihr und packt ihre Hand. »Du wirst schon sehen!« geifert die Mironowna. »Was für ein verdammtes Haus! Steck dir deine Teppiche und deinen Lüster in den Arsch und bring mir augenblicklich einen halben Liter!« Anja, mit ihren fünfzehn Jahren bereits einen Kopf größer als die Mironowna und mindestens so dick, muß alle Kräfte aufbieten, um sie zu halten. Ljusja, die Mironownas Linke gepackt hat, wird herumgeschleudert wie ein Gummiball. »Wer meinen Sohn will, muß was bieten! Als er letzten Monat für fünf Tage bei mir war, hat mir eine Krankenschwester aus dem Dorf zehn Rubel gebracht für jede Nacht, die ich ihn bei ihr schlafen ließ! Aber solche wie ihr – pfui Teufel! Dich will ich nicht als Oma meiner Enkel, mein Slawa ist viel zu schade für deine Lilja, diese Kuh! Gesindel! Pack! Bazillen!«

Lilja weint. Die Mironowna hält inne und sinkt auf einen Stuhl.

Ljusja sagt: »Ehrlich gesagt, ich will deinen Slawa auch nicht. So eine Verwandtschaft kann uns gestohlen bleiben. Und was dich anbetrifft, so trollst du dich am besten dorthin, woher du gekommen bist.«

Die Mironowna mustert Ljusja heimtückisch mit ihren geröteten Augen. Plötzlich reißt sie an der Tischdecke. Einige Teller fallen herunter und zerbrechen.

»Raus, du Schlampe!« schreit Ljusja.

»Wenn du mich rauswirfst«, antwortet die Mironowna fiebrig und zähneklappernd, »dann mach ich dir im Treppenhaus einen Skandal, daß du deinen Nachbarn nie mehr ins Auge blicken kannst. Hure! Kupplerin! Wär ja gelacht, wenn so ein Kroppzeug wie ihr mir Befehle erteilen könnte!«

Ljusja zwingt sich zur Beherrschung. Lilja weint immer noch, Anja preßt die Lippen aufeinander und sieht die Mutter fragend an.

»Sie ist verrückt«, sagt Ljusja zu den Mädchen. »Haltet sie fest, ich rufe die Erste Hilfe!«

261

Die Telefonzelle an der übernächsten Straßenecke ist besetzt und wird erst nach einigen Minuten frei. Als Ljusja zum Haus zurückkehrt, erblickt sie schon von weitem vor dem Haus einen Menschenauflauf. Inmitten der Nachbarn steht die Mironowna. Sie verflucht die Gwosdikows vor Gott und den Mächten der Hölle, schreit, sie hätten sie in der Wohnung vergewaltigt, zusammengeschlagen und bestohlen. In ihrem Wahn verwechselt sie Anja, die vor ihr steht, mit Lilja, die ins Haus gelaufen ist, und heult: »Diese versoffene Dirne hat meinen Sohn verführt und sich von ihm schwängern lassen, damit sie an sein Geld kann!« Dann erblickt sie Ljusja. »Aha, und da kommt die Anstifterin! Die war als erste dran, und dann hat sie ihn an ihre Tochter weitergegeben. In ihren Fotzen haben sie ihn eingefangen!«

Ein Junge aus der Nachbarschaft, der Anja verehrt, krempelt empört die Ärmel hoch. »Jetzt reicht's. Dem Weibsstück zeig ich's.«

»Laß sie, sie ist krank«, ruft Ljusja. »Die Erste Hilfe ist schon unterwegs!«

Zwei Milizionäre sind aufgetaucht und versuchen Ordnung zu schaffen. Minuten später trifft auch die Erste Hilfe ein. Ein Arzt und zwei kräftige Sanitäter steigen aus dem Wagen; sie werfen einen professionellen Blick auf die Mironowna, packen ihre Arme und sagen zu Ljusja: »Wir bringen sie ins Haus. Gehen Sie voran!«

Die Mironowna stößt einen gellenden Schrei aus. »Zu denen geh ich nicht! Nicht ohne Miliz! Man hat mich dort zusammengeschlagen und mir tausend Rubel gestohlen... Gib mir augenblicklich meine tausend Rubel wieder!« Sie versucht, Ljusja zu treten, und spuckt sie an. »Mein Kleid haben sie mir zerrissen!« schreit sie, sich in den Händen der Sanitäter windend. Ihr Kleid weist tatsächlich einen langen, zugenähten Riß von der Schulter bis zum Ellenbogen auf. »Ja, wir sehen's«, spricht der Arzt mit einschläfernder Stimme, »sie haben das Kleid zerrissen und gleich wieder zugenäht.«

Die Miliz begleitet die Sanitäter in die Wohnung. Lilja hat die Scherben weggeräumt und die Tischdecke geradegezogen, alles sieht solide aus und zeigt keine Spur einer Schlägerei. Also verabschiedet sich die Miliz, während der Arzt der Mironowna ein starkes Beruhigungsmittel spritzt. Die Mironowna wehrt sich mit aller Kraft. Gott sei Dank halten die Sanitäter sie fest, bis sie eingeschlafen ist. Sie verabschieden sich mit den Worten: »Morgen wird sie sich normal betragen. Aber geben Sie ihr auf keinen Fall Alkohol. Und wecken Sie sie nicht auf, sonst geht alles von vorne los. Sie wird einen leichten Schlaf haben. Gehen Sie nicht in ihr Zimmer.«

In dem Zimmer, in dem die Mironowna liegt, steht der Eisschrank. Erst jetzt merken die Gwosdikows, wie hungrig sie sind. Aber sowie Ljusja die Tür nur einen Spaltbreit öffnet, schrickt die Mironowna hoch, und Ljusja schließt die Tür wieder. Anja blockiert die Türklinke mit einem Regalbrett. Hungrig, frierend, unruhig drängen sich Mutter und Töchter auf dem Diwan zusammen und versuchen zu schlafen.

262

Um fünf Uhr früh wachen sie auf, weil die Mironowna an der Tür rüttelt. »Laßt mich raus, ich muß scheißen!« Ljusja öffnet vorsichtig die Tür und erblickt eine krumme, ramponierte Gestalt. Die Mironowna geht geradewegs vor das Haus, um ihr Geschäft zu erledigen. Ljusja folgt ihr, reicht ihr die Reisetasche und sagt: »Da drin ist ein halber Liter.« Es ist der halbe Liter, den sie schon gestern gekauft hatte. »Und jetzt verschwinde und laß dich hier nicht mehr blicken.«

»Wie, du willst mir Befehle erteilen?« Das Mundwerk der Mironowna funktioniert wie gestern, aber sie ist blaß und hält sich kaum auf den Beinen. »Wart nur, ich mach dir einen Skandal, wie du ihn noch nie erlebt hast.«

»Das hatten wir schon«, sagt Ljusja ungerührt. »Hast du gestern nichts gelernt?«

Die Mironowna versucht sich zu erinnern. Sie gräbt in ihrer Tasche, findet den halben Liter, spuckt vor Ljusja auf den Boden und geht.

263

Müntzer schickt, diesmal in einem Briefumschlag, eine Schwarzweiß-Postkarte. Die Fotografie zeigt den Ehernen Reiter unter einer großen schwarzen Wolke, wie er auf ein Meer von Tulpen zusprengt. »... Ich habe ein Rezidiv am linken Fuß, weshalb es mir nicht möglich sein wird, aufs Land zu fahren. Ich werde also den Sommer in der Stadt verbringen und, wenn überhaupt, auf den Inseln spazierengehen. Danke für Ihre rücksichtsvolle Nachfrage. Ebenso danke ich für die Nachricht von der Verlobung Liljas mit dem jungen Balmaschow. Ein Mensch, der lügt, ist zu allem fähig; deswegen rate ich von einer Heirat unbedingt ab.«

264

Am nächsten Tag um ein Uhr mittags kommt Slawa. Er stellt sein Köfferchen in die Mitte des Zimmers und fragt herrisch: »Was wollt ihr eigentlich von mir?«

Nur Ljusja ist zu Hause. Lilja ist im Institut, Anja in der Schule. »Slawotschka, dieser Ton steht dir nicht zu«, erwidert Ljusja. »Deine Mutter war hier, hat getrunken und randaliert und nebenbei ein bißchen von dir erzählt. Wie soll ich dir noch irgend etwas glauben?«

Slawa erbleicht, klopft sich auf die Brust und ruft inbrünstig: »Glaub mir, meine Mutter ist tot! Ich weiß nicht, wer bei dir war! Ich kenne diese Frau nicht und weiß nicht, was sie von mir will! Um Himmels willen, glaub mir!«

»Sie sah dir aber verdammt ähnlich.«

Slawa schweigt, finster, tragisch.

»Und dann«, fährt Ljusja fort, »woher wußte sie die Adresse deiner ersten Frau? Warum erzählst du, du wärst bei deinem Großvater, den es gar nicht gibt? Warum hast du uns von deiner ersten Frau nichts erzählt? Lilja hast du gesagt, sie sei die erste Frau in deinem Leben und du ihr erster Mann. Warum mußt du sie anlügen, und warum mich? Was hast du zu verbergen?«

Slawa preßt die vollen männlichen Lippen aufeinander und schickt sich an zu gehen. »Vergiß dein Köfferchen nicht!« ruft Ljusja ihm nach. Da kommt er zurück, setzt sich an den Tisch und vergräbt das Gesicht in seinen schönen braunen Händen.

265

Ljusja muß wieder zur Arbeit. Die Sonne blitzt vom Himmel. Als Ljusja abends das Wohnheim verläßt, trifft sie auf Slawa und Lilja, beide in Festtagskleidung. Slawa blickt hochmütig drein, Lilja ist ausgelassen und selig. »Stell dir vor, wir haben uns zur Registration angemeldet!« ruft Lilja. »Morgen früh um zehn werden wir im Standesamt erwartet!«

Ljusja erstarrt. Sie sieht Slawa an, der schweigend ihren Blick erwidert, schön und unnahbar wie ein Gott, und dann Lilja, die sich an ihn schmiegt, lacht und strahlt, verliebt bis zur völligen Verblödung.

266

Ljusja schläft kaum in dieser Nacht. Zwischen kurzen, wirren Träumen mit entsetzlichen Wendungen, die alle Slawa als Ungeheuer entlarven, überlegt sie fieberhaft, wie sie das Verhängnis abwenden kann. Lilja ist seit einer Woche volljährig, sie kann heiraten, wen sie will. Soll Ljusja sie hinauswerfen? Was wird dann aus ihr? Slawa wird sie nicht ernähren können. Wenn Lilja bei der Mutter wohnen bleibt, besteht zumindest die Chance, daß sie ihre Ausbildung beendet. Dann wird sie Slawa wenigstens nicht ganz ausgeliefert sein. Aber was birgt dieser Slawa noch für Überraschungen? Etwas nagt an Ljusja. Sie denkt immerzu, daß das Entscheidende fehlt. Und im Morgengrauen, kurz bevor sie in einen verzweifelten Schlaf fällt, steht das Entscheidende vor ihr, nämlich: die eigene Schuld. Ljusja hat Slawa nicht rechtzeitig hinausgeworfen, weil sie es interessant fand mit ihm, und hat dabei nicht an ihre halbwüchsigen Töchter gedacht. War sie denn wahnsinnig, einen jungen Mann aus dem Lager bei sich aufzunehmen? Warum überhaupt hat sie mit diesem Milieu Kontakt gehalten? Warum mußte sie sich wieder mit diesem Cherzew einlassen, der ihr bisher nichts als Unglück gebracht hat? Wollte sie sich nicht bloß wichtig machen?

Der Morgen graut. Es ist ein Freitag. Heute heiraten Slawa und Lilja, das Verhängnis nimmt seinen Lauf, und sie, Ljusja, ist schuld daran.

267

Die Registration verläuft hastig und unfeierlich. Es war keine Zeit, Verwandte einzuladen, als Trauzeugen stellen sich Ljusjas Kollegen zur Verfügung, die danach gleich wieder zur Arbeit müssen. Auch Ljusja kehrt zur Arbeit zurück.

Als sie am Abend nach Hause kommt, findet sie das junge Paar in trübsinniger Stimmung vor. Sie sind zu viert. Lilja ist ratlos, Anja abwartend, Ljusja sowieso wie betäubt und Slawa, der als einziger Mann der Runde nicht einmal Lust zum Trinken hat, finster. Man beschließt, in das Schiffs-Restaurant »Segel« zu gehen an der Kleinen Newka, in der Nähe der Tutschkow-Brücke. Dort ist freitags allerhand los. Musik, Champagner, Menschen, die sich amüsieren wollen – die Mädchen strahlen, nur Slawa wirkt unzufrieden. Als ein Offizier Lilja zum Tanzen auffordert und Lilja hocherfreut aufspringt, knallt Slawas Stimme dazwischen wie ein Peitschenschlag: »Setz dich, Flittchen!« Lilja stürzt entgeistert auf ihren Stuhl zurück und bricht in Tränen aus. Slawa wendet sich ab und spricht den ganzen Abend kein Wort mehr mit ihr; sie, hinter seinen breiten Schultern, heult still vor sich hin, ein Häufchen Elend. Ljusja sagt: »Sei nicht grausam, Slawa. Versteh doch, das ist ihr erster Besuch in einem Restaurant. Woher sollte sie wissen ...«

»Von heute an wird sie jeden Abend im Restaurant essen. Ich werde sie lehren, wie sie sich zu betragen hat«, unterbricht Slawa schroff.

268

Anton Robertowitsch schreibt: »Ich danke Ihnen für die Mitteilung über Lidijas Heirat. Bitte grüßen Sie die Neuvermählten von mir. In Lidijas Zimmer wird es nun enger, und gewiß wird sie jetzt kochen lernen und Ihnen ein wenig mehr zur Seite stehen.

In der Wohnung habe ich mich gut eingelebt. Endlich sind alle Einrichtungsmaßnahmen vollzogen. Die Sonne scheint herein. Vor meinem Fenster blüht eine Kastanie.«

269

Natürlich geht Slawa nicht mit Lilja aus. Er kommt manchmal die ganze Nacht oder mehrere Nächte nicht nach Hause und führt sich dann herrisch auf, als sei es eine Gnade, daß er die Wohnung der Gwosdikows überhaupt betritt. Oft verlangt er von Ljusja Geld, oder er fordert: »Besorg mir eine Schreibmaschine.« – »Ich brauche ein Radio.« – »Beschaff mir einen Pelz.« Er arbeitet nicht. »Warum«, fragt er, »soll ich arbeiten, solange bei euch an den Wänden noch Teppiche hängen?«

Ljusja antwortet: »Diese Teppiche habe ich mit ehrlicher Arbeit erworben. Sie hingen an diesen Wänden, bevor du dieses Haus zum ersten Mal betreten hast, und sie werden dort noch hängen, wenn du es verläßt.«

»Aha, du willst mich loswerden«, sagt Slawa mit dumpfem Lachen. »Aber das wirst du bereuen.«

Lilja ist inzwischen im sechsten Monat.

270

Pascha schreibt aus dem Lager.

»Du schreibst: ›Da hast Du uns ja ein ganz besonderes Ei ins Nest gelegt.‹ Mitnichten ist das so. Ich habe Dir eine Chance gegeben, Dich nützlich zu machen, und Du schießt wie immer über das Ziel hinaus. Im übrigen: Warum soll Lilja nicht heiraten? Du selbst hast ja mehrfach behauptet, ohne Mann ginge es leichter als mit Mann, und warum soll nicht auch Lilja diese Erfahrung machen. Dich aber bitte ich ultimativ, die Vorwürfe in Deinen Briefen zu unterlassen. Was Du Dir selbst eingebrockt hast, mußt Du selbst auslöffeln. Begreife endlich, daß meine Bedürfnisse auf einer anderen Ebene liegen, und beschaff mir bitte folgende Bücher...«

271

Jurik schreibt aus dem Lager.

»Mamotschka, ich bin gesund, aber entsetzlich müde, zu rauchen hab ich nichts, und meine Stiefel haben Löcher. Wieso schreibst Du, Du kannst im August nicht kommen?«

272

Müntzer schickt eine Postkarte mit einer Abbildung des goldenen Herbstlaubs im Park von Puschkin. »Gestern habe ich das Geld für Sie und Anja abgeschickt. Lidijas Anteil entfällt.«

273

In der Kantine häufen sich die Kontrollen. Ljusja ruft Wiktor Borissytsch an: »Ich dachte, wir hätten Frieden geschlossen?« Wiktor Borissytsch lacht: »Routine, Semjonowna, nichts als Routine.«

274

Anfang September fährt Ljusja zu einem Wiedersehen mit Pawel Jakowlewitsch, der jetzt in Sibirien sitzt, im Krasnojarsker Gebiet. Das Wetter ist hochsommerlich: Mehrere Stunden fährt die Eisenbahn zwischen Weizenfeldern hindurch, unter dem tiefblauen Himmel goldener Weizen, soweit das Auge reicht. Im Lager will man Ljusja kein Wiedersehen gestatten, aber sie sagt, sie werde bleiben, bis sie es bekommt. Das ist ein gefährlicher Bluff: Ära Nikodimowna kann Ljusja nur insgesamt drei Wochen vertreten. Ljusja wartet acht Tage lang. Einmal fährt sie nach Krasnojarsk, weil sie gehört hat, dort gäbe es Wurst zu kaufen. Inzwischen ist Schnee gefallen, und der ganze herrliche Weizen liegt unter dem Schnee begraben.

Auf dem Rückweg von der Bushaltestelle ins Hotel hat Ljusja zwei Tüten Kefir erstanden. Sie reißt eine Tüte auf und will sich ein Glas Kefir einschenken, aber die Öffnung ist nicht groß genug, und die Tüte zuckt in Ljusjas Hand wie ein ängstliches

Herz. Ljusja sitzt allein in ihrem armseligen Hotel, um das der Wind heult, und wird überwältigt von der Ahnung der Vergeblichkeit und grenzenloser Melancholie.

Am anderen Morgen erfährt sie, daß das Wiedersehen mit Pascha auf diesen Nachmittag angesetzt wurde. Sie schleppt ihre Taschen in das Besuchszimmer mit dem wackligen Tisch, den beiden harten Stühlen und dem ausgeleierten Bett. Sie packt ein Spitzentuch und eine Kerze aus, um es etwas gemütlicher zu machen, und deckt den Tisch. Das Zimmer ist feucht, die Wände schimmeln.

Wie elektrisiert betritt Pascha den Raum. »Hast du die ›Prawda‹ vom vorvorigen Montag gelesen? Natürlich nicht. Auf Seite drei unten ist ein Artikel von Woronin. Beschaff ihn, er betrifft...«

Dann schlingt Pascha herunter, was sie mitgebracht hat. Seine Augen glühen, er sieht sich hektisch um. Triumphierend berichtet er von einem Streit mit der Lagerleitung, der mit Ruhezeit und Suppe zusammenhing und den er zwar mit fünfzehn Tagen Einzelhaft bezahlte, in dem er aber die Lagerleitung der Unkenntnis ihrer eigenen Gesetze überführte. Pascha steht auf und wischt sich den Mund. Er geht auf Ljusja zu und umarmt sie. Wieder blickt er sich um. »Hör zu, Ljusenitschka!« flüstert er ihr ins Ohr. »Geh in Leningrad zu Litwaks und übergib ihnen folgende Nachricht...« Er schiebt ein zusammengefaltetes Blättchen Papier in ihren Ausschnitt. Er umarmt Ljusja noch heftiger, wobei er sich wieder umsieht, und drückt sie aufs Bett. »Erinnerst du dich an die Adresse von Nachimow? Wiederhol sie mir! Nein, nicht Nr. 43, 34! Wohnung 15! Brav. Es ist eine Kommunalka, paß auf, daß du nicht an einen der Mitbewohner gerätst. Hier...«, er schiebt ein anderes Zettelchen in ihren rechten Schuh. »Und das hier (linker Strumpf) ist für Alla Berjosowa bestimmt. Damit du die Zettel nicht verwechselst, habe ich jeweils den Initial des Vatersnamens darauf vermerkt. Also, gehn wir noch mal alle durch. Wie heißt Nachimow mit Vatersnamen?«

Nach dem Wiedersehen wird Ljusja in ein großes, abgedunkeltes Büro geführt, offenbar das eines ziemlich wichtigen Mannes. Der ziemlich wichtige Mann hat stechende blauen Augen und vorstehende Zähne.

»Worüber haben Sie mit Pawel Jakowlewitsch gesprochen?«

»Fragen Sie mich was Leichteres. Wir waren vierundzwanzig Stunden zusammen, wir haben über alles mögliche gesprochen.«

»Sie wissen genau, was mich interessiert!«

»Nein. Sagen Sie mir, was Sie interessiert.«

»Haben Sie über antisowjetische Angelegenheiten mit ihm gesprochen?«

»Und Sie, sind Sie Sowjetschik oder Antisowjetschik?«

»Was fällt Ihnen ein!« ruft er gereizt. »Ich bin Offizier des KGB!«

»Und was haben Sie getan, als dreißig Kilometer Weizen unter dem Schnee begraben wurden? Interessierte Sie das? Haben Sie darüber auch nur ein Wort irgend jemandem gegenüber verloren?«

Der Offizier entläßt sie ohne eine weitere Frage.

275

Manchmal nimmt Slawa Geld aus Ljusjas Schublade, und wenn sie ihn zur Rede stellt, sagt er: »Ich brauchte welches, und du warst nicht da.« Diesmal hat Ljusja ihr Geld besonders gut versteckt, und es verschwand trotzdem. Ljusja gräbt in Slawas Jakkentaschen und findet – kein Geld, aber einen Brief. Der Brief ist aus Wladiwostok und stürzt Ljusja in rasende Wut.

Der Absender ist ein gewisser Jefremow. Er hatte im gleichen Lager wie Pascha gesessen und sich nach seiner Entlassung vor zwei Jahren in Wladiwostok niedergelassen. Mit Jefremow korrespondiert Ljusja selbst schon das zweite Jahr. Auch Jefremow hat ihre Adresse von Pascha bekommen.

»Von Beruf war ich Ingenieur«, schrieb Jefremow in seinem ersten Brief, »und eingesperrt war ich als ›Politischer‹, aber ich schwöre Ihnen, daß ich mit Politik niemals etwas zu tun hatte. Die Prüfung wurde mir auferlegt, weil ich Gott nahe sein wollte und es, Ihm sei Dank, immer noch bin.« Die Anrede lautete: »Liebe hochverehrte Ljudmila Semjonowna!«, und darüber stand mit rotem Kuli, in Schönschrift und schwungvoll unterschnörkelt:

»Ruhm und Ehre Jesus Christus!«

Jefremows Rede war ehrerbietig und salbungsvoll. Es gehe ihm schlecht, schrieb er; freilich: »Der Mensch lebt nicht vom Brot allein!« Ljusja antwortete gerührt, ein Päckchen mit Lebensmitteln sei unterwegs. Er bat sie, nichts zu schicken. Ein längerer Briefwechsel begann, in dessen Verlauf sie ausführlich über Religion philosophierten und Ljusja ihm dreizehn Pakete sandte. Jeder Brief Jefremows begann mit einem unterschnörkelten Ausruf im Sinne von: »Gelobt sei Gott der Herr!«, und jeder war lang und demütig und triefte vor Frömmigkeit.

»Ich glaube, er leidet an religiösem Wahn«, hat Ljusja einmal besorgt zu Anton Robertowitsch Müntzer gesagt. Müntzer zog die linke Augenbraue hoch: »Ljudmila Semjonowna, passen Sie auf.«

Jefremows Stil wurde immer blumiger. Pawel Jakowlewitsch sei ein Heiliger, und sie möge in nichts um seinetwillen zaudern, denn er sei (in Großbuchstaben) IHRE UNSTERBLICHKEIT.

»Na so was!« sagte Ljusja zu Anton Robertowitsch. »Ich war doch mit Pawel Jakowlewitsch zehn Jahre verheiratet, ich kenne ihn! Was denkt sich der?«

Inzwischen hatte Jefremow begonnen, sogar Slawa zu loben, »der einen Teil meines dornigen Weges mit mir geteilt hat. Ich danke Gott auf Knien, daß er ihn in Ihre Obhut geführt hat: Böse Menschen hätten ihn mißbrauchen können, denn sein Herz ist ohne Arg. Er ist so eine lichte, gütige Gestalt…«

Der Brief, den Ljusja in Slawas Tasche findet, ist von demselben Jefremow an Slawa direkt adressiert. Aber dieser Brief sieht ganz anders aus: »Slawka! Hallo, Kumpel! Was machen die Weiber? Wenn ich daran denke, wie du's da oben treibst, regt sich bei mir, verdammt noch mal, alles mögliche...« Der ganze Brief ist in diesem Ton geschrieben.

»Und Jesus Christus wird darin nicht einmal erwähnt!« meldet Ljusja empört Anton Robertowitsch. An Jefremow schreibt sie noch am selben Tag: »Sie Pharisäer! Sage mir, was für Freunde du hast, und ich sage dir, wer du bist! In dem Augenblick, als Sie begannen, Slawa und meinen Mann zu beweihräuchern, habe ich Sie erkannt. Aber mußten Sie noch den Namen Gottes mißbrauchen, um mich zu betrügen? Im übrigen fordere ich Sie auf, mir augenblicklich Bogoslowskijs ›Geschichte der russischen Heiligen‹ zurückzuschicken.«

Am Abend fällt Ljusja über Slawa her. »Parasiten, ihr alle! Verbrecher! Gauner! Lügner! Was für gemeine Komödien ihr spielt, um schwer arbeitende Menschen auszubeuten!«

Slawa rechtfertigt sich nie. Wenn er Vorwürfe hört, steht er einfach auf und geht. Doch diesmal bleibt er, weil er Hunger hat. Er läßt Ljusja reden, und als er fertiggegessen und Ljusja sich verausgabt hat, brummt er: »Du fällst mir allmählich auf die Nerven, Schwiegermutter.«

»Du kannst ja gehen!« schreit Ljusja. »Am besten zu deinem Jefremow nach Wladiwostok, oder in die Zone, denn da gehörst du hin!«

»Wetten, du landest noch vor mir in der Zone?« lacht Slawa. »Du kennst Jefremow schlecht! Der rennt doch sofort mit deinem Brief zum KGB und meldet dich wegen Verbreitung religiöser Literatur! Wetten?«

276

Später am Abend, als Ljusja schon im Bett liegt, kommt Slawa in ihr Zimmer. Nebenan hatte er mit den Mädchen geplaudert. Im Wegdämmern hört Ljusja die Mädchen lachen und Möbel rücken, während sie die Betten bereiten. Ein Streifen Licht fällt in Ljusjas Zimmer. Plötzlich erkennt Ljusja Slawas Silhouette.

Slawa steht vor dem Diwan und blickt auf Ljusja herunter. »Paß auf, ich hab dieses Leben hier satt. Entweder verschaffst du mir und Lilja augenblicklich ein eigenes Zimmer, oder du gibst mir tausend Rubel.«

Ljusja, bereits im Halbschlaf, murmelt: »Du bist ein Schuft, Slawa. Bevor du kamst, hatte ich zwei Sparbücher, eins mit dreihundert, eins mit fünfhundert Rubel. Beide habe ich euch in den Rachen geworfen, genauer gesagt, du hast sie verpraßt. Dabei sitzt ihr mir beide auf dem Hals. Selbst wenn ich tausend Rubel hätte, würde ich sie euch nicht geben, denn dann wäre ich euch ja noch immer nicht los. Und was das Zimmer angeht, so sucht euch selbst eins. Du bist ein großer, starker Mann, den ganzen Tag hast du nichts zu tun – bitte sehr.«

Im Halbdunkel beugt er sich über sie und zischt, leise, damit die Mädchen im Nebenzimmer es nicht hören: »Du weißt genau, daß nirgendwo in Leningrad Zimmer zu finden sind. Du mußt diese Dreizimmerwohnung hier zum Tausch anbieten, sonst wird das nichts.«

»Aber Slawotschka«, sagt Ljusja verwundert, »wieso soll ich meine eigene Wohnung drangeben? Das Beste, was wir dafür bekommen, sind zwei verschiedene Zimmer in Kommunalwohnungen. Ich wäre ja wahnsinnig.«

Slawa hebt blitzschnell mit einer Hand die Bettdecke hoch und schlägt Ljusja mit der anderen, zur Faust geballten von unten her in den Rippenbogen, direkt ins Zwerchfell, so daß Ljusja nicht schreien kann. Sie reißt die Augen auf und schnappt nach

Luft. Im Nebenzimmer kichern die Mädchen. Slawa schlägt noch einmal zu und noch einmal, und dazwischen keucht er: »Du tust, was ich sage! Du tust, was ich sage!« Ljusja ringt nach Atem und verliert das Bewußtsein.

Als sie zu sich kommt, ist es auch im Nebenzimmer dunkel. Ljusja fühlt sich sterbenselend. Sie kommt mit Mühe auf die Beine, findet, gekrümmt und stöhnend, ihren Mantel und schleppt sich aus der Wohnung hinaus, auf die Straße. Mit einem Taxi fährt sie ins Krankenhaus und kommt halb ohnmächtig an. Der Arzt diagnostiziert eine innere Blutung.

277

Im Krankenhaus bleibt Ljusja drei Wochen. Als sie nach Tagen des Dämmers erwacht, sagt ihre Bettnachbarin, eine magere Frau namens Susanna, unter Tränen der Rührung: »Ihr Töchterchen war da mit dem Schwiegersohn. Sie haben Blumen gebracht. Was für ein Schwiegersohn! Ein Bild von einem Mann!«

Ljusja überlegt, ob sie Slawa bei der Miliz anzeigen soll. Was würde danach passieren? Er würde natürlich leugnen. Aussage stünde gegen Aussage. Slawa hat dem Arzt erzählt, Ljusja habe sich in jener Nacht einfach miserabel gefühlt und sei mit dem Bauch gegen die Bettkante gefallen. Der Arzt fragte: »Wieso haben Sie sie nicht ins Krankenhaus gebracht?« – »Weil sie erst sagte, es sei nicht so schlimm. Was meinen Sie, wie ich ihr zugeredet habe, ins Krankenhaus zu gehen«, entgegnete Slawa ohne Verlegenheit. Der Arzt, ein junger Mann mit geschwollenen Lidern, hat Ljusja gefragt: »Wie war es wirklich?«, ist aber sehr schnell und beinahe erleichtert weitergegangen, als sie mit der Antwort zögerte.

Sollte aber der medizinische Befund eindeutig sein – Ljusja kennt sich da nicht aus –, wird dann Slawa wirklich verknackt? Oder muß er nur Strafe zahlen? Eine Geldstrafe würde an Ljusja hängenbleiben. – Haft? Untersuchungshaft? Was geschieht danach? Was geschieht währenddessen? Lilja wird ihr die Augen auskratzen und schreien: »Ich liebe ihn! Ich liebe ihn!«

Ljusja liegt in ihrem Bett und quält sich, und wieder kommen die Kinder zu Besuch. Lilja, bereits mit dickem Bauch, hat nur Augen für Slawa, Anja bringt einen selbstgebackenen Kuchen, und Slawa trägt einen ausladenden Blumenstrauß und entblößt lächelnd seine kräftigen, perlweißen Zähne. Er küßt ihr die Wange, er ist frisch geduscht, rasiert und parfümiert, für einen Augenblick fühlt Ljusja wie einen Schatten den kalten Wolfsblick auf dem Gesicht und wagt nicht, ihn zu erwidern. Alle neun Zimmergefährtinnen haben sich auf ihren Betten aufgerichtet und rufen: »Was für ein Schwiegersohn! Fabelhaft! Beneidenswert! Wir gratulieren!« Gerade, daß sie nicht applaudieren. Ljusja sinkt in ihr Kissen zurück.

278

Einen Monat nach ihrer Entlassung aus dem Krankenhaus hat Ljusja ihre Dreizimmerwohnung eingetauscht gegen zwei zusammenhängende Zimmer in einer Kommunalwohnung auf der Petrograder Seite für sich und Anja und ein dreizehn Quadratmeter großes Zimmer, ebenfalls in einer Kommunalka, auf der Wassilij-Insel für Slawa und Lilja. Das ist jetzt ein halbes Jahr her.

Inzwischen ist folgendes passiert: Lilja hat ein Söhnchen geboren, ein blondes, blauäugiges Kind, das nach dem Großvater Pawel getauft wurde und Paschenka genannt wird. Lilja hat ihre Ausbildung als Datenverarbeiterin im zweiten Jahr »unterbrochen«. Slawa arbeitet nach wie vor nichts. Anja hat mit einiger Mühe die Versetzung in die letzte Klasse erreicht.

Ljusjas neue Wohnung liegt im Erdgeschoß eines Offiziershauses der Jahrhundertwende, eines gelben Hauses mit einem schmiedeeisernen Vordach, nicht weit von der Kleinen Newka. Es sind zwei hohe Räume zum Hinterhof, man blickt aus den

Fenstern auf eine dürre Wiese, die von einer fünf Stockwerke hohen Brandmauer begrenzt wird. Vor der Brandmauer steht ein klappriges Bänkchen, und eine Linde spendet mit zerfransten, kranken Blättern löchrigen Schatten.

Man kann es hier aushalten. Auch die Mitmieter sind anständig: Walerij, ein fünfundzwanzigjähriger Sportler mit trockenem Windhundgesicht, der sehr viel trainiert, bewohnt das etwa acht Quadratmeter große Kabuff neben dem Klo, die beiden anderen ineinander übergehenden Zimmer gehören Ruth Jossifowna, einer würdigen Frau in den Sechzigern, die sehr zurückgezogen lebt. Über Ruth Jossifowna hat Ljusja – nicht von Ruth selbst, sondern von einer munteren Nichte aus Moskau – erfahren, daß auch sie Lager und Verbannung erlebt hat. Achtzehn Jahre war Ruth dort, in Sibirien. Sie hatte vor dem Krieg in Leningrad Germanistik studiert und schrieb gerade ihre Doktorarbeit, als ihr Professor verhaftet wurde. Sie selber war zwei Tage später dran. Es gab auch einen jungen Mann, der Ruth Jossifowna verehrte und aus Moskau anreiste, um sie zu sehen. Als er kam, war sie gerade abgeholt worden. Ihre Mutter aber, die sich fürchtete, ihm die Wahrheit zu sagen, behauptete, Ruth habe die Verabredung vergessen und sei mit einer Freundin nach Sotschi gefahren. Gekränkt reiste der junge Mann ab. Auch spätere Nachfragen wurden ausweichend beantwortet, seine Briefe kamen ungeöffnet zurück. Als Ruth Jossifowna von dort zurückkehrte – man kann nicht sagen: zur allgemeinen Verwunderung, denn es gab niemanden mehr, der an Ruths Schicksal Anteil genommen hätte –, als also Ruth Jossifowna ein kleines, finsteres Zimmer auf der Wassilij-Insel bezog und im Alter von fast fünfzig Jahren wieder Vorlesungen an der Leningrader Universität zu hören begann, da meldete sich plötzlich der ehemalige junge Mann mit einem Brief: »Ich wußte nichts und habe deswegen nicht lange genug gewartet. Aber vielleicht ist es nicht zu spät. Sag mir, ob ich vorbeikommen soll, damit wir über alles sprechen können.« Ruth Jossifowna antwortete per Postkarte: »Danke, nicht nötig.« Inzwischen hat sie mit enormer Willenskraft ihre Dissertation fertiggeschrieben und verteidigt. Sie hat ein Auskommen als wissenschaftliche Hilfskraft in einem Institut und zwei Zimmer in dem Offiziershaus auf der Petrograder Seite. Sie kocht auf einer elektrischen Herdplatte in ihren eigenen Zimmern und fürchtet, anderen Leuten zur Last zu fallen. Mit Ljusja spricht sie am liebsten über ihre Gesundheit. Andere Leidenschaften behält sie für sich. Ljusja hört sie manchmal durch die Wand mit rollender Baßstimme sich selbst Gedichte in fremden Sprachen vortragen.

Ljusja verträgt sich mit Ruth Jossifowna, obwohl Ruth Jossifowna bisweilen bei Ljusjas proletarischen Redewendungen zusammenzuckt und nicht ohne Strenge die ungeordneten Familienverhältnisse zur Kenntnis nimmt. Als einmal Slawa fragte, ob sie für eine Nacht ein paar Kumpels von ihm beherbergen könne – er zahle natürlich –, antwortete sie höflich: »Nein.«

»Warum nicht?« brauste Slawa auf, der betrunken war.

»Kulturelle Unverträglichkeit«, antwortete Ruth Jossifowna.

»Paß auf, wie du mit mir sprichst, du jüdische Schlampe! Ich werde dich ...«

»Du wirst überhaupt nichts, Slawotschka«, schaltete sich Ljusja ein. »Vergiß nicht, du bist hier nur zu Besuch. Entschuldigen Sie bitte, Ruth Jossifowna.«

Ruth Jossifowna winkte ab und schlurfte aus der Küche.

Das aber ist das Problem in der neuen Wohnung, in der man es insgesamt aushalten kann: Slawa ist dort ziemlich oft zu Gast.

279

Anton Robertowitsch schreibt ungnädig: »Teure Lidija! Ihr letzter Brief kam in einem recht seltsamen Kuvert.

1.) Der erste Teil der Adresse, der auf die Frage ›wohin‹ antwortet, ist mit einem bereits halb verblichenen hellgelben Stift in einer rätselhaften Schrift ausgefüllt.

2.) Der zweite Teil der Adresse (›an wen?‹) ist deutlich ausgefüllt mit meinem Familiennamen, Vor- und Vatersnamen; aber warum mit roter Tinte?
3.) Die Adresse stimmt nicht. Haus- und Wohnungsnummer sind vertauscht.

Ich wundere mich, daß dieser sonderbare Brief seinen Bestimmungsort überhaupt erreicht hat.«

280

Jurik ist nach dreizehn Jahren Arbeitslager nach Leningrad zurückgekehrt. Natürlich zieht er (wo soll er hin?) zu Ljusja. Er ist verzagt und erschöpft. Arbeiten will er nicht. Er ringt die tätowierten Hände: »Dreizehn Jahre ohne Urlaub, Mama! Immer um fünf Uhr früh auf, bis acht oder neun Uhr abends geschuftet, dann in die Falle, eine Baracke für zweihundert Kerle ...«

»Na, erhol dich. Aber nicht zu lange. Denn weißt du, auch ich habe lange keinen Urlaub gehabt.«

281

Ljusja ist so erschöpft, daß sie in der Trambahn auf dem Heimweg einschläft. Mehrmals kippt ihr der Kopf auf die Brust, dann schrickt sie auf. Es fällt ihr schwer, etwas zu erkennen: Ein Schleier liegt über ihren Augen, die Konturen verschwimmen, dann wird alles dunkel. Ein Mann, der neben ihr sitzt, fragt: »Was zucken Sie so?« Sie nickt ihm zu, versucht, Passanten auf der Straße zu erkennen, das Zifferblatt ihrer Uhr, da wird es wieder dunkel, Ljusja erwacht davon, daß ihr die Handtasche vom Schoß fällt, und hört die bereits ärgerliche Stimme des Mannes: »Was zucken Sie denn immer so?« Ljusja muß sogar lachen, aber eine Erklärung abzugeben fehlt ihr die Kraft.

Zu Hause findet sie einen unbekannten Besucher vor, den Anja eingelassen hat. Er springt auf und läuft ihr entgegen, als habe er sie erwartet, nennt sie bei Vor- und Vatersnamen und steht erwartungsvoll neben ihr in der Küche, während sie Fleischbällchen brät.

Beim Essen erzählt er, er heiße Alexej Michajlowitsch Bartjuk, »für Sie: Aljoscha.« Er sei ehemaliger Polit-Häftling, vor sechs Monaten entlassen und nun für einen Fonds zur Unterstützung politischer Gefangener und ihrer Angehörigen zuständig.

»Für was?« Ljusja ist plötzlich hellwach.

»Den Helsinki-Fonds. Haben Sie mal was von der Helsinki-Konvention gehört?«

»Nein.«

»Es geht um den Schutz der Menschenrechte. Die Helsinki-Kontrollgruppen sind befugt, Menschenrechtsverletzungen international anzuzeigen und so weiter. Zunächst mal sind das alles Worte, aber für die praktische Hilfe hat eine Gruppe prominenter Emigranten in New York einen Fonds ins Leben gerufen. Der finanzielle Grundstock wurde von Karajew selbst gestiftet, der die Sache von Paris aus dirigiert.«

Karajew! Helsinki! New York! Paris! Da kann einem schwindlig werden. »Karajew wüßte von mir?«

»Verbindungsmann in Moskau ist ein gewisser Edik Tuchmann. Ich bin für ihn unterwegs. Ich kenne viele Dissidenten aus meiner eigenen Lagerzeit und betreue über dreißig Dissidentenfamilien. Ihre Adresse haben mir die Verwandten von Berjosow gegeben. Außerdem recherchiere ich für eine Dokumentation, die Karajew in Helsinki herausbringen will.«

»Und was wollen Sie von mir?«

»Wir haben gehört, daß Sie Kontakt zu verschiedenen Häftlingen und Verbannten haben und einigen von ihnen Päckchen schicken. Vielleicht haben Sie ein paar Informationen für uns? Was hat Ihnen Pawel Jakowlewitsch selbst berichtet? – Ich weiß, ich weiß, Sie kennen uns nicht, und ich könnte auch ein Spitzel sein. Überlegen Sie sich das Ganze, lernen Sie uns besser kennen. Ich werde Ihre Adresse Edik Tuchmann geben, der das Geld verwaltet. Vielleicht überweist er Ihnen eine Summe, und dann können Sie etwas größere Pakete in die Lager schicken.«

»Kann dieser Edik nicht selber Pakete schicken?«

»Je mehr Absender etwas schicken, desto mehr bekommt der Adressat, weil das Päckchen-Kontingent pro Absender begrenzt ist. Deswegen sind Leute wie Sie für uns sehr nützlich.«

»Und was tut er noch, dieser Fonds?«

»Er schickt Eingaben und Proteste aus dem Ausland. Außerdem Päckchen ohne Lebensmittel. Irgendeinen ausländischen Kram, zum Beispiel Postkarten mit Jesus Christus mit einer Dornenkrone, und wenn man die Postkarte bewegt, klappt Jesus die Augen auf und zu. Die Kriminellen lieben diese Karten. Man kann sie damit bestechen, damit sie einen etwas weniger belästigen.«

Ljusja hat registriert, wie gierig sich Aljoscha den Selbstgebrannten in den Hals goß. Aber der Mann scheint keine Witze zu machen. Bis in die Morgenstunden spricht er erbittert und erregt vom Lagerleben, von Bedrohung und Erpressung durch den KGB, von den Lügen der Partei. Die Inbrunst, mit der er über Menschenrechte redet, kann unmöglich gespielt sein. Die Sache selbst leuchtet ein. Ljusja gibt Aljoscha für die Dokumentation, die der Fonds im Ausland veröffentlichen will, einige an der Lagerzensur vorbeigeschmuggelte Briefe, in denen Häftlinge von besonderen Schikanen berichten; ferner Adressen und Namen von Leuten, die besonders dringend Hilfe brauchen. Sie nennt auch Lukian und – das ist ein Test – Jefremow.

»Jefremow, vormals Lager Nr...., jetzt frei, Wladiwostok?« lacht Aljoscha grimmig.

»Kennen Sie ihn?«

»Ein Spitzel. Für den tun wir nichts.«

Probe bestanden. Sie reden bis sechs Uhr früh. Dann bricht Aljoscha zum Flughafen auf, und Ljusja fährt zur Arbeit. Sie ist, trotz ihrer Müdigkeit, aufgewühlt und von Aljoschas Leidenschaft berührt. Sie fühlt sich wichtig und schafft an diesem Tag besonders viele Lebensmittel beiseite, um Pakete für Häftlinge packen zu können und um den eigenen Kühlschrank aufzufüllen, den Aljoscha fast leergegessen hat.

282

Jurik ist im persönlichen Umgang gefügiger als früher. Aber wenn er zu trinken anfängt, kann er nicht aufhören, bis er entweder zu toben anfängt oder mit stierem Blick auf den Rücken fällt. Nach jedem Exzeß ist er verschämt und still wie ein Mäuschen. Dann herrscht eine Zeitlang Ruhe, bis die Sucht wieder von ihm Besitz ergreift. Ljusja lehnt seine Forderung nach Schnaps kategorisch ab mit der Begründung, sie habe kein Geld. »Mir ist Selbstgebrannter genauso lieb!« schreit Jurik. »Arbeite!« gibt Ljusja kalt zurück.

Jurik hat im Lager als Lastträger gearbeitet, und Lastträger werden überall gesucht. Aber er ist unzuverlässig. Ljusja schickt ihn unerbittlich jeden Morgen hinaus, aber es kommt vor, daß er an einer Straßenecke Kumpel mit einer Flasche trifft. Später am Tag, wenn die Schnapsläden und Stehausschänke geöffnet sind, kann er dort hängenbleiben und vergessen, daß er zurück zur Arbeit muß. »Es wird Zeit, daß du eine Frau findest«, sagt Ljusja.

Jurik ist einunddreißig Jahre alt und stark wie ein Baum. Was macht es, daß er dumm ist? Er hat flammend rotes Haar und eichhörnchenbraune, einfältige Augen. Vor Kerlen gibt er gerne an, er spendiert und spielt sich auf, aber bei Frauen ist er schüchtern wie ein Halbwüchsiger. Dafür kümmern die Frauen sich um ihn. Nach Trinkgelagen wird er oft abgeschleppt. Am nächsten Tag kehrt er mit Brummschädel zu Ljusja zurück, ohne auch nur den Vornamen der Frau zu kennen, bei der er geschlafen hat. Immerhin bemüht sich eine Zeitlang ein einfaches, nettes Mädchen aus der Nachbarschaft um ihn. Das bekommt Ljusja mit, weil Marusja sich ratsuchend an sie wendet. Ständig ruft sie an und fragt mit Piepsstimme: »Ist Jurij Borissowitsch nicht da?« Sie klagt: Jurij behandle sie schlecht. Er kommt, wann er will, bringt nichts mit, läßt sie warten und sagt nie ein nettes Wort. Am Anfang habe er ihr erzählt, er suche eine Frau. Aber nun antworte er ziemlich schroff: »Warum so eilig? Du mußt erst mal was leisten.« Zu Ljusja sagt Jurik: »Ach, die Marusja? Die nehm ich ja gar nicht ernst!«

»Du solltest aber wenigstens ihr gegenüber reinen Tisch machen«, meint Ljusja.

»Was mischst du dich da ein?«

»Na, zu mir kommt sie ja. Sie hofft immer noch auf dich.«

»Soll sie hoffen.« Hochmütig verschränkt Jurik die Arme vor der Brust. »Wenn sie mich liebt, soll sie was dafür tun. In Rußland gibt es mehr Frauen als Männer. Warum soll sich die meine weniger anstrengen, als andere Frauen das für ihre Männer tun? Bin ich es etwa nicht wert?«

283

Wochenlang hat Roman, der fünfjährige Sohn der Wyrizer Zigeuner Petjka und Walja, Ljusja in den Ohren gelegen, sie soll ihn einmal nach Leningrad mitnehmen. Er will unbedingt den Newskij-Prospekt sehen und in der Stadt schlafen. Heute nimmt Ljusja ihn mit.

Romka ist ganz aufgeregt, als sie den Witebsker Bahnhof verlassen. Es ist ein milder, sonniger Abend. Gegenüber der Trambahnhaltestelle steht eine kleine Gruppe Taubstummer, die mit abrupten, schnellen Gesten und lebhafter Mimik eine Unterhaltung führen. »Aber Tante Ljusja, die tanzen ja im Stehen!« ruft Romka. Und fünf Minuten später: »Warum hüpft das Trambähnchen so?« Dann stehen sie auf dem Newskij-Prospekt, eingehüllt in bläulichen Benzindunst, umtost vom Brüllen des Verkehrs. Menschen hasten an ihnen vorbei, jemand rennt Romka fast um. Ljusja küßt ihn (er zittert) und nimmt seine Hand. »Das ist der Newskij-Prospekt, Romotschka. Gefallen dir die großen Häuser?« Romka schluckt. »Warte nur, Romotschka, gleich siehst du vier tolle Pferde!« – Sie laufen und laufen. »Wo sind denn die Pferdchen, Tante Ljusja?« fragt Romka mindestens zehnmal, und als sie endlich die Anitschkow-Brücke mit den berühmten gußeisernen Pferdeskulpturen erreichen, sagt er enttäuscht: »Aber die sind ja gar nicht echt!«

Zu Hause beruhigt er sich und ißt mit kräftigem Appetit. »Weißt du, Romka, in der Stadt ist es ein bißchen groß und laut, dafür ist es eben eine Stadt. Aber die Leute tun einem nichts. Und jetzt kannst du deinen Freunden erzählen, du warst schon in Leningrad und bist über den Newskij spaziert. Jetzt bist du schon ein richtiger großer Junge. Magst du noch Kartoffeln?«

Romka nickt tapfer. Als aber Ljusja ihm etwas später auf dem Diwan sein Bett macht, flüstert er plötzlich ganz jämmerlich: »Tante Ljusja, ich will nach Hause!«

»Aber Romotschka, du wolltest doch hier übernachten.«

»Tante Ljusja, ich muß nach Hause.«

»Romka, sei ein vernünftiger Junge. Nach Hause ist es weit. Wir kriegen gar kein Bähnchen mehr. Aber die Nacht ist kurz, schlaf fest, und morgen gleich nach dem Frühstück fahren wir zusammen heim.«

Romka verstummt und denkt eine halbe Stunde lang nach. Dann holt er tief Atem und plärrt los. »Romotschka, du selbst wolltest das Städtchen sehen. Und Tante Ljusja ist ja bei dir und paßt auf, daß dir nichts passiert.«

Es ist kein Halten mehr. Romka brüllt wie am Spieß. Es ist schon elf Uhr abends. Im Nebenzimmer schlägt Jurik gegen die Wand, Anja kommt im Nachthemd, mit aufgelöstem Haar, herein und fragt, ob sie helfen könne. Als Romka sie erblickt, schnappt er nach Luft und stößt einen Entsetzensschrei aus.

Kaum, daß Anja in ihrem Zimmer verschwunden ist, klingelt das Telefon. Und Romka hat immer noch Reserven. Unsinnig, den Hörer abzunehmen, man würde sein eigenes Wort nicht verstehen. »Romka!« brüllt Ljusja, »Ich hab eine Idee! Wir rufen die Polizei! Die bringt dich sicher gerne heim!« Romka verstummt augenblicklich. Ljusja nimmt den Hörer ab. Am Telefon ist Anton Robertowitsch Müntzer.

»Guten Abend, Ljudmila Semjonowna. Ich habe Sie doch hoffentlich nicht geweckt?«

»Aber nein, Anton Robertowitsch, ich freue mich, von Ihnen zu hören! Wie geht es Ihnen?

»Darf ich eine Bitte an Sie richten, Ljudmila Semjonowna?« Seine Stimme ist belegt. »Und zwar – im Notfall ... wenn es mir einmal sehr schlecht gehen sollte, wäre es Ihnen dann möglich, ausnahmsweise Lebensmittel für mich einzukaufen?«

»Aber Anton Robertowitsch!« schreit Ljusja auf. »Nach allem, was Sie für uns getan haben! Ab sofort werde ich jeden Tag für Sie einkaufen, sagen Sie, was Sie brauchen!«

»Schon gut, schon gut«, erwidert er rasch, »ich danke Ihnen. Nein, im Augenblick ist es nicht nötig. Ich sagte nur, wenn es mir einmal *sehr* schlecht gehen sollte; das ist aber im Augenblick noch keineswegs der Fall ...«

Das Gespräch dauert nicht lange. Offenbar hat er in einem Anfall von Angst und Einsamkeit angerufen. Sie hat ihn beruhigt, und er bedankt sich und legt wieder auf.

Romka ist auf dem Diwan zusammengesunken und schläft tief und fest.

284

Aljoscha, der entlassene politische Häftling, der vor zwei Monaten von dem Helsinki-Fonds erzählt hat, ist wieder gekommen. Ljusja hat sich über ihn Gedanken gemacht, denn weder sie noch Pascha haben seitdem etwas von dem Fonds gehört. Hat Aljoscha Ljusjas Briefe und Adressen überhaupt weitergeleitet, beziehungsweise, um Gottes willen, an wen?

Diesmal meldet sich Aljoscha vom Flughafen aus telefonisch an, und er fährt im Taxi vor. Er wird in den Vierzigern sein, ein mittelgroßer, untersetzter Mann mit wirrer graublonder Mähne und unbeschnittenem Bart. Seine Wangen sind gepflastert mit roten Krähenfüßchen, und Ljusja tadelt sich, daß sie das vor zwei Monaten nicht bemerkt hat. Damals war sie nur von Aljoschas gerader Nase und seinen leidenschaftlichen Augen beeindruckt.

»Was ist eigentlich mit meinen Briefen und Adressen passiert?« fragt sie möglichst beiläufig, nachdem Anja ins Bett gegangen ist.

Aljoscha wird verlegen. »Weißt du, äh – ich habe sie verloren.«

»Verloren?« Ljusja stehen die Haare zu Berge. »Ist dir bekannt, daß diese Dokumente mich ins Gefängnis bringen können?«

Hastig kippt Aljoscha das dritte Glas. Der Schweiß springt ihm auf die Stirn. Ljusja versteht, daß er Alkoholiker ist, ein gebrochener, kranker Mensch. Wie hat sie sich auf ihn verlassen können? Er arbeitet nichts, trinkt nur und fliegt mit dem Flugzeug umher. Der Helsinki-Fonds bezahlt ihn, aber wofür? Ljusja sagt: »Wenn euer Fonds nicht helfen kann, verstehe ich das; es wär ja auch zu schön gewesen, um wahr zu sein. Aber daß Ihr andere in Gefahr bringt, geht zu weit. Wer steht eigentlich hinter euch?«

Aljoscha bricht buchstäblich zusammen. Er rutscht vom Stuhl und kniet vor Ljusja. »Sag so was nicht, Ljudmila Semjonowna, so was darfst du nicht mal denken! Ljudmila, sag mir, daß du das nicht im Ernst gemeint hast!« Es knallt in seiner Kehle. »Ljudmila, du weißt nicht, was wir im Lager mitgemacht haben! Ich bin eine Laus, Ljudmila, der KGB hat mich zerstört, aber der Helsinki-Fonds ist das einzig Sinnvolle, womit ich im Leben je zu tun hatte, und du mußt das unterstützen, damit dieses Land keine Leute wie mich mehr hervorbringt!« Er ist wirklich zerknirscht, Tränen laufen ihm aus den Augen und sogar aus dem

Mund, mit fahrigen Händen greift er nach dem Tischtuch, um sie sich abzutrocknen. Ljusja reicht ihm eine Stoffserviette und sagt: »Beruhige dich, Aljoscha, ich verstehe nichts und richte nicht über dich. Ich brauche keine Hilfe vom Fonds, aber helfen werde ich ihm auch nicht, ich wüßte auch gar nicht mehr womit!«

»Doch! Du mußt hingehen!« schluchzt Aljoscha und schreibt, auf dem Teppich kauernd, mit zitternden Händen eine Adresse auf. »Fahr zu Edik Tuchmann! Versprich mir, daß du es tust!«

285

Jurik hat sich verliebt, in eine gewisse Wera.

Wera ist mit Jurik gleichaltrig, geschieden, und hat eine siebenjährige Tochter. Sie entstammt einer intelligenten Familie – ihre Schwester ist kürzlich Doktor geworden, der Schwager Professor –, aber Jurik hat sie auf einer Sauftour kennengelernt. Jurik ist ganz weg von ihr. Bereits nach der ersten Nacht redet er von nichts anderem als Wera, Wera, Wera. Nach der zweiten Nacht stellt er sie seiner Mutter vor.

Wera, ebenso groß wie Jurik und dreimal so dick, mustert Ljusja mit frechen Knopfaugen und spricht schnell und scharf: »Ljudmila Semjonowna! Könnten Sie bitte mit dem Taxifahrer abrechnen? Ich habe gerade kein Kleingeld bei mir.« Dann folgt ein Abendessen, bei dem Wera und Jurik zusammen einen halben Liter Wodka trinken, aber Wera merkt man nichts an, während Jurik ziemlich bald zu faseln beginnt. Immerhin wird er nicht laut, weil er glücklich ist. Als der Wodka zur Neige geht, sagt Wera streng: »Jurik, jetzt reicht's!«, und errötend gießt Jurik den restlichen Wodka in Weras Glas. Wera lehnt sich zurück, wobei der Stuhl laut knarrt, und beobachtet Ljusja mit unverhohlenem Triumph. Na ja, denkt Ljusja, sie hat ihn im Griff; wenn sie ihn auch noch zum Arbeiten bringt, soll sie mir recht sein. Laut fragt sie: »Wo ist denn Ihr Töchterchen, Wera Jurjewna?« Wera macht eine wegwerfende Handbewegung: »Bei meinen Eltern. Zu Hause.«

286

Inzwischen arbeitet Jurik wie nie in seinem Leben. Er ist Lastträger in einer Fleischfabrik, und weil er dabei allerhand Ware abzweigt, verdient er gut und kann bald mit seiner Freundin ein eigenes Zimmer beziehen. Sie leisten sich sogar einen Fernseher.
Wera arbeitet nicht. Sie ist schwanger.

287

»Aber bis es soweit war! Plötzlich kam die Sucht über ihn, Wera zu beschenken. Er trug alles aus dem Haus, was nicht niet- und nagelfest war, und legte es Wera zu Füßen. Wera liebt süße Sachen – er plünderte meinen Schokoladenvorrat. Gerade war doch das Gerücht aufgekommen, die Schokolade wird teurer – sie wurde dann nur schlechter, nicht teurer. Also, ich hatte mir einen ordentlichen Vorrat angelegt, und der war in wenigen Wochen auf zwei Tafeln zusammengeschmolzen. Dann fing Jurik an, meinen Geschirrschrank auszuräumen. Aber da bin ich eingeschritten. ›Du bist geizig!‹ hat er geschimpft. – ›Und du, bist du nicht geizig? Was gibst du mir?‹ – ›Pfui‹, ruft er, ›wenn ich was hätte, bekämst du alles, was du willst!‹ Und das glaubt er sich selbst!«

»Schokolade ...«, lächelt Katja.

»Es ist der nackte Wahnsinn«, klagt Ljusja. »Ich schaffe es einfach nicht mehr. Jurik, der arme Dummkopf ... Lilja in den Händen dieses Psychopathen Slawa ... Und nächsten Monat muß ich wieder nach Sibirien, wobei Pascha mir geschrieben hat, die länger dauernden Wiedersehen wären vollkommen sinnlos, die Hälfte der Zeit gehe sowieso für Geschirrspülen und Abschiednehmen drauf, da seien vier Stunden auch genug, und der Fahrpreis sei schließlich der gleiche... Aber daß ich hin und zurück je vier Tage unterwegs bin, daran denkt er nicht!«

Katja Zucker lebt mit dem besagten Ljonja auf der Insel der Werktätigen in einer eigenen, nicht kommunalen Dreizimmerwohnung mit Blick auf einen Park. Ljusja ist zu Katja in diese große, stille Wohnung geflüchtet, um sich auszusprechen, und redet wie ein Maschinengewehr. Doch Katja wirkt geistesabwesend. Sie hat inzwischen zwei Kinder von ihrem Ljonja und ist in sanfte, mütterliche Trance entrückt. Sie sitzt am Ende des breiten, dunklen Ganges an dem einzigen Fenster in einem abgewetzten roten Lehnstuhl. Die Nachmittagssonne hüllt sie und ihren Lehnstuhl in goldenes Licht. Ljusja, die in Katjas Nähe neben einem winzigen Teetischchen Platz genommen hat, sitzt bereits im Schatten.

»Und um Anja mach ich mir Sorgen«, fährt Ljusja fort. »Ringsum nichts als Chaos, alle zerren an mir, aber sie ist immer still und duldet, ja ist denn das gesund? Wenn ich mich aufrege, bin ich manchmal schroff, auch zu ihr, und dann schäme ich mich, denn Anja ist die einzige, auf die ich je zählen konnte. Aber sie – schweigt. Sie scheint tüchtig zu sein, aber gleichzeitig – so – erloschen! Und manchmal schaut sie mich fast haßerfüllt an – mit den Augen von Cherzew! Gott sei Dank kommt das nicht oft vor, meistens ist sie wie Seide. Aber einen Schreck kriege ich jedesmal...«

Die Haustür am anderen Ende des langen Ganges öffnet sich.

Der grauäugige Ljonja kommt nach Hause. Er ist inzwischen über fünfzig und wirkt auf interessante Weise gleichermaßen seriös wie linkisch. Er hält etwas in der Hand. Als er Ljusja erkennt, zögert er und sagt: »Guten Tag.«

Er überreicht Katja einen kleinen, zerzausten Blumenstrauß und küßt sie auf die Wange. Katja flüstert: »Danke, Ljonitschka!« Ljonja dreht sich zu Ljusja um und fragt verlegen: »Warum eigentlich nicht?«

Dann zieht er sich zurück. »Er arbeitet viel zu Hause«, erklärt Katja.

Katja hinkt stärker als früher und hat seit der ersten Schwangerschaft zusätzliche Probleme mit den Hüften, weshalb sie wenig läuft. Am liebsten sitzt sie in diesem roten Lehnstuhl, wo sie auch ihre Akten studiert. Sie arbeitet nur noch auftragsweise.

»Mit dem Nachbarn auf der Datscha gibt es auch Ärger!« zetert Ljusja. »Ein Jakute. Dauernd versetzt er den Grundstückszaun zu unseren Ungunsten, obwohl er bereits verwarnt wurde. ›Gegen dich hab ich ja gar nichts, Semjonowna‹, sagt er, ›aber dein Bruder Wowa hat mich beleidigt, deshalb muß ich als Jakute mich rächen.‹ Er hat stachlige Büsche an die Hecke gepflanzt, wo wir immer entlanggehen, extra, damit wir uns die Kleider zerreißen! Ein Glück nur, daß die Büsche nicht gedeihen – er gießt sie mit Wasser aus seinem Klohaus...«

Wieder dreht sich der Schlüssel der Wohnungstür. Diesmal ist es Katjas achtjähriger Sohn Kostja, der aus der Schule kommt. Er läßt die Schulmappe fallen, nimmt Anlauf und schlittert auf den Knien über das Parkett zu Katja, wobei er ausruft: »Mütterchen, geben Sie mir Ihren Segen!«

Katja küßt ihn. Er hat weiche schwarze Haare. Seine Augen sind grau wie die seines Vaters, aber groß und verträumt wie die der Mutter. Er ist vorzeitig eingeschult worden, weil er so gescheit ist. »Lesen Sie mir Gedichte vor?« fragt er, immer noch auf den Knien.

»Was ist denn heute dran?«

»Pasternak!«

»Richtig. Machen wir. Aber später, Kostjenka! Tante Ljusja ist zu Besuch. Magst du nach deinem Schwesterchen schauen? Sie schläft schon seit drei Stunden...«

»Und neulich«, eifert sich Ljusja, »hat er, der Jakute, eine tote Katze in das Trinkwasser meiner Mutter geworfen. In den Eimer, den sie vom Flüßchen hergetragen hatte auf ihren alten Beinen! Slawa hat es ihm zwar sofort vergolten, indem er seinerseits ihm eine tote Katze in den Brunnen warf, aber wozu nur? Welcher Aufwand! Woher zum Beispiel nehmen sie all die toten Katzen? Nicht auszudenken!«

Kostja kehrt aus dem Kinderzimmer zurück, ein vierjähriges Mädchen an der Hand, das sich den Schlaf aus den Augen reibt. Katja zieht die Kleine auf ihren Schoß. »Nataschetschka! Na, wir kommen ja heute gar nicht mehr zu uns?«

Nataschetschka schlingt die Arme um Katjas Hals und flüstert ihr etwas ins Ohr. »Natürlich, Nataschetschka. – Diesmal komm ich nicht raus«, erklärt Katja lächelnd. »Entschuldige, Ljusja; gleich stehe ich dir wieder zur Verfügung. Aber jetzt müssen wir erst eine Prinzessin malen.«

288

Jurik erzählt teils niedergeschmettert, teils begeistert von den Erniedrigungen, die Wera ihm täglich zufügt. Wenn er von der Arbeit nach Hause kommt, liegt sie meist noch im Bett, die Wohnung ist schmutzig, und zum Essen ist auch nichts da. Er, verschwitzt, erschöpft, mit schmerzenden Gliedern, greift die nächste Einkaufstasche und geht in den Laden Schlange stehen. Wenn er zurückkehrt, hat Wera Besuch von liederlichen Freundinnen, die genauso dick sind wie Wera und rauchend um den Diwan sitzen, auf dem Wera liegt. »Ach, Jurik«, begrüßt ihn Wera, »die Wäsche muß noch gewaschen werden!« Und er geht hinunter in den Keller und wäscht, und wenn er danach im Hof die Wäsche aufhängt, sieht er in den Fenstern seiner Wohnung die dicken, erstaunten Gesichter der rauchenden Freundinnen, die das Schauspiel nicht fassen können.

289

Für Anfang Februar ist das drittletzte Wiedersehen mit Pascha angesetzt.

Natürlich besucht Ljusja auf der Durchreise wie immer Ida. Ida ist so schick und wohlgemut wie noch nie, gibt sich aber geheimnisvoll. Am nächsten Tag bei einem Spaziergang über den Gartenring erzählt sie im Verschwörerton, daß sie endgültig genug hat von der Sowjetunion. Sie betreibt ihre Ausreise. Und zwar nach Paris. Und zwar so.

Ida wird in ihrer Wohnung für einen unbekannten Avantgardekünstler eine Ausstellung organisieren, zu der sie auch die französische Botschaft einladen will. Den Tipp hat ihr eben dieser junge Künstler gegeben, der durch sagenhaftes Glück und ungemein geheimnisvolle, wohlmeinende Kanäle mit dem französischen Vizebotschafter in Kontakt gekommen ist. Der Vizebotschafter wird den Künstler zu einer Ausstellung nach Paris einladen, und zwar im Rahmen eines Austauschprogramms, das schon im letzten Jahr entworfen wurde, bei dem aber noch genau ein Punkt offen ist. Hier wird nachträglich die Ausstellung des jungen Künstlers eingetragen werden.

»Warum nachträglich?«

»Weil sowjetische Kunstwerke nur ausgeliehen werden, wenn sie in der Sowjetunion bereits eine Ausstellung erlebt haben. Bisher ist das bei Borja nicht der Fall. Aber sowie meine Ausstellung ...«

»Wird die denn überhaupt ernstgenommen? Sie ist doch inoffiziell! Der KGB wird sie am ersten Tag schließen!«

»Es ist wichtig, daß sie im Verborgenen vorbereitet wird. Sie braucht eine Eröffnung, zu der der Vizebotschafter erscheint, dann kann sie meinetwegen sofort geschlossen werden. Der Vizebotschafter hat eine gedruckte« (dieses Wort flüstert Ida nur) »Einladung bekommen, er wird mit seinem Protokoll hier erscheinen, und er wird die Abteilung für Kultur der sowjetischen Regierung bitten, dieses Bildkontingent in das Austausch-Abkommen aufzunehmen.«

»Und wenn die Kultur-Abteilung widerspricht?«

»Das wird sie nicht. Dem offenen Punkt im Vertrag auf unserer Seite entspricht ein Besuch des Kulturamtsleiters Shashdow in Paris. Entfällt das eine, entfällt das andere. Der Kulturamtsleiter aber will unbedingt nach Paris, um sich dort einen Mercedes zu kaufen.«

»Das ist doch so durchsichtig! Man wird ihn abberufen!«

»Er hat Verbindungen. Nur ein Kopf wird rollen, das ist der von Terentjew, dem KGB-Verantwortlichen für Angelegenheiten bildender Kunst. Er wird wegen Nachlässigkeit bestraft. Aber der Kulturamtsleiter hat ihn schon lang auf dem Kieker, weil...«

»Und wie kommst du dann raus?«

»Als Agentin von Borja. Wahrscheinlich werden wir beide ausgebürgert, sowie wir die Grenze überfliegen.«

Plötzlich zieht Ida, die sich während des Spaziergangs mehrfach umgesehen hatte, Ljusja eine Kellertreppe hinab. Ida pocht in bestimmtem Rhythmus an eine niedrige Holztür. Ein junger Mann öffnet, der trotz des Halbdunkels eine Sonnenbrille trägt. Er bittet sie in ein feuchtes Verlies. »Das ist Borja – mein junger Künstler«, strahlt Ida. Borja nimmt seine Sonnenbrille ab und strahlt ebenfalls: ein hübscher Junge mit einem romantischen braunen Wuschelkopf. Er ist, auch unter seinem löchrigen Kittel, nachlässig gekleidet, aber, wie Ljusja zu erkennen meint, sehr gut gebaut. Nur sein Händedruck ist schlaff.

Das Verlies ist sein Atelier. Die Wände sind von oben bis unten mit groben Teppichen ausgeschlagen. Ein Teppich ist mit Glasscherben beklebt, an einem anderen hängt ein Holzbrett, in dem zwölf Messer und sieben Gabeln stecken. Die Einstichstellen sind mit roten Flecken und Rinnsalen bemalt, die wohl Blut bedeuten. An einem mit Engeln bemalten, mit Kerzenwachs bespritzten Fußabtreter hängt an einer Kette ein Schild: »Avantgarde«.

»Sind das die Bilder?« fragt Ljusja.

»Nun, sagen wir: die Exponate.« Borja und Ida lachen übermütig. »Die wichtigen Sachen stellen wir nicht aus«, sagt Ida. »Es kommt nämlich vor, daß Hooligans Avantgarde-Ausstellungen demolieren.« Borja fügt hinzu: »Der KGB gibt ihnen die Adressen.« Ida: »Das hier ist sozusagen das Drachenfutter.« So erzählen Borja und Ida abwechselnd. Ljusja staunt: Ida, die vor einem Jahr so deprimiert war, die sich das Haar raufte und rief: »Dies ist ein Gefängnis! Hier kann man nicht leben!«, Ida ist außer sich vor Hoffnung und Glück. Offensichtlich ist sie in den jungen Borja verliebt, und der junge Borja ist in Ida verliebt. Warum auch nicht? Ida ist zehn Jahre älter als er, aber schlank und charmant, eine wirkliche Dame. Die Kleider, die Ida sich selber näht, sind nach Ljusjas Einschätzung absolut mondän. Ida spricht westliche Sprachen. An ihrer Seite wird das Exil einfach ein Spaziergang.

»Ach, Ida, du bist so klug!« seufzt Ljusja. »Ich wünsche, daß du glücklich wirst, aber mir wird's hier schwer werden ohne dich...«

»Was kann ich für dich tun?« fragt Ida. »Die ganze Zeit rede ich von mir, aber auch du hast ja sicher genug Sorgen. Du kannst hier offen reden«, fügt sie hinzu, und sie und Borja lachen.

»Ach, ich fahre eben zu einem Wiedersehen, wie wird das schon sein. Sibirien, ewige Zugfahrt, Winter, Schikanen, warten, und Pascha, der mir Zettel überallhin steckt, mit irgendwelchen Aufträgen... Aber wenigstens komme ich mal von Leningrad weg.

Dieser Slawa... Lilja! Ein Alptraum! Dann Anja – ungelöste Fragen... Jurik... der Krach mit dem Nachbarn...« Ljusja ist immer verzagter geworden. »Ach so, und dann ist da noch irgendein Fonds, den ich besuchen soll, ein gewisser Aljoscha hat mir die Adresse gegeben...«

»Du meinst den Helsinki-Fonds? Edik Tuchmann?« fragt Ida fröhlich.

»Ja, er ist wohl in der Gegend von Tula in Verbannung.«
»Na, fahr ruhig hin. Aber Geld wird er nie hergeben, er ist immer gerade blank, wenn andere welches brauchen.«
»Ich brauche kein Geld.«
»Ganz egal, er wird dir von selbst sagen, daß er gerade keins hat.« Ida drückt Borjas Hand, was bei beiden eine neue Lachsalve auslöst.

290

Am nächsten Tag fährt Ljusja mit dem Zug zu Edik Tuchmann.
Edik empfängt sie am Bahnhof. Er ist ein charmanter Mann von etwa fünfunddreißig Jahren, westlich gekleidet, leutselig. Auf dem Weg zu seinem Haus redet er engagiert von »unserer Sache«, von der Wahrheit und von den Menschenrechten. Er duftet nach Rasierwasser.
In dem Dorf, in das man ihn nach einer Lagerstrafe verbannt hat, bewohnt er mit Frau und zwei Kindern ein einstöckiges Holzhaus. Seine Mutter ist gerade aus Moskau zu Besuch. Ljusja betritt das Wohnzimmer. An den Fenstern hängen Gardinen mit Spitzen. Auf dem weiß gedeckten Eßtisch, der in der Mitte des Raumes steht, ein Messingleuchter mit brennenden Kerzen. Um den Tisch herum aber, an allen Wänden, schimmern Ikonen.
»Hier sieht's ja aus wie im Museum«, stellt Ljusja fest.
»Wir sind alle rechtgläubig!« rufen Ediks Frau und Mutter gleichzeitig.
»Seid ihr denn getauft?«
»Nein, aber wir sind gläubig, schon lange, schon lange!«
Ediks Mutter ist eine schlanke, weißhaarige Frau mit edlem Profil. Sie hat einen schön geschwungenen, empfindsamen Mund und grüne Augen, die Ljusja aufmerksam taxieren. Ediks Frau wirkt nervös; ihre braunen Vogelaugen wandern unablässig über alle Wände und in alle Winkel. Sie sieht Ljusja kein einziges

Mal an. Beide Frauen sind sehr gut, wohl aus Zertifikatläden, gekleidet. Ediks Frau trägt eine Perlenkette.

Ljusja ist überzeugt, daß Edik mit den Ikonen Handel treibt, denn sie sind zu alt und zu zahlreich für den religiösen Hausgebrauch. Außerdem hängen sie nicht wie bei Gläubigen in einer Ecke, sondern rundherum an allen Wänden. Pascha selber hat Ljusja erzählt, wie einfach es ist, Ikonen zu sammeln. Die Großmütterchen in den Dörfern sterben, und die Bauern sind froh, wenn sie ihre Ikonen für fünf Rubel losschlagen können, um Schnaps dafür zu kaufen. Gewitztere Bauern und Zwischenhändler verlangen vielleicht zwanzig Rubel für eine Ikone, aber auch das ist geschenkt. Seit es in England eine Ikonenausstellung gegeben hat, sind die Preise auf dem internationalen Markt in die Höhe geschnellt. Ljusja selbst hat, als Paschas Ehefrau, von dieser Konjunktur profitiert.

Man setzt sich zu Tisch. Außer Ljusja sind noch zwei Männer zu Gast, ein bärtiger Unternehmertyp und ein undurchsichtig dreinblickender Intellektueller. Man speist ausgiebig. Als Getränke werden Kognak, Importweine und Mineralwasser angeboten. Man führt freie Reden. Nur die nervösen Blicke von Ediks Frau stören die Stimmung. Schließlich geht Ediks Frau zu den Kindern, die hinter der Holzwand wimmern, und nun werden die Gespräche wirklich interessant. Man redet über Samisdat und Tamisdat, über die Verhaftung von Schewtschenko und Karpow, über die Verbannung von Iwanow und darüber, daß der General Tarassow in eine psychiatrische Anstalt eingewiesen wurde. Ferner ist von Intrigen der Genfer Exilzeitschrift »Europa« die Rede, die die Helsinki-Dokumentation torpediert – »aus Neid, aus Neid! Durow will Karajew zuvorkommen, weil er auf den Chefposten von Radio ›Freies Europa‹ spekuliert«. In Moskau habe sich ein gewisser Warschawskij als Spitzel entpuppt. Und wie ist es mit Kusnjezow? Hat er nicht Schlomo gegenüber folgende Bemerkung gemacht... also jetzt reicht's, jetzt wird er abgesägt.

»Kusnjezow? Dima?« fragt Ljusja.

»Nein, Michail Arsenjewitsch. Merken Sie sich diesen Namen...« Aber Ljusja denkt, wozu soll sie sich den Namen merken, wenn dieser Kusnjezow sowieso jetzt abgesägt wird. Die Augen fallen ihr zu.

Am anderen Morgen trägt ein Bauer aus dem Dorf zwei Kübel Wasser herbei, legt Holz im Ofen nach und heizt den Samowar an, ein anderer bringt Eier und frisches Brot. Edik bemerkt das Mißtrauen auf Ljusjas Gesicht und führt sie im Wald spazieren, »damit wir uns aussprechen können«. Es ist ein herrlicher, frostiger Tag. Der frische Schnee blendet, die dick bereiften Zweige funkeln in der Sonne. Ljusja beruhigt sich. Sie erzählt von Pascha, den sie längst, ohne rot zu werden, einen »Politischen« nennt, und gibt Edik alle Adressen, die sie noch weiß. Sie berichtet, wen sie bisher womit unterstützt hat, und wer was noch braucht.

»Was haben Sie für Auslagen gehabt?« fragt Edik.

»Das spielt keine Rolle, das war ja schon. Helfen Sie ab jetzt.«

»Leider habe ich gerade kein Geld bei mir«, entschuldigt sich Edik, »aber wir werden Ihnen alles erstatten.«

Sie kehren aus dem Wald zurück. Edik kauft Ljusja für fünfzehn Kopeken eine Busfahrkarte zum Bahnhof.

291

Bis Krasnojarsk in Sibirien ist Ljusja drei weitere Tage unterwegs. Schlimm wird die zweite Nacht im Zug, weil sich die Waggonschaffnerin besäuft und zu randalieren beginnt. Als ein Mann sie zur Ruhe ermahnt, johlt sie durch den ganzen Wagen: »Das ist ein allgemeiner Waggon! Hier ist Schlafen sowieso verboten!« Im Halbdunkel wälzen sich achtzig Erwachende auf ihren Liegen, manche halten sich die Ohren zu, andere murren: Sie solle doch ins Dienstabteil gehen, ein Einsehen haben, sich beruhigen; aber die Schaffnerin dreht immer mehr auf. Ein Passagier geht zu ihr und redet leise auf sie ein, seine Worte versteht man nicht und ihre Antworten auch nicht, aber plötzlich stößt er hervor: »Vieh!«, und sie kreischt frohlockend: »Selber Vieh, selber Vieh!« – »Genosse, gehen Sie in den übernächsten Waggon, Nummer neun, da ist der Chef«, rät jemand dem Mann. Aber nachdem der schimpfend auf die Suche gegangen ist, sperrt die Schaffnerin hinter ihm die Tür ab. Erst an der nächsten Station, über eine Stunde später, kommt er vom Bahnsteig aus herein. Mit ihm ein Schwall eisiger Luft, der wieder alle aus dem Schlaf reißt. Ljusja sieht die dichten Eisblumen des Waggonfensters vor der Bahnsteiglampe und zieht sich den Mantel fester um die Schultern. Es muß nach zwei Uhr nachts sein. Hustend, sich die Hände und Ohren reibend, tastet der tapfere Passagier sich zu den Seinen, und Ljusja hört ihn flüstern: »Minus dreißig Grad.«

292

In Krasnojarsk mietet sich Ljusja für eine Nacht bei einer freundlichen Frau namens Lidija Pawlowna ein. Auch bei Lidija Pawlowna ist es kalt, die Temperatur ist weiter gesunken. Ljusja geht sofort ins Bett, erbittet zwei zusätzliche Decken, häuft all ihre Kleider und Mäntel darüber und erwacht dennoch gegen Mitternacht, durchfroren bis auf die Knochen. Atemwolken liegen wie Nebel über dem Kissen. Ljusja rollt sich unter den Decken zusammen, haucht in ihre Hände und reibt die Füße aneinander. Einmal greift sie an die Zimmerwand zu ihrer Linken und tastet Reif. Sie knipst das elektrische Licht an in der Hoffnung, es möge Wärme geben, und erkennt, daß sich der Frost durch die ganze linke Wand gefressen hat. Es ist die Außenmauer des Hauses.

Am Morgen wird es nicht hell, das Fenster ist eisverkrustet. Ljusja erwacht, weil die Wirtin ihr heißen Tee ans Bett bringt.

Lidija Pawlowna selbst ist vermummt wie eine Eskimofrau. »Minus zweiundvierzig Grad. Es ist so kalt, daß die Vögel vom Himmel fallen. Packen Sie sich gut ein, wenn Sie auf die Straße gehen, nur die Augen dürfen herausschauen. Atmen Sie nur durch ein Wolltuch. Bleiben Sie nirgends stehen, warten Sie nicht auf den Bus! Gehen Sie möglichst rasch, der Bus wird Sie überall aufnehmen.«

293

Ljusja hat es versucht, aber nicht geschafft. Als sie mutig, schwer bepackt mit den Sachen für Pascha, hinaus auf die Straße lief, schlug ihr der Frost wie eine Faust entgegen: ein tauber Schmerz in der Nasengegend, ein beißender, erbarmungsloser in Händen und Füßen, der sich sofort in den ganzen Körper fraß. Sie atmete durch ihr graues, nach Zigarettendunst und altem Fett riechendes Mohairtuch hindurch möglichst langsam die bitterkalte Luft ein, während sie möglichst rasch in Richtung Bus rannte.

Kinder haben an einem solchen Tag kältefrei. Einzelne Erwachsene hasteten mit gesenkten Köpfen vorüber; kaum möglich, jemanden nach dem Weg zu fragen. In einer Seitenstraße stand undurchdringlich, wie aus Stahl, eine Nebelwand, und Ljusja dachte noch: Gott sei Dank muß ich da nicht rein, und lief durch die immerhin im Sonnenschein schimmernde diesige Luft geradeaus, bis sie der Gedanke durchzuckte: Oder hätte ich doch abbiegen sollen? Was hatte Lidija Pawlowna gesagt? Dritte oder vierte links? Kraftlos und rot hing die Sonne über den Schornsteinen. Kein Fußgänger war mehr zu sehen. Und es kam kein Bus. Hätte Ljusja sich hier ausgekannt, sie hätte vielleicht durchgehalten. Aber in der Fremde? Die Augen tränten, in den Füßen bei jedem Schritt ein klirrender Schmerz. Ljusja lief weiter, plötzlich warf sich ein stinkender gelber Nebel wie ein Panzer auch über diese Straße und verschluckte alles, die Sonne, die Schornsteine, die Häuser, sogar den Bordstein. Blind rannte Ljusja weiter, ein Eiszapfen schlug ihr die Mütze vom Kopf, augenblicklich brannten Stirn und Ohren wie nach einer Ohrfeige. Ljusja geriet in Panik; bei dem Versuch, die Mütze aufzuheben, rutschte sie aus und fiel auf einen toten Spatz, der zerbröselte, worauf sie vor Schreck ihr Gepäck losließ. Hektisch suchte sie die Sachen zusammen. Als sie Motorengeräusch hörte, lief sie gestikulierend auf die Straße. Ein Auto hielt. Der unbekannte Fahrer lieferte die weinende Ljusja direkt bei Lidija Pawlowna ab.

294

»Das ist noch gar nichts gegen Norilsk«, tröstet Lidija Pawlowna. »Norilsk macht dich wirklich fertig. Das liegt am Polarkreis.«

Sie sitzen in Lidijas Zimmer, Decken um die Füße gewickelt, trinken stark gesüßten Tee und essen heiße Kohlpiroggen. Auf einem Nußbaumtischchen eine freundliche gelbe Lampe. Die Einrichtung ist gediegen, Lidija Pawlowna eine offenbar gut versorgte, entspannte Frau. Allmählich beruhigt sich Ljusja. Heute wird sie nicht mehr fahren, erst morgen wird sie es wieder versuchen. Auch Lidija Pawlowna hat Zeit. Die Fenster beschlagen, der Samowar murmelt.

Sie hat, erzählt Lidija Pawlowna, acht Jahre lang mit ihrem Mann, einem Ingenieur, in Norilsk gearbeitet. In Norilsk ist ein halbes Jahr lang Nacht, da wird man verrückt. Dafür verdient man sehr gut. Wer acht Jahre durchhält, wird pensioniert. So haben sie es gemacht. Das einzige Problem war, daß sie danach in Krasnojarsk hängengeblieben sind. Lidija Pawlowna selbst stammt aus Orjol. Wenn sie davon erzählt, röten sich ihre Wangen. »Wie es da blüht! Was da alles wächst! Der leckere Honig, den es gibt! Und Äpfel, gelbe, rote, Antonow-Äpfel – ein Reichtum, unvorstellbar. Alles bietet die lebendige Natur einem an. Neunzehnhundertsechsundsechzig waren Japaner auf der Datscha meiner Schwiegermutter, eine Jugendgruppe. Die konnten gar nicht fassen, was bei uns alles wächst. – In Leningrad gibt's dafür Kultur«, fügt sie rasch hinzu, als sie Ljusjas saure Miene bemerkt.

»Ach, Kultur. Was hat man davon. Ich arbeite Tag und Nacht, um die Meinen zu versorgen. Mein Mann sitzt – allein die Kraft und Nerven, die man bei den Besuchen verliert. Meine Töchter sind gesund und zwei Köpfe größer als ich, aber sie fühlen sich belästigt, wenn ich Dankbarkeit erwarte. Eine hat einen Taugenichts geheiratet, der sitzt mir auf dem Hals.«

»Dafür sind sie gesund! Gesunde Kinder sind ein Segen! Eine Frau ohne Kinder ist wie ein Baum ohne Blätter.«

Lidija Pawlownas Ehe ist kinderlos geblieben. Der Mann, wie gesagt Ingenieur, hat eine sehr gute Stelle auf einem Bauprojekt, übrigens recht weit von hier. Nun lebt bei Lidija ihre Schwester, die gemütskrank wurde, nachdem ihr einziger Sohn mit dreiundzwanzig Jahren gestorben ist. In ihrem freundlichen, singenden Tonfall erzählt Lidija Pawlowna die Geschichte des armen Raschidik. Schon bei der Geburt war der so schwach, daß man böse Ahnungen hatte, ein kleines, blaues, schreckliches Baby, aber mit Augen so groß wie Fünfkopekenstücke. Wegen dieser Augen haben sie um ihn gekämpft; und wie zauberhaft er später geworden ist! »Aber mit zwanzig kam er in die Armee, und dort ist es ihm schlecht ergangen. Er wollte sich amüsieren, Sie wissen ja, wie kapriziös die Jugend ist: an jedem freien Abend unbedingt Tanz. Bei so einem Tanz wurde er einmal von Hooligans zusammengeschlagen. Ich sah ihn ein halbes Jahr später, und als erstes fiel mir auf, sein Gang ist anders geworden, er geht nicht mehr wie früher. Es stellte sich heraus, sie hatten ihm eine Niere zerschlagen. Aber die Ärzte haben das erst sehr spät gemerkt. Sie schickten ihn in eine Moskauer Spezialklinik, damit er eine neue Niere bekommt, aber es fand sich keine, er lag und lag dort, schließlich kam die Todesnachricht. Da war er dreiundzwanzig. Komischerweise stand im Arztbericht ›Herzversagen‹. Ich erkläre mir das so, daß sie ihm wahrscheinlich eine Spritze geben wollten und dabei aus Versehen das Herz getroffen haben ...«

Am späten Nachmittag kommt Lidija Pawlownas Ingenieur nach Hause, ein großer gutaussehender, kurzsichtiger Mann. Auch er hat allerhand über die Kälte zu erzählen, die ihm selbst übrigens nichts ausmacht; er ist ein richtiges Walroß, er geht sogar bei Frost schwimmen. Aber er weiß, daß Frauen da empfindlicher sind. Er hat zum Beispiel mal erlebt, wie Frauen, die nachts auf dem Flughafen von Chabarowsk Aufenthalt hatten, Baugerüste anzündeten, um sich zu wärmen. »Erstaunlich, nicht wahr?« Er lächelt Ljusja kurzsichtig und verständnisvoll zu.

Am Abend überprüft Lidija Pawlowna Ljusjas Zimmer und meldet beruhigend: »Nur noch minus fünfundzwanzig, das ist ja fast Tauwetter. Der Frost ist schon aus der Wand raus, nur die Tapete ist noch ein bißchen feucht.«

Längst ist es dunkel geworden. Auch die gemütskranke Schwester von Lidija Pawlowna schleicht herein. Zu dritt bereiten sie das Abendessen vor. »Ach, Orjol!« seufzt Lidija Pawlowna, als sie mit einem stumpfen Messer die runzligen Kartoffeln schält, »Orjol! Das war wunderbar. Welche Pracht, welch ein Segen!« – »Und die Äpfel«, läßt sich erstmals mit tiefer Stimme die gemütskranke Schwester vernehmen, »gelbe, rote; unglaublich. Zwei Eimer für sechs Rubel!«

295

Pascha hat herausgefunden, daß ihm nach den Vorschriften täglich zweihundert Gramm Milch zustehen. Er hat aber seit seiner Verlegung nach Sibirien keinen Tropfen bekommen. Ljusja soll sich für ihn beim KGB-Hauptmann Wlassow beschweren, Dienstzimmer Nummer ... Empfangszeit von ... bis. »Dies soll ich tun, das soll ich tun«, beschwert sich Ljusja. »Ich bin nur dein Depp.«

»Aber Ljusenka! Wenn ich frei bin ...«

»Wenigstens mal ein gutes Wort! Auch in deinen Briefen schimpfst du immer nur. Du schreibst mir, als würdest du mich hassen! Aber die Mühsal ... die Reise ... die Kälte ...«

Pascha beugt sich zu ihr und flüstert: »Verstehst du denn nicht, das ist Taktik! Der KGB soll denken, daß wir schlecht miteinander stehen, damit ...«

296

»Warum bekommt mein Mann keine Milch?« fragt Ljusja streng den KGB-Hauptmann Wlassow, nachdem sie vor seinem Zimmer zwei Stunden gewartet hat.

Der KGB-Hauptmann Wlassow bricht in höhnisches Gelächter aus. »Soso. Sie möchten, daß Ihr Mann, ein politischer Häftling, im Gefängnis Milch bekommt? Daß ich nicht lache! Nicht mal mein zwölfjähriger Sohn bekommt Milch!«

»Und darauf sind Sie stolz?«

»Was heißt stolz? Wir machen eine harte Zeit durch, aber wir lassen uns nicht unterkriegen. Nur, nehmen Sie's uns nicht übel, Milch für Staatsfeinde steht in unserer Liste nicht drin.«

»Sie haben keine Milch, weil Sie das Vieh getötet haben. Sie haben das Vieh getötet, weil Sie kein Futter hatten. Sie hatten kein Futter, weil Sie die Ernte haben verkommen lassen. Und Sie reden von harten Zeiten? Ihr müßt lernen, mit eurer Erde umzugehen, statt immerzu Lager zu bauen!«

Der Hauptmann Wlassow lacht nicht mehr. Übriggeblieben ist sein leerer Blick, der Blick eines Henkers.

»Wissen Sie, wo die Frauenlager sind, Ljudmila Semjonowna?«

297

In Leningrad herrscht niedergedrückte Stimmung. Anja hat wieder einen Zweier in der Schule bekommen, wieder in Russisch; das kränkt und verunsichert sie. Schlimmer aber ist der Zustand Liljas.

Slawa und Lilja haben ihr neues Nest nicht liebgewonnen. Vor Paschenkas Geburt saßen sie die ganze Zeit bei Ljusja herum, ließen sich und Slawas Freunde bewirten und schliefen bis mittags um zwei. Seit Paschenka da ist, hat Slawa Lilja in ihr Zimmerchen auf der Wassilij-Insel verbannt, wo sie mit dem Säugling auf ihn warten soll, während er mit Freunden feiert oder sich bei Ljusja füttern läßt. Manchmal verschwindet er auf längere Zeit und läßt anschließend keine Fragen zu, während Lilja verängstigt in ihrem Zimmer sitzt und wartet.

Nach dieser Reise Ljusjas wirkt Lilja derart verstört, daß Ljusja Slawa zur Seite nimmt. »Hör zu, Slawa, ich habe das eine Mal zugelassen, daß du mich geschlagen hast, aber nur um Liljas willen, und nur dies eine Mal. Wenn ich erfahre, daß du meinem Kind auch nur ein Haar krümmst, lasse ich dich auffliegen. Merk dir das.« Kurz darauf erzählt eine Nachbarin, sie habe gesehen, wie Slawa Lilja schlug: er fuhr ihr mit den mittleren Fingerknöcheln in den Bauch unter dem Rippenbogen, genau wie damals Ljusja. Das war auf der Straße, im Sonnenlicht. Liljas Oberkörper flog waagerecht nach vorn, und Lilja hielt sich krampfhaft die Hände vor den Bauch und sah, mit offenem Mund, da sie keine Luft bekam, Slawa von unten herauf ungläubig an.

Ljusja aber weiß nicht, wie sie ihre Drohung wahrmachen soll.

298

Ljusja ruft Edik Tuchmann an, um zu fragen, was inzwischen im Fonds mit ihren Adressen geschehen sei. Drei Monate sind seit dem Besuch in Tula vergangen.

»Wissen Sie was«, antwortet Edik, »ich hatte entsetzlich viel zu tun. Mein Ältester hatte eine Mittelohrentzündung und mein Jüngster eine Angina, und ich mußte ihnen rund um die Uhr Wickel machen, sie zum Arzt bringen und ihnen Brei kochen. Ich kam einfach zu nichts.« Seine Stimme klingt erschöpft.

»Was soll das heißen? Sie haben eine gesunde Frau und eine Mutter, die beide nicht arbeiten, Sie haben zwei Schwänze aus dem Dorf, die Sie bedienen, und Sie wollen mir erzählen, daß Sie den Kinderchen Wickelchen machen mußten?«

»Meine Mutter ist sechzig Jahre alt!« ruft er empört.

»Na und? In Zertifikatläden einkaufen und Ikonen sammeln, dazu reicht die Zeit, aber helfen könnt ihr nicht! Worin besteht euer Heldentum? Daß ihr reich werdet, während ihr lockere Reden führt und verbotene Bücher lest, ja?«

»Ljudmila Semjonowna! Unser Gespräch wird aufgezeichnet!«

»Du kannst mich mal!« Ljusja legt auf.

299

Pascha schreibt aus dem Lager: »Nachdem Du, offenbar im gänzlichen Vergessen bezüglich unseres letzten Gesprächs, schon das dritte Mal hartnäckig an deine Intervention bei Wlassow erinnerst, in Gottes Namen: Danke für deinen Vorstoß mit der Milch. Hat zwar nichts gebracht, war aber prima, danke, mein Mädchen, ich bin stolz auf Dich. Nun ist eine neue Situation eingetreten, weshalb ich folgende Anliegen an Dich habe, die Du bitte – unbedingt mündlich, nicht schriftlich! – beim Ministerium für Innere Angelegenheiten in Moskau vorlegst, unter Berufung auf folgende Artikel des Handbuchs für Strafvollzug.«

300

Bald darauf erhält Ljusja von Edik eine Geldsendung in Höhe von dreihundert Zertifikatrubeln. »Für Ihre Auslagen. Wenn wir etwas für Sie tun können, lassen Sie es uns wissen.«

Ljusja kauft von dem Geld im Zertifikatladen auf der Wassilij-Insel eine Kaffeemaschine, ein Kaffeeservice, einen Kassettenrecorder, einen leuchtfarbenen Badeanzug, einen Teppich und zwei Mäntel. Im Lauf der nächsten Woche kommen alle Nachbarinnen zu Besuch, um die wunderbaren Sachen zu bestaunen, und am Ende der Woche hat Ljusja alles weiterverkauft, mit beträchtlichem Gewinn.

301

Letzten Sonntagmorgen, als Anton Robertowitsch ins Bad ging, haben ihm die Beine versagt. Er ist mit dem Kopf gegen das Waschbecken gestoßen und hat vierundzwanzig Stunden lang bewußtlos auf dem Boden gelegen, bis ihn die Haushälterin fand. Jetzt besucht Ljusja ihn im Krankenhaus.

Ljusja ist nie in seiner Wohnung gewesen, nur die Kinder schickt sie manchmal hin; er seinerseits war auch schon lange nicht mehr bei ihr, da er die langen Wege scheut. Aber sie telefonieren mindestens einmal pro Woche.

Er ist jetzt sechsundachtzig. Wie Ljusja aus seinen überaus sparsamen Worten sowie aus den Berichten der Kinder weiß, hat er seit dreißig Jahren dieselbe Haushälterin, ein hartes, grausames Weib, das er immer mehr fürchtet. Eigentlich soll sie ihm nur die Einkäufe besorgen und ein wenig kochen, aber sie nutzt seine

Gebrechlichkeit aus, um ihn zu betrügen. Oft läßt sie ihn vergeblich warten und schimpft, wenn er eine Bemerkung macht, weil sie weiß, daß er sich nicht mehr imstande fühlt, mit ihr zu streiten. Er frühstückt jeden Tag Moosbeerenbrei und Buchweizengrütze, die sie ihm am Vorabend bereitet hat. Zum Mittagessen fuhr er jahrzehntelang mit der Tram zu immer demselben Lokal auf den Kirow-Inseln, aber als seine Beine zu schwach wurden, blieb er zu Hause und aß nur noch Grütze. Weil seine Hände zittern, kleckert er die Tischdecke voll, und er fürchtet die Flüche der Haushälterin so sehr, daß er die Tischdecke umfaltet, um diese Sünde vor ihr zu verbergen.

Im großen Krankenhausbett wirkt er verloren. Sein gestreifter Pyjama ist falsch zugeknöpft und scheint aus dem letzten Jahrhundert zu stammen. Es zittern nicht nur seine Hände, sondern auch der Kopf auf dem dürren Hals. Anton Robertowitsch ist überrascht und etwas geniert, als er Ljusja erkennt. Ein Buch fällt von seinem Schoß zu Boden.

»Ljudmila Semjonowna! Das ist aber freundlich von Ihnen. Wie geht es zu Hause? Sind alle gesund?«

Müntzers Gesicht ist das einzig Vertraute an der ausgemergelten Gestalt in dem fleckigen Pyjama. Wie sooft hat Anton Robertowitsch die linke Augenbraue hochgezogen und mustert Ljusja aufmerksam; aber über seinen blasser werdenden grauen Augen liegt ein Schleier von Hilflosigkeit und Angst. Er wartet mit zunehmender Verlegenheit auf Ljusjas Antwort. Aber Ljusja ringt selbst um Fassung.

Eine dralle Krankenschwester mit hochgekrempelten Ärmeln stürmt herein, einen Nachttopf in der roten Faust, und trompetet bereits an der Tür: »Na, Großväterchen, haben wir denn heute schon gemacht?«

Anton Robertowitsch winkt indigniert ab, aber sie nähert sich, ohne an Schwung zu verlieren, und greift nach seiner Bettdecke. »Nicht!« ruft Anton Robertowitsch gepeinigt. Er klammert sich an die Bettdecke wie ein scheues Mädchen. Ljusja aber brüllt:

»Was fällt dir ein, du Schlampe! Weißt du nicht, wen du vor dir hast? Und siehst du nicht, daß du störst?«

»Ein ausnahmsweise willkommener Anfall der asiatischen Krankheit«, sagt Anton Robertowitsch mit zitternder Stimme, als die Krankenschwester nach einem Wortwechsel den Rückzug angetreten hat. Eine Minute vergeht in verlegenem Schweigen. Dann ergreift Anton Robertowitsch wieder das Wort. »Gibt es denn Neuigkeiten von Alexander Alexandrowitsch? Haben Sie von ihm gehört?« Er räuspert sich und fährt, allmählich sicherer werdend, fort: »Übrigens habe ich seine neue Arbeit in der März-Nummer der ›Technischen Wissenschaft‹ gelesen. Es sind zwei sehr gute Thesen darin enthalten. Allerdings macht er den Fehler, ohne Quellenangabe zu ausführlich auf der gedanklichen Vorarbeit von Posdnyschew und Wetrogonow zu agieren, und gefährdet damit unnötigerweise seinen guten Ruf.«

303

Aus England kommt ein langer Brief von Merkurij Dobrynin. »Meine Theorie über die Kultur der Oberschicht im Westen hat sich als nicht zutreffend erwiesen. Auch die hiesigen Menschen sind hauptsächlich materiell orientiert. Natürlich haben auch sie ihre Probleme, aber die kommen mir absurd vor. Andererseits: Wir Russen quälen uns seit so vielen Jahrhunderten mit Absurditäten, daß uns alles absurd erscheinen muß, womit andere sich quälen.

Wahrscheinlich sind wir Menschen einfach insgesamt eine heillose Rasse.

Indessen genieße ich doch das vergleichsweise einfachere europäische Leben. Ich habe eine Stelle an der Universität von Oxford bekommen, wenn auch nur als wissenschaftlicher Assistent, also weit unter meiner Qualifikation. Immerhin arbeite ich in meinem Fach und bin zufrieden. Sojetschka hat sich das Haar wasserstoffblond gefärbt und fährt jeden Tag in die Stadt, um sich die Geschäfte anzusehen. Nastjenka ist gesund und spricht ein nettes Englisch.

Und stellen Sie sich vor, neulich habe ich von P. Ja. geträumt. Aber er hatte nur eine Nebenrolle, und ich weiß nicht einmal, welche.

Ich war mit ihm in einem Gerechtigkeitsmuseum. Ausgerechnet P. Ja. hat es mir gezeigt. In einem kleinen Hörsaal mit schwarzen Klappstühlen wurde zur Anschauung ein Inquisitionsprozeß vorgeführt, in dem man ein kleines Lamm zum Tode verurteilte. Ebenfalls zur Anschauung brachte man das Lamm in die Folterkammer, und hier begriff ich plötzlich, daß alles Ernst war, und floh mit dem Lamm. Ich floh über eine sonnige Dorfstraße, fühlte mich bereits in Sicherheit und schnalzte vergnügt mit der Peitsche; ich fuhr im Trab. An einer Kreuzung mit Rotlicht begegneten mir zwei Mädchen in einem Rolls-Royce (das ist eine englische Nobel-Limousine). Sie kurbelten das Fenster herunter und fragten: ›Ist das das Lamm von der Inquisition?‹ – ›Ja‹, sagte ich stolz. Ich war sicher, sie würden mir zustimmen, aber sie nahmen die Verfolgung auf. Sie stellten mich in einem kleinen Garten. ›Denkt doch nach‹, sagte ich, ›die Inquisition ist doch längst überholt. Was hat euch denn dieses Lamm getan? Das ist doch nur ein Lamm!‹

Sie waren unbeirrbar. Außerdem hatte sich in der Zwischenzeit das halbe Dorf versammelt, und sie waren in der Überzahl. Sie sagten, sie brächten das Lamm jetzt zurück in den Folterkeller, es sei denn, ich würfe es sofort in diesen Brunnen. Da bin ich erwacht.«

»Was«, fragt Ljusja am Nachmittag Ruth Jossifowna, »ist die Ink-fisition?«

304

Anton Robertowitschs Schrift ist kaum noch leserlich. Inzwischen enden fast alle seine Sätze mit einem Ausrufezeichen. »23/VI/76! Hochgeehrte Ljudmila Semjonowna! Danke für Ihren Brief mit der Mitteilung, daß Sie bereits aufgestanden und von Ihrer Krankheit genesen sind! Seien Sie trotzdem vorsichtig und versuchen Sie, sich ganz auszuheilen! Anjas Brief über Ihre Erkrankung hat mich sehr aufgeregt, wegen des Gedankens an Herzübermüdung!

Zu Ihrer Frage: Natürlich werde ich auch dieses Jahr nicht nach Seljenogorsk fahren, da das für meine Füße sehr anstrengend ist und man bequeme Schuhe braucht! Meine Füße sind sehr schwach und schmerzen! Ich fürchte, daß Seljenogorsk hier wenig hilft! Danken Sie Anja für ihren Brief! Es ist gut, daß sie vor der Abfahrt nach Saporoshje noch eine Zeit bei der Großmutter auf der Datscha verbringt!«

305

Anfang Oktober gibt es die ersten Herbststürme. Sie zerren die noch grünen Blätter von den Bäumen und jagen dichte, kalte Regenschauer durch die Straßen. Einmal fährt Ljusja zu ihrer Mutter nach Wyriza. Dort tobt der schlimmste Sturm. Stramme junge Buchen wälzen sich wie gefesselte Tiere am Boden, Holz splittert, Donner kracht. Pelageja Nikiforowna fällt in die Knie und bekreuzigt sich. Am nächsten Morgen ist der Spuk vorbei, als wäre nie etwas gewesen. Die Luft ist klar, der Himmel frei und hoch; nur Ljusja hat starke Zahnschmerzen. Trotzdem nimmt sie den nächsten Nachtzug nach Moskau, um sich entsprechend Paschas Anweisungen beim Innenministerium zu beschweren.

Um zehn Uhr morgens steht sie vor dem Innenministerium, müde von der Zugfahrt, gequält von Zahnschmerzen. Sie kommt nicht einmal am Pförtner vorbei. Sie ruft die Generalin Tarassowa an, deren Adresse sie von Edik Tuchmann bekommen hat. Die Tarassowa ist die Frau eines Generals, der vor einigen Monaten in eine Psychiatrische Klinik eingewiesen wurde, weil er gesagt hatte, in der Sowjetunion stimme etwas nicht.

»Soso, Innenministerium?« fragt die Generalin. Sie klingt schläfrig. »Entschuldigen Sie bitte, Ljudmila Semjonowna, es ist gestern spät geworden... Viel Arbeit... Wissen Sie, jetzt ist es unpassend. Innenministerium... Am besten sprechen Sie mit Edik selbst.«

»In Tula«, sagt Ljusja niedergeschlagen.

»Nein, in Moskau. Seine Verbannung ist aufgehoben, er lebt jetzt hier, in der Innenstadt. Notieren Sie bitte die Telefonnummer...«

Edik begrüßt Ljusja freundlich. »Beschwerde im Innenministerium laut Artikel... Ja, da kann ich Sie beraten. Kommen Sie gleich vorbei.« Er wohnt direkt am Arbat.

Edik berät Ljusja rasch und sachlich. Viel kann man nicht tun. Die Gesetze, auf die Pascha sich bezieht, sind rechtskräftig, werden aber nicht praktiziert. Seine Aktion hat das Ziel, die Beamten in Verlegenheit zu bringen und den Apparat zu provozieren; eine positive Konsequenz im Sinne von Haft- oder Besuchserleichterung ist weder für Pascha noch für Ljusja zu erwarten. »Ich bewundere seine Hartnäckigkeit«, lacht Edik. »Aber – was haben Sie?«

Ljusjas Gesicht ist immer länger geworden. »Bitte verzeihen Sie... Der Nachtzug war überheizt... Zahnschmerzen... nicht gefrühstückt... zu Hause – Probleme...«

»So bleiben Sie ein wenig hier, ruhen Sie sich aus. Ich selbst habe einiges in der Stadt zu erledigen, aber vielleicht treffe ich Sie am Nachmittag noch an? Abends kommen Gäste, deswegen kann ich Ihnen leider nicht anbieten, hier zu übernachten.«

Er verabschiedet sich. Ljusja schläft auf dem weichen, rotsamtenen Diwan ein.

Um drei Uhr nachmittags erwacht sie davon, daß ein Dienstmädchen mit einer weißen Schürze den Tisch deckt. Das Dienstmädchen bringt Ljusja Tee, und Ljusja hilft ihr dafür bei der Arbeit. Beim Kochen unterhalten sie sich. Das Dienstmädchen erzählt: Dies ist eine Genossenschaftswohnung. Edik hat sie sofort nach seiner Rückkehr aus der Verbannung gekauft und in bar bezahlt. Er wohnt hier mit seiner Familie. Auch seine Mutter hat eine Eigentumswohnung, allerdings nicht im Zentrum, sondern in einem Neubau in Tscherjomuschki.

Ediks Frau arbeitet nicht, sie muß aber bald vom Einkaufen zurück sein. Die Kinder haben eine Hauslehrerin. »Das Leben ist angenehm mit so feinen Leuten«, sagt das Dienstmädchen. »Es ist immer genug zum Essen da. Und sie sind meistens höflich.«

An den Wänden hängen Teppiche und Ikonen, der Tisch ist mit Silber und Porzellan gedeckt. Um vier Uhr kommt Ediks Frau vom Einkaufen: Ein Mann trägt Tüten mit Lebensmitteln und Flaschen hinter ihr her. Als, fast gleichzeitig, Edik und die ersten Gäste erscheinen, wird aufgetischt.

Wieder gibt es Kognak und Likör. Statt Mineralwasser aber trinkt man Coca-Cola. Als Vorspeise werden Kaviar und Krabben angeboten, danach Kartoffelsalat, Suppe, Rindfleisch und Pudding. Alle Gäste sind westlich gekleidet. Zu Besuch sind die beiden selben Leute wie damals in Tula sowie fünf andere, drei Männer und zwei Frauen, alle zwischen dreißig und vierzig, alle selbstbewußt und witzig. Als Ljusja nach Aljoscha fragt, schnippt sich Edik mit den Fingern an die Kehle und winkt ab.

Den Gesprächen entnimmt Ljusja, daß die Anwesenden sämtliche Lokale der Hauptstadt kennen und sich nur mit Taxis und Flugzeugen fortbewegen. Sie sind gut informiert und reden locker und bisweilen zynisch.

»Und? Wie geht es Ihnen?« fragt Edik Ljusja im späteren Verlauf des Abends.

»Mir scheint, daß ihr euch nur an der Politik aufwärmt«, sagt Ljusja. »Aber ihr glaubt an nichts als an Geld.«

»Sie unterschätzen die Gefahr, in der wir uns befinden.«

»Solche Leute wie ihr bewirken gar nichts. Ihr seid nur gierige Schwätzer, deshalb läßt man euch in Ruhe. Vielleicht kommt dem KGB euer Lebenswandel sogar gelegen. Ihr verpraßt das Geld vom Fonds, oder ihr legt es an, was könnt ihr da dem Kommunismus für Schaden zufügen? Im Gegenteil, Ihr schadet der Helsinki-Idee!«

Zu Ljusjas Überraschung bleibt Edik höflich. Er senkt etwas die Lider über seinen braunen Augen und lächelt: Er habe sehr viel mit der Verteilung von Literatur zu tun, stehe außerdem in Verhandlung mit hohen geistlichen Kreisen und helfe gerade, eine weitere Helsinki-Kontrollgruppe zu organisieren. Daher habe er wenig Zeit. »Haben Sie denn inzwischen Ihren Zuschuß bekommen?«

»Ja.«

»Was belästigen Sie uns dann?«

306

Es ist acht Uhr abends. Alle Züge nach Leningrad sind voll. Beim Versuch, einen Waggonschaffner zu bestechen, wird Ljusja so barsch abgewiesen, daß ihr Mut sinkt und sie diese Idee aufgibt. Was für ein Pech, in einer solchen Situation ausgerechnet an einen ehrlichen Menschen zu geraten!

Ljusja hat immer noch Zahnschmerzen und ärgert sich über sich selbst. Sie hat beschlossen, die Beschwerde beim Innenministerium aufzugeben; aber warum ist sie so lange bei Edik hängengeblieben? Jetzt weiß sie nicht, wohin. Ida ist zwar nicht nach Paris gefahren (sie bekam kein Visum), befindet sich aber auch nicht in Moskau. Ljusja versucht es noch einmal bei der Generalin Tarassowa.

»Ljudmila Semjonowna, mein Täubchen! Soso, hängengeblieben? Nein, Sie müssen nicht im Bahnhof auf einer Bank schlafen. Kommen Sie zu mir, Täubchen. Keine Ursache. Wir müssen schließlich zusammenhalten!«

Die Generalin, eine korpulente Dame um die Fünfzig, empfängt Ljusja mit einer Serie von Juchzern. Sie ist beschwipst. Sie trägt ein tief ausgeschnittenes braunes Samtkleid mit einer dikken roten Schleife im Ausschnitt, die aussieht wie ein Propeller. Auf rosa Pumps schwebt die Tarassowa Ljusja voran durch eine weitläufige Vierzimmerwohnung voll bronzener Statuetten und hüfthoher Vasen. In jedem Zimmer hängen Teppiche. In einem stehen drei Eisschränke. In dem überheizten, antik eingerichteten Salon sitzen drei altmodisch gekleidete Männer mit zerfurchten, violetten Gesichtern. Der Tisch ist gut gedeckt: Brot und Käse, fünf Einmachgläser Warenje, saure Gurken und zwei Flaschen Wodka. Auf einem Beistelltischchen blubbert ein Samowar, aber Tee trinkt keiner. Ein Ölgemälde, das fast so groß ist wie die Wand, zeigt Pferde, die sich mit angelegten Ohren und gefletschten Zähnen auf ein paar erschrockene Jagdhunde stürzen.

Man redet über Lager, Gefangene, Sonderstrafen und darüber, ob es in Jakutsk im Winter bei Temperaturen von minus fünfzig oder im Sommer bei plus fünfzig Grad schwerer auszuhalten sei. Zwei der drei Männer haben dort Lagerstrafen verbüßt. Der dritte wurde unlängst aus einer psychiatrischen Anstalt entlassen. Ihm zittern die Hände, er wirft zweimal sein Wodkaglas um. Übrigens trinkt er wenig.

Um mitreden zu können, brüstet sich Ljusja etwas mit Paschas antisowjetischen Verdiensten und der Schwere seiner Strafen, wobei sie nicht vergißt, ihre eigenen Interventionen zu erwähnen (Beschwerden, Gesuche um Hafterleichterung usw.). »Nicht einmal Milch bekommt er, stellen Sie sich vor! Und da habe ich also ...«

Sie verstummt, als sie das Lächeln des einen Jakutskers sieht. Es ist ein in sich gekehrtes, verlorenes Lächeln wie das Merkurij Dobrynins. Ist auch dieser Mann ein Anständiger, so ein Feiner, Gescheiter, der jetzt den Rest seines Lebens als Straßenkehrer oder Hausmeister verbringen muß? Seine Hände streichen langsam über das Tischtuch. Am Handgelenk hat er ein offenes Geschwür; er zuckt zusammen, als seine Manschette es berührt.

»Haben auch Sie keine Milch bekommen? Hat jemand für Sie protestiert?« fragt Ljusja hastig.

Er lächelt und schüttelt den Kopf.

»Wieso sagen Sie nichts? Kennen Sie meinen Mann?«

Diesmal nickt er.

Es gibt eine peinliche Pause.

»Was ... halten Sie von ihm?« fragt Ljusja verlegen.

Er spricht heiser: »Ich achte ihn nicht.«

Noch eine peinliche Pause.

Ljusja schämt sich.

Die Tarassowa fragt: »Wissen Sie etwas über Pawel Jakowlewitschs Pläne nach seiner Entlassung? Man sagt, er habe sich der Berjosow-Gruppe angeschlossen, aber war er nicht früher mit Kornfeld zusammen?«

»Keine Ahnung«, antwortet Ljusja. Ihre Stimmung ist verdorben.

Der aus der Psychiatrie fragt: »Achten Sie Ihren Mann?«

Zweimal klingelt es, dann führt die Tarassowa junge Leute in den Salon. Verlegen, mit Blumen und Geschenken in der Hand, stehen sie im Türrahmen und blicken in die violetten Gesichter der Märtyrer. Die Tarassowa stellt vor: »An diesem Tisch sitzen dreiundzwanzig Jahre Lager. – Hier in der Tür stehen unsere lieben Freunde – wie war der Name?«

»Wanja ... Sonja ...«, wispern die jungen Leute.

»... unsere Freunde Wanja und Sonja ... Legt es dorthin, meine Lieben ...« Die Tarassowa deutet auf die Mahagoni-Truhe und schiebt eine silberne Schüssel beiseite. Die jungen Leute legen mit andächtigen Bewegungen ihre Geschenke dorthin wie auf einen Altar.

Um zehn Uhr kommt eine abgehetzte Frau mit geschwollenen Füßen, die sich entschuldigt, daß sie so spät dran sei; aber sie habe Überstunden machen müssen, und auch gestern sei sie nicht aus der Klinik fortgekommen – Nachtdienst... Sie hat ein graues, leidendes Gesicht. »Ich habe Ihnen etwas mitgebracht... Zum Zeichen unserer Anerkennung... ein Pfund Butter... Ich weiß, Sie haben Beschwerden mit dem Kreuz... Leider konnte ich Ihnen die Medikamente nicht beschaffen... Aber vielleicht bedeutet es etwas Linderung für Sie, wenn Sie weniger Schlange stehen müssen...«

Hier blickt Madame Tarassowa etwas mißmutig. Aber sie fängt sich rasch und spricht huldvoll: »Legen Sie es bitte dorthin, meine Teure.« Als die Frau gegangen ist, sagt sie zu Ljusja: »Da siehst du, wie die Leute mich lieben!«

»Wie! Diese armen Leute legen dir ihre Schätze zu Füßen, und du, mit deinen drei Eisschränken, empfängst sie wie eine Gräfin – schämst du dich nicht?«

»Die Leute wollen helfen! Wir würden sie kränken, wenn wir von ihnen nichts nähmen. Das sind alles Leute, die gern etwas tun würden, aber den Mut nicht aufbringen. In uns ehren sie diejenigen, die nicht nur reden, sondern sich wirklich geopfert haben!«

»Geopfert? Das kommt mir übertrieben vor. Dein Mann ist unter Stalin während der Säuberungen General geworden, dabei hat er sich nichts gedacht. Bist du sicher, daß er saubere Hände hat? Auch unter Berija hat er sich nichts gedacht. Erst als Chruschtschow ihn absägte, fiel ihm auf, daß mit dem System was nicht stimmt. Und du selbst? Warst du nicht jahrelang Professorin für Marxismus-Leninismus?«

»Was fällt dir ein, so in diesem Haus zu sprechen! Mein Mann hat fünf Jahre Einzelhaft und Folter hinter sich, jetzt wird er in der Psychiatrie gequält! Sein Herz, seine Leber und seine Milz sind ruiniert! Und wenn du uns hier belehren willst, verbiete ich dir einfach mein Haus!«

307

»Edik Tuchmann hat mich rausgeworfen, und auch die Generalin Tarassowa hat mich rausgeworfen«, erzählt Ljusja nach ihrer Rückkehr Pelageja Nikiforowna. »Eins steht fest: Beim Fonds darf ich mich nicht mehr blicken lassen. Mit allen bekomme ich Streit. Wahrscheinlich mache ich alles falsch!« Ljusja lacht vergnügt.

Pelageja Nikiforowna ist immer noch benommen von den Unwettern der letzten Tage, und Ljusja muß ihren Kommentar wiederholen, bevor die Mutter ihn zur Kenntnis nimmt. Dann sagt Pelageja Nikiforowna: »Das kommt davon, daß du hochmütig bist.«

Es ist erst vier Uhr Nachmittag, aber schon fast dunkel. Eine schwere, bleigraue Wolke hängt über dem Dorf. Als Ljusja hinausläuft, um Brennholz zu holen, graupelt es. Der Winter ist nah.

308

In einer Dezembernacht erwacht Ljusja gegen ein Uhr früh. Tränen laufen ihr übers Gesicht. Sie kann nicht mehr einschlafen. Das Herz tut ihr weh, sie springt auf und läuft durchs Zimmer wie ein gefangenes Tier. Sie weiß nicht, wohin mit sich; sie schreit und heult vor Qual. Anja kommt aus dem hinteren Zimmer und fragt mit aufgerissenen Augen: »Mama, was ist, Mamotschka, sag doch, was ist!«

»Ich weiß es nicht, Anjetschka, ich glaube, ich werde verrückt!« Nun heult auch Anja; sie sitzt mit tränenüberströmtem Gesicht auf dem Diwan und sieht zu, wie Ljusja um den Tisch taumelt.

»Verzeih mir, Anja, ich werde verrückt!« Ljusja stürzt zum Telefon und ruft die Erste Hilfe an. Kaum gelingt es ihr, sich verständlich zu machen, so hüpfen ihr die Eingeweide im Leib.

Als die Erste Hilfe eintrifft, dasselbe Bild: Anja im Nachthemd mit nackten Beinen, tränenüberströmt auf dem Diwan, und Ljusja nach Luft schnappend, außer sich, um den Eßtisch kreisend.

»Was ist denn hier los?«, sagt der Arzt, ein junger Kerl mit tiefen Ringen unter den Augen.

»Ich weiß es nicht«, schreit Ljusja, »Ehrenwort! Nehmt mich mit, ich werde verrückt!« Der Arzt packt sie bei den Schultern und schüttelt sie. »Schämen Sie sich! Wie können Sie sich nur so gehenlassen, das Töchterchen erschrecken!«

Aber Ljusja kommt nicht zur Besinnung. Ihr klappern die Zähne, sie ringt nach Luft. Der Arzt gibt ihr ein paar Ohrfeigen und wirft sie auf den Diwan; der Gehilfe hält sie fest, und der Arzt jagt ihr eine Spritze in den Hintern. Bereits im Dämmer vernimmt sie, wie die beiden Helfer den Motor anlassen und über die verschneite Straße davonfahren.

Am anderen Tag – einem Samstag, sie hat lange geschlafen – fühlt sie sich etwas zerschlagen, aber wieder bei Besinnung. »Weißt du was«, sagt sie zu Anja und gibt ihr etwas Geld, »wir haben schon seit Tagen nichts von Anton Robertowitsch gehört; kauf doch ein paar Blumen und schau bei ihm vorbei, vielleicht geht es ihm schlecht.« Zwei Stunden später kehrt Anja mit der Nachricht zurück, Anton Robertowitsch sei in dieser Nacht gestorben.

309

Zum ersten Mal fährt Ljusja zu Anton Robertowitschs Wohnung. Als sie die steile Treppe hochklettert, erkennt sie sie an der offenstehenden Wohnungstür. Sie biegt in den Flur im zweiten Stock ein und blickt durch die offene Tür direkt in das Wohnzimmer.

Die Wohnung ist leer bis auf Anton Robertowitschs schwarzen Flügel, an dem ein umgerissenes Bücherregal lehnt. Auf dem Boden ein Wust von Briefen, Dokumenten und alten Fotografien; fremde Leute laufen über sie hinweg. Alle Möbel, alles Geschirr, alle Gegenstände haben sie binnen weniger Stunden weggetragen, sie müssen damit begonnen haben, als er noch nicht kalt war. Wer? Erben hatte er keine. Die Wirtschafterin läuft hinter Ljusja her und beschuldigt den Hausmeister, der den Elektriker, die Putzfrau und den Verwalter; jene beschuldigen die Wirtschafterin. Alle sind noch erregt von den Plünderungen. Sogar die Vorhänge haben sie mitgenommen. Die Sonne scheint durch die nackten Fenster und legt ihren Schimmer auf die beschmutzten, zertretenen und geknickten Papiere. Ljusja hebt eine alte Fotografie auf. Sie zeigt Anton Robertowitsch als Halbwüchsigen, mit weichem Mund und großen, ernsten grauen Augen. »Ach«, sagt Ljusja benommen, »so hat er also einmal ausgesehen, mit...«, sie liest die mit Tinte kalligraphierte Jahreszahl auf der rechten unteren Ecke der Fotografie, »... mit sechzehn.«

Er war also einmal sechzehn, und das ist nur scheinbar begreiflicher als alles andere.

»Tatsächlich?« Die Haushälterin betrachtet das Bild mißtrauisch und greift danach. »Geben Sie her. Das sammeln wir nachher alles auf, das kommt ins Museum.« Sie verspricht, Ljusja morgen anzurufen, um ihr mitzuteilen, wo und wann Anton Robertowitsch begraben wird.

310

Ljusja hat nichts mehr von der Haushälterin gehört. Sie weiß nicht, wo Anton Robertowitsch begraben liegt. Er hatte sie einmal nach einer evangelischen Kirche gefragt, wo er für sich beten lassen wollte, und Ljusja hat überall herumgefragt, aber auch eine evangelische Kirche fand sie nicht.

In der Zeitung erscheint fünf Tage später ein kurzer Nachruf auf Anton Robertowitsch Müntzer. Darin steht, daß Müntzer vor siebenundachtzig Jahren in St. Petersburg geboren wurde und sein Studium der Elektrotechnik 1912 mit einer Goldmedaille abschloß. »65 Jahre lang stand er ununterbrochen im Dienst der Elektrotechnik.« Fünf Zeilen beansprucht die Aufzählung seiner wissenschaftlichen Verdienste und Titel, über zwanzig Würdenträger haben unterschrieben und beteuern, daß sie seine Leistungen in lichtem Andenken bewahren werden. Aber auch hier kein Hinweis auf Zeit und Ort der Beisetzung.

Ljusja fährt zu Tretjakow. Tretjakow sagt: »Ich will nicht wissen, wo er liegt. Ich will nicht mal wissen, wo ich selber liegen werde.« Immerhin trifft Ljusja einige von Tretjakows Bekannten aus dem Institut. Nicht alle erinnern sich an Müntzer, der schon seit langem pensioniert war. Die meisten finden, er sei ehrgeizig, trocken und unnahbar gewesen, manche nennen ihn kalt. Einer sagt mit gesenkter Stimme, wenn er als Deutscher in der furchtbaren Zeit des Krieges und des Personenkults in einer solchen Position überlebt habe, müsse er mit dem NKWD zu tun gehabt haben. Ein anderer weiß zu berichten, daß Müntzer auch die Kinder seiner Haushälterin finanziell unterstützt habe: den jüngeren Sohn, der an der Technischen Hochschule studiert, und die ältere Tochter, die mit einem Säufer verheiratet ist und drei Kinder hat. Diese Spende allerdings hat ihre Bestimmung nicht erfüllt: Der Vater hat sie abgezweigt und, natürlich, versoffen.

Ljusja bereut, daß sie die Fotografie nicht mitgenommen hat, die konkreteste Spur seiner physischen Existenz, die sie je in der Hand hielt: ein Schatten auf einem Papier.

311

»Edik Tuchmann hat mich rausgeworfen, und auch die Generalin Tarassowa hat mich rausgeworfen«, erzählt Ljusja in der

Küche Ruth Jossifowna. »Meinem Wohltäter Anton Robertowitsch habe ich nicht beigestanden, als es nötig war. Und meine Tochter Lilja habe ich ebenfalls zuwenig beschützt. Wahrscheinlich mache ich alles falsch.«

»Das glaube ich auch, Ljudmila Semjonowna.«

Ljusja bricht in Tränen aus. Ruth Jossifowna drückt ihr einen Brief in die Hand.

Meistens leert Slawa den Briefkasten, bevor Ljusja nach Hause kommt, aber diesmal hat Ruth Jossifowna einen Brief, der die Familie Gwosdikow betrifft, eingesteckt, um ihn Ljusja persönlich zu übergeben. Das sieht ihr nicht ähnlich, denn Ruth Jossifowna hält sich aus den familiären Angelegenheiten der Gwosdikows sorgsam heraus. Auch dieser Sonderfall ist ihr sichtlich unangenehm, deswegen zieht sie sich sofort zurück und beginnt, in ihren Gemächern Gedichte zu sprechen. Der Brief aber ist an Wjatscheslaw Petrowitsch Balmaschow adressiert, Absender: Die Miliz Leningrad.

Ljusja öffnet den Brief und liest: »Ihre Anzeige vom 11. 2. 1978, die Spekulationen der Bürgerin L. S. Gwosdikowa betreffend, haben wir erhalten und an die Staatsanwaltschaft weitergeleitet.« Unklar ist, weshalb Slawa als Absender Ljusjas Adresse angegeben hat.

312

Offensichtlich geht es um die Devisenware, die Ljusja für Ediks Zertifikatrubel erworben und weiterverkauft hat: die Kaffeemaschine, den Kassettenrecorder, den zitronengelben Badeanzug und so weiter, vor allem wohl um den Teppich für achtundfünfzig Zertifikatrubel, für den eine Nachbarin immerhin fünfhundert bezahlt hat. Natürlich hat Ljusja zu Hause von diesen Transaktionen erzählt, man war ja unter sich. Jetzt hängt sie drin. Slawa hat mit Sicherheit auch die Nachbarinnen, Ljusjas Kundschaft, angegeben. Ljusja läuft augenblicklich zu ihnen, erzählt alles und schlägt vor, den Handel rückgängig zu machen. »Gebt mir die Ware wieder, ich gebe euch das Geld wieder. Sonst kommen wir alle ins Lager.« Eine Nachbarin hat aber schon weiterverkauft, die anderen wollen sich von ihren Erwerbungen nicht trennen; alle schwören, gegenüber der Staatsanwaltschaft nichts preiszugeben.

Kurz darauf werden sie einzeln vorgeladen und leugnen wie besprochen ab. Übereinstimmend erklären sie der Untersuchungsrichterin, Slawa sei ein bösartiger Affärist und Parasit, der seit drei Jahren auf Ljusjas Kosten lebe. Schließlich wird auch Ljusja vorgeladen. Die Untersuchungsrichterin, eine dürre Frau mit eingefallenen Schultern, zeigt Ljusja Slawas Eingabe und sagt: »Ich werde die Sache nicht weiterverfolgen. Aber Sie haben Glück gehabt. Wenn er Beweise gebracht hätte, hätte ich Ihnen drei Jahre geben müssen.« Ljusja sieht zu ihrem Entsetzen, daß außer Slawa auch Lilja unterschrieben hat, ferner eine Freundin von Lilja namens Tamara, die oft bei Gwosdikows zu Gast gewesen ist.

Später erfährt sie von Tamaras Mutter, die die Tochter ins Gebet genommen hat, wie die Eingabe abgefaßt wurde. »Warum?« hätten die Mädchen gefragt, und: »Muß denn das sein?« Slawa aber sei mit ausgebreiteten Armen in großen Schritten durch das Wohnzimmer gelaufen und habe gesagt: »Ja! Denn dann gehört das alles uns!«

Ljusja fährt zum Zimmer auf der Wassilij-Insel und trifft dort Lilja und den Kleinen an. Lilja weiß noch nichts von der Untersuchung, lächelt aber Ljusja gehemmt und kläglich zu. »Ich gratuliere, Lilja«, sagt Ljusja, »du hast mich für drei Jahre ins Lager gebracht. Bist du jetzt zufrieden?« Lilja schreit auf und läuft in ein Nebenzimmer, in dem Slawa mit den Nachbarn Karten spielt. »Slawa, du hast doch gesagt, wir würden sie nur erschrekken!« Im nächsten Augenblick eilt Slawa an der offenen Tür vorbei im Sturmschritt durch den Gang und verläßt türknallend die Wohnung. Lilja zögert einige Sekunden, es sieht aus, als werde sie gleich über ihre eigenen Beine fallen; dann rennt sie hinter Slawa her. Ljusja bewacht den zurückgelassenen Paschenka.

Erst nach einigen Stunden kehrt Lilja zurück, allein. »Weißt du«, sagt sie bleich, den Blick starr auf die Wand gerichtet, »für mich heißt die Wahl: Mutter oder Mann. Und ich habe mich für den Mann entschieden.«

»Habe etwa ich dich vor die Wahl gestellt?« fragt Ljusja. »Lebt ihr nicht beide von mir?«

»Ja, aber Slawa sagt, du willst uns auseinanderbringen.«

»Na gut. Schau, daß du mit deiner Wahl glücklich wirst.«

313

Und so unglaublich es klingt: Sie leben miteinander weiter. Zuerst hat Ljusja den Kindern ihr Haus verboten, aber schon nach einer Woche ruft Lilja an: »Mutter, ich habe Arbeit gefunden. Kannst du an deinen freien Tagen Paschenka übernehmen?« Ljusja erwiderte: »Sein Vater soll sich um ihn kümmern.« Noch eine Woche später meldete sich Slawa: »Schwiegermutter, kannst du nicht den Kleinen für heute nehmen? Er hat Fieber, und du kennst dich da besser aus.« Ljusja hörte den Kleinen durchs Telefon wimmern und dachte: Er kann ja nichts dafür. Wenn ich ihn davor bewahren kann, so zu werden wie sein Vater, kann ich vielleicht wieder gutmachen, was ich angerichtet habe. Laut sagte sie: »Na gut, bringt ihn her. Er ist mir willkommen. Aber ihr bleibt, wo ihr seid. Von euch will ich nichts mehr wissen.«

314

In dem Durcheinander hat sie ganz vergessen, Ruth Jossifowna zu fragen, warum sie damals den Brief abgezweigt habe. Ruth Jossifowna war die einzige Nachbarin, die nichts von Ljusja gekauft hat, ja, es ist fraglich, ob sie überhaupt von den Geschäften wußte. Ljusja hat ihr nichts angeboten. Aber Ruth Jossifownas Geistesgegenwart hat Ljusja gerettet. Als Ljusja sich das endlich klargemacht hat, will sie Ruth Jossifowna zum Tee einladen. Aber Ruth Jossifowna lehnt dankend ab. Ljusja bemerkt ihre blauen Lippen. Sie habe es am Herzen, sagt Ruth Jossifowna in schütterem Baß, da ziehe sie es vor, sich von menschlichen Verwicklungen fernzuhalten.

»Kann ich was für Sie tun?« fragt Ljusja überrascht.

»Nein. Ich gehe nächste Woche ins Krankenhaus. Ich bekomme hoffentlich einen neuen Herzschrittmacher. Der alte taugt nichts. Leider ist es mir nicht gelungen, meine Angelegenheiten verantwortungsvoll zu regeln für den Fall, daß mir etwas zustößt. Es ging alles zu schnell.«

»Ich bin Ihnen sehr dankbar«, sagt Ljusja betreten. »Wenn ich etwas für Sie tun kann...«

»Nein«, wiederholt Ruth Jossifowna und wendet sich zum Gehen. Als sie mit schlurfenden Schritten die Küche verläßt, hört Ljusja sie nochmals murmeln: »Es ging alles zu schnell. Wer hätte das gedacht.«

315

Einmal kommt Ljusja zu Lilja und sieht dort folgendes Bild: Lilja zerrt an Paschenkas Armen, Slawa an Paschenkas Beinen. Liljas Gesicht ist von Angst, Slawas Gesicht von Wut entstellt. Lilja schreit, Slawa brüllt. Das Entsetzlichste aber ist das Gesicht des Kleinen: es ist stumpf und, wie Ljusja scheint, steinern vor Verachtung. Als die Streitenden Ljusja bemerken, lassen sie Paschenka los. Seine Beinchen tragen ihn nicht. Vom Boden aufblickend, erkennt er Ljusja, und seine Augen füllen sich mit Tränen. Mit seinen zwei Jahren kennt er nur drei Worte. Er kann nicht erklären, was ihm fehlt und warum er sich naßgemacht hat, und sagt nur beschämt: »Aua.« Ljusja ruft: »Ihr Kanaillen! Tiere!« Sie hebt den Kleinen hoch, greift im Loslaufen sein Mäntelchen und bringt ihn zu sich nach Hause.

316

Ljusja hat Paschenka für drei Tage »in die Berge« entführt. So nennt sie das Wohnheim, in dem ihre Freundin Ära Nikodimowna arbeitet. Ära Nikodimowna leitet die dortige Küche und verschafft Ljusja ab und zu ein Zimmer.

Das Wohnheim liegt an einem Hang. Bei Ostwind scheinen die baumlosen Hügel zum Greifen nah. Ljusja genießt die klare Luft und die freie Sicht. Hier oben fällt alles von einem ab.

Paschenka ist bei ihr. Er sitzt auf ihrem Schoß und blickt immer in dieselbe Richtung wie sie. Stundenlang können sie so sitzen. Morgens vor Sonnenaufgang färbt sich der Himmel hinter den scharfen Konturen der Berge blaßgelb. Dann bricht leuchtend die Sonne hervor. Zwischen den Bergen hängt Nebel, er saugt sich voll Sonne und liegt zwischen den zerklüfteten, nun blau wirkenden Felsen wie glühende Watte.

»Von Tuchmann und der Tarassowa wollen wir ja gar nicht reden«, sagt Ljusja laut, »aber das mit Anton Robertowitsch war einfach wahnsinnig traurig. Slawa und Lilja sind für mich erledigt, und Ruth Jossifowna wollte nicht einmal meinen Dank. Ich mache wirklich alles falsch.«

Paschenka fragt: »Was?«

Sie hatte sich geschworen, ihn nicht liebzugewinnen, weil sie seine Eltern verfluchte, als er geboren wurde. Aber er hat sie angelächelt mit seinen dunkelblauen Augen, und es war um sie geschehen. Die Liebe zu ihm zermalmt ihr Herz. Jetzt dreht er sich auf ihrem Schoß zu ihr um; sie aber will nicht, daß er ihre geröteten Augen sieht, und sagt: »Schau dort vorn, Paschenka, der Strauch. Wie schön der ist.«

Nachts war strenger Frost, aber die Erde erwärmt sich rasch. Ein Strauch nur wenige Meter unter ihnen, der eben noch stumpf war vor Reif, glänzt nun von Tau. Die schweren Tropfen fallen von Blatt zu Blatt, der ganze Strauch zittert in einem zauberhaften Rhythmus unter diesem blitzenden, gläsernen Regen.

Paschenka sagt: »Schön.«

VIII.

Die Datscha I

317

Schon vor dreiunddreißig Jahren war Pelageja Nikiforownas Datscha baufällig. Jetzt senkt sich die Vorderfront, weil die Pfähle im Dreck versinken; die Wetterseite ist verfault, einige Bodenbretter geben nach, der Wind pfeift durch die Ritzen, und der Kamin qualmt. Es gibt nur einen einzigen Raum, keinen Strom und keinen Brunnen, und das Klohaus wurde vom letzten Sturm hochgehoben und gegen die Kiefern geschmettert. Pelageja Nikiforowna hat nie geklagt. Sie hat hier jahrelang Jurik aufgezogen, die Mädchen während der Sommerferien beherbergt, ihre eigenen Kinder bewirtet. Das Haus war ihre Existenz. Sie hat den sauren Boden bewirtschaftet und von seinem Ertrag gelebt; Brennesseltee getrunken und sich, wenn sie krank war, mit Kräutern aus dem Wald geheilt. Nur die strengen Winter verbrachte sie in Leningrad bei Ljusja. Jetzt aber lassen ihre Kräfte nach. Im April bekommt sie eine so schwere Lungenentzündung, daß Ljusja sie ins Krankenhaus bringen muß. Im Krankenhaus wird außerdem ein Blasenkrebs im Endstadium festgestellt.

Am Tag nach Pelageja Nikiforownas Entlassung aus dem Krankenhaus erscheinen zwei Männer von der Baubehörde, um den Zustand der Datscha zu überprüfen. Kurz darauf wird ein Gutachten zugestellt, demzufolge die Datscha »zu 60% baufällig« sei und binnen vierzehn Tagen geräumt und abgerissen werden müsse.

Pelageja Nikiforowna weint bitterlich. Dann bekommt sie großen Appetit, ißt eine doppelte Portion Bratkartoffeln mit Speck und sagt zu Ljusja: »Achtung. Die Datscha gehört mir. Wenn ich sterbe, erbst du sie. Aber der Boden gehört nicht mir. Wenn bei meinem Tod keine Datscha darauf steht, fällt er wieder an den Staat zurück. Das dürfen wir nicht zulassen.«

Ljusja, aufgewühlt und erschöpft vom Ärger mit Slawa, von der Sorge um Lilja, von der Angst um Paschenka, fühlt sich nicht imstande, eine neue Datscha zu bauen. »Wie stellst du dir das vor, Mama? Man muß einen Berechtigungsschein für Material beschaffen, das Material selbst organisieren, die Arbeiter bestechen... Das sind wochenlange Behördengänge, Schmiergelder, Drohungen, Erpressungen... Man muß ständig vor Ort sein, die Arbeiten überwachen, die Arbeiter bekochen... Ich habe einfach keine Kraft, ich schaffe es nicht. Wenn ich wenigstens Hilfe hätte.«

»Wenigstens Hilfe?« läßt sich mit dumpfer Stimme Slawa vernehmen. »Kein Problem, Oma. Ich bau dir deine Datscha. Solang das mit meinem Studienplatz nicht geklärt ist, hab ich eh nichts zu tun.«

Das sagt er, ohne rot zu werden. Pelageja Nikiforownas Augen werden feucht vor Glück. Ljusja überlegt: Na ja, kräftig ist er, und ein lohnendes Vorhaben für ihn ist derzeit kaum denkbar. Um ihn in seinem Entschluß zu bestärken, sagt sie: »Ausgezeichnet, Slawa. Ihr baut die Datscha neu, und dafür wird sie euch gehören, wenn Großmutter nicht mehr ist.«

318

Vier Tage später fährt Ljusja mit Slawa und zwei Freunden nach Wyriza, um die Datscha auszuräumen. Einer der Freunde hat irgendwo einen Lieferwagen abgezweigt. Es dauert mehrere Stunden, bis der ganze armselige Hausrat der Alten verladen ist: das eiserne Bettgestell, die Matratzen, das Bettzeug, der Tisch, Gartengerät, das Geschirr, der Samowar, die Bibel, die Ikone, ein paar Papiere und Briefe... Ljusja läßt die jungen Leute nicht aus den Augen. Einer studiert aufmerksam die Ikone und wirft Slawa einen fragenden Blick zu, Slawa selbst zuckt die Achseln und hat es eilig: Kalter Nieselregen fällt, das Wasser fließt ihnen in die Kragen. Angewidert schiebt Slawa die Papiere zusammen. Er will sie in den Ofen werfen, der bis zuletzt brennt, damit sie mittags noch einen Tee kochen können. Ljusja wirft sich dazwischen: »Warte. Noch ist Oma am Leben. Das sind ihre Sachen.« Erst als das Aufräumen beendet ist, erwacht Slawa aus seiner Lustlosigkeit, fletscht das kräftige Gebiß und sagt zu seinen Freunden: »Also los.« Sie holen einen Kanister und alte Zeitungen aus dem Wagen, die Freunde zerknüllen die Zeitungen, Slawa öffnet den Kanister.

»Halt!« ruft Ljusja. »Ihr wollt sie doch nicht anzünden?«

»Was denn sonst? Misch du dich nicht ein, Schwiegermutter. Schließlich hast du mir diese Arbeit übertragen.«

»Aber das geht nicht. Erstens könnt ihr so ein Riesenfeuer nicht kontrollieren, das gibt einen Waldbrand. Zweitens kann man das Holz noch verwenden, bestimmt ein Drittel für den Bau und den Rest als Brennholz.«

»Den alten Dreck?« Slawa zischt vor Wut. Er tritt gegen die morsche Wand der Wetterseite, das Holz gibt nach, es gibt einen dumpfen Laut, als stöhne das Haus auf. Slawas Augen funkeln. »Überall mußt du dich wichtig machen. Der Scheiß steht mir schon bis hier. Hätt ich mich bloß nicht darauf eingelassen!«

»Hör zu, Slawa, du mußt deine Sache ordentlich machen. Wenn du das nicht kannst, laß die Finger davon. Im Moment hast du noch kein einziges Brett für den Neubau. Und der muß in diesem Sommer fertig werden, denn den Winter wird Oma nicht überleben. So, wie du's angehst, stehst du bald mit leeren Händen da.«

Slawa wirft ihr einen höhnischen Blick zu und geht hinein. Durchs Fenster sieht Ljusja, wie er sich eine Zigarette anzündet und heftig rauchend auf und ab geht. Die beiden Freunde sind ihm gefolgt. Ljusja wagt sich nicht hinein. Sie atmet die schwere, aromatische Luft von Wyriza ein und denkt: Schade. Was ich anfange, geht schief. Das hier war die Zuflucht meiner jungen Jahre und das Asyl meiner Kinder, und es ist schon so gut wie verloren.

Der Regen hat aufgehört. Plötzlich funkelt das nasse Gras in der Sonne, das schwarze Holz schimmert. Die Wolkendecke reißt auf, über Wyriza türmt sich eine riesige schräge Säule aus dampfendem Licht. Ljusja geht langsam dem Gartentor zu.

»Schwiegermutter! Wo gehst du hin?« Das ist Slawas Stimme. Er kommt aus dem Haus gelaufen, überholt Ljusja, zieht unter dem Beifahrersitz des Lieferwagens zwei Äxte und einen großen Hammer hervor und ruft: »Wir sind schon dabei!«

Sie beginnen, die Datscha auseinanderzunehmen. Slawa steigt auf das Dach, treibt die Axt zwischen das rostige Blech und die Dachbretter, zieht die letzten Nägel und gibt den Platten einen Stoß, daß sie scheppernd hinuntersegeln. Die Freunde nehmen die Fenster heraus und hämmern die Bretter der Fensterrahmen einzeln aus der Wand. Slawa hat inzwischen die Dachbretter und Dachlatten gelöst, jetzt klettern auch seine Freunde hinauf und helfen ihm beim Abdecken. Es ist unerwartet warm geworden, sie fangen an zu schwitzen und ziehen nacheinander Jacken, Pullover und Hemden aus. Ljusja sieht Slawa zu, der sich reckt, wenn er mit der schweren Axt ausholt, und beobachtet das Spiel seiner Muskeln unter der schweißglänzenden Haut.

319

Danach geschieht nichts mehr. »Was ist eigentlich mit der Datscha?« fragt Pelageja Nikiforowna vorsichtig.

»Da mußt du ihn fragen.« Ljusja weist auf Slawa, der dumpf brütend am Eßtisch sitzt. Lilja ist nicht da. Slawa hat ihr befohlen, mit dem Kind in ihrem Zimmer auf ihn zu warten. Er selbst sitzt schweigend, in Zigarettenqualm gehüllt, schon den fünften Tag bei Ljusja herum und geht nur abends fort, übrigens nicht zu Lilja.

Den ganzen Tag verbringt Pelageja Nikiforowna auf diese Weise mit Slawa. Der Rauch greift ihre alten Lungen an, doch sie wagt nicht, Slawa anzusprechen. Ljusja, die müde von der Arbeit heimkommt, muß vermitteln. »Bitte frag du ihn«, flüstert Pelageja Nikiforowna. »Ich trau' mich nicht.«

»Slawa, was ist mit der Datscha? Hast du schon was unternommen?«

Der Dialog wiederholt sich heute zum fünften Mal. Bisher ist Slawa an dieser Stelle immer aufgestanden und gegangen, aber diesmal wirft er die Zeitung zu Boden und fragt gereizt: »Wie kann man ohne Geld eine Datscha bauen? In was für einer Welt lebt ihr Weiber eigentlich?«

»In derselben wie du, Slawa.«

»Dann stellt euch nicht so an. Gebt mir achttausend Rubel, dann kaufe ich Holz und bestelle die Arbeiter, und in acht Wochen ist eure verdammte Datscha fertig.«

»Erstens ist sie das dann noch lange nicht, und zweitens habe ich keine achttausend Rubel.«

»Hier an der Wand hängt ein Seidenteppich.« Slawa weist hinter sich, ohne sich umzudrehen. »Der bringt mindestens dreieinhalbtausend. Und im Nebenzimmer hängt noch einer, der bringt drei.«

»Slawotschka, das ist nicht der Sinn der Übung. Wenn ich die Arbeiter und das Holz bezahle, gehört die Datscha mir. Ich wollte euch aber eine Chance geben, sie zu erarbeiten.«

Slawa steht auf und geht zur Tür. »Deine pädagogischen Maßnahmen, Schwiegermutter, kannst du dir sparen. Du denkst doch nicht, daß ich mir in diesem Scheißstaat die Sohlen ablaufe nach irgendwelchen Bescheinigungen und mir die Hände wundklopfe an miserablem Holz? Spätestens wenn du selber abkratzt, gehört die Datscha sowieso mir. Und wenn du das Grundstück verfallen lassen willst, dann laß es eben verfallen und steck dir deine Datscha in den Arsch.«

320

Er ist fort. Pelageja Nikiforowna weint leise vor sich hin. »Aber Mama, weine nicht! Hör nicht auf ihn, er hat es sicher nicht so gemeint!« Ljusjas Kehle schnürt sich zusammen.

»Es ist so bitter, Ljusja, so bitter. Mir bleibt so wenig Zeit! Wenigstens einen Sommer noch wollte ich in meinen eigenen vier Wänden leben. Nur einmal noch in meinem Leben einen Winkel für mich allein. Den ganzen Tag verbringe ich mit diesem Vieh und wage nicht zu mucksen. Hab ich denn in meinen achtundachtzig Jahren nichts Besseres verdient?«

321

Das Angebot von Slawa hat sich erledigt. Da scheint Rettung von unerwarteter Seite zu nahen. Jurik, der am letzten Maisonntag mit seiner Frau Wera zu Besuch kommt und Pelageja Nikiforowna weinen hört, brummt gutmütig: »Aber Oma, wir können doch die Datscha wieder aufbauen. Ich hab zwar nichts im Kopf«, fügt er kokett hinzu, »aber in den Armen, da habe ich's.«

»Du meinst, du wirst selber das Holz beschaffen und bauen?« fragt Ljusja ungläubig.

»Na, Holz werde ich mir schon irgendwie unter den Nagel reißen. Und einen Schuppen werde ich auch noch zimmern können. Nur eine Bitte hab ich an dich, Mama: daß du die Bürokratie übernimmst. Denn da kenn ich mich nicht aus.«

322

Ljusja spricht bei der Gebietsverwaltung vor. Der Leiter der Abteilung Bau- und Instandhaltungswesen, ein dicker Mann namens Tarakanow, sagt: »Ihre Mutter ist achtundachtzig Jahre alt und hat Krebs. Wozu braucht die eine neue Datscha?«

»Sie will ihre letzten Monate in den eigenen vier Wänden verbringen. Das ist ihr gutes Recht.«

»Du lügst!« sagt Tarakanow und fläzt sich in seinen knarrenden Stuhl. »Du willst die Datscha für dich selbst!«

»Na und?« Ljusjas Herz klopft. Sie muß sich beleidigen lassen und auch noch gute Miene machen, denn sie hat Pelageja Nikiforowna versprochen, die Sache durchzuboxen. Also lächelt sie Tarakanow säuerlich an. Aber Tarakanow blättert nur nachlässig in irgendwelchen Papieren, wobei er mit fetter Zunge die beiden mittleren Finger seiner Rechten von unten bis oben ableckt, und schmatzt: »Das Gesetz verbietet es, die Datscha einer Person zu renovieren, die über achtzig Jahre alt ist.«

»Das ist ja absurd«, sagt Ljusja. »Wer hat was davon, wenn die Datscha verkommt? Das ist unsere Datscha, wir haben sie auf ehrliche Weise erworben. Was juckt es Sie, ob wir die Datscha reparieren oder nicht?«

»Uns juckt es nicht. Aber die Sowjetmacht verbietet es, die Datscha einer Person zu renovieren, die über achtzig Jahre alt ist«, wiederholt Tarakanow.

»Das glaube ich nicht. So dumm kann die Sowjetmacht nicht sein.«

»Mach du dir keine Gedanken über die Sowjetmacht.« Tarakanow steht auf. »Wenn dir was nicht paßt, wende dich an die Miliz. Und jetzt zisch ab.«

323

Auch der zweite Versuch, die Datscha zu retten, ist gescheitert. Zwar ist Ljusja noch nicht geschlagen; aber die Sache steht schlecht. Wie kann man nachweisen, daß es ein solches Gesetz nicht gibt? Wie liest man überhaupt Gesetze? Und wo findet man im Gesetzbuch die entsprechenden Paragraphen? Unter »Renovierung« oder unter »Datscha«? Haben die überhaupt Verzeichnisse? Vielleicht hilft Katja? Ljusja fährt mit der Tram zum »Haus des Buches«, um ein Gesetzbuch zu kaufen.

Dort folgt der nächste Fehlschlag. Es gibt kein Gesetzbuch. Der Buchhändler lacht Ljusja aus und empfiehlt ihr eine wissenschaftliche Bibliothek. »Ich bin sicher, Sie haben einen Berechtigungsausweis!« Das ist purer Hohn.

Wenigstens kann Ljusja bei dieser Gelegenheit einen Blick in die Kinderbuchabteilung werfen. Paschenka hat nächste Woche seinen dritten Geburtstag. Ljusja entdeckt ein hübsches Bilderbuch über das Märchen vom kleinen Ziegenbock und ist plötzlich gut gelaunt.

Sie läßt sich über den Newskij treiben.

Die Sonne scheint. Den ganzen Mai über war es kalt, Anfang Juni fiel sogar noch Schnee, und plötzlich ist der Frühling ausgebrochen wie aus langer, dunkler Haft. Die Sonne wärmt Ljusjas Wange. Es ist wie ein Kuß.

Für Paschenka wird Ljusja die Datscha bauen, gegen den Widerstand aller Tarakanows der Welt. Ljusja lächelt so glücklich, daß sie sogar von einem Mann angesprochen wird. Vor dem Metroeingang passiert das, mitten in der Menge, die sich durch die Sperre drängt.

Ljusja fühlt sich geschmeichelt, antwortet aber nicht, denn sie ist, vorsichtig ausgedrückt, keineswegs vorbereitet für Flirts. Heute morgen hat sie sich über die schmutzigen Haare ein Tuch gebunden und im letzten Augenblick, weil sie nicht wußte, wie warm es werden würde, über ihren Kittel eine graue Strickjacke gezogen. Seien wir ehrlich: Sie sieht aus wie eine Pennerin. Und doch spricht sie allen Ernstes zum zweiten Mal ein Herr an, oder ist es derselbe? Ein Herr ihres Alters mit Hut und Tuchmantel, mit geröteten Wangen, und er sagt in geschmeidigem Bariton: »Soso, ein Büchelchen für das Enkelchen? Darf ich sehen? Ist es gut?« Er hat sich neben Ljusja auf die Rolltreppe gestellt, zusammen sausen sie in die Tiefe, und er erklärt: »Ich habe nämlich auch ein Buch für mein Enkelchen gekauft. Aber das ist wahrscheinlich eine andere Altersgruppe. Wie alt ist ihr Enkelchen denn?«

»Drei«, sagt Ljusja. Sie will dem Laberkopf entkommen, weil sie weiß, wie schlampig sie aussieht. Als der Mann sich zu ihr beugt, weil er über dem Dröhnen der Treppe ihre Antwort nicht verstand, nimmt sie einen Hauch von Alkohol wahr. Ach so. Inzwischen hat der Laberkopf ihr das Alter seiner sämtlichen Enkelchen sowie Beruf und Familienstand seiner Kinder referiert. Sie schüttelt den Kopf und peilt am Fuß der Treppe einen Fluchtweg an.

»Was sehen Sie plötzlich so sorgenvoll aus?« fragt der Laberkopf. »Draußen haben Sie gelächelt, und plötzlich sind Sie so ernst? Habe ich Ihnen die Laune verdorben?«

Durch die höfliche Frage verdient er sich einen Blick. Gute Kleidung, stellt Ljusja fest. Nette Fresse, breite Stirn, Entennase; Äderchen auf den Wangen. Der Mann begegnet Ljusjas Blick interessiert und würdevoll, mit wasserblauen, etwas zu sehr glänzenden Augen.

»Was arbeitet denn Ihr Schwiegersohn?« fragt er.

Donnerwetter. Vielleicht ist er doch nicht so ein Stiefel, wie es den Anschein hat? Na, egal. Sie sind unten angelangt, und Ljusja läuft zum Bahnsteig. Der Herr folgt ihr, besteigt denselben Waggon und nimmt neben ihr Platz.

»Vielleicht kann ich Ihren Schwiegersohn in meiner Firma unterbringen?«

In meiner Firma? Na, der geht ja ran.

»Ich fürchte, damit würden Sie sich keinen Gefallen tun. Er arbeitet nämlich nicht gern.« Ljusja muß lachen. »Was haben Sie denn für eine Firma?«

»Hoch- und Tiefbau.«

»Ach!« Ljusja lacht noch mehr.

»Was lachen Sie?«

»Ich versuche nämlich gerade, für meine alte Mutter die Datscha wiederaufzubauen.«

»Eine Datscha? Kleinigkeit! Hier ist meine Telefonnummer. Rufen Sie mich an, wenn Sie Hilfe brauchen. Ich baue Ihnen Ihre Datscha.« Während er seinen Namen und die Telefonnummer auf den Zettel schreibt, wird er von der schlingernden Metro gegen Ljusja geworfen, und wieder nimmt Ljusja seine Fahne wahr. Wodka. Wahrscheinlich ein Hochstapler. Das fehlte ihr noch.

»Hören Sie« – Ljusja liest den Namen auf dem Zettel – »Iwan Sergejitsch! Sie sind sehr freundlich, aber ich brauche Ihre Hilfe nicht. Ich habe nämlich Gott sei Dank noch einen Sohn, der arbeiten kann, und der wird mir die Datscha aufbauen. Auf Wiedersehen.«

»Verlieren Sie den Zettel nicht!« ruft ihr Iwan Sergejitsch nach.

324

Wera ist am Telefon und sagt mit schleppender Stimme: »Hör zu, Schwiegermutter, wir sind beide sehr beschäftigt. Und wir haben Probleme. Einen Haufen Probleme.«

»Was für Probleme?«

»Dein Sohn säuft zu viel.«

Aus Weras verwaschener Aussprache schließt Ljusja, daß auch Wera nicht nüchtern ist, und fragt nach Jurik.

»Er treibt sich rum, Schwiegermutter, und das ist auch gut so, denn ich wollte mit dir noch was klären: Du mußt uns kein Geld geben für den Bau der Datscha, das war abgemacht. Aber du mußt uns unser Erbteil im voraus auszahlen, sonst kommen wir nicht klar.«

Die träge, dreiste Stimme bringt Ljusja in Wut. Gerade war Slawa da und hat sich über Lilja beschwert, dann kam Lilja mit dem Kleinen auf der Suche nach Slawa, Slawa schrie sie an, Pelageja Nikiforowna weinte, Lilja sagte, sie hätten nichts zu essen, und nur der Kleine, Paschenka, hat nicht geweint, sondern sich an Ljusja geschmiegt und sich die Ohren zugehalten. Ljusja hat Pfannkuchen gebacken für Lilja und den Kleinen, Slawa hat geflucht, er habe kein Geld, sie, Ljusja, sei schuld, daß er seine Familie nicht ernähren könne, und dann warf Ljusja die ganze Familie Balmaschow hinaus, woraufhin der Kleine in Tränen ausbrach und schrie: »Oma, nicht Paschka weg!« – »Er kann doch hierbleiben«, rief Ljusja erschüttert, aber Slawa packte den Kleinen, drohte: »Gleich gibt's Senge!« und zog mit Wucht die Wohnungstür hinter sich ins Schloß. In diesem Augenblick klingelte das Telefon. Wera.

»Wera, so wird das nichts. Helft ihr mir oder nicht?«

»Überleg's dir, Schwiegermutter. Ich meine es ernst. Wenn du nicht dafür zahlst, werde ich Jurik verbieten, für dich auch nur ein Nägelchen einzuschlagen.« Wera hängt auf.

325

Aber die Datscha muß gebaut werden. Ljusja entschließt sich, doch noch den Laberkopf aus der Metro anzurufen. Zwei Wochen sind seit dieser Begegnung vergangen. Ob er sich noch erinnert? Zu verlieren hat Ljusja nichts. Und er, selbst wenn er nicht der Bonze ist, als der er sich aufführte, kann zumindest einen Rat geben und vielleicht das eine oder andere Material besorgen. Ljusja wählt die Nummer auf dem Zettel und fragt nach Iwan Sergejitsch. Eine Telefonistin verbindet. Ljusja erkennt sofort die Stimme, obwohl sie etwas tiefer und weniger salbungsvoll klingt als damals im Zug.

»Ich höre.«

»Iwan Sergejitsch? Hier spricht Ljudmila Semjonowna Gwosdikowa. Wir haben uns neulich in der Metro getroffen.«

»Erinnere mich. Und?«

Ljusja wird verlegen. »Und Sie meinten, Sie könnten mir sozusagen behilflich sein, eine Datscha zu bauen?«

»Erinnere mich, erinnere mich. Und Sie sagten, Sie brauchen meine Hilfe nicht, Sie haben einen Sohn, der arbeiten kann?«

»Erinnere mich, erinnere mich.« Ljusja ist kleinlaut. »Also, ich glaube, ich habe mich damals getäuscht.«

»Mal sehen. Ich muß natürlich etwas mehr wissen. Können Sie heute vormittag bei mir vorbeikommen? Wann?«

Ljusja braucht fast anderthalb Stunden bis zu der angegebenen Adresse. Als sie mit suchendem Blick an einem Wellblechzaun entlanggeht, wird sie von einem jungen Mann angesprochen. »Sie wollen zu Iwan Sergejitsch?« Der junge Mann führt sie in ein längliches dreistöckiges Betonhaus mit flachem Dach. Sie klettern in den oberen Stock, betreten einen Vorraum, in dem eine Sekretärin sitzt, und dann wird Ljusja in das Kabinett von Iwan Sergejitsch geführt. Er sitzt hinter einem großen Schreibtisch mit drei Telefonen, unter einem gerahmten Breshnew-Porträt. Meine Güte, wirklich ein Bonze!

Auch Iwan Sergejitsch scheint zu staunen. Ljusjas Haare sind gewaschen und frisch gefärbt. Sie trägt ein Kleid aus einem Synthetikstoff mit chinesischem Blumenmuster. Der Stoff war ein Geschenk von Tretjakow, das dieser wiederum von einer chinesischen Delegation geschenkt bekommen hatte, und Ljusja hat es sich selbst zurechtgenäht. Es verhüllt auf geschickte Weise ihren stattlichen Bauch, und das Rot der Rosen auf dem Stoff paßt perfekt zum Rot ihres einzigen Lippenstifts. Iwan Sergejitsch ist hinter seinem Schreibtisch aufgestanden und sagt: »Das hatte ich nicht zu hoffen gewagt.« Dann kommt er lächelnd um den Tisch herum, drückt Ljusja die Hand und bietet ihr einen Stuhl an.

Von nun an ist er sehr geschäftlich. Er fragt nach Ort, Adresse, Grundstück der Datscha, nach der ehemaligen und nun geplanten Größe des Baus, nach Fundament, Strom- und Wasseranschluß, nach Menge und Qualität des vorhandenen Holzes und nach verschiedenen Bescheinigungen. Er macht sich Notizen und gibt keine Kommentare. Dann meint er, er müsse sich die Sache ansehen, und verabredet mit Ljusja einen Termin am nächsten Freitagvormittag um elf. Er wird sie mit dem Auto abholen. Nein, kein Problem. Bitte sehr. Keine Ursache. Er geleitet sie zur Tür.

326

Am Freitagvormittag um elf steht ein schwarzer Sil vor der Tür. Iwan Sergejitsch klingelt. Da es warm ist, trägt er keinen Mantel, sondern nur einen dreiteiligen Anzug, auf dessen Jackett gut sichtbar zwei Orden geheftet sind. Würdevoll führt er Ljusja und Paschenka zum Wagen und öffnet ihnen die Tür. Er selbst nimmt vorne neben dem Chauffeur Platz. Während der Fahrt raucht er und bespricht allerhand mit dem Chauffeur, doch in Abständen wendet er sich um und betrachtet Ljusja, die sich so schick wie möglich gemacht hat, mit ganz ungeschäftlichem Wohlgefallen.

Die Grundstücksbesichtigung haben sie schnell hinter sich, aber die Fahrt dauerte über eine Stunde. Es ist halb eins. »Ich müßte etwas essen«, sagt Iwan Sergejitsch. »In Puschkin ist ein ordentliches Lokal. Erlauben Sie, daß ich Sie einlade?«

Nun sitzen sie im Restaurant. Paschenka fragt: »Onkels Haus?« Er war noch nie in einem Lokal. Ljusja gibt ihm unter dem Tisch einen leichten Stoß, was heißen soll: Benimm dich hier. Es ist sehr wichtig. Als das Essen aufgetragen wird, flüstert sie ihm zu: »Iß mit Besteck!«, und Paschenka, dem die Worte fehlen, gibt ihr seinerseits unter dem Tisch einen Tritt, der bedeuten soll: Du weißt doch, daß ich das nicht kann, warum also verlangst du es? Iwan Sergejitseh hat die Szene beobachtet. Er lächelt zufrieden. »Offenbar lieben Sie Ihr Enkelehen sehr, und es Sie auch. Ich kann das verstehen.« Ljusja hält diesen Kommentar für ziemlich flott, obwohl er unschuldig vorgebracht wurde, und stellt fest, daß Iwan Sergejitsch die Glaskaraffe Kognak schon halb leer getrunken hat.

»Wie beurteilen Sie die Angelegenheit mit der Datscha, Iwan Sergejitsch?«

»Unproblematisch. Wenn ich richtig verstanden habe, ist das Hauptproblem der Zeitdruck. Daher schlage ich vor: Wir ziehen, nachdem wir den Bauplatz freigeräumt haben, möglichst rasch einen Schuppen hoch, damit Ihre Mutter der Form nach einziehen und die erforderlichen Dokumente einholen kann. Danach können wir uns um Isolierung, Ofen, Veranda und das übrige kümmern. Als Baubeginn schlage ich das nächste Wochenende vor. Ich schicke ihnen eine Arbeitsbrigade mit meinem besten Vorarbeiter.«

»Iwan Sergejitsch, Sie schickt der Himmel. Womit habe ich das nur verdient, und wie kann ich es Ihnen danken?«

»Zunächst einmal, indem Sie mit mir auf unsere Bekanntschaft anstoßen.«

Sie stoßen an. »Sagen Sie mir bitte, Ljudmila Semjonowna, warum ist Ihnen eigentlich Ihr Mann nicht beim Bau der Datscha behilflich?«

»Er ist nicht hier ... Er ist im Lager. Er sitzt.«

»Lange?«

»Das neunte Jahr. In drei Monaten läuft die Strafe ab.«

Iwan Sergejitsch sagt: »Oh.«

327

»Ich habe herausgefunden, daß meine Verurteilung absolut unrechtmäßig war«, schreibt Pascha aus dem Lager. »Du hast das Urteil gehört und weißt, was für ein Blödsinn das war, was man mir vorwirft. Aber nicht nur inhaltlich, sondern auch in Verfahrensfragen wurde schändlich gepfuscht. Ich habe jetzt sämtliche Gesetzbücher und Dokumente studiert und festgestellt, daß allein während der Untersuchungszeit die Strafgerichtsordnung in 72 Punkten von 32 Artikeln verletzt wurde. Ich hätte längst mit guten

Aussichten ein Gnadengesuch einreichen können, doch das wäre gleichzeitig ein Eingeständnis meiner Schuld gewesen, und natürlich bin ich nicht so naiv um einer Fristverkürzung willen irgendeine Schuld, welche auch immer, anzuerkennen, DENN ICH BIN IN JEDER HINSICHT ABSOLUT UNSCHULDIG!!!«

328

Wie findet man heraus, ob es wirklich ein Gesetz gibt, das verbietet, die Datscha einer Person zu renovieren, die über achtzig Jahre alt ist? Nur mit viel Mühe – über Herumfragen, Beschwerden, auf dem Instanzenweg, der vorübergehend der Öffentlichkeit angeboten wird – findet Ljusja einen zuverlässigen, ihr freundlich gesonnenen Menschen, der sagt: »Ein solches Gesetz gibt es nicht!« und ihr durch einen einzigen Telefonanruf die Renovierungsgenehmigung verschafft. Allerdings: Als Ljusja die ganzen Wege, Fahrzeiten und Wartezeiten zusammenrechnet, die sie gebraucht hat, um zu diesem Menschen vorzudringen, sieht sie ein, daß sie mit einer Fünfundzwanzigrubelnote für Tarakanow billiger weggekommen wäre.

Jetzt braucht sie einen Bezugsschein für das zur Reparatur benötigte Holz. »Wir haben keins übrig«, sagt der Verwalter des Holzdepots bedauernd. Er sitzt unter einem Leninbild hinter einem mit grünem Filz bespannten Schreibtisch. Er ist alt, hat tiefe Ringe unter den Augen und wirkt abgespannt. Ljusja zieht einen Hundertrubelschein hervor. »Ich nehme kein Geld!« ruft er erschrocken.

»Ja, aber was soll ich tun? Wir haben schon Juli! Wenn ich jetzt nicht anfange, wird die Datscha in diesem Jahr nicht fertig!«

Er denkt nach. »Wissen Sie was«, sagt er zögernd, »ich habe zwei Enkelchen, denen ich schon lange Persianerpelzchen schenken möchte, aber Pelzchen sind so schwer aufzutreiben, und ich habe einfach keine Zeit, mich zu kümmern...«

Ljusja verläßt ihn mit den genauen Größen- und Gewichtsangaben der Enkelchen und einem Bezugsschein für staatliches Holz. Sie hat einen Monat Frist bekommen.

In diesem Monat baut Iwan Sergejitschs Brigade die Datscha auf. Persianerpelzchen findet Ljusja nirgends. Viermal fährt sie deswegen in die Stadt, ansonsten kümmert sie sich von Sonnenaufgang bis Sonnenuntergang um die Arbeiter.

»Sind Sie wahnsinnig geworden«, ereifert sich der Verwalter, »Sie haben mich betrogen! Rücken Sie auf der Stelle das Holz wieder raus!«

»Aber Sie können doch nicht einfach die Datscha einreißen! Erst ›ja‹ und dann ›nein‹, so geht das doch nicht!«

»Und ob das geht! Ich habe es nicht nötig, mich von Leuten wie Ihnen hinters Licht führen zu lassen!«

»Ich gebe Ihnen noch eine Chance«, fügt er nach kurzem Nachdenken hinzu, »bringen Sie mir binnen zehn Tagen die Pelzchen.«

Ljusja findet auch während dieser Woche keine Pelzchen und schlägt sich noch vor Ablauf der zehn Tage zu seinem Vorgesetzten durch, was allerdings ebenfalls dreißig Rubel Schmiergeld kostet. »So und so«, sagt sie, »Pjotr Arsenjewitsch hat mir die Erlaubnis gegeben, und ich habe gebaut. Plötzlich will er die Erlaubnis rückgängig machen, nur weil ich keine Persianerpelzchen auftreiben konnte. Aber was soll ich tun, es gibt wirklich nirgends Pelzchen.« Dokumente hat sie keine. Den handschriftlichen Bezugsschein hat sie abgeben müssen, als sie das Holz entgegennahm. Nur durch die Gnade des Vorgesetzten darf sie das Holz für den staatlichen Preis behalten.

329

Der Bau ist fertig. Eine Kommission aus zwei Säufern erscheint, um ihn zu genehmigen, und genehmigt ihn nicht. Ljusja weigert sich, den beiden Geld zu geben, und wendet sich an das Kreisbauamt. Für den ganzen Kreis gibt es nur eine Behörde, die in der Provinzstadt G., anderthalb Stunden mit dem Vorortzug von Leningrad entfernt, amtiert und nur zwei Stunden pro Woche empfängt. Der erste Zug dorthin fährt um sechs Uhr früh in Leningrad ab; Näherwohnende aber stellen sich bereits um vier Uhr morgens an. An jedem Besuchstag kommen hundert Leute, von denen dreißig empfangen werden. Indessen drängt die Zeit, denn ein nicht genehmigtes Haus darf nach einer gewissen Frist abgerissen werden.

Ljusja erhält, nachdem sie einmal vergeblich hingefahren ist, durch Bestechung eines Sekretärs einen guten Platz in der Warteliste und wird beim nächsten Mal vorgelassen. Es empfängt sie ein Gebietskommissar mit zwei Sekretären. Alle drei sehen abgearbeitet und zu Tode erschöpft aus. »Was wollen Sie?« fragt der Gebietskommissar ungeduldig. »Ihre Beschwerde ist nicht stichhaltig. Sie haben unzulässig Baugrund unterschlagen, denn erstens haben Sie eine verglaste Veranda angebaut und zweitens den Anbau für das Unterstellen einer Kuh in einen Wohnraum umfunktioniert.«

»Aber der Anbau war doch schon da«, verteidigt sich Ljusja. »Was drinnen ist, ist doch egal, wenn die Wände bereits standen. Und eine eigene Kuh zu halten, ist verboten. Will der sowjetische Staat, daß der Anbau verrottet?«

»Machen Sie sich besser keine Gedanken über den sowjetischen Staat, Bürgerin«, warnt der Kommissar.

»Auch die Veranda war schon da«, fährt Ljusja eilig fort, »ich habe sie nur verbessert und verglast, um sie vor dem Wetter zu schützen. Sie war morsch! Was stört Sie die Verglasung? Sie erhält den Wert der Bausubstanz und gereicht den Vorübergehenden zur Freude, weil das ganze Häuschen nun schöner ist.« Ljusja hat sich diese Wendung sorgfältig überlegt und spricht sie so patriotisch wie möglich aus.

Der Kommissar schließt die Mappe. »Gesetz ist Gesetz. Halten Sie uns nicht länger auf.«

»Ich werde mich beim Zuständigen der Partei beschweren!« ruft Ljusja.

Der Kommissar lacht gelangweilt. »An den kommst du nie im Leben ran. Aber wenn du's versuchen willst, bitte sehr. Und nun geh, wir haben zu tun.« Er gibt das Klingelzeichen für den nächsten Besucher.

Ljusja ist voller Kampfeslust bereits bis an die Garderobe gelangt, da sieht sie ein, daß er recht hat. Sie kehrt um, wartet vor dem Büro, bis der nächste Besucher abgefertigt ist, und schlüpft wieder in das Zimmer. »Genossen, ich habe mich besonnen«, sagt sie und zieht fünfzig Rubel aus dem Ausschnitt. Zwei Minuten später hält sie die Baugenehmigung in der Hand: Der Kommissar hat einfach ein Formular ausgefüllt. Auf dem Formular aber prangt die Blankounterschrift jenes Parteizuständigen, an den Ljusja »nie im Leben rangekommen« wäre.

330

»Jetzt reicht's!« tönt Slawa. »Die sollen mich kennenlernen!«

Er reicht Ljusja mit triumphierender Miene einen Brief, den er an den berühmten Dissidenten Karajew, den Stifter des Helsinki-Fonds, geschrieben hat. »Lies das, Schwiegermutter.«

Der Brief ist fünf Seiten lang, mit großen, unordentlichen Buchstaben geschrieben, und beginnt höflich. »Verehrter Jewgenij Sinowjewitsch! Bitte glauben Sie mir, ich schreibe nicht nur für mich, sondern auch für all die anderen Jungs, die sitzen und gesessen haben. Ich habe meine ersten 3 Jahre für Teilnahme an den Frunsener Massenunruhen erhalten, worüber ich noch im Lager ein Buch mit dem Titel DIE ROTE SICHEL geschrieben habe, das mir weitere 5 Jahre einbrachte. Übrigens bin ich Monarchist, aber das ist hier ja wohl nicht so wichtig. Wegen eines perforierten Geschwürs bin ich am Ende meiner 8 Jahre zweimal operiert worden, weshalb ich am 1. 9. 74 schwerkrank das

Lager verließ. Und erst jetzt komme ich allmählich wieder auf die Füße. Gütigerweise hat mich L. S. Gwosdikowa, die Frau eines sehr befreundeten Mithäftlings, bei sich aufgenommen und gepflegt. Sie hat mir auch von dem Helsinki-Fonds erzählt, dem Sie ja wohl vorstehen, und gesagt, um Geld solle ich mir keine Sorgen machen, sondern nur in Ruhe genesen. Da liege ich also ruhig nach solchen Worten, erhole mich von den Strapazen und gebe das Geld aus, das ich für die Lagerarbeit erhalten habe. Aber das war ja ach so wenig, und außerdem mußte ich auch die Jungs ›wärmen‹, die noch sitzen. Plötzlich saß ich ohne eine Kopeke da, und das nach solchen Leiden. Auch für L. S. Gwosdikowa war es nicht einfach. Nun denke ich, weshalb soll ich ihr auf dem Hals sitzen, wo es doch den Fonds gibt für solche wie mich. Ich wandte mich also an Edik Tuchmann, der den Fonds in Rußland verwaltet, schrieb, telefonierte, fuhr schließlich selbst, aber immer hatte er gerade kein Geld. Das erste Mal schrieb er zurück, er werde mich im Auge behalten, habe aber gerade kein Geld. Das zweite Mal sagte er, er habe gerade all sein Geld für diesen oder jenen anderen Häftling ausgegeben. Verdammt, warum nicht für mich? Ich hätte mich nicht gemeldet, er habe gedacht, meine Angelegenheit hätte sich geregelt. Aber inzwischen hatte ich eine Familie gegründet, und für eine Familie braucht man Geld! Ich gab also mein letztes Geld aus und fuhr nach Moskau, wo er inzwischen sehr üppig lebt, aber siehe da, auch inmitten dieses Wohlstandes hatte er gerade kein Geld. Ich zeigte ihm meine Operationsnarbe, aber er lachte mich aus und sagte, er habe trotzdem kein Geld. Jewgenij Sinowjewitsch, hören Sie mir gut zu, ich habe schließlich herausgefunden, was es mit dem Geld von Ihrem Fonds auf sich hat. Edik ist nur großzügig gegenüber den Leuten seines Initiativ-Komitees, die Karteikärtchen mit den Daten politischer Häftlinge ausfüllen, womit sie so gut beschäftigt sind und so gut verdienen, daß sie gar keine andere Arbeit mehr brauchen. Von all meinen Knastkameraden haben nur der Halbjude Jasykow (150,- R) und der Jude Pjatakow (1500,- R) Geld erhalten. Tuchmanns Wohnung aber ist gespickt mit wertvollen Ikonen. Verehrter Jewgenij Sinowjewitsch! Sie sitzen wahrscheinlich dort in Zürich und sind ach wie stolz auf Ihre Vornehmheit und Großzügigkeit und auf Ihre vielen Spenden, von denen Sie eine ganze Armee politischer Häftlinge und ihrer Familien zu unterstützen glauben. Angeblich hilft der Fonds ohne Ansehen der Herkunft und Überzeugung der Verfolgten. Tatsächlich aber, Jewgenij Sinowjewitsch, ist es ein Hilfsfonds für Juden und ihre Kostgänger! Vielleicht weniger schmeichelhaft für Sie, aber zutreffender. Wir, die Russen, haben früher nichts von solchen Fonds gehabt, wir haben jetzt nichts davon und werden in Zukunft nichts davon haben. Aber damit es nicht so beleidigend für uns ist, daß sich die Juden wieder einmal auf unsere Kosten ernähren, und damit Sie, Jewgenij Sinowjewitsch, künftig keine solchen Briefe mehr erhalten müssen, benennen Sie doch den von Ihnen gestifteten Fonds um, damit er seiner Bestimmung entsprechend heißt. Wir Russen sind genügend selbständig, um von niemandem etwas zu erbitten und zu brauchen. Denn wir, die Russen, sind vielleicht schwach an Macht und Geld, aber wir sind stark an Mut, dafür gibt es zahlreiche Beweise. Nur unsere Seele ist verletzlich wie bei niemandem sonst. Und so eine Enttäuschung, noch dazu in unserem eigenen Land, tut doch weh, nicht wahr, Jewgenij Sinowjewitsch? Sie sind doch, scheint es, Russe? – Sie müssen das doch verstehen.

Damit dieser Brief nicht anonym ist, hinterlasse ich hier meine Adresse.

P. S. Bitte verzeihen Sie, Jewgenij Sinowjewitsch, den nachlässigen Stil. Es gab keine Möglichkeit zur Nachkorrektur.«

»Warum gab es keine Möglichkeit zur Nachkorrektur?« fragt Ljusja.

»Das schreibt man so«, antwortet Slawa. Er hat ihr erregt bei der Lektüre zugesehen. »Und? Was sagst du?«

»Also mir scheint, das Wort ›Geld‹ kommt zu oft vor. Man hat den Eindruck, daß das zu wichtig für dich ist. Du bist bloß sauer, weil du Edik kein Geld aus dem Kreuz leiern konntest.«

»Bin ich auch! Es steht mir doch nicht weniger zu als ihm!«

»Und woher soll Karajew wissen, ob du wirklich ein politischer Häftling warst und kein arbeitsscheuer Gauner, der sich an der Politik gesundstoßen möchte?«

»Deswegen hab ich doch das mit dem Buch ›Die rote Sichel‹ geschrieben.«

»Aber existiert denn so ein Buch? Mir hast du nie davon erzählt.« Slawa verstummt. Seine Euphorie ist verflogen.

»Und noch ein Punkt, über den sich Karajew wundern wird«, spricht Ljusja vorsichtig weiter, »du warst gesund genug, eine Familie zu gründen; warum sollst du nicht gesund genug sein, sie zu ernähren?«

»Für Haftentlassene gibt's keine vernünftige Arbeit.«

»Zugegeben; aber Arbeit gibt's. Und ist es nicht besser, irgendeine Arbeit zu tun, als auf Kosten der Schwiegermutter zu leben? Was sagt dazu dein empfindlicher russischer Stolz?«

Slawa schreit: »Ich verbitte mir deine zynischen Bemerkungen, Schwiegermutter!«

331

Pascha wurde vor zwei Wochen freigelassen, ist bei Ljusja aber noch nicht aufgetaucht. Ida meldet, daß er zuerst nach Kiew gefahren sei, wo er allen seinen Bekannten erzählte, er könne nicht nach Hause; seine Frau werde vom KGB überwacht, sei womöglich längst angeworben, sie habe ja bereits vor seinem Prozeß ungünstig über ihn ausgesagt. Von Kiew fuhr Pascha nach Moskau. In Moskau hat er Ida erklärt, sein Privatleben sei sowieso zerrüttet, das sei in diesem Land nun mal der Preis für politische Arbeit, aber er fühle sich für seine Kinder verantwortlich und sehne sich nach ihnen, deshalb fahre er, trotz aller äußeren Gefahr, hin.

Ida konnte Ljusja sogar das Datum mitteilen, an dem Pascha sie beehren wird: Es ist der nächste Sonntag. Die Kinder lächelten, sie wüßten es längst: Papa habe es ihnen geschrieben, aber gebeten, es Ljusja nicht zu sagen, er wolle ihr eine Überraschung bereiten. Soweit ist alles wie gehabt: Unverständlich. Aber die Mädchen sind außer sich vor freudiger Erwartung.

Gemeinsam putzen sie die Wohnung und bereiten ein Festessen vor. Die Mädchen schwirren im Sonntagsgewand um den Tisch, Slawa sitzt mit verschränkten Armen am Fenster, und sogar Jurik ist erschienen, nüchtern und nervös. Als es klingelt, stürzen Lilja und Anja zur Tür. Ljusja, die am Tisch sitzengeblieben ist, kann Pascha zunächst nicht sehen; sie hört aus dem Gang die Küsse, Paschas Brummen, ein paar Schluchzer sowie in der Küche das Gurren einer Nachbarin, die dem rührenden Schauspiel beiwohnt. Dann tritt, eine Tochter in jedem Arm, Pascha ins Wohnzimmer. Die jungen Männer erheben sich von ihren Stühlen.

Pascha ist kleiner geworden. Mit den hängenden Schultern, dem krummen Rücken und dem Bäuchlein erinnert er Ljusja an eine Spinne. Sein dichtes, gewelltes Haar ist grau geworden, er trägt einen langen Wurzelbart wie ein Prophet. Er blickt in das Zimmer, auf den weiß gedeckten Tisch, auf das silberne Besteck und die Messerbänkchen, die vielen Vorspeisen und Salate, die alkoholischen Getränke in Kristallkaraffen, auf die Ikonen über dem Fernseher und die Teppiche an der Wand und sagt: »Neun Jahre mußte ich ins Lager, um das hier in meinem Haus vorzufinden.«

Er küßt Ljusja auf die Wange. Dann wird gegessen und getrunken. Ljusja beobachtet Pascha. Er ißt gierig, blickt aber, während er kaut, immer wieder mißtrauisch um sich. Ist er nicht wie immer? Haben sie wirklich ernsthaft in schäbigen Lagerzellen und seitenlangen Briefen einander ausgemalt, wie schön es sein wird, wieder ein Familienleben zu führen? Oder hat jeder den anderen nur als notwendige Illusion mißbraucht, deren reeller Wert

Gott sei Dank nicht zu überprüfen war? Ljusja war nicht ehrlich. Sie hat seine Rückkehr ersehnt, damit er die Töchter anleitet und Slawa in die Schranken weist, kurz: damit er in Ordnung bringt, was sie, Ljusja, angerichtet hat. Darf sie ihm vorwerfen, daß auch er mit anderen Plänen kommt, als er vorgibt? Kann sie überhaupt von ihm verlangen, daß er uneingeschränkt zur Verfügung steht, nachdem er erst den Schock der Freiheit verkraften und einen neuen Platz im Leben finden muß? Er habe noch nicht mal eine Aufenthaltserlaubnis für Leningrad, gibt Pascha endlich preis. Er wird vom KGB beschattet. Er hat nach wie vor keinen Beruf, und seine Verbindungen zur Kunstszene sind abgerissen. Er sucht seinen Platz in der Welt wie damals als Zwanzigjähriger, auch wenn seine neue Pose wirkungsvoller ist als die alte. Sein halbes Leben ist um, er hat Jahre vertan, indem er sinnlos andere und sich selbst quälte, und jetzt fängt er bei Null an und ist doch so angespannt und unerlöst wie je.

Wenn er sich aufrichtet, um mit bewußt weicher, einschmeichelnder oder aber prophetenhaft donnernder Stimme etwas zu sagen, verliert er nicht das Lauernde. Einmal fragt er: »Freuen Sie sich, mich wieder bei sich zu haben, Ljudmila Semjonowna?« Und sie, gekränkt durch seine Verleumdungen, antwortet: »Als Kerl brauch ich dich nicht, merk dir das. Meine Wohnung steht dir zur Verfügung, mein Tisch wird immer für dich gedeckt sein, aber du sei endlich deinen Kindern ein guter Vater.«

Dann sprechen Slawa und Pascha über Lagerkameraden, Wachleute und Offiziere. Auch Jurik hat etwas aus dem Lager zu erzählen, es wird gelacht, und die Mädchen himmeln ihren Vater an. Ljusjas Herz ist schwer. Sie hofft, bald mit Pascha allein zu sein, um ihm von den Problemen mit Slawa berichten zu können. Ist nicht Pascha der einzige, der Slawa beikommen kann, mit seiner Kraft und Autorität?

Es wird Abend. Slawa und Jurik sind schon ordentlich betrunken, Lilja hängt an Slawas Hals, Anja sitzt mit tapferem Gesicht daneben. Pascha ist nüchtern. Ljusja macht ihm ein Zeichen: Wir wollen die Jugend wegschicken und miteinander reden. Pascha lächelt ihr aufmunternd zu und erhebt sich. »Ich muß noch was erledigen. Einstweilen danke ich für die freundliche Aufnahme.« Er geht.

Spätnachts, als die Küche aufgeräumt ist, als Anja schläft und Lilja und die jungen Männer gegangen sind, hält Ljusja es nicht mehr aus und ruft Ida an.

»Er ist gleich wieder gegangen?« fragt Ida. »Ja, das dachte ich mir, denn ich hörte, daß auch Larionow wieder in Leningrad ist. Und nach so langer Karenz... Na ja. Und du? Was hast du für einen Eindruck von ihm?«

»Er ist ein... ein Zerrissener«, sagt Ljusja mit zitternder Stimme. »Es war kaum auszuhalten.«

»Wieso, was hat er denn getan?«

»Schwer zu sagen. Er... saß vor mir am Tisch und – zerriß sich.« Ljusja hat einen Kloß im Hals.

»Ja, ja, da sieht man's mal wieder«, seufzt Ida, »mit den Trieben ist nicht zu spaßen.«

332

»Mama, laß uns auswandern!«

»In den Westen? Wer braucht uns dort?«

»Papa ist berühmt! Man erwartet ihn!«

»Ihn, aber nicht uns.«

»Papa hat gesagt, wir werden reich sein!«

»Irre dich nicht, mein Kind«, sagt Ljusja. »Im Westen, habe ich gehört, gibt's kein Geld für Ideale. Dort müßt ihr arbeiten!«

»Schluß mit dem Gegreine. Selbstverständlich werden wir arbeiten.« Slawa steht auf. »Wenn's dir nicht paßt, Schwiegermutter, kannst du ja dableiben. Aber meine Frau und mein Sohn gehen mit mir.«

333

Seit Pascha da ist, gibt es häufig Streit. Pascha kommt und geht, wann er will. Er unterstützt Ljusja nicht, aber wenn er da ist, führt er sich auf wie ein Tyrann. Er bemängelt Ljusjas Bauch, ihre Zahnlücke, ihre Kleidung, die Einrichtung und das Essen. Ljusja kontert: »Wenn's dir nicht paßt, kannst du ja gehn.« Er sagt: »Sei nicht undankbar. Du hast dich großartig geschlagen, und weil du bist, wie du bist, habe ich dich zur Frau gewählt. Aber wenn wir auswandern, mußt du aufhören, eine russische Schlampe zu sein. Dann bist du die Frau eines bedeutenden Intelligenzlers und Dissidenten. Also lerne, dich entsprechend zu benehmen.« Wie früher spricht er in kurzen, befehlenden Sätzen, und wie früher neigt Ljusja dazu, sich zu ducken unter seinem herrischen Ton. Unter Anspannung all ihrer Willenskraft blickt sie ihm in die Augen. »Hör zu, du Angeber, du Affärist. Ich bin krumm, weil ich mich jahrelang für dich und deine Kinder totgeschuftet habe. Und du lachst über mein Aussehen? Schau dich selber an! Du hast im Lager rumgesessen und Bücher gelesen, du siehst aus wie eine fette Spinne. Vergiß nicht: Ohne mich wärst du längst abgekratzt.« – »Ha«, lacht Pascha auf, »bildest du dir etwa was auf die paar Brotrinden ein, die du mir ins Lager geschickt hast? Kaminskij bekam von seiner Frau jeden Monat drei Kilo Kaviar!«

Das trifft. Gekränkt sagt Ljusja: »Es ist noch überhaupt nicht raus, ob ich mit dir auswandern will.«

Sie blicken sich über den Tisch hinweg feindselig an. Dann lenkt Pascha ein. Er spricht davon, was für furchtbare Dinge er hinter sich hat, daß er sein Martyrium nur dank seiner Willenskraft und seinem Idealismus überlebt hat, daß aber natürlich seine Nerven gelitten hätten. Er wird weiterhin vom KGB beschattet und bedroht. Wenn er dieses Land verlassen hat, wird er ruhiger werden. Und er wird Geld haben. Er ist prominent.

Er hat jetzt schon Einladungen aus Israel, Westdeutschland und den Vereinigten Staaten. Er wird im Westen Bücher schreiben und den Menschen dort das wahre Wesen des Kommunismus enthüllen. Ljusja wird nicht mehr schuften müssen. Sie kann seinen Haushalt führen, sie kann repräsentieren. Und jeder wird sie achten.

Die Emigration ist der Joker in ihrem Spiel. Die Bedeutung dieser Karte wechselt von Tag zu Tag, aber ihre Faszination ist konstant. Tatsächlich ist Ljusja versucht, hier nachzugeben, und Stunde für Stunde rechnet sie sich die Vorzüge eines solchen Schrittes aus.

Ljusja hat noch fünf Jahre bis zur Rente. Sie arbeitet zwar nur noch halbtags, aber das strengt sie mehr an als früher die Ganztagsarbeit; sie hat Herzbeschwerden. Sie fürchtet, Lilja zu verlieren, und vor allem, Paschenka nicht mehr schützen zu können. Denn daß Lilja, Slawa und Paschenka mit Pascha in den Westen gehen werden, steht fest. Auch wenn Ljusja Pascha gegenüber kämpferisch auftritt, fühlt sie sich müde und ohnmächtig. Was hat sie in der Emigration zu verlieren? Neubeginn heißt, eine neue Chance. Pascha wird sie diesmal nicht hereinlegen können wie damals, denn er ist prominent, die Augen der Öffentlichkeit ruhen auf ihm. Und, der letzte Grund: Pascha ist ihr Mann. Bei aller Bosheit hat er Anwandlungen von Freundlichkeit, ja sogar von Begehren. Er tut ihr nicht mehr weh wie früher. Pascha will im Westen bedeutenden Komitees für Menschenrechte beitreten, vielleicht ihren Vorsitz einnehmen, vielleicht das Ressort Politik bei »Radio Freie Welt« leiten, vielleicht sogar eine Exilregierung gründen. Für all das ist es günstig, ein intaktes Privatleben nachweisen zu können. Wenn er ohne Frau ankommt, wird man im Westen fragen: »Warum bleibt Ihre Frau freiwillig in Rußland? Sagten Sie nicht, dort könne man es nicht aushalten?« Und sie werden sich überlegen, warum seine Frau die Hölle des sowjetischen Lebens der ehelichen Gemeinschaft mit ihm, dem bedeutenden Emigranten, vorzieht. Vielleicht fürchtet

Pascha auch, unterschwellig, denn er ist Ljusja gewöhnt, die Einsamkeit. Ljusja ist die Frau seines Lebens. Unter bestimmten Bedingungen glaubt er mit ihr leben zu können, während er es mit anderen Frauen sicher nicht kann.

Minutenlang sitzen sie so einander gegenüber, erregt und lauernd. Gleichzeitig dämpfen beide ihren Ton und beginnen zu säuseln, behutsam miteinander und scheinbar einig. Aber auf dem Grund ihrer Augen stehen tiefes Mißtrauen und bitterer Haß.

Meistens ist auch der Kleine, Paschenka, da. Als spüre er die Abgründe, wird er entweder unruhig und zerstörerisch, oder er verkriecht sich in das hintere Zimmer und zirpt: »Oma Ljusja! Oma Ljusja!«, worauf Ljusja zu ihm geht und ihm etwas vorliest oder eine Geschichte erzählt. Dann geschieht es, daß Pascha grußlos geht. Aber es kommt auch vor, daß Pascha sich freundlich, mit einem spitzen Kuß auf Ljusjas Wange, verabschiedet und sogar mitteilt, wohin er verreist: bis auf weiteres nach Moskau etwa, oder für eine Woche nach Kiew, oder für zehn Tage nach Wladiwostok. Und später erhält Ljusja aus genau diesen Orten Postkarten von ihm, die tatsächlich freundschaftlich sind, oder gar liebenswürdig, ja, bisweilen sogar zärtlich.

334

Ganz anders ist alles mit Iwan Sergejitsch. Iwan Sergejitsch kommt inzwischen mehrmals die Woche, immer nachmittags, wenn Anja arbeitet. Da Pascha sowieso meistens unterwegs ist, gibt es hier keine Komplikationen. Und Ljusja freut sich über Iwan Sergejitsch, obwohl sie ihn nicht ernst nimmt. Iwan Sergejitsch trinkt viel und neigt dann zum Labern. Verglichen mit Pascha ist er ein richtiger Stiefel. Er hat als junger Mann bei der Tscheka, zwischenzeitig sogar in Stalins Leibgarde gedient und wurde dafür mit einem Direktorenposten belohnt. Er leitet eine

Baufirma, aber er hat keine Ausbildung, nicht mal eine Maurerlehre. Dafür kann er organisieren, er kann befehlen, und er kann verteilen. Natürlich ist er korrupt, und natürlich bestiehlt er seine Firma. Ganz klar: Wegen Leuten wie ihm liegt die sowjetische Wirtschaft so tief darnieder. Aber für Ljusja hat Iwan Sergejitsch unglaublich viel getan. Er hat wirklich in Wyriza einen Schuppen hochgezogen, und als Pelageja Nikiforowna nicht nur nicht starb, sondern auch noch sichtlich kräftiger wurde, ließ er nach und nach einen steinernen Ofen und eine Terrasse setzen, die Ritzen mit Werg verstopfen, das Dach isolieren; legte einen elektrischen Anschluß, ja sogar einen Gasanschluß. Fast jedes Wochenende erschien eine Arbeitsbrigade von seiner Firma mit Lastwagen, Hilfsmaterial und allen notwendigen Maschinen. Ljusja und Pelageja Nikiforowna bekochten die Arbeiter, tränkten sie mit Selbstgebranntem und konnten die Verwandlungen nicht fassen. Als eines Sonntags ein Bagger genau vor dem Haus einen Brunnen aushob, einen richtigen Brunnen, der auch noch mit Betonreifen befestigt wurde und eine Holzverkleidung, eine hölzerne Kurbel und einen abschließbaren Deckel bekam, als Pelageja Nikiforowna zum ersten Mal Wasser aus ihrem eigenen Garten schöpfte, nachdem sie es dreiunddreißig Jahre lang aus dem Flüßchen hatte herbeitragen müssen, da sah Ljusja ihre Mutter weinen wie schon lange nicht mehr. In den letzten Monaten, nach der Vertreibung aus der Datscha und vor dem Wiederaufbau, hatte Pelageja Nikiforowna ebenfalls viel geweint, aber das war eher ein trockenes Wimmern gewesen. Nun vergoß sie unter gurgelnden Geräuschen Ströme von Tränen. »Aber Mamotschka«, rief Ljusja, »jetzt hast du doch deine Datscha, was gibt es denn da noch zu weinen?« – »Das ist es ja«, schluchzte Pelageja Nikiforowna, »jetzt hat Iwan Sergejitsch die Datscha so schön aufgebaut, und mir bleibt fast keine Zeit mehr, darin zu leben...«

Iwan Sergejitsch ist für Pelageja Nikiforowna ein Idol, beinahe ein Heiliger. Wenn er auf die Datscha kommt, liest sie ihm jeden

Wunsch von den Lippen ab und kauft im Geschäft den besten Kognak. Einmal, als es spät geworden ist, bietet sie ihm wie selbstverständlich einen Schlafplatz auf Ljusjas Matratze an und ist ehrlich enttäuscht, als Ljusja ihr mitteilt, daß Iwan Sergejitsch nicht ihr Liebhaber sei. »Ach«, seufzt Pelageja Nikiforowna und faltet andächtig die knotigen Hände. Und dann schürzt sie die Lippen, wie sie es immer tut, wenn sie etwas besonders Wichtiges sagen will, und spricht inbrünstig: »Iwan Sergejitsch. Ein *guter* Mann.«

Auch der kleine Paschenka verehrt Iwan Sergejitsch über die Maßen. Wenn Opa Pascha da ist, gibt es Spannungen, Feindseligkeit, Streit, auch Geschrei. Aber Iwan Sergejitsch kommt mit Geschenken, gurrt wie ein Tauber, küßt der Oma die Hand und betrachtet sie mit glänzenden Augen. Die Oma ihrerseits lacht, richtet den Tisch schön her und singt beim Kochen. Wenn Iwan Sergejitsch zu Besuch ist, sitzt Paschenka stundenlang still und nimmt dankbar teil an Omas Glück. Zurück bei seinen Eltern, berichtet er feierlich: »Oma Ljusja und Onkel Wanja.« Nichts weiter, seine Sprache ist noch arm. Aber unbeirrbar tut er kund: »Oma Ljusja und Onkel Wanja.«

»Was soll das heißen, Mama!« beschwert sich Lilja. »Hast du etwa einen Liebhaber? Schämst du dich nicht, vor dem Kind? Und mußt du wieder alles zunichte machen? Wie kannst du deinen Mann so rücksichtslos hintergehen, der jahrelang im Lager gelitten hat und jetzt versucht, uns eine neue Existenz aufzubauen?«

Lilja ist hysterisch, Slawa verächtlich. Pascha ruft aus Taschkent an: »Du Hure. Ich hab's ja gewußt.« Keiner glaubt ihr, daß mit Onkel Wanja nichts läuft. Lilja verlangt kategorisch, dann brauche Ljusja Onkel Wanja auch nicht mehr zu sehen. »Das wiederum«, entgegnet Ljusja, »geht zu weit.« Die schlimmste Folge der ganzen Aufregungen ist, daß Paschenka nicht mehr zu Ljusja darf. Sie könnte ihn verderben. Und Paschenka, der vielleicht durch Iwan Sergejitsch zum ersten Mal im Leben auf die Idee gebracht wurde, daß Menschen miteinander auskommen können, wird dieser Ahnung schon wieder beraubt und muß allein in seiner kleinen Hölle weiter schmoren.

335

Natürlich hat Iwan Sergejitsch versucht, bei Ljusja zu landen. Einmal ist er ihr in die Küche gefolgt und hat sie dort plötzlich umarmt, aber dann kam ächzend Ruth Jossifowna herein mit zwei Netzen voll gewaltiger Kohlköpfe. Ein anderes Mal, als Paschenka kränkelte und im Nebenzimmer schlief, hat Iwan Sergejitsch Ljusja die Teekanne aus der Hand genommen und angefangen, ihr die Unterarme zu küssen, wobei er, etwas betrunken, murmelte: »Sie sind eine so wunderbare Frau, Ljudmila Semjonowna, ehrlich, ich bin ganz weg.« Ljusja hat das gern gehört und sich wesentlich langsamer als möglich befreit. Aber sie hat deutlich gesagt: »Iwan Sergejitsch, in unserem Alter, finden Sie das nicht ein bißchen lächerlich?«

Iwan Sergejitsch antwortete: »Nein.«

»Iwan Sergejitsch! Es gäbe nur Komplikationen! Ich bin verheiratet. Ich werde mit meinem Mann in diesem Jahr oder im nächsten nach Westen emigrieren!«

Da hob Iwan Sergejitsch sein gerötetes Gesicht von Ljusjas Händen und sagte, trüben Blicks, aber mit überraschend klarer Stimme: »Das allerdings wäre furchtbar.«

336

Ljusja hat sich inzwischen bestimmt hundertmal mit Genuß und Dankbarkeit an diese Szene erinnert; sie hat sie ihrem inneren Auge vorgespielt wie einen tröstlichen Film und dabei, wahrscheinlich errötend, versucht, sich den Druck von Iwans Händen zu vergegenwärtigen und die Beschaffenheit seiner Lippen.

Nein, natürlich wird sie nichts mit Iwan Sergejitsch anfangen, dafür fühlt sie sich ihm viel zu überlegen. Immerhin hat sie bisher intelligente, bedeutende Männer gehabt: den Literaten Bojarow, den Akademiker Tretjakow, den erfolgreichen Spekulanten Pascha. Sie waren zwar alle bescheuert, aber überdurchschnittlich begabt und unbedingt interessant. Und hiernach Iwan Sergejitsch, den russischen Wanja, den ehemaligen Tschekisten und Handlanger Stalins, den korrupten Apparatschik, der dem Wodka ergeben ist? Wäre das ein Abstieg, mal ganz abgesehen von der ungeklärten moralischen Frage.

Und Ljusja betreibt weiterhin die Auswanderung. Zwar eilt es nicht: Vor Pelageja Nikiforownas Tod, der Gott sei Dank etwas in die Ferne gerückt scheint, wird sie sowieso nicht gehen. Dann aber wird man schnell handeln müssen. Tagsüber also erkundigt sich Ljusja bereits nach Interessenten oder verantwortungsvollen Mietern für die Datscha, verteilt ihre Schätze, instruiert Anja, berät Lilja und verkauft verschiedene Wertgegenstände, wie zum Beispiel den Lüster mit den Porzellanengelchen. Nachts aber liegt sie allein in ihrem Bett, spielt sich die bewußte Szene vor und schläft lächelnd ein.

337

Um ein Uhr nachts klingelt das Telefon. Ida ruft aus Moskau an.

»Ida? So spät? Was gibt's?«

»Entschuldige, wenn ich dich geweckt habe. Aber ich muß was loswerden. Immerhin willst du ja mit diesem Cherzew auswandern.«

»Na und?«

Ida zögert plötzlich. »Sag mal... Kommt ihr gut miteinander aus? Bist du glücklich?«

»Natürlich nicht. Aber es geht. Für seine Verhältnisse gibt er sich Mühe. Ich glaube, er hat sich verändert.«

»Eben deshalb rufe ich dich an. Er hat sich nicht geändert. Daß du's weißt.«

»Was?«

»Ich habe ihn am Abend zufällig bei Shemtschushins getroffen. Ist es nicht so, daß er heute nacht mit dem ›Pfeil‹ nach Leningrad fährt? Er sagte, er könne nur mit Grausen an Leningrad denken. Den ganzen Abend lang hat er gejammert, daß du ihn sexuell verfolgst. Ich sagte: Sie reden von Ihrer Frau, Pawel Jakowlewitsch. Wer sonst hätte das Recht, Sie sexuell zu verfolgen, wenn nicht sie?« Ida ist aufrichtig empört. »Stell dir vor«, sagt sie, »er rollte mit den Augen und fletschte die Zähne. Er hat dich verflucht. Ich glaube, er ist wahnsinnig. Nur daß du's weißt.«

338

Als Ljusja am nächsten Tag von der Arbeit nach Hause kommt, findet sie Pascha vor, im offenen Hemd auf dem Diwan, fernsehend. Er springt auf, läuft ihr entgegen und packt sie mit harten Fäusten. »Ljusenitschka, mein Schatz, ich habe mich ja so nach dir gesehnt, ich kann mich kaum beherrschen...«

Zum ersten Mal schlägt Ljusja mit den Fäusten nach ihm. »Paß auf, du Psychopath, du Lügner, du Ekel. Du verleumdest mich vor unseren Moskauer Bekannten und spielst hier den Romeo, wird dir nicht schlecht, wenn du morgens in den Spiegel schaust?«

Pascha zieht sich hinter den Tisch zurück und ordnet sein Haar. »Wenn ich nur wüßte, wovon du sprichst.«

Ljusja hat den ganzen Tag lang vor Kränkung gebebt und sich Worte ausgedacht, mit denen sie Pascha möglichst schmerzhaft treffen kann. Aber jetzt hört sie seine ölige Advokatenstimme und sieht sein bleiches Gesicht, das heftig zuckt in dem Bemühen, einen verächtlichen Ausdruck anzunehmen, und plötzlich ist alles vorbei. Und es ist ganz einfach, ruhig zu bleiben.

»Egal. Jetzt sind wir wirklich miteinander fertig. Emigrieren kannst du ohne mich. Hauptsache, du tust es bald.«

»Meine Liebe, mir scheint, du redest wirr.«

»Ach ja, und noch was. Gib mir den Wohnungsschlüssel wieder. Den Vater meiner Kinder werde ich bewirten, aber einen Mann habe ich nicht mehr. Verstehst du? Faß mich nie wieder an!«

339

Iwan Sergejitsch ist am Telefon. Seine Stimme klingt gespannt und fordernd. »Ljudmila Semjonowna. Ich muß mit Ihnen reden. Wie ist es um fünfzehn Uhr?«

»Ich muß nach der Arbeit einkaufen und hab allerhand zu tun. Siebzehn Uhr wär mir lieber.«

»Also sagen wir sechzehn.«

Ljusja hat nicht besonders viel zu tun. Sie amüsiert sich über den ultimativen Ton seiner Rede und freut sich auf sein Kommen. Seit sie Pascha endgültig abgesagt hat, beginnt sie Iwan Sergejitsch in Betracht zu ziehen. Daß sie sich heute zierte, hat nur damit zu tun, daß sie es ihm nicht zu leicht machen will.

Durch das Küchenfenster sieht sie, wie Iwan Sergejitsch aus einem Taxi steigt. Es ist erst halb vier. Er wandert nervös auf der harten Wiese hinter dem Haus auf und ab und raucht. Ljusja deckt den Tisch, brät ein paar Fleischbällchen und bereitet einen Salat aus Frühlingszwiebeln und Sauerrahm.

Punkt vier Uhr klingelt Iwan Sergejitsch. Seine Augen glitzern unternehmungslustig, dennoch wirkt er auf rührende Weise gehemmt. Er will zu einer Erklärung ansetzen, verstummt dann aber, zieht eine Flasche Kognak aus der Aktentasche und stellt sie auf den Tisch.

Sie setzen sich. Es ist so, wie Ljusja gedacht hat: Iwan Sergejitsch findet, er habe ihr jetzt lange genug den Hof gemacht, und will es endlich wissen. Er wartet nur auf eine Gelegenheit einzuhaken. Nach kurzem Zögern schenkt er beiden Kognak ein und stößt mit Ljusja an.

»Was sind Sie so unruhig, Iwan Sergejitsch?«

Iwan Sergejitsch hat sich nach dem ersten Glas etwas entspannt. »Ich habe mir Gedanken darüber gemacht, Ljudmila Semjonowna, warum Sie eigentlich auswandern müssen. Unsere Sowjetunion ist doch so ein reiches, herrliches Land.« Iwan Sergejitsch schenkt sich nach. Ljusjas Glas ist noch fast voll. »Ich weiß, Sie wollen bei Ihrem Enkelchen sein, und das ist auch richtig so«, fährt er fort. »Aber ich sage Ihnen: Hier können Sie mehr für Paschenka tun. Und auch für Lilotschka. Denn die wollen sicher bald zurück. Es wird ihnen nicht gutgehen im Westen. Und dann brauchen sie jemanden, zu dem sie zurückkehren können.«

»Warum soll es ihnen im Westen nicht gutgehen?« fragt Ljusja bang.

»Arbeitslosigkeit, Wohnungsnot, Armut, Unterdrückung... Das weiß doch jeder.«

»Leben Sie auf dem Mond, Wanja?«

Zum ersten Mal hat Ljusja Iwan Sergejitsch Wanja genannt. Er quittiert es mit einem kurzen, glücklichen Lächeln und entgegnet dann ernst: »Nicht auf dem Mond, Ljudmila... Ljudmila. Ich lese täglich unsere Zeitungen. Sie sind die besten der Welt.«

Nein, denkt Ljusja, es geht doch nicht. Er ist einfach zu dumm.

»Wissen Sie«, ruft Iwan Sergejitsch feurig, »es gibt menschliche Qualitäten, die man nur hier in Rußland findet! Hilfsbereitschaft, Herzlichkeit, Großzügigkeit... Das alles werden Sie drüben nicht finden. Dort regiert das Kapital. Das Geld. Bei uns aber: die weite russische Seele. Freundschaft! Familiensinn! Ich weiß, wovon ich spreche. Glauben Sie mir, ich bin seit sechsundzwanzig Jahren verheiratet und habe niemals an der Treue und Liebe meiner Frau gezweifelt. Sie war mir immer zugetan und hat mich nie enttäuscht. Und den Kindern ist sie eine so fabelhafte Mutter...«

Iwan Sergejitsch hat sich zum vierten Mal nachgeschenkt. Ljusja beobachtet ihn überrascht. Und dann geschieht etwas Seltsames: Während Iwan Sergejitsch mit zunehmend schwerer Zunge von seiner Frau schwärmt, verliebt sich Ljusja in ihn. Sie hat bei Pascha so viel Grausamkeit und Heimtücke erlebt, daß ihr der alte, betrunkene Iwan Sergejitsch mit seinen Tränensäcken plötzlich vorkommt wie ein Märchenprinz, nur weil er freundlich von seiner Frau spricht, die er soeben zu betrügen im Begriffe ist. »Nicht wahr«, sagt Iwan Sergejitsch, »das finden Sie doch auch großartig? Na ja, vielleicht brauchen Sie es auch nicht großartig zu finden, aber ich, ich finde es ganz und gar großartig und einmalig und werde ihr ewig dankbar sein. Und das gibt es eben nur bei uns.« Flehend fügt er hinzu: »Und Sie? Was sagen Sie dazu, Ljudmila Semjonowna?«

»Großartig... großartig«, murmelt Ljusja errötend.

Die Flasche ist leer. Iwan Sergejitsch erhebt sich langsam, aber noch kontrolliert, geht um den Tisch herum, nimmt Ljusja bei den Händen und führt sie in das hintere Zimmer, und Ljusja widersetzt sich nicht.

340

Die Abreise naht. Slawa und Lilja packen unentwegt aus und ein. Slawa ist erregt, Lilja ängstlich; ansonsten streiten sie. Paschenka klammert sich an Ljusja, wann immer er sie sieht, und Ljusja weint ganze Nächte lang um ihn, wenn er nicht da ist. Oft aber schläft er bei ihr, und dann kämpft sie so stark um ihre Beherrschung, daß sie meint, ihr Herz zerspringe. Er hat jetzt bei Ljusja ein eigenes Bettchen, aber schon in der ersten Nacht tappte er, sowie sie selbst sich hingelegt hatte, im Dunkeln zu ihr. Er fand den Weg nicht auf Anhieb, und sie hörte, schon halb im Einschlafen, sein fragendes Stimmchen: »Oma Ljusja? Oma Ljusja?«

»Paschenka, mein Engelchen, mein Goldstück, warum schläfst du nicht?« flüsterte sie.

»Ljusja, ich bin hier!« Sie richtete sich im Bett auf, griff nach ihm und hob ihn hoch, und dann schlang er seine Ärmchen um ihren Kopf und preßte sein heißes Gesichtchen an ihre Wange. So schliefen sie seitdem jede Nacht. Ljusja weiß, daß sie schnarcht, aber das scheint ihn nicht zu stören, die ganze Nacht läßt er sie nicht los. Es mag ihr einmal gelingen, aufzustehen, ohne ihn zu wecken, aber kaum ist sie zur Toilette oder in die Küche gelangt, hört sie schon das Tappen der nackten Kinderfüße und Paschenkas unruhiges, gedämpftes Stimmchen: »Ljusja? Ljusja?«

341

Unsinnigerweise baut Ljusja für Paschenka ein Zimmerchen in der Datscha aus. Sie nennt es »Paschenkas Zimmer« und streicht seine Wände rosa an. »Kann er sehr gut brauchen«, sagt Slawa zynisch. Für Ljusja aber ist es eine symbolische Handlung, die bedeutet, daß Paschenka immer einen eigenen Platz haben wird, wenn er aus dem Westen zurückkehrt. Ihr selbst hilft die Arbeit, den Schmerz über die bevorstehende Trennung zu vergessen.

Wann immer sie im Vorortzug nach Wyriza fahren, bezaubert Paschenka den ganzen Waggon. Alle wollen mit ihm sprechen, die Großmütter beneiden Ljusja ausgiebig, und wer irgendwas Leckeres, etwa ein Plätzchen, ein Bonbon oder eine Apfelsine, bei sich hat, beschenkt Paschenka damit. Paschenka nimmt die Schätze mit bescheidener männlicher Würde entgegen.

Einmal setzt sich ihnen im Vorortzug ein gertenschlankes Mädchen gegenüber. Sie trägt ein frisches, mit blauen und zitronengelben Blumen gemustertes Sommerkleid und träumt anmutig vor sich hin.

»Hast du den hübschen Hasen gesehn, den der Onkel da im Korb hat?« Als Ljusja sich Paschenka zuwendet, stellt sie fest, daß er nicht mehr ansprechbar ist. Wie hypnotisiert sitzt er auf seiner Holzbank und blickt in hilflosem Entzücken zu dem fremden Mädchen empor.

»Paschenka!« wiederholt Ljusja. Er winkt nervös ab mit seinem linken Händchen: Stör mich nicht! Schließlich bemerkt auch die Angebetete selbst den kleinen Jungen, der sie unverwandt ansieht mit der Leidenschaft eines großen Mannes, und kann nicht umhin zu lächeln. An der nächsten Station steigt sie aus, und im Gehen lächelt sie Paschenka wieder zu, immer noch herablassend, aber bereits ein wenig kokett. Blutübergossen sinkt er auf seine Bank zurück.

342

Paschenka ist das einzige Kind, dem gegenüber Ljusja keine Strenge aufbringt. Aber Strenge ist bei ihm auch selten nötig. Er tut für sie, was er kann. Wenn sie einkaufen geht, folgt er ihr mit der Miene eines Beschützers. Mit dreieinhalb Jahren ist er schon ein richtiger kleiner Mann. Er besteht darauf, Lebensmittel zu tragen, und schultert mit verantwortungsbewußtem Blick die Einkaufstaschen. Auf der Datscha hilft er Ljusja bei der Gartenarbeit und schleppt den ganzen Nachmittag über ein Plastikeimerchen voll Erde nach dem anderen herbei, wobei er begeistert hervorstößt: »Paschka arbeitet! Paschka arbeitet!«

Wenn er von Lilja und Slawa kommt, wirkt er oft trotzig und zeigt Anfälle von Zerstörungswut. Aber zwei Tage bei Ljusja verändern ihn völlig. Er folgt Ljusja auf Schritt und Tritt und betrachtet sie mit grenzenloser Hingabe und ebensolchem Stolz. Einmal, als er sein Hemdchen bekleckert hat und Ljusja scherzhaft seufzt: »Oje, da wird deine Mama mich aber schimpfen!«, strahlt er sie an: »Keine Angst, Oma, ich beschütze dich!«

Nur einmal gibt es eine Krise. Als Ljusja nicht da war, ergriff Paschenka in einem Wutanfall einen Stock und schlug auf die Blumen ein. Pelageja Nikiforowna, die strickend auf einem Stuhl neben dem Beet saß, versuchte ihn aufzuhalten, aber er mißachtete ihr Wort, er war tatsächlich außer sich vor Raserei. Als Ljusja von der Arbeit zurückkehrt, findet sie einen finsteren Paschenka und eine verärgerte Großmutter vor. »Oma hat geschimpft!« ruft Paschenka anklagend. »Weil er mit dem Stock auf die Blumen losgegangen ist!« erklärt Pelageja Nikiforowna. Ljusja sagt zu Paschenka: »Sie hat zu Recht geschimpft. Wie kannst du die Blumen kaputtschlagen? Sie haben dir doch nichts getan?« Die Tatsache, daß sich Ljusja für die Urgroßmutter gegen ihn einsetzt, schockiert Paschenka so sehr, daß er laut zu heulen anfängt, mit einer Verzweiflung, die Ljusja noch nie bei ihm gesehen hat. Plötzlich fällt ihr ein, daß er in einem Monat für immer fortgehen wird, sie läßt ihre Einkaufstaschen fallen, drückt Paschenka den Stock in die Hand und ruft, während ihr die Tränen über die Wangen laufen: »Nein, ich bin nicht böse, Paschenka, hau die Beete, soviel du willst, aber hör um Himmels willen auf zu weinen!«

343

Unangemeldet und gänzlich ungelegen taucht aus Kasachstan auch die Mironowna wieder auf, Slawas Mutter, um ihren Sohn zu verabschieden. Slawa will sie nicht bei sich aufnehmen, und so steht sie eines Abends weinend und betrunken vor Ljusjas Tür. Ljusja denkt: Es geht ihr wie mir. Für diese drei Wochen werde ich ihr nicht die Tür weisen.

Es werden anstrengende Wochen.

Man darf die Mironowna keinen Augenblick aus den Augen lassen. Wenn man nur einen Ring auf der Anrichte ablegt, bevor man in die Küche geht, steckt sie ihn ein. Ljusja und Anja überwachen sie abwechselnd. Einmal aber muß Anja, während Ljusja in der Küche arbeitet, zur Haustür, weil es geklingelt hat, und als Ljusja ins Wohnzimmer zurückkehrt, ist die Mironowna fort. Ljusja findet sie im hinteren Zimmer, wo die Mironowna soeben den Inhalt von Ljusjas Schmuckschatulle in ihren grauen Busen schüttet. »Rück sofort den Schmuck wieder raus!« befiehlt Ljusja. Die Mironowna zieht ein Stück nach dem anderen hervor, wobei sie nach jedem innehält, als sei es das letzte gewesen. Aber Ljusja kennt ihre Bestände. »Donnerwetter«, sagt die Mironowna schließlich nicht ohne Hochachtung, »du hast mich ja schon oft bestohlen, aber so wie heute noch nie. Das ist ja ein richtiges Kapitalverbrechen!«

Als sie den Schmuck gut genug versteckt haben, versucht die Mironowna, Geschirr und Samowar aus dem Haus zu tragen. Ljusja bringt sie in Wyriza bei Pelageja Nikiforowna unter. Dort betrinkt sich die Mironowna täglich und fällt dann betäubt zu Boden, wo sie sich bepinkelt. Die gebrechliche Pelageja Nikiforowna steigt mühsam über sie hinweg. Aber der Mironowna wird es bald zu langweilig auf der Datscha, sie reißt aus und erscheint wieder bei Ljusja. »Ich bin es satt, hinter deiner senilen Mutter herzuräumen«, schimpft sie. Ljusja stellt bestürzt fest, daß sie die Abreise der Ihren herbeisehnt, nur um die Mironowna loszuwerden.

Immerhin legt sich die Mironowna mit Gwosdikows nicht mehr an. Nur einmal, als Anja ihr eines Morgens Weißwein statt Wodka einkauft, spuckt sie aus und schreit: »Pfui! Das ist ja Pipi! Wollt ihr mich vergiften?«

Schlimmer ist, daß sie streunen muß, ebenso wie sie saufen muß. Sie macht Schulden bei allen Nachbarn unter Berufung auf ihre »solide Verwandtschaft« und erzählt Interessierten für ein Glas Schnaps, Ljusja beherberge sie nur, weil sie mit Slawa schlafen wolle. Oft verschwindet sie ganze Tage lang.

Einmal macht Ljusja sie am Finnischen Bahnhof ausfindig. Die Mironowna hat dort sämtlichen Klofrauen erzählt, sie habe kein Obdach, weil ihr hier studierender Sohn, den sie besuchen wollte, sie nicht einlasse; ihr aber fehle sogar das Geld für die Rückfahrkarte. Beim Stichwort »Sohn« steigert sich die Mironowna mühelos in einen so archaischen Schmerz, daß die erschütterten Frauen sie für die Nacht bei sich unterbringen. Bei Ljusja hätte die Mironowna ein sauberes Bett gehabt, aber sie sucht eine andere Umgebung, die ihrer inneren Verfassung entspricht.

Ein andermal trifft Ljusja sie im Lebensmittelladen. Die Mironowna streicht mit prüfendem Blick an den Warteschlangen vorbei, um Unaufmerksamen in die Taschen zu greifen. »Komm«, sagt Ljusja und zieht sie zu sich in die Schlange, »bleib hier, und dann nehme ich dich mit nach Hause. Du bringst uns in Gefahr, wenn du streunst.« Die Mironowna willigt ein, entwischt aber, als Ljusja ihre Bestellung aufgibt, und läuft, sich mehrfach umsehend, auf die Straßenkreuzung hinaus.

Dort reißt sie in Windeseile ihre Jacke von den Schultern, wirft sie auf die Straße und sich darauf, als wolle sie überfahren werden. Aber es ist unmittelbar hinter einer Ampel, die Autos fahren hier langsam, alle Fahrer erkennen rechtzeitig die gestikulierende Frau am Boden und weichen ihr aus. Als Ljusja eintrifft, ist die Mironowna bereits von erschrockenen, mitleidigen Frauen umringt, die durcheinanderfragen: »Was haben Sie denn? Was ist passiert, um Gottes willen?« Schluchzend erzählt die Mironowna von ihrem Sohn, den sie hier besuchen wollte und der kurz vor ihrer Ankunft gestorben sei, von seiner bereits weitervermieten Wohnung und von einer gestohlenen Rückfahrkarte. Die Frauen greifen nach ihren Geldbörsen. Ljusja schiebt sich durch die Menge und ruft: »Behaltet euer Geld, Frauen. Wenn ihr der einen Gefallen tun wollt, stiftet ihr hundert Gramm.« Sie zieht die Mironowna mit sich fort. »Du hast mir die Schau gestohlen«, knurrt die Mironowna verärgert.

Als sie nach Hause kommen, sagt Anja: »Die Abschiedsfeier morgen ist bei Lilja. Papa sagt, er kommt nicht mehr hierher.«

344

Tatsächlich hat Pascha seit jenem Gespräch ihr Haus nicht betreten. Wenn er sich in Leningrad aufhielt, übernachtete er bei Lilja und Slawa. Und dort geschah es eines Abends, daß die Mironowna ihm gegen seinen Willen die Karten las. Lilja hat es später Ljusja erzählt.

Die Mironowna sagte: »Du räudiger Jude« – sie, eine Schlampe und Säuferin, der Abschaum sogar ihrer eigenen Gesellschaft, sie glaubte sich so über ihn erheben zu können, und er selbst und Lilja hörten zu und schwiegen und taten nichts – »Du, Kanaille, mir entführst du den Sohn, und das Enkelchen nimmst du mir weg. Aber eins sag ich dir, im Westen wirst du allein bleiben, und was deine Frau angeht, die findet hier einen prima Mann, ein solches As, da wird sie sich schämen, daß sie dich jemals angeguckt hat.« Erst daraufhin sei Pascha im Gesicht weiß geworden wie saure Milch, erzählt Lilja, habe aber nichts erwidert. Jetzt will er nicht mal, daß Ljusja zu seiner Abschiedsfeier kommt.

Die Abschiedsfeier findet an diesem Samstagabend in dem erbärmlichen Zimmer von Slawa und Lilja statt. Es ist bereits weitgehend ausgeräumt, nur noch ein Tisch steht darin, den Ljusja gestiftet hat, ein recht guter alter Holztisch, an dem Pascha oft bei Ljusja gegessen hat in den Monaten zwischen seiner Rückkehr aus dem Lager und ihrem endgültigen Streit. Stühle und Geschirr haben die Nachbarn ausgeliehen. Anja und Ljusja haben den ganzen Nachmittag gekocht. Lilja sitzt mit roten Augen auf den gepackten Koffern. In einer Ecke schnarcht die Mironowna. Die Männer sind unterwegs. Das Flugzeug fliegt um vierundzwanzig Uhr.

Gegen sieben tauchen Pascha und Slawa auf. Pascha erblickt Ljusja in der Küche und brüllt: »Mit der setze ich mich nicht an einen Tisch!«

Ljusja bleibt in der Küche und ißt, auf einem Schemel sitzend, aus der Hand. Paschenka weicht ihr nicht von der Seite. Die Wohnungsnachbarn, die nacheinander in die Küche kommen, um sich die Zähne zu putzen, werfen Ljusja neugierige Blicke zu. Im Zimmer hört man Pascha mit Anja streiten: Anja macht ihm Vorwürfe, weil er Ljusja nicht sehen will. Es wird recht laut, obwohl außer der Mironowna niemand Alkohol trinkt. Dann erscheint Anja in der Tür, mit gerötetem Gesicht wie nach einem Handgemenge, stolz, außer Atem: »Kommt, ihr beiden. Eine letzte Minute.«

Ljusja sagt: »Nein.«

Es ist neun Uhr. Sie geht auf die Straße hinunter und sinkt gegen die Hauswand auf der anderen Straßenseite. Paschenka, der ihr gefolgt ist, lispelt erschüttert: »Weißt du was, ich bleibe hier.« Ljusja bricht in lautes Schluchzen aus.

Slawas Zimmer im vierten Stock hat keine Vorhänge mehr. Plötzlich wird es dort laut. Ein Fenster wird aufgerissen. Ljusja sieht gestikulierende und springende Gestalten, hört Geschrei und einen lauten Knall, das Geräusch von splitterndem Holz und berstendem Glas. Wieder Geschrei. Dann kommt Anja aus dem Toreingang. Sie sieht Ljusja und läuft auf sie zu. »Er hat den Eßtisch umgeworfen und ihm die Beine abgebrochen!« kichert sie erregt. »Aber, bei Gott, ich habe ihm die Meinung gesagt.«

Und das war der endgültige Abschied: der Krach, mit dem Pascha den letzten Tisch zertrümmerte, an dem sie gemeinsam gegessen haben.

345

Vorher noch, erheitert von Mironownas Orakel, ließ Ljusja selbst sich die Karten legen. Sie hat die Mironowna gut mit Alkohol getränkt, um sie in Laune zu bringen, und dann kokett gefragt: »Und wieviel hab ich noch zu leben? Ich gehe ja schon auf die Sechzig zu, die Hälfte hab ich schon um ...«

Die Mironowna sagte: »O nein, weit mehr als die Hälfte. Aber du wirst gewarnt werden. Dreimal fällst du um, und zweimal stehst du wieder auf.«

IX.

Dieses Land

346

»Stalin war ein großartiger Mann«, sagt Wanja und kippt hundert Gramm Wodka, »ein Genie. Er arbeitete rund um die Uhr. Wenn er nachts arbeitete, wollte er nicht, daß jemand im Kreml schlief. Er konnte das nicht leiden, und manchmal schrie er vor Wut.«

»Weil jemand schlief? Ist das normal?«

»Ach, Ljudmilotschka, du kannst dir gar nicht vorstellen, was es bedeutet, so ein Riesenreich zu dirigieren. Ich habe nur eine Baufirma, und schon da sehe ich, alle sind hinter mir her, wo sie was locker machen und wie sie mir meinen Posten abjagen können.«

»Aber wer schläft, kann doch kein Unheil anrichten.«

»Doch, gerade, Ljudmilotschka, man muß immer wachsam sein.« Wanja sieht sie ernst an. »Du bist so eine wunderschöne Frau, Ljusenka, also älter als fünfundvierzig würde ich dich niemals schätzen...« Er leert ein weiteres Glas. Seine Zunge wird schwer.

»Erzähl noch von Stalin, Wanja. Was hast du bei ihm gemacht?«

»Ich habe ihm Feuer gegeben, wenn er rauchen wollte. Und ich habe vor seiner Tür gewacht.«

»Und wenn er schrie, liefst du hinein?«

»Er schrie und stürzte heraus, und dann gab ich ihm Feuer. Es war eine ernste und wichtige Aufgabe, denn er hat nur wenigen vertraut. Ich war mir der Ehre bewußt. Nur du, Ljudmilotschka, mit deinen schönen blauen Augen, du hast mir gefehlt.«

»Grün, Wanjetschka, grün.«

»Und da warst du so jung... Aber besser, ich habe dich jetzt getroffen als gar nicht. Außerdem, mehr als vierzig würde ich dir auch jetzt nie geben.«

»Wie lang warst du im Kreml?«

»Nur die letzten zwei Jahre. Die neun Jahre davor habe ich geflohene Spione, Konterrevolutionäre und Verdächtige gejagt. In der ganzen Sowjetunion. Ich habe die flüchtigen Personen ausfindig gemacht und die Adressen ihrer Kontaktpersonen dem Komitee mitgeteilt.«

»Und dann wurden sie verhaftet?«

»Verhaftet, eingesperrt, deportiert, erschossen, gehängt – wie's beliebt.« Iwan Sergejitschs wasserblaue Augen glitzern. »Aber damit hatte ich schon nichts mehr zu tun. Das war eine andere Abteilung.«

»Mein Vater wurde auch ausfindig gemacht. Und die ›andere Abteilung‹ hat ihn vernichtet.«

»Das war Berija. Stalin konnte ja nicht wissen, was für eine Kanaille Berija war!«

»Warum konnte er es nicht wissen?«

»Ja, diese Greuel, die Berija anrichtete! Wer hätte sich das vorstellen können? Stalin hat ja Jagoda und Jeshow mit der Höchststrafe belegt, weil die es zu toll getrieben hatten. Aber Berija war zu schlau, den kriegte er nicht zu fassen, der wand sich immer wieder raus.«

»Aber du wußtest doch, was passierte. Hast du nicht selber gesagt, daß man die Leute einsperrte, verhaftete, deportierte?«

»Das waren echte Staatsfeinde, Ljudmila Semjonowna.«

»Woran hast du das gesehen?«

»Sie haben uns gehaßt. Das sah man an ihren Augen.«

»Mein Vater hat euch auch gehaßt.«

»Ach, Ljudmilotschka«, ruft Wanja unglücklich, »das war dieser Schurke Berija! Aber wenn ich dagewesen wäre, ich hätte dich mit meinem eigenen Blut beschützt. So schön sind Sie, Ljudmila Semjonowna, so schön. Niemals würde ich Sie für älter als fünfunddreißig halten!«

»Leise, Iwan Sergejitsch, Sie wecken meine Tochter auf!«

Mit entrücktem Lächeln beobachtet Wanja, wie Ljusja den

Diwan zum Schlafen herrichtet. »Ljudmila Semjonowna«, flüstert er, »hiermit lade ich Sie offiziell ein, ein Wochenende mit mir auf meiner neuen Datscha zu verbringen.«

»Du kriegst eine neue Datscha?«

»Am Meer; zweistöckig«, antwortet Wanja bescheiden.

Im Einschlafen wispert Ljusja: »Weißt du was, eigentlich müßte man dich entkulakisieren, Iwan Sergejitsch. Du hast eine Dreizimmerwohnung, einen Dienstwagen mit Chauffeur und Kuraufenthalte, soviel du willst, und jetzt kriegst du sogar eine Datscha am Meer? Zweistöckig? Findest du das etwa gerecht?«

Wanja sieht das ein. »Aber hast du die Datscha von Filippow gesehen? Dreistöckig! Dabei ist Filippow ein viel größerer Kommunist als ich. Mindestens so einer sollte doch dem Volk mit gutem Beispiel vorangehn! Wenn nicht mal er es tut, worauf soll man sich dann noch verlassen? Also, unter Stalin wäre das nicht passiert.«

347

Das Leben geht weiter. Wenigstens in einer Hinsicht ist es jetzt leichter geworden: Ljusja muß Slawa und Lilja nicht mehr ernähren.

Deshalb kündigt Ljusja ihre Arbeit in der Kantine der »Rotfront«-Stahlwerke. Sie hat dort gut verdient und viel beiseite geschafft, aber es war auch gefährlich. Je besser der Laden lief, desto mehr Neider gab es und desto höher wurden die Schmiergelder. Zehn Rubel verlangte der Buchhalter, zehn Rubel der Hygienearzt, jeweils zehn auch der Verwalter, die Dispatcher, die Lieferanten, die Marktleiter, zwanzig der Direktor... Jetzt übernimmt Ljusja ein ganz kleines Buffet in einem Wohnheim für Familien, das einer Papierwarenfabrik angegliedert ist.

Das Buffet ist in miserablem Zustand. Buffets in Familienwohnheimen werden schlecht besucht; man geht davon aus, daß die Männer lieber im Zimmer bei ihren Familien essen. Dieses Buffet hat in der letzten Zeit nur dreißig bis vierzig Rubel pro Tag abgeworfen. Es ist schmutzig und wird von den Bewohnern gemieden.

Ljusja schrubbt zwei Tage lang Küche und Fußboden, putzt Tische, Schemel und Fenster, kratzt den Dreck aus den Ritzen und das Öl vom Glas der Auslage. Sie näht orangefarbene Vorhänge und organisiert Plastiknelken, die in zerkratzten Plastikvasen die abgestoßenen Tische verschönern. Und sie reformiert innerhalb der vorgegebenen Grenzen die Speisekarte. Bereits nach drei Wochen setzt sie achtzig Rubel pro Tag um, nach sechs Wochen zweihundert. Die Arbeit fällt ihr leicht. Es ist ausschließlich Haushaltsarbeit und keine Politik. Wunderbar ist es, wie der Laden läuft. Zur Not wird Ljusja, wie sie überrascht feststellt, sogar die Balmaschows wieder ernähren können, falls sie zurückkehren.

Lilja schreibt zwar, sie bekämen in Deutschland Tausende von harten D-Mark fürs Nichtstun, einfach weil man stolz sei, sie zu Gast zu haben; andererseits aber lebten sie beengt in dem Hotelzimmer, und der Kleine quengle. Slawa aber gebe das ganze Geld für neue Freunde aus, sei unruhig und wolle der Fremdenlegion beitreten, um in Afrika kommunistische Neger totzuschießen.

348

Iwan Sergejitsch kommt zu Ljusjas vierundfünfzigstem Geburtstag. Beide sind vergnügt und feiern stürmisch. Am anderen Morgen geht er zur Arbeit. Ljusja, die ihren freien Tag hat, räumt singend die Küche auf. Die Hausarbeit erledigt sich beinahe von selbst, das Schlangestehen hat plötzlich amüsante Seiten, alles ist leicht und herrlich: am goldenen Nachmittag des Lebens endlich das wirkliche Glück. Den ganzen Tag über freut Ljusja sich darauf, daß Wanja gleich anrufen wird: »Ljusenka, ich sehne mich schon wieder nach dir! Wo treffen wir uns?« – Sie wird sagen: »Bei mir um acht, ist das recht?«, und er: »Bei dir ist recht, aber acht Uhr ist reichlich, reichlich spät...«

Der Abend vergeht, und Wanja ruft nicht an. Wahrscheinlich hatte er viel zu tun, er wird sich sicher morgen melden.

Auch am nächsten Tag meldet er sich nicht. Ljusja ist unruhig und schämt sich. Hat sie sich wirklich so getäuscht? Ist er vielleicht im Alkohol nicht zurechnungsfähig? Oder ist ihm etwas zugestoßen? Keine Nachricht, kein Telefonanruf. Wenn Ljusja das Haus verläßt, sagt sie mit möglichst gelassener Stimme zu Ruth Jossifowna: »Ich erwarte einen dringenden Anruf, könnten Sie bitte unbedingt notieren, wenn sich jemand meldet?«

Die Woche vergeht, von Wanja keine Spur. Na gut, beschließt Ljusja, wenn er sich die Sache anders überlegt hat, dann eben nicht, zum Teufel mit ihm. Sie möchte nur sicher sein, daß er nicht verunglückt ist. Vielleicht ist er schon tot und begraben, und sie weiß nichts davon, oder er ist akut erkrankt und liegt darnieder, während sie ihn verflucht? Ljusja beginnt um Wanja zu weinen, den einzigen Mann, der sie, wie sie inzwischen findet, jemals glücklich gemacht hat. Sie muß in Erfahrung bringen, ob er noch lebt und gesund ist, und wenn ja, kann sie ihn immer noch zum Teufel schicken. Ljusja wischt die Tränen ab, trägt Lippenstift und Schminke auf, zieht ihr bestes Wollkleid an und geht zur Trambahn. Die Sonne scheint, es ist ein prangender goldener Oktobertag. Ljusja muß eine halbe Stunde lang auf die Trambahn warten und schwenkt unternehmungslustig ihr Handtäschchen. Auch ein paar Jugendliche warten auf die Bahn. Einer fängt vor Ärger an, mit den Füßen gegen das Wartehäuschen zu treten. Ljusja weist ihn zurecht, und er gibt zurück: »Na, Oma, fährst du zum Rendezvous? Mach dich bloß nicht schmutzig!«

Als die Trambahn kommt, beschließt Ljusja, doch nicht zu Wanjas Firma zu fahren. Das wäre nämlich gar zu lächerlich. Sie wird am Newskij einkaufen; im Kaufhaus »Passage« soll eine Ladung Nylonstrümpfe eingetroffen sein. Ljusja fährt bis zur

Station »Wassiljeostrowskaja«, steigt dann in die Metro um und findet sich trotz allem eine Stunde später vor dem Einfahrtstor zu Wanjas Firma wieder. Ein Mann in blauer Montur, offenbar der Pförtner, lehnt betrunken an der Schranke. Ljusja nähert sich ihm, als käme sie zufällig vorbei, und fragt: »Sagen Sie bitte, ist Iwan Sergejitsch gesund?«

»Was geht Sie das an? Geh, Bürgerin, hier ist die Einfahrt!«

Als Ljusja ihm eine Zigarette angeboten hat, fragt er: »Welcher Iwan Sergejitsch?«

»Dein Chef.«

»Mein Chef«, lallt der Pförtner, »klar, warum soll er denn nicht gesund sein?«

»Ich meine, ist er denn in der Arbeit? Hast du ihn heute schon gesehn?«

»Natürlich hab ich ihn gesehen. Er ist nüchtern, und er arbeitet wie alle anständigen Leute.«

»Paß auf, daß du nicht in den Dreck fällst«, sagt Ljusja.

Sie fährt sofort nach Hause. Pech gehabt, denkt sie. Na gut. An die Arbeit. Der Winter steht vor der Tür. Und obwohl draußen die Sonne scheint und es fast zwanzig Grad warm ist, beginnt sie, mit Papierstreifen und Leim die Fensterritzen zu verkleben.

349

Lilja schreibt, daß sie eine Sozialwohnung (was ist das?) in der Karl-Marx-Straße in Aussicht hätten, und daß Slawa protestiere: Er als rechtgläubiger Russe, Monarchist und Dissident werde niemals freiwillig in einer Karl-Marx-Straße wohnen. Dann aber hätten sie die Dreizimmerwohnung mit Bad und Elektroherd besichtigt, und sie habe ihnen ausnehmend gut gefallen. Wenn nur der Kleine nicht dauernd krank wäre.

350

Ganz überraschend ein Brief von Lukian. »Liebe verehrte Ljudmila Semjonowna! Drei Jahre lang war ich in einer psychiatrischen Anstalt eingesperrt, dann entließ man mich mit der Bemerkung, ich sei psychisch vollkommen gesund. Seltsamerweise hielt ich mich genau damals erstmals selber für krank, wenn ich mich umsah auf die Trümmer meines Lebens. Ich habe Ihnen nicht gleich geschrieben, weil ich nicht wieder als Bettler vor Ihnen stehen wollte. Also suchte ich Arbeit und fand welche in der Nähe von Lwow; endlich also in meiner Heimat. Ich mietete mich privat ein; eine Witwe hat mich aufgenommen. Zum ersten Mal trat ich über meine eigene Schwelle. Ich habe die Wände und den Fußboden geküßt. Nun habe ich hier meinen 57. Geburtstag begangen. Wir hatten alles auf dem Tisch, was zu einem richtigen Fest nötig ist. Aber mein Herz ist leer.«

Sieh mal einer an, denkt Ljusja. Eine Witwe hat ihn bei sich aufgenommen, er ist über seine eigene Schwelle getreten, und sie hatten alles auf dem Tisch.

351

Sie wird kämpfen. Sie wird arbeiten wie ein Pferd, um Lilja in der Fremde unterstützen zu können. Und sie wird den widrigen Umständen entreißen, was ihr zusteht. In der Liebe kann man nichts erzwingen, da heißt es tapfer sein. Aber an allen anderen Fronten gibt sie nicht auf.

Zum Beispiel ihre Zähne. Ausgerechnet in der schlimmsten Zeit hat sie zwei Backenzähne rechts verloren, und der freistehende Eckzahn wackelt schon. Beim Zahnarzt will Ljusja eine Goldprothese machen lassen.

Der Zahnarzt sagt: »Ich darf Ihnen keinen Goldzahn machen. Nach dem neusten Erlaß darf Gold nicht mehr für Zähne verwendet werden.«

»Und wenn ich selbst das Gold beschaffe, machen Sie mir dann den Zahn?«

»Auf keinen Fall! Das ist illegal!« ruft er entsetzt.

Ljusja zieht fünfzig Rubel heraus.

»Ich werde mich im Labor erkundigen, ob für Sie eine spezielle Legierung in Frage kommt«, meint er nach einer Pause. »Aber um das Rohmaterial kann ich mich wirklich nicht kümmern.«

Gold gibt es nur auf dem schwarzen Markt. Sofort erinnert sich Ljusja an Galja.

Galja, Ljusjas Freundin aus der Bleistiftfabrik und Gefährtin aus der Schnapsladenzeit, ist nämlich seit drei Jahren mit einem Spekulanten verheiratet. Plötzlich hat sie alles und kann alles. Allerdings ist sie sehr beschäftigt. Ljusja wählt jeden Tag ihre Nummer. Sie hat die Hoffnung fast schon aufgegeben, da nimmt Galja den Hörer ab.

»Sag mal, Galja, ich habe ein Problem, kannst du mir helfen…«

»Nicht am Telefon. Komm am besten vorbei. Aber rasch, ich muß in einer dreiviertel Stunde aus dem Haus.«

Es stellt sich heraus, daß es Schwierigkeiten bei Galja und Fred gegeben hat: Jemand legte eine Bombe unter ihr Auto, die eines Nachts explodierte. Gott sei Dank wurde niemand verletzt, und der Schaden blieb begrenzt: Das Auto wurde von der Explosion in die Luft gehoben und fiel wieder auf den Boden zurück, fing aber kein Feuer. Die Reparatur kostete »nur«, sagt Galja, »fünfzehnhundert Rubel, für uns ist das ein Klacks«. Aber die Polizei kam ins Spiel. Als Fred und Galja, von dem Knall geweckt, auf die Straße liefen, war sie schon da. Es begannen unangenehme Gespräche. »Haben Sie Feinde? Welcher Art sind Ihre Bekannten?« Nachdem die ersten Untersuchungen abgeschlossen waren, fuhren sie überstürzt nach Brest zu Freds Verwandten. Fred ist noch immer dort. Er hat seit dem Vorfall »vegetative Funktionsstörungen«: hohen Blutdruck, Schweißausbrüche und Schwindelanfälle; kurzum, er ist fix und fertig, er muß sich eine Kur organisieren. Galja aber wurde soeben wieder für ein Gespräch zur Polizei bestellt. Ljusja trifft sie an, als sie sich zu diesem Treffen vorbereitet. Während Galja die ganze Sache erzählt, dreht sie sich Löckchen, zieht einen engen braunen Cordrock und eine rosa Baumwollbluse an und besprüht sich mit Parfüm. Bevor sie geht, läßt sie noch einen Füllfederhalter »Marke Montblanc, mit Goldfeder« in ihre Tasche gleiten, »für den Untersuchungsrichter«.

Das bestellte Taxi steht schon vor der Tür. »Soll ich dich ein Stück mitnehmen?«

Galja duzt den Taxifahrer. Die Welt ist für sie eine gigantische Verschwörung, und alle Menschen sind Komplizen; ein Unterschied zwischen ihnen besteht lediglich im Preis. »Und du?« fragt sie Ljusja, »Wie geht es dir? Kann ich was für dich tun?«

»Schau, Galja, ich brauche eine Zahnkrone, genauer gesagt eine Brücke; aber der Arzt sagt, er kann sich um das Rohmaterial nicht kümmern...«

»Mal sehen«, sagt Galja. »Ich rufe dich an. Dafür habe ich eine Bitte. Es geht um ein paar Informationen, die Deutschland betreffen...«

352

Die kulinarische Gestaltungsfreiheit im Buffet ist begrenzt. Das Angebot ist festgelegt auf Sülze, Piroggen, Hackbällchen, Tomatensaft und Kaffee. Aber man kann vieles verbessern, wenn man gut arbeitet. Die Sülze zum Beispiel: Sie wird von Großküchen geliefert, ist trübe, kalt und schlecht gewürzt. Jeden Tag kommen vier Kilo, von denen drei übrigbleiben. Ljusja kocht sie mit zwei Litern Wasser auf und fügt Lorbeerblätter, Knoblauch und Salz hinzu. Plötzlich essen die Leute wieder Sülze.

Ein ähnliches Verfahren bewährt sich beim Tomatensaft. Ljusja weist den wässrigen, stinkenden, ungesalzenen sowjetischen Tomatensaft zurück und bestellt bulgarischen in Fünflitergläsern, den sie mit zwei Litern Wasser streckt und würzt.

Oder die Eier. Bisher wurden zu Hunderten kleine sowjetische Eier hartgekocht und im Verlauf von drei Wochen losgeschlagen. Sie schmeckten wie Gummi und verfärbten sich nach zwei Wochen ins Grünliche. Ljusja kauft auf dem Markt große finnische Eier und bietet sie warm und etwas weicher an. Drei Rubel zusätzlich zahlt sie pro Tag an die Putzfrau, damit die nebenbei Eier kocht. Und jetzt essen alle Besucher des Buffets morgens frische, weichgekochte Eier.

Oder der Kaffee. Ljusja mischt ein Drittel echten Kaffee mit zwei Dritteln Ersatz. Dafür kostet er bei ihr nur sieben Kopeken statt wie anderswo zehn. Und die Gläser sind sauber.

Oder die Hackbällchen. Abends wirft man sie in den Eisschrank, am anderen Morgen sind sie geschrumpft und von einer fettigen Salzschicht überzogen. Ljusja benetzt sie morgens mit Wasser und backt sie im Ofen auf, dann blähen sie sich und dampfen appetitlich. Auch die am Vortag liegengebliebenen Piroggen werden aufgebacken. Wenn Ljusja morgens um halb sieben zur Arbeit kommt, wirft sie den Ofen an, noch bevor sie den Mantel ausgezogen hat. Sie erfindet sogar ein Sonderangebot: in der Kombination mit kaltem Bier gibt es ein heißes Hackbällchen für nur zehn Kopeken. Dieses Angebot wird ein Renner. Viele Arbeiter kommen morgens um sieben mit zitternden Händen in den Betrieb. Ihren eigenen Alkohol haben sie am Vorabend ausgetrunken, neuen aber gibt es im Geschäft erst am Nachmittag. Mit einer Flasche Bier zum Frühstück kommen sie zu sich, und das heiße Hackbällchen gibt ihnen Kraft. »Da können sie erquickt an die Maschinen gehen und sich überzeugter für die sowjetische Wirtschaft einsetzen«, erklärt Ljusja ihren Freunden, wenn sie sich für ihre Besuche beim KGB patriotisch stimmen muß.

KGB heißt in diesem Fall: die Staatssicherheitsabteilung der Paß- und Meldebehörde, die Liljas Ausreisepapiere ausgestellt hat. Dorthin geht Ljusja dreimal die Woche.

Gelegentlich wird sie vorgelassen. Sie erfleht irgendeine Nachricht über Lilja, denn Lilja selbst schreibt schon seit Wochen nicht mehr. Ljusjas letzte drei Briefe kamen mit dem Vermerk: »Adressat verzogen« zurück.

»Regen Sie sich ab«, bekommt sie gesagt, »Sie selbst haben Ihre Tochter dorthin geschickt. Im Kapitalismus herrschen rauhe Sitten, da kommt mancher unter die Räder. Und jetzt greinen Sie, Sie hätten von nichts gewußt?«

»Unter die Räder?« schreit Ljusja auf. »Sagen Sie sofort, was passiert ist! Sie war doch jung, dumm und verliebt, und ihr Vater war ein Psychopath und Affärist, er hat sie eingewickelt! Ich war nicht einverstanden! Sehen Sie nicht, wie ich mich quäle? Sie wissen doch alles, was soll ich tun, damit Sie mir sagen, wie es meinem eigenen Kind geht? Soll ich vor Ihnen knien?«

»Reißen Sie sich zusammen, Bürgerin! Für Ihre Tochter sind wir nicht mehr zuständig.«

353

Wanja ist wieder da! Sechs Wochen sind seit dem Geburtstag vergangen, da plötzlich, an einem Sonntagmorgen, steht er vor Ljusjas Wohnungstür. Unschlüssig weicht Ljusja zurück, und er folgt ihr über die Schwelle und schließt sie in seine Arme.

In einer Anwandlung von Bitterkeit macht Ljusja sich frei.

»Hör zu, du spinnst wohl? Sechs Wochen kein Wort von dir, und plötzlich das große Glück? Also ohne mich! Tut mir leid, das halte ich nicht aus.«

»Ljudmila Semjonowna, ich flehe Sie an, machen Sie mir keine Szene! Ich verspreche Ihnen, so was kommt nicht mehr vor!«

»Was war denn los, verdammt noch mal?«

»Ich – Ljudmila Semjonowna, das ist doch gleichgültig. Glauben Sie mir. Ich beschwöre Sie!«

»Flehen? Beschwören? Sind wir unter die Dichter gegangen?«

»Ich möchte Ihnen gern meine Datscha zeigen«, stottert Wanja. »Meine Frau ist in Kur, und da dachte ich – dort sind wir ungestört ...«

»Das ist doch zu weit weg – sagtest du nicht Finnische Bucht –, wie kämen wir denn da hin ...«, protestiert Ljusja schwach.

»Mein Schwiegersohn bringt uns in seinem Privatwagen hin und holt uns wieder ab. Er wartet draußen ...«

354

Wanjas Datscha liegt nur hundert Meter vom Strand entfernt in einem Fichtenwäldchen. Der Schwiegersohn hat die beiden in seinem Moskwitsch hingebracht und dann allein gelassen. Ljusja hat sich während der ganzen Fahrt auf die Abreibung gefreut, die sie Wanja verpassen wird, sowie sie allein sind. Aber als sie sich ihm finster lächelnd zuwendet, fragt er nach Lilja und Paschenka, und Ljusja bricht zusammen. Wanja ist außer sich. Er springt auf, umarmt sie, preßt seine Wange auf ihr Haar, ruft Trostworte, wirft sich vor, daß er ihr in diesen Wochen nicht beigestanden habe, und trocknet ihre Tränen mit seinem Hemd.

Er hört ihr zu, bis sie hungrig werden. Ein Imbiß steht schon bereit.

Iwan Sergejitschs Aufregung legt sich während der zweiten Flasche Wodka. Nun besichtigen sie das Anwesen. Ljusja bewundert den von Wanjas Frau nicht geschmackvoll, aber üppig im Kaufmannsstil eingerichteten Salon, den Kamin, die gestrüppartig ausladenden Messingleuchter, die lebensgroße sitzende Porzellandogge neben der Treppe zum oberen Stock, die dunkelroten Teppiche und den ziemlich gepflegten Garten. Wanja läuft hinter ihr her und brummt glücklich: »Ja... Ja...« Aber als Ljusja nach den letzten sechs Wochen fragt, ringt er die Hände und holt die dritte Flasche Wodka.

Um neun Uhr abends steht der Schwiegersohn mit seinem Auto vor dem Haus. Er kommt nicht herein und klingelt auch nicht, sondern wartet draußen wie ein Chauffeur.

Iwan Sergejitsch, der den Hinweg in ernsten Männergesprächen auf dem Beifahrersitz verbracht hatte, setzt sich nun auf die Rückbank zu Ljusja, wo er sofort einschläft. Nur einmal während der Fahrt erwacht er aus seinem Dämmer und küßt Ljusjas Arm von oben bis unten ab.

»Du hast aber Nerven«, sagt Ljusja zu Hause, während sie dem immer noch schwer betäubten Wanja aus der Jacke hilft. »Was soll sich dein Schwiegersohn denn denken?«

»Ich habe überhaupt keine Nerven.« Wanja kann kaum sprechen, aber er ist im Bilde. »Von mir hat er seine Arbeit, sein Auto und seine Datscha. Denken kann er, was er will. Aber wenn er den Mund aufmacht, ist er das alles los.«

355

Pelageja Nikiforowna kann vor Schmerzen nicht mehr stehen und läßt unter sich. Ljusja ist Tag und Nacht bei ihr in Wyriza, schläft in ihrem Zimmer auf einer Matratze am Boden, heizt den Ofen mit Holz, wäscht und füttert die Alte und spricht ihr gut zu, wenn sie sich vor Schmerzen windet.

Die anderen Kinder halten sich fern. Bruder Wowa erscheint ein einziges Mal und ruft der Mutter von der Türschwelle aus zu: »Soso, Mutter, du stirbst also. Aber ich habe überhaupt keine Zeit, ich muß in meinen Garten zurück, Gurken gießen!« Er hat ein eigenes Haus in Puschkin, nicht weit von Wyriza. Er wendet sich zum Gehen. Sein Sohn Mischa, der ihn begleitet hat, bleibt bei den Frauen stehen. Mischa ist über vierzig Jahre alt und arbeitet als Architekt in Kiew, aber Wowa herrscht ihn an wie einen Schüler: »Na los, Abmarsch!«

»Aber Papa, Oma stirbt!« entgegnet Mischa betroffen, ohne ihn anzusehen.

»Du hast mich hergebracht, also bring mich auch wieder weg.« Mischa ist mit dem Auto da und hat den Vater chauffiert. Der aber will nicht mit dem Vorortzug zurückfahren.

»Papa, Oma stirbt!« wiederholt Mischa eindringlich. Schnaubend stürzt Wowa davon.

Jurik, der bei Pelageja Nikiforowna aufgewachsen ist und sie oft genug um Geld angehauen hat, läßt sich ebenfalls nicht blicken. Ljusja wandert fünfmal vergeblich zur Telefonzelle, bevor sie ihn erreicht. »Ich sage es dir, damit du später nicht behauptest, du hättest nichts gewußt«, sagt sie. »Deine Großmutter liegt im Sterben. Du könntest sie besuchen.« – »Ich?« ruft Jurik entrüstet. »Warum ich? Die anderen besuchen sie ja auch nicht!«

Schwester Lera, die ebenfalls in der Nähe ein Haus besitzt, war dreimal da, weil Ljusja sie gebeten hat, ein paar Stunden bei der Mutter zu wachen. Lera kam mit einer großen Plastiktasche, die sie an ihre Stuhllehne hängte, und setzte sich an das Tischchen neben der Tür. Wenn Pelageja Nikiforowna nach ihr rief, zog Lera aus dieser Tasche einen weißen Kittel, Plastikhandschuhe und einen Mundschutz und vermummte sich wie ein Chirurg, bevor sie zu ihrer Mutter ging. »Ich darf mich nicht anstecken!« erklärte sie Ljusja flüsternd. »Ich muß ja nachher noch Essen kochen!« Nach jedem Besuch warf sie die Plastiktasche samt Inhalt fort. »Die Sachen sind vom Tod verseucht!«

Ljusja erkannte in ihren Augen das nackte Grauen.

»Kannst du nächsten Donnerstag wieder kommen? Da muß ich nämlich in die Stadt, Lebensmittel und neue Medizin besorgen.«

Heftig schüttelte Lera den Kopf. »Ich muß arbeiten!«

»Nimm dir frei. Ich nehme mir ja auch frei.«

»Ich ertrage den Anblick nicht!«

»Glaubst du, ich sehe das gern? Aber man muß doch helfen?«

»Man muß ihr helfen, damit sie geheilt wird. Sie gehört in eine Klinik. Noch heute werde ich sie einweisen lassen, damit sie eine Therapie bekommt!«

»Geheilt wird sie nicht, was redest du da. Sie ist neunzig Jahre alt und hat den ganzen Bauch voll Krebs. Nicht zu leben muß man ihr helfen, sondern zu sterben.«

»Unsinn, Unsinn! Sie war doch immer so gesund! Es ist ein Verbrechen, daß du ihr die Therapie vorenthältst!«

So angestrengt sie vorher geflüstert hat, so wild schreit Lera plötzlich. Ljusja sagt erschöpft: »Wenn du selber krank wirst, wirst du sehen, wie es ist, wenn einem keiner hilft.«

»Ich habe Geld! Von mir werden alle erben, deswegen werden sie sich um mich kümmern!«

»Und wenn du stirbst, was nützt dir dann dein Geld?«

»Ich sterbe nicht!« ruft Lera erregt. Sie packt ihren Mantel und stürzt hinaus.

356

»Hilf mir, Ljusja, der Bauch tut mir so weh!« stöhnt Pelageja Nikiforowna manchmal, oder, wenn die Schmerzen stärker werden, einfach: »Hilf! Hilf!« In den Apotheken sind nur selten Betäubungsmittel zu bekommen, nicht mal der Arzt hat welche. Ljusja macht Pelageja warme Wickel, weint und hält ihr die Hände.

Meistens leidet die Alte schweigend. Sie findet, sie habe ein schweres Leben gehabt, aber andere hatten ein noch schwereres. Jetzt wartet sie auf den Ruf Gottes. Sie schämt sich nur ihrer Hinfälligkeit. Manchmal, wenn sie unter sich läßt, schluchzt sie: »Es ist mir so peinlich!« Ljusja antwortet: »Aber Mama, doch nicht vor mir? Du hast mich doch auch saubergemacht, als ich klein war.« – »Ich bin aber nicht klein. Mich zieht man nicht mehr groß. Ich falle dir nur noch zur Last.«

Pelageja Nikiforownas größter Kummer ist, daß ihre Kinder nicht zu ihr kommen, um Abschied zu nehmen. Wenn sie aus Schlaf oder tiefer Betäubung erwacht, fragt sie: »Immer nur du... Warum kommen die anderen nicht?«

»Aber Mama, sie kommen doch! Du schläfst nur die ganze Zeit. Wowa war da, er hat dich sogar angesprochen, aber du hast nicht geantwortet. Erst jetzt, als ich dich umgedreht habe, bist du aufgewacht.«

Einmal seufzt die Alte tief und faltet die Hände. Dann liegt sie reglos. Warm und hell scheint die Sonne ins Zimmer und zeichnet Staubbahnen in die Luft. Ljusja stürzt zum Bett, küßt Pelagejas Hände und benetzt sie mit Tränen. Aber Pelageja entzieht sie ihr; sie spitzt die Lippen und bewegt den Kopf hin und her. Ljusja versteht das als Aufforderung, nicht zu weinen, sondern tapfer zu sein.

Während sie noch um Fassung ringt, hebt Pelageja Nikiforowna ihre rechte Hand, die so dürr und leicht ist wie ein Zweig, und berührt mit den kalten Fingerspitzen Ljusjas Stirn, als wolle sie sie segnen. Dann fällt die Hand herunter.

Anja, die draußen im sonnigen Garten in der Erde grub, läßt den Spaten fallen, als sie Ljusja im Haus stöhnen hört. Die sonderbare, stumme Anja, die oft so verzagt und ungeschickt wirkt, ist plötzlich ganz bei der Sache. Sie küßt Pelageja Nikiforowna die Hände und sagt zu Ljusja, die immer noch stöhnend auf der Bettkante sitzt: »Es ist heiß. Man muß handeln.« Und jetzt folgt eine Reihe von Zufällen, die Ljusja nur als Wunder bezeichnen kann.

Zwei Nachbarinnen kommen vorbei, um Pelageja Nikiforowna zu besuchen. Nun nehmen sie ebenfalls Abschied und helfen Ljusja, die Alte zu waschen und festlich zu kleiden. Sie haben gerade die ersten Gebete gesprochen, als sie am Gartentor ein Motorgeräusch hören. Es ist Mischa, Wowas Sohn, der bereits die Koffer für Kiew gepackt hatte und nur noch mal auf einen Sprung vorbeikam. Mischa bringt Anja zum Vorortzug. Anja fährt in die Stadt, um den Todesfall zu melden, Blumen für

Sarg und Grab und Lebensmittel für den Leichenschmaus zu beschaffen. Mischa selbst unterrichtet den Popen und übernimmt es, einen Sarg zu organisieren.

Es ist ein Sonntagnachmittag, alle Geschäfte sind geschlossen. Mischa fährt mit seinem Wagen vom verschlossenen Sarggeschäft aus ins Dorf, um nach dem Verwalter zu fragen. Auf der Brücke sieht er eine Frau in einem hellen Kleid und hält neben ihr. »Wir haben einen Todesfall«, sagt er, »und das Sarggeschäft ist geschlossen. Können Sie mir sagen, wer den Schlüssel hat?«

»Ich«, antwortet die Frau. Sie steigt zu ihm ins Auto und fährt mit ihm zum Geschäft zurück. Dort ist nur ein einziger Sarg übrig. Und dieser ist ausgerechnet ein Frauensarg mittlerer Größe, und ausnahmsweise nicht rot, sondern silbern bemalt. Ein Wunder, oder nicht? Mit etwas Mühe binden die unbekannte Frau und Mischa den Sarg auf das Dach von Mischas Auto, und Mischa kehrt zur Datscha zurück. Dort sind fast gleichzeitig Iwan Sergejitsch und die Zigeunerin Walja eingetroffen. Die Frauen betten die Alte in den Sarg. Inzwischen richten der Pope und sein Gehilfe die Kirche her. Anja flicht, unterstützt von den Mädchen aus dem Dorf, drei Kränze, einen großen und zwei kleine. Iwan Sergejitsch bringt goldgesäumte Bänder, die Mischa selbst beschriftet. Die Zigeunerfamilie stellt einen Karren zur Verfügung, bespannt mit einem schwarzen Pferd.

Die ganze Nacht über wachen sie in der hölzernen Kirche von Wyriza bei der Alten und singen und beten bei Kerzenlicht. Abwechselnd verscheuchen sie die Fliegen. Morgens finden sich ein siebenköpfiger Chor und der Pope ein. Ljusja hat fünfzig Kerzen gekauft und auf ein Zeitungspapier gelegt, damit jeder Gast beim Abschiednehmen eine Kerze in der Hand halten kann. Die Alte liegt mit geschlossenen Augen, einem sauberen weißen Kopftuch und einem Gebetsstreifen über der Stirn in einem Meer von Blumen und Kränzen, wie schlafend im tiefsten Frieden. Es ist genau so, wie sie es sich immer gewünscht hatte.

357

Noch am Grab entbrennt der Streit um das Erbe.

Pelageja Nikiforowna hatte im Alter allerhand Geld angesammelt, weil sie sparsam lebte. Wowa und Innokentij haben ihr monatlich dreißig Rubel geschickt, Ljusja und Wanja bauten die Datscha neu, und Lera beschaffte Blumenzwiebeln. Die Alte gab fast nichts aus. Ab und zu beschenkte sie ihre Enkel, vor allem Ljusjas Kinder, die sie »die Meinen« nannte. Dennoch wurde das Geld immer mehr.

Als Pelageja Nikiforowna achtzig Jahre alt war, sagte Wowa zu ihr: »Es ist gefährlich, soviel Bargeld in der windigen Datscha rumliegen zu lassen. Halbwüchsige könnten dich erschlagen und ausrauben. Gib das Geld lieber mir, ich bewahre es auf und geb es dir zurück, wenn du was brauchst.«

Die Alte gab ihm fünfzehnhundert Rubel. »Ich werde nichts mehr davon brauchen«, sagte sie, »solange ich lebe. Aber wenn ich sterbe, richte mir bitte davon das Begräbnis aus. Behalte fünfhundert Rubel für dich wegen der Scherereien, aber von den restlichen tausend kauf mir einen schönen Sarg, auf keinen Fall einen roten, sondern nur einen schwarzen oder einen silbernen. Eine Nacht möchte ich in der Kirche aufgebahrt sein. Laß für mich singen. Und für die Blumen. Und für den Leichenschmaus.«

Jetzt ist Pelageja Nikiforowna gestorben, und Wowa richtet überhaupt nichts aus. Zum Gottesdienst greift er eine Kerze aus dem Stapel, den Ljusja bereitgelegt hat. Als sie nach dem Begräbnis in die Datscha zurückkehren, wo Ljusja das Abschiedsessen vorbereitet hat, fragt Wowa unruhig: »Erhebst du Anspruch auf dieses Geld?«

»Warte doch wenigstens, bis das Grab zugeschaufelt ist«, sagt Ljusja.

Außer Wowa und seinen beiden Kindern, dem Sohn Mischa

und der Tochter Ira, ist Lera mit ihren vier Söhnen gekommen. Zwei dieser Söhne haben ihrerseits Frauen und Kinder, fast alle sind da. Nur Mischa hat seine Familie nicht dabei.

Die drei übriggebliebenen Geschwister Gwosdikow essen schweigend, jeder hängt seinen Gedanken nach. Draußen zirpen die Grillen, es ist ein schwüler, duftender, satter Sommertag. Die Enkel verabschieden sich bald, um die unruhigen Urenkel aus dem Weg zu schaffen. Lera spricht aus, was alle denken: »Unsere Mutter ist nicht mehr. Jetzt kommen wir. Der Statistik nach bist du als nächster dran, Wowa.« Sie sagt es mit einer gewissen Erleichterung. Sie selbst ist fünfundsechzig, Wowa aber schon siebzig Jahre alt. Er wird jetzt fällig.

Wowa winkt ab. »Pah! Gestorben muß halt werden! Ich verstehe nicht, was die Leute für einen Zirkus darum machen.« Ihn beschäftigt etwas anderes. Die ganze Zeit über kaut er auf seiner Unterlippe und wirft Ljusja fragende Blicke zu. Erst als Lera mit ihrem Mann und ihrem jüngsten Sohn, dem schwachsinnigen Koljka, gegangen ist, stellt er zum zweiten Mal die Frage, die ihm auf der Seele brennt. »Dieses Geld, du weißt schon – erhebst du Anspruch darauf?«

»Nein, ich verlange kein Geld von dir«, antwortet Ljusja. »Aber jetzt, wo Mutter tot ist, kann ich dich auch beim besten Willen nicht mehr als meinen Bruder betrachten. Trink und iß dich hier satt, aber danach brauchst du dieses Haus nicht mehr zu betreten.«

»Du vergißt, daß von dem Haus ein Anteil mir gehört.«

Ljusja sagt überrascht: »Kanaille.«

»Wie redest du mit deinem älteren Bruder? Mutter hatte recht, du bist schädlich und böse!«

Ljusja spuckt aus. Wowa springt auf und holt mit seiner langen Rechten zum Schlag aus, genauso, wie er es früher getan hatte, vor dem Krieg, als Ljusja noch ein Kind war und er bereits ein kraftstrotzender junger Mann. Aber heute stehen seine beiden Kinder, Mischa und Ira, neben ihm. Mischa packt seine

Rechte, Ira stellt sich ihm in den Weg. Anja ist ebenfalls aufgesprungen und ruft drohend mit ihrer dünnen Stimme: »Wenn du es wagst, meiner Mutter auch nur ein Haar zu krümmen, fliegst du so schnell durch dieses Fenster, daß du draußen am Zaun kleben bleibst, Onkel Wowa.«

Wowa höhnt: »Schöne Kinder habe ich da. Anja unterstützt ihre Mutter, aber ihr verratet euren Vater. Möge es euch mit euren Kindern genauso ergehen. Hiermit seid ihr enterbt. Nattern!« Er reißt sich los und geht. Ira lacht laut hinter ihm her.

358

Auch Schwester Lera fordert ihr Erbteil. Sie will dreihundert Rubel. Pelageja Nikiforowna hat in ihrem Testament alles, was sie besaß, Ljusja überschrieben. Aber laut Gesetz haben auch Familienangehörige, die nicht im Testament erwähnt sind, Anspruch auf einen Teil des Nachlasses, wenn sie pensioniert oder Rentenempfänger sind. Beides trifft auf Wowa und Lera zu. Diese Forderung kündigt Leras ältester Sohn Arsenij an, der dafür eigens zu Ljusja auf die Datscha gekommen ist. Ljusja zuckt die Achseln und zieht aus einem Versteck auf dem steinernen Ofen dreihundert Rubel hervor.

Arsenij ist dreiundvierzig Jahre alt, ältester Mitarbeiter an einem wissenschaftlichen Institut und Verfasser von vierundsechzig wissenschaftlichen Arbeiten. Außerdem handelt er mit irgend etwas. Ljusja war nie besonders nett zu ihm. Er ist ein dicker, schmuddeliger Junggeselle, der zuviel trinkt, übrigens nur ausländischen Kognak, denn er ist reich. Ljusja findet ihn selbstzufrieden und albern und langweilt sich mit ihm, aber Arsenij nutzt jede Gelegenheit, sie zu besuchen. »Ach, Arsenij!« hat Ljusja einmal zu ihm gesagt. »Kämst du doch nur, wenn ich dich einlade!« Arsenij antwortete: »Würde ich ja auch, Tante, aber Sie vergessen immer, mich einzuladen.«

Nun sitzt Arsenij breit und schwer auf der Bank und sieht mit glänzenden Augen, da nicht ganz nüchtern, zu, wie Ljusja auf den steinernen Ofen klettert. »Stellen Sie sich vor, Tante, neulich hatte ich Besuch aus Japan, einen jungen Wissenschaftler. Er hustete immerzu. Ich sagte: ›Was husten Sie immer, Masato?‹ Er: ›Weil Sie mich zum Lachen bringen. Ich bin erkältet. Immer, wenn ich lachen will, muß ich husten.‹ Ich sagte zu ihm: ›Das ist nun mal so in unserem Rußland. Wenn man lachen will, muß man husten.‹« Arsenij amüsiert sich minutenlang über seine eigene Pointe. Die Tränen treten ihm in die Augen, und sein aufgeschwemmter Körper wogt vor Lachen. Dann wischt sich Arsenij die Tränen ab und mustert überrascht Ljusja, die, angestrengt und staubbedeckt, aber heil vom Ofen heruntergelangt ist und ihm ein Bündel Geldscheine entgegenstreckt. »Was ist das?«

»Dreihundert Rubel. Das Erbteil für deine Mutter.«

»Ach lassen Sie nur, Tante. Ich begleiche das.« Er selbst reicht Ljusja ein Bündel Scheine. »Dreihundert Rubel. Abgezählt. Nächste Woche wird sie sie abholen. Aber sagen Sie ihr nicht, daß die von mir sind.«

359

Iwan Sergejitsch beschafft für Pelageja Nikiforowna ein Grabmal aus massivem Marmor. Seine Leute schleifen den Marmor, beschriften ihn, schaffen ihn im Firmenlastwagen auf den Friedhof und stellen ihn an der richtigen Stelle auf, alles zusammen im Lauf von nur fünf Wochen, und alles auf Staatskosten. Das ist eine unglaubliche Leistung; Ljusja selber hätte es nie geschafft. Solche Grabsteine kosten ohne Transport bereits tausend Rubel, und dann sind sie auch nicht aus massivem Marmor, sondern nur aus Beton, mit einer dünnen Schicht Marmor beklebt. Die Wartezeit aber beträgt, wenn man Glück hat, ein halbes Jahr.

Einen Tag nach der Anlieferung des Grabsteins taucht Lera auf, um ihre dreihundert Rubel zu holen.

Zufällig ist auch Iwan Sergejitsch da. »Warum hat Mutters Grab denn immer noch kein Kreuz?« fragt Lera beiläufig. »Hatten Sie nicht eins versprochen, Iwan Sergejitsch?« Mit Würde antwortet Iwan Sergejitsch: »Ihre Mutter hat etwas Besseres verdient.«

»Und deswegen bekommt sie überhaupt nichts?« spottet Lera.

»Ich sagte Ihnen ja, Ihre Mutter hat etwas Besseres verdient.« Wanjas Ruhe ist unerschütterlich. Rauchend schreitet er auf und ab, und Ljusja bewundert ihn sehr.

Lera freilich bohrt und lästert. »Bist du verrückt geworden, Lera?« unterbricht Ljusja schließlich. »Wie kannst du ihm Forderungen stellen? Es ist doch deine Mutter, nicht seine! Du müßtest dich kümmern!«

Lera antwortet kalt: »Wenn er sich so aufspielt, soll er auch was dafür leisten.«

Ljusja händigt ihr die dreihundert Rubel aus, die sie von Arsenij erhalten hat, und schiebt sie hinaus. »Vielleicht schaust du mal bei Mutters Grab vorbei«, ruft sie ihr nach.

Eine Stunde später ist Lera vom Friedhof zurück, kommt aber nicht mehr herein, sondern ruft vom Zaun aus: »Das hätte man besser machen können!«

360

Ein Wunder ist passiert.

Ljusja war wieder einmal im KGB-Büro der Paß- und Meldebehörde und fand dort einen Stellvertreter vor. Der Oberst war in Urlaub, und dieser junge Mann vertrat ihn. Ljusja kannte ihn bereits. Er hatte bei einigen Gesprächen am Nebentisch gesessen mit einem Gesicht, als hielte er sich innerlich die Ohren zu. Auch jetzt war ihm Ljusjas Besuch deutlich nicht recht. Er sah ihr angespannt entgegen, sagte schroff: »Setzen Sie sich, warten Sie einen Augenblick!« und ging hinaus.

Er ging hinaus!

Und er blieb ziemlich lange fort.

Ljusja ärgerte sich eine Weile, verzagte dann und blickte sich schließlich niedergeschlagen um.

Auf dem Schreibtisch aber lag ein handgeschriebener Zettel mit Liljas Adresse und Telefonnummer.

Ljusja blieb fast das Herz stehen. Sie beugte sich immer weiter vor. Seit ihrer Kindheit kennt sie die deutsche Schrift, aber jetzt verschwammen die Buchstaben vor ihren Augen. Heftig wischte Ljusja mit den Handrücken die Tränen ab, aber es kamen immer neue, die Schminke verschmierte ihr Gesicht, und Ljusja griff nach dem Zettel, hielt ihn dicht vor die geschwollenen Augen und ächzte: »Null... Acht... Neun...«

Das war das Bild, das der zurückkehrende KGB-Mensch vorfand. Er sagte ebenso schroff: »Warten Sie bitte noch einen Augenblick!« und ging wieder hinaus.

(Er hat mich mit dem Zettel in der Hand gesehen! Jetzt wird er mich entweder verhaften, oder – oder – er hat das Papier – wirklich? Ist das möglich? – mit Absicht bereitgelegt?)

Ljusja stieß den nassen Zettel in ihre Handtasche und taumelte hinaus. Schon von der Tür aus erkannte sie ihren KGB-Menschen, und zwar an der Stimme. Er stand auf dem unteren Treppenabsatz und sprach mit einem Uniformierten. Als Ljusja mit gesenktem Kopf zwischen ihnen hindurchlief, fragte der andere: »Wer war das?«, und der ihre antwortete schneidend: »Eine Kranke.«

361

Am Telefon ist Paschenka. »Oma? Oma? Wo bist du?«

»Ich bin zu Hause, mein Engelchen, in Rußland! Aber ich bin so froh, deine Stimme zu hören! Sind Papa und Mama da?«

»Nein, Oma! Oma?« Und dann fängt Paschenka an zu flüstern, nicht verschwörerisch, eher panisch, und Ljusja versteht ihn schlecht. Er lispelt immer noch. Sein Russisch ist zurückgeblieben, er hat ja nie gut gesprochen, und Ljusja hört mit Entsetzen diese verstümmelte Sprache und weiß doch, daß sie ihn wahrscheinlich nie mehr so gut verstehen wird wie heute.

»Oma!« lispelt Paschenka. »Mir tut das Bäuchlein weh!«

Es geht ihm schlecht, und er kann es nicht anders sagen. »Paschenka!« ruft Ljusja, »halt aus! Die Oma denkt immer an dich! Erzähl mir was, Paschenka! Habt ihr eine schöne Wohnung? Hast du genug zu essen?«

»Essen – jaa«, flüstert er.

»Und wie geht es der Mama?«

»Ihr tut auch das Bäuchlein weh.«

362

Anja hat die Schule nach dem achten Jahr verlassen. Seitdem arbeitet sie in der Betriebskantine einer Rohrfabrik auf der Wassilij-Insel. Zuerst stand sie am Buffet, dann führte sie Buch in der Warenannahme, schließlich sprang sie als Sekretärin des Chefs ein und erlernte die Großküchen-Organisation. Nach fünf Jahren wurde sie offiziell die stellvertretende Leiterin des Chefs, der »zum Alkohol neigt«, was bedeutet, sie tut seine Arbeit. Anja ist zuverlässig und fleißig. Eine wohlmeinende Kollegin aus der Kaderabteilung hat ihr geraten, den höheren Schulabschluß auf der Abendschule nachzuholen, damit sie das Betriebsleiterdiplom bekommt. Es ist nur eine Frage der Zeit, sagt die wohlmeinende Kollegin, bis der Chef zusammenbricht beziehungsweise abgeben muß, und dann könnte Anja die Kantine ganz übernehmen. Anja leuchtet das ein. Also quält sie sich redlich durch die Abendschule; nach wie vor ist ihr Hauptproblem die Orthographie.

Anja ist einsfünfundsiebzig groß und wiegt über neunzig Kilo. Sie spricht schnell und undeutlich, ihre Stimme ist leise und dünn. Aber mit ihren dreiundzwanzig Jahren hat sie die Kantine bereits fest im Griff. Sie kommt als erste und geht als letzte. Alle, von den Lagerarbeitern bis zum Chef, fügen sich ohne Widerstand ihren Weisungen. Sie ist dermaßen respektiert, daß ihre Leute sie ermuntern, mehr Lebensmittel nach Hause zu tragen. Während die anderen Kantinenangestellten und sogar der Chef sich heimlich bedienen müssen, finden alle, Anja stehe offiziell ein größerer Anteil zu. Manchmal trägt ihr jemand die Ware bis zur Tram.

Anjas Reich ist ihr vier Quadratmeter großes Büro. Es ist zugepflastert mit Plakaten aus billigem Papier, die freundliche Pferde mit samtenen Augen, spielende Kätzchen und sich küssende Eisbären zeigen, und erinnert an das Jugendzimmer eines Backfisches. Wenn Anja um jemanden wirbt, bietet sie ihm ein solches Plakat als Geschenk an, aber aus irgendeinem Grund lehnen alle Kollegen ab.

Anja hat keine Freunde. Schließlich gelingt es einer Schlampe namens Schura, Anjas Vertrauen zu gewinnen, und für diese Schlampe Schura würde Anja ihr letztes Hemd geben. Schura arbeitete kurz in Anjas Betrieb an einem Buffet. Sie hat sich von Anja ein Pferdeplakat schenken lassen, und stolz führt Anja sie zu Hause vor.

Schura ist so stattlich wie Anja. Sie steht manchmal abends als Statistin auf der Bühne des Kirow-Theaters, deshalb erzählt sie überall, sie sei nationale Künstlerin. Wenn sie will, kann sie einige Stunden lang durchaus Eindruck schinden. Ljusja hält sie für schlau. Wie alle Parasiten hat Schura einen untrüglichen Instinkt für einsame Menschen, bei denen etwas zu holen ist. Sie geht mit Anja aus, und Anja, die seit Jahren Abend für Abend zu Hause sitzt, wenn sie nicht gerade die Schule besucht, ist ihr so dankbar dafür, daß sie alle Rechnungen bezahlt. Eine Zeitlang kommt Schura täglich mit Anja nach Hause. Sie verkauft das

Gratismittagessen in der Kantine und ißt sich bei Gwosdikows satt. Sie schnorrt immer Zigaretten bei Ljusja, obwohl Ljusja für die Zigaretten Schlange stehen muß, während Schura sie einfach an ihrem Buffet abzweigen kann. Mit gönnerhafter Miene folgt Schura Anja, wenn diese ihr hingebungsvoll ihre kleine Welt vorführt, und sieht sich aufmerksam um. Ljusja findet Schura gräßlich, aber als sie das Anja sagt, verzerrt sich Anjas meist unbewegliches Gesicht zu einer Grimasse der Wut. »Ich weiß, Mama, alles was ich tue, ist für dich nichts wert.«

»Wieso, Anjetschka? Ich schätze sehr, daß du erfolgreich bist und so viele Lebensmittel nach Hause bringst!«

»Lebensmittel!« zischt Anja. »Und mein Leben? Brauche ich nicht auch Freunde?«

»Nimm dir zum Freund, wen du willst, aber solange sie hier in meiner Wohnung verkehren, werde ich ja wohl meine Meinung sagen dürfen!«

»Du bringst mich um, Mama. Du denkst, alles muß sich um dich drehen, nur du bist glänzend und vortrefflich. Du gibst mir keine Chance. Meine Freunde taugen nichts, und ich bin der letzte Trampel.« Solange sich Ljusja erinnern kann, hat Anja nie etwas so Hellsichtiges gesagt. Ljusja verstummt erschrocken.

363

Bald darauf, an einem Samstagabend, bringt Anja einen Verehrer mit, den ihr Schura besorgt hat. Er heißt Gena und trägt eine Uniform. Iwan Sergejitsch ist da und fragt Gena von Mann zu Mann aus, wobei sie miteinander eine Flasche Wodka leeren. Gena, stellt sich heraus, ist vierunddreißig Jahre alt, hat ein abgeschlossenes Ingenieurstudium hinter sich und besucht die Offiziersakademie. Geboren ist er in Baku, und er hat, findet Ljusja, etwas von einem Tataren an sich. Tatsächlich ist er nicht unattraktiv mit seinen hohen Wangenknochen, dem muskulösen, breiten Mund und den spöttischen schwarzen Augen. Gena ist mittelgroß und schlank. Er spricht schleppend und immer mit Ironie. Fest steht: Anja ist in ihn verliebt. Sie ist, eingehängt in Genas uniformierten Arm, zu Fuß hierhergekommen, und jeder Soldat, der ihnen begegnete, hat salutiert.

Sie spielen miteinander Karten. Es wird Mitternacht. Iwan Sergejitsch ist inzwischen zu betrunken, um mithalten zu können, und legt sich »für ein Minütchen« auf den Diwan. Gena ist auch ziemlich betrunken, schwankt aber nicht, sondern spricht nur noch schleppender. Seine Bewegungen sind von aufreizender Trägheit. Immerhin gewinnt er jedes Spiel. Schließlich läßt er mit großartiger Miene ein Gewinnblatt fallen, erhebt sich, streicht mit der linken Hand über seine kurzgeschorenen schwarzen Haare und reicht Anja auf Kavaliersweise den rechten Arm. Er lächelt, wobei sich herausstellt, daß er Grübchen hat. »Nun, Anna Pawlowna, Zeit zum Schlafengehen.« Und ohne sich von Ljusja zu verabschieden, führt er Anja in das hintere Zimmer.

364

Ljusja bemerkt die verhaltene Feierlichkeit, mit der Ruth Jossifowna heute morgen ihr Teegeschirr spült. Sie fragt nichts, weil sie weiß, daß Ruth Jossifowna Fragen nicht schätzt. Aber als Ruth eine Stunde später immer noch in der Küche zugange ist, wo sie ihren Samowar scheuert, bis er blitzt, kann Ljusja ihre Neugier nicht unterdrücken und bemerkt leichthin: »Wir bekommen heute wohl Gäste?«

»Nachmittag. Aus dem Ausland«, verkündet Ruth Jossifowna mit Baßstimme und verläßt schweren Schritts die Küche.

Ljusja kann nicht an sich halten; schon ist sie Ruth Jossifowna hinterhergestürzt, steht auf der Schwelle von Ruths kleinem Salon und ruft erstickt: »Aus welchem Ausland?«

»Deutschland. West.« Ruth Jossifowna plaziert den Samowar

vorsichtig auf ihrer vollgestellten Kommode. Ljusjas Herz klopft wie rasend. »Ruth Jossifowna! Kommen Sie mit Ihren Gästen auf ein Täßchen Tee vorbei! Nur für fünf Minuten! Ich schwöre, daß ich Sie nicht aufhalten werde! Aber mein Enkelchen ist doch in Deutschland, und ich ...«

»Mal sehn.« In ihren knirschenden Schuhen schreitet Ruth Jossifowna an Ljusja vorbei in die Küche zurück.

Erregt denkt Ljusja nach, mit welchen Leckerbissen sie die Gäste aus Deutschland in ihr Wohnzimmer locken könnte. Sie weiß, daß Ruth Jossifowna schlecht kocht: Die Beeren in ihrem Warenje sind hart wie Kieselsteine, und außerdem geizt sie mit Zucker. Was mögen Leute aus Deutschland? Hat nicht Lilja gesagt, sie hätten immer zu wenig Butter auf dem Tisch? Lilja! Sie wird sie anrufen und fragen. Im Augenblick sind Gespräche nach Deutschland leicht zu bekommen.

Lilja wirkt aufgeregt und spricht fahrig. »Du? Weshalb rufst du an, wenn wir gerade beim Aufräumen sind? Hörst du, wir sind gerade beim Aufräumen, und du belästigst uns! Du hast wohl zuviel Geld, wie?«

»Aber Lilja! Ich wollte mich nur erkundigen, wie es euch geht!«

»Ja, Mutter, aber du störst uns beim Teetrinken!«

»Lilja! Kann ich irgendwas für euch tun? Hierher kommen Gäste aus Deutschland, vielleicht kann ich denen was mitgeben? Was braucht ihr am dringendsten?«

Lilja bricht in hysterisches Gelächter aus. »Was wir brauchen? Von euch Bettlern? Hör zu, Vater hat mir gestern ein Kleid gekauft, ein so schönes, wie du es nie im Leben bekommst, und wenn du hundert Jahre alt wirst!«

Ljusja schlägt das Herz bis zum Hals. Ihr wird übel. Unerträgliche Angst. Ein Verhängnis so groß wie ein Haus, und sie kann nichts tun.

Aber vielleicht kann sie doch etwas tun – irgendwas?

Sie beißt die Zähne zusammen.

Als es klingelt, ist sie als erste an der Tür.

Herein tritt ein blasses Mädchen mit roten Turnschuhen, das Ljusja die Hand drückt und in gut verständlichem Russisch sagt: »Bitte verzeihen Sie meine Verspätung, aber ich bin zuerst versehentlich in die falsche Trambahn gestiegen.« Ljusja ist so überwältigt von den artigen Worten in dem bemühten, flachen Akzent, daß ihr die Tränen in die Augen treten. Hinter sich hört sie Ruth Jossifownas vollklingende Stimme: »Kommen Sie, meine Liebe, hier herein!«

Rätsel über Rätsel. Die Kleine ist der erste West-Mensch, den Ljusja seit dem Krieg zu Gesicht bekommen hat. Ljusja hat sich immer vorgestellt, daß im Westen, wo einem Kosmetik und Mode jeder Art nachgeworfen wird, alle Leute großartig und selbstbewußt auftreten; aber diese Kleine sah ja nach gar nichts aus. Kein Strich Schminke! Man erkennt das Gesicht überhaupt nicht. Trotzdem, nett war sie. »Ich bin zuerst versehentlich leider in die falsche Trambahn gestiegen«, wiederholt Ljusja lächelnd, und wieder treten ihr die Tränen in die Augen.

Ruhelos wandert sie durch ihr Zimmer, um ihren festlich geschmückten, mit Warenje, Wurst, Käse und Quark gedeckten Tisch. Ruth Jossifownas Stimme dringt normalerweise leicht durch die Wand, aber heute spricht sie leise, sei es, um auf den zurückhaltenden Duktus des Mädchens einzugehen, sei es, um Ljusja nicht an der Unterhaltung teilhaben zu lassen.

Ljusja überlegt fieberhaft, was sie in fünf Minuten sagen kann. »Meine Tochter ist allein in Deutschland. Sie ist verrückt geworden. Ihr Mann ist ein Lump. Er hat nie gearbeitet, er quält Lilja, er lügt. Er sagte, seine Mutter sei die Athene von Alma Ata gewesen und schon tot, aber das stimmt nicht; sie lebt! Sie setzt sich in meine Wohnung mit krausem Haar, geschwollenen Füßen und langen dreckigen Fingernägeln und trinkt pro Tag fünf Liter Schnaps ...«

(Ach was! Wen interessiert hier die Mironowna? Mein Enkelchen! Paschenka; er ist doch noch so klein. Ich darf am Telefon nicht mit ihm sprechen, nur manchmal nimmt er den Hörer ab, wenn Lilja und Slawa nicht da sind. Wenn er mich erkennt, senkt er sofort die Stimme. »Oma!!! Bitte, komm her! Ich muß dir was flüstern!«

»Paschenka, es geht nicht! Ich bin zu weit weg, ich weiß nicht mal den Weg!«

»Ich sag ihn dir, Oma: Zuerst fährst du Trolleybus, dann nimmst du einen Flieger, dann noch einen Bus fünf Stationen. Und von der Haltestelle aus werde ich dir weiße Steinchen legen...«

»Paschenka, bitte, was auch passiert, vergiß nicht, daß die Oma dich lieb hat und immer an dich denkt!«

»Bringst du mir was mit, Oma?«

»Alles, was du willst! Und wenn ich selbst nicht kommen kann, schick' ich es dir mit der Post!«

»Haferflocken, Oma. Ich muß viele Haferflocken essen, damit ich stark werde und Papa schlagen kann.«

Verstehen Sie, meine Tochter ist eine Närrin. Mein Ex-Mann hat sie überredet, mit ihm in den Westen zu gehen. Nein, verstehen Sie mich recht, ich verehre Ihr Land, aber Lilja ist halb verrückt. Sie hat niemanden. Ihr Vater ist ein berühmter Dissident, er reist zu Kongressen und beschuldigt die Sowjetmacht...)

Ljusja sitzt schluchzend an ihrem prächtig gedeckten Tisch, ihre Tränen tropfen in die Kristallgläser und mischen sich mit dem reich gezuckerten Warenje.

(Nein, so kann ich mit einer Fremden nicht sprechen, da ergreift sie die Flucht. Ich muß knapp und sachlich sein. Ich werde sagen: Bitte verzeihen Sie, daß ich Sie belästige, aber meine Tochter lebt in Ihrem wunderbaren Land und ist in Schwierigkeiten. Würde es Ihnen was ausmachen, ihr etwas von mir vorbeizubringen? Ich gebe Ihnen ein paar antike Münzen mit und ein echtes Orenburger Tuch für mein Enkelchen, damit es nicht friert. Nein, wenn es Ihnen Umstände macht, schicken Sie die Sachen per Post, natürlich werde ich das Porto erstatten. Und das hier ist mein Geschenk für Sie, für Ihre Großmütigkeit. Ich habe gleich gesehn, Sie sind ein guter Mensch. Sie können mich jederzeit besuchen, fühlen Sie sich wie zu Hause, Sie können hier auch schlafen, möchten Sie nicht vielleicht für ein paar Wochen... Aber um Himmels willen, ich flehe Sie an, so bleiben Sie doch nur noch einen Augenblick!)

Ruth Jossifowna hat im Nebenzimmer ihre Stimme erhoben. Tatsächlich, sie trägt dröhnend Gedichte vor. Sie rezitiert in deutscher Sprache. Wenn Ruth Jossifowna bei den Gedichten ist, kann es noch dauern. Seufzend trödelt Ljusja in die Küche. Je länger die Kleine bei Ruth Jossifowna sitzt, desto weniger Zeit bleibt Ljusja selbst.

Ljusja setzt in der Küche Teewasser auf, damit sie später, wenn es soweit ist, keine Zeit verliert. Sie hört plötzlich das Knirschen der schweren Lederschuhe, die leichte, verlegene Stimme mit dem deutschen Akzent und dann Ruth Jossifownas grimmigen Baß: »Keine Ursache. Besuchen Sie uns wieder.« Die Haustür fällt ins Schloß. Atemlos stürzt Ljusja in den Flur. »Ruth Jossifowna! Was ist los?«

»Nichts ist los«, antwortet Ruth Jossifowna knapp. »Sie hatte es plötzlich eilig. Bitte lassen Sie mich vorbei, ich muß Geschirr spülen.«

Ljusja wankt in ihr Zimmer.

365

Eine halbe Stunde später klingelt es wieder.

Vor der Tür steht das deutsche Mädchen und sieht bedrückt auf Ljusja herab.

»Bitte verzeihen Sie, ich habe meinen Schirm vergessen...«

Gelobt sei die deutsche Umsicht, die sie bewogen hat, bei dem strahlenden Wetter einen Schirm mitzunehmen! Und die Sonne, die so kräftig schien, daß jeder Gedanke an einen Regenschirm verflog! »Mein Täubchen!« ruft Ljusja. »Wie schön, daß Sie wieder da sind! Sie waren so schnell verschwunden, ich war ganz betrübt... Bitte, ich lasse Sie nicht gehen, Sie müssen unbedingt einen Tee mit mir trinken! Kommen Sie mit mir!« Unsicher folgt ihr das Mädchen durch den dunklen Gang, wobei sie die Füßchen in den roten Turnschuhen einwärts stellt. Als sie den üppig gedeckten Tisch mit der weißen Tischdecke erblickt, zögert sie. »Aber ich störe doch sicher. Offensichtlich erwarten Sie Gäste...«

»Sie habe ich erwartet, mein Goldstück! Als Ruth Jossifowna sagte: Gäste aus dem Ausland, habe ich mit einer ganzer Delegation gerechnet, aber Sie allein sind mir natürlich viel lieber, da kann man sich besser unterhalten. Setzen Sie sich doch, fühlen Sie sich wie zu Hause, ich werde Ihnen einen Pfannkuchen braten...«

»Nein danke, ich habe überhaupt keinen Hunger.«

»Nur einen ganz kleinen! Bitte, setzen Sie sich, ich bin sofort...«

»Nein! Soviel Zeit habe ich nicht!«

»Bitte seien Sie nicht böse«, ruft Ljusja erschrocken. »Setzen Sie sich doch. Ich freue mich doch nur so, daß Sie da sind. Und wie gut Sie Russisch sprechen... Wie heißen Sie?«

»Andrea.«

»Wie alt sind Sie?«

»Fünfundzwanzig.«

»Ach! Wie meine Tochter! Ich habe eine Tochter in Deutschland, wissen Sie... Sie heißt Lilja...« Ljusja schluckt. »Aber jetzt hole ich schnell den Tee, das Wasser siedet schon.«

Als der Tee eingegossen ist, kann sich Ljusja die Bemerkung nicht verbeißen: »Nehmen Sie doch Warenje. Es ist besser gezuckert als das von Ruth Jossifowna.«

»Ruth Jossifowna«, sagt Andrea nachdenklich, »wie lange lebt sie hier schon?«

»Gut sechs Jahre. Aber ich habe kaum mit ihr zu tun. Meistens sitzt sie allein in ihrem Zimmer und rezitiert Gedichte. Sie ist eine anständige, kluge Frau... Aber sprechen wir nicht von Ruth Jossifowna. Wissen Sie, das Leben in kommunalen Wohnungen ist manchmal nicht leicht, und deswegen hat meine Tochter auch fortgewollt...«

»Das muß man sich vorstellen. Zehn Jahre war sie im Lager und acht in Verbannung, und jetzt lebt sie hier ganz allein.«

»Unser Rußland ist ein furchtbares Land. Nur schwache und grausame Leute. Beschämend, wie wenig wir auf die Beine stellen, während bei Ihnen...«

»Aber Ruth Jossifowna ist nicht schwach. Sie ist sogar wahnsinnig tüchtig.«

»Bei den Juden ist das was anderes, die sind zäher als wir. Mein Mann, der jetzt als Emigrant bei Ihnen lebt, ist auch Jude, zur Hälfte wenigstens. Zur anderen Hälfte ist er nämlich Deutscher wie Sie. Vielleicht haben Sie seinen Namen schon gehört? Er ist ein berühmter Dissident...«

»Man kann sich solche Schicksale bei uns kaum vorstellen«, seufzt Andrea. »Ruth Jossifowna...«

»Eine bewundernswerte Frau. Jetzt denkt sie nur noch an ihre Gesundheit und fürchtet sich entsetzlich, jemandem zur Last zu fallen. Irgendwie tragisch, aber bei uns ist alles tragisch. Meine Tochter...«

»Sie tun ihr Unrecht, wenn Sie sagen, sie denke nur an ihre Gesundheit. Sie hat ein – äh – leidenschaftliches Verhältnis zu unserer Poesie.« Andrea entwickelt einen gesunden Appetit; es scheint, daß ihr Warenje schmeckt und die Eile vergessen ist.

»Ja, Poesie! Ich war während des Krieges viel mit deutschen Soldaten zusammen«, frohlockt Ljusja. »Okkupation, wissen Sie, Pskower Gebiet. Da haben mir Ihre Soldaten viele Lieder und Gedichte beigebracht. Zum Beispiel... zum Beispiel...« Ljusja ist so in Feuer geraten, daß ihr mühelos die Verse auf die Zunge springen, die sie vor vierzig Jahren gelernt hat, ohne ihren Sinn zu verstehen:

»Libe klajne schafnerin
kling kling kling
sag wo färt dajn wagen chin
kling kling kling
o, ich kjusse dan sär galant
daj ne klajnä entzjukendä
sjusse bärjukendä
farkarten zjukendä chand!«

»Kennen Sie Rilke?« fragt Andrea.
»Was?«
»Einer unserer Dichter. Ruth Jossifowna liebt ihn und besitzt sogar ein paar deutsche Taschenbuchausgaben von ihm.«
»Jetzt erinnere ich mich. Wissen Sie, ich hatte eine jahrelange Bekanntschaft mit einem Ihrer Landsleute, Anton Robertowitsch. Er war unser Wohltäter und ist leider vor einigen Jahren verstorben. Er las auch Gedichte von diesem Rilke vor...«
»Unerträglich!« ruft Andrea aus. »Stellen Sie sich vor, ich bin bei Ruth Jossifowna in Ungnade gefallen, weil – weil ihr nicht paßte, wie ich Rilke las!«
»Machen Sie sich nichts daraus. Bei Ruth Jossifowna fällt jeder in Ungnade. Meine Tochter, genauer gesagt mein Schwiegersohn...«
»Aber wegen so was! Stellen Sie sich vor, sie wollte Rilke aus einem deutschen Mund hören. Also sie drückt mir ein aufgeschlagenes Taschenbuch in die Hand und befiehlt: ›Lesen Sie vor.‹ Das Gedicht hieß ›St. Petersburg‹. Und ich las vor. Ich weiß nicht, ob Sie mich verstehen. Es ist so eine – ausgesuchte, künstliche, raffinierte Sprache, und ich – also Ruth Jossifowna... das dunkle Zimmer... und da kam mir dieser Rilke so dünn, so – unecht vor, daß ich mich – schämte. Ich habe versucht, es möglichst dezent zu lesen, fast wie Prosa. Plötzlich reißt mir Ruth Jossifowna das Buch aus der Hand und ruft: ›So geht es nicht! Hören Sie zu!‹ Und sie las selbst. Laut, mit einem – Riesenpathos. Ich bin fast im Boden

versunken. Danach hatten wir uns nichts mehr zu sagen. Sie war so verächtlich, daß ich ganz schnell ging. Bin ich froh, daß Sie mir die Tür aufgemacht haben. – Herrje, ich muß ja gehen!« Andrea springt auf und dreht erschrocken an ihrer Uhr. »Aber begreifen Sie das alles?« fragt sie, während ihre Augen den Mantel suchen.

»Andreotschka! Bleiben Sie doch! Ich habe Ihnen noch so viel zu sagen! Oder vielleicht kommen Sie morgen wieder?«

»Morgen fahre ich zurück.«

»Ich komme an die Bahn!«

»Ich fliege mit dem Flugzeug.«

»Verstehen Sie, ich habe eine Tochter in Deutschland. Es geht ihr schlecht, sie ist – verrückt, fürchte ich. Können Sie ihr etwas schicken? Natürlich werde ich Ihnen das Porto erstatten.« Ljusja zieht aus der Kommode die Tüte mit dem Orenburger Tuch hervor und schiebt einen Stuhl ans Buffet. Während sie in zwei Metern Höhe nach dem Einmachglas mit ihren Schätzen angelt, öffnet Andrea die Tüte und sagt: »Ich weiß nicht, ob ich diese Verpflichtung auf mich nehmen kann.«

»Aber mein Engelchen, was soll denn passieren?« Keuchend ist Ljusja wieder auf dem Boden angelangt und öffnet Andreas Hand. »Das sind alte Münzen. Vielleicht kann Lilja sie verkaufen? Sie sind ziemlich wertvoll. Und sehen Sie, das hier ist mein Geschenk an Sie: ein Silberrubel aus dem Jahr 1880, mit dem Abbild unseres Imperators Alexander III.«

»Hören Sie, das sind Wertgegenstände, die man beim Zoll deklarieren muß. Was mache ich, wenn sie mir abgenommen werden?«

»Versuchen Sie's, ich bitte Sie! Mir nützen die Sachen hier sowieso nichts, aber ich muß doch was für meine Tochter tun, es geht ihr so schlecht! Es ist meine einzige Chance. Ich flehe Sie an! Oh! Und dann noch was – hätt' ich fast vergessen«, stammelt Ljusja plötzlich, »für mein Enkelchen; Moment, ich hole sie sofort; Haferflocken...«

»*Haferflocken?*«

Ljusja kämpft mit den Tränen.

Ungeduldig sagt Andrea: »Es tut mir leid, aber ich habe nur zwanzig Kilo Freigepäck, und ich transportiere bereits etliche Kilo Zeug für andere Leute. Ihr Tuch nehme ich mit. Aber die Münzen behalten Sie bitte. Vielleicht finde ich eine andere Gelegenheit.« Sie drückt Ljusja rasch die Hand und eilt hinaus.

»Ihr Regenschirm!« ruft Ljusja. Als sie Andrea auf der Straße eingeholt hat und den Schirm übergibt, gelingt es ihr, die Münzen unbemerkt in Andreas Manteltasche gleiten zu lassen. Andrea dankt für den Schirm und läuft rasch davon mit einwärts gestellten Füßen.

Aufgeregt kehrt Ljusja in die Wohnung zurück. Ruth Jossifowna hat sich nicht blicken lassen. Als Ljusja mit klopfendem Herzen den Tisch abdeckt, hört sie sie nebenan laut Gedichte rezitieren.

366

Andreas Besuch hat ein Nachspiel. Eine Woche später wird Ljusja zu ihrem Chef Warynkin gerufen. Warynkin braucht ein paar Angaben, kritzelt mit dem Bleistift Ziffern auf einen schmalen Block und sagt plötzlich: »Mir wurde berichtet... Ich muß da leider Stellung beziehen. Wie ich hörte, empfangen Sie Besuch aus dem kapitalistischen Ausland.«

»Leider viel zu selten!« ruft Ljusja inbrünstig.

Warynkin läßt vor Schreck seinen Bleistift fallen. »Wie meinen Sie das?«

»Ein zauberhaftes Mädchen! Ich wünschte, sie käme bald wieder!«

»Wissen Sie, was Sie da sagen? Das ist doch bestimmt eine Spionin! Jeden Tag warnen sie im Radio vor Ausländern mit spionischen Absichten, die dann im Westen Verleumdungen über uns verbreiten!«

»Um so besser, wenn es eine Spionin ist!« entgegnet Ljusja. »Dann sieht sie, wie gut ich es habe. Mein Tisch ist reich gedeckt. Ich habe ein Buffet aus vaterländischem Eichenholz. Zwei Teppiche hängen an der Wand! Und sie sieht, daß wir uns nicht fürchten, Ausländer zu empfangen, weil wir nichts zu verbergen haben.«

»Wissen Sie, Sie haben recht«, sagt Warynkin nach kurzem Nachdenken. »Aber – wenn man Sie nun plötzlich doch wegen Spionage verhaftet?«

»Weshalb sollte man das. Ich war ja nicht allein mit ihr«, lügt Ljusja, »sondern in Gegenwart eines ehemaligen Tschekisten.« (Dabei denkt sie an Iwan Sergejitsch, der an diesem Tag ja wirklich nur zufällig nicht da war.)

Wieder erschrickt Warynkin. »Also meinetwegen empfangen Sie sie. Aber sagen Sie ihr um Himmels willen nicht, wie schlecht wir hier leben!«

367

Eines Vormittags steht plötzlich eine fremde Frau in der Küche des Wohnheimbuffets. Ljusja, die gerade dabei war, einen Kasten Rettich zu stemmen, wischt sich den Schweiß vom roten Gesicht und sagt: »Guten Tag!«

»Na, bißchen tief in die Flasche geguckt, was?« fragt die Frau.

»Du bist wohl bekloppt?« gibt Ljusja zurück.

»Ich bin Gesundheitskommissarin und verlange höfliches Benehmen!«

»Ich bin die Leiterin dieses Buffets und verlange, daß jemand sich vorstellt und grüßt, bevor er mich beleidigt!«

Schon ist ein heftiger Streit im Gange.

Die Kommissarin fragt scharf: »Warum schneidet ihr Brot und Fleisch auf demselben Brett?«

»Ein zweites Brett habe ich nicht bekommen.«
»Fisch von gestern im Eisschrank, sehe ich?«
»Geb ich meiner Tochter.«
»Soso, deiner Tochter...«
»Ebenso wie du, ebenso wie alle.«

Die Kommissarin streicht mit dem Finger über die ölige Theke, hält Ljusja den grauen Finger unter die Nase und räumt mit den Worten »Du hörst von mir!« das Feld.

Kurz darauf trifft eine Beschwerde ein: Das Buffet sei verkommen, die Leiterin eine randalierende Säuferin. Ljusja habe zehn Rubel Strafe persönlich bei der leitenden Hygieneärztin aller Kantinenbetriebe der Wassilij-Insel abzuliefern und einen Verweis entgegenzunehmen.

»Um des lieben Friedens willen, Ljusenka, geh hin, sonst hab ich keine ruhige Minute mehr!« Irina Fjodorowna, die Verwaltungsleiterin der Papierwarenfabrik, ist außer sich.

Ljusja schimpft: »Kommt nicht in Frage! Wir werden ja sehn, ob die mich oder ich die.«

»Ljusja! Um meinetwillen! Ich hab doch schon riskiert, dich einzustellen, obwohl einer vom KGB deswegen da war. Willst du mich jetzt... Doch, natürlich hast du recht, aber... Bitte! Ich begleite dich und gebe dir die zehn Rubel aus meiner eigenen Tasche! Abgemacht? Danke! Danke!«

Zum angegebenen Termin am Freitag um drei Uhr fünfzehn finden sie sich in der Behörde ein.

Die leitende Hygieneärztin ist etwa vierzig Jahre alt, hat eine pompöse Frisur und fährt mit einem silbernen Kugelschreiber in einer Unterschriftsmappe herum. In die Mitte ihres breiten Schreibtischs mündet ein länglicher Keiltisch, an dessen Flanken sich harte Stühlchen reihen. Ljusja und Irina Fjodorowna sitzen zu beiden Seiten dieses Bittstellertisches einander gegenüber und schweigen, während die Leitende ihre Unterschriften fabriziert. Es geht auf halb vier. Irina Fjodorowna hält beschwörend Ljusjas Knie unter dem Tisch fest.

Es wird fünf nach halb vier. Ljusja kocht.

Endlich beginnt die Ärztin zu sprechen, und zwar immer noch schreibend, ohne aufzusehen.

»Soso, du also bist die Schnalle, die das Maul gegen meine Untergebenen aufreißt?« Ihre Stimme ist leise, ihr Tonfall beißend.

Ljusja springt auf. »Aha, jetzt wird mir alles klar. Der Fisch stinkt vom Kopf her! Du, eine studierte Frau, redest wie in der Gosse! Ich bin im Krieg aufgewachsen, ich hatte keine Möglichkeit zu studieren, nicht mal die Schule hab ich beendet, aber ich, ich habe nie geflucht. Ich habe hart gearbeitet! Und nach alledem muß ich mich von dir beleidigen lassen?«

Sie ist immer lauter geworden. Die Ärztin war zusammengezuckt, fängt sich aber rasch und lehnt sich hart lächelnd im Sessel zurück. »Solche Buffetleiter wie dich brauchen wir nicht. Weißt du was? Ich jage dich davon. Ich werde dafür sorgen, daß du nirgends mehr Arbeit bekommst.«

»Das werden wir sehen!« antwortet Ljusja. »Dein Bereich ist begrenzt. Außerhalb bekomme ich überall Arbeit, denn solche wie mich gibt's zuwenig. Auf Schritt und Tritt siehst du Annoncen. Aber für jemanden wie dich hab ich noch nie einen Aushang gesehn. Ich werde an das Bezirkskomitee schreiben, was hier für Sitten herrschen: daß ihr, du und deine Untergebene, mich eine Säuferin genannt, beleidigt und zu Unrecht bestraft habt. Mit Sicherheit gibt es Leute, die auf diese Gelegenheit gewartet haben, und eins kann ich dir versprechen: Wenn du rausfliegst, findest du wirklich nichts mehr; denn solche wie dich gibt's mehr als genug. Wolltest du noch was sagen?«

»Nein, im Augenblick nicht.« Die Leitende kräuselt die Lippen.

Sie sind auf dem Heimweg. Ljusja stapft erregt voran, Irina Fjodorowna trottet mit hängendem Kopf hinter ihr her. »Jetzt ist es aus. Jetzt sind wir verloren.«

368

Eine Woche vergeht in bangem Warten.

Auf einmal steht jene Kommissarin in der Tür, die bei der ersten Kontrolle, ohne zu grüßen, hereingekommen war.

Von der Tür aus stößt sie einen entzückten Schrei aus.

Ljusja betrachtet sie mißtrauisch.

Die Kommissarin stößt noch einen entzückten Schrei aus.

»Nein, wie schön es hier ist! Wie gemütlich! Wie sauber! Wunderbar!«

»Möchten Sie reinkommen?« fragt Ljusja vorsichtig.

»Nicht nötig, nicht nötig! Das sieht man gleich, daß hier alles in Ordnung ist! Die Blumen, wie reizend! Die Serviettchen auf den Tischen! Und was für eine gepflegte Auslage! Einfach musterhaft!«

Dann läßt sie sich aber doch zu einer Besichtigung überreden. Jedes Detail überwältigt sie. Zuletzt gratuliert sie Ljusja überschwenglich zu dem erstklassigen Betrieb und umarmt sie sogar; gerade, daß sie sich nicht küssen.

369

»Ich habe es wahnsinnig eilig«, sagt Galja, »du verstehst: Bisness.«

Ljusja fragt: »Waas?«

»Geschäfte. Englisch.«

»Ja also Galja – wegen dem Zahngold...«

»Hab ich besorgt. Kannst du zur Peter-Pauls-Festung kommen?«

»Wann?«

»In einer halben Stunde. Südliche Mauer.«

Ljusja ist zu Fuß zur Peter-Pauls-Festung gelaufen, biegt am Haupteingang links ab und sucht fast die ganze dem Fluß zugewandte Festungsmauer bis zum Newa-Tor ab. Auf dem schmalen Sandstreifen vor der Mauer sonnen sich, da an dem diesigen Apriltag der Boden noch zu kalt zum Liegen ist, Menschen im Stehen. Einige lesen dabei ein Buch. Auch Galja ist da. Sie steht in einem orangefarbenen Bikini auf einem leuchtend blauen Handtuch und wendet der blassen Aprilsonne ihren Rücken zu. Sie liest nicht.

»Das ist Bisness?« staunt Ljusja.

»Quatsch. Das ist für die Schönheit. Bisness kommt nachher.«

»Gute Idee.« Ljusja zieht sich ihre Wolljacke aus und wickelt den Saum ihres Kleides um den Unterarm. Warum nicht? Ein bißchen Sonne für die blaugeäderten Waden und die schuppigen Schultern, eine gute Idee; wie praktisch Galja immer ist! Ljusja wirft einen Seitenblick auf Galja, deren orangefarbenes Bikinioberteil am Rücken in einer tiefen Speckfalte verschwindet.

»Also Schönheit?« fragt Ljusja.

»Der Arzt hat's empfohlen. Wegen der Pickel am Rücken. Zweimal wöchentlich eine halbe Stunde Sonnenbad.« Galja wirkt unruhig. »Im Westen gibt's extra Maschinen dafür«, sagt sie zögernd. »Du legst dich eine Woche lang täglich fünf Minuten darunter, und schon bist du braun wie 'ne orientalische Tänzerin.«

»Also willst du wirklich in den Westen? Ihr habt euch entschlossen?«

»Hast du dich erkundigt?«

Galja hatte Ljusja gebeten, spezielle Erkundigungen über Deutschland einzuziehen, und Ljusja hat diesen Auftrag nach bestem Wissen erledigt. Lilja konnte man nicht fragen, aber einmal hatte Ljusja einen Freund von Slawa am Telefon, und der gab höhnisch und ausführlich Auskunft.

»Ich habe mich erkundigt. Es gibt in Deutschland offene Prostitution.«

»Was kostet sie?«

»Kann das sein? Auf der Straße fünfzig Mark, und in einem Bordell vielleicht zweihundert.«

»Fünfzig Mark, das ist soviel wie ein Paar Blue Jeans, eine Swatch-Uhr oder zwei Flaschen amerikanischer Whiskey. Für zweihundert kriegst du einen japanischen Fotoapparat, einen Walkman oder ein tragbares Stereo-Radio«, denkt Galja laut nach.

»So viel Geld ist das?«

»So wenig Geld ist das«, sagt Galja besorgt. »Und – sind die Mädchen hübsch?«

»Wahrscheinlich wie überall. Je nachdem.«

»Ist es möglich, einfach mit irgendeinem Mädchen für eine Nacht ein Hotelzimmer zu mieten?«

»Ja.«

»Dann geht es nicht«, sagt Galja betroffen.

»Was?«

»Fred. Er kann sich nicht beherrschen. Er versteht sich gut mit mir, aber er kann nicht anders. Und dort ist es zu einfach, ich kann das nicht riskieren.«

Die Erkenntnis macht ihr zu schaffen. Seit Monaten sammeln sie Dollars, weil sie sich in den Westen absetzen wollen. Fred hat Galja unter anderem mit den guten Ärzten geködert, die es im Westen geben soll. Galja hat mit siebzehn Jahren abgetrieben und kann seitdem keine Kinder bekommen. Sie meint, ihre Eierstöcke seien verstopft, aber Fred sagt, das sei nur eine Frage der Medizin.

»Es gibt ja schließlich auch bei uns gute Ärzte«, grübelt Galja. »Zum Beispiel Gennadij Lwowitsch. Er hat mit mir Durchblutungsübungen gemacht. Das hat er so gemacht«, sie fährt mit der gespreizten Hand in der Nähe von Ljusjas Unterleib herum, »und mir ist da unten ganz warm geworden. Er sagt, nächstes Jahr werde ich ein Kind haben.«

Sie beginnt sich anzuziehen.

Ljusja bewundert Galjas überlegene Sachlichkeit. Ihr fällt ein, wie Galja vor Jahren in der Bleistiftfabrik schrie: »Ich sterbe! Ich halte es nicht aus!«, während sie mit aufgerissenen Augen an den Regalen vorbeirannte und Bleistifte zerbrach. Seit Galja Fred kennt, hat für sie ein neues Leben begonnen. Sie nimmt zu und trägt Importkleider. Unauffällig ordnet Ljusja ihr geflicktes Kostüm. Während beide miteinander zwischen den Sonnenhungrigen hindurch zurück zur Uferstraße wandern wie durch einen zitternden, weißen, verkrüppelten Wald, räsoniert Galja: »Im Grunde ist unser Rußland doch gar nicht so schlecht. Nur Dummköpfe bringen es hier zu nichts. Ich persönlich kann doch alles haben, was ich will.«

Sie sind an Galjas Auto angelangt.

»Ach! Nicht, daß ich's vergesse«, ruft Galja und zieht aus ihrer Geldbörse ein Briefchen Papier. »Dein Gold.«

»Was bin ich dir schuldig?«

»Geschenk der Firma«, sagt Galja. »Also – wenn dir deine Tochter aus Deutschland mal ein gutes Parfüm schickt –, vielleicht denkst du dann an mich. So was wie Chanel. Fünf oder neun.«

»Dank dir vielmals, Galja. Du weißt nicht, was du mir da für einen Gefallen tust.«

»Schon gut.« Galja verstaut ihre Badetasche im Kofferraum. Der Kofferraum ist ausgestattet wie ein kleiner Basar. Galja zieht eine Schachtel Pralinen heraus, wie Ljusja sie noch nie gesehen hat. »Diese Pralinen kosten auf dem schwarzen Markt zwanzig Rubel pro Schachtel, und bitte sehr« – sie steckt sich ein Praline in den Mund – »ich esse soviel davon, wie ich will, obwohl ich im Monat nur hundert Rubel verdiene. Zu Hause hab ich noch fünf Schachteln. Nein, nein, mir gefällt das Leben hier.«

Sie schlägt den Deckel zu und zwängt sich hinter das Lenkrad. »Soll ich dich irgendwo hinbringen?«

»Nein danke, ich hab's nicht weit.«

Galja zieht die Tür zu, öffnet sie aber noch einmal, um ihr Schlußwort zu sprechen. »Ehrlich gesagt: Ich will gar nicht weg. Im Westen sind die Leute so kleinlich.«

370

Zeitweise darf man mit dem Telefon ins kapitalistische Ausland durchwählen. Jeden Mittwochnachmittag versucht es Ljusja. Nach etwa zwanzigmaligem Wählen erreicht sie eine deutsche Automatenstimme, die mitteilt, daß der Anschluß gesperrt sei. Und dennoch sind diese Anrufnachmittage die wichtigsten der Woche. Ljusja wählt ein ums andere Mal mit trockenem Hals die lange Nummer, während Iwan sich bekümmert nachschenkt.

Eines Tages ist nicht die Automatenstimme am Telefon, sondern ein ganz normales Klingeln. Irgendwo in Deutschland, in einer Wohnung, die hoffentlich noch Lilja gehört, klingelt es, dreimal, viermal, fünfmal... »Wanja!« schreit Ljusja, »Ich bin durch! Ich bin durch!«

»Na siehst du, Ljusenka!« strahlt Iwan Sergejitsch.

Nun wählt Ljusja wie besessen jede Stunde. Sie versucht, sich die Wohnung in dem Land vorzustellen, das sie niemals sehen wird. Scheint manchmal die Sonne herein? In welcher Ecke hängt die Ikone, falls sie noch nicht verkauft ist? Wo steht der Samowar? Wo steht das Telefon, das Lilja einmal als »grün und sehr schick« geschildert hat? Klingelt es auch laut genug?

Um Mitternacht hebt jemand ab. Slawas dumpfe Stimme.

»Slawotschka! Ich bin es! Hörst du mich?«

»Du schreist ja laut genug.«

»Wo ist Lilja?«

»Wir haben sie in die Klinik gebracht, Schwiegermutter, damit sie sich beruhigt.«

»In welche Klinik?«

»In die psychiatrische.«

»Slawa! Was habt ihr mir angetan! Wo ist der Kleine?«

»Im Kinderheim.«

»Slawa, du Ungeheuer! Ganz allein im Kinderheim, in einem fremden Land! Er kann doch nicht mal deutsch!«

»Er kann besser deutsch als russisch. Reg dich ab, Schwiegermutter. Es ist besser so.«

»Slawa!« Ljusja beherrscht sich mühsam. »Sag, was passiert ist!«

»Lilja hat bestimmte Dinge schlecht verkraftet. Alles ist verwahrlost, der Kleine bekam nichts zu essen, und sie hockte den ganzen Tag in der Küche und fraß Sonnenblumenkerne... Der ganze Boden war voll Schalen... Sauladen. Ich war geschäftlich unterwegs, und wenn ich nach Hause kam, stürzte sie sich mit den Fäusten auf mich.«

»Slawa«, flüstert Ljusja, »kümmerst du dich um den Kleinen? Besuchst du ihn im Kinderheim?«

Schweigen. Iwan Sergejitsch knetet erschüttert Ljusjas tränennasse Hand.

»Ich besuche meinen Sohn, sooft meine Zeit es mir erlaubt«, antwortet Slawa dumpf.

»Slawa... arbeitest du? Hast du Arbeit?«

Slawa legt auf.

371

Ljusja ist so verzweifelt, daß sie drei Tage Urlaub nimmt und nach Moskau fährt, um sich von Ida trösten zu lassen. Ida sagt: »Sei trotzdem froh, daß Paschenka dort ist. In einem deutschen Kinderheim wird er immer noch besser versorgt als in einer zerrütteten russischen Familie.«

»Aber er ist doch noch so klein!« schluchzt Ljusja. »Er braucht jemanden, der ihm einen Gutenachtkuß gibt und ihm sagt, er soll sich nicht mit Warenje bekleckern!«

Mit Ida ist nichts los. Sie kann Ljusjas Schmerz nicht teilen, weil sie selbst schweren Kummer hat: Sie hat sich letzten Monat von ihrem wuschelköpfigen Borja getrennt. Sie ist sogar, was Ljusja noch nie bei ihr gesehen hat, nachlässig gekleidet. Ihre

Wohnung ist unaufgeräumt. Die Küche starrt vor Dreck. Die blaßgrüne Wand über dem Gasherd ist gesprenkelt von schwarzem Fett. Im Spülbecken türmt sich das schmutzige Geschirr. Darunter verstaubte leere Flaschen, offene Konservendosen; überall auf dem Boden vertrocknete Fischköpfe, die Wassja, der Kater, verschmäht hat. Der auseinanderfallende rostrote Diwan ist bedeckt mit Zeitungen, löchrigen Kissen, aufgeschlagenen Büchern. Ein hochgewachsener Kaktus klammert sich an die kalte Fensterscheibe.

Ida spricht bleiern: »Die Situation ist schlimm. Aber Paschenka hat dort eine Chance. Eine Chance! Dieses Wort habe ich hier schon verlernt. Er lernt deutsch, kann eine gute Ausbildung machen ... er lebt in einem kultivierten Land! Hier hätte er gar keine Zukunft. Denn das hier ist ein Sumpf.«

Noch nie hat Ida so ernst gesprochen.

Zum 8. März, dem Frauentag, hatte ihr Sohn Sascha ihr Blumen mitgebracht. Sascha hat diese Blumen erkämpft, er stand dafür zwei Stunden lang in einer Schlange von hundert verkaterten und mißlaunigen Männern. Als er das Geschäft verließ, geriet er fast in eine Schlägerei. Mit viel Geschick rettete er die armseligen roten Tulpen und trug sie durch Nebel und Frost in Idas überheizte Wohnung, wo Ida sie in ihre einzige Vase stopfte. Dort blühten sie noch ungefähr zwei Stunden lang tapfer weiter und brachen dann über dem zu niedrigen Vasenrand zusammen. So liegen sie seitdem: mit gespreizten Blättern, das Gesicht auf der staubigen Tischplatte, als ob sie weinten.

372

Anstatt sich trösten zu lassen, muß Ljusja nun Ida trösten.

Es fällt ihr leicht. Die Idee, Paschenkas Emigration trotz allem als Rettung zu sehen, elektrisiert sie. Als sie für Ida einkaufen geht, betrachtet sie alles mit neuem, belebendem Haß: die Grobheit der Verkäuferinnen, die Wut der Kunden, die schlechte Qualität der Ware, den Schimmel am Schaufenster, die eingeschlagene Scheibe im ungeheizten Bus... Zu Hause in Leningrad ist Ljusja privilegiert, weil sie in der Kantine Lebensmittel abzweigen kann; hier aber, in Moskau, nimmt sie einen Auffrischungskurs in Mangelwirtschaft. »Alle Kefirtüten angerissen! Und das sind noch die besten! Weißt du, wie es vor dem Geschäft aussah? Rosa Kefirspuren in alle Richtungen, wie Zuggleise!« schimpft Ljusja, während sie die Einkäufe auspackt.

»Immerhin gibt es das Geschäft noch!« Lachend setzt Ida Tee auf. Sie erholt sich rasch von ihrer Depression. Liegt das am Thema? »Du kriegst das wahrscheinlich nicht mit, Ljusja, aber die Lebensmittelgeschäfte machen eins nach dem anderen zu. Ein Schild an die Tür: ›Generalrenovierung‹, und dann legen sie drei alte Bretter ins Kontor, und nichts geschieht mehr. Die Einkaufswege werden immer weiter. Nicht ein einziges von diesen Geschäften hat je wieder aufgemacht.«

Ein gemütlicher Abend bahnt sich an. »In Leningrad«, weiß Ljusja zu berichten, »räumen sie ganze Mietshäuser zur Renovierung. Jedes Jahr eine ganze Straße, aber keine wurde seitdem wieder bezogen. Die Fenster werden eingeschlagen, die Treppenhäuser zerstört, die Rohre bersten, in den Höfen sammelt sich meterhoch der Unrat... Ganze Wohnblocks stehen verwüstet, wie nach dem Krieg.«

Immer aufgeregter widmen sie sich der Schande Rußlands und überbieten sich in finsteren Prophezeiungen. Ida zitiert Alexej Konstantinowitsch Tolstoj: »Das Land, es ist wohl überreich, doch Ordnung gibt es nicht... Nein, Ordnung gibt es keine, Ordnung gibt es einfach nicht.« Ljusja sagt: »Nein, es ist schlimmer als das. Es ist – ein Sündenfall.«

Noch gemütlicher wird es, als Idas siebzehnjähriger Sohn Sascha nach Hause kommt.

»Hallo! Du wirst ja immer größer! Wie geht es dir, Sascha?«

»Ich komme aus dem Gefängnis, will ein neues Leben anfangen. Habe Arbeit in einem Zeitungskiosk gefunden. Am Morgen kommt ein Werktätiger. Er fragt mich: ›Was haben Sie?‹ Ich sage: Die ›Wahrheit‹ gab's hier schon lange nicht mehr. ›Nachrichten‹ wird's keine geben. Der letzte ›Kommunist‹ hängt an der Wand. Die letzte ›Komsomolzin‹ wälzt sich dort in der Ecke. Ich habe nur noch den ›Agitator der Arbeit‹ für drei Kopeken.«

»So weit sind wir inzwischen: Er redet nur noch in Anekdoten«, erklärt Ida.

»Ich kann auch anders, Tante Ljusja. Was möchtest du gern wissen?« Und schon ist man wieder beim Thema.

Sascha hat dicke Lippen und die vollen Wangen eines Säuglings, aber er redet im Baß, in lakonischen Sätzen, mit der wuchtigen Diktion eines Propheten. »Dieses Land ist mörderisch. Hier kann man nicht leben. Das Salz des Lebens sind Phantasie und Individualität, beides wird hier unerbittlich zerstört. Unsere Intelligenz wurde aufgerieben. Wer nicht vernichtet wurde, wandert aus. Zurück bleiben sowjetische Krüppel. Jeder Gang auf die Straße zeigt dir: Du befindest dich in einem Land der Mißgeburten. Fünfundsechzig Jahre Negativauslese. Eine Zukunft gibt es hier nicht.«

Ida sinniert: »Wäre ich in dem Alter mal so klarsichtig gewesen. Du mußt bedenken, einmal hatte ich ja sogar eine reelle Chance fortzukommen. In die Freiheit! Die Chance meines Lebens: mein Freund und Beinahe-Mann Lasar Finkelstein! Er hatte den Ausreiseantrag schon gestellt und mich gebeten, mit ihm zu gehen. Allerdings wollte er einen gänzlich unabhängigen Staat Israel schaffen und redete von nichts anderem. Seine Clique rechnete von allen Leuten die jüdischen Blutanteile aus, und er, als Hundertprozentiger, wurde wie ein Adliger geführt. Wie hätte ich auf dieser Börse ausgesehen? Zu seiner Ehre muß ich sagen, daß er in dem Punkt gleichgültig war. Trotzdem bekam ich es mit der Angst. Er lernte Hebräisch, aus einem Buch namens ›Elef Melim‹. Das heißt ›Tausend Wörter‹, und ich habe ihn alle tausend Wörter abgehört, die ganzen Sommerferien lang. Wir saßen von morgens bis abends im Gras, lernten Hebräisch und aßen. Ich wurde furchtbar dick. Und am Ende des Sommers erhielt er seine Ausreisegenehmigung und flog davon. Wie dumm ich war! Ich hielt mein Glück in den Händen und ließ es ziehen.«

»Ja, Mama, du hättest mir manches erspart.«

»Saschenka, verzeih mir! Dir hätte ich vor allem dich selbst erspart!«

»Und wenn schon... Ich soll nämlich zur Musterung, Tante Ljusja«, erklärt Sascha. »Das ist im Augenblick unser dringlichstes Problem. Sie brauchen Kanonenfutter für Afghanistan.«

»Aber Saschenka, nach Afghanistan schicken sie keine Moskauer Studenten!« An Idas Ton merkt man, daß dieser Dialog heute nicht zum ersten Mal stattfindet. »Nach Afghanistan schickt man Georgier und Balten!«

»Wußtest du, daß man unsere Jungs in Afghanistan verstümmelt, Tante Ljusja?«

»Nein!!« (Paschenka! Wie gut, daß er in Sicherheit ist!)

»Den gefangenen Sowjetsoldaten schneiden die Mudschaheddin aus Haß Arme und Beine ab, bevor sie sie an uns zurückschicken. Ein Freund von mir hat das in einem Sanatorium gesehen. Da fuhren unsere Helden in Rollstühlen herum, ohne Arme und Beine, aber bepflastert mit Ordensspangen.«

»Du mußt versuchen, in Ungarn stationiert zu werden«, sagt Ida beschwörend.

»Die sowjetische Armee ist eine degenerierte, sadistische Hölle – überall«, gibt Sascha zurück. »Drei Rubel Lohn im Monat, keine Freizeit, miserables Fressen, Schikanen durch die Vorgesetzten, Brutalität und Prügelhierarchie in der Truppe, unter den Einfachen eine Selbstmordrate von nahezu fünf Prozent...«

Höhepunkt des Abends wird eine Übertragung von »Radio Freie Welt«.

Sascha, der Student der Physik, hat ein Superradio gebastelt, das »auf Feindsender gedrillt« ist. Jetzt holt er es aus seinem Zimmer und baut es stolz auf dem Küchentisch auf.

Man versteht trotz der Störsender, nur ist es recht leise. Also neigen sich alle über dieses Radio und lauschen hingerissen dem Bericht eines übergelaufenen KGB-Offiziers, der in der DDR stationiert gewesen war.

Diesem Bericht nach sieht sogar der KGB selbst sich als Verbrecherbande. Sie nennen sich spaßeshalber **Kontora** *grubych* **banditow**, Laden grober Gauner, und beschäftigen sich ausschließlich damit, für Kopfprämien Menschen zu vernichten und sich zu bereichern. In der DDR etwa hat der Quartiermeister Shirnow das für die Soldaten bestimmte Fleisch auf dem schwarzen Markt verkauft. Das Geld teilten sie unter sich auf. Eine Verkäuferin, die ihn zu verpfeifen drohte, brachte er für zwei Jahre hinter Gitter.

Andere Defizitware wird nach Offiziersrängen verteilt. Es gibt Wartelisten. Atemlos lauschen Ida, Sascha und Ljusja, wie die Frau des Majors Wisner auf einer Versammlung für sich ein Service-Geschirr reklamierte. Sie hatte auf der Warteliste ganz oben gestanden, aber Frau Morosowa, die Frau des Regimentskommandeurs, schnappte es ihr weg. Frau Wisner verlangte die Rückgabe des Geschirrs, Frau Morosowa weigerte sich, und es gab eine Prügelei, bei der die beiden sich ohrfeigten und einander die Haare ausrissen. Frau Morosowa rief ihrem Mann zu: »Du bist hier der Regimentskommandeur, befiehl ihr, die Schnauze zu halten! Stopf ihr die Fresse!« Daraufhin hielt Morosow folgende Rede. »Genossen«, sagte Morosow, »wir alle sind hier im Ausland darauf aus, so viele bunte Lappen wie möglich anzuschaffen. Ich bin der Regimentskommandeur. Ich habe immer außerhalb der Reihe gekauft und werde das auch weiterhin tun. Das gleiche gilt für meine Stellvertreter. Und Sie werden das bekommen, was übrigbleibt.« Über Wisner schrieb er einen ungünstigen Bericht, worauf Wisner in die Provinz versetzt wurde.

»Na?« fragt Sascha triumphierend. Ljusja ruft: »Pst!« Mit roten Ohren beugen sie sich noch tiefer über das Radio.

Da Moral und Kultur ihnen fremd sind, haben die KGB-Leute

in ihrer Freizeit wenig anderes zu tun als zu huren und zu saufen. Ihre einschlägigen Zusammenkünfte nennen sie KPM, Kulturpolitische Maßnahmen. Da bringen sie abwechselnd zynische Trinksprüche aus, und nach jedem Spruch kippen sie hundert Gramm Wodka. Die Trinksprüche dürfen nicht länger als zwei Minuten dauern. Wer diese Frist überschreitet, trinkt zur Strafe zweihundert Gramm. Die »auf dem Feld der Ehre Gefallenen« werden von den Chauffeuren abtransportiert. »Deserteure« gehen auf Weibersuche. Regelmäßig gibt es Schlägereien. Einmal zog jemand eine Pistole, der ranghöhere Kontrahent warf sich unter den Tisch. Aber dann versöhnten sie sich und tranken auf den Weltfrieden.

Mitternacht ist vorbei. »Das alles war noch gar nichts!« ruft Sascha mit funkelnden Augen. »Ein Freund von mir ist der Sohn von Shelesnjow – ja, dem. Letzten Oktober schickte ihn seine Mama in wichtigen familiären Angelegenheiten zu Papa, der nach der Parade mit ausgewählten Funktionären feierte. Die hatten alle bereits Schlagseite. Einer hatte ein Samisdat-Exemplar von Amalriks Buch dabei und las daraus vor. Sie brüllten vor Lachen, daß Amalrik dem Sowjetsystem die Ehre einer geistigen Auseinandersetzung erweist. Auf dem Höhepunkt des Besäufnisses rissen sie das Buch in Fetzen, um sich damit den Hintern zu putzen. Einer nach dem anderen fiel unter den Tisch, und Shelesnjow selbst wälzte sich am Boden und schluchzte, der Kommunismus sei die größte Scheiße, die diesem Land zustoßen konnte, und alle Kommunisten seien blutige Parasiten.«

»Ich wundere mich über deinen Umgang, mein Sohn. Was hast du mit einem Shelesnjow zu tun?«

»Er kann nichts für seinen Vater; er ist anständig!«

»Anständig? Das ist ja wohl ein Witz!« sagt Ljusja.

Ida fragt: »Wie wird er damit fertig?«

»Er säuft.«

Alle lachen hysterisch.

»Ich bin ganz erledigt!« Ida erhebt sich. »Puh, war das köstlich.

Saschenka, mein Sohn, ich habe versagt, meine Zeit ist um. Aber du hast alles noch vor dir. Wandere aus, mach dein Glück. Ich werde hier meine Zeit absitzen und dir Briefe schreiben. Nicht wahr, und ab und zu schickst du mir so ein glänzendes französisches Modejournal...«

373

Mit der Schnapsproduktion kommt Ljusja kaum mehr nach. Das hat verschiedene Gründe.

Erstens das Hefe-Defizit. Mit Hefe setzt man den Sud an. Dreihundert Gramm Hefe, drei Kilo Zucker und neun Liter abgekochtes Wasser braucht man für sechs Liter Sud. Daß man auch die Orangen kaum bekommt, deren Schale der Sache Aroma gibt, ist bei diesen Abnehmern das geringere Problem. Aber für die Hefe muß Ljusja all ihre Verbindungen einsetzen, das kostet Geschenke, Zeit und Kraft.

Zweitens sind die Einmachgläser schwer zu bekommen. Es sind spezielle Fünfzehnlitergläser mit engem Hals und Schraubverschluß. Sie stehen hinter einem Vorhang in Anjas Zimmer auf dem Boden, während der Sud arbeitet. Der Sud wird trübe, dann sandfarben und schaumig, bis er sich im Lauf einiger Wochen klärt und bernsteingelb wird. In dieser Phase darf man die Gläser nicht ganz dicht verschließen, weil sie explodieren könnten; man darf sie aber auch nicht zu offen stehen lassen, weil sonst der Alkohol entweicht. Am besten, man bindet mit einem starken Gummi einen Küchenhandschuh über die Öffnung. An die Schwierigkeiten, Küchenhandschuhe zu beschaffen, darf man gar nicht denken. Aber mit den Gläsern ist es jetzt ganz aus. Ljusja hatte fünf. Neulich ging ein Glas durch Anjas Liebhaber Gena, den Offizier, zu Bruch, weil Ljusja die Gläser zu gut verschlossen hatte. Der destillierte Schnaps hatte für Gena, den Offizier, nicht gereicht. Gena ging mit einer Teetasse ins Nebenzimmer und zerrte im Halbdunkel so ungeduldig an dem Gummi, daß das Glas umfiel und der säuerlich schäumende Sud im Teppich versickerte. In seiner Enttäuschung schlug Gena mit der Faust gegen das wacklige Regal, von dem sofort ein eisernes Bügeleisen fiel, mit der Spitze voran, genau auf das Glas. Da waren es nur noch vier.

Drittens ist das Destillieren heikel. Destillieren muß man in der Küche. In einer Kommunalwohnung bedeutet das: an einem öffentlichen Ort. Es ist zeitaufwendig: Man erhitzt den inzwischen klaren Sud in einem großen Topf auf etwa sechzig Grad. Der Alkohol verdampft und schlägt sich an der Außenwand einer mit kaltem Wasser gefüllten Emailleschüssel nieder, die den Topf verschließt. Er rinnt an der trichterförmigen Wand dieser Emailleschüssel herab und tropft in eine Konservenbüchse mit durchlöchertem Deckel. Diese Tropfen werden zu dem begehrten Hochprozentigen. Ljusja mischt sie teils mit Sirup auf, das schmeckt wie Likör, teils mit kandiertem Zucker, das wird Kognak; aber auch diese Nachbereitung ist auffällig und eindeutig, und böswillige Nachbarn können einen wegen Schwarzbrennens denunzieren, das brächte Hunderte von Rubeln Strafe und bei Wiederholung Gefängnis.

Mit Ruth Jossifowna hat es diesbezüglich nie Probleme gegeben. Aber nach Ruths plötzlichem Tod im letzten Sommer (sie hatte zuletzt öfters von den Schwierigkeiten gesprochen, eine Ersatzbatterie für ihren Herzschrittmacher zu bekommen, und dann fuhr sie zur Sommerfrische nach Puschkin und kehrte nicht zurück), nach Ruth Jossifowna also bezog ein recht ängstliches Ehepaar die beiden freigewordenen Zimmer. Während Ljusja noch die Anstandsfrist einhielt, um die neuen Mitbewohner zu testen, gab es drei angespannte Nachmittage mit Iwan Sergejitsch, der zwar Verständnis hatte, aber sehr nervös wurde und plötzlich schweißgebadet aufbrach, fünf giftige Wortwechsel mit Gena, dem Offizier, und sechs vehemente, quälende Diskussionen mit Anja, die ihrer Mutter vorwarf, Gena absichtlich kurzzuhalten. Die schlimmste Auseinandersetzung hatte stattgefunden, als Gena drei Wochen lang überhaupt nicht erschienen war. Ljusja kann es nicht lassen, bei solchen Gelegenheiten darauf hinzuweisen, daß ihre eigenen Verehrer (früher, natürlich) immer auch ohne Schnaps zu ihr gekommen seien, und Anja, die ohne Gena leidet wie ein Tier, bekam vor Hilflosigkeit himbeerrote Flecken im Gesicht.

Was für ein Unsinn! Muß Ljusja in diesem zugrunde gehenden Land (Idas Lehre ist bei ihr auf fruchtbaren Boden gefallen), also: Muß Ljusja hier wirklich die unübersehbare Misere noch verschlimmern, indem sie die tapfere Anja erniedrigt? Indem sie sich nach dem einsamen Tod einer guten Nachbarin wie Ruth Jossifowna nur darüber Gedanken macht, wie sie weiter gefahrlos Schnaps brennen kann? Indem sie den Offizier Gena reizt, der zwar alkoholsüchtig ist, aber, zumindest versehentlich, der unglücklichen Anja ein paar schöne Augenblicke schenkt? (Denn natürlich hatte Ljusja in der heiklen Übergangszeit im Laden Schnaps gekauft.) – Und warum piesackt sie den gutmütigen Wanja, dem sie so viel verdankt, indem sie ihm ein ums andere Mal vorwirft, er käme ja doch nur zu ihr, weil seine Frau ihm keinen Schnaps gebe?

Die Unruhe wächst, Ljusja sitzt oft wie auf Nadeln, bekommt, wenn sie sich aufregt, keine Luft und findet nachts keinen Schlaf.

374

Inzwischen ist es Winter und wieder Frühling geworden, und wieder ist alles ganz anders.

Lilja hat einen langen, relativ vernünftigen Brief geschrieben, sie sei jetzt aus der Psychiatrischen Klinik heraus und lasse sich von Slawa scheiden.

Die neuen Mitbewohner, Ilja Israeljewitsch und Zelja Isaakjewna, sind weder Erpresser noch Denunzianten. Ljusja brennt wieder Schnaps, der Offizier Gena kommt wieder zu Besuch, Anja ist verliebt wie eine Katze und Iwan Sergejitsch so treu wie je.

Ljusjas neue Idee ist, Lilja und Paschenka zurück nach Rußland zu holen. Sie hat nach drei schriftlichen Eingaben einen Termin im Großen Haus erhalten.

Der Termin ist heute nachmittag, und Ljusja freut sich darauf. Es muß doch allen klar sein, daß es in diesem Land so nicht weitergehen kann. Wenn der KGB Lilja zurückkehren läßt, heißt das, das System wird vernünftig; wenn nicht, ist das eine weitere Bestätigung für Idas These.

375

Für das Treffen mit dem KGB färbt Ljusja sich sogar die Haare neu. Das ist eine langwierige Prozedur.

Ljusja muß die Farbe mit einer Zahnbürste auf jede Strähne einzeln auftragen. Dann kommt eine aufgeschnittene Plastiktüte auf den Kopf und über diese eine Schicht Watte, die mit einem Handtuch festgebunden wird. Zwei Stunden muß die Farbe einwirken. Das Ritual findet in der Küche statt, da die Farbe kleckert.

Ilja Israeljewitsch beobachtet fasziniert, wie Ljusja eine Strähne ihres brüchigen Haars nach der anderen mit Farbe bestreicht. Lächelnd schüttelt er den Kopf: »Was für ein Aufwand, Ljudmila Semjonowna, was für ein Aufwand!«

»Wieso? Spart vier Rubel und wird viel besser als beim Friseur!«

»Jaja – vier Rubel«, lacht Ilja Israeljewitsch, »das ist natürlich etwas anderes. Vier Rubel.«

Ilja Israeljewitsch, der neue Mitbewohner, ist nicht senil. Er möchte sich einfach unterhalten.

Er ist achtundsiebzig Jahre alt, ein hochgewachsener, kahler alter Mann mit dicken Brillengläsern. Zelja Isaakjewna hat dem Witwer vor einem Jahr selbst die Heirat vorgeschlagen, weil sie eine bessere Wohnung wollte. Mit von der Partie war ihre an Krebs sterbende Schwester. Jede der drei Parteien bewohnte ein einzelnes Zimmer in irgendeinem Teil Leningrads, und diese drei einzelnen Zimmer tauschten sie gegen die beiden großen zusammenhängenden Zimmer ein, die zuvor Ruth Jossifowna gehört hatten. Drei Wochen nach dem allgemeinen Umzug starb Zeljas Schwester, Zelja und Ilja blieben übrig. Zelja begann Ilja zu beschimpfen: »Du altes Wrack, wann kratzt du endlich ab?« Sie schimpft so laut, daß man es durch die ganze Wohnung hört; seine Antworten sind nicht zu verstehen. Zu Ljusja sagt sie: »Ein Greis im Haus ist eine Strafe Gottes!«

»Und vor einem Jahr, als du ihn geheiratet hast, war er da kein Greis?« fragt Ljusja.

Ilja Israeljewitsch, ehemals Chauffeur, war schon seit langem in Rente. Aber seit er verheiratet ist, muß er wieder arbeiten. Er ist Heizer in einem Krankenhaus, das bedeutet, er karrt und schaufelt Kohle. Nach jeder Vierundzwanzigstundenschicht hat er drei Schichten frei. Den Lohn liefert er bei Zelja ab, sozusagen als Haushaltsgeld. Aber er fühlt sich schlecht ernährt. Manchmal rebelliert er. Dann wirft Zelja erbost Kartoffeln, Knochen und Öl in einen großen Suppentopf und produziert einen schaurigen Brei. »Da, friß! Bevor du nicht fertig bist, kriegst du nichts Neues!« Ilja ist dünn, er hat nie viel gegessen. Wenn er sich unter den Beleidigungen krümmt, spreizen sich seine Rückenwirbel unter der blauen Trainingsjacke wie die Stacheln eines gefangenen Barsches. Drei Tage lang kaut Ilja an der Brühe herum, dann streikt er, und Zelja schüttet den Rest in den Abfall. »Verrecke!« brummt sie vor sich hin. »Da kann man zum Antisemiten werden«, beklagt sich Ilja bei Ljusja.

Zelja Isaakjewna ist mit ihren vierundsechzig Jahren immer noch eine schöne Frau: Sie hat weiße Locken, braune Augen und eine schmale, leicht gebogene Nase. Über vierzig Jahre lang arbeitete sie als Näherin in einer Bettwäschefabrik, und obwohl sie immer arm war, kleidete sie sich sauber und adrett. Seit drei Monaten aber verkauft sie für die Georgier Gemüse auf dem Markt, und seitdem ist sie nicht mehr arm, aber auch nicht mehr sauber und nicht mehr adrett.

Ilja Israeljewitsch hält zu Ljusja. Das ist nützlich, denn auf Zelja ist in vielen Dingen kein Verlaß. So hat Zelja eine Leidenschaft für Seifen und Handtücher. Ljusja staunt, wie viele Seifen und Handtücher immerzu verschwinden. Eines Tages fand sie drei ihrer Handtücher auf Zeljas Wäscheleine. Sie erkannte sie am aufgestickten Emblem. »Zelja! Du hast meine Handtücher geklaut!« Zelja sah sie schief an: »Ach sooo? Hab ich ja gar nicht gemerkt?«

»Sag mal, Ilja, hast du 'ne Seife für mich?« fragte Ljusja ein andermal den Alten. Ilja entschwand kichernd in seinen Gemächern und kehrte mit einer ganzen Schublade voll Seifenstücke zurück. »Man muß schließlich wissen, woran man ist, nicht wahr, Ljudmila Semjonowna?«

So leben sie miteinander. Warum auch nicht? Kämpfen tut gut. Und es gibt so sonnige, unverständlich optimistische Nachmittage wie diesen, an dem Ljusja sich in der Küche die Haare färbt für den KGB. Sogar Ilja Israeljewitsch hat Anteil an Ljusjas Aufregung und streicht lächelnd um sie herum.

»Warum bist du nicht in der Kirche?« fragt Ljusja, die sich an seinem Interesse freut.

»In der Kirche?« Ilja Israeljewitsch gluckst, seine dicken Brillengläser beschlagen. Er ist bestimmt ein Meter neunzig groß, aber ganz mager und krumm. Er beugt sich über Ljusja und lächelt mit seinen künstlichen Zähnen auf sie hinab. »Ich liebe es, mich mit dir zu unterhalten, Ljudmila Semjonowna. Du hast immer so spaßige Ideen.«

»Ich meine in der Synagoge. Greise gehören nicht in die Küche, sondern in die Synagoge.«

»Ja, in die Synagoge, das ist natürlich etwas anderes. Würde ich ja auch gern, Synagoge. Aber ich habe den Befehl, die Küche zu putzen. Befehl ist Befehl.«

Zelja Isaakjewna ist den ganzen Tag bei den Georgiern auf dem Markt und hat ihm Anweisungen hinterlassen. Nun macht Ilja Israeljewitsch Anstalten zu putzen. Er stellt sich dabei denkbar dumm an, füllt einen Eimer mit kaltem Wasser und sucht etwa zehn Minuten lang vergeblich nach dem Putzlappen. »Wo ist nur der Putzlappen? Wie sieht ein Putzlappen aus? Ist das hier ein Putzlappen?«

»Ilja, du machst mich wahnsinnig. Geh in die Synagoge, dann putze ich für dich.«

»Ach, Ljudmila!« Ein Stoßseufzer aus Iljas magerer Brust. »Ich sehe dir so gerne zu. Ich wünschte, auch Zelja Isaakjewna würde sich die Haare färben. Aber sie ist ja immerzu auf dem Markt.«

»Und was hättest du davon? Eine alte Frau mit gefärbtem Haar. Glaubst du, dann wäre sie besser zu dir?«

»Das nicht. Aber wenn ich eine schöne Frau habe, komme ich mir selbst schöner vor.«

376

Angespornt durch Ilja Israeljewitschs Wohlgefallen läuft Ljusja zu Fuß am Schloßkai entlang zum Großen Haus. Die Sonne scheint, lebhaft schaukeln die Wellen, ein frischer Wind hebt Schaumkronen auf den Kai. Ljusja fühlt sich zu jedem Kampf bereit. Heute kommt sie zu einem wirklich wichtigen Mann, einem Chef in Paß- und Visaangelegenheiten, vielleicht einem Oberst, wenn nicht General des KGB.

Kämpferisch betritt sie das Große Haus.

Nach den üblichen Kontrollen weist man ihr den Weg in ein imposantes Büro, in dem eine Neonlampe brennt. Ein breiter Regalschrank ist mit Trophäen, kleinen Statuen und Wimpeln vollgestellt. Hinter einem grünbespannten Schreibtisch sitzt, unter einem Ölporträt von Lenin, der vermeintliche Oberst oder General. Im Großen Haus erfahren einfache Leute nie den Namen des Offiziers, mit dem sie zu tun haben, aber Ljusja hat es sich angewöhnt, für sich selbst den Leuten Namen zu geben. Diesen hier tauft sie Kanonenko. Sie findet ihn sofort lächerlich.

Es gibt keinen Sitzplatz ihm gegenüber, das verhindert ein großer Keiltisch. Nur auf der linken, von Kanonenko aus also rechten Seite des Keiltisches stehen vier Stühle. Mit einer Handbewegung dirigiert Kanonenko Ljusja dorthin. Sie setzt sich. Eine grüne Tischlampe versperrt ihr den Blick auf sein Gesicht; wenn Ljusja es sehen will, muß sie sich vornüberbeugen, als säße sie auf dem Klo. Tischlampen stehen doch normalerweise links, überlegt Ljusja, ob er Linkshänder ist?

Der vermeintliche Oberst oder General Kanonenko ist ein stattlicher Mann mit buschigen Augenbrauen und breiten Schultern, geschaffen, um Kriegsschiffe zu steuern und Schlachten zu schlagen. Hier aber, hinter seinem lachhaft großen grünbezogenen Schreibtisch, sitzt er über die ideologischen Sünden von Frauen und Kindern zu Gericht. Er biegt eine Mappe in seinen Pranken und lächelt finster. »Sie bitten, Ihre ins kapitalistische Ausland emigrierte Tochter Balmaschowa, Lidija Pawlowna, sowie Ihren Enkel Balmaschow, Pawel Wjatscheslawowitsch, in die Sowjetunion zurückkehren zu lassen. Die Eingabe wurde mehrfach abgelehnt, dennoch wiederholen Sie sie und verlangen hier, reichlich dreist, eine ultimative Entscheidung.«

»Ja, meine Tochter ist krank! Und deswegen ist es unumgänglich...«

Er unterbricht: »Ich weiß. Ich habe das gelesen und eine ultimative Entscheidung gefällt. Die Eingabe ist abgelehnt. Endgültig.«

»Warum! Mit welcher Begründung!«

»Lidija Pawlowna hat ihr Vaterland verraten.«

»Gar nicht wahr! Nie hat sie ihr Vaterland verraten! Sie war eine eifrige Komsomolzin und hat nie was Schlechtes über die Sowjetunion gesagt!«

»Sie hat das Land, das jede Hand braucht, verlassen.«

»Aber Lenin ist doch auch ausgereist und durfte wieder einreisen, und das hat seinem Vaterland sogar Nutzen gebracht. Oder?«

»Soll das heißen«, fragt er argwöhnisch, »daß Sie Ihre Tochter mit Lenin vergleichen?«

»Aber Lenin hat doch gesagt, alle Menschen sind gleich!«

»Was bilden Sie sich ein!« Wütend springt der Krieger auf. »Scheren Sie sich augenblicklich davon!«

377

Ein dunkler Sonntagmorgen. Sie haben niemanden erwartet, aber plötzlich klingelt es, und Iwan Sergejitsch steht vor der Tür.

»Wanja, du? Um zehn Uhr früh?«

»Meine Frau hat mich geschickt«, sagt er verlegen. »Darf ich?« Und er tritt ein.

»Sie hat nämlich heute Geburtstag«, erklärt er. »Und da hat sie gesagt: Geh heute schon in der Früh zu ihr, aber dafür komm ausnahmsweise um sieben Uhr zurück. Um acht haben wir Gäste, und wie stehe ich vor den Kindern und Schwiegersöhnen da, wenn du fehlst?« Wanja ergreift Ljusjas Hand und folgt ihr ins Wohnzimmer.

Inzwischen langweilt sich Ljusja mit Wanja. Spätestens zum Mittagessen beginnt er zu trinken, dann spielen sie Karten miteinander, oder Wanja hört Ljusja erzählen und erklärt ihr ab und zu, wie glücklich er sei. Heute ist es besonders zäh. Wegen des schlechten Wetters können sie nicht aus dem Haus. Und Anja, die sich über Genas Fernbleiben grämt, läßt den ganzen Tag über den Fernseher laufen.

Um sechs Uhr sagt Ljusja: »Jetzt mußt du dich auf die Socken machen, wenn du rechtzeitig beim Geburtstagsfest sein willst. Deine Frau wartet sicher schon.«

»Ach ja, meine Frau... Sie hat es auch nicht leicht, sie ist eine gute Frau...«

»Und deswegen darfst du sie nicht enttäuschen.«

»Enttäuschen«, sagt Wanja mit schwerer Zunge, »du liebe Güte! Nein, das würde ich niemals wagen. Deshalb ist sie auch so geduldig mit mir. Stell dir vor, welche andere Ehefrau würde den Mann rechtzeitig zu seiner Liebsten schicken, nur damit er genügend Zeit mit ihr hat. Obwohl, mit dir habe ich niemals genug Zeit«, fährt er fort und beginnt, Ljusjas Hände zu küssen.

»Wanja! Es ist Zeit für dich!«

Er vergräbt sein Gesicht in ihren Händen und murmelt: »Noch nicht, noch nicht...«

Es ist acht Uhr.

Iwan Sergejitsch steht vor dem Tisch, den Mantel in der Hand. »So ein schöner Anblick, Sie mit Anjetschka vor dem Fernseher zu sehen, Ljudmila Semjonowna... Ich kann mich kaum losreißen... Ein Bild des Friedens und der Harmonie...« Er greift nach der Stuhllehne und zieht den Stuhl zu sich heran. »Das ist aber auch ein recht interessantes Programm, was haben sie gerade gesagt? Moment, das muß ich noch mitkriegen...«

Es ist neun Uhr.

Iwan Sergejitsch hat den Mantel angezogen und steht vor Ljusja, um sich zu verabschieden, aber er verabschiedet sich und verabschiedet sich und geht einfach nicht.

Ljusja weiß nur noch ein Mittel, ihn loszuwerden: antisowjetische Witze. Die verbittet er sich. Er springt dann auf und sagt streng: »In meiner Gegenwart bitte ich das Erzählen antisowjetischer Anekdoten zu unterlassen«, was bedeutet, wenn sie nicht sofort still sind, geht er.

»Ach, Wanja«, ruft Ljusja, »kennst du den?«

»Nein?« sagt Wanja erwartungsvoll.

Ljusja dreht den Fernseher leise und und erklärt großartig: »Ein KGB-Witz! Im KGB selbst erzählt man den, hab ich in einem West-Sender gehört. Paß auf:

Oberst San Sanytsch hat einen furchtbar dummen Sohn namens Wanja. Wanja bringt immer die Begriffe Mutterland, Partei, Zentralkomitee, Gewerkschaften und Volk durcheinander. Er versagt so offensichtlich, daß es sogar San Sanytsch selbst peinlich ist. Eines Abends gibt er höchstpersönlich Wanja Nachhilfeunterricht. ›Wanja! Sagen wir so – und paß auf, du Esel: Du bist das Volk, ich bin die Partei, deine Mama ist das Mutterland, und Oma – die Gewerkschaften. Jetzt müssen wir folgendermaßen zusammenarbeiten...‹ Aber Wanja kapiert es einfach nicht. San Sanytsch flucht: ›Du stellst dich jetzt in die Ecke und kommst nicht hervor, bis du es draufhast!‹ – Dann wird Wanja vergessen. Es wird Abend und Nacht, die Oma geht schlafen, die Eltern bereiten das Bett, und San Sanytsch macht sich über seine Frau her. Da seufzt Wanja in seiner Ecke: ›Ja, so ist es: Die Partei vergewaltigt das Mutterland, die Gewerkschaften schlafen, und das arme Volk muß leiden...‹«

Ljusja verschluckt sich vor Lachen, sogar Anja lacht.

»Aber Ljudmila... Ljudmila Semjonowna... Sie sind ja schamlos!« Errötend sinkt Iwan Sergejitsch auf einen Stuhl.

Am nächsten Morgen, als er zur Arbeit geht, sagt er: »Wir stehen am Abgrund.«

378

Auch am Abgrund vergeht die Zeit schnell.

»Es schwindelt einen!« bestätigt Ida am Telefon. »Und weißt du, woran ich das merke? Früher habe ich mich mit Leidenschaft maniküre. Mein Problem war: Ich hatte nur zehn Fingernägel. Und die wuchsen einfach nicht, die Dinger! Ich beobachtete sie mit Ungeduld und beglückwünschte mich zu jedem Millimeter.

Inzwischen maniküre ich mich nicht mehr, aber die wachsen wie die Teufel. Dauernd bin ich am Nägelschneiden. Und das Schlimmste ist: Ich weiß, daß sie objektiv nicht schneller wachsen als früher. Nur die Zeit scheint schneller zu laufen. Aber man kann nichts dagegen tun. Ganz schön tragisch, was?«

»Ach, Ida, erzähl mir doch was Lustiges.«

»Lustiges habe ich nicht. Nur Tragisches. Magst du noch was hören? Der General Tarassow hat sich aufgehängt.«

»Wer?«

»Der Dissident. Hast du dich nicht mal mit seiner Frau gestritten?«

»Ja, stimmt! Ach, aber wie kam denn das?«

»Na, er war doch im vorletzten Jahr ausgewiesen worden. Das war ihm gar nicht recht, denn er hatte seine Generalssünden abbüßen wollen. Das wollte er wirklich.«

»Pah! Wer's glaubt! Meine Meinung ist...«

»Ich kenne deine Meinung, Ljusja; erlaube, daß ich sie nicht teile. Der General hat vor etwa zehn Jahren Memoiren geschrieben. Die habe ich im Samisdat gelesen – sehr ergreifend. Eigentlich ein Schuldbekenntnis. Er sagte, er sei schuldig durch sein Schweigen und seine Taten, und er halte es für seine Pflicht, die Welt über beides aufzuklären, zumal es systembedingt sei. Also der KGB hat ihn sich geschnappt, degradiert, ihn ins Irrenhaus gesteckt, zusammengeschlagen... und das Seltsame war, je mehr sie ihn quälten, desto wohler fühlte er sich. Er war ein richtiger fröhlicher Büßer. Sieben Jahre ging das so. Sie dachten sich immer neue Quälereien aus, und er schickte nach draußen wonnevolle Krankheitsbulletins. Gerade hatte er begonnen, im Gefängnis Chinesisch zu lernen, da wies man ihn aus. In Amerika aber nahmen sie ihn nicht ernst. Dort lief ein Gerücht, er habe sich diese Sachen gar nicht zuschulden kommen lassen, sei in Wirklichkeit ein braver Beamter und auch bloß im Sanatorium gewesen, oder so ähnlich. Vielleicht hatten das seine Gegner in die Welt gesetzt, vielleicht sogar der KGB? Es wird auch von Erpressung geredet, von psychischen Schäden wegen Psychopharmaka ... Die Wahrheit werden wir natürlich nie erfahren. Jedenfalls war nichts mehr mit der Büßerei. Der General protestierte heftig und zeigte seine Narben; die Amerikaner aber kurierten ihn aus und zahlten ihm eine Pension. Da hat er sich aufgehängt.«

»Du liebe Güte! Und seine Frau, die Tarassowa?«

»Die hat sich nicht aufgehängt.«

379

Zu seinem Geburtstag Ende April möchte Wanja Ljusja piekfein ausführen, in ein Superhotel für Ausländer, das vor einigen Jahren unweit des Hafens gebaut worden ist.

Es ist ein milder Frühlingstag. Noch blüht nichts, aber die Sonne wärmt, und der Schnee ist fort. Um fünf Uhr nachmittags, als noch vor drei Monaten schwärzeste Nacht war, steht die Sonne jetzt hoch am Himmel. Um halb zehn Uhr versinkt sie golden im glatten Meer, und der Himmel glüht noch bis elf Uhr nach. Das Hafenpanorama – Fischerboote im Abendlicht, plaudernde, lachende Spaziergänger, klares, plätscherndes Wasser – erinnert an den Süden, auch der schwere, von Brackwasser, Dreck und Abfall süßliche Geruch. Ljusja geht hier öfters nach dem Dienst auf und ab: um ihre innere Unruhe zu bekämpfen, um Gena auszuweichen, um sich Gedanken zu machen ... Lilja schreibt, sie habe nach der Scheidung von Slawa ihre »Krise« überwunden und eine Ausbildung als Datenverarbeiterin begonnen. Die Nachricht hat Ljusja aufgewühlt. Vielleicht ist die deutsche Medizin stark genug, um Liljas armen Kopf zu heilen? Ausbildung heißt: Perspektive ...

Unversehens hat Ljusja das Hafengebiet hinter sich gelassen. Jetzt steht sie an der Küste nördlich des Hafens. Die Küste ist menschenleer und verwahrlost, bestens geeignet als Stoff für

Ljusjas neue, ebenso bittere wie leicht zu nährende Leidenschaft, Minuspunkte zum Thema Rußland zu sammeln. So beschließt Ljusja, zu Fuß am Meer entlang zu dem Hotel zu gehen, in dem Wanja sie erwartet.

Ein trauriges Vergnügen, täglich neue Anzeichen von Niedergang festzustellen; aber wie wirksam! Jedesmal entlädt sich Ljusjas Spannung in dem Stoßseufzer: Wir sind verloren! Gott sei Dank wächst Paschenka dort auf, im kultivierten Westen, wo es eine Zukunft gibt. Wenigstens muß er nicht hier leben, in diesem lächerlichen, zugrunde gerichteten Land. In diesem ... was heißt hier Land? Es ist ein Bordell, ein idiotisches Arbeitslager, ein Irrenhaus, eine verseuchte Schutthalde, es sei verflucht!

Es ist das Land meines Lebens.

Dieser stinkende, schäumende, schlierige Sandstreifen könnte das schönste Ufer von Leningrad sein. Die weiche Abendsonne bescheint Eisen- und Betontrümmer, verrostete Stahlträger, gesplitterte Fässer, verfaultes Holz, Plastikfetzen, Glasscherben, zerquetschte Kefirtüten, Kaffeesatz, verschimmeltes Brot... Schreiend kreisen Möwen über einer Kloake, die aus einem geborstenen Rohr sprudelt. Hinter einem zerzausten Gestrüpp blasen Kinder benützte Präservative zu Luftballons auf. »Pfui, Kinder, wie ekelhaft!« ruft Ljusja, die es nicht lassen kann, sich einzumischen. Ein zehnjähriger Bengel mit eingeschlagenen Zähnen erwidert: »Weißt du 'ne bessere Verwendung, Tante?« Als Ljusja weitergeht, folgt er ihr in geringer Entfernung und wiegt einen dreckigen Ziegelstein in seiner Hand. Auch das wäre möglich: Ein Ende an diesem Strand mit einem Ziegelstein in der Rübe, erschlagen von einem minderjährigen Kretin; auch das ist hier möglich, an diesem milden Abend, nach allem, nach allem; wie unsinnig blöd, wie schade. Ljusja beschleunigt unauffällig, um ihre Angst nicht zu zeigen, den Schritt und behält den Knirps im Auge, der den Abstand verkürzt und ziemlich laut atmet. Jetzt hat sie eine Senke durchmessen, ist einmal fast zu Fall gekommen, weil der Boden, das heißt der Unrat, unter ihr nachgab, und macht in einigen hundert Metern Entfernung auf der kahlen Terrasse bereits die Silhouette einzelner Menschen aus.

Es ist das Land meines Lebens, und dort steht Wanja, mein Märchenprinz.

380

Wanja schreitet rauchend auf der gewaltigen Terrasse, die als Promenade zwischen Hotel und Meer errichtet worden ist, auf und ab. Er hat schon eine Geschäftsbesprechung hinter sich und sieht Ljusja mit leicht geröteten Augen entgegen. »Bist du am Meer entlang gekommen?« fragt er besorgt, als er ihr die Hände küßt.

»Genau! Und ich habe sie beschützt!« ruft der Bengel, der ihr bis hierher gefolgt ist. »Hast du 'n Rubel für mich, Onkel?«

»Beschützen ist Ehrensache!« sagt Wanja ernst und bietet dem Bengel eine Papirossa an.

Wanjas Firma hat diese Terrasse gebaut, und Wanja hat dafür soeben den Leninpreis erhalten. Fünfzehn Jahre zuvor bekam er schon einmal einen Leninpreis für die Mosaikarbeiten bei der Gestaltung einer Metrostation. »Damals fünftausend Rubel, diesmal zehn«, berichtet Wanja sachlich, als sie die wenig ansprechende, aber in ihrer Ausdehnung imponierende Terrasse abschreiten. Er führt Ljusja in das Hotel. Es ist eines der teuersten und exklusivsten der Stadt, nur für Touristen gebaut, und Wanja ist stolz, daß er hier mit Ljusja seinen Geburtstag feiern kann.

»Zehntausend Rubel! Du Kapitalist!« sagt Ljusja unterwegs zu ihm.

»Ach, Ljusenitschka! Du glaubst doch nicht, daß ich das ganze Geld behalten kann? Frolow wollte zwei, Romanow wollte zwei, Katschenko anderthalb... Dann die Geschenke an das Gremium...«

»Woher wußten sie, daß du das Geld rausrückst?«

»Sie hatten mein Wort. Sonst hätte ich den Preis gar nicht bekommen. Frolow kannte ich noch aus meiner Zeit im Kreml, Katschenko war ebenfalls Tschekist...«

»Du meinst, ihr brauchtet einfach Geld?« Ljusja lacht, und Wanja hält die Frage für keiner Antwort wert.

Er setzt eine sehr seriöse Miene auf, als sie die breite Auffahrt zum Hoteleingang emporgehen. Diskret drückt er dem uniformierten Pförtner einen Geldschein in die Hand. Sie durchmessen die Eingangshalle mit den wuchtigen, quadratischen Marmorsäulen und geben ihre Mäntel an der Garderobe ab. Mit Wehmut beobachtet Ljusja die in verschiedenen Sprachen plappernden Touristen, ihre Stimmen, ihr Betragen, ihre Kleider. Irgendwelche von denen werden bald wieder in der Nähe von Lilja, von Paschenka sein. Und so wie diese sehen dort alle Menschen aus, so gut gekleidet, so selbstbewußt. Man merkt ihnen die tagelange Zugfahrt gar nicht an... »Die kommen ja auch nicht mit dem Zug, die kommen alle mit dem Flugzeug. Und auch Paschenka wird eines Tages mit dem Flugzeug kommen«, sagt Wanja unerschütterlich. Er führt Ljusja in ein Restaurant im ersten Stock, in dem eine georgische Musikgruppe Tanzschlager spielt, und bestellt ein ausführliches georgisches Mahl mit vielen Vorspeisen; dazu Sekt und eine Flasche Kognak. Er ist entspannt und bester Stimmung. Wenn sie tanzen, läßt er Ljusja nicht los; bei den langsamen Tänzen legt er die Lippen an ihre Wange und schließt die Augen. Er genießt Ljusja ebenso andächtig wie seinen Direktorenposten, die Leninpreise und den Kognak. »Ich habe einfach Glück gehabt«, sagt er und schlingt die Arme um ihren Hals. »Es gab Augenblicke, da dachte ich, jetzt kommt nichts mehr nach, und da habe ich dich gefunden.« Seine Frau liegt im Krankenhaus; mit Krebs. Wanja hat dies Ljusja so teilnahmsvoll wie möglich mitgeteilt, aber sie spürt seine unausgesprochene Hoffnung, *dann* – später – mit ihr zusammen zu leben. »Hast du sie an deinem Geburtstag denn nicht besucht?« fragt Ljusja.

»Gestern war ich bei ihr. Heute mußte ich doch arbeiten.«

Wanja führt Ljusja von der Tanzfläche zum Tisch zurück und schenkt sich Kognak ein. »Sie ist noch recht schwach«, sagt er mitfühlend, »aber die Operation hat sie gut überstanden. In zwei Wochen wird sie entlassen, und für danach habe ich ihr einen dreiwöchigen Kuraufenthalt auf der Krim besorgt.« Er trinkt aus und nimmt Ljusjas Rechte in seine kräftigen, warmen Hände. »Das ist keine leichte Zeit«, murmelt er. Er hebt Ljusjas Hand an seinen Mund und vergräbt seine Lippen in ihre Handfläche, wieder mit andächtig geschlossenen Augen. Er muß ziemlich betrunken sein, daß er sich an einem öffentlichen Ort so gehenläßt; aber warum auch nicht, denkt Ljusja. Hier sind nur Ausländer. Betrunkene Finnen, elegante Franzosen, laute Amerikaner, herablassende Deutsche. Zu Wanja sagt sie lachend: »Sie bringen mich ja in Verlegenheit, Iwan Sergejitsch!«

»Sergejitsch. Daß ich dich hier treffe.«

Ein fremder Mann steht vor ihnen. Auf Wanjas Gesicht, das eben noch zerfloß in Alkohol und Glückseligkeit, stellt sich schnell, ohne Schock und ohne Verlegenheit, wieder der feste, joviale Ausdruck des Apparatschiks ein. »Sanytsch. Was kann ich für dich tun.« Mit einem knappen Nicken fordert er den Fremden auf, Platz zu nehmen. Der ist vielleicht zehn Jahre jünger als Iwan Sergejitsch und hält sich gekrümmt wie ein Lakai, aber er fixiert Iwan Sergejitsch mit einem herausfordernd offenen, respektlosen Lächeln.

»Unsere Unterredung war beendet. Bist du geblieben oder wiedergekommen«, fragt Iwan Sergejitsch.

»Geblieben. Wir haben die Unterredung im kleinen Kreis fortgesetzt, und da kamen ein paar hochinteressante Neuigkeiten zutage.«

»Wichtig?« fragt Iwan Sergejitsch statuarisch.

»Entscheidend.«

Iwan Sergejitsch wirft Ljusja einen bedauernden Blick zu, und sie steht auf und entschuldigt sich. Sie trödelt zur Toilette und staunt dort über den Marmorfußboden, die blitzsauberen

Schüsseln und Waschbecken, das seidenweiche weiße Klopapier und die bis zur Decke reichenden rötlich getönten Spiegel. Eine hochbeinige Touristin richtet sich mit nervösem Lächeln aus einem Pastellkasten eine komplizierte Maske her, ohne Ljusja zu beachten, die ihr etwa bis unter die Achsel reicht.

Seit Bojarows Zeiten war Ljusja nicht in einem so vornehmen Restaurant. Das ist gut dreißig Jahre her. Damals war sie strahlend und zierlich, alle sahen sich nach ihr um. Heute ist sie dick, mittelmäßig gekleidet, schlecht geschminkt und unordentlich frisiert. Unter den gefärbten Haaren kommt der graue Haaransatz zum Vorschein. Die Zahnprothese klemmt. Der linke vordere Schneidezahn wackelt. Ljusja befühlt ihn mit der Zunge, während sie sich mißtrauisch im Spiegel betrachtet.

»Sie sind aber eine von uns«, sagt die Klofrau nach etwa zehn Minuten sorgfältiger Überlegung. Sie hat eine sanfte Stimme. Sonst ist niemand da.

»Sieht man das so deutlich?« lacht Ljusja. »Woran? Weil ich kürzere Beine habe als die da?« Das bezieht sie auf die hochbeinige Touristin, die die Toilette soeben mit federndem Schritt verlassen hat.

»Die?« Die Toilettenfrau springt auf. »Das ist doch auch eine von uns. Haben Sie 'ne Ahnung. Eine echte!«

»Man sollte es nicht für möglich halten.«

Sie beginnen zu philosophieren. Nadjeshda Michajlowna ist eine gütige, gerechte Frau von zweiundsechzig Jahren mit dikken Brillengläsern. Sie beklagt sich über nichts, sagt sie, nur ist es an dieser Stelle manchmal arg einsam. Eigentlich ist sie schon in Rente, aber sie verdient hier etwas dazu, denn der Schwiegersohn, na ja, Sie wissen schon – wie alle ...

Schon sind sie beim Schicksal Rußlands angelangt und wiegen besorgt die Köpfe. Nadjeshda Michajlowna sagt: »Ich nehme ja gern alles in Kauf, wenn's nur keinen Krieg gibt! Was haben die nur alle gegen uns, diese kapitalistischen Länder?«

»Was für ein Unsinn, entschuldigen Sie bitte!« ereifert sich

Ljusja, »Aber da kenne ich mich aus, ich habe schließlich eine Tochter in Deutschland, und ein Enkelchen, also...« Sie holt tief Luft und bricht in Tränen aus.

»Um Gottes willen!« Nadjeshda Michajlowna rennt in eine der Kabinen und kehrt mit einer großen Rolle Klopapier zurück. »Ich habe leider kein Taschentuch...«

Mitfühlend reißt sie ein Stück nach dem anderen ab und gibt es Ljusja, deren Tränen nicht versiegen wollen.

»Danke!« stammelt Ljusja. Sie schneuzt sich. »So weich...«

»Wollen Sie die Rolle mitnehmen?« fragt Nadjeshda Michajlowna bereitwillig.

»Wie lieb von Ihnen, aber die paßt nicht in meine Handtasche. Ich esse nämlich in dem Restaurant«, fügt Ljusja stolz hinzu.

Nadjeshda Michajlowna wickelt so viel Papier ab, daß die Rolle mühelos in Ljusjas Handtasche gleitet. »Bitte sehr!«

»Wie kann ich Ihnen das vergelten? Vielleicht brauchen Sie was? Ich arbeite im Lebensmittelsektor...«

»Danke, ich brauche nichts. Meine Tochter sagt immer: Kriegst du keinen Kaffee dort? Nein, an Kaffee komme ich nicht ran, aber wozu brauchst du soviel Kaffee...?«

Sie scheiden als Freunde. Nadjeshda Michajlowna ist gerührt, als Ljusja ihr anvertraut, daß oben im Restaurant ihr Liebhaber warte. »Kommen Sie mich mal wieder besuchen!« ruft sie ihr durch die hell erleuchtete Halle nach.

X.

Iwan Sergejitsch

381

Iwan Sergejitsch verträgt unglaublich viel, aber er wird niemals laut, er macht keine Randale, und er beschmutzt sich nicht. Wenn er genug geladen hat, sagt er würdevoll: »Ich glaube, ich muß mich für ein Minütchen aufs Ohr legen.« Manchmal kann er sich nur mehr mit Mühe erheben, aber immer küßt er Ljusja die Hand, bevor er mit kleinen Schritten zum Diwan geht, auf dem er sofort einschläft, ohne zu schnarchen. Ferner ist er immer gut angezogen. Er ist der sauberste Mann, den Ljusja je gehabt hat. Es geht das Gerücht, er dusche jeden Tag, und Ljusja kann das weitgehend bestätigen. Alle ihre Freundinnen beneiden sie um Iwan Sergejitsch, manche versuchen ihn ihr sogar auszuspannen. Einige Freundschaften gehen darüber in die Brüche.

Galina Sergejewna (»Stimmt schon, ich bin fünfzig, aber im Sommer sehe ich aus wie dreißig!«) bittet Iwan Sergejitsch, sie mit einem leitenden Angestellten seiner Firma bekanntzumachen. »Aber mindestens Ingenieur muß er sein!« – »Ingenieure habe ich keine freien«, sagt Iwan Sergejitsch, »nur einen Chauffeur kann ich Ihnen bieten.«

Deutlich, ihm fest in die Augen blickend, spricht Galja: »Mein Tisch ist immer gedeckt, meine Bettwäsche aus Samt und Seide. Von einem Mann, der mich besucht, verlange ich folgendes: Mindestens Ingenieur muß er sein, und er muß im Auto kommen und Blumen mitbringen. Dann aber bewirte ich ihn wie einen General, und im Bett zeige ich ihm alle vierundzwanzig Köstlichkeiten.«

Als sie geht, bittet sie Iwan Sergejitsch, ihr beim Anziehen ihrer Stiefel zu helfen. Es sind glänzende braune Importstiefel, deren Schaft zu Ljusjas besonderem Ärger mit einer roten Ledergirlande verziert ist, und Galja hat perfekte lange, schlanke Beine.

Iwan Sergejitsch kniet vor ihr, und sie sitzt auf dem Bänkchen und streckt ihm diese fabelhaften Beine entgegen. Sie mustert ihn aufmerksam, aber Iwan Sergejitsch ist bereits zu betrunken, um zu reagieren. Er kommt kaum mehr auf die Füße. Nur spät in der Nacht erwacht er, schlingt die Arme um Ljusja und murmelt: »Was sie wohl mit den vierundzwanzig Köstlichkeiten gemeint hat?«

382

Ljusja ahnt, daß Anjas Liebhaber Gena, der Offizier, verheiratet ist, denn ihre Kollegin Swetlana hat ihn zweimal in Alexandrowka mit einer Frau zusammen gesehen, der er die Einkaufstaschen trug. Da er Anja nie einkaufen hilft, muß das seine Frau sein. Gena selbst behauptet, er sei geschieden und wohne in einem Offizierswohnheim, aber er hat Anja noch nie dorthin eingeladen, obwohl er schon das dritte Jahr zu ihr kommt.
»Wundert dich das nicht?« fragt Ljusja Anja.
»Wieso? Was ist an einem Wohnheim Interessantes?«
»Willst du nicht wissen, woran du bist?«
»Ich weiß genug. Was ich weiß, reicht mir. Ich liebe ihn.«
»Warum heiratest du ihn nicht?«
»Er hat mich nicht darum gebeten.«
Anja will die Wahrheit nicht wissen. Ljusja aber denkt praktisch und ärgert sich. Schon seit drei Wochen bittet sie Gena, eine neue Neonlampe über dem Telefontischchen anzubringen. Iwan Sergejitsch hat die Lampe bei seiner Firma abgezweigt, aber anbringen kann sie am besten Gena, der angeblich gelernter Ingenieur ist. Gena lächelt träge mit seinen schmalen, kräftigen Lippen und sagt: »Ein andermal, Ljudmila Semjonowna, ein andermal.«
Er kommt unregelmäßig und gibt keine Erklärungen ab. Beim Essen läßt er sich bedienen und dankt niemals. »Wie weit ist

denn Ihr neuer Selbstgebrannter, Ljudmila Semjonowna?« fragt er gönnerhaft.

Eines Nachmittags ruft er an, er käme, und etwas später ruft er noch mal an, er käme nicht. Anja ist schlecht gelaunt. Um ihr auszuweichen, ißt Ljusja in der Küche. Sie hört ein Klingeln an der Haustür, geht aber nicht hin. Anja öffnet, Ljusja ißt weiter. Nach etwa zwanzig Minuten taucht Anja auf: »Was gibt's hier zu essen?«

»Im Topf ist noch Suppe.«

Anja hebt den Deckel hoch. »Das ist zu wenig für Gena und mich.« (Also ist er doch gekommen, der Schuft.)

»Im Eisschrank ist Fleisch, dort sind Kartoffeln. Koch ihm nur was Schönes, deinem Gena.«

Anja ruft erregt: »Du magst ihn nicht!«

»Wofür soll ich ihn mögen? Dafür, daß ich ihn bedienen darf? Warum soll ich springen, wenn er dir die Gnade seines Besuchs erweist? Soll ich ihn vielleicht noch anlächeln: Danke, Gena, daß du gekommen bist, um meinen Kühlschrank leer zu essen und mit meiner Tochter zu schlafen?« Anja ist leichenblaß geworden, aber Ljusja kann sich nicht mehr bremsen. »Er selber rührt für uns keinen Finger! Hast du mitgekriegt, wie oft ich ihn gebeten habe, die Lampe zu reparieren? Er verdient dreimal soviel wie du, aber hat er je was mitgebracht? Weißt du, was er ist? Ein Säufer, der sein Geld vertrinkt und nur zu dir kommt, um sich auf deine Kosten vollzufressen!«

Anja ist den Tränen nahe. »Aber ich kann es mir leisten!«

»So, du kannst ihn dir leisten. Na, dann leiste ihn dir. Aber laß mich aus dem Spiel. Ich bin sie satt, all diese Kostgänger.«

Anja ruft mit ihrer dünnen Stimme: »Ich liebe ihn! Ich liebe ihn!«

383

Jurik ist am Telefon. Seine Stimme wippt, seine Kiefer schlagen.

»Jurik, was ist los?«

»De – li – ri – um tre-tre-tre-mm- aah!« Er heult auf, offenbar hat er sich auf die Zunge gebissen.

»Jurik! Halt aus, ich komme sofort vorbei und bringe dich ins Krankenhaus!«

Als Ljusja mit dem Taxi in die Tschernyschewskij-Straße einbiegt, erkennt sie Jurik sofort. Er ist ohne Mantel und klammert sich zuckend an einen Laternenpfahl. Der Taxifahrer hilft ihr, ihn einzuladen. Jurik erbricht grünen Schleim auf den Rücksitz, und der Taxifahrer sagt: »Das zahlen Sie extra.«

Im Krankenhaus muß sie nicht einmal Juriks Adresse aufschreiben, er ist dort bekannt. Ljusja fährt mit dem Bus zurück zu Juriks Wohnung, um seinen Schlafanzug und die Waschutensilien zu holen. In der Wohnung trifft sie Wera.

Wera, die inzwischen hundert Kilo schwer ist, liegt im Bett und kaut Kaugummi, wovon Jurij letzte Woche beim Verladen ein Kilo geklaut hat.

»So, du bist hier?«

»Warum denn nicht?«

»Warum hast du ihn nicht ins Krankenhaus gebracht? Du bist seine Frau.«

»Du bist seine Mutter.«

»Für dich schuftet er, nicht für mich.«

»Was kann ich dafür, daß der Mann keinen Charakter hat? Er soll halt nicht saufen.«

»Vielleicht braucht er etwas Hilfe.«

»Vor allem hätte er eine bessere Erziehung gebraucht.«

Ljusja sucht Juriks Sachen zusammen. Schließlich bequemt sich Wera, sie zu bewirten, und wühlt keuchend in ihrem übervollen Eisschrank. Ljusja, die ihr über die Schulter blickt, staunt.

Alles ist da, sicher von Jurik bei der Arbeit gestohlen: Sahne, Milch, Fleisch.... Drei Becher Sauerrahm befördert Wera nebenbei in den Abfalleimer. »Wie kannst du das tun?« ruft Ljusja entsetzt. »Der sieht doch noch ganz frisch aus!«

»Der ist schon drei Tage alt. Ich bin doch kein Schwein.«

»Du bist verrückt. Es ist eine Sünde, so was wegzuwerfen. Gib ihn mir mit.«

»Hol ihn dir aus dem Eimer, wenn du scharf darauf bist.«

Ljusja tut es. »Du brauchst dich nicht zu bedanken«, sagt Wera.

»Ich brauche mich in der Tat nicht zu bedanken. Ich zahle den Preis für Juriks Krankheit, und seine Krankheit ist der Preis für deinen dicken Bauch.«

»Hab dich nicht so«, gähnt Wera. »Frag ihn doch selbst, wie er darüber denkt. Eine Frau ohne Bauch ist wie ein Zimmer ohne Schrank.«

384

Inzwischen weiß auch Anja, daß Gena, der Offizier, verheiratet ist. Ljusja glaubte ihr damit eine Überraschung bereiten zu können, aber Anja wird nur wütend. »Ich weiß. Na und? Dein Wanja ist schließlich auch verheiratet.«

»Liebes Kind«, antwortet Ljusja, »ich habe mein Leben gelebt. Ich war viermal verheiratet. Ich kenne die Männer und habe genug von der Ehe. Aber du? Wirst du nicht mal Kinder haben wollen?«

»Ich will. Ich bin schwanger.«

Ljusja verschluckt sich. »Von Gena?«

»Von wem sonst?«

»Aber das Kind braucht einen Vater!«

»Den hat es.«

»Er muß sich kümmern.«

»Ich werde mich kümmern.«

»Er muß zahlen.«

»Ich werde alles bezahlen. Das habe ich ihm versprochen.«

Du bist verrückt, will Ljusja sagen. Aber dann fällt ihr ein, wie Rita damals mit ihrem zu kleinen Strohhut vor der sonnigen Hauswand stand und mit erstickter Stimme sagte: »Vorbei.« Ist es nicht schlimm genug für Anja, daß die Männer sie nicht lieben? Verachtet sie sich nicht schon genug, wenn sie für alles zahlt, was ein Mann ihr bietet, und sich verpflichten muß, keine Alimente zu fordern, damit sie überhaupt geschwängert wird? Das ist kein Fehler, das ist eine Tragödie. Ljusja denkt an die vielen, vielen Abende, die Anja mit erloschenem Blick an dem gemeinsamen Tisch saß und auf Gena wartete, während der alte Iwan Sergejitsch Ljusjas Hand hielt und murmelte: »Aber Ljudmila Semjonowna, was haben Sie mit mir gemacht, ich bin ja ganz verzaubert!«

Verzeih mir, Anja, will Ljusja sagen. Ich weiß, wie schwer es ist, und wenn ein anderes Glück sich nicht findet, wollen wir für dieses dankbar sein. Aber dann fällt ihr Gena ein, wie er sich in seinem Stuhl zurücklehnt und mit seinem aufreizenden Lächeln bemerkt: »Nanu, Ljudmila Semjonowna, haben wir denn heute keine Butter auf dem Tisch?« Und Ljusja wendet sich finster ab.

Übrigens ist Gena in der letzten Zeit vorsichtiger geworden. Vielleicht hat ihm Anja von den häuslichen Debatten erzählt. Vorgestern brachte er sogar eine Flasche billigen Portwein für sich selber mit, und für Ljusja eine Flasche Mineralwasser.

385

So geht alles seinen Gang: Man ißt, man lebt, man leidet, man feiert. Das Leben geht weiter.

Natürlich kommt Gena, der Offizier, der ja jetzt sozusagen zur Familie gehört, auch zum Osterfest.

Es ist das sechste seit Liljas Auswanderung. Außer Gena und

Anja hat Ljusja zum Samstagabend auch Iwan Sergejitsch eingeladen, und etwas später kommen Jurik und Wera mit den beiden Töchtern Tanja und Ritka. Ljusja hat Zahnschmerzen und ist schlechter Stimmung, weil sie den ganzen Tag vergeblich versucht hat, Lilja anzurufen.

Es ist ein winterlich kalter Abend im März.

Jurik ist seit einer Woche trocken, betrachtet nervös die Getränke und verläßt immer wieder das Zimmer. Wera, seit zwei Monaten trocken, trinkt ebenfalls nicht, scheint es aber auch nicht zu vermissen. Um den Tisch kreisen die Töchter: melancholisch und wie schlafwandelnd Tanja, die Ältere, die Wera von einem anderen, längst vergessenen Mann vor elf Jahren bekommen hat, und heftig brummend wie eine Wespe Ritotschka, Juriks Tochter. Ritotschka ist dreieinhalb. Vor ihr hatte Wera ein paarmal abgetrieben, aber Ritotschka hatte sich offenbar schon im Mutterleib so temperamentvoll angekündigt, daß Wera gesagt hatte: »Das da will wohl unbedingt zu uns.«

Von Tanja mag man den Blick nicht lassen, weil man fürchtet, sie könne sich im nächsten unbewachten Augenblick in Luft auflösen. Ritotschka dagegen würde man gern ein bißchen vergessen. Sie klettert auf die Geschirrvitrinen, schleift den Samowar über das Parkett, zieht an der Tischdecke, stampft auf den Boden und schreit: »Ich bin hier! Ich bin hier!«

Jetzt stellt sie ihr hölzernes Stühlchen vor ein gerahmtes Bild, das an der Wand lehnt, und kippt es gegen das trocken knirschende Glas, um auszuprobieren, wann das in die Brüche geht. Jurik nähert sich ihr mit unbeholfenen Zärtlichkeiten, versucht sie ansonsten zu übersehen und spricht ein-, zweimal halbherzige Verbote aus, ohne Überzeugung und ohne Autorität. Wera sitzt unbeweglich am Tisch und ißt. Zu den Kindern sagt sie kein einziges Wort. Ab und zu verdreht sie die Knopfaugen, um ihren Überdruß kundzutun. Einmal, als Ritotschka hinausgeschossen ist, um Tanja aufzuspüren, die sich im Nebenzimmer verkrochen hat, sagt Ljusja: »Wera! Das Kind ist hellwach und redet wie ein

Buch. Es hungert nach Zuwendung und Anleitung. Das ist das Natürlichste von der Welt.«

Ritotschka zieht mit Triumphgeheul Tanja aus ihrem Versteck hervor.

»Wenn du wüßtest, was es bedeutet, so was«, sagt Wera achselzuckend, »rund um die Uhr um sich zu haben...«

»Wera, ich habe selbst drei Kinder großgezogen.«

»Und was ist dabei herausgekommen? Das!« Wera deutet auf den errötenden Jurik.

Ljusja ist betäubt von ihren Zahnschmerzen. Sie hat den Karfreitagsgottesdienst versäumt, trotzdem spukt ihr unentwegt ein Satz aus der Liturgie durch den Kopf: »Du hast uns losgekauft vom Fluch unseres Gesetzes durch dein kostbares Blut...«

(Du hast dein kostbares Blut vergossen, aber mir fehlt die Kraft, Wera rauszuwerfen und Ritka zur Raison zu bringen. Was aber Lilja und Paschenka anbetrifft... Nein, der Fluch unseres Gesetzes ist so wirksam wie je.)

Um Ritka ist es schade. Sie ist begabt und neugierig und hatte doch bis vor wenigen Wochen selten etwas anderes vor Augen als zwei vom Schnaps berauschte Eltern und einen ohne Unterlaß laufenden Fernseher. Was soll aus ihr werden? Ljusja steht auf und deckt den Teetisch, während Ritotschka ihr miauend, kichernd und kreischend nachläuft.

Auch der heiße Tee hilft nichts gegen die Trübsal. Schon nach dem ersten Schluck pfeift Ljusjas kranker Zahn. Ritka kratzt inzwischen mit dem Löffel in ihrer leeren Teetasse, spuckt hinein, klappert mit der Untertasse und mustert Ljusja herausfordernd. »Ritka, hab Mitleid mit der Oma. Der Oma tun die Zähne weh«, sagt Ljusja matt. Ritka verstärkt das Kratzen. Schließlich entreißt Jurik ihr die Tasse und schimpft: »Schluß! Wenn du dich nicht benehmen kannst, dann... kriegst du eben keinen Tee.« Die Kleine wirft dem Vater einen verächtlichen Blick zu. »Da, nimm!« sagt Wera, zieht die vollgespuckte Tasse zu sich und schiebt dem Kind ihre saubere zu, »Aber wenn du noch einmal...«

Die Unterhaltung geht schleppend.

Wanja sitzt betrunken und friedlich zwischen Wera und Anja und erkundigt sich ab und zu mitfühlend nach Ljusjas Zahn.

Anja hat in einer Tanzgruppe einen japanischen Geisha-Tanz gelernt, den sie nach dem Tee vorführt: Sie legt vor ihrem Hals die Handflächen aneinander, bewegt in wechselnden Rhythmen Kopf, Brust und Hüften und singt dazu einen exotisch näselnden Singsang. Jurik ist angetan. »Macht sie gut, was?« Vorsichtig sucht er Weras Blick. Der Offizier Gena, dem die Darbietung gilt, grinst Anja über sein Wodkaglas hinweg nachlässig an. Ritka ruft: »Wenn ich mal heirate, dann nur Genka!« und entert mit Geschrei Genas Schoß. Zum Höhepunkt des Tanzes geht Anja, immer noch höchst raffiniert ihren Körper wellend, vor Gena in die Knie, und Ritka schreit: »Ätsch! Ich bin schon da!« Gena stellt das Wodkaglas ab, hebt die entzückte Ritka an den Hüften hoch und seufzt: »Na, da muß ich ja wohl ran.«

»Gehen wir nicht in die Kirche?« fragt Ljusja.

»Zur Mitternachtsmesse? Ohne mich!« Jurik sieht wieder fragend auf Wera. »Ich muß morgen um sechs zur Arbeit.«

»Er ist sehr tüchtig!« erklärt Wera, offenbar froh über den Themawechsel. »Gestern früh hat er bei einem Fleischtransport zwanzig Kilo beiseite geschafft!«

Ljusja freut diese Heldentat nicht. »Paß nur auf, bald sitzt du wieder.«

»Aber Mama, die Kumpels klaun doch alle«, verteidigt sich Jurik.

»Aber sie stellen sich klüger an. Klau lieber ein Kilo pro Tag, anstatt drei Wochen nichts und dann einen halben Zentner. Wer dich mit einem Kilo erwischt, drückt ein Auge zu, aber das andere ist Diebstahl von Staatseigentum!«

»Also, gehn wir jetzt zur Messe oder nicht?« fragt Gena.

»Du?« Anja ist enttäuscht.

»Warum nicht? Mal 'ne Abwechslung. Nur andere Kleider mußt du mir geben, in Uniform kann ich's mir nicht leisten.«

»Also wir müssen die Blagen ins Bett bringen.« Wera erhebt sich träge. »Jurik, Tanja ist verschwunden. Geh sie suchen.«

386

Als Jurik, Wera und die Kinder gegangen sind, legt sich Iwan Sergejitsch »für ein Minütchen aufs Ohr«. Ljusja, Anja und Gena gehen durch die frostige Nacht zur Kirche.

Die Kirche ist sehr gut besucht. Die Lesung der Apostelgeschichte hat schon begonnen. Nachdem Ljusja Kerzen beschafft hat, versucht sie sich zum Ikonostas vorzuarbeiten. Der Chor singt, Weihrauchschwaden stehen in der Luft. Die Großmütter küssen die Ikonen, einige betrübte oder betrunkene Männer stehen breitbeinig und kopfschüttelnd vor den Kerzenbänken. Ljusja kämpft gegen Zahnschmerz und Übelkeit. Zwei starke Hände richten sie auf, als sie stolpert; das ist Gena, der spöttisch grinst: »Sie und Ihre religiösen Abenteuer ...«

Ljusja kann den Popen nicht sehen. Aber der Bewegung der Menge und dem Gesang nach wird jetzt das Grabtuch durch die Königstür in den Altarraum getragen und die Königstür geschlossen. Als Ljusja mit scheppernder Stimme in das »Wehklage nicht, Mutter, die du im Grabe den Sohn schaust« einstimmt, laufen ihr Tränen über die Wangen. Gott sei Dank ist es dunkel in der Kirche.

Die Auferstehungsfeier beginnt. »Kommt, nehmet Licht vom abendlosen Licht und preiset Christus, der von den Toten auferstand!« erklingt die Baßstimme des Popen. Die Geistlichen und die Besucher zünden ihre Kerzen an. »Deine Auferstehung, Christus, lobpreisen die Engel im Himmel, gib auch uns auf Erden die Gnade, dich reinen Herzens zu loben.« Die Prozession beginnt. Kerzenleuchter, Auferstehungsikone und Kirchenfahnen schwanken vom Altarraum durch die Menge auf den Ausgang zu, die Gemeinde drängt ihnen nach. Durch das sich öffnende Haupttor quillt dampfend Frost in die Kirche. Mit den brennenden Kerzen in der Hand folgen alle den Priestern, die um die Kirche wandern, während die Glocken läuten.

Als sie wieder vor dem Kirchentor stehen, flüstert Gena: »Guck mal, zugemacht haben sie's, waren das unsere?«

Der Priester segnet das Tor mit dem Kreuz, damit es sich öffne wie das verschlossene Grab. »Christus ist auferstanden von den Toten, hat durch den Tod vernichtet den Tod und denen in den Gräbern das Leben gebracht.« (So, hat er das? Er versuchte den Menschen zu zeigen, wie sie besser werden können. Anderen Leuten paßte das nicht, deswegen haben sie ihn umgebracht. Aber weil es im Prinzip richtig ist, stellen wir uns vor, er sei davongekommen, und singen einmal im Jahr Lieder darüber; denn schließlich wollen ja auch wir besser sein, als wir sind.

Oder weshalb sind wir hier?

Seien wir ehrlich: Gena ist aus Langeweile hier, oder weil er zu betrunken ist, um mit Anja zu schlafen. Anja ist hier, weil Gena hier ist. Jurik ist ein Dummkopf, Wera ein Tier. Tanja geht zugrunde. Und Iwan Sergejitsch ist zwar angeblich über die Maßen verliebt, aber nicht imstande, auch nur einen Abend lang auf Wodka zu verzichten, wenn ich ihn brauche. Andererseits: Was habe ich je für ihn getan, außer, daß ich ihm Wodka gab? Der Fluch unseres Gesetzes, von dem du uns nicht loskaufen konntest – ja wer, bitte sehr, hat denn dieses Gesetz geschaffen; und bekam dann offenbar ein schlechtes Gewissen und vergoß kostbares Blut?)

»Christus ist auferstanden!« ruft dreimal der Pope in seinem prunkvollen Baß. »Christus ist auferstanden!« wiederholt jeder und küßt den, der neben ihm steht. Der antwortet: »Er ist wahrhaftig auferstanden!« und erwidert den Kuß. Die Luft ist erfüllt von Weihrauch- und Kerzenduft, von Gemurmel, Schmatzen und Schluchzen. Das dauert ziemlich lange.

Dann öffnet sich das Tor. Der Frühgottesdienst beginnt. Der Priester hat alle gesegnet. »Christi Auferstehung haben wir geschaut.« Ein paar Unentwegte machen weiter, die Gwosdikows aber gehen nach Hause.

»Gar nicht schlecht, der Ritus«, sagt Gena zu Ljusja, als sie durch die beißend kalte Nacht eilen, »vor allem das mit dem Küssen gefällt mir. Aber das Publikum war entschieden zu alt.«

Ljusja lacht erschrocken und erleichtert auf, weil ihr in diesem Augenblick der Gedanke kam: Sie liebt Ritka nicht. Ritka, noch nicht vier Jahre alt, ist schon verloren, und Ljusja leidet nicht besonders darunter, weil sie Ritka nicht liebt; was für ein Trost.

387

Lilja schreibt aus Deutschland: »Meine Ausbildung ist fast zu Ende. Ich habe sogar eine Arbeit in Aussicht. Von Slawa habe ich seit der Scheidung nichts gehört. Ich gratuliere Anja zur glücklichen Geburt. Danke für die Fotos! Nadjka ist ein hübsches Kind! Aber Anja wird jetzt sehen, wie mühsam das mit Kindern ist. Paschenka ist gesund. Aber er hat schlechte Noten. Ich habe ihn in ein Internat getan.«

388

Die Nachrichten aus Deutschland sind also nur teilweise schlecht.

In Rußland indessen geht es bergab. Man hört, in der Provinz würden bereits Lebensmittelmarken ausgeteilt. »Um so besser«, sagt Ära Nikodimowna tapfer, »dann müssen die Leute endlich nicht mehr Schlange stehen! Schlange gestanden sind die Leute doch, weil jeder Angst hatte, er kriegt nichts mehr. Mit einer Marke hat doch jeder seine Ration sicher. Oder?«

Ljusja liebt Ära. Über Politik aber reden sie nicht. Nur zweimal geschah es, daß Ljusja sich in Äras Gegenwart gehenließ.

Das erste Mal war, als sie im Fernsehen den alten Breshnjew weinend mit schlotternden Knien vor Suslows Sarg erblickte. Ära war zu Besuch und betupfte sich die Augen. Ljusja fluchte: »Zur Hölle mit euch gierigen Greisen!« – »Aber Ljusja«, rief Ära, »es ist doch wirklich traurig!« – »Traurig für uns! Diese Mumien! Nicht mal ihre Gefühle können sie kontrollieren! Halbtot klammern sie sich an die Macht, um noch die letzten Fasern aus dem geplünderten Land zu reißen. Das ganze System gehört in Rente! Fahrt alle zur Hölle!«

Auch das zweite Mal sahen sie fern. Breshnjew las mühsam eine langweilige Rede ab. »Er hat doch ein Gesicht wie ein Hintern, oder?« fragte Ljusja Ära. »Ein Gesicht wie ein unbeweglicher, überalterter, fetter Funktionärsarsch! Oder?«

»Schon gut, Mama, reg dich ab«, sagte Anja.

Nadjka brüllte.

Ljusja spuckte auf den Teppich.

Iwan Sergejitsch war leider nicht da.

Ära fragte besorgt: »Hast du Probleme mit dem Magen, Ljusja?«

389

Anja stillt Nadjka und sehnt sich nach Ruhe. Ljusja sehnt sich ebenfalls nach Ruhe, gönnt aber weder sich noch Anja welche.

In letzter Zeit hat es wieder Probleme mit der Datscha gegeben.

Genau genommen haben die Scherereien damit nie aufgehört. Jetzt sind sie in eine neue Phase eingetreten, mit der Ljusja nicht gerechnet hat. Plötzlich behaupteten Nachbarn, die Datscha habe bei Pelageja Nikiforownas Tod noch nicht gestanden. Die Dokumente in der Behörde waren angeblich verschwunden. Ljusja beklagte sich bei dem Leiter der Miliz des Verwaltungskreises G., einem gewissen Scholochow, der sie auslachte, und schrieb dann eine Beschwerde über Scholochow an den Chef der Miliz von Leningrad. Zwei Wochen später wurde sie vom Dorfmilizionär Schkurin vorgeladen. Schkurin fuchtelte mit seinem schmutzigen Finger vor Ljusjas Nase herum und grinste: »Soso, du bist also gegen die Sowjetmacht?«

»Ich?« Ljusja versuchte, möglichst betroffen auszusehen. »Wieso?«

»Weil du dich über Scholochow beschwert hast!«

»Vielleicht hatte ich einen Grund?«

»Gib's auf!« lachte Schkurin. »Alle Beschwerden werden zur Klärung des Sachverhalts an uns zurückgeleitet. Scholochow bat mich, die Angelegenheit zu klären, und das tue ich hiermit. Soll ich dich für fünfzehn Tage einbuchten?« Er schlug mit der Faust gegen die Wand. Zwei freiwillige Milizhelfer (solche mit Armbinden) stürzten herein. »Habt ihr gehört, wie die Bürgerin Gwosdikowa mich und die Sowjetmacht mit Flüchen belegt hat?« Die beiden nickten. Mit einer Handbewegung schickte er sie wieder hinaus. Grinsend wandte er sich an Ljusja: »So einfach geht das.«

Ljusja zog einen Fünfundzwanzigrubelschein hervor und sagte: »Ich hab's mir überlegt. Ich ziehe die Beschwerde zurück.«

Das war heute morgen.

»Aber was soll ohne die Dokumente werden?« fragt Ljusja zu Hause und läuft erregt rauchend im Zimmer auf und ab.

Anja, mit Nadjka an der Brust, seufzt: »Bitte rauch nicht, Mama, mir wird schlecht.«

Ljusja fährt herum.

»Es ist deine Datscha, um die ich kämpfe! Soll ich sie denn diesen Betrügern in den Rachen werfen?«

»Nein, Mama, ich bin dir dankbar. Und ich will dir ja auch helfen. Aber laß mich zu Kräften kommen. Sosehr eilt es doch nicht. Und in der Zwischenzeit habe ich nur die eine Bitte, daß du nicht rauchst.«

»In meiner eigenen Wohnung nicht rauchen«, empört sich Ljusja, »nach all den Kämpfen! Du hast Zeit und leidest, weil dein sauberer Gena sich nicht blicken läßt, aber kann ich was dafür? Für deinen Bastard, für die Datscha – kann ich überhaupt für irgendwas? Habe ich nicht immer nur für andere...«

Anja umklammert bleich das munter schnalzende Bündel und wankt hinaus.

390

So schlagen sie sich durch. Nadjka wächst, Ljusja kämpft, Iwan Sergejitsch trinkt, Anja arbeitet. Nadjka zeigt bald Charakter: Sie beginnt sehr früh zu krabbeln, zu laufen, zu beobachten; sie ahmt alle nach und lacht alle aus.

Die Kämpfe um die Datscha ziehen sich hin.

Im Großen Leben gibt es allerdings eine Sensation: Romanow ging es an den Kragen! Von Romanow, dem Leningrader Stadtchef mit den eiskalten Augen, hieß es, er habe zur Hochzeit seiner Tochter mit Kremlsilber aufgedeckt, er lebe in Saus und Braus und feiere Orgien wie zur Zarenzeit. Nun erzählt Wladimir Fjodorytsch, Ljusjas Freund vom ObChSS: Der KGB-Chef und neue Generalsekretär Andropow habe einen General des ObChSS Kukuschkin angewiesen, die Leningrader Verhältnisse zu überprüfen. Daraufhin habe, um drei Uhr nachts, Romanow Kukuschkin angerufen und geschrien: »Stell sofort die Untersuchungen ein, du Hurensohn!« – Kukuschkin meldete dieses Gespräch wortgetreu Andropow. Am nächsten Morgen um zehn Uhr fingen sie Romanows Privatsekretär vor Romanows Bürotür ab. Er hatte zehntausend Rubel in bar bei sich sowie Devisen im Wert von zehntausend Dollar. Romanow wurde sofort nach Moskau bestellt und verwarnt. Bis dahin hatte er sich selber Hoffnungen auf ein hohes Amt in Moskau gemacht. Nun muß er damit rechnen, daß er in Rente abgeschoben wird. Als Profi hat er das kapiert und rafft noch rasch zusammen, was er kriegen kann. »Aber diskreter als vorher«, berichtet Wladimir Fjodorytsch.

391

Seit Ljusja in Rente ist, kommt Iwan Sergejitsch noch öfter; ihrer Meinung nach entschieden zu oft. Er spekuliert darauf, Ljusja zu heiraten, wenn seine Frau gestorben ist, und Ljusja schreckt dieser Gedanke, aber sie fühlt sich Iwan Sergejitsch so sehr verpflichtet, daß sie nicht weiß, was sie ihm sagen soll. Jetzt gerade hat Iwan Sergejitsch sie ein weiteres Mal gerettet.

Es ging wieder um die Datscha.

Während sich nämlich Ljusja mit Scholochow und dem Milizionär Schkurin herumstritt, näherte sich eine sehr peinliche Untersuchung ihrem Höhepunkt. Diese Ermittlung führte der Leiter der Baubehörde in G., ein gewisser Bykow. Ljusja solle genau belegen, wo sie wann welches Baumaterial erworben habe. Iwan Sergejitsch, der fast alles bei seiner Firma gestohlen hatte, schaffte nicht ohne Mühe einen gefälschten Beleg nach dem anderen herbei. Nach jedem Beleg wurde ein neuer angefordert. Die Sache zog sich über vier Jahre hin. Breshnjew starb, Andropow kam an die Macht. Schließlich schrieb Ljusjas Nachbar eine Eingabe an Bykow, ein gewisser Iwan Sergejitsch habe das Material bei seiner Firma abgezweigt. Der Nachbar hatte die Nummern der Liefer- und Lastwagen, die das Material brachten, notiert und aus den Gesprächen der Arbeiter den Namen Iwan Sergejitsch aufgeschnappt. Bykow ließ feststellen, wem die Fahrzeuge gehörten, und beschloß, die Sache rasch zum Ende zu bringen. Andropow, der neue Machthaber im Kreml, hatte rigide Anweisungen erlassen, die Bykows Handlungsfreiheit einschränkten. Eines Tages, als Ljusjas Nachbar ihm telefonisch mitgeteilt hatte, daß Ljusja in die Stadt gefahren sei, verließ Bykow seine Dienststelle und fuhr im eigenen Auto nach

Wyriza, um die Datscha in Augenschein zu nehmen. Er lief um sie herum, begutachtete das Holz und die übrigen Materialien und stellte fest, daß alles professionell gearbeitet war. Dann fuhr er zu der Baufirma, die er hatte identifizieren lassen, und ging dort zum Direktor. Er fragte: »Arbeitet bei Ihnen ein gewisser Iwan Sergejitsch?« Iwan Sergejitsch sagte: »Ja.«

»Bykow, Bauamt G.. Ich möchte Iwan Sergejitsch sprechen. Es liegt ein Verdacht gegen ihn vor.«

»Was für ein Verdacht?«

»Hinterziehung von Staatseigentum zum Bau einer Privatdatscha.«

»Was für einer Datscha? Wo?«

»Wyriza. Zweistöckig, auf der Rückseite ein Anbau, Brunnen.«

»Haben Sie sie gesehen?«

»Mit eigenen Augen. Heute.«

»Ich stehe Ihnen zur Verfügung.«

Beide Männer erschraken. Bykow ging rasch. Iwan Sergejitsch aber entsann sich eines Kameraden aus Tscheka-Tagen, der inzwischen General für die Überwachung des Versorgungswesens von Leningrad und den angrenzenden Gebieten war. »Hör mal, Iwanytsch, hier war gerade ein gewisser Bykow, Bauamt G. Der will mir was am Zeug flicken. Müssen wir uns das bieten lassen?«

Boris Iwanytsch, der General, klärte sofort, daß Bykow weder die Befugnis besaß, die Datscha zu besichtigen, noch das Recht, in dieser Weise Ermittlungen zu führen. Er rief in der Baubehörde von G. an und verlangte Bykow zu sprechen, der natürlich noch nicht zurück war. »Warum ist er nicht an seinem Platz?« schrie der General. »Ich hörte, er besuche fremde Grundstücke und mische sich in Sachen ein, die ihn nichts angehen. Er soll augenblicklich diese Alleingänge einstellen und sich bei mir melden!«

Am selben Abend erschien Bykow betrunken bei Ljusja und flehte sie auf Knien an, ihn in Schutz zu nehmen.

»Warum sollte ich das wohl tun?« fragte Ljusja.

»Bitte, Semjonowna, ich hatte doch gar nichts gegen dich. Der

Chefarzt der Klinik, wo deine Mama behandelt wurde, hat mich unter Druck gesetzt. Ich war ihm einen Gefallen schuldig... Er wollte unbedingt ein Grundstück in Wyriza, um eine Datscha zu bauen...«

»Aber warum gerade meins?«

»Ich sagte ihm, wir hätten kein freies Grundstück. Er sagte: Denk nach. Ich war wirklich in Verlegenheit. Er fragte: ›Was ist mit dem Grundstück von Pelageja Nikiforowna Gwosdikowa? Sie liegt gerade in meiner Klinik mit Krebs. Sie hat geklagt, daß ihre Datscha so baufällig sei. Sie ist achtundachtzig Jahre alt.‹ Mir blieb keine andere Wahl. Alle anderen Datschen waren entweder in gutem Zustand, oder die Bewohner waren jung. Er aber ließ nicht locker. Verpflichtungen! Ich sagte: ›In Ordnung, machen wir.‹ – Ich habe nicht damit gerechnet, daß du so hartnäckig bist. Aber du kannst mir glauben, schon seit zwei Jahren suche ich nach einer anderen Möglichkeit. Ich sagte zu meinen Leuten – ehrlich, da kannst du jeden fragen, das habe ich wirklich gesagt! –: Ljudmila Semjonowna, sagte ich, die sollte eigentlich ihre Datscha behalten! Nur, er ließ nicht locker, der Schweinehund. Er hat mich zuletzt wirklich erpreßt!« Bykow fing an zu weinen, dicke Tränen rollten ihm über die Wangen.

»Womit konnte er dich erpressen? Was kannst du ihm schuldig sein?«

»Ach, das...«, stieß Bykow hervor und trocknete seine Wangen ab. »Das war nämlich so.« Er erhob sich von den Knien und setzte sich dicht neben Ljusja auf die Bank. Ljusja erschrak und sagte: »Nein, laß. Interessiert mich eigentlich nicht! Geh!«

»Ich gehe!« rief Bykow eifrig. »Aber bitte versprich mir eins: Sag aus, wenn man dich fragt, du hättest mich zu dir eingeladen! Wir hätten zusammen Tee getrunken!«

»Das werde ich nicht sagen. Das einzige, was ich für dich tue, ist: Ich werde nicht aussagen, du hättest hier mein Geschirr und meinen Schmuck gestohlen. Ins Gefängnis bringe ich dich nicht. Dafür schuldest du mir einen Gefallen.«

»Was du willst! Aber bitte sag...«

»Ich sage gar nichts. Warum soll ich zu deinen Gunsten lügen, wo du jahrelang zu meinen Ungunsten gelogen hast?«

Bykow ist nicht mehr an seinem Platz, und Scholochow auch nicht. Es weht ein neuer Wind. Iwan Sergejitsch sagt ohne Ironie zu Ljusja: »Es ist gut, daß ich dieses Jahr pensioniert werde, denn ich wäre als einer der nächsten dran.«

»Dieser Andropow ist ein Teufelskerl«, meint Ljusja. »Hoffentlich lebt der noch möglichst lang.«

Nach Minuten des Schweigens ruft Wanja, etwas übertrieben munter, aus: »Endlich werde ich genug Zeit für dich haben!«

»Ach, Wanja! Lassen wir's langsam angehen!«

Wanja verstummt, trinkt sein fünftes Glas Wodka und betrachtet Ljusja mit geröteten Augen. Dann sagt er tapfer: »Nicht wahr, Ljudmila Semjonowna, Sie lieben mich nicht mehr.«

»Wie kommst du darauf?« fragt Ljusja überrascht.

»Ich falle Ihnen zur Last. Ich sehe es doch.«

»Wanja, ich habe kein Recht, dich nicht mehr zu lieben, nach allem, was du für mich getan hast.«

Er schweigt, trostlos.

»Wanja, du hast für mich die Datscha gebaut, du hast für meine Mutter den Grabstein beschafft, du hast mich vor Bykow und Scholochow gerettet... Ohne dich wäre ich längst verzweifelt!«

»Sie müssen mir nicht dankbar sein«, sagt Wanja mit schwerer Zunge. »Aber ich muß Ihnen ewig dankbar sein.«

»Für was, Wanja? Ich habe gar nichts für dich getan. Du beschämst mich.«

»Doch«, spricht er mühsam, aber stark bewegt. »Du hast mich auf meine alten Tage gelehrt, was es heißt, schön zu lieben.«

Wanjas Kopf sinkt auf seine Brust. Ljusja weiß nicht, was sie sagen soll. Weint er? Vorsichtig sucht ihr Blick seine Augen. Nein, er weint nicht. Er schläft.

392

Seit Nadjenkas Geburt hat Gena sich nicht mehr blicken lassen. Das ist jetzt zwei Jahre her. Doch eines Tages erhält Anja eine Karte von ihm aus Afghanistan. Er bittet um Geld.

»Afghanistan!« Ljusja ist elektrisiert. »Das ist die Chance. Sofort läßt du dir von ihm die Vaterschaft bezeugen. Er ist in einer Notlage, er wird zustimmen!«

»Mama, laß mich bitte in Ruhe. Du weißt, daß es anders abgesprochen war.«

»Na und? Du kannst es dir leisten, ich weiß. Aber wenn dir was passiert? Dann steh ich da mit dem Kind! Und ich kann es mir nicht leisten. Ich bin Rentnerin.«

»Mama! Er ist im Krieg! Er kann morgen fallen!«

»Um so besser«, ruft Ljusja geschäftig, »dann ist Nadjka die Tochter eines Helden der Sowjetunion!«

»Mama, du quälst mich. Du hast Gena vergrault, ist das nicht Schaden genug?«

»Vergrault? Du konntest ihn nicht fesseln! Als ich in deinem Alter war, da hat meine Mutter meine Verehrer mit dem Besen zur Tür hinausgejagt, und sie kehrten durchs Fenster zurück. Wen verjage ich? Ich habe doch deinen Gena immer gefüttert und getränkt! Und jetzt rat mal, warum er fort ist!«

Anjas Gesicht verliert jeden Ausdruck.

393

Ljusja, die manchmal an starkem Herzklopfen leidet, legt sich für ein paar Minuten auf den Diwan im hinterem Zimmer. Sie faltet die Hände unter dem Kopf, weil ihr diese Haltung Erleichterung verschafft, und ist plötzlich eingeschlafen. Sie träumt, sie hielte ein Butterbrot in den Händen, das mit Käse und einem großen Salatblatt belegt ist. Sie will hineinbeißen, da fragt jemand: »Spitze oder Strunk?« Plötzlich ist das Salatblatt eine schwarze Feder, und Ljusja fragt sich selber: »Spitze oder Strunk?« Sie sitzt an einem Tisch mit einigen Leuten, Anja ist dabei. Aber Anja ist alt, älter als Ljusja jemals war. Sie sitzt reglos und melancholisch da, ein Berg von Trauer, etwas schmutzig, mit toten Augen und verschorften Wangen. Sie vergißt alles, was man ihr sagt. »Laßt sie leben!« ruft Ljusja, und neben sich hört sie Paschas höhnische Stimme: »Hast du nicht gesagt, man lerne bis zuletzt? Und was lernt sie nun, bitte sehr?« Ljusja antwortet feierlich: »Jetzt lernt sie aus.« Aber gleichzeitig hört sie einen pfeifenden Singsang und erwacht. Der Singsang hält an. Ljusja war eingeschlafen, bevor sie sich ganz zudecken konnte, ihre nackten Arme sind kalt. Sie steht auf und nähert sich der Wohnzimmertür. In dem Singsang erkennt sie Anjas dünne Stimme, die fremd und exaltiert klingt, jammernd, plötzlich scharf und schrill, dann wieder wie von Tränen erstickt. Vorsichtig öffnet Ljusja die Tür und sieht folgendes Bild: Anja kniet am Boden vor dem Fernseher und reckt ihre Arme den Ikonen entgegen, die hoch über dem Fernseher in der östlichen Zimmerecke hängen. Sie wirft ihr rotes, verschwollenes Gesicht hin und her und ruft: »Gott! Ich will leben! Mach, daß meine Mutter möglichst bald verreckt... Sie erstickt mich, sie bringt mich um! Dabei will ich doch nur leben, ich will glücklich und frei sein, hilf mir, Gott, befreie mich von ihr, rette mich!«

394

Zelja und Ilja sind überstürzt ausgezogen, und mit ihrem Nachfolger Arkadij Markowitsch gab es von Anfang an Streit.

Arkadij Markowitsch ist vierzig Jahre alt und offiziell Administrator an einer Tankstelle. Hauptsächlich aber spekuliert er mit Autoersatzteilen. Zwei Tage, nachdem er eingezogen war, sagte er in strengem Ton: »Ljudmila Semjonowna, ich wünsche nicht, daß

Sie den Vorderausgang der Wohnung benützen beziehungsweise an die Tür gehen, wenn es vorne klingelt. Desgleichen hat das Telefon in meinen Zimmern zu stehen. Haben Sie verstanden?«

Ljusja antwortete: »Laß uns einander doch erst ein bißchen beschnuppern, Arkascha, bevor wir entscheiden, wer hier die Anordnungen trifft.«

Arkascha hatte sich jahrelang mehr schlecht als recht durchgeschlagen, doch nun besitzt er einen japanischen Fernseher und einen japanischen Elektroherd und glaubt, ihm gehöre die Welt. Er stand in einem orangerot leuchtfarbenen Trainingsanzug in der Küche, wippte unternehmungslustig auf seinen weichen Adidas-Sohlen und lächelte: »Ich bin die Kommunalka-Sitten leid, Ljuda. Entweder, du benimmst dich dezent, oder du gehst.«

Er ist sehr klein. »Du kleiner bunter Hahn«, sagte Ljusja, »drehst wohl auf, weil du zwei große Zimmer bekommen hast? Begnüge dich doch mit deinem Glück, anstatt es aufs Spiel zu setzen!«

»Es war kein Glück«, wippte Arkascha.

Bald häuften sich die Zusammenstöße. Arkascha drohte, Anja wegen Saufens zu denunzieren, dabei trinkt er selbst. Anja und Ljusja denunzierten ihrerseits ihn. Aber Anja, die niemals trinkt, wurde bestraft, Arkascha nicht. Es stellte sich heraus: Arkascha hatte den abschnittsbevollmächtigten Milizionär Igor bestochen.

Plötzlich fällt Ljusja ein, wie rasch Zelja und Ilja damals ausgezogen sind. Dunkel erinnert sie sich an einen Brief von der Miliz, der vor einigen Monaten eingetroffen war: »Ihre Eingabe, die Spekulationen der Bürger Ilja Israeljewitsch und Zelja Isaakjewna Zimbal betreffend, wird überprüft.« Hatten die beiden Zimbals ihr nicht schon länger ängstliche Blicke zugeworfen? Doch weder Ilja noch Zelja haben Ljusja eine Frage gestellt; vielleicht, weil Zelja wirklich Dreck am Stecken hatte. Nur beim Abschied sagte Ilja: »Du wirst mir fehlen, Ljudmila Semjonowna, auch wenn du uns verraten hast.«

395

»Ljusja, hast du von den neuen Ausreisegesetzen gehört?« fragt Ida aufgeregt am Telefon.

»Na ja, das ist vorerst nur Papier.«

»Von wegen! Ich war gestern beim OWIR und habe einen Paß beantragt. Nichts ist mehr, wie es war! Ich erinnere mich, wie ich vor fünfzehn Jahren einmal in die DDR wollte. Auch damals sprach ich schon bei Polina Wiktorowna vor – einer Frau Oberst vom KGB, erbarmungsloses Weib... Damals sagte sie: ›Was wollen Sie in der DDR machen?‹ – Ich, schüchtern: ›Urlaub?‹ – Da bläht sie sich auf wie ein Kugelfisch und faucht: ›Unsere Sowjetunion ist wohl nicht groß genug für Sie, was?‹ – Gestern dieselbe Frau, aber – kaum wiederzuerkennen! Jetzt gleicht sie einem von diesen schlauchartigen chinesischen Papierdrachen. Sie hängt zerknittert über der Tischkante und raschelt: ›Paris... Bitte sehr...‹ Also das ist ja die reine Libertinage! Warum nur müssen wir Russen immer von einem Extrem ins andere fallen? Wenn das mal gutgeht...«

396

Es geschehen unglaubliche Dinge. Jeden Tag erfährt man in der Zeitung und im Fernsehen von Mißständen im Zivilleben, von Katastrophen durch Mißwirtschaft, von Prozessen wegen Amtsmißbrauchs, die soeben eingeleitet wurden... Kaum hat man die eine Nachricht verdaut, kommt die nächste.

Das Steuer soll herumgerissen, das Land wiederaufgebaut werden. Eine aufregende Idee.

Aber es ist nichts mehr zum Bauen da.

Ljusja mißtraut Gorbatschow. Er wirkt zwar klug und energisch, aber das Leben verbessert sich nicht. »Gib ihm Zeit«, lallt Iwan.

Katja frohlockt: »Gorbatschow ist die Zukunft! Alles wird anders! Das Materielle ist zweitrangig! Endlich heben wir die Köpfe! Die Intelligenz darf wieder auf den Plan! Das ist unsere Chance!«

Iwan Sergejitsch brummt: »Intelligenz, schön und gut! Aber Gorbatschow ist nicht mächtig genug. Andropow, den haben sie gefürchtet, der hatte seine Jungs im Griff. Deshalb ist er auch vom Apparat ermordet worden.«

Ida ruft aus Moskau an: »Morgen fährt mein Zug nach Paris!«

Ljusja bricht in Tränen aus: »Ida!!! Du gehst?«

»Nur für eine Woche, Ljusja. Drei Tage im Zug hin, drei Tage zurück, drei Tage dort. Länger reicht das Geld nicht. Aber es ist eine symbolische Handlung, die bedeutet... Ja, was bedeutet sie eigentlich?«

397

In der Auseinandersetzung mit dem neuen Mitbewohner Arkascha leistet Gorbatschow Ljusja übrigens unschätzbare Dienste; und zwar durch sein Antialkoholgesetz.

Der Reihe nach. Zweimal bekam Anja – ausgerechnet Anja – wegen Saufens und Randalierens Geldstrafen aufgebrummt. Ljusja fand heraus, daß der neue Nachbar Arkascha Anja denunziert hatte. Zeugin: Warwara Sinowjewna, Arkaschas Frau. Bei der übergeordneten Milizstelle wurde Ljusja gesagt, daß das ein Verfahrensfehler sei: Anja hätte von der Eingabe am gleichen Tag erfahren müssen. Der Bezirksmilizchef Kirpitschnikow, ein zerstreuter Dickwanst, versprach, den Fall zu überprüfen. »Spekuliert mit Autoersatzteilen, soso... und der Miliz ist das bekannt... Wie heißt Ihr Abschnittsbevollmächtigter? Korin, Igor Iwanowitsch, soso... Werde mir die beiden vorknöpfen...«

In der nächsten Zeit wirkte Arkascha unsicher. Ljusja bekam mit, daß er bei Kirpitschnikow vorgeladen war. Aber von dort kehrte er entspannt lächelnd und wie berauscht zurück, und Ljusja verstand, daß er sich auch diesmal hatte freikaufen können. Die nächste Geldstrafe für Anja ließ nicht lange auf sich warten und war bereits mit der Androhung einer Gefängnisstrafe verbunden.

Ljusja holte sich bei verschiedenen Nachbarn Rat. Sie paßte den Abschnittsbevollmächtigten Igor ab, einen jungen Mann, der mit seinem hübschen Köpfchen nickte und sagte: »Sie denken, ich wäre ein Dreck, aber ich bin erst achtundzwanzig und dabei schon Leutnant!« – »Wie, du bist schon achtundzwanzig und erst Leutnant?« gab Ljusja zurück. »Warum bist du noch nicht weiter? Steht dir einer im Weg, oder bist du zu dumm?« Sie machte mit Geduld und viel Glück einen Milizoffizier mittleren Ranges ausfindig, der Igor kurzhielt und ihr wertvolle Ratschläge gab.

Es begann ein Zermürbungskrieg. Ab sofort überging Ljusja den Abschnittsbevollmächtigten Igor und meldete Arkascha jedesmal, wenn der betrunken nach Hause kam, über die Nummer 02 bei der Hauptmiliz. Das war fast täglich der Fall: Arkascha benötigte auf seinem Höhenflug immer mehr Sprit. Einmal im Suff hat er Ljusja mit schwermütigem Grinsen erklärt, er sei schlecht, aber das komme vom schlechten Leben, er habe bei der Wahl – alles oder nichts – sich für alles entscheiden müssen und könne jetzt nicht mehr zurück. Ljusjas Zimmer brauche er als Ersatzteillager. Bald werde er übrigens Millionär sein. Ljusja sagte: »Ich habe dich gerade wieder bei der Miliz gemeldet, Arkascha.«

Nach einer solchen Meldung hätte Arkascha bei der kreisärztlichen Ambulanz seine Nüchternheit feststellen lassen müssen. Wäre er nüchtern gewesen, hätte Ljusja als Verleumderin dagestanden. So aber, betrunken, wie er war, wagte er sich nicht hin. Er wäre in die Ausnüchterungsanstalt eingeliefert worden, was peinlich und teuer ist. Also blieb er zu Hause und bezahlte den dreifachen Betrag, um nicht bei seiner Arbeitsstelle gemeldet zu werden. Dies alles ermöglicht Gorbatschows neues »trockenes Gesetz«.

In den Nervenkrieg wird auch Arkaschas Frau einbezogen, die ebenfalls trinkt. Auch hier steuerte der Ratgeber aus der Miliz wertvolle Tips bei.

Arkaschas Frau Warja ist auf diese Wohnung nicht eingetragen. Als seine Frau hat sie zwar das Recht, bei ihrem Mann zu wohnen, aber nur in seinem Zimmer. Wenn die Nachbarn sich nicht mit ihr verstehen, darf sie nicht in die Gemeinschaftsräume. Gemeinschaftsraum ist zum Beispiel das Bad. Also dreht Ljusja das warme Wasser ab, wenn Warja sich gerade den Kopf eingeseift hat, knipst das Licht aus, wenn Warja in der fensterlosen Toilette sitzt, und reißt Warjas Wäsche von der Leine. Einmal, als Ljusja sich mit Arkaschas japanischem Rasierapparat die Achselhöhlen rasierte, gab es fast eine Schlägerei. Arkascha stürzte sich mit einem Wutschrei auf Ljusja. Das hörte Anja im Nebenzimmer. Schon war sie da und griff mit beiden Händen so fest in Arkaschas schwarze Mähne, daß ihr noch drei Tage später die Finger schmerzten. Arkascha ist nicht größer als Ljusja, für einen Mann also winzig; er hatte gegen die mächtige Anja keine Chance. »Du hast mich eine Randaliererin genannt – jetzt schau, wie sich's mit einer Randaliererin lebt!« keuchte Anja. Arkascha ließ sich am selben Tag die Haare zentimeterkurz schneiden und machte ab sofort um Anja einen weiten Bogen. »Überleg dir gut, ob dich die ganze Sache nicht zu teuer kommt«, sagte Ljusja gemütlich. »Vielleicht suchst du dir doch besser eine andere Wohnung?«

Manchmal aber wird ihr schlecht vor Angst und Scham. Je mehr sie Arkascha reizt, desto gefährlicher wird er werden, zumal es bisher trotz allem scheint, daß er am längeren Hebel sitzt. Ljusja selbst müßte sich um Anja kümmern, sie müßte netter zu Iwan Sergejitsch sein und Paschenka mehr Briefe schreiben. Doch womit verbringt sie ihre Zeit? Sie rennt zu Ämtern, schimpft, droht und denunziert, verausgabt sich in häßlichen, unwürdigen Kämpfen; und in der eigenen Wohnung geht es bald zu wie in überfüllten Käfigen im Zoo, wo manche Tiere beginnen, einander aufzufressen.

398

Eines Tages erreicht Ljusja ein Gruß aus dem Totenreich. Er verwandelt sich in Leben, wie das so ist, und kündigt einen neuen Tod an; wie das so ist. Der Gruß kommt von Anton Robertowitsch, und sein liebenswürdiger Bote ist Dawid Lwowitsch Seligmann.

Dawid Lwowitsch ist Dozent am Institut für deutsche Literatur. Ljusjas ehemalige Mitbewohnerin Ruth Jossifowna hatte ihm, dem Arbeitskollegen, testamentarisch ihre Bücher vermacht. Ljusja hatte ihm das nach Ruths Tod mitgeteilt und ihn empfangen, als er kam, um die acht Kisten abzuholen.

Diese erste Begegnung war übrigens mißglückt. Ljusja hatte, sowie sie die weiche, kultivierte Stimme am Telefon hörte, sehnlichst gewünscht, Dawid Lwowitsch näher kennenzulernen. Als sie ihn dann erblickte, wie er melancholisch lächelnd aus einem Taxi stieg, war sie so entzückt, daß sie, all ihre Erfahrungen mit Intellektuellen außer acht lassend, ihm wie eine Kanonenkugel entgegenschoß und schrie: »Dawid Lwowitsch! Wie schön, daß Sie da sind! Ich habe nur Gutes von Ihnen gehört!«

Dawid Lwowitsch war damals um die Fünfzig, ein hochgewachsener, etwas gebückter Mann mit weichen Händen. Mit seinem verzagten Lächeln und der gesetzten Redeweise hatte er etwas ergreifend Kostbares, Orchideenhaftes an sich. Er verbeugte sich erschrocken, bat den Taxifahrer um zehn Minuten Geduld und folgte Ljusja ins Haus.

»Ich bitte Sie, Ljudmila Semjonowna, ich kann das alleine tragen! Nein, ich lasse nicht zu, daß Sie sich derart überanstrengen!« rief er so beschwörend, daß Ljusja sich nicht mehr zu rühren wagte. Dann trug er die Bücher ins Taxi, übrigens nicht kistenweise, sondern in handgerechten Portionen, während Ljusja in ihrem Wohnzimmer um Fassung rang.

Vielleicht hatte ihm Ruth Jossifowna von ihr erzählt? Und was war da auch Vertrauenerweckendes? Wie hatte Ljusja überhaupt annehmen können, daß ein so feiner Mensch mit ihr, der Buffetfrau, und ihrem Anhang von Priestern, Dissidenten, Kriminellen, Säufern und Psychopathen Umgang pflegen werde? Ljusja regte sich noch eine Weile auf und vergaß Dawid Lwowitsch.

Und jetzt, Jahre später, hat er angerufen, um unter wortreichen Entschuldigungen mitzuteilen, er habe ein Buch aus Ljusjas Besitz entdeckt. Nein, kein Irrtum sei möglich, eine Widmung stehe darin. Sie möge ihm sagen, wann sie Zeit habe, dann bringe er es vorbei. Seine Stimme klingt so angestrengt, daß klar wird: Es ist keine Augenblickslaune. Er wußte seit Jahren, daß dieses Buch Ljusja gehört, traute sich aber aus den bekannten Gründen nicht, Kontakt aufzunehmen, und hatte deshalb ein schlechtes Gewissen. (Katja hat es neulich so ausgedrückt: »Der Vorteil der neuen Zeit besteht darin, daß jeder gefahrlos der Stimme seines Gewissens folgen kann; wenn er sie denn hört.«)

Und Dawid Lwowitsch bringt das Buch vorbei.

Es ist ein Tamisdat-Band, kaum größer als eine Zigarettenschachtel, mit Gedichten von Anna Achmatowa. Ljusja erkennt die zittrige Schrift von Anton Robertowitsch: »Hochverehrte Ljudmila Semjonowna! Dieses Buch übergebe ich Ihnen, weil ich mich besonders schwer davon trenne! – 21. November 1976.«

Richtig, kurz vor seinem Tod hat er es einem der Mädchen für Ljusja mitgegeben, und zweieinhalb Tage lang hat es zwischen Marmeladeflecken, Zigarettenasche und angetrockneten Zwiebelschalen auf dem Küchentisch gelegen, bis Ruth Jossifowna es mit einem Schrei identifizierte. Jetzt kommt die Erinnerung wieder: Ruth Jossifowna hatte das Buch so erschüttert gegen ihren defekten Herzschrittmacher gedrückt, daß Ljusja sagte: »Nehmen Sie's nur mit, Ruth Jossifowna, ich hab im Moment sowieso keine Zeit für Gedichte!«

Ljusja hatte das Buch einfach vergessen. Jetzt blättert sie zum ersten Mal darin. Einige Gedichte sind von Anton Robertowitsch angestrichen, natürlich mit Lineal.

> *»Doch es ticken die Uhren, ein Frühling folgt*
> *Auf den anderen, der Himmel rötet sich,*
> *Die Städte wechseln die Namen,*
> *Und es gibt keine Zeugen der Ereignisse mehr,*
> *Niemanden, mit dem du weinst, mit dem du dich erinnerst.«*

Ljusja steht wie vom Blitz getroffen da, während Dawid Lwowitsch höflich auf eine Gelegenheit wartet, sich zu verabschieden.

Arkadij Markowitsch stapft durch die Küche, betrunken, und knallt mit der Eisschranktür. Ljusja flüchtet in den Salon. Nach einigem Zögern folgt ihr Dawid Lwowitsch.

> *»Ich trinke auf das verwüstete Haus,*
> *und auf mein böses Leben ...«*

»Nein, das geht zu weit!« ruft Ljusja laut. »Oh, Dawid Lwowitsch, du liebe Güte, ich bin ganz durcheinander. Wissen Sie, manchmal scheint mir – es geht zu bei uns, ach – ich hätte so gern wieder einmal mit einem gebildeten Menschen gesprochen. Ich weiß, daß ich ... aber möchten Sie nicht trotzdem – wenigstens ein paar Minuten –? Das Buch schenke ich Ihnen, wenn Sie möchten. Es gibt so vieles, das ich – meine Tochter ist nämlich in Deutschland ...«

399

Und er ist wirklich, kaum zu glauben, geblieben. Das Wetter war schlecht, er wäre auf dem Weg zur Trambahn naß geworden, Taxis aber sind inzwischen zu teuer für solche wie ihn. Er hat dankbar einen Tee getrunken, Ljusja mit seinen sanften moosgrünen Augen angesehen und sich allmählich entspannt.

Natürlich haben sie sich darüber unterhalten, wie schlecht es um Rußland steht. Die Angst läßt nach, man atmet auf. »Aber«, gibt Dawid Lwowitsch zu, »die Verkümmerung der einfachsten häuslichen Bräuche stellt ein schweres Erbe dar.«

»Häusliche Bräuche, genau. Die Tore werden nicht mehr abgeschlossen, die Treppenhäuser nicht mehr geputzt. Drei Wochen habe ich unserem Hausmeister Pusyrkow in den Ohren gelegen, er soll den Türsummer reparieren. ›Ich habe keine Zeit, Ljudmila Semjonowna‹, hat er ganz hochmütig gesagt, ›denn schließlich bin ich ja auch noch Student.‹ – ›Meinetwegen, Pusyrkow‹, habe ich geantwortet, ›aber schließlich bist du ja auch noch Hausmeister.‹ Wir haben hart verhandelt, aber er war nicht mal bereit, ein neues Schloß anzubringen. Jeder, der will, kommt bei uns ins Treppenhaus.«

»Bei uns auch. Halbwüchsige, die nicht wissen, wohin«, bestätigt Dawid Lwowitsch. »Wenn ich komme, weichen sie bis in den obersten Stock zurück, sie suchen keinen Streit, sie wollen nur im Trockenen rauchen oder Wodka trinken. Aber ein Kollege sagte, in seinem Haus hätten sie abgebrochene Rasierklingen in das rissige Holz des Treppengeländers gesteckt, Gott sei Dank hat er's gesehen, er hätte sich die Daumensehnen zerreißen können... Nun wagt er nicht mehr, ans Geländer zu fassen. Dabei ist er unsicher auf den Beinen, im Treppenhaus ist es düster... Manchmal verrichten sie dort ihr Geschäft«, fügt Dawid Lwowitsch besorgt hinzu. Ljusja schenkt ihm Tee nach.

»Sagen Sie, Dawid Lwowitsch, warum sind Sie nicht ausgewandert?«

Dawid Lwowitsch schweigt einige Minuten, die schönen gefalteten Hände vor sich auf dem gelben Tischtuch, und lächelt sein zartes, vornehmes Lächeln. »Ich bin ein sentimentaler Mensch. Wenn ich mich angegriffen fühle, nach einem Streit mit meiner Frau oder nach Schwierigkeiten mit meinen Studenten, suche ich die Plätze meiner Kindheit auf. Zuerst gehe ich am Schloßkai entlang, dann besuche ich meine alte Schule, die Innenhöfe, den Park... und dann wird mir leichter. Die verschiedenen Lichtstimmungen... das Zwielicht... die weißen Nächte... nirgends sonst ist es so. Ich kann mich nicht davon befreien.«

»Aber hier kann man nicht leben!«

»Das stimmt.«

»Was ist das für ein grausames Land. Und niemand glaubt uns. Wir fassen es ja selbst nicht. Ich bin alt und ungebildet, nach allem, was ich vom Westen weiß, würde ich nie lernen, dort zu leben. Aber Sie sind doch ein kultivierter Mensch, sicher sprechen Sie fremde Sprachen. Also, ich an Ihrer Stelle hätte längst die Beine in die Hand genommen.«

»Tatsächlich gab es eine Krise«, lächelt Dawid Lwowitsch. »Vor fünfzehn Jahren wanderte mein bester Freund nach Amerika aus. Meine Mutter, eine kompromißlose Patriotin, war damals dreiundachtzig Jahre alt und sehr krank. Ich dachte, ich bleibe bei meiner Mutter, bis sie stirbt, und komme dann nach. Zu ihm sagte ich: ›Ich komme bald.‹ Aber meine Mutter wurde wider Erwarten gesund und lebte bis letztes Jahr, übrigens noch fast dreimal so lange wie er... Und jetzt ist es zu spät.«

»Aber hier? Was soll nur aus uns werden?«

»Alles ist gänzlich unvorhersehbar«, sagt Dawid Lwowitsch sanft.

»Meine Eltern waren in Sibirien, als es losging. Manchmal denke ich, wären sie nur nach Osten geflohen – alles wäre anders gekommen... Mein Vater wurde von Stalin repressiert, und aus war es mit uns: Flucht, Angst, Unordnung... Wir haben durchgehalten, aber wofür?«

»Bei uns war es nicht unähnlich. Meine Eltern lernten sich 1917 sogar auf der Flucht kennen, in Chabarowsk, auf dem Weg zur chinesischen Grenze. Aber dann begann die Koltschak-Offensive, und da meine Mutter überzeugt war, Koltschak werde die Vorkriegsordnung wiederherstellen, bewegte sie meinen Vater zur Rückkehr nach Petrograd. Und damit hat sie ihn letztlich zugrunde gerichtet. 1937 wurde er als einer der ersten abgeholt.«

»Haben Sie ihn wiedergesehen?«

»Nein. Aber wir warteten auf ihn. Wir wohnten in einer Zweizimmerwohnung am Schloßkai. Eine Freundin meiner Mutter half etwas aus, eine ehemalige baltische Baronesse Christina. Vor der Revolution hatte sie einen vierstöckigen Palast am Newskij bewohnt, nun hauste sie in einem Einzelzimmer in einer Kommunalka und war unser ›Tantchen Nina‹. Sie hatte hinter der Tapete Schmuck versteckt, den sie Stück für Stück verkaufte, so kamen wir über die ersten Jahre. Natürlich war es trotzdem schwer. Es gab die üblichen Reinfälle. Einmal verkaufte sie ihren silbernen Samowar für fünf Kilo Mehl, die sich dann als Gips herausstellten.«

»Und doch bleiben Sie.«

»Es ist mein Schicksal. Mindestens dreimal haben hier fremde Menschen mein Leben gerettet. Wie könnte ich das vergessen?«

»Vielleicht würden das anderswo auch welche tun?«

»Ich weiß es nicht. Hier haben es welche getan. Ich erinnere mich zum Beispiel an eine Neujahrsnacht im Krieg. Alle Nachbarn waren fort, seit Tagen hatten wir nichts gegessen. Meine Mutter gab uns, meinem Bruder und mir, Eiswürfel zu lutschen, um uns überhaupt irgend etwas zu geben. Und wir knieten vor ihr und öffneten andächtig die Münder und nahmen diese Eiswürfel entgegen und lutschten daran, und es war völlig klar, daß wir würden sterben müssen. Da klopft es an der Tür. Ein unbekannter Offizier tritt ein. Er wollte die Familie im Nebenzimmer besuchen, aber die war fort. Er hatte einen Sack Zwieback dabei und sah keinen Sinn darin, diesen Sack zu seiner Einheit zurückzuschleppen, deswegen ließ er ihn uns da. Das hat uns wahrscheinlich das Leben gerettet.«

Als Dawid Lwowitsch sieht, daß Ljusja weint, wird er verlegen. »Oh! Bitte verzeihen Sie ... Ich habe Sie verstimmt.«

In diesem Augenblick klingelt es. Ljusja bemerkt Dawid Lwowitschs Unruhe und beeilt sich zu sagen: »Ich erwarte niemanden, und es gibt sowieso keinen Grund zur Sorge.« Dawid Lwowitsch lächelt beschämt. Man hört Arkascha zur Wohnungstür schlurfen.

Eine Minute später tritt Iwan Sergejitsch ein.

Sie hat ihn nicht eingeladen, und er hatte sich nicht angemeldet. Es stellt sich heraus, er ist einen Tag früher von einer Dienstreise zurückgekehrt und hatte bereits eine »wichtige Geschäftsbesprechung mit Filippow«. Die war an diesem Vormittag. Jetzt ist es vier Uhr nachmittags, und Iwan Sergejitsch ist betrunken.

Er trägt seinen braunen Anzug mit Weste, Orden und Parteiabzeichen. In seiner dunkelblauen Krawatte an einer goldenen Nadel ein großer ovaler Granat. Iwan Sergejitsch streckt sich, als er Dawid Lwowitsch erblickt. Seine leutselige Miene verschwindet. Er nähert sich schweren Schritts dem Tisch wie die personifizierte Sowjetmacht. Dawid Lwowitsch aber krümmt sich wie das personifizierte schlechte Gewissen der Intelligenz. Als Iwan Sergejitsch vor ihm steht, springt er auf. Gleich wird er sich entschuldigen und gehen. Was für eine peinliche Situation! »Wanja! Das ist mein lieber, *sehr* verehrter Freund Dawid Lwowitsch – Iwan Sergejitsch, ein Freund des Hauses – nicht angemeldet.« Mit einem strengen Blick raubt Ljusja Iwan Sergejitsch den Schneid und plaziert ihn am kurzen Ende des Tisches. Dawid Lwowitsch aber bietet sie Wanjas Stammplatz an, sich selbst gegenüber.

Dawid Lwowitsch zupft verlegen an seiner ausgebeulten Wolljacke. Iwan Sergejitsch hat ihn mit einem schweren Blick taxiert und beschlossen, gutmütig zu sein. »Kommen Sie, Dawid – Aronowitsch? Isaakjewitsch? Trinken wir eins!«

Dawid Lwowitsch lächelt höflich. »Lwowitsch. – Leider wird es Zeit für mich, Ljudmila Semjonowna. Iwan Sergejitsch ...«

Iwan Sergejitsch unterbricht: »Aber Dawid Lwowitsch, Sie können doch nicht einfach gehen, wenn Ljudmila Semjonowna Sie so gern bei sich sieht. Kommen Sie, trinken wir ein Gläschen. Ljudmila Semjonowna, sicher haben Sie ...«

»Ich trinke nicht«, sagt Dawid Lwowitsch eilig.

»Ein Glas ist kein Glas. Da kommt es schon ... Sagen Sie, ist Ljudmila Semjonowna nicht eine großartige Frau?«

»In der Tat. Ich muß aber ...«

»Du hältst am besten die Klappe, Wanja!« zischt Ljusja. Wanja hat nicht nur seinen üblichen Pegel, er ist tatsächlich abscheulich besoffen. Jetzt hat er seine kräftige Rechte auf Dawid Lwowitschs Unterarm gelegt und hält ihn fest.

»Und wie elegant sie sich bewegt! Wußten Sie, daß sie die Balletthochschule abgeschlossen hat?«

»Was redest du da, Wanja« unterbricht Ljusja, »du weißt doch genau, daß das nicht stimmt. Als kleines Mädchen«, erklärt sie Dawid Lwowitsch, »bis zu meinem zwölften Lebensjahr, habe ich ein paar Jahre in einer Kindertanzschule mitgemacht, das war alles.«

»Ah ... sehr interessant.«

»... und so eine schöne Frau!« fährt Iwan Sergejitsch unbeirrt fort. »Sagen Sie doch mal ganz ehrlich: Würden Sie ihr fünfundfünfzig Jahre geben? Doch höchstens fünfundvierzig, he?«

Mit der freien Linken kippt er das Glas Selbstgebrannten. Seine wäßrigen Augen röten sich. »Und Semjonowna hat so begabte Kinder! Lilotschka versteht was von elektronischen Rechnern. Und Anjetschka ist schon Chefin einer Kantine! Aber der Hoffnungsvollste ist Paschenka. Der wird mal was ganz Großes, mindestens ein General, Staatsmann oder Dichter.«

»Oder ein Affärist«, sagt Ljusja bang.

»Aber dann ein ganz großer, bedeutender Affärist!« labert Iwan Sergejitsch. »Sagen Sie, finden Sie nicht auch, daß das russische Volk ein gutes Volk ist?«

»Laß Dawid Lwowitsch los!« ruft Ljusja. »Du siehst doch, er muß fort!«

»Ich möchte aber noch erfahren, wie Dawid Lwowitsch über das russische Volk denkt.«

Dawid Lwowitsch lächelt unsicher. Sein linker Arm, der unter Wanjas harter Pranke liegt, zuckt.

»Also, die Mehrzahl aller russischen Menschen ist im Grunde gut, das müssen Sie zugeben!« lallt Wanja.

»Ich würde sagen«, meint Dawid Lwowitsch vorsichtig, »die Mehrzahl aller Menschen ist im Grunde überall gleich.«

»Aber unsere Jugend! Haben wir nicht eine prächtige sowjetische Jugend?« Als Wanja mit der Rechten nach der Flasche greift, springt Dawid Lwowitsch auf und verbeugt sich. »Ljudmila Semjonowna, vielen Dank für alles. Iwan Sergejitsch – es hat mich gefreut…« Iwan Sergejitsch bleibt sitzen. Ljusja folgt Dawid Lwowitsch zur Tür und schwenkt seinen Mantel und Hut.

»Bitte, Dawid Lwowitsch! Verzeihen Sie mir! Das ist mir wahnsinnig peinlich. So habe ich ihn noch nie gesehen. Um Gottes willen, was denken Sie jetzt von uns?«

»Es braucht Ihnen nichts leid zu tun. Das ist nicht Ihr Problem, sondern mein Problem.«

»Es hat mir so gutgetan, mit Ihnen zu sprechen!« ruft Ljusja heftig. »Ich habe sonst niemanden, mit dem ich reden kann… Ich konnte nicht ahnen, daß er vorzeitig von der Dienstreise zurückkehrt!«

»Leben Sie wohl«, sagt Dawid Lwowitsch mit unvermuteter Herzlichkeit.

Ljusja kehrt zu Iwan Sergejitsch zurück.

Iwan Sergejitsch sitzt mit taubem Gesichtsausdruck am Tisch, in seiner blutigen Rechten das zerbrochene Glas. »Wanja, du Kamel! Du hast sie wohl nicht alle? Was ist bloß in dich gefahren? Ich dulde nicht, daß du so mit meinen Gästen umgehst! Hast du verstanden?«

»Du kannst mir gratulieren: Ich bin seit heute in Rente, Semjonowna!« lallt Iwan Sergejitsch.

400

Dobrynin schreibt aus England: »Die Zehn Gebote sind im Grunde ein rein darwinistisches Manifest. Sie sollen das Fortbestehen des menschlichen Geschlechts sichern, und die größte

Gefahr für die Menschheit war immer der Mensch selbst. Deshalb regeln die Zehn Gebote auch ausschließlich das Zusammenleben der Menschen. In dem Sinne, daß das Leben weitergeht. Weitergehen aber kann es nur durch Fortpflanzung. Der einzelne <u>kann</u> nicht überleben.«

Dann wird der Brief immer komplizierter. »Warum schreibt er mir so was?« wendet sich Ljusja an Katja. »Er kann doch nicht ernsthaft glauben, daß ich das verstehe?« Katja erklärt ihr, daß dies ein fotokopierter Brief sei. Tatsächlich ist er mit der Maschine geschrieben und beginnt mit »Liebe Freunde«. Im Westen sei das jetzt so üblich bei allgemeinen Mitteilungen, erklärt Katja, »spart Zeit und macht weniger Mühe«. Nur die letzten Zeilen sind handgeschrieben. Merkurij läßt darin Pelageja Nikiforowna grüßen und fragt nach den Ausbildungserfolgen der Töchter.

»Gott ist schuld«, heißt es weiter oben in einer der verständlicheren Passagen. »Hat Er nicht als erster Zwietracht gesät, indem er Abels Opfer annahm, das Kains aber verschmähte? Er hatte damals, in einer wirklich noch übersichtlichen Epoche, die Chance, gerecht zu sein, und hat sie demonstrativ nicht genutzt. Seitdem sind Dissonanz und Pein auf der Erde, und die armen Künstler bügeln es aus in ihren rührenden Versuchen, das heillose Durcheinander für ein paar Augenblicke zu harmonisieren.«

Der maschinenschriftliche Teil endet folgendermaßen: »Und so betrachte ich die Irrwege der organischen Materie, die sich zum Menschen verknüpft hat. Kürzlich war ich in einer Sternwarte. Ich wollte einen Maßstab der wirklichen Verhältnisse zurückgewinnen, daran erinnert werden, daß unser Planetensystem nur ein milliardstel Teil eines Sonnensystems ist, welches wiederum nur eines von Milliarden Sonnensystemen ist. Natürlich weiß ich das alles seit meiner Schulzeit, doch diesmal prüfte ich es mit wacher, suchender Seele. Ich sah durch das Teleskop Millionen Lichtjahre entfernt pulsierende Sonnen; vor allem aber habe ich an den Wänden der Sternwarte die Aufnahmen unserer Planeten gesehen, bestechend scharf im korrekten Größenverhältnis nebeneinander abgebildet. Eigentlich hätte ich danach die Erde verachten müssen, und dafür war ich ja auch hingegangen. Statt dessen war ich nur gerührt, wie klein sie war. Klein sogar innerhalb unseres unbedeutenden Planetensystems, im Vergleich etwa zum mächtigen Jupiter und zum massiven Saturn; lächerlich, eben ein Dreck- und Kohlenwasserstoffklumpen, der durch das All geschleudert wird! Und auf einmal tat es mir im Herzen leid um sie, um unsere unbegreiflich bezaubernde, blamierte, mißhandelte Erde, die durch das schwarze Nichts fliegt, eine blaue Glasmurmel von bestürzender Schönheit.«

401

Der Kampf mit dem Nachbarn Arkadij Markowitsch tritt in seine entscheidende Phase.

Ljusja hat bei der Miliz ihre angebliche Denunziation von Ilja Israeljewitsch und Zelja Isaakjewna zur Einsicht angefordert. »Ich habe von Ihnen eine Bestätigung für eine Eingabe bekommen, die ich niemals geschrieben habe.« Der anonyme Ratgeber in der Miliz teilte ihr im Treppenhaus der Behörde triumphierend mit: »Ihre Eingabe hat sich nicht gefunden!« Er blickte sich rasch um und flüsterte: »Sie werden erst Ruhe haben, wenn Kirpitschnikow wegkommt. Die Bestätigung war von Kirpitschnikow unterschrieben, damit haben Sie was gegen ihn in der Hand. Aber das reicht nicht gegen so einen. Ich rate Ihnen, sich mit dieser Frau« (er reicht Ljusja einen Zettel mit einer Telefonnummer) »in Verbindung zu setzen. Sie hat auch was gegen ihn in der Hand. Ihr nächster Adressat ist dann Kirpitschnikows Chef ...« Jemand kam die Treppe herunter, und der Ratgeber verschwand.

402

Tamara Igorjewna, deren Telefonnummer auf dem Zettel steht, ist vor zwei Jahren von der Miliz zusammengeschlagen worden und führt seitdem einen erbitterten Kampf gegen Kirpitschnikow.

Toma (sehr rasch sind sie per du) ist Epileptikerin, fünfundfünfzig Jahre alt, alleinstehend. Der Vorfall vor zwei Jahren hatte sich folgendermaßen abgespielt: Toma hatte die Miliz alarmiert, weil Kommunalka-Nachbarn, ein drogensüchtiges Pärchen, in Entzugsraserei das dritte Kommunalka-Zimmer auf den Kopf stellten. Das Zimmer gehörte der gerade abwesenden Großmutter der beiden. Nachdem Toma bei der Miliz angerufen hatte, zog sie sich in ihr Zimmer zurück. Sie hörte, wie der junge Mann nebenan das hölzerne Bettgestell der Oma zertrümmerte und fluchend in der Matratze wühlte, während das Mädchen kreischte: »Zwanzigtausend hat sie gesagt, zwanzigtausend!« Tomas Herz klopfte wie rasend. An alles weitere erinnert sie sich nicht. Sie erwachte auf der Milizstation, zusammen mit dem Pärchen, im Ausnüchterungszimmer, mit schmerzenden Gliedern, übersät von blauen Flecken.

Von der Miliz aus ging Toma direkt zum Arzt, wo sie sich erstens ihre Nüchternheit (sehr wichtig!) bescheinigen ließ und zweitens die Verletzungen und Blutergüsse. Dann beschwerte sie sich beim Milizchef ihres Rayons, eben diesem Kirpitschnikow.

Kirpitschnikow wies sie ab. Seine Beamten hätten in der Wohnung das rasende Pärchen sowie Spuren eines Kampfes festgestellt. Tamara Igorjewna habe in ihrem Zimmer betrunken mit nacktem Hintern auf dem Boden gelegen; ausgeschlossen, daß sie an den Kämpfen nicht beteiligt gewesen sei.

Nun schrieb Toma eine Serie von Protesten und Eingaben. Warum hätte sie randalieren sollen, nachdem sie selbst die Miliz gerufen hatte? Zumal sie nüchtern war (siehe beiliegendes Attest)? Und selbst diese beiden Punkte nicht gerechnet: Was für ein Recht hätten Milizionäre, junge, kräftige Männer, eine kranke alte Frau zusammenzuschlagen?

Toma ließ nicht locker. Schließlich nannte Kirpitschnikow sie eine Querulantin und ließ sie in eine psychiatrische Anstalt einweisen. Das war das Glück ihres Lebens, lacht Toma mit ihrem stählernen Gebiß. Denn in der psychiatrischen Anstalt wurde erstens bescheinigt, daß sie Epileptikerin sei (sie hatte es vorher nicht gewußt), zweitens wurde sie sofort verrentet, und drittens erhielt sie die zweite Invaliditätsstufe. Mit der »zweiten Invalidität«, wie sie das nennt, rutschte sie sofort auf eine andere Warteliste für eine eigene Wohnung, beziehungsweise auf ihrer Warteliste, auf der sie seit zwölf Jahren stand, ganz nach oben. »Wie sich doch so ein paar Prügel lohnen können!« Toma reibt sich vergnügt die großen, mit Nagellackresten gesprenkelten Hände. »Wieder mal eine Bestätigung für das Sprichwort: Kein Schaden ohne Nutzen.«

Toma ist eine kräftige Frau mit breiter, fliehender Stirn, eine Gebrandmarkte, die immer wußte, daß das Leben ihr ohne Kampf nichts gewährt. Nun hat sie das Kämpfen zum Selbstzweck erhoben. Als ihr zum Beispiel nach zwölf Wartejahren und per Invalidität eine verdreckte Anderthalbzimmerwohnung am Tschkalowskij-Prospekt zugewiesen wurde, forderte sie eine Generalreinigung der Wohnung und einen neuen Herd. Die Wohnung sei über das tolerable Maß heruntergekommen, der Herd verrostet. »Moment mal!« rief der Beamte von der Wohnungs-Nutzungs-Behörde empört, »Sie bekommen eine Wohnung sozusagen geschenkt und fordern auch noch einen neuen Herd?« – »Es ist mein Recht«, antwortete Toma, ihr stählernes Gebiß fletschend, »hier steht es geschrieben. Der neue Herd ist sicher schon beim Werk abgeholt worden, auf diese Wohnung bestellt. Warum soll ich ihn euch Gaunern überlassen?«

Ganz klar, daß Toma auch den Kampf mit Kirpitschnikow noch nicht für beendet hält. Sie ist wütend, sie ist einsam, und sie hat Zeit.

Kirpitschnikows Chef ist ein so mächtiger Mann, daß Normalsterbliche auf dem Dienstweg nicht an ihn herankommen. Aber Toma forscht unermüdlich. Sie schreibt Briefe, belagert die Ämter, steht Schlange, schimpft, droht Beschwerden an und findet schließlich heraus, daß Kirpitschnikows Chef auch irgendwo als Deputat kandidiert. Während Ljusjas Kampfgeist erlahmte, hat Toma sich mit einem Anwalt beraten, drei weitere von Kirpitschnikow Geschädigte ausfindig gemacht, Wirkungsgebiet, Wege und Sprechstunden des deputierten Milizchefs ermittelt und tatsächlich eine Gelegenheit gefunden, ihm die Beschwerden offiziell zu überreichen.

Die Wirkung ist unglaublich.

Kirpitschnikow wird entfernt und der Abschnittsbevollmächtigte Igor streng verwarnt. Arkascha zieht sozusagen blitzartig aus: Er tauscht seine beiden Zimmer gegen zwei andere im nächsten Block ein, die zwar separat sind, aber kleiner als die bei Ljusja und ohne Bad. Bisweilen kommt er noch zu Besuch und betrachtet wehmütig Ljusjas Badewanne, und Ljusja tröstet ihn mit ein paar Gläsern Selbstgebranntem.

403

Seit Wanja in Rente gegangen ist, hört Ljusja kaum mehr von ihm. Es scheint fast, daß seine Liebe sich in dem Augenblick verflüchtigte, da er sein Diensttelefon verlor. Na bitte sehr, denkt Ljusja trotzig, von mir aus sowieso nicht. Er ist ihr zunehmend zur Last gefallen mit seinem verliebten Gelalle und seinen einfältigen Geschichten aus der Stalinzeit. Außerdem mag sie schon lange nicht mehr, daß er bei ihr übernachtet, und wenn er nüchtern war, konnte sie ihm das auch sagen, aber nüchtern war er selten.

Bestimmt seit drei Monaten hat sie nichts von ihm gehört, da meldet er sich am Telefon.

Er spricht mit veränderter Stimme. »Ich vermisse Sie so sehr. Wenn ich könnte, Ljudmila Semjonowna, ich würde kommen und mich Ihnen zu Füßen legen. Und wenn Sie mich nicht einließen, dann würde ich mich auf das Bänkchen in Ihrem Hof setzen und immer auf Sie warten und mich freuen, wenn ich Sie durchs Fenster sähe.«

Ljusja antwortet: »Red keinen Quatsch, Wanja. Wer hindert dich zu kommen, und weshalb sollte ich dich nicht einlassen?«

»Ich habe keine Zeit, Ljudmila Semjonowna, bitte verzeihen Sie mir!«

»Wieso keine Zeit? Du hast wohl eine junge Geliebte, die dich in Atem hält? Übernimm dich bloß nicht!«

Er schweigt, und das ist für sie soviel wie ein Geständnis.

»Nichts für ungut, Wanja«, sagt sie fest, »ich bin ja nicht von gestern. Ich hoffe, es geht dir gut!« Und hängt auf.

404

Etwas später fährt er im Taxi vor. Ljusja aber steht bereits mit Schirm und Einkaufstasche im Flur. »Ich habe keine Zeit«, sagt sie heftig. »Wenn ich gewußt hätte, daß du kommst, hätte ich dir Sakuski und ein Fläschchen bereitgestellt, aber jetzt muß ich einkaufen. Ich kann ja nicht wochenlang rund um die Uhr Wache halten, ob du vielleicht zu kommen geruhst.«

Erst jetzt betrachtet sie ihn und staunt, wie gut er aussieht. Er ist schlank wie ein Jüngling, sein zuletzt gedunsenes Gesicht ist glatt, die Tränensäcke beinahe verschwunden. Er trägt einen blauen Nadelstreifenanzug mit weinrot-graugestreiftem Schlips, in der Krawatte seine Rubinnadel und am Revers das Parteiabzeichen. Seine Erscheinung hat etwas absurd Feierliches, und gleichzeitig wirkt er schüchtern wie ein Komsomolze. Ljusja bricht in ein unfreundliches Gelächter aus.

»Kommst du, um Abbitte zu leisten?« fragt sie höhnisch.

»Nicht doch, Ljudmila Semjonowna«, erwidert er verlegen. »Bitte, setzen wir uns ein bißchen.«

Ljusja besänftigt sich. »Na gut. Komm rein. Hier, Wanja, setz dich. Und natürlich habe ich noch irgendwo ein Fläschchen für dich.«

»Aber nur ein ganz kleines bißchen, Ljudmila Semjonowna. Ich soll eigentlich nicht mehr trinken, die Ärzte haben es verboten.«

»So? Mein Wanjetschka fängt an, Ärzte zu besuchen? Deshalb bist du wohl so schön schlank? Und was ist der Grund für diese plötzliche Verjüngung? Dein Schätzchen doch nicht etwa?«

Wieder lächelt er verlegen. Er sitzt wie auf der Prüfbank, ohne sich anzulehnen, die Hände zwischen den Knien gefaltet, und sieht Ljusja nicht an. Er trinkt in kleinen Schlucken ein halbes Glas. Er überlegt und hebt einige Male zu sprechen an, atmet dann aber wieder hörbar aus und schweigt.

»Was hast du denn, mein armer Stockfisch?« fragt Ljusja. »Und warum trinkst du nicht? Ich erkenne ja meinen Wanja nicht wieder!«

»Ja, leider, Ljudmila Semjonowna. Ich muß gehen. Das Taxi wartet. Ich habe dem Fahrer gesagt, höchstens eine Viertelstunde. Sonst haut er ab, und Sie wissen ja selbst, wie schwer es inzwischen ist, ein Taxi zu finden.«

Zum Abschied küßt er ihr die Hand. Sie begleitet ihn vor die Tür. Er steigt langsam in das Taxi, das sich ebenso langsam in Bewegung setzt und in Richtung Wassilij-Insel entschwindet. »Gut hast du dich herausgemacht«, spricht ihm Ljusja zwischen den Zähnen nach, »na, wohl bekomm's. Fahr zum Teufel, Bester.«

405

Einmal, als Ljusja ziemlich lange am Bolschoj-Prospekt auf den Einser Trolleybus wartet, fällt ihr ein Mann auf, der einen etwa sechsjährigen Jungen, wohl seinen Sohn, ununterbrochen schilt. »Steh endlich still! Hände aus den Taschen! Hände von der Nase! Was zuckst du so!« Der Vater ist nur von hinten zu sehen; er verdeckt den Sohn. Ljusja geht etwas zur Seite und überlegt, ob sie eingreifen soll. Der Kleine in seinem grauen Stoffmäntelchen steht verquer wie eine Marionette auf dem Gehsteig und wagt sich kaum mehr zu rühren, aber der Vater läßt nicht von ihm ab, im Gegenteil, er wird immer wilder. »Wirst du wohl! Ruhe, hab ich gesagt!« Als Ljusja sich nähert, fährt er jäh herum und schreit: »Ljudmila Semjonowna! Hören Sie sofort auf, mich zu hypnotisieren!«

Es ist Igor, der Abschnittsbevollmächtigte. Sein hübsches Gesicht zuckt. Er ist außer sich.

»Soso, dich zwickt wohl das Gewissen?« entgegnet Ljusja kaltblütig.

»Ich habe keine Schuld, das war Kirpitschnikow!« ruft Igor erbleichend. Er packt den Kleinen am Handgelenk und zerrt ihn mit sich fort.

406

Ein halbes Jahr ist vergangen, seit Ljusja Iwan Sergejitsch in Richtung Wassilij-Insel davonfahren sah, da trifft sie ihre alte Freundin Ära Nikodimowna wieder, zufällig, in einem Kaffeeausschank, wo beide für heiße Piroggen mit Pflaumenkompott Schlange stehen. Ljusja war auf dem Weg nach Hause und wollte eigentlich an dem Laden vorbeigehen, aber der Duft der frischen, süßen Piroggen zog sie unwiderstehlich hinein. Es ist Oktober, ein kalter Sprühregen kündigt den Winter an.

»Ärotschka! Na so was! Lang ist's her! Wie geht's den Enkelchen?«

Natürlich muß auch Ljusja berichten, und so stehen die beiden dicken Frauen, die große und die kleine, über eine halbe Stunde lang nebeneinander an dem hohen Buffet-Tisch, schlürfen lauwarmen Kaffee und fuchteln im Eifer des Erzählens mit den fettigen Piroggen. Natürlich kommt das Gespräch auch auf Wanja, und Ljusja muß zugeben, daß sie seit gut einem halben Jahr nichts von ihm gehört hat. »Aber weißt du denn nicht«, sagt Ära Nikodimowna, »er ist doch vor ein paar Monaten gestorben!« Ach.

»Er war lange krank. Er war im Krankenhaus gewesen und wurde operiert, und es stimmt, danach ist er so schlank gewesen. Aber dann ging es nicht mehr lang.«

Wanja, du Dummkopf! denkt Ljusja auf dem Heimweg. Warum hast du mir bloß nichts gesagt? Und ich habe dich beschimpft! Daß du so schön geworden bist, war mir verdächtig. Wer glaubt schon, daß einer im Alter plötzlich wieder schön wird wie in seinen besten Jahren, nur um zu – sterben, also, wer hätte das gedacht?

Viel zu spät kommt Ljusja nach Hause, wo Nadjka auf dem Diwan liegt und fiebert. Auf dem Heimweg vom Kindergarten hat ein Junge sie in eine Pfütze gestoßen, jetzt liegt sie da in ihren nassen, mit braunem Schlamm getränkten Strumpfhosen, und ihre Äuglein glänzen. »Nadjenka! Was machst du denn für Sachen? Los, zieh die Strumpfhose aus, und dann marsch ins Bett!«

XI.
Das erste Mal

407

Ljusja lebt jetzt den ganzen Sommer über auf der Datscha.

Anja ernährt die Familie. Sie arbeitet schwer. Ihre Kantine gilt als Musterbetrieb. Die Familie wird gut versorgt. Anja hat zwei mannshohe finnische Eisschränke beschafft, die all die Konserven, das tiefgefrorene Fleisch und das Gemüse nicht fassen. Ein ungarischer Eisschrank steht auf der überdachten Terrasse der Datscha, weil er nicht ins Haus paßt. Er wird mit einer dicken Kette und einem Vorhängeschloß gesichert.

Die Anhäufung von Speisen, die regelmäßig verrotten, ist Ljusja unheimlich. »Wer soll das alles essen?« fragt sie. – »Besser zuviel als zuwenig«, gibt Anja zurück. »Deine Rente ist nicht mehr viel wert, und mein Lohn würde für uns alle nicht reichen.« Sie sammelt so emsig, daß sie Nadjka darüber vergißt.

Das Leben ist nicht einfacher geworden. Jeden Tag werden im Fernsehen ungeheuerliche Mißstände aufgedeckt, aber sie werden nicht beseitigt. Man schiebt sich gegenseitig die Schuld zu: die Bürger den Politikern, die Politiker den Bürgern. Mit den Verhältnissen zufrieden sind nur die Gauner. Jeder rafft an sich, was er kriegen kann.

Nicht alle können was kriegen. Es gibt immer mehr Bettler. Alte Frauen stehen an den Marktzeilen und verkaufen leere Colaflaschen, gebrauchte Kinderstrümpfe, einzelne alte Stiefel.

Von den Verbrechen, die täglich in der Stadt geschehen, sind die Zeitungen voll.

Aber auch auf dem Land fühlt man sich nicht mehr sicher. Halbwüchsige marodieren. Eines Tages steht so einer in Ljusjas Garten und sagt: »Geben Sie mir was zu rauchen!«

Sie gibt ihm eine Papirossa.

»Außerdem brauche ich zwanzig Rubel.«

»Ist das nicht ein bißchen unverschämt?«

»Ich rate Ihnen, sich nicht mit mir anzulegen. Ich habe zweiundvierzig Verbrechen begangen, vor mir zittert ganz Wyriza!«

Seine Mutter ist geistesgestört, der Vater trinkt, das Häuschen versinkt im Schlamm.

»Wenn ich dir heute zwanzig Rubel gebe, verlangst du morgen fünfzig.«

»Ich verlange jetzt schon fünfzig. Während Sie zögerten, habe ich erhöht. Und wenn Sie nicht spuren, zünde ich Ihnen das Dach über dem Kopf an.«

Ljusja beschwert sich beim Schuldirektor. Der Schuldirektor sagt: »Wir können nichts tun. Mit vierzehn Jahren wird er strafmündig, aber er ist erst zwölf.«

»Das heißt, noch zwei Jahre wird er uns tyrannisieren?«

»Wenn er der einzige wäre, könnten wir von Glück reden.«

In der Nacht zerstört der Junge Ljusjas Zaun.

408

Während des Schuljahres bleibt Ljusja in der Stadt und kümmert sich um Nadjka.

Nadjka geht inzwischen in die zweite Klasse. Sie ist lebhaft und begreift schnell. Aber sie leidet darunter, daß ihre Mutter sich nicht um sie kümmert. »Die ganze Woche hat sie nicht angerufen. Nie fragt sie nach meinen Noten. Sie braucht mich nicht. Keiner liebt mich.« So läuft die Beweiskette. Binnen weniger Monate wird Nadjkas Handschrift miserabel. »Deine Mama liebt dich«, sagt Ljusja, »sie kann es nur nicht so zeigen. Außerdem arbeitet sie schwer für uns. Und nächsten Sommer zahlt sie uns sogar eine Zugreise nach Deutschland. Da wirst du deine Tante Lilja und deinen Vetter Paschenka kennenlernen. Und bestimmt war noch nie einer aus deiner Klasse im Westen. Stell dir vor, wie die dich beneiden werden!«

Inzwischen hat Anja einen Bräutigam gefunden: Kirill, genannt Kira, dreiunddreißig Jahre alt, hat wegen einer nicht näher bezeichneten Jugendsünde fünfzehn Jahre gesessen und wurde im Lager als Schreiner ausgebildet. Er arbeitet gut und gründlich, aber selten. Eine feste Anstellung will er nicht. Am liebsten sitzt er zu Hause und liest Science-fiction-Romane, wie sie neuerdings auf der Straße verkauft werden. Übrigens trinkt er nicht. Im Lager hat er sich Arme und Schultern tätowieren lassen, sonst sieht er anständig aus.

Anja ernährt Kira und kleidet ihn ein, und natürlich verfolgt Nadjka jede Anschaffung mit Argwohn. Wenn Kira eine Lederjacke für achthundert Rubel bekommt, fordert Nadjka ein Spielzeug für achthundert. Dann gibt es Streit. »Du liebst ihn mehr als mich!« schreit Nadjka. – »Wie soll ich dich lieben, wenn du dich so aufführst?« schimpft Anja. Nadjka hat spöttische schwarze Augen und Grübchen wie ihr Vater, der Offizier Gena, und sie ist genauso eigensinnig. Manchmal fordert sie Anja so gnadenlos heraus, daß Anja sie schlägt.

409

Ihren Bruder Wowa hat Ljusja seit Pelageja Nikiforownas Tod vor zehn Jahren nicht mehr gesehen. In Abständen sandte Wowa ihr über Dritte Friedensangebote, einmal war sie weich gestimmt und beinahe versucht, darauf einzugehen, aber dann dachte sie, geändert hat er sich nicht, Mamas Geld hat er nicht zurückgegeben, alles, was er will, ist mein Segen zu seiner Rücksichtslosigkeit. O nein.

Dieser Winter war sehr streng. In der Stadt haben sie die Fensterritzen dreifach verklebt. Auch als im April die Temperaturen über Null stiegen, schmolz der Schnee nicht weg, sondern verkrustete im scharfen Wind; er gab die Erde nicht frei.

Alle sind erschöpft von der bitteren Wucht dieses Winters,

von den langen Nächten und den dunklen Tagen. Als endlich ein warmer Wind aufkommt und den eisigen Schorf von der Erde leckt, kommen Berge von Abfällen zu Tage, die die Menschen vor Monaten im tiefen, sauberen Schnee versenkten. Ein fauliger Geruch weht durch die Innenhöfe.

Ljusjas Neffe Mischa, Wowas Sohn, ruft aus Kiew an. Er spricht mit der Stimme eines gesetzten älteren Mannes. Er *ist* ein gesetzter und keineswegs mehr junger Mann, fällt Ljusja ein: Er ist fünfzig, Ingenieur, Direktor einer Fabrik für landwirtschaftliche Fahrzeuge in Kiew. »Tante Ljusja ... wie schön, daß ich Sie antreffe. Es geht um meinen Vater. Er ist sehr krank und möchte sich mit Ihnen versöhnen.«

»Bedeutet es dir was, wenn ich mich mit ihm versöhne, Mischa?«

Mischa räuspert sich. »Nun ja ... gewissermaßen. Er hat uns zusammen abgeschrieben, nach Omas Tod. Und nun ... ist er selber dran. Er ... möchte mich enterben.«

»Und wenn ich mich mit ihm vertrage, enterbt er dich nicht?«

»Er respektiert Ihr Urteil.«

»Was schlägst du vor?«

»Er soll Sie besuchen! Ich kenne jemanden, der ihn fahren kann. Ich würde selber kommen, aber ich kann erst am nächsten Wochenende hier weg. Ich glaube, es ... eilt.«

»Na gut. Ich fahre übermorgen mit den Kindern nach Wyriza, die Datscha in Ordnung bringen. Wenn er mag, soll er kommen.«

410

Auf der Datscha ist viel zu tun. Jurik reißt die Holzverschalung von den Fenstern, Ljusja heizt den Ofen, um den Modergeruch zu vertreiben, Anja putzt innen, und sogar Anjas Liebhaber Kira simuliert irgendeine Arbeit. Später trinken sie Tee und essen alte Kartoffeln mit eingemachten Pilzen und viel Butter. Jurik setzt sich für eine halbe Stunde ans Fenster, um die Zeitung zu lesen. Sein Bart steht ihm gut. Schlank und kräftig, mit seinen tätowierten Handgelenken, sieht er aus wie ein junger Kerl, aber zum Lesen braucht er bereits eine Brille. Nadjka will unbedingt fernsehen; erst als sie nach der Mittagspause an die Arbeit gehen, verschwindet sie, wie immer, wenn es etwas zu tun gibt, und keiner weiß wohin. Nun bessert Jurik das Dach aus, Kira hackt Holz, und Anja räumt den Garten auf. Ljusja rupft Unkraut.

Vor dem Zaun hält ein Taxi. Ein alter Mann steigt aus und bewegt sich mühsam über das Brückchen in den Garten. Es ist Wowa. Er sieht im Schein der schwachen Frühlingssonne Jurik auf dem Dach arbeiten und Anja ein paar vermoderte Zaunlatten davontragen und sagt schon aus einigen Metern Entfernung mit heller Greisenstimme: »Wie gut du es hast. Deine Kinder arbeiten für dich ... Ich aber habe mit meinen Kindern nie eine gemeinsame Sprache gefunden.« Ljusja geht auf ihn zu. Als sie ihm die Hand gibt, weint er.

Sie bittet ihn herein. Gierig schlürft er den heißen Tee. Er erzählt, daß er den ganzen Februar und März über krank gewesen sei. Er habe allein in seinem kalten Haus gelegen; das Holz für den Ofen hereinzutragen, war er zu schwach. Sein Sohn Mischa habe ab und zu aus Kiew angerufen, aber das habe ihn geärgert, es sei scheinheilig gewesen, Mischa hätte ja kommen können. Die Tochter Irina schreibe ihm zweimal im Jahr unverschämte, vorwurfsvolle Briefe. »Warum hast du dir keine Haushaltshilfe geholt?« fragt Ljusja. »Irgendeine Oma vom Dorf?«

»Ich war zu krank, ich hätte sie nicht beaufsichtigen können. Die saufen und stehlen alle«, antwortet Wowa ratlos.

»Und wofür wolltest du bewahren, was du bewahrt hast?«

Wowa weiß sofort, wovon die Rede ist. Wieder treten ihm die Tränen in die Augen. »Es war alles umsonst. Meine Frauen haben mich verlassen, und meine Kinder ehren mich nicht.«

»Du hast deine Frauen verlassen«, widerspricht Ljusja, »und um deine Kinder hast du dich nie gekümmert. Wofür sollten sie dich ehren? Dein Mischa ist ein Trumpf-As, aber du hast ihn nie anerkannt. Er ist tüchtig, er hat eine prächtige Familie ... Einen solchen Sohn würde ich auf Händen tragen!«

»Vor zwei Wochen bin ich achtzig geworden, und niemand hat mich besucht«, sagt Wowa bitter.

»Ruf Mischa an und mach Frieden mit ihm. Er grollt dir nicht. Wenn Irina dich beleidigt hat, hat sie vielleicht einen Grund, da kenne ich die Vorgeschichte nicht. Aber warum sollst du nur Feinde auf der Welt zurücklassen?«

»Ich muß zurück, das Taxi wartet. Es wird sonst zu teuer.« Mühsam steht Wowa auf. So kläglich seine Verfassung ist, er sieht immer noch anständig aus mit seinem schlohweißen, gepflegten Schnurrbart und seinen geraden Schultern. Er hält sich aufrecht. Aber sein Blick ist matt. Ljusja folgt ihm über den schmalen Pfad, der zum Gartentor führt, und erinnert sich an einen anderen Tag, an dem sie ihn davongehen sah. »Es ist nun mal mein Schicksal, Frauen unglücklich zu machen!« hatte Wowa gerufen, als er aufbrach, um Frauen unglücklich zu machen. Das war vor über fünfzig Jahren und scheint doch, als wäre es gestern gewesen.

»Leb wohl, Wowa.«

Wowa zuckt zusammen, als habe sie ihn in den Rücken geschossen. Er zögert, geht dann aber weiter, ohne sich umzudrehen, mit unsicheren Schritten durch diesen Garten, den er heute für immer verläßt. Beim Taxi angekommen, wendet er sich zurück, will etwas sagen, macht eine kraftlose Geste mit der Hand und sinkt auf den Rücksitz des Wagens. Ljusja eilt ihm nach und küßt seine kalte, pergamentene Wange.

411

Im Sommer schreibt Lukian aus seinem Dorf Krasnoje, das in der Nähe von Lwow in der Ukraine liegt, an Ljusja: »Das größte

Glück für mich wäre es, wenn Sie zu Besuch kämen. In meinen glücklichsten Träumen stelle ich mir vor, wie Sie meine Schwelle überschreiten. Ich würde Sie bewirten wie eine Königin und versuchen, so wenigstens einen kleinen Teil von dem zu entgelten, was Sie für mich getan haben.«

Ljusja diskutiert diesen Brief in ihrer Küche mit Ära Nikodimowna. Ära Nikodimowna, die an Ljusjas Liebesleben regen Anteil nimmt, sagt: »Iwan Sergejitsch ist schon ein Jahr tot. Wer so einen Brief bekommt, ist vom Schicksal auserwählt. Gestern noch hast du überlegt, ob du Urlaub machen sollst. Jetzt fährst zu sofort zu Lukian nach Lwow.«

412

Ljusja fährt nach Lwow.

Lukian empfängt sie stolz wie ein König, zeigt ihr sein Holzhäuschen mit zwei Zimmern und führt sie durch seinen Garten, in dem er Äpfel, Tomaten, Kartoffeln und Salat zieht. Er sagt, in jeder freien Minute grabe er in seiner Erde. Stolz präsentiert er eine faustgroße Knoblauchknolle. Dabei benimmt er sich nicht wie ein Bauer. Er hält ständig einen Regenschirm über Ljusja, trägt eine Krawatte und ist parfümiert.

Er arbeitet in einer Fabrik als Buchhalter. Wegen Ljusja hat er sich frei genommen. Er führt sie durch die armselige Stadt, die »immerhin« ein modernes Warenhaus hat (allerdings mit leeren Regalen), und stellt Ljusja allen seinen Nachbarn vor. »Das ist Ljudmila Semjonowna aus Leningrad«, sagt er jedesmal etwas zu laut. »Ach, Leningrad?« antworten die Nachbarn. »Ist es da mit den Produkten genau so schlecht wie bei uns?« – »Defizit, Defizit«, ruft Ljusja aus. »Auch Leningrad ist Rußland. Wir schaffen's irgendwie nicht.« Und die Nachbarn antworten: »Verdammt. Verdammt.«

Ljusja und Lukian unterhalten sich bis spät in die Nacht.

Hauptsächlich Erinnerungen: Wie Ljusja Lukian vor dem KGB gerettet hat, und wie Lukian auf seiner Flucht in dem baltischen Fischerdorf untergekommen ist. Wie er den sowjetischen Paß nicht in die Hand nehmen konnte, und wie er schließlich aus der Psychiatrie entlassen wurde mit den Worten: »Dieser Mann ist vollkommen gesund!« Wie er schließlich nach Lwow gelangt ist, und wie ihn hier eine Witwe verfolgt hat, die ihn unbedingt heiraten wollte. Aber Lukian hat sie abgewiesen, sie hatte nicht sein Niveau. Von hier aus versucht Lukian zum Thema Gefühle überzuleiten, aber Ljusja entgegnet schwungvoll, mit dem ganzen Kram wolle sie nichts mehr zu tun haben, und in dieser Hinsicht sei sie ohnehin gleichgültig. Hier errötet Lukian. Er zerrt an seinen Gürtelschlaufen. Ljusja beginnt sich unwohl zu fühlen.

Am nächsten Tag wieder Gespräche und Spaziergänge. Das Wetter ist frisch. Obwohl schon die zweite Maiwoche vorüber ist, gehen Schneeschauer nieder. Lukian hält den Schirm über Ljusja und bittet sie, sich bei ihm einzuhängen. So promenieren sie durch die verlassenen, schlammigen Straßen, und Lukian, der hinter den Fenstern neugierige Gesichter vermutet, blickt sich immer wieder um. Wenn er eins entdeckt, lächelt er stolz und drückt Ljusjas Arm.

Im Haus ist es nicht angenehmer. Lukian geizt aus irgendeinem Grund mit Holz, Ljusja friert den ganzen Tag. Sie bittet ihn, stärker zu heizen, aber er legt nur immer mit großartiger Miene zwei dürre Scheite nach. »Im Lager hatten wir es nie wärmer«, sagt er, aber diesen Appell an ihr Mitleid nimmt Ljusja ihm übel. Sie fühlt sich bedrängt von seiner übertriebenen Ehrerbietung und seinen bittenden Augen.

Am zweiten Abend geht Ljusja früh zu Bett, angeblich, weil sie müde ist, in Wirklichkeit aber, um sich aufzuwärmen. Sie räsoniert ein wenig mit Sympathie, aber ziemlich abstrakt über Lukians einsames Schicksal. Das Zimmer, in dem sie schläft, ist sein »Büro«: Es hat einen ordentlichen Schreibtisch mit einem ungepolsterten Stuhl davor und ist mit Kommödchen und

Tischchen vollgestellt. Auf jedem Kommödchen ein Spitzendeckchen. Auf dem Nachttisch aber steht ein Kästchen mit einer rosa Schleife. Ljusja öffnet es. Es enthält, nach Datum geordnet, alle Briefe, die sie Lukian je geschrieben hat, im Originalumschlag. Auf den Umschlägen hat Lukian mit sauberer Handschrift notiert, wann der Brief angekommen ist und wann er beantwortet wurde. Die Daten derjenigen Briefe, auf die er keine Antwort erhielt, sind am rechten Rand vermerkt. Freilich finden sich in dem Kästchen, ebenso geordnet, auch noch die Briefe einer anderen Dame, die erzählt, wie sie dies und jenes tut, Wolle beschafft und den Enkel erzieht.

Es klopft leise an der Tür. Hastig versteckt Ljusja die Briefe, und schon tritt Lukian ein, in Pyjama und Morgenmantel; es ist zwei Uhr nachts. Er ist parfümiert. Er steht wie ein Schüler vor ihrem Bett und stottert, daß er sich immer nach ihr gesehnt hat, daß er ihr sofort sein Haus, seinen Besitz, sein Leben zu Füßen legte, wenn...

»Lukian, wenn Sie mich lieben und achten, dann gehen Sie jetzt in Ihr Zimmer!« sagt Ljusja. »Wissen Sie nicht, daß ich inzwischen Urgroßmutter bin?« (Das ist übertrieben. Ritka hat noch kein Kind, glaubte sich aber eine Zeitlang schwanger von einem Achtzehnjährigen, der behauptete, ein illegitimer Nachkomme Lenins zu sein.)

Lukian zieht sich zurück. Ljusja packt ein wahnsinniges Bedauern. Am nächsten Morgen reist sie ab. Er bringt sie an den Zug, Krawatte, feste Stimme, beim Abschied küßt er ihr die Hand und blickt ihr in die Augen, gefaßt und andächtig, als verabschiede er sich von seinem ganzen Leben. Sie fährt weiter nach Süden, auf die Krim.

»Und, wie war's bei Lukian?« fragt zwei Wochen später Ära Nikodimowna gierig.

»Ach, weißt du, er wollte doch immer Österreicher werden. Jetzt wohnt er im Bezirk Lwow, das früher Lemberg hieß. Ich sagte zu ihm: ›Von hier nach Österreich ist es doch nur ein Katzensprung, warum läßt du dich nicht per Perestrojka umbürgem und wirst Österreicher?‹ Er aber redet nur von seinen Äpfeln und Tomaten.«

413

In dieser Nacht erscheint Wanja Ljusja im Traum. Sie sitzen mit anderen Leuten, aber nicht nebeneinander, an einem langen, abgegessenen Tisch. Ab und zu haben sie einander zugenickt oder zugewinkt, aber sonst war jeder mit seinen eigenen Tischnachbarn beschäftigt, und so wäre es Ljusja fast entgangen, daß Wanja sich davonzustehlen versucht. Sie bemerkt es, als er etwa den halben Weg zur Tür zurückgelegt hat. Er spürt ihren Blick; er stockt und lächelt verlegen herüber. Er hofft, daß sie sich wieder abwenden wird, damit er seinen Weg fortsetzen kann. Sie aber läßt kein Auge von ihm. Sie weiß, daß er starke Schmerzen hat, die er ihr nicht zeigen will. ›Geschieht dir recht‹, denkt sie, ›so einfach legt man mich nicht rein.‹ Auch er hat das jetzt begriffen. Sehr langsam geht er weiter, er zieht einen Fuß nach – lachhaft, daß er meint, er könne das verbergen –, ist bis zur Tür gelangt, blickt noch einmal scheu, wie entschuldigend herüber und ist hinter dem Türstock verschwunden. Plötzlich wird ihr klar, daß sie grausam gehandelt hat: Er wußte nicht, daß sie weiß, daß er sterben muß, und sie hat sich für sein Schweigen gerächt. Aber ist das nicht lächerlich und kleinlich angesichts des Todes? Sie will aufspringen und ihm nachlaufen. Sie muß ihn einholen und sagen: »Verzeih mir, Wanja; ich weiß alles! Ich weiß auch, daß du dort allein hinmußt, aber laß mich wenigstens ein Stück noch mit dir gehn, nur die paar Schritte, wenigstens bis an die Schwelle!«, und hat doch bereits im Traum begriffen, daß es zu spät ist, daß Wanja fort ist für immer, und daß auch diese Gelegenheit nicht wiederkehrt, nicht einmal im Traum.

414

Im Herbst fährt Ljusja nach Moskau, um sich bei Ida Rat für ihre Deutschlandreise zu holen. Wie immer kommt sie in Idas Wohnung in Sokolniki unter. Ida selbst lebt schon lange bei ihrem wuschelköpfigen Mann in einem Kommunalka-Zimmer im Zentrum, aber ihre Gäste schickt sie immer noch nach Sokolniki.

Dort residiert jetzt Idas Sohn Sascha. Er ist achtundzwanzig Jahre alt, halb kahl und würdevoll.

Sascha war schon immer hellwach. Als er Schüler war, nähte er sich eine sowjetische Flagge an die rechte Gesäßtasche seiner ungarischen Blue Jeans. Sein Klassenlehrer sagte entsetzt: »Man darf doch nicht das« – er legte die flache Hand aufs Herz – »hier« – er schlug sich mit derselben Hand auf den rechten verlängerten Rücken – »tragen!« Sascha fragte: »Warum nicht?« – »Es ist unanständig!« rief der Lehrer unsicher. Die Klasse kicherte.

An der Universität verdiente sich Sascha sein Geld als wissenschaftlicher Assistent. Aber mehr als die Hälfte der Studienzeit verbrachte er damit, für seine Professorin in Lebensmittelläden Schlange zu stehen. Nach einem Monat streikte er. »Seien Sie doch froh!« sagte die Professorin augenzwinkernd. »Da bekommen Sie Geld dafür, daß Sie für Ihre eigenen Lebensmittel anstehen. Denn die kaufen Sie ja wohl mit?« – Sascha antwortete: »Wenn die akademische Ausbildung hierzulande darin besteht, einem das Schlangestehen beizubringen, dann ist nichts mehr verwunderlich. Ich gratuliere zu Ihrem Beitrag bei der Erziehung unserer wissenschaftlichen Jugend. Den Erfolg sehen Sie ringsum.« Die Professorin wurde rot. Sascha ging. Zu seiner eigenen Verwunderung folgte keine Strafe, keine Verwarnung, nicht einmal ein Verweis. »Daran sieht man, daß es mit dem System zu Ende geht«, hat er selbstbewußt erklärt. »Bei Stalin wären das zehn Jahre geworden.«

Inzwischen ist Sascha Doktorand. An der Universität leitet er Grundkurse für Physik, das bringt wenig Geld und ein bißchen Prestige. Hauptsächlich aber beschäftigt er sich mit Computern.

Er erarbeitet selbst Programme und verdient auf diese Weise viel Geld. Seine Wohnung ist unaufgeräumt, im Flur liegt zentimeterdick der Staub, er selbst ist nachlässig gekleidet, aber er empfängt Ljusja wie ein junger Gutsbesitzer. Er führt sie in die Küche, kocht Tee und erläutert die Lage der Nation.

Sascha hat überhaupt keine Scheu vor Ljusja. Aber er siezt sie.

»Seit wann sind wir per Sie?« fragt Ljusja.

»Nehmen Sie es nicht persönlich. Die Jugend macht das jetzt so. Ich sieze sogar meine Studenten, die jünger sind als ich. Sozusagen als Kampagne für eine bessere Kultur im Umgang miteinander. Wir verweigern den kommunistischen Gassenjargon.«

»Dann werdet ihr wohl bald auch wieder ›Herr‹ und ›Gnädige Frau‹ zueinander sagen?«

»Manche tun es schon.«

Ljusja ist eigentümlich bewegt, als sie diese Worte ausspricht, die sie bisher nur aus Büchern kannte, als Schrullen einer untergegangenen, gänzlich erledigten Zeit.

»Und ich, muß ich dich jetzt ›Herr‹ nennen?« (Wie schön sich das spricht!)

Er winkt ab. »Sie brauchen das nicht.« Die Geste besagt auch: Für dich ist es sowieso zu spät. »Erzähl, wie's dir geht!«

»Wie soll's mir gehen? Miserabel!«

»Du siehst nicht so aus.«

»Ich weiß mir zu helfen, danke. Aber sonst? Sehen Sie sich doch um! Das Land: zugrunde gerichtet. Perspektiven: keine. In der Regierung: Schwachköpfe. Man muß sich das vorstellen: Wir leben seit fünfundvierzig Jahren im Frieden in einem der reichsten Länder der Erde, und wir ernähren uns per Lebensmittelkarten wie nach dem Krieg.«

»Könnt ihr nichts verbessern? Ihr seid doch jetzt dran!«

»Ein bankrottes Erbe darf man ausschlagen.«

»Was wollt ihr tun?«

»Auswandern. Wer irgend kann, haut ab, inzwischen sogar nach Israel, was früher letzte Wahl war. In Israel ist Russisch inzwischen zweite Staatssprache. Eine jüdische Braut kostet zwanzigtausend Rubel.«

»Für unser Land – nichts?«

»Nein. So viel Unfähigkeit gehört bestraft. Wir haben die reichste Kartoffelernte seit Jahren, aber es gibt keinen, der sie einfährt. Die Kartoffeln verfaulen auf den Feldern. Dabei steht uns ein Hungerwinter bevor. Früher mußten die Studenten zur Ernte, während sich das Proletariat in Schnapspfützen wälzte, aber jetzt sehen wir das nicht mehr ein. Gestern wollte mich ein Komsomolführer einteilen, dem habe ich gesagt: Ihr Bolschewiki habt das Chaos angerichtet, also fahrt hin und erntet gefälligst selber.«

»So kommen wir nicht rum«, überlegt Ljusja.

»Tatsächlich. Und warum? Weil Schwachköpfe und Flaschen über uns bestimmen. Jetzt wurde der Schatalin-Plan zwecks Umarbeitung zurückgestellt, und auf vorderster Dringlichkeit steht der Kampf gegen das Spekulantentum. Was für eine Idiotie! Was wir brauchen, ist die sofortige Freigabe des Marktes, alles andere ist tödlich!« Obwohl Sascha zuletzt seine Stimme erhoben hat, lacht er, als sei das alles ein schlechter Witz.

»Wenn der Markt freigegeben wird, werden aber sämtliche Pensionäre verhungern«, gibt Ljusja zu bedenken.

»Selber schuld. Die haben das System schließlich geschaffen, das das Land zugrunde richtet.«

»Und ich, junger Herr? Bedenken Sie, ich habe das System nicht geschaffen.«

»Ja, Tante Ljusja!« lacht Sascha, »um dich ist es freilich wirklich schade.«

Ljusja beginnt, sich nach Ida zu sehnen. Nach den ruhigen Erklärungen, mit denen Ida alles auf seinen Platz stellt, nach Idas fröhlichem und noch im Irrtum tröstlichen Augenmaß. Stell dir vor, wird Ljusja zu Ida sagen, dein Sohn spricht uns die Existenzberechtigung ab. Wie gut, daß du kommst; mir wurde die Luft hier schon arg dünn. Und Ida wird antworten: Er will dir imponieren. Vorläufig ist das alles Geschwätz. Vorläufig.

»Eines muß ich Ihnen noch sagen«, unterbricht Sascha Ljusjas Gedanken. »Meine Mutter färbt sich nicht mehr das Haar. Sie bekam eine Allergie gegen die Farbe. Nur daß Sie sich nicht wundern.«

Ida ist nur drei Jahre jünger als Ljusja. Aber sie hat eine zarte Figur und wenig Falten, und vor allem hat sie immer noch diese großen, zärtlichen Augen. Noch letztes Jahr, da war Ljusja immerhin vierundsechzig, lief Ida mit schwingenden Schritten neben ihr her und wurde von Männern bemerkt. Und immer noch genießt sie die Bewunderung des wuschelköpfigen jungen Malers, der übrigens neulich seinen 55. Geburtstag gefeiert hat.

Sascha geht ins Nebenzimmer arbeiten, und Ljusja sitzt in der Küche und hängt ihren Gedanken nach. Wie schwach wir sind, denkt sie. Das Leben ist durch uns durchgeflossen wie elektrischer Strom, aber wir konnten nichts fassen und gehen so armselig, wie wir gekommen sind. Wie gut, daß wir müde werden; es wäre sonst alles zu bitter.

Als es klingelt, ist Ljusja noch vor Sascha an der Tür. Vor ihr steht, mit ausgebreiteten Armen, Ida – mit schlohweißem Haar, eine winzige, seltsam schüchterne, entzückende – Greisin. Ljusja geht auf sie zu und umarmt sie, kräftig und herzlich wie in den besten Zeiten, und Ida wispert, angenehm überrascht: »Ja aber siehst du denn nicht, daß ich ganz – *grau* geworden bin?«

415

Die Reise zu Lilja rückt immer näher. Zu den letzten Vorbereitungen gehört, daß Ljusja sich ein neues Gebiß erkämpft hat, denn sie will in Deutschland einen möglichst guten Eindruck machen.

Sie hatte in der Zahnklinik ziemlich teure Geschenke verteilt und dafür ein Gebiß bekommen, das zu locker saß und ihr das Zahnfleisch wundscheuerte. Zwei Wochen lang ertrug sie den Schmerz, dann fuhr sie in die Zahnklinik, drang außer der Reihe ins Zimmer der ältesten Diensthabenden ein und schlug mit ihrem dicken schwarzen Stock auf den Schreibtisch. »Ich verlange ein neues Gebiß! Umgehend!«

»Was soll dieser Ton?« fragte die Ärztin barsch.

»Wer Geschenke annimmt, hat jeglichen Ton verdient!« gab Ljusja zurück.

Die Ärztin überlegte kurz (ihr Zimmer liegt, wie Ljusja weiß, direkt neben dem Büro des Chefs) und seufzte dann bekümmert: »Was regen Sie sich so auf, Ljudmila Semjonowna? Sind Sie nicht zufrieden mit Ihren Zähnchen?«

»Mir fällt dauernd das Gebiß aus dem Maul, verdammt noch mal!«

»Lassen Sie sehen... Ach herrje, Ljudmila Semjonowna, was kann ich dafür, daß Sie so einen kleinen Kiefer haben?«

»Anpassen!«

»Aber wir haben nur drei Größen! Das ist schon die kleinste!«

»Wer sich bestechen läßt...«, hob Ljusja an.

»Ljudmila Semjonowna, Liebes!« Die Ärztin hielt das Gebiß vor einen beleuchteten Spiegel und rief verliebt: »Sehen Sie doch nur, wie hübsch es ist! Nicht viele bekommen so ein hübsches!«

»Was nützt mir das, wenn ich nicht fressen kann? Wer Geschenke nimmt, muß Leistung bringen! Fassen Sie mich nicht an! Ich werde mich bei Ihrem Chef ...«

Die Tür des Büros zur Linken sprang auf, und heraus trat der Chef.

Er ging grußlos an Ljusja vorbei zum Tisch der Sekretärin, hob den Telefonhörer ans Ohr, wählte eine Nummer und sprach mit dunkler Stimme: »Schicken Sie sofort eine Brigade Psychiater herauf, wir haben hier eine Kranke.... Nein, sofort!«

Er verschwand wieder in seinem Kabinett.

»Gehen Sie, Ljudmila Semjonowna!« flüsterte die Ärztin.

»Ich gehe erst, wenn ich ein neues Gebiß habe!«

Eine halbe Stunde verging. Ljusja trommelte mit ihrem Stock auf das Parkett, die Ärztin beugte sich über ihren Dienstplan mit einer Miene, als schmerze sie der Kopf.

Der Psychiater erschien mit vier Helfern. »Wo ist die Kranke?« Ljusja sah sich um. Die Ärztin deutete verstohlen auf Ljusja.

Der Psychiater fragte: »Was ist Ihr Problem?«

»Ich brauchte ein Gebiß. Die gaben mir eins, das mir den Kiefer durchscheuert!« Ljusja streckte ihre blutige Zunge heraus. »Dabei habe ich dieser Ärztin und ihren Kollegen sowie zwei Technikern folgende Bestechungsgeschenke gemacht: Zwei Kilo Kaffee, drei Flaschen Kognak, vier holländische Tischtücher, drei nagelneue Garnituren Unterwäsche, ferner ...«

Die Taktik hat funktioniert.

Das neue Gebiß sitzt. Auch beim Anpassen wurde Ljusja viel weniger gequält als sonst; die Unternehmung ist direkt so etwas wie ein Triumph geworden.

416

Dafür wurde die Deutschlandreise ein Alptraum.

Vier Wochen lang waren Ljusja und Nadjka bei Lilja zu Gast.

Lilja hat Ljusja in ihre Wohnung eingesperrt und gesagt, sie dürfe sie niemandem zeigen, Ljusja brächte Schande über sie. Als Ljusja in einem Anfall von Verzweiflung am dritten Tag sagte, dann führe sie eben wieder nach Rußland zurück, versteckte Lilja die Rückfahrkarten und Ljusjas Brille. Jeden Tag gab es Vorwürfe: Wenn Ljusja nicht mit dem elektrischen Herd zurechtkam, wenn sie zu lange das Wasser laufen ließ, wenn sie mit zuviel Fett briet, wenn sie an der komplizierten Nähmaschine eine Nadel zerbrach. Jeder Streit begann mit langgezogenen, fast tierischen Schreien und endete in lautem Schluchzen. Tagsüber, während

Lilja in der Arbeit war, konnten Ljusja und Nadjka nicht hinaus. Ljusja tröstete Nadjka und überlegte fieberhaft, wie sie entkommen könnten. Lilja hatte ihr alle Geschenke zurückgegeben, ihr das Orenburger Tuch und die unter Gefahren hergeschmuggelten Goldmünzen ins Gesicht geschleudert und geschrien: »Von deiner Schuld kaufst du dich niemals los!« So entsetzlich das war: Mit diesen Geschenken hatte Ljusja etwas in der Hand. Wenn es ihr gelänge, auch nur stundenweise aus der Wohnung zu entkommen, könnte sie diese Sachen verkaufen und hätte Geld. Jeden Tag stand Ljusja auf dem Balkon im vierten Stock, taxierte die Feuerleiter und beobachtete die Ströme bunter, geputzter Autos auf der vielspurigen Kreuzung zwischen den Hochhäusern.

An den Wochenenden kam Paschenka vom Internat nach Hause, und sein Anblick zerriß ihr das Herz, obwohl sie ihn zuerst nicht erkannte. Er war ihr weit über den Kopf gewachsen, ein dicklicher, eingeschüchterter, mürrischer Vierzehnjähriger. Seine Mutter gab ihm kein Geld für den Friseur, obwohl er sich seiner langen Haare schämte, und kochte absichtlich Speisen, die ihm nicht schmeckten. Manchmal überfiel sie ihn mit wilden Vorwürfen, dann floh er von Zimmer zu Zimmer, alle Schlösser der Dreizimmerwohnung waren aufgebrochen, schließlich verrammelte er sich im Bad, stemmte die Füße gegen die Tür und hielt sich die Ohren zu, und sie brach in Geheul aus und bat ihn um Verzeihung, Stunden vergingen, er wollte nur schlafen, aber sie flehte immer noch, und als er nachgab – jedesmal, immer verzieh er ihr –, legte sie sich zu ihm auf den gekachelten Boden und flüsterte Schwüre, die nicht hielten, denn er faßte zwar wieder Mut, wusch und bügelte seine Kleider und begann, am Sonntag ordentlich seine Reisetasche für das Internat zu packen, aber dann brach eine neue Flut von Vorwürfen über ihn herein, er verdrehte die Augen und raufte sich die verhaßten langen Haare, schließlich packte er einfach die zurechtgelegte Wäsche, stopfte sie hastig zusammen und verließ die Wohnung fluchtartig, mit halboffener Tasche, offenen Schnürsenkeln und ohne Socken, ächzend wie ein gemartertes Tier; in keinem Klassiker steht so was geschrieben.

Dann hatte er Schulferien und blieb bei Ljusja und Nadjka in der Wohnung, während Lilja weiter zur Arbeit ging. Es tat Ljusja gut, sich um ihn zu kümmern. Sie briet für ihn Pfannkuchen, sein Lieblingsessen, und stopfte seine Strümpfe. Er atmete nicht auf. Er sprach kaum, las Comic-Hefte und brütete vor sich hin. Zu dritt, mit Nadjka, spielten sie Karten, und das waren offenbar seine einzigen glücklichen Minuten: wenn er beim Kartenspiel gewann. Das eine oder andere Mal hat er dann sogar gelächelt, aber als Ljusja eine solche Gelegenheit ergriff, um ihn zu bitten, etwas netter zu Nadjka zu sein, die doch einsam sei und eine schwere Kindheit hätte, da knirschte er mit den Zähnen: »Meine Kindheit war zehnmal schwerer!«, warf die Karten hin und stürzte hinaus.

Paschenka besaß einen Wohnungsschlüssel und begleitete Ljusja und Nadjka einige Nachmittage lang in die Stadt. Ljusja bestaunte die gepflegten Häuser und die blitzenden Schaufenster mit den kunstvollen Auslagen, die den Augen schmeicheln; die Metroeingänge mit den praktischen Rolltreppen, die von selbst stehen bleiben, wenn keiner sie benützt; die historischen Häuser in der Innenstadt, die so proper sind wie Spielzeuge, ohne bröckelnden Putz, ohne zerbrochene Fenster, als wären sie gar nicht echt; die überreich mit Früchten aller Art beladenen Obststände, die an jeder Straßenecke stehen, mitten im Strom der Passanten, und keiner kauft was.

Aber die Zeit drängte: Sie mußten vor Lilja in der Wohnung zurück sein, um Szenen zu vermeiden. Auf den Flohmärkten verkaufte Ljusja eilig ihre russischen Schätze sowie ihre Zigaretten der Marken »Kosmos« und »Belomor« und erwarb dafür alte Kleider – »minderwertigen Krempel«, wie Paschenka sogar auf Russisch wußte –, die zum Weiterverkauf in Leningrad bestimmt waren. Für Nadjka wurden gebrauchte bunte T-Shirts und ein leuchtfarbener Schulranzen erworben, Ljusja selbst fand bei einem alten Polen zwei zerkratzte Brillen, die ihr halbwegs die Sicht wiedergaben, und ein Paar gebrauchte Schuhe der Marke Salamander, die eine Offenbarung waren, sie taten überhaupt nicht weh.

So ausgerüstet durchstreiften sie die Flohmärkte, beladen mit Plastiktüten: Nadjka schwankend zwischen Müdigkeit und Neugier, Ljusja verzweifelt, aber geschäftig mit ihren beiden Brillen auf der Nase, und hinter ihnen mürrisch und elend Paschenka. Paschenka, der längst besser deutsch als russisch sprach, war für die Orientierung zuständig, aber einmal bat Ljusja ihn, sie zum Bahnhof zu bringen, wo sie einen Platz für den Heimweg reservieren wollte, und da fand er die Schalter nicht. Eine Stunde lang irrten sie durch das Untergeschoß des Hauptbahnhofs, und Ljusja bat Paschenka mehrmals, jemanden nach dem Weg zu fragen, aber er traute sich nicht, und so kehrten sie unverrichteter Dinge in Liljas Wohnung zurück.

Schließlich hat Lilja selbst, als sei sie der Quälerei müde, die Fahrkarten herausgerückt und Plätze nach Leningrad reserviert. Am Tag vor der Abfahrt organisierte sie sogar einen Ausflug: Sie überraschte Ljusja, die in ihrer Gegenwart kaum noch zu reden wagte, mit einem üppigen Sonntagsfrühstück und der Ankündigung einer Fahrt ins Blaue. Ein russischer Freund im eigenen Auto chauffierte die Familie auf einer schwarzen Straße, einer so glatten, sauberen Landstraße, daß man sie hätte ablecken mögen, aus der Stadt hinaus. Sie fuhren im leise summenden Wagen durch schattige Alleen zwischen grünen Wiesen und bunten Feldern, es war ein heller Tag, und einmal, als sie an einem weitläufigen, von einer hohen Mauer umgebenen Park vorbeikamen, sagte Lilja: »Hier werde ich meine alten Tage verbringen.« Sie wies auf das palastartige weiße Gebäude, das zwischen zwei Baumgruppen aufleuchtete, und erklärte: »Das städtische Irrenhaus.«

417

Das Leben geht immer noch weiter.

Koljka ist der jüngste Sohn von Ljusjas Schwester Lera. Lera hatte ihn eigentlich abtreiben wollen, kam aber nicht rechtzeitig dazu, machte dann einen halbherzigen Versuch, der zu einer Blutung führte, und brachte ein kümmerliches blaues Baby zur Welt, das sie im Krankenhaus zurückließ. Das war Koljka. Er lebte nicht und starb nicht, war ewig krank, kam vom Krankenhaus ins Heim und lernte schlecht. Erst als er fünfzehn war und die zweite Volksschulklasse beendet hatte, nahm Lera ihn zu sich.

Über zwanzig Jahre lang lebte Koljka dann bei seiner Mutter wie ein armer, unansehnlicher Schoßhund. Bei allen Familienfesten war er dabei. Nur wenn fotografiert wurde, versteckte er sich. Lera hielt nichts von ihm, aber sie baute ihm eine Datscha, ebenso wie ihren drei anderen Söhnen, und stattete ihn aus. »Na ja«, sagte sie zu Ljusja, »Koljka ist eine Null, aber um der Datscha willen wird ihn vielleicht eine nehmen.« Tatsächlich fand sich eine Bewerberin: Das war die kleinwüchsige Postbotin Nadjenka, die zwei uneheliche Kinder hatte. Koljka verachtete sie ein bißchen, weil sie hinkte, aber er begann sich in Gedanken mit ihr zu beschäftigen und redete immer öfter von ihr, bis eines Tages Anjas Freundin Schura zu Besuch kam.

Schura ist immer noch Statistin im Nationaltheater. Sie kann sich immer noch bedeutend aufführen, auch wenn sie das nicht mehr so lange durchhält wie früher.

Sie durchschritt majestätisch Koljkas Zimmer und musterte die Einrichtung wie eine Raubkatze ihre Beute. Als sie ging, sagte Koljka hingerissen: »Ko-ko-kommen Sie mich wieder besuchen, Alek-k-k-ksandra F-f-fjodorowna!« Schura blickte über die Schulter zurück: »Das Künstlerleben nimmt einen stark in Anspruch, Koljka, aber wenn es sich ergibt, werde ich kommen.«

Jetzt redet Koljka nur noch von Schura. »Tante Ljusja, wenn

eine mich nähme, dann hätte ich eine Frau, mit der ich schlafen kann, sooft ich will!« schwärmt er.

Ljusja fragt: »Denkst du an Schura?«

»Ach die... die ist mir ja viel zu... groß!« ruft Koljka errötend. »Eine Frau, die ich heirate, muß kleiner sein als ich!«

»Wie Nadjenka, die Postbotin?«

»Ja, aber hinken darf sie nicht«, brabbelt Koljka. »Immerhin besitze ich eine Datscha!«

418

Wenig später erfährt Ljusja, daß Koljka und Schura sich beim Standesamt als Ehepaar registriert haben. Koljka kommt am nächsten Tag mit hochrotem Gesicht auf seinem klapprigen Fahrrad, um es Ljusja zu erzählen. »Verstehst du, Tante: Schura wollte eine ganz intime – intime – Zeremonie.« Er verschluckt sich vor Begeisterung. »Sie sagt, in K-künstlerk-k-kreisen sei das so üblich, wenn der Ehemann k-k-kein K-k-künstler ist.« Und dann fügt er stolz hinzu: »K-k-komm am Sonntag zu uns. Sei unser G-g-gast.«

Aus der Einladung am Sonntag wird nichts, weil Schura »in der Stadt zu tun hat«. Ein gutes Jahr lang platzen alle weiteren Einladungen. Ein einziges Mal kommen Koljka und Schura zu Ljusja. Sie sitzen in der Abendsonne im Gärtchen, Koljka ist so verliebt, daß er beinahe in Schura hineinkriecht, und die mächtige Schura sitzt reglos neben ihm und verdreht die Augen.

Aus verschiedenen Quellen erfährt Ljusja Einzelheiten über die Ehe der beiden. Natürlich ist Schura nicht zu Koljka nach Michajlowka gezogen. Sie bleibt in Leningrad, angeblich um zu arbeiten, und besucht Koljka ab und zu. Obwohl er Invalide ist, organisiert sie eine Arbeitserlaubnis für ihn und bringt ihn als Küchenjungen in einem Sanatorium unter. Ihren Freunden erzählt sie, ihr Mann arbeite in Michajlowka, sei Besitzer einer Datscha, sehr reich, und kaufe ihr Lebensmittel auf dem Markt. Indessen fährt Koljka mit der Vorortbahn jeden Tag zwei Stunden zur Arbeit. Dort schafft er Lebensmittel beiseite, und Schura kommt mit ihren Taschen zum Hintereingang und nimmt sie entgegen. Sie kassiert seinen Lohn. Wann immer sie ihn auf der Datscha besucht, nimmt sie etwas von dort mit, um es in der Stadt zu verkaufen: ein Bild, einen Vorhang, Töpfe, Pfannen, Porzellan. Einmal kommt Koljkas Mutter Lera, die die Datscha gebaut hat, ihren Sohn besuchen und pflückt im Garten Blumen, die sie selbst gepflanzt hat.

Schura stürzt heraus, entreißt ihr die Blumen, schleudert sie zu Boden, trampelt darauf herum und schreit: »Das ist jetzt alles meins! Wenn Sie was wollen, fragen Sie gefälligst!«

419

Aber Koljka ist glücklich. Er fleht Ljusja jeden Tag an, ihn zu besuchen, damit sie sehen kann, wie glücklich er ist.

Endlich kommt der Besuch zustande. Koljka ist furchtbar aufgeregt und holt Ljusja sogar mit der Bahn ab, obwohl seine Datscha von Ljusjas nur eine halbe Fußstunde entfernt ist.

Schura empfängt Ljusja im Liegen: Sie hat sich auf dem Sofa ausgestreckt, eine rote Samtdecke malerisch über sich drapiert, hält mit lackierten Fingernägeln eine Zigarette und kommandiert Koljka. »Koljka, bring mir Tee. Koljka, gib Feuer. Koljka, zieh mir die Stiefel an.« Als er gerade wieder eifrig hinausgerannt ist, sagt sie triumphierend zu Ljusja: »Na?«

Ljusja entgegnet: »Schämst du dich nicht? Einen Idioten zu erniedrigen?«

»Na, du mußt gerade reden«, höhnt Schura. »Ich möchte nur an ein gewisses Osterfest erinnern; wie wir mit Iwan Sergejitsch Karten gespielt haben. Du hast immer deine Spielkarten fallen gelassen, und Iwan Sergejitsch warf sich jedesmal auf die Knie und hob sie auf. Mein Koljka liebt mich eben genausosehr, na und?«

»Wie kannst du das vergleichen? Dein Koljka ist geistig behindert, schwachsinnig, ein Invalide. Aber mein Iwan Sergejitsch, das war doch was!«

420

Natürlich betrügt Schura Koljka. In Leningrad sowieso und, wie sich bald erweist, sogar bei ihm in Michajlowka. Ausgerechnet mit Petjka, dem Zigeuner. Die Zigeuner auf dem Dorf gehen nicht zur Arbeit, sie füttern die Schweine und hüten die Kinder, und ihre Frauen reisen durch die Städte und treiben Handel. Wenn aber ihre Männer in dieser Zeit mit russischen Frauen schlafen, zerschlagen die Zigeunerinnen nach ihrer Rückkehr deren Fenster.

Koljka kommt empört zu Ljusja geradelt, um sich zu beschweren. »Petjkas Frau Walja hat unsere Fenster zerschlagen. Dabei war ich den ganzen Sommer über hier. Ich habe« (er schluckt) »vor der Tür geschlafen, Petjka konnte also nicht zu uns hinein.«

Ljusja fragt: »Und durchs Fenster?«

»Was wollen Sie damit sagen, Tante Ljusja?« schreit er auf.

»Denk doch mal nach, Koljka. Bei zwei Frauen haben die Zigeunerinnen die Fenster zerschlagen, bei der verrückten Warja und bei Schura. Was weißt du über Warja?«

Koljka wird leichenblaß.

421

Koljka war immer klein und schmal, eine richtige halbe Portion, aber jetzt nimmt er noch mehr ab. Es kommt vor, daß er aus Schwäche bei seiner Arbeit Kisten fallen läßt. Endlich weint er sich bei Ljusja aus. Es ist Winter, und er mußte mit dem Vorortzug in die Stadt fahren, um Ljusja zu besuchen. Zunächst traf er sie nicht an und stapfte zwei Stunden lang durch das Viertel. Als Ljusja ihn später einläßt, hustet er jämmerlich. Sie setzt ihn an den Küchentisch, an dem sie gerade arbeitet, und kocht ihm Tee.

»Ach, Tante Ljusja!« schluchzt Koljka jäh. »Schurotschka betrügt mich!«

»Warum ernährst du sie dann noch, du Dummkopf? Du bringst ihr fünf Kilo Fleisch, und sie fährt damit in die Stadt und bereitet damit, wer weiß wem, Gelage. Ernähr sie nicht mehr, dann kommt sie zur Vernunft.«

»Ich kann nicht! Ich kann nicht!« schreit Koljka. »Tausend Rubel würde ich ihr geben für jedes Wochenende, das sie mit mir verbringt!«

Er schlägt mit der Stirn auf die Tischplatte und weint bitterlich.

Anja hat in ihrer Firma eine ganze Rinderleber abgezweigt und in einer Plastiktüte nach Hause gebracht. Ljusja ist gerade dabei, die Leber auf der Tischplatte zu zerschneiden, während aus der Plastiktüte der blutige Saft rinnt. Koljkas fettige Stirnhaare sind getränkt von diesem Saft, sein Gesicht rotverschmiert, die Augen blind vor Tränen: eine leidende Kreatur. Wie kann so einer mit einem Kaliber wie Schura fertig werden? Aussichtslos. Man kann ihn nicht erziehen, man kann ihn höchstens für fünf Minuten darüber hinwegtrösten, daß er so erbärmlich, hilflos und unglücklich ist, wie er ist. Ljusja reicht ihm ein Handtuch, damit er sich das Gesicht abtrocknen kann, und sagt aufmunternd: »Schau, Koljka, zur Zarenzeit haben die Kaufleute ihr ganzes Vermögen hingegeben für eine Nacht mit einer tollen Frau. Da bist du doch im Vergleich gut weggekommen: Dich hat sie immerhin geheiratet. Gib ihr ein bißchen Zeit. Mit dem Alter wird sie vielleicht vernünftig.«

»Ach, meinen Sie?« fragt Koljka mit kindlicher Stimme und lächelt durch Tränen.

422

Schura verliert ungern beim Kartenspiel. Sie pfeift dann vor Wut wie eine Schneegans. Besonders peinlich ist das, wenn sie draußen im Garten sitzen und die Nachbarn es hören. Aber eines Tages schreit Schura nicht. Jurik ist zu Besuch. Er ist sechsundvierzig Jahre alt, aber schlank und muskulös, weil er jeden Tag als Lastträger schwere körperliche Arbeit verrichtet. Sein Vollbart steht ihm gut. Der flammendrote Schopf zeigt kein einziges graues Haar. Jurik verliert gegen Schura und lächelt sie ritterlich aus seinen dummen braunen Augen an. Ljusja spielt mit wechselndem Glück, Anja und Kira gewinnen abwechselnd. Schura aber nimmt keine Notiz von ihnen. Sie lacht ihr perlendes Nationaltheaterlachen.

Jurik zieht sein Hemd aus (fabelhaft! kein Gramm Fett!) und sagt zu Schura: »Ich bin Lastträger. Fünfundzwanzig Jahre habe ich in diesem Beruf gearbeitet. Ich kann bis zu drei Zentner heben. Ich habe die Fahrberechtigung für alle Typen von Gabelstaplern und kann jede Art von Ware stapeln unter allen Fahrzeugbedingungen. Man kann sagen, in meinem Beruf bin ich ein Professional.«

»Und er hat eine sehr aufgeweckte Tochter«, flicht Ljusja warnend ein.

»So? Wie alt ist es denn, ihr Töchterchen, Jurij Borissowitsch?« flötet Schura.

»Vierzehn. Sie bekommt die beste Ausbildung. Sie geht in die Musikschule. Sie ist in einem Tanzzirkel. Und sie spielt Klavier. Nach Noten!«

Schura lächelt Jurik unter hängenden Lidern hervor bewundernd zu, und Ljusja begreift, daß es um Koljkas fragwürdiges Glück endgültig geschehen ist.

Bald darauf verläßt Jurik Wera, und Schura wird Ljusjas Schwiegertochter.

423

»Mama, warum überschreibst du mir nicht die Datscha?«

»Du kriegst sie ja sowieso, Anja.«

»Du könntest deine Meinung ändern.«

»Warum? Lilja ist weg, und Jurik hat sich jede Arbeit immer gleich in bar bezahlen lassen. Wenn irgendwer ein Recht auf die Datscha erworben hat, dann du.«

»Aber wenn es sowieso in deinem Testament steht, warum soll ich dann warten?«

»Warum sollst du nicht warten? Du lebst doch jetzt schon hier. Ich bin selten da. Aber wenn ich da bin, will ich nicht Gast auf meiner eigenen Datscha sein.«

424

»Überschreib mir wenigstens die Hälfte, Mama. Oder ein Achtel. Oder ein Sechzehntel! Nur symbolisch.«

»Symbolisch kann man nicht überschreiben, Anja, nur juristisch. Und man kann auch keine Datscha überschreiben, sondern nur den Boden. Aber wenn du einen Teil vom Boden hast, hast du ein Recht auf alles.«

»Ich verstehe nicht, was du von mir willst!«

»Und ich verstehe nicht, was du von mir willst!«

»Ich will nur in Frieden leben. Aber ohne Recht, von deiner Gnade abhängig, das ist eine Qual.«

»Liebes Kind, einige dich mit dem Kerl mit den tätowierten Schultern, der bei dir lebt. Er arbeitet nicht, er weigert sich, mir zu helfen, wenn ich ihn um was bitte; er ignoriert mich einfach. Wenn die Datscha dir gehört, wird er mich rausschmeißen, ich kenne diesen Schlag.«

»Deswegen will ich ja nur ein Achtel. Oder ein Sechzehntel.«

»Und deswegen bekommst du kein Achtel. Und kein Sechzehntel. Ich möchte das Recht haben, den mit den tätowierten Schultern von hier zu entfernen, wenn er frech wird.«

»Du willst mein Privatleben kaputtmachen! Immer wolltest du das! Und jetzt bedrohst du mich!«

»Wieso? Ihr lebt doch gut auf meiner Datscha. Ihr habt sogar die Miete von unseren Sommergästen kassiert. Siebentausend Rubel. Habe ich davon irgendwas gesehen?«

»Kira hat von dem Geld die Datscha renoviert und zwei Zimmer angebaut.«

»Zimmer? Verschläge! Mit geklautem Holz! Von der Miete hat er sich andere Sachen gekauft. Videos, Computerspiele, ein Fahrrad...«

»Wir mußten das Geld sofort ausgeben! Am nächsten Ersten wird alles doppelt so teuer!«

»Schrei nicht so laut! Wird es für mich etwa nicht doppelt so teuer?«

»Du bedrohst mich! Ich stehe vor dem Nichts!«

425

»Überall Streit... Sie sind, Täubchen, zu streitbar... Der Segen fehlt in diesem Haus.«

»Wer?« fragt Ljusja überrascht.

»Der Segen. Ihre Tochter Anja sagt, es gäbe dauernd Streit. Und ohne Grund...«

Larissa Walentinowna ist zu Gast, deren Schwester in Deutschland lebt und mit Lilja bekannt ist. Larissa Walentinowna kam zwei Stunden später als verabredet, braute sich aus Ljusjas Beständen einen mörderisch starken Kaffee und legte die Stirn in Falten. Es scheint, daß Anja sie gebeten hat, Frieden zu stiften.

»Streit, ja. Aber ohne Grund? Sie will unbedingt, daß ich ihr bei Lebzeiten meine Datscha überschreibe«, erregt sich Ljusja. »›Warum?‹ frage ich, ›du bekommst sie sowieso.‹ – ›Aber du könntest deine Meinung ändern. Lilja könnte uns besuchen und sich entschließen, hierzubleiben!‹ Immer wieder fängt sie davon an. Sie quält mich, stundenlang. Ich soll ihr wenigstens ein Zehntel überschreiben, wenigstens ein Zwanzigstel. Ich aber fürchte mich vor diesem Kerl mit den tätowierten Schultern. Er hetzt sie gegen mich auf. Plötzlich fingen sie an, Stühle und Geschirr aus meinem Zimmer zu tragen... ›Was tut ihr?‹ frage ich. – ›Das sind meine‹, sagt Anja, ›ich habe sie von meinem Geld gekauft, beziehungsweise in meiner Firma gestohlen...‹ – ›Na gut, nimm dein Geschirr mit‹, sage ich, ›es ist tatsächlich deins. Ich hatte kein Geld, weil ich es für den Bau der Datscha ausgegeben habe. Jetzt verkaufe ich eben die Datscha, dann habe ich wieder welches und kaufe mir neues Geschirr...‹ – ›Du bedrohst uns!‹ schreit sie. Aber wer bedroht hier wen?«

Larissa Walentinowna reibt sich zufrieden die Hände. »Ich hab's geahnt. Ein Dämon lebt hier im Haus.«

426

Larissa Walentinowna stellt verschiedene Fragen, beginnt, die Wohnung auszupendeln, tut im Bad plötzlich einen lauten Schrei und verkündet dann folgendes: Der Dämon ist zirka einen halben Meter lang, der Form nach oval, von gallertartiger Konsistenz und dunkelvioletter Farbe. Sie hat ihn selbst soeben unter der Badewanne gesehen, als sie das Licht löschte; Dämonen nämlich sieht man nur im Finstern, und sie bewegen sich träge, ihres Sieges gewiß.

»Warum haben Sie ihn nicht erschlagen?« ruft Ljusja.

»Wenn das so einfach wäre«, versetzt Larissa überlegen, »dann wäre Friede auf der Welt.«

»Und warum sehen Sie ihn, wenn niemand sonst ihn sieht?«

»Ich bin bei der Wahrsagerin Tamara Globa in die Lehre gegangen. Das ist die, die vorausgesagt hat, daß Jelzin keines natürlichen Todes sterben wird«, raunt Larissa.

»Aber Jelzin lebt doch noch!«

»Sie werden ja sehn!« frohlockt Larissa.

Ljusja hält Larissa für eine Affäristin. Aber sie selbst hat nichts zu verlieren. Zumindest Anja scheint dem Spuk zu glauben, vielleicht kann eine Teufelsaustreibung wenigstens auf hypnotische Weise Ruhe schaffen.

»Und was kostet es, wenn Sie unseren Dämon erlegen?«

»Oh, Täubchen, das ist sehr, sehr schwierig und aufwendig. Man muß einen Monat lang alle drei Tage zu allen vier wichtigen Friedhöfen fahren – dem Serafimowsker, dem Smolensker, dem Bogoslowsker und dem am Newskij-Kloster, und bestimmte Gebete sprechen und Symbole hinterlassen.«

»Was für Symbole?«

»Darf ich nicht sagen. Aber das alles würde ich aus Freundschaft tun. Nur ein Taxi müßten Sie mir bezahlen, weil nach Mitternacht die öffentlichen Verkehrsmittel – Sie wissen ja... außerdem die Räuber... und die schweren Sachen...«

»Die Symbole sind schwer?«

»Nicht die Symbole... man muß dem Dämon auch Lebensmittel bereitlegen, verderbliche und Konserven, und vor allem viel Kaffee, um ihn zu besänftigen...«

»Und was kostet das alles?«

»Man muß ferner Hilfsgesuche und Geschenke an alle großen Glaubenszentren senden. Nach Jerusalem, zur Anglikanischen Kirche in London, zum Vatikan... die Post dort nimmt nur Devisen, deswegen kann ich Ihnen meinen günstigen Pauschalpreis leider auch nur in Devisen angeben...«

»Was ist mit unserem Moskauer Patriarchen? Hilft der nichts?«

»Ach, Ljuska-Täubchen, Sie wissen doch, wie bei uns alles darniederliegt... unsere russischen Kräfte sind nichts mehr wert... ganz Rußland ist von einem Dämon besessen...«

Schließlich nennt Larissa als aktuellen Sonderpreis fünfhundertfünfundfünfzig Dollar. Dabei zahle sie noch drauf, fügt sie seufzend hinzu.

»Ein halbes tausend Dollar? Woher soll ich die nehmen?«
»Du hast doch eine Tochter in Deutschland!«
»Nein, Larisska, da hast du dich verrechnet«, sagt Ljusja. »Weißt du, am besten, du scherst dich davon. Ich lebe ganz gut mit meinem Dämon; die paar Tage, die mir noch bleiben, werde ich mich schon mit ihm vertragen.«

Larissa verabschiedet sich mit den Worten: »Er wird dich vernichten. Er ist schon dabei.«

427

»Wenn sogar Dämonen sich nur mehr von ausländischen Kirchen einschüchtern lassen, gilt Rußland wirklich nichts mehr«, sagt Ljusja in der überfüllten Trambahn zu einer hochgewachsenen, gutaussehenden Frau, an der sie sich festhält. Die Frau hat ihr Vertrauen durch die Bemerkung gewonnen, daß es zuwenig Trambahnen gäbe, während alle übrigen Fahrgäste meinten, es gäbe zu viele Menschen. »Das Unglück besteht nicht so sehr in der Desolatheit des Zustandes als darin, daß wir es mit falschen Augen sehen«, hatte sie mit klingendem Alt festgestellt, und Ljusja fand, diese Theorie zeuge von Unabhängigkeit und Augenmaß.

Schon sind sie im Gespräch. Die Frau ist um die Vierzig und trägt ein Kleid von einem hellen Grün, wie Ljusja es noch nie an Textilien gesehen hat, irgendwie salatfarben. »Import«, lächelt die Dame mit prangend roten Lippen. »Mein Mann war Flieger, Pilot. Aber sprechen wir nicht von uns. Sie haben einen Dämon, entnehme ich Ihrer Bemerkung? Das interessiert mich.«

Ljusja erzählt von dem Dämon und dem Pauschalangebot. »Fünfhundertfünfundfünfzig Dollar!« ruft die Pilotenfrau aus.

»Das ist ja weit mehr als ein Jahresgehalt! Wofür hält diese Frau Sie? Mafia?«

»Na ja, ich habe eine Tochter in Deutschland...«, gibt Ljusja zu.

Kaum ist sie zu Hause, ruft bereits die salatfarbene Pilotenfrau an und überschüttet sie mit Koseworten. »Ljudmilotschka, mein Herzchen, Liebchen, wie freue ich mich, daß ich Sie getroffen habe, Täubchen!« – »Du liebe Güte, Wiktorija Iwanowna«, unterbricht Ljusja, »mir ist schon ganz schwindlig von Ihren zärtlichen Suffixen! Sagen Sie mir doch, was mir die Ehre verschafft...«

Wiktorija Iwanowna fragt: »Könnten Sie mir nicht gegen Provision, Ljudmila Semjonowna, einen deutschen Sponsor beschaffen, der mir eine Datscha baut?«

428

Ein Verwandter im Westen – etwas, was noch vor wenigen Jahren als Schande galt – ist jetzt Trumpf. In den Geschäften gibt es zwar alles zu kaufen, aber normale Leute können es nicht bezahlen.

Ljusja kann fast alles bezahlen, dank Lilja.

Lilja ruft oft an. Wann immer jemand aus ihrem Bekanntenkreis nach Rußland fährt, gibt sie ihm etwas mit: Kleider, elektrische Geräte, Medikamente, Geld. Ljusja verkauft die Ware weiter, das Geld aber spart sie, um es eines Tages Paschenka zu vererben.

Das Verhältnis zu manchen Freundinnen wird kompliziert. Besonders heikel ist es mit Toma, weil Ljusja es sich mit ihr nicht verderben mag. Toma ist die epileptische Kampfgefährtin, mit der zusammen Ljusja den Milizchef Kirpitschnikow und ihren Mitbewohner Arkascha erledigt hat. Im letzten Winter, als Ljusja mit Grippe darniederlag, hat Toma fast als einzige sich um sie gekümmert. Allerdings sprach Toma bereits damals davon, daß ihr Farbfernseher der Marke »Regenbogen« es nicht mehr lange machen werde. Ljusja hat nicht reagiert. Nun sagt Toma düster: »Alle meine Bekannten lachen bereits über mich, weil meine Freundin, obwohl sie eine Tochter in Deutschland hat, es nicht fertigbringt, mir humanitäre Hilfe für einen Farbfernseher zu verschaffen.«

»Wieso humanitäre Hilfe?« fragt Ljusja. »Du bekommst mehr Rente als ich, bist Invalide zweiten Grades und hast zwei reiche unverheiratete Schwestern!«

»Ich brauche einen Farbfernseher!«

»Soll ich meinen Lüster verkaufen, damit du dir einen neuen Farbfernseher anschaffen kannst?«

»Ach, du verstehst mich nicht!«

429

Leningrad heißt jetzt wieder St. Petersburg.

Was weiter?

Das Verhältnis zu Anja bleibt gespannt. Trotzdem verbringt Ljusja viele Sommertage auf der Datscha. In der Stadt ist es schmutzig, drückend schwül und einsam. Auf dem Land atmet sich's leichter. Man sieht sich, kann einander aber auch ausweichen, wenn es nötig ist. Ljusja hat einen separaten Eingang. Sie wohnt im Hauptzimmer mit dem steinernen Ofen, das Iwan Sergejitsch damals für Pelageja Nikiforowna gebaut hat. Anja lebt mit ihrem Kira und Nadjka im ersten Stock, den Kira eingerichtet hat. Kira ist handwerklich nicht ungeschickt. Die Hälfte von dem, was er anpackt, verdirbt er zwar, aber der Rest ist brauchbar.

Anja hat ihre Arbeit in der Kantine aufgegeben und widmet sich der Landwirtschaft. Sie haben zwei Ziegen, sieben Karnikkel, zwei Hunde und drei Katzen. Im Garten wachsen Kartoffeln, Frühlingszwiebeln, Radieschen, Salat und Dill. Anja macht das meiste allein. Kira sitzt in seinem Zimmer im ersten Stock, trinkt starken Tee, raucht und sieht Videos: amerikanischen Schwachsinn, das ist die neue Zeit. Horrorvideos, Musikvideos, Science-fiction, erotische Streifen und Zeichentrickfilme. Mit letzteren lockt er Nadjka hinauf.

Nadjka verachtet Ljusja, weil Ljusja ihr bei den Hausaufgaben nicht mehr helfen kann. »Um 12 Uhr besteigt Tanjetschka die Elektritschka nach Matjuschino, um ihre Oma zu besuchen. Nach Matjuschino sind es 50 Kilometer, die Geschwindigkeit der Elektritschka beträgt durchschnittlich 40 Stundenkilometer. a) Wann kommt Tanjetschka in Matjuschino an? b) Omas Datscha liegt 1,5 Kilometer vom Bahnhof entfernt. Die Oma geht zu Fuß durchschnittlich 4 Kilometer pro Stunde. Wann muß die Oma losgehen, um gleichzeitig mit Tanjetschka am Bahnhof zu sein?«

Für Ljusja sind solche Rechnungen zu hoch. Sie weiß nur, daß es ungesund für das Kind ist, den ganzen Tag mit einem rauchenden Kerl auf dem Bett vor dem Fernseher zu verbringen (in Kiras Bude gibt es keine Stühle). Aber während der drei Ferienmonate weicht Nadjka Ljusja aus. Sie profitiert davon, daß Ljusja die steile Treppe zu Kira scheut. Einmal, als Kira und Anja auf dem Markt sind, klettert Ljusja trotzdem hinauf und sieht folgendes Bild: Nadjka mit knallengen glitzerblauen Höschen und freiem Bauch, das Hemd unter den bereits erkennbaren Brüstchen zusammengeknotet, tanzt mit sich selber; die Haare aufgelöst, die Äuglein verdreht, die Lippen rot bemalt wie eine Wunde. Aus dem Fernseher, dessen Schirm von hier aus nicht zu sehen ist, dröhnt eine stampfende, kreischende Musik. Ljusja erstarrt auf ihrer Treppe, vier Stufen unterhalb der Tür.

Als Nadjka sie entdeckt, drückt sie hastig auf ein handgroßes schwarzes Plastikteil, das auf dem Fensterbrett liegt. Nun ist es still, aber auf den Wänden des abgedunkelten Zimmers zucken immer noch bläuliche Schatten.

»Schämst du dich nicht?« ruft Ljusja mit brechender Stimme. Tapfer schiebt Nadjka die Unterlippe vor. »Wofür?«

»Sofort spuckst du den Kaugummi aus!«

»Was willst du von mir, Oma?«

»Ich habe dir ein Buch mitgebracht, damit du was liest! Schau mal, du bist doch so gescheit! Wie nichts hast du ›Sonne, Frost, ein wunderbarer Tag‹ auswendig gelernt! Hier! Du mußt lesen, damit du was lernst und nicht so ein Dreck wirst wie der mit den tätowierten Schultern!«

»Ich will aber nicht lesen!«

»Versuch's doch mal! ›20.000 Meilen unter dem Meer‹! Das ist so spannend, daß du es gar nicht mehr aus der Hand legen wirst! Als ich in deinem Alter war, habe ich es verschlungen, nachts auf dem Klo unserer Kommunalka... Schau!« flehend hält Ljusja, immer noch von der Treppe aus, das aufgeschlagene Buch empor. »Die schönen historischen Illustrationen – echte Stiche!«

»Schon gut, Oma, ihr hattet damals eure Späße, wir haben jetzt unsere.«

430

Ljusja flieht aus dem Haus, als sei es wirklich von Larissas Dämon besessen.

Ich halte nichts von der neuen Zeit – ich halte nichts von der alten Zeit – ich halte nichts von den Menschen. Aber es geht doch nicht, daß das Kind aufwächst wie Gras!

Schnaufend bleibt Ljusja stehen. Immer noch hält sie das Buch in den Händen. Es ist naß von Schweiß, dem Schweiß ihrer Hände und ihres Gesichts – oder vom Regen? Es ist ein diesiger, schwüler Tag, und tatsächlich sprüht Regen herab, weich und klebrig wie Blut.

Ljusja ist lange gelaufen und steht auf einer sandigen Kreuzung. »Da hat man's!« ruft sie einer vorübereilenden Alten zu.

»Meine Enkelin will von Büchern nichts wissen, und meine Tochter steht auf dem Markt, um ein Paar Stöckelschuhe zu verkaufen, während die Ziegen schreien, weil sie noch nicht gemolken sind. Aber ich darf ja an die Ziegen nicht ran, sie hat's verboten! Und jetzt sind auch noch die ›20.000 Meilen unter dem Meer‹ naß geworden.«

Die Alte nickt, hält inne, läuft weiter, hält wieder inne und wendet sich Ljusja zu.

Schweigen.

»Wie schwer haben wir's gehabt, und wozu? Ich habe das hier nachts auf der Toilette in unserer Kommunalka gelesen! Tagsüber lag es bei den Besitzern, aber ich konnte nicht warten, bis sie fertig waren, ich wollte unbedingt wissen, wie's weitergeht...«

Die Alte nähert sich langsam. Ihre Lippen beben. Ihr ganzer Körper bebt. Tränen beginnen ihr über das Gesicht zu laufen. Schließlich schreit sie auf: »Ljusja! Du bist aber dick geworden!«

Sie liegen einander in den Armen.

»Wer bist du denn?« schluchzt Ljusja.

»Agafja! Aus der Kommunalka in der Pionierstraße!«

»Ja, Trifons Agafja! Komm mit zu mir, Ljusja, Trifon wartet schon; wird der aber staunen!«

431

Agafja ist die Ingenieurin, die mit dem Bauarbeiter Trifon verheiratet war. Damals, vor über vierzig Jahren, waren sie das glücklichste Paar der Kommunalka, ja, wahrscheinlich des Hauses, wenn nicht sogar der ganzen Petrograder Seite. Und jetzt?

Auf dem Heimweg erzählt Agafja alles. Vor dreißig Jahren haben Trifon und sie die Datscha gebaut. Es ist eine Sommerdatscha aus Brettern, kein Blockhaus, nichts Tolles; aber sie lieben es. Dreißig Jahre lang kamen sie jedes Wochenende her, im Vorortzug, mit Rucksäcken. Trifon sagte zwar, Agafja solle Verständnis haben, wenn er die Erde nicht anrührt. Sein Vater war ja Kulak und wurde, inzwischen darf man das laut sagen, vor den Augen des fünfjährigen Trifon erschlagen, seine Mutter aber... Schrecklich! Trifon also wollte keine Erde mehr anrühren. Immerhin hat er das Häuschen gebaut, ein winziges zauberhaftes Haus im ukrainischen Stil. Schnitzereien an den Fenstern. Das Klohaus mit einem ausgeschnittenen Herz in der Tür – woher er das hat, weiß niemand. Einen hinreißend akkuraten Lattenzaun. Als Brücke vom Fußweg über das Bächlein hat er ein altes schmiedeeisernes Bettgestell verwendet, dessen verschnörkeltes Kopf- und Fußblatt türkis angestrichen. Dafür hat Agafja im Garten gearbeitet. Der Garten ist nur vier Ar groß, aber was dort alles wächst! Gemüse, Beeren, was das Herz begehrt... Und das Schönste ist: Seit seiner Pensionierung arbeitet Trifon im Garten mit. »Er denkt immer sehr gründlich nach«, erzählt Agafja lachend, »und während er denkt, kann er nicht reden.« Aber dann kommt er zu einem wohlüberlegten Resultat, an das er sich auch hält. Also, jahrelang sah er weg, wenn Agafja sich mit dem Garten mühte. Sie ist, inzwischen darf man auch das laut sagen, sehr bürgerlicher Herkunft, auch wenn sie jetzt mit ihren roten Wangen und dem lieben Apfelgesicht eher einer Bäuerin gleicht – das macht das Schicksal! Jahrelang hat Trifon vermieden, ihr bei der Gartenarbeit zuzusehen; er hielt es nicht aus. Ab und zu gab er Ratschläge, aber die brachten ihn selbst in Verlegenheit, denn er wußte, als Kerl hätte er eigentlich mit anpacken müssen. Aber kann man ihm das verübeln, nach den Leiden? Eigentlich hat er sich deswegen immer gequält (was für ein Unsinn, wozu nur diese jahrzehntelange Höllenfahrt). Also, Trifon schwieg meistens und bemühte sich nur, alles andere möglichst schön zu machen. So vergingen die Jahre. Auch an der Perestrojka kaute Trifon lange und bedächtig herum, und eines Tages sagte er plötzlich: »Es ist ja nicht zum Ansehn, Agafjenka!« und ergriff eine Hacke... Seitdem verbringen sie soviel Zeit wie möglich auf der Datscha. Ihr Traum war immer, auch den Winter über dort zu leben, so angeödet und eingeschüchtert sind sie von dem unsinnigen, entbehrungsreichen, kränkenden Leben in der Stadt. Sie haben jahrzehntelang gespart, um nach der Pensionierung ein Blockhaus hochziehen zu können, das die Wärme im Winter besser hält, aber dann hat ihnen die Inflation einen Strich durch die Rechnung gemacht.

»Habt Ihr Kinder? Enkel?« fragt Ljusja, als sie zu Wort kommt.

Agafja schweigt einige Schritte lang, bevor sie antwortet: »Nein. Kinder haben wir nicht.«

Ljusja denkt: Gott sei Dank; sonst wär's ja nicht zum Aushalten vor lauter Seligkeit. Wie verrückt doch das Schicksal spielt: Bei mir gab es so viele Verehrer, Schwüre und Leidenschaften, und im Alter bin ich allein. Agafja aber ist glücklich geworden, und warum? Wegen der Wette zweier betrunkener Bauarbeiter.

432

In der kühlen Stube von Agafjas Puppenhaus trinken sie Himbeerblätter-Tee und reden von alten und neuen Zeiten. Trifon hat Ljusja freundlich und ritterlich begrüßt, als hätten sie sich vorgestern zuletzt gesehen.

Er ist schlank und braungebrannt. Da ihm einige Zähne fehlen, versucht er meistens, die Lippen geschlossen zu halten. Mit diesen schmalen, geschlossenen Lippen lächelt er oft, sein Gesicht wirkt dann schief und bezaubernd verlegen. Ljusja bestaunt ihn. Damals, zur Pionierstraßenzeit, war er der einzige Mann ihres Bekanntenkreises, der ihr niemals, nicht einmal vorübergehend, den Hof gemacht hat. Aus Rache hat sie ihn ganz und gar vergessen. Jetzt gefällt er ihr. »Du hast aber noch viele Haare, Trifon! Und so dicht! Und noch gar nicht ganz weiß!«

»Hinten ist eine kahle Stelle – ein Drama!« lacht Agafja. Trifon lächelt verlegen mit haselnußbraunen Augen. »Möchtest du den Garten sehen, Ljusja?«

Es ist ein Mustergarten. Kein Halm Unkraut. Jeweils ein Apfel-, ein Pflaumen- und ein Kirschbaum. In den Beeten wächst alles, von Gemüse über Kräuter bis zu Beeren: schwarze und rote Johannisbeeren, Brombeeren, Himbeeren, Stachelbeeren... Ljusja muß von allem kosten. Nur die Erdbeerpflanzen zur Linken sind durch einen Erdwall zerstört worden, den ein neuer Nachbar für eine private Teerstraße aufschütten ließ. Die Teerstraße führt in die private Tiefgarage der dreistöckigen steinernen Villa des neuen Nachbarn. »Er hat alle Behörden gekauft, deswegen konnte man nichts dagegen tun«, erklärt Trifon.

»Er hat sich nicht mal entschuldigt. Er grüßt uns auch nicht, obwohl er halb so alt ist wie wir. Aber, du liebe Güte, dann soll er's halt lassen«, fügt Agafja hinzu.

Auf der Nachbarterrasse liegt, nur mit einem schwarzen Slip bekleidet, ein stark behaarter Mann mit einer Sonnenbrille. Eine junge Frau im Bikini arbeitet im Garten. »Mafia?« fragt Ljusja.

»Nein, der neue stellvertretende Chefarzt des Sanatoriums.«

»Er sagt, er ist Chefarzt«, korrigiert Trifon, »aber er ist bloß Wirtschaftsleiter.«

»Angeblich ist er Grieche, aus Baku, aber wir glauben, er ist Georgier. Guten Tag, Iraklij Wladimirowitsch! Guten Tag, Soja!« ruft Agafja hinüber. Der Mann faßt mit der Rechten an seine Sonnenbrille und verzieht keine Miene. Die junge Frau im Garten lächelt ihnen vorsichtig zu. »Sie ist in Ordnung. Nur leider haben die Georgierinnen zu Hause gar nichts zu sagen.«

Um sein Grundstück hat der Nachbar auf einem Betonsockel einen zwei Meter hohen, spitzenbewerten eisernen Zaun errichtet. »Ein Verrückter«, sagt Trifon. »Siehst du da hinten unseren alten Friedhof? Er wollte aus seinem Fenster keinen Friedhof sehen, er sagte, das stört seine Laune.«

»Ein Vollidiot«, bestätigt Ljusja.

Agafja ahmt den breiten georgischen Akzent des Nachbarn nach: »Auf diesär Seitä wird mein Haus keinä Fenstär habän. Das habä ich gäsagt.«

Trifon weist auf die dem Friedhof zugewandte graue Nordfront des Hauses. Sie hat tatsächlich keine Fenster. »Ist es denn zu fassen«, staunt Ljusja.

Sie trinken wieder Kräutertee.

»Immerhin gibt es eine Art poetischer Gerechtigkeit«, sagt Agafja. »In seinem Haus ist es im Juli glühend heiß, weil es keinen Durchzug gibt. Das hat uns Soja, Iraklijs Frau, erzählt. Manchmal, wenn er weg ist, schleicht sie sich zu uns und erholt sich in der Kühle. Sie sagt, er liegt schweißgebadet auf dem Balkon und stöhnt vor Hitze, aber draußen sei es immer noch angenehmer als drinnen.«

»Neulich hat er sie bei uns erwischt. Da sagte er, er wird eine zwei Meter hohe Ziegelmauer zwischen unseren Gärten bauen.« Trifons Stimme klingt ernst. »Ich habe ihm gesagt, daß so eine Ziegelmauer uns viel Sonne wegnimmt. In ihrem Schatten wird nichts mehr wachsen.«

Agafja ahmt wieder den Tonfall des Nachbarn nach: »Ich habä es gesagt. Auf den Kniän werdet ihr zu mir gekrochän kommän. Abär es wird euch nichts nützän.«

»Warum«, fragt Ljusja, »solltet ihr auf den Knien zu ihm gekrochen kommen, wenn es sowieso nichts nützt?«

»Wir kriechen nicht mehr«, sagt Trifon fest.

Agafja lächelt: »Wir sind so alt, wir haben so viel erlebt und überlebt, von so einem wie dem werden wir uns unsere letzten Jahre nicht vergällen lassen.«

Später, als es Abend wird, setzen sie sich draußen auf die Bank, und Trifon holt sein Akkordeon hervor. »Ach, du wußtest nicht, daß ich aus der Ukraine bin?« mümmelt er. Er erinnert daran, daß er mit Nachnamen Njerus heiße, der Nicht-Russe. Inzwischen darf man das auch so sagen, mit Betonung auf der zweiten Silbe.

Trifons verhalten wehmütige ukrainische Melodien locken Zuhörer an. Die Nachbarin Soja verlegt ihr Arbeitsfeld ganz in die Nähe, und am Gartentor stehen plötzlich mehrere junge

Leute. Zwei Gärten weiter zur Rechten ist der Enkel zu Besuch, der vor einigen Jahren seinen Armeedienst in Kiew geleistet hat. Er macht mit ukrainischen Freunden hier Ferien. Als sie das Akkordeon hörten, sprangen sie auf.

Bereits vom Zaun aus singen sie mit. Agafja winkt sie herein. Unter ihnen sind drei starke Sänger. Nun legt Trifon zu, weitere Nachbarn kommen, es bildet sich ein Chor. Auf einmal ist die schmale Holzterrasse voller Menschen. Sie lehnen an der Wand oder sitzen auf dem Boden, jemand bringt Wodka und saure Gurken, und schließlich beginnt auch Trifon zu singen, mit unverschämtem Tremolo wie ein Zigeuner, und Ljusja blinzelt in die Abendsonne und ist so ergriffen, daß sie nicht einmal die Stechmücken bemerkt.

433

Ein solcher Abend hilft einem, vieles zu vergessen.

Auch als sie später einen Dieb in ihrer Datscha antrifft, bleibt Ljusja sanftmütig.

Der Dieb hat nichts gestohlen; es war nichts da. Eigentlich war Ljusja schuld: Sie ist am Nachmittag davongelaufen, ohne die Haustür abzusperren. Als sie in der Abenddämmerung zurückkehrt, hört sie drinnen Geräusche. Im gleichen Augenblick kommen Anja und Kira vom Markt zurück. Aufschlußreich ist das Verhalten Kiras: Er wartet, bis Anja ins Haus gelaufen ist, und rennt dann hinter ihr her, anstatt den Dieb draußen zu stellen. Der Dieb springt durchs Fenster hinaus, Ljusja vor die Füße. »Hab' nichts genommen!« stößt er mit Schnapsatem hervor und zeigt Ljusja seine leeren Hände; schon ist er weg.

Normalerweise hätte Ljusja jetzt Kira einen Feigling genannt und triumphiert, aber diesmal bleibt sie ruhig. Später ißt sie mit Anja, Kira und Nadjka zu Abend.

Anja regt sich darüber auf, daß neben ihr auf dem Markt eine

Frau ein Zicklein für sechstausend Rubel anbot. »Sechstausend für so ein räudiges Ding, eine Unverschämtheit!« Kira hat einen Zeitungsartikel gelesen und regt sich über die Esten auf, unsere baltischen Nachbarn. »Geschieht ihnen recht! Erst wollten sie unbedingt weg von uns, und jetzt jammern sie und wollen wieder den Kommunismus. Früher haben sie von uns gelebt, von unseren Fabriken und unserem Gas. Und was hatten wir von ihnen? Gurken! Sie kamen mit unseren billigen Zügen nach Leningrad, als ob wir nicht genügend eigene Gurken hätten, und verdarben die Preise. Jetzt können sie sehn, wo sie mit ihren Gurken bleiben!« Man muß auf all das nicht antworten. Die Lage ist schließlich klar, was soll man sagen? Anja hat eine Wut auf die Ziegenverkäuferin, Kira hat eine Wut auf die Esten, und Nadjka kaut Kaugummi. Aber vielleicht wird doch noch alles gut.

Am nächsten Tag erscheint Juriks Frau Schura, um ein bißchen Gemüse zu schnorren, und bleibt zum Mittagessen. Kira, der, wenn er nicht gerade eine Wut hat, meistens schweigt, wird plötzlich gesprächig. Es scheint, daß Schura weiterhin auf Männer wirkt, auch wenn sie inzwischen hundertfünfzig Kilo wiegt und ihre Backen bis auf die Schultern hängen. Kira lobt sich selbst, zeigt Schura seine Arbeiten am Haus, wobei Schura es weise unterläßt, die fadenscheinige Stiege zu seinem Zimmer hinaufzuklettern, und philosophiert über das russische Leben. »Wir bekommen zu wenig Möglichkeiten. Aber Talente haben wir gewaltige. Mit einem Stück Draht und einem Korkenzieher bauen wir bessere Radios als jeder Japaner mit seinen Mikrochips.« Erst hier beschließt Ljusja, in die Stadt zurückzufahren, und packt ihre Sachen. Aber sie ist immer noch gelassen.

In St. Petersburg geht sie sogar ein bißchen spazieren. Es ist ein klarer Sommertag. Weil lange kein Bus kommt, wandert Ljusja zu Fuß den Newskij hinauf.

Der Newskij hat sich verändert. Neben heruntergekommenen, schwärzlichen Gebäuden stehen jetzt Luxushotels. Zwischen alten Geschäften mit staubigen Auslagen blitzen die

Schaufenster exklusiver Parfümerien. Der Bürgermeister soll gesagt haben, er wolle den Newskij in eine Bankenstraße umwandeln, ähnlich der Wall Street in New York, und stehe bereits in Verhandlungen mit zehn amerikanischen, westeuropäischen und japanischen Banken. Auch Ljusja war empört. Wenn das Gerücht stimmt: Wie ist so etwas möglich? Früher war der Bürgermeister ein Reformer. Er machte sich Sorgen um seine ramponierte Stadt und sah grau aus. Inzwischen kommt die Stadt immer weiter herunter, aber er wird immer dicker und rühmt sich seiner Beziehungen zum internationalen Kapital. Kurzum: Anja und Kira haben ihre Wut (Marktleute und Balten), Nadjka kaut Kaugummi, die Stadt verelendet, und der Bürgermeister sieht zufrieden aus. Aber noch immer kann es, zumindest theoretisch, sein, daß alles gut wird.

Die Sonne scheint. Die Menschen auf dem Newskij wirken freundlicher als sonst. Liegt das am Wetter? Ist es Einbildung? Nicht ganz. Die Frau dort vorne zum Beispiel ließ, als sie ein Eis kaufen wollte, aus Nervosität oder Ungeschicklichkeit ihre Geldbörse fallen, und ein junger Mann kniete bei ihr nieder und half, die verstreuten Metrojetons aufzusammeln: so etwas freut einen.

(Vielleicht ist wirklich alles nicht so schlimm.) Später verirrt sich Ljusja im Labyrinth der Hinterhöfe. Zuerst ist es angenehm in den schattigen Höfen zwischen den hohen Hauswänden, über denen der blaue Himmel leuchtet, aber nach einigen Irrwegen wird Ljusja müde. Sie wollte einfach abseits des lauten Newskij Richtung Norden gehen, aber jetzt findet sie den Durchgang zum Litejnyj nicht. Muß sie etwa den ganzen Weg zurück bis in die Nähe des Moskauer Bahnhofs? Oder soll sie jemanden nach dem Weg fragen?

Sie nähert sich zwei Frauen, die plaudernd auf einer verrosteten Bank sitzen. Soll sie sie ansprechen? Das kostet Überwindung, denn die Antwort der beiden wird wohl, wir sind ja in St. Petersburg, unfreundlich ausfallen, vielleicht sogar grob; aber

Ljusja will keinen Umweg mehr riskieren. Die Häuserblocks sind riesig, die Wege weit; das Herz sticht, und die Füße schmerzen.

Aus einem Fenster klingt Musik. Nein, kein Radio: Jemand übt auf der Violine eine vertrackte Kadenz. Eine Zeitlang vergißt Ljusja darüber sogar die schmerzenden Füße, obwohl keine Melodie erkennbar ist (vielleicht gibt es keine?). Es ist eine leidenschaftliche, kernige Musik mit wüsten Sprüngen und Rhythmuswechseln, ist das modern? Wer braucht so was, ist es der Mühe wert, was hat es mit uns zu tun? Was mag das für ein Geiger sein? Sein Ton ist straff, klar, gebieterisch. Er klettert in die Höhe, springt in der oberen Lage herum, ohne schrill zu werden, aber dort scheint es sehr schwierig zu werden, plötzlich folgen zwei lange, fast entrückt wirkende, ausgehaltene Töne, sehr hoch, sehr leise, das Herz will einem stehenbleiben; leider verzieht sich dann der Akkord, oder wird zu dick, oder zu laut, inzwischen erkennt sogar Ljusja das Problem, und der Musiker springt zurück, sozusagen hinab in die tiefe Lage, und fängt von vorne an. Es ist, als ginge er in die Knie, aber nicht verletzt oder beleidigt, sondern elastisch und kampfeslustig. Ein Wunder? Da übt einer Geige, konzentriert, versunken, unermüdlich, als gäbe es an diesem sommerlichen Tag in diesem dunklen, sicherlich feuchten Mietshaus dieser verfallenden Stadt keine wichtigere Aufgabe, als seine Kraft und Fertigkeit mit dem Willen dieser unverständlichen Musik zu verbinden, während der Bürgermeister immer zufriedener aussieht; es ist ein Wunder, wirklich; und vielleicht soll ja alles so sein.

Ljusja fragt die Frauen, die auf der Bank sitzen, nach dem Weg, und die beiden antworten einfach und freundlich, als wären wir alle Menschen.

434

Eine Frau mit struppigen hellgrauen Haaren steht vor der notdürftig geflickten Gartentür. »Ljudmila Semjonowna! Guten Tag! Mein Name ist Olga Nikolajewna Skoblikowa. Ich bin eine Kusine Ihres Schwiegersohns Slawa und komme aus Alma Ata. Ich suche eine Bleibe ... ich habe in Leningrad Arbeit gefunden ...«

»St. Petersburg«, verbessert Ljusja.

Die Frau lacht vergnügt. Sie ist Anfang Fünfzig, rundlich, sauber gekleidet. Ljusja bittet sie herein.

»Machen Sie sich keine Sorgen: Eine Übernachtungsmöglichkeit habe ich«, sagt Olga. »Ich wollte eigentlich eher Ihren Rat in der Wohnungsfrage und mich vorstellen. Wir sind ja sozusagen miteinander verwandt.«

»Nicht mehr. Slawa ist von Lilja geschieden, und wir sind nicht gut auf ihn zu sprechen.«

»Der arme Junge. Niemand ist gut auf ihn zu sprechen.«

Ljusja kocht Tee. »Warum wollen Sie hierher? Ist es in Alma Ata nicht sicherer?«

»Ach herrje!« Nun erzählt Olga, wie schrecklich es in Alma Ata ist. Ab der dritten Tasse Tee sind sie beim Du. Olga erzählt, sie sei Volksschullehrerin, geschieden. Ihre eigenen Kinder sind aus dem Haus. Von ihrem Gehalt in Alma Ata konnte sie nicht leben. Eine Freundin hat zusammen mit einem Kollektiv in Leningrad, Pardon: St. Petersburg eine Privatschule eröffnet, die sehr gut geht. Hier erhält Olga ein anständiges Gehalt. Aber sie findet keine Wohnung. Schon den dritten Monat übernachtet sie in der Besenkammer.

Olga hat die widerspenstigen Locken der Familie Balmaschow, hellgrau, und dicke gebogene schwarze Augenbrauen, wodurch sie wie ein Clown aussieht. »Ich schneide mir selbst die Haare!« erklärt sie. »Hätte nie gedacht, daß das geht. Auch Notzeiten haben Vorteile.« Olgas Lachen ist umwerfend. Kein Zweifel: Alle ihre Schüler lieben sie, weil sie so lieb ist.

Schließlich fragt Olga nach Lilja.

Ljusja erzählt von ihrer Deutschlandreise.

»Ist Deutschland so, wie alle sagen?«

»Besser! Unglaublich!« Hier fließen ein paar Tränen. Als Ljusja sich beruhigt hat, fragt Olga nach Slawa.

»Verschollen. Die letzte Neuigkeit war, er sitzt. Aber für wie lange, seit wann und weshalb, wissen wir nicht...«

»Auch eine schreckliche Geschichte«, seufzt Olga. »Und wir sind vielleicht schuld, daß es so gekommen ist. Er war ein ungewöhnliches Kind! Einmal hat er ein paar Monate in meiner Familie verbracht. Seine und meine Mutter waren Halbschwestern, aber die Mironowna schlug aus der Art. Damals war sie etwas exzentrisch, doch scheinbar bei Verstand, sie sah gut aus, sie hatte Temperament... Alles schien im Rahmen zu sein. Sie brachte uns den Jungen, als er vier Jahre alt war, und redete etwas von einer Expedition nach Sibirien... weg war sie. Er wirkte nicht verwahrlost: hübsch, sauber, ernsthaft, er gab sich Mühe... Nur phantasieren konnte er, da war alles dran. Ich war zehn Jahre älter und hatte andere Interessen, aber meine Mutter war ganz weg von ihm, und er von ihr. Sie war sehr gläubig. Er folgte ihr in die Kirche, und zusammen küßten sie stundenlang die Ikonen. Plötzlich tauchte die Mironowna wieder auf und nahm ihn mit. Es gab keinen Grund, sie daran zu hindern, er war nicht auffällig gewesen... Nur an einem Punkt hätten wir schalten müssen: Er wollte um keinen Preis mit ihr gehn. Er schrie wie am Spieß. Sie zerrte ihn mit sich, und er bekreuzigte sich dauernd mit der freien Hand und schrie: ›Weh mir, weh mir!‹, und die Tränchen spritzten ihm aus den Augen...«

435

Ljusja spürt manchmal ein Stechen in der Brust. Wenn sie an dem großen Eßtisch sitzt und erzählt, nimmt sie unwillkürlich eine bestimmte Haltung ein: Ihre linke Brust liegt auf dem Tisch, ihr Bauch wölbt sich darunter. Die rechte Hand ist zwischen Brust und Tischkante so eingeklemmt, daß Ljusja mit den drei mittleren Fingern ohne Anstrengung einen leichten, aber stetigen Druck auf eine bestimmte Stelle zwischen den Rippen ausüben kann.

Sie wird müde. Noch vor zehn Jahren hat sie sich bei ihren Ausflügen in die Innenstadt am liebsten im Laufschritt vorwärtsbewegt, sie erschrak höchstens einmal, wenn sie im schmutzigen Glas eines Schaufensters ihr Spiegelbild sah. Jetzt häufen sich die kleinen Gebrechen: Mal erwacht sie in der Nacht mit einem Krampf in der Wade, mal hat sie Ohrensausen und Schwindel, mal geschwollene Füße, mal dieses Stechen in der Brust.

Ljusja fühlt sich keineswegs reif zum Sterben, aber sie begreift, daß die Zeit abläuft, und zieht gelegentlich Bilanz. Das Ergebnis schwankt etwas mit dem Wetter. Heute etwa ist ein heißer, diesiger Augusttag. »Ich habe ein buntes und reiches Leben gehabt«, erklärt Ljusja andächtig Bella Markowna, ihrer Nachbarin vom zweiten Stock. »Und das Schicksal hat mich mit vielen sehr interessanten Leuten zusammengeführt.« Sie steckt sich eine Zigarette an und beginnt mit wichtiger Miene zu erzählen.

Bella Markowna ist eine feine Zuhörerin, aber heute ist sie unruhig, weil sie noch immer keine Kartoffeln für das Abendessen organisieren konnte. Ljusja hat ihr ein Päckchen Reis angeboten, und Bella hat sich auch darüber gefreut, aber dann wurde sie unruhig, denn heute ist der Geburtstag ihrer Ältesten, der siebenjährigen Tonja, und Tonja hat ultimativ als Geburtstagsgericht Kartoffeln gefordert. So zart Bella ist, so hartgesotten ist Tonja. Ein richtiges Miststück, gibt Bella zu, aber was kann sie ihr sonst bieten? Tonja hat sich zum Geburtstag ein Stoffpferd gewünscht, aber Bella konnte nur mit viel Mühe zum unverschämten Preis von dreitausend Rubeln einen Stoffhund auftreiben, der zudem, obwohl fabrikneu, beschädigt war, mit eingerissenem Ohr; dann auch noch vaterländischer Produktion, obwohl Tonja doch so gern etwas Importiertes wollte, wenigstens aus der Tschechoslowakei. Nun ringt Bella mit sich wegen der Kartoffeln. Auf dem Markt gibt es immer welche, herrliche, goldene, allerdings sündhaft teure. Bella beschließt: Die müssen jetzt her. »Ich muß zum Markt«, sagt sie, plötzlich aufspringend, »Ljudmila Semjonowna, Liebe, darf ich Sie bitten, ein Stündchen auf den Kleinen aufzupassen?« Der Kleine, das ist der dreieinhalbjährige Nathantschik, Bellas Augapfel, und Ljusja stimmt sofort begeistert zu.

436

Es ist heiß. Ljusja und der kleine Nathan haben selbstgebraute Zitronenlimonade getrunken und sitzen auf jenem Bänkchen jenseits der Grasnarbe, auf dem Iwan Sergejiitsch hatte auf Ljusja warten wollen, vor der Brandmauer des Nachbarhauses. Mit tiefer Stimme antwortet Nathantschik auf Ljusjas Fragen, mit immer demselben gewissenhaften, gedehnten »Jaaa«, »Naaein«. Ljusja ist närrisch verliebt in Nathantschik und seine charaktervoll vorgebrachten Antworten. Sie erinnert sich an das letzte Jahr, als Nathantschik den »Garten« eroberte: Wie er immerzu hinfiel und mit einem sachlichen »Aua!« wieder aufstand und seinen Weg fortsetzte. Die Zeit verfliegt, denkt Ljusja. Das war wie gestern. Und jetzt ist es schon fünf Uhr, und Bella ist noch nicht zurück. Vielleicht sind ein paar Trambahnen ausgefallen, oder eine ist aus dem Gleis gesprungen und blockiert den Weg.
»Mußt du nicht mal, Nathantschik?«
»Jaaa.«

Sie gehen miteinander ins Haus. Ljusja zieht Nathantschiks Hose herunter, die feucht ist.

»Aber Nathantschik, es ist ja schon zu spät!«

»Jaaa«, sagt Nathantschik ernst, »aber ich muß noch einmal.« Nachdem er sich hat auf die Schüssel helfen lassen, erklärt er großzügig: »Jetzt darfst du gehn.« Ljusja schließt die Klotür hinter sich und sucht ein sauberes Geschirrtuch, um den Schaden provisorisch zu beheben.

437

Nathantschik spielt im Staub der kahlen Grasnarbe mit den beiden Import-Stofftieren, die Lilja einmal für Nadjka geschickt hatte, einem Igel und einem Bärchen. Die Tiere verzaubern Nathantschik. »Du bist ja stachelig«, sagt das Bärchen zum Igel. »Jaaa«, antwortet der Igel zärtlich mit tiefer Stimme, »aber du bist ganz weich!«

Ljusja macht sich wieder an ihre Bilanz. Was steht unter dem Strich? Nathantschik wird nicht bleiben. Wenn Eltern ihren Sohn Nathan nennen, müssen sie die Ausreise bereits im Blick haben (obwohl Bella das bestreitet). Ljusja selbst lebt in diesem heillosen Land, das sich in unverständlicher Raserei selbst zugrunde richtet, neben der mißtrauischen, verstrickten Anja, zusammen mit Nadjka, die nichts lernen will. Lilja existiert am Rand des Wahnsinns in der Fremde. Paschenka... ein Stich, und die alten Gedanken: Wieso hat sie... Vielleicht hätte sie... Warum nur konnte sie nicht... Ljusja schluckt und setzt tapfer die Bestandsaufnahme fort: Tretjakow ist jetzt fünfundsiebzig Jahre alt und halb verblödet. Seitdem ihn nicht mehr nur die jungen, sondern auch die mitteljungen Frauen zurückweisen, hat er sich mit neuer Inbrunst auf die Religion gestürzt. Er philosophiert stundenlang mit irgendeinem prominenten Kirchenmann namens Nikodim, den Ljusja aus der Zeitung kennt, und verspritzt kannenweise

Weihwasser in seiner verkommenen Bude. Von Pascha hört man wenig. Die Perestroika hat den Emigranten den Wind aus den Segeln genommen. Manch einer steht da mit den Wunden seines grauenhaften Schicksals und seiner verkrüppelten Existenz und muß sich sagen lassen, er sei ein Anachronismus. Pascha hatte zunächst versucht, von sich reden zu machen, indem er Gorbatschow als Agenten des KGB entlarvte, der unter dem Mantel der Reform das Land endgültig ins Verderben stürzen will; aber diese Idee brauchte im Westen niemand, und man ging darüber hinweg. Nach dem Putsch ist es um Pascha noch stiller geworden. Immerhin hat er bei einem seiner Vorträge in New York eine reiche Witwe kennengelernt, die ihm ein Zimmer in ihrer Villa anbot: zuerst im Keller, dann im ehemaligen Kinderzimmer im Erdgeschoß, zuletzt sogar in ihrem Schlafzimmer im ersten Stock. Dies letzte konnte er ablehnen mit der Begründung, er habe allen fleischlichen Genüssen entsagt, und sie hat das akzeptiert und verehrt ihn wie einen Heiligen.

Soviel zu den Lebenden, und was ist mit den Toten? Ljusja hat ihren Vater in der Kirche ausgelacht und ihre Mutter verspottet, einfach so. Sie hat Bojarow verraten, der immer großzügig und korrekt zu ihr war. Sie hat Lukian beleidigt. Warum ist sie überhaupt nach Lwow gefahren? Wollte sie nicht nur, zu ihrer eigenen Bestätigung, das Gefühl auskosten, verehrt zu werden? Verehrt von einem Fremden, wohlgemerkt, nachdem sie nicht einmal mit ihren eigenen Kindern in Frieden leben kann? Was für ein billiger Triumph, über einen Mann, der dreißig Jahre seines Lebens im Lager und auf der Flucht verbracht hat! Anton Robertowitsch aber und Iwan Sergejitsch, die beiden Menschen, denen sie vielleicht am meisten verdankt, hat sie nicht vor der Schmach eines einsamen Todes bewahrt. Iwan Sergejitsch! Warum hat sie ihn nie nach seinem Befinden gefragt? Ein Mensch, der so viele Jahrzehnte lang so hart soff, kann ja nicht gesund sein! Sie aber, Ljusja, hat nur an sich selbst gedacht und sich kleinlich gekränkt gefühlt, während er mit dem Tode rang.

Ljusja merkt, daß ihr der Schweiß von den Achseln tropft. Ihr Kleid ist bis an die Taille feucht. Sie gießt sich Limonade nach und leert das Glas. Auch Nathantschik hat Durst, aber Ljusja hat ihm kurz zuvor weitere Limonade verweigert, damit nicht noch ein Malheur passiert. Jetzt ist er zu stolz, erneut zu bitten, und nippt nur zweimal an seinem leeren Glas. Andere Kinder kommen herbeigelaufen. Sie spielen Fußball auf der kahlen Wiese, und ihre Schreie hallen zwischen den Hauswänden empor. Zwei haben Nathantschik erkannt und nähern sich der Bank.

»He, Nathantschik, willst du mit uns Fußball spielen?«
»Naaein.«
»Du mußt es aber lernen!«
»Naaein.«
»Niemand wird dich ernst nehmen! Bist du keiner von uns?«
»Ich habe keine Zeit«, sagt Nathantschik würdevoll.

Ihr könnt doch nicht im Ernst mit ihm Fußball spielen, möchte Ljusja sagen. Er ist zu klein, er fällt über den Ball! Aber ihre Zunge ist schwer. Sie gießt Limonade nach und kämpft gegen das Pfeifen in ihrem Ohr. Die Jungen versuchen weiterhin, Nathantschik zu überreden. »Nathantschik, wenn du nicht mit uns Fußball spielst, dann werden wir...« Wieder das Pfeifen im Ohr.

Nathantschik ist in Bedrängnis. Sie lassen nicht von ihm ab, und er windet sich und sucht nach Worten. Plötzlich bricht es ganz rasch und bestimmt aus ihm heraus: »Ich habe keine Zeit. Ich muß arbeiten. Aus, Schluß, Punkt.«

Die Jungen sind verschwunden, Ljusja merkt, daß ihr Tränen über die Wangen laufen. »Nathantschik«, ruft sie, »Nathantschik, versprich mir, daß du nie auswanderst!«

Sie merkt, daß sie nur gelallt hat. Die dürre Grasnarbe schnellt ihr entgegen.

Nathantschik ruft: »Brauchst du noch etwas Limonade, Tante Ljusja?«

XII.

Die Datscha II

438

Ljusja hat begriffen, daß es bald aus mit ihr sein wird, diese Erkenntnis rasch wieder vergessen und ein weiteres halbes Jahr ziemlich kämpferisch gelebt. Allerdings: Eine gewisse Unruhe blieb zurück; die Gedanken laufen jetzt anders. Vor einer Woche kam ein Brief Liljas, der mit den Worten endete: »Bald werden wir wieder vereint sein und miteinander Lieder singen«, und Ljusja wunderte sich, wie sie es früher ausgehalten hat, Liljas Briefe zu lesen.

Heute vormittag will Ljusja in die Stadt, obwohl sie sich unwohl fühlt; nicht eigentlich krank, aber unsicher, wie betrunken. Auf der Treppe zum Metroeingang hat sie einen Schwächeanfall: Der Kopf dreht sich, die Füße haften nicht am Boden, es ist, als wollten sie davonfliegen. »Was soll ich tun?« ruft Ljusja einer Zeitungsverkäuferin zu.

»Legen Sie sich hin!« rät die Zeitungsverkäuferin.

Es ist acht Grad unter Null, leichtes Schneetreiben.

Zum zweiten Mal fallen? Schon?

Ljusja beschließt, sich nicht hinzulegen. Sie hält sich am Treppengeländer fest, und es gelingt ihr, auf den Beinen zu bleiben, bis der Anfall vorüber ist. Dann fährt sie nach Hause.

Es gibt aber auch zu vieles, worüber man sich aufregt.

Letzten Monat zum Beispiel ist Wowa gestorben. Vor dem Wintereinbruch hatte er seine Tochter Ira angefleht, ihn bei sich aufzunehmen. Sie hat eine Dreizimmerwohnung mit Gasheizung, aber sie haßt ihren Vater und lehnte ab. »Meine Kindheit war die Hölle«, hat sie Ljusja damals erklärt. »Aber selbst, wenn er ein weniger abscheulicher Charakter wäre: Wir sind schon zu viert, was sollen wir mit ihm? Ein fieser alter Mann, er ernährt sich nur von Kognak und Honig, er hustet, er raucht...«

»Er ist dein Vater«, hat Ljusja geantwortet, »und todkrank. Seine Beine sind geschwollen, er kann kaum laufen. Er hat vielleicht noch einen Monat zu leben. Und wegen dieses einen Monats willst du dich versündigen?«

»Aber ...«, gab Ira zu bedenken. »Plötzlich wird er wieder gesund? Wer kann das wissen?«

Wowa starb allein in seiner ungeheizten Datscha, keiner weiß wann. Gefunden hat ihn die Frau, die ihm immer die Rente brachte; weil er nicht öffnete, ging sie ums Haus und spähte durch die Fenster, und da sah sie ihn auf dem Holzboden liegen: nackt, keiner weiß warum.

Ljusja fällt das Wort »Vergeltung« ein. Es ist ein altmodisches Wort. Nur einmal hat jemand es ihr gegenüber gebraucht, in einem ganz unpassenden Zusammenhang; das war ausgerechnet Bojarow, der Literat. Nachdem sie von Pascha auf die Straße gesetzt worden war, hatte er gesagt: »Das ist die Vergeltung dafür, daß du mich verlassen hast.«

Jetzt, in all dem Wirrwarr, fallen einem immer wieder solche unpraktischen Wörter ein. Eines davon hakt sich so fest, daß Ljusja deswegen Ida in Moskau anruft.

»Ida, kannst du mir nicht vielleicht sagen ... ich meine ... warum ist nur alles so ohne ... *Würde*?«

»Ach, Ljusja!« lacht Ida. »Reg dich um Himmels willen darüber nicht auf. Die einzige wirklich würdevolle Position, die wir jemals einnehmen, ist die unter der Erde.«

439

Es zieht.

Im Wartegang des Rayon-Krankenhauses sitzen zwölf Patienten, aufgereiht an der schmutziggelben Wand auf ungleichen Stühlen. Ein dreizehnter liegt auf dem Boden. Die meisten starren vor sich hin, einer verbirgt sich hinter einer Zeitung. Ab und zu kommt oder geht jemand und läßt die Tür offen. Alle ducken sich im Luftzug; nach einigen Minuten streckt die Empfangsschwester ihr dickes Bein aus dem Kabuff und tritt nach der Tür, die mit einem scharfen Knall zufällt. Dann zucken alle zusammen. Etwa anderthalb Stunden vergehen auf diese Weise. Drei Patienten wurden inzwischen ins Arztzimmer gerufen, sieben sind gekommen. Der Liegende wurde ins Sprechzimmer getragen. Der Zeitungsleser liest noch immer Zeitung.

Eine alte Frau seufzt: »Jede Woche drei Stunden warten, um meine Geschwüre verbinden zu lassen, das ist schlimm genug. Aber jetzt gibt es nicht mal mehr Verbandszeug. Fleckige Fetzen... Sie operieren mit Rasierklingen... Der Nachbarsjunge, der einen siedenden Samowar umgerissen hat, lag mit seinen Verbrennungen auf einer nackten Matratze, weil es keine Leintücher gab... Ein Alptraum. Was ist aus unserem Rußland geworden...«

Der diensthabende Arzt, der in diesem Augenblick aus seinem Kabinett kommt, lächelt ihr zerstreut zu und eilt durch den Gang davon.

»Sieh mal an, Wolodja Ganitsch ist wieder da«, sagt jemand giftig. »In den Sommerferien war er in Amerika – persönliche Einladung. Kurz vorher hat er mich noch behandelt. Mann, tat der geheimnisvoll. Hat vor Aufregung gekichert wie 'ne Jungfrau. Zuletzt rückte er raus: Wenn es irgend geht, bleibt er dort. Ärzte würden schließlich überall gebraucht. ›Aber Ihre Hände zittern, Wolodja‹, habe ich geantwortet, ›und außerdem riechen Sie nach Wodka. Für so einen wie Sie ist nur noch in Rußland Platz.‹«

»Verdammte Kommunisten«, stößt ein grauhaariger Mann mit Walroßschnauzer hervor. »Saustall! Es ist schon ein Kunststück, ein Land so zugrunde zu richten.«

Ein ausgemergelter Vierziger mit rötlichem Vollbart bemerkt: »Das ist, mit Verlaub, die Perestrojka gewesen. Vorher hat alles doch vergleichsweise geklappt!«

Schon ist eine Diskussion im Gange. »Was? Vorher hätte irgendwas geklappt?« – »Na, besser als jetzt, oder?« – »Weil ihr Kommunisten alles zerstört habt! Eure Hypothek tragen wir ab!« – »Abtragen? Daß ich nicht lache! Ein Puff ist das Land geworden, es gibt hundertmal soviel Verbrecher und Huren, das Brot ist hundertmal so teuer! Ihr werdet euch noch sehnen nach uns!« – »Nach euch Dieben? Da sei Gott vor!« – »Genau! Wer reißt sich alles unter den Nagel? Wer hat die Strukturen zerstört?« Alle reden durcheinander. Vor einem Jahr noch haben Beamte, die man Kommunisten nannte, verlegen abgewehrt: »Wir sind gewesene Kommunisten, gewesene!« Jetzt bekennen sie sich wieder. Der Vollbart sagt trotzig: »Wartet's ab!« Alle diskutieren diese Bemerkung. Jemand fragt: »Bereitet ihr den nächsten Putsch vor?«

Der Schnauzer ist aufgesprungen und hinkt auf den Vollbart zu. »Kommunist, verdammter! Ihr habt euch überhaupt nicht verändert! Ich mach euch alle!«

»Jawohl«, hustet der Vollbart, »ich war Kommunist! Und ich bin Kommunist! Und ich bin stolz darauf!«

Mehrere Leute reden auf den Schnauzer ein, er solle sich beruhigen. Murrend hinkt er zu seinem Platz zurück. »Auch unsere Geduld ist am Ende! Und solche wie dich machen wir als erste kalt. Dann kommt die Mafia dran, und dann die Juden!«

»Blutrünstiges Gerede!« empört sich ein kleingewachsener, schwarzhaariger Brillenträger.

»Besser wenig Blut gleich als später viel Blut und lange!«

»Und wer entscheidet, wessen Blut fließt?« fragt der Kleingewachsene.

Der Walroßschnauzer sagt: »Ich hoffe, wir.«

»Und wer seid ihr?«

»Ich«, spricht das Walroß deutlich, »bin Faschist.«

Hier schweigen alle.

»Er hat vielleicht nicht unrecht«, meint ein alter Mann mit verfilztem Haar. »Unser Land ist überfremdet. Wir büßen, daß wir ohne Gott gelebt haben. Sieben gottlose Jahrzehnte. Man muß zu den gesunden Ursprüngen zurückkehren.«

»Gesund?« fragt der Kleingewachsene. »Faschismus ist Gewalt und Diktatur. Davon sollten wir doch genug gehabt haben.«

»Aber Ordnung muß sein. Der Russe braucht Knute und Religion. Wir brauchen keine Spielbanken, keine Rolls-Royce, keine Joint-Ventures, keine Mafia, keine Schwarzen und keine Juden.«

»Sind Sie Antisemit?« fragt der Kleine heftig.

»Und du? Bist du Semit?«

»Ich – nein, das nicht, aber ...«

»Was auch immer, du Klugscheißer, mit solchen – Dermokraten wie dir machen wir kurzen Prozeß, denk an meine Worte!« bellt der Schnauzer.

»Bürger, ihr irrt euch: Hauptfeind bleibt der Kapitalismus. Hauptproblem ist der Ausverkauf unseres Landes – unserer Erde«, meldet sich der Vollbart zurück.

»Wieso Erde, du Flasche?«

»Man darf die Erde nicht privatisieren, weil sie dann von den Ausländern aufgekauft wird.«

»Aufgekauft? Die Kapitalisten bebauen unser Land, und dafür schenken wir ihnen die Hälfte davon. Das ist ja absurd! Sie müßten dafür bezahlen, daß sie es bebauen dürfen!« ruft eine ältere Frau mit gepreßter Stimme. Sie hat ein pflaumengroßes schwarzes Geschwür am Hals, das Sprechen bereitet ihr Mühe.

»Sie bezahlen mit ihrer Arbeit«, mischt Ljusja sich ein.

Die Frau fährt herum.

»Nehmen wir mich als Beispiel«, fällt ihr Ljusja ins Wort. »Ich bin fast siebzig. Ich hab's am Herzen. Mein Rücken schmerzt sogar beim Gähnen. Ich habe sechs Ar Land in Wyriza, die ich bewirtschaften sollte, aber mir fehlt die Kraft. Warum soll ich nicht meinen Nachbarn bitten, es zu bebauen, und dann teilen wir die Ernte? Das ist gut für die Erde, gut für den Nachbarn und gut für mich.«

»Mit Nachbarn kann man sich einigen«, antwortet die Frau, »aber die Ausländer bauen nur das an, was sie selber brauchen!«

»Man kann Gesetze machen, die das verhindern!«

Wieder ist es laut geworden. Durch den Gang nähert sich der Arzt Wolodja Ganitsch, ein Röntgenbild in den zitternden Händen. Als sie ihn bemerken, wird es still. Wolodja murmelt: »Alissa Jurjewna, bitte« und verschwindet in seinem Kabinett.

Die Frau mit der Pflaume am Hals hat sich erhoben. Nach einigen verkrampften Schritten bleibt sie stehen, dreht sich um und zieht einen schwarzen Gegenstand aus der Tasche. Niemand rührt sich. Langsam hebt sie den Gegenstand ans Auge und nimmt das Walroß ins Visier. Ein Blitzlicht flammt auf. »Jetzt hab' ich dich«, sagt sie mühsam, »und wenn wir wieder an der Macht sind, stelle ich dich als ersten an die Wand.«

Der Vollbart blickt zu Boden und schüttelt den Kopf. Die anderen schauen auf den Schnauzer.

»Wer hat heute morgen angerufen wegen dem Bestrahlungstermin?«

Dies ruft ein kräftiger Pfleger in einem nicht besonders weißen Kittel von der Tür des Buchhalterbüros aus. Sein Hals ist tätowiert, in den nikotingelben Fingern hält er einen Block. »Wer hat heute morgen angerufen wegen dem Bestrahlungstermin?« wiederholt er.

Hinter der Zeitung eine verzagte Stimme: »Ich.« Die Zeitung faltet sich zusammen, und Ljusja erkennt zu ihrer Überraschung Dawid Lwowitsch Seligmann. »Dawid Lwowitsch!« ruft sie erfreut. Er winkt ihr erschrocken zu.

»Moment, Bürger, noch sind wir nicht so weit. Ich brauche nur ein paar Angaben!« ruft der Pfleger. »Zuerst: Ihren vollen Namen – Bleiben Sie doch sitzen! Nehmen Sie Platz! Deinen Namen, hörst du!«

Doch Dawid Lwowitsch eilt an allen Patienten vorbei, setzt sein bezauberndstes Lächeln auf und flüstert flehend und verschwörerisch dem tätowierten Tier ins Ohr: »Se-lig-mann.«

440

Die Läden öffnen schon lange nicht mehr zur angegebenen Zeit. Die Großmütter stehen mit ihren Einkaufstaschen vor der verschlossenen Tür und spähen in die leere Auslage. Nach einer halben Stunde schlurfen Verkäuferinnen herein, sie rauchen und unterhalten sich. Nach einer weiteren halben Stunde wird die Ware geliefert und im Hintergrund des Ladens gestapelt, während die Verkäuferinnen, ohne die Zigaretten aus dem Mund zu nehmen, auf feinem fettigen Papier die aktuellen Preise eintragen. Wenn die Tür entriegelt wird, stürmen die Großmütter an die Theke, um einen günstigen Platz in der Schlange zu erobern; dann geht das Papier mit den Preisen von Hand zu Hand. Schreckensrufe ertönen. Einige Großmütter gehen gleich wieder, andere kämpfen noch ein Viertelstündchen mit sich, treten von einem Bein auf das andere und gehen erst dann. Alle reden über Essen und über Preise.

»Fünfhundert Rubel«, seufzt Oma Nastja, »das ist ja Wahnsinn. Solche Wurst haben bis letztes Jahr nur die Penner gegessen. Aber die Verkäuferin sagte zu mir: ›Dafür ist sie frisch. Sehen Sie, Oma Nastja, die bessere Wurst kann keiner bezahlen, deswegen bleibt sie liegen, aber diese kauft fast jeder, die ist wie grad aus der Fabrik.‹ Na, denk ich, besser als nichts, Männer brauchen Fleisch. Aber mein Wassjka spuckte die Wurst aus, das war gräßlich. Er ist ja gelähmt und stumm, und da sitzt er mir gegenüber und schiebt Knochensplitter über die Unterlippe, sie fallen auf seine Brust... und er schaut mich an mit einem Blick... Aber was soll ich denn machen? Mehr kann ich doch auch nicht tun, als mir jeden Tag die Beine in den Bauch stehn!«

Inzwischen strengt Ljusja das Schlangestehen so sehr an, daß sie sich gleich hinlegt, wenn sie nach Hause kommt. Sie dämmert sogar ein und erwacht erst, als Nadjka sie weckt. Besucher sind gekommen, Ljusja hat nicht einmal das Klingeln gehört, Nadjka hat die Tür geöffnet, und Ljusja denkt zunächst, das muß ein Alptraum sein: Im Wohnzimmer stehen all die Großmütter aus der Schlange, in Winterkleidung, an ihrer Spitze die schiefe Oma Nastja mit den offenen Beinen, und reden über Essen und über Preise.

Als sie merken, daß Ljusja zu sich kommt, wechseln sie das Thema. Sie haben eine Bitte. Ihr Pope, Vater Georgij, wurde versetzt: Er soll ein wiedereröffnetes Kloster leiten. Die Klosterruine diente bisher als Abstellraum für defekte Traktoren, es gibt dort weder fließendes Wasser noch eine Heizung. Vater Georgij flehte seine Gemeinde an, sich beim Metropoliten für ihn zu verwenden, damit er wieder zurückversetzt wird. Die Weiber sammelten über fünfzig Unterschriften, wurden aber vom Sekretär des Metropoliten mit Flüchen davongejagt.

Das war letzte Woche. Heute morgen, während Ljusja in der Schlange stand, hat Oma Klawa einen letzten Versuch gestartet: Irgend jemand mit Beziehungen hat ihr, frag nicht wie, einen Termin beim Metropoliten persönlich verschafft. Oma Klawa verneigte sich vor dem Metropoliten bis zum Boden und flüsterte: »Vergeben Sie mir, Väterchen…« Weiter kam sie nicht. »Ich bin nicht Ihr Väterchen, ich bin Metropolit!« unterbrach er schroff. Oma Klawa erschrak, ihr behaartes Kinn zittert bereits beim Erzählen, schon rinnen ihr Tränen über die mürben Wangen. Der Metropolit ist nicht böse, verteidigt ihn Oma Klawa tapfer; hat nicht Oma Nastja gesagt, er litte an einer geheimnisvollen Krankheit? Auch wenn man ihm das nicht ansieht: Er hat rosige Wangen und geblähte Händchen, weiß wie Sahne. »Nun? Nun?« hat er mehrmals gefragt und dann Oma Klawa, die ihre Fassung nicht wiedergewann, kurzerhand mit seinem Segen davongeschickt.

»Metropolit! Daß ich nicht lache!« startet Ljusja. »Hättest du ihm gesagt: Entschuldigung, Herr Metropolit! In den letzten siebzig Jahren hatten wir keine Möglichkeit, die geistliche Hierarchie auswendig zu lernen! Während du es unter den Fittichen der

Sowjetmacht zum Metropoliten gebracht hast, sind wir nämlich verfolgt worden für unseren Glauben, und mein Vater hat den seinen übrigens mit dem Leben bezahlt. Bist du sicher, daß du auf deinen Titel so stolz sein darfst, Metropolit?« Ljusjas rechtes Bein zuckt. Sie ist in Fahrt.

»Wir wußten es«, jubiliert Oma Nastja. »Ljuska, du kannst so gut reden, bitte hilf uns!«

Ljusja ist ungnädig, da sie jeden Priester mit ihrem Vater vergleicht. Die Weiber sind eben auf den Hund gekommen. Sie himmeln ja auch alle den Diakon Boris an wegen seiner schönen Stimme. Aber einmal schritt Boris singend an Ljusja vorbei, und Ljusja nahm durch den Weihrauch seine Wodkafahne wahr.

»Doch, Ljusjka, du mußt, laß uns nicht im Stich!« jammert Oma Klawa.

»Na gut, aber macht mich wenigstens vorher mit ihm bekannt, damit ich weiß, für wen ich mich verwende.«

441

Drei Tage später wird Ljusja zum Treffpunkt im Garten vor der Kirche geführt. Vater Georgij ist von weit her mit Vorortzug, Metro und Trambahn angereist, er kommt mit großen Schritten auf Ljusja zu, sieht ihr in die Augen und drückt ihr fest die Hand. »Ich bin sehr anerkennend, Ljudmila Semjonowna, für Ihre Bereitschaft, einen unwürdigen Diener Gottes nicht seinem Schicksal zu überlassen.« Durch die natürlich anwesende Delegation der Großmütter geht bewunderndes Raunen. Vater Georgij lächelt. Er faßt Ljusja beim Ellbogen und führt sie behutsam über die vereisten Wege von den Großmüttern fort.

Vater Georgij ist fünfundvierzig Jahre alt, Junggeselle, ordentlich aussehend mit seinem langen glänzenden, gelockten schwarzen Haar – ein absolut weltlicher Mann. Später plaudert er zwanglos mit den Frauen, wobei er immer, wenn von seinem neuen Arbeitsplatz die Rede ist, ein tapfer betrübtes Gesicht macht, und einmal blinzelt er Ljusja mit seinen schönen braunen Augen zu. Ljusja findet Vater Georgij eigentlich zum Kotzen, aber sie denkt: Immerhin hält er einen effektvollen Gottesdienst. Er ist umgänglich und hört den alten Frauen zu, und sie vertrauen ihm und haben sich an ihn gewöhnt. Warum sollen sie nicht wenigstens ihn behalten, nachdem sie sonst alles verloren haben?

442

Der Metropolit ist so krank, daß ihn bei öffentlichen Auftritten zwei Mönche stützen müssen. Seine Geschäfte führt meistens sein Sekretär, der Archimandrit Kirill.

Den dreistöckigen Palast, in dem der Metropolit residiert, hat Ljusja einmal im Fernsehen gesehen, deshalb zieht sie ihr bestes Kleid, ihren Perserpelz und die saubersten Stiefel an, als sie sich mit dem Bittgesuch auf den Weg macht.

Auch heute macht ein Fernsehteam dort Aufnahmen. In einem hohen Zimmer mit Parkett und Stuckdecke sind auf Metallbeinen gleißende Lampen aufgebaut, elegante junge Leute mit wichtigen Mienen eilen vorüber. Mit Mühe fragt sich Ljusja zum Büro des Archimandriten durch. Es befindet sich am Kopfende eines breiten Ganges, der gleichzeitig als Wartesaal dient: Auf einem meterlangen Bänkchen drängen sich schüchterne, schlechtgekleidete Großmütter. Drei Sekretärinnen, die sich graue Wolltücher über die Schultern geworfen haben, sortieren Papiere in einem nach Leim riechenden Kabinett. Durch die offene Tür rufen sie Ljusja zu: »Es ist unwahrscheinlich, daß Sie heute noch drankommen!«

Ljusja wartet eine Stunde und denkt: Das ist aber nett, daß er sich für den einzelnen so viel Zeit läßt. Schließlich fragt sie: »Wer ist denn eigentlich bei ihm?« – »Wir haben niemand gesehn, wir wissen's nicht!« antworten die Großmütter. Ljusja geht durch den langen Gang, öffnet nach vergeblichem Klopfen die Tür und sieht sich dort in einem großen Zimmer einem stattlichen, etwa vierzigjährigen Mann in schwarzer Mönchskutte gegenüber. In einem kleinen Nebenzimmer sitzt an einem Katzentisch ein junger Mönch. Kein Besucher. Der Stattliche blickt unwillig von seinem polierten Schreibtisch auf.

»Sagen Sie bitte, könnte ich erfahren ...«, beginnt Ljusja. Der Stattliche brüllt wie ein Stier: »Ich bin kein Auskunftsbüro!«

»So, und ich hörte, jetzt sei Empfangszeit?«

»Raus!« brüllt der Stattliche, er hat wirklich eine laute Stimme. Er stößt seinen schweren Stuhl zurück, zieht mit mächtigen Schritten an Ljusja vorbei, reißt die Tür auf und zeigt hinaus. »Raus! Verlassen Sie sofort den Raum! Sofort, oder ich rufe den Hausmeister!«

Der junge Mönch greift nach seinem Telefon. Aber auch Ljusja schreit.

»Ruf lieber die Miliz, damit die Fernsehfritzen gleich filmen können, wie man hier Gäste zur Sprechstunde empfängt! Unverschämter du, Flegel in der Soutane, was fällt dir ein? Du lebst doch von mir! Mein Sohn könntest du sein! Und du erlaubst dir diesen Ton? Nicht mal der KGB hat je gewagt, so mit mir zu sprechen! Pfui! Solche wie du gehören in die Zone und nicht in die Soutane!«

Der junge Mönch läßt den Hörer fallen und bekreuzigt sich.

»Verräter!« fährt Ljusja fort, bevor der Stattliche etwas erwidern kann. »Und du vertrittst Gott auf Erden? Na, den Himmel werden wir nicht fragen können, aber mal sehn, was Moskau dazu sagt!« Sie stürmt hinaus, den breiten Gang entlang, und landet schwer atmend im Kabinett der drei Sekretärinnen.

»Wissen Sie, er hat sehr viel Streß, deswegen ist er so reizbar«, erklärt eine der drei verlegen.

»Was heißt Streß? Zwei halbe Tage die Woche empfängt er, und dann ist sein Zimmer leer?« Ljusja spricht so laut, daß die drei sich die Ohren zuhalten. Der junge Mönch, der Ljusja nachgelaufen ist, schließt rasch vom Gang aus die Tür. »Wen die Arbeit mit Menschen überfordert, der soll sich von den Menschen fernhalten«, schimpft Ljusja. »Soll er doch ins Kloster gehn!«

Hier beginnen die drei zu kichern. Es stellt sich heraus, daß alle den Jähzorn des Archimandriten fürchten. Eine von ihnen läuft Teewasser holen, und als sie zurückkommt, flüstert sie aufgeregt: »Ihr werdet's nicht glauben, Jungs: Er läßt nicht nur das Volk zu sich, er kommt sogar selbst zum Volk!«

Zu viert spähen sie durch die angelehnte Tür: Da geht der Archimandrit, mit geradem Rücken, bleich, aber immer noch imposant, an den demütigen Großmüttern vorbei und spricht mit ihnen, ja, zu einer, einer ganz schwachen, verwachsenen, beugt er sich sogar hinab. Nun können die Großmütter nicht mehr an sich halten, sie streben weinend zu ihm hin und küssen seine fleischigen Hände.

443

»Ljudmila Semjonowna‹, sagte er, ›Ljudmila Semjonowna —‹ kurzum, er begann sich also zu entschuldigen...«

Aber auch Toma will nichts mehr von Ljusjas Heldentaten hören. Sie redet mit verschnupfter Stimme etwas von einer Annonce für einen Farbfernseher und legt auf.

Ljusja flieht aus ihrer dunklen Wohnung und schlägt den Weg in die Pionierstraße ein. Trifon und Agafja haben sie öfters eingeladen; nun flüchtet Ljusja zu ihnen, um sich an ihrem Glück zu wärmen. Dichter Schneeregen fällt. Um halb zwölf Uhr mittags ist es dämmerig wie bei Einbruch der Nacht. Stiche in der Schulter nehmen Ljusja den Atem, die Füße, die so kalt sind, daß Ljusja sogar im Sommer wattierte Stiefel tragen muß, schmerzen, als würden sie gleich abfallen.

Trifon und Agafja sind nicht zu Hause. Nachbarn erzählen,

sie seien überstürzt zu ihrer Datscha aufgebrochen, Agafja gehe es schlecht.

Ljusja macht sich sofort auf den Weg.

In der schlingernden Elektritschka, die Stirn an der beschlagenen, schmutzigen Scheibe, betet Ljusja um Gesundheit für Trifon und Agafja. Ljusja wird, so stellt sie selbst sich das vor, eines Tages zerplatzen wie eine Seifenblase, das ist alles. Aber Trifon und Agafja müssen ewig leben, denn sie sind ein Beweis dafür, daß Glück auf Erden möglich ist. Gerührt schlummert Ljusja ein. Über dem versinkenden Hämmern des Zuges entsteht der tiefblaue Himmel eines Dubowkaer Erntetages. Alles steht in Blüte, schwer und glücklich atmen die Schnitter im Rhythmus des Mähens, Tauben fliegen umher, Sicheln schwirren, gehorsam fällt das reife Korn.

444

Agafja sitzt im Wintermantel auf einem Schemel, an den eisernen Herd geschmiegt, und schreibt mit hoffnungslosem Gesicht eine Eingabe. Trifon ist zu einer Behörde unterwegs, er müßte bald wiederkommen. Beschwerde wegen einer sehr unerfreulichen Sache.

»Unerfreuliche Sachen zählen nicht, solange man gesund ist. Vielleicht kann ich euch helfen? Ich bin Spezialistin für Eingaben und jede Art von Schwierigkeiten«, plappert Ljusja, die sich vor Erleichterung einer Ohnmacht nahe fühlt. »Habe ich schon von der Bettlerin erzählt, die ein Schild auf der Brust hatte: ›Ich schwöre beim Himmel, daß ich bis zum 10. April 1994 keinerlei Existenzgrundlage habe‹? – ›Paß auf‹, habe ich zu der gesagt ...«

»Setz dich erst mal.« Agafja lächelt gequält.

445

Die unerfreuliche Sache ist die, daß der rabiate Nachbar Iraklij Wladimirowitsch Vorbereitungen getroffen hat, den Friedhof hinter der Njerus-Datscha zu planieren, um einen Park daraus zu machen. Agafja wirft sich vor, daß sie nicht geschaltet haben, als er schon im letzten Herbst ankündigte: »Där Friedhof stört mich. Ich wärrdää einen Park daraus machään. Das habe ich gesagt!« Sie haben gelächelt, zu seltsam schien ihnen der Gedanke. »Denkt an meinä Wortä!« hat Iraklij grimmig hinzugefügt. Und jetzt wird es ernst.

»Er ist eben ein Idiot. Er hat noch nicht kapiert, daß er eines Tages selbst dort liegen wird«, versucht Ljusja Agalja zu trösten.

Es stellt sich aber heraus: Agafja ist untröstlich.

Der Grund ist: Auf dem Friedhof liegt ihr Sohn begraben.

Ja, sie hatten doch einen Sohn. Aber das ist eine längere Geschichte.

446

Es gab nämlich vor langer Zeit zwischen Trifon und Agafja eine Krise, weil sie keine Kinder bekamen. Agaja weinte viel und verlor mehrere Kilo Gewicht, weil sie sicher war, Trifon werde sie verlassen, und Trifon sagte: »Bin ich dir nicht lieber als sieben Söhne?« Das hatte er bestimmt nirgends gelesen. Komisch, wie sich alles wiederholt.

Sie erwogen sogar eine Adoption. Aber erstens weiß man nie, was man da bekommt: Es können hirngeschädigte Kinder von Alkoholikern oder Verrückten sein. Zweitens gibt es eine Fülle bürokratischer Probleme.

Schließlich zog Agafja ihre Familie in Moskau zu Rate. Das kostete viel Überwindung, denn die Familie hatte sich gegen die

Heirat mit Trifon gestellt, und Agafja war im Trotz von ihnen gegangen. Agafja entstammt – inzwischen, da es nicht mehr darauf ankommt, darf man es ja so laut sagen, wie man will – einer erstklassigen Moskauer Ärztedynastie, deren Mitglieder fast alle in der Grauermann-Klinik geboren und im Polywanow-Gymnasium erzogen worden sind.

Die erstklassige Familie vermittelte Trifon und Agafja eine Untersuchung bei einem Moskauer Spezialisten, der herausfand; daß nicht Agafja unfruchtbar sei, sondern Trifon. Schockiert fuhr Trifon nach Leningrad zurück. Die Familie aber riet Agafja, sich einen anderen Kindsvater zu suchen. Nein, keine Panik, sie müsse sich ja nicht von Trifon trennen, nur eben von jemand anderem das Kind empfangen. Daß aber ein Kind hermußte, war klar, Agafja war nur mehr ein Schatten ihrer selbst.

Agafja fuhr zu Trifon in das kleine Zimmer in der Pionierstraße und bat unter Tränen um seinen Segen. Trifon schwieg und dachte eine Woche lang nach, bevor er tapfer verkündete: »Egal, woher das Stierchen kommt, das Kälbchen ist unser.«

Nun mußte man einen Vater finden.

Da Agafja nie einen anderen Mann als Trifon umarmt oder auch nur angeschaut hatte, wurde es eine lange und peinliche Suche. Agafja konnte einfach mit anderen Männern nichts anfangen, nicht einmal in ihrer Phantasie. Wieder beriet sie sich mit der Familie in Moskau und verfiel schließlich auf einen alten Freund ihres Vaters, einen angesehenen Arzt, der geschieden war und in einer Zweizimmerwohnung am Stadtrand lebte. Während einer Sonntagseinladung beobachtete sie ihn, nahm ihn dann beiseite und erklärte errötend: »So und so, Onkel Kolja, also Sie habe ich ausgewählt.«

Onkel Kolja reagierte so feinfühlig, wie man es bei einem solchen Antrag nur tun kann, küßte ihr lächelnd die Hand und sagte, er kenne und liebe sie seit ihrer Kindheit und sei glücklich, helfen zu können. Sie möge jederzeit bei ihm anrufen, seine Wohnung und er selbst stünden ihr zur Verfügung.

Ein halbes Jahr lang bereitete sich Agafja auf diesen Schritt vor. Sie malte sich aus, wie sie an der Tür zu Onkel Koljas Junggesellenwohnung klingelt, und wie Onkel Kolja mit seinem weißen Schnurrbart, nun ja, es hieß von ihm, er sei ein gesunder Mann, Frauen kämen zu ihm, er kenne sich aus, wie er ihr also mit seinen erfahrenen Händen den Mantel – kurzum, es ging nicht. Agafja entschuldigte sich bei Onkel Kolja und fuhr verzweifelt zu ihrer Freundin Olja auf die Krim.

Auch die Freundin Olja war Ärztin, und sie wußte einen Rat. Vor kurzem war eine junge Frau in Nöten zu ihr gekommen, die einerseits nicht abtreiben wollte, andererseits fürchtete, ihr Kind in unbekannte Hände zu geben. Sie war achtzehn, aus guter Familie. Beim diesjährigen Kuraufenthalt auf der Krim war es passiert. Auch er war Kurgast, ziemlich anständig, jedenfalls gebildet und tüchtig im Beruf, nur eben anderweitig verheiratet. Man traf alle Vorkehrungen. Das Mädchen müsse sich in den letzten Schwangerschaftsmonaten zu Hause verbergen und kurz vor der Niederkunft angeblich zur Kur auf die Krim fahren, Agafja solle sich rechtzeitig dort einfinden. Das Kind werde sofort auf Agafja eingetragen, ohne Bestechungsgelder und den üblichen bürokratischen Unsinn.

So geschah es. Sieben Monate später hatten Trifon und Agafja einen Sohn.

Er wurde Maxim getauft und hat seine wahre Herkunft nie erfahren. Sie verwöhnten ihn, und er tyrannisierte sie und machte sie glücklich, wie eine Sternschnuppe schoß er durch ihr stilles Leben.

Maxim ertrank im Alter von zwölf Jahren im Flüßchen.

Er war eigensinnig gewesen und immer voller Pläne. Zuerst hatte er Pianist werden wollen, dann Dirigent, dann Komponist, »Hauptsache berühmt«. Er bestand auf einem eigenen Klavier und wöchentlichem Musikunterricht und übte stundenlang Kadenzen – gleich Kadenzen, niemals Tonleitern. Maxims älterer Freund Wadik, der sich als Geigenvirtuose bezeichnete und ausschließlich Tschaikowskijs Violinkonzert übte, trimmte ihn zu seinem Begleiter und nannte ihn seinen Sklaven. Plötzlich wurden die bescheidenen Zimmer in der Pionierstraße (Trifon und Agafja hatten mit viel Mühe Ljusjas ehemalige Klause hinzugewonnen) zur künstlerischen Werkstatt, zum Konzertsaal, zum Atelier. Maxim stellte aus zwei Kommunalka-Omas und seinen Eltern einen Chor zusammen. Er erwies sich als strenger Dirigent. »Papascha, du schleppst! Mamascha, zu tief!« Zu den Omas sagte er: »Eure Stimmen spiele ich mit, ihr findet ja doch die Töne nicht.«

Agafja erstand an einer Metrostation einen kleinen Hund, um Maxims Interesse auf einfachere Dinge zu lenken. Maxim aber sagte zufrieden: »Jetzt habe auch ich einen Sklaven«, nannte das mischrassige Hündchen Mozart und bekam einen Wutanfall, als Agafja ihm erklärte, daß man »Mozart« auf der ersten Silbe betont.

Mit zehn Jahren wollte er plötzlich Eiskunstläufer werden. Zwei Winter lang turnte er wie ein Besessener auf dem Eis. An den nicht allzu kalten Wochenenden bedrängte er seine Eltern, doch mit ihm auf die Datscha zu fahren, damit er üben könne. Es gefiel ihm, ganz allein Figuren auszudenken, um dann seinen Lehrer damit zu verblüffen.

Eines Nachmittags also zog er wieder, gefolgt vom kläffenden Mozart, seine Kreise auf dem Eis, während Trifon Brennholz hackte und Agafja im Fellmantel Tee kochte, um Maxim gleich mit einem heißen Getränk in dem kalten Schuppen empfangen zu können. Dann kam Trifon ohne Mantel herein. Beim Holzhacken war ihm warm geworden. »Tauwetter!« schrie Agafja. Sie rannten zum Flüßchen.

In der Bude war es im Winter immer klamm, deshalb hatte Agafja nichts gemerkt. Trifon aber hatte, was er ganz selten tat, getrunken, weil er auf Maxim wütend war. Deswegen fühlen sie sich schuldig. Auch Mozart ist ertrunken. Kinder fischten ihn aus dem Wasser, in dem er, das Köpfchen nach unten, zwischen Eisschollen trieb, und standen plötzlich mit erschrockenen Augen, das nasse, leblose Tier auf den Armen, vor der Tür. Krampfhaft schluchzend gibt Agafja den ganzen Alptraum preis, zum ersten Mal seitdem, denn nie wieder hatte jemand danach gefragt, und übrigens ist das Ganze zwanzig Jahre her: Wie Agafja Trifon in den Arm fiel, als er den Hund hinter dem Häuschen verscharren wollte, und ihn beschwor, Mozart müsse auf dem Friedhof neben Maxim liegen; wie der Pope ratlos zu dem grauhaarigen Trifon sagte: »Also ich weiß nicht recht, mein Sohn«, und wie Trifon zuletzt heimlich, nachts, tränenblind Mozart neben Maxim bestattete, während Agafja im Schlamm kniend die Kerze hielt.

Der einzige Trost war immer, daß Maxim auf dem Friedhof direkt hinter dem Haus lag. Agafja führt Ljusja durch den nassen Schnee zum Grab, und Trifon, der soeben mit dem Zug eingetroffen ist, kommt mit. »Maxim Trifonowitsch Njerus« steht in Schönschrift auf dem eisernen Grabkreuz. Darunter das Foto eines in die Kamera lächelnden Jungen: Grübchen, strahlende Augen, großzügig treuherzig, seines Zaubers bewußt. Unter dem Bild ein Gedicht.

»Verzeih, daß wir dich nicht behüten konnten,
daß du die wunderbare Jugend und die Liebe nie gekannt.
Dein Auge, dein Verstand, dein zartes Antlitz:
Vorüber flog es wie ein heller Augenblick.«

447

Ljusja ist entschlossen, sich aus dieser Sache herauszuhalten. Dabei schmerzt ihr vor Rührung die linke Schulter. Trifon und Agafja haben jahrzehntelang auf eine Winterdatscha gespart, um in einem einzigen Jahr alles zu verlieren. Sie ließen sich von dem neuen Nachbarn beleidigen und nehmen auch die steinerne Mauer hin, die einen Teil ihres Gartens zerstört. Nie haben sie sich beklagt, weil sie finden, sie hätten im Leben für genug zu danken. Aber sie weinen um das Grab eines Kindes, das nicht einmal das ihre war, sondern, strenggenommen, nur eine ziemlich ungebärdige Jaltaer Promenadenmischung und inzwischen sowieso längst zu Erde geworden ist, sozusagen ein vorausgeeilter Park.

»Vielleicht hat Iraklij das alles nicht so gemeint?« schlägt Ljusja vor.

»Er war vorgestern mit einer Landvermesserbrigade da«, sagt Trifon mit belegter Stimme. »Das haben die Trenjows gesehn. Sie sind dann gleich in die Stadt, uns zu alarmieren. Borja hat gehört, wie ein Ingenieur sagte: ›Die Maschinen stehen bereit. Beim nächsten Tauwetter greifen wir an.‹ Sie wollen es vor Saisonbeginn durchbringen.«

Der liebe, ehrliche Trifon! Er mußte zusehen, wie sein eigener Vater, ein Kulak... lassen wir das. Die Welt sollte verbessert werden, das ging schief, und nun ist da der rücksichtslose Iraklij, den die Nachbarn wieder einen Kulaken nennen und zu Recht hassen; geht jetzt alles von vorne los?

»Kann man bei der Miliz protestieren?«

»Zwecklos. Sind alle gekauft.«

»Aber du warst doch sicher dort. Mit wem hast du gesprochen?«

»Mit irgendeinem Scholochow. Wohl 'n ziemlich hohes Tier.«

»Scholochow? Hm... Was hat er gesagt?«

»›Wir haben jetzt Demokratie, da darf jeder machen, was er will.‹«

»Baubehörde?«

»Da komm ich gerade her.« Trifon erzählt von seiner Fahrt nach G. Eine Rechtsanwaltskanzlei, angeblich die beste, die noch für Rubel arbeitet, hatte ihm in der Baubehörde einen Termin verschafft. In seinem fleckigen Leinenrucksack brachte Trifon dem Beamten außer Schnaps, Kaffee und Zigaretten auch Schätze aus Eigenproduktion, die er mit bewegter Stimme aufzählt: Warenje jeweils aus roter und schwarzer Johannisbeere, Himbeere und Brombeere, Kräutertee, Minze, getrockneten Dill und ein von ihm, Trifon, selbst geschnitztes Salatbesteck. Der Beamte hörte mit halbem Ohr hin, nahm alles und sagte dann: »Aber morgen treten wir unseren kollektiven Jahresurlaub an.«

»Mistvieh!« explodiert Ljusja.

Trifon und Agafja schweigen.

»Wie heißt er?«

»Bykow, Benedikt Franzowitsch.«

»Bykow, Baubehörde G.! Ein alter Bekannter von mir! Wie ist der da nur wieder reingekommen? Den hatte ich doch schon mal erledigt... Na warte, dem leuchte ich heim!«

»Es ist Freitagnachmittag, Ljusja.«

»Um so besser, zu Hause erreicht man ihn eher als im Amt. Ich weiß sogar, wo er wohnt. Er hat eine Villa in der Nähe von – ich glaube Pawlowsk – Moment, wie hieß die Straße doch gleich...«

Trifon und Agafja lächeln ungläubig. »Bitte bemüh dich nicht, Ljusja, was kannst du schon tun? Spar deine Kräfte.«

Aber Ljusja wird ihre Kräfte nicht sparen, denn noch ist überhaupt nicht gesagt, daß alles wirklich so schlecht ausgeht, wie es scheint.

»Macht ihr mir ein Butterbrot für unterwegs? Mir ist ganz schlecht, ich glaube vor Hunger...«

448

Ljusja hat Bykow nicht auf seiner Datscha angetroffen. Auf dem Rückweg zur Bahnstation schmerzen ihr Brust und Hals, vor ihren Augen tanzen Sterne. Es friert wieder. Ab und zu tauchen mit Gebrüll Lieferwagen aus dem dicken weißen Nebel auf und schlingern, braunen Schlamm verspritzend, vorbei.

Ein zitternder rötlicher Hund, durch dessen Winterfell man

alle Rippen sieht, hat sich zu Ljusja gesellt. Sie hat ihm das Wurstbrot angeboten, worauf er sich ihr winselnd zu Füßen warf. Fleisch ist so teuer geworden, daß viele Menschen sich abgewöhnt haben, welches zu essen. Hunde aber brauchen Fleisch, deswegen jagen immer mehr Leute ihre Hunde davon. Das hier muß so einer sein. »Du Schöner, Roter! Es tut mir leid, aber mach dir keine Hoffnungen, ich kann gar nichts für dich tun!« Ljusja streichelt ihn absichtlich nicht, aber es ist zu spät, er fühlt sich bereits adoptiert. Mit wildem Gekläff stürzt er sich auf die vorüberfahrenden Autos und jagt hart neben den Reifen her, um Ljusja zu zeigen, wie gut er sie beschützen wird und was er alles kann. Stolz kehrt er zu ihr zurück.

Ljusja wird schwarz vor den Augen, sie fällt in den schmutzigen Schnee. Es dunkelt. Der unbekannte Hund bleibt bei ihr und leckt ihr das Gesicht.

449

Mehrere Wochen liegt Ljusja krank. Anja wohnt mit ihrem Kira auf der Datscha, und Nadjka brüht für Ljusja Tee.

Einmal die Woche kommt Jurik. Er kauft ein, kocht, wäscht und putzt. Manchmal schrubbt er Ljusjas Rücken. Es war seine Idee, sie hat ihn nicht darum gebeten. Aber nicht zu sagen, wie gut das tut. Ljusja ist gerührt von seiner Hilfsbereitschaft. Sie hat ihn immer schlecht behandelt, und auch er hat es ihr nicht leicht gemacht. Nun, da er fünfzig wird und ihm die Zähne ausfallen, scheint er ein Mensch zu werden, während Ljusja aufhört, einer zu sein. Ein tröstlicher Gedanke: Jurik kann sich um Nadjka kümmern, wenn Ljusja nicht mehr ist. Er macht sogar Schularbeiten mit ihr. Er versteht nichts, Nadjka ist mit ihren elf Jahren längst gescheiter als er, aber sie freut sich, daß er dabeisitzt, und umarmt ihn ab und zu.

450

Anja fragt: »War Jurik schon wieder hier?«

Seit sie von Juriks Wohltaten gehört hat, erscheint sie öfter selbst. Sie ist mißtrauisch geworden.

»Nein, Jurik war noch nicht hier.«

Anja steht unschlüssig vor dem Bett, in dem, halb aufgerichtet auf einigen verschwitzten Kissen, Ljusja lehnt. Schließlich fragt sie: »Sag mal, wer von uns erbt denn jetzt eigentlich die Datscha?«

Ljusja antwortet: »Der, der sie verdient.«

»Weißt du was«, sagt Anja nervös, »du kannst mir ja mein Drittel vorweg in Rubeln auszahlen.«

»Noch lebe ich. Und noch gehört sie mir.«

Später schläft Ljusja ein. Sie erwacht, weil Anja den Fernseher anstellt. Es läuft eine mexikanische Seifenoper mit dem Titel: »Niemand außer dir«. Anja hat Tränen in den Augen, aber als sie Ljusjas Blick spürt, fährt sie herum.

»Sag mal, wann war Jurik zuletzt hier?« ruft sie über das Plärren des Fernsehers hinweg.

»Letzte Woche. Du siehst ja, wie schmutzig der Boden ist.«

»Nadjka!« schreit Anja plötzlich. »Putz sofort den Boden!«

Nadjka kehrt mit einem Bastwisch aus der Küche zurück und klopft unlustig auf den dicken Staubflocken herum. Währenddessen schielt sie auf den Bildschirm, weil sie wissen will, wie die Geschichte weitergeht.

Plötzlich springt Anja auf, packt Nadjka an den Haaren und schleudert sie zu Boden. »Putzen!« kreischt sie. »Hast du noch nie gesehen, wie man den Boden putzt?« Nadjka heult. Anja hat einen bunten Gepäckspanner gegriffen, ein deutsches Importstück, geschenkt von Lilja, und reißt Nadjka das Kleidchen über den Kopf. Sie hält die Enden des Gummis in der Hand und drischt mit der Schleife auf Nadjkas nackten Rücken ein. Nun schreit auch Ljusja. »Anja! Hör auf! Du bist vierunddreißig Jahre alt, und wie oft in deinem Leben hast du den Boden geputzt? Habe ich dich je geschlagen?« Ihre Stimme bricht. Sie kann nicht aufstehen, vor Aufregung schlägt wild ihr rechtes Bein. Nadjka reißt sich los und rennt zu Ljusja: »Nicht weinen, Oma, reg dich nicht auf, es tut ja gar nicht weh, bitte, bitte reg dich nicht auf, wirklich, es tut überhaupt nicht weh!« Anja japst mit pfeifender Stimme: »Du bist nicht meine Tochter! Ich habe keine Tochter mehr!«

Der Film ist zu Ende. Ljusja und Nadjka klammern sich schluchzend aneinander. Anja hat den Fernseher ausgestellt und steht in der Mitte des Zimmers, mächtig, breit, die Hände in die Hüften gestemmt, mit himbeerrot und blau geflecktet Stirn. »Jaja, ich weiß! Ich bin eine Psychopathin! Na und? Wer heilt mich?«

451

Weil Ljusja viel liegt, schläft sie viel, und weil sie lang schläft, träumt sie viel. Mehrfach sieht sie wieder Wanja im Traum, und einmal auch Anton Robertowitsch.

Wanja kommt ihr aus dem Nebel entgegen, in seinem dreiteiligen Anzug, mit dem Parteiabzeichen am Revers und beiden Leninorden auf der Brust. »Wanja«, ruft Ljusja ihm zu, »ich kann nicht mehr. Aber was soll aus Nadjka werden? Noch immer hat sie blaue Striemen auf dem Rücken!« – Wanja sagt mitleidig: »Halt aus, halt noch ein bißchen aus...«

Anton Robertowitsch war nur einmal da. Er war so jung wie auf dem braunen Foto, das Ljusja damals vom Boden seiner geplünderten Wohnung aufhob. »Sehen Sie, Anton, jetzt bin ich älter als Sie und kann Ihnen endlich sagen, was ich immer sagen wollte. Jetzt haben Sie ja wieder Zeit. Machen Sie es diesmal anders, suchen Sie sich ein Mädchen und Freunde, leben Sie!« Aber

Anton sagte: »Wissen Sie, ich halte mich lieber an die Elektrotechnik.« Er drückte sich die zerschlissene Aktenmappe an die Brust und ging seines Wegs.

Anhang

VERZEICHNIS DER WICHTIGSTEN PERSONEN

Ljudmila Semjonowna Gwosdikowa
    meistens Ljusja genannt; aber auch Ljuska, Ljusenka, Ljusenitschka, Ljuda, Ljudmilotschka

Semjon Nikiforowitsch Gwosdikow
    ihr Vater
Pelageja Nikiforowna
    ihre Mutter

Wowa (Wladimir) ihr ältester Bruder
Jenka (Innokentij) ihr älterer Bruder
Ljuba (Ljubow) ihre älteste Schwester
Lera (Walerija) ihre ältere Schwester

Jurik (Jurij Borissowitsch Gwosdikow), auch Jura, Jurotschka genannt, Ljusjas unehelicher Sohn
Lilja (Lidija Pawlowna Gwosdikowa), auch Lilotschka genannt, Ljusjas ältere Tochter aus der Ehe mit Pascha Cherzew
Anja (Anna Pawlowna Gwosdikowa), auch Annotschka, Anjetschka genannt, Ljusjas jüngere Tochter aus der Ehe mit Pascha Cherzew

Wolodja Ljusjas erster Mann
Damir Mirsaidowitsch Bojarow
    Literat, vier Jahre lang Ljusjas Liebhaber
Pawel Jakowlewitsch Cherzew
    meist Pascha genannt, Kunstkenner und Spekulant, später Dissident, Ljusjas zweiter und vierter Mann

Alexander Alexandrowitsch Tretjakow
    auch Sascha, Saschenka genannt, Professor für Physik, Ljusjas dritter Mann
Iwan Sergejitsch
    auch Wanja, Wanjetschka genannt, Funktionär, Firmenchef, Ljusjas letzter Liebhaber

Katerina Dawidowna Zucker
    auch Katja, Katjuschka genannt, Anwältin, Ljusjas Freundin aus der ersten Kommunalwohnzeit
Sinaida Borissowna
    meist Ida genannt, freischaffende Modeschneiderin, Freundin Ljusjas, wohnt in Moskau
Ära Nikodimowna
    Ära, auch Ärotschka genannt, Kantinenchefin, Ljusjas Freundin
Galja
    Arbeiterin in einer Bleistiftfabrik, dann Wodkaverkäuferin, Ljusjas Arbeitskollegin; später Spekulantin

Anton Robertowitsch Müntzer
    pensionierter Wissenschaftler, Spezialist für Elektrotechnik, Freund A. A. Tretjakows
Merkurij Wassilytsch Dobrynin
    ehemaliger Anglist, politischer Sträfling, später Lastträger, zuletzt Emigrant
Lukian Lukianowitsch Leschenko
    freigelassener politischer Sträfling, ukrainischer Nationalist
Wjatscheslaw Petrowitsch Balmaschow
    meist Slawa, Slawotschka genannt, freigelassener politischer Sträfling
Walerija Mironowna Balmaschowa
    meist Mironowna genannt, dessen Mutter

Trifon Njerus
   Bauarbeiter, Kommunalka-Nachbar
Agafja
   Ingenieurin, Kommunalka-Nachbarin, Trifons Frau
Ruth Jossifowna
   ehemalige politische Gefangene, inzwischen Germanistin,
   Kommunalka-Nachbarin
Zelja Isaakjewna
   Marktfrau, Kommunalka-Nachbarin
Ilja Israeljewitsch
   Zeljas Mann, Pensionär, arbeitet nebenbei als Heizer
Arkadij Markowitsch
   meist Arkascha genannt, Tankstellenadministrator, Spekulant
   (Autoersatzteile), Kommunalka-Nachbar

Dawid Lwowitsch Seligmann
   Dozent für Germanistik, Kollege von Ruth Jossifowna

Wera Ljusjas Schwiegertochter (Juriks erste Frau)
Schura Ljusjas Schwiegertochter (Juriks zweite Frau)
Ritka Ljusjas Enkelin (Tochter von Jurik)
Paschenka Ljusjas Enkel (Sohn von Lilja)
Nadjka Ljusjas Enkelin (Tochter von Anja)

NAMEN UND ANREDEN IM RUSSISCHEN

Im Russischen setzt sich jeder Name aus drei Teilen zusammen: dem Vornamen (Ljudmila), dem Vatersnamen (Semjonowna; bei Männern Semjonowitsch) und dem Nachnamen (Gowosdikowa; bei einem Mann: Gwosdikow). Die offizielle Anrede im Russischen besteht aus Vor- und Vatersnamen, was dem deutschen »Herr« oder »Frau« entspricht: Ljudmila Semjonowna wäre bei uns »Frau Gwosdikow«.

Im gesprochenen Russisch werden die korrekten Formen des Vatersnamen gelegentlich abgeschliffen (z. B. Iwan Sergejitsch statt Sergejewitsch), was eine gewisse Vertraulichkeit einer Person gegenüber bedeuten kann, die man siezt. Bisweilen wird auch ausschließlich der Vatersname in stark abgeschliffener Form gebraucht (Sanytsch für Alexandrowitsch), was eine beinahe kumpelhafte Vertraulichkeit bedeutet.

Vornamen werden privat selten in der offiziellen Version (Ljudmila) benutzt. Dafür existieren von jedem Vorname Koseformen, oft mehrere verschiedene (z. B. für Ljudmila Ljusja, Ljuda, Ljusenitschka, Milotschka usw.).

ZUR SCHREIBUNG DER RUSSISCHEN NAMEN

Ich habe die Namen in deutscher Orthographie so geschrieben, daß sie dem russischen Klang möglichst nahe kommen.

Manche der hier vorkommenden Namen sind nicht genuin russisch, sondern griechischen, lateinischen, deutschen oder jüdischen Ursprungs. Ich habe auch hier die dem deutschen Gebrauch nähere Form gewählt (z. B.: Alexander statt Aleksandr, Ruth statt Ruf, Zucker statt Cuker, Müntzer statt Mjuntcer, Seligmann statt Zeligman) in der Hoffnung, daß des Russischen nicht mächtige deutsche Leser sich die (vertrauteren) Namen besser merken können.

P. M.

GLOSSAR

Achmatowa, Anna Andrejewna
(1886–1966), neben Marina Zwetajewa bedeutendste russische Lyrikerin. Ihr erster Mann, der Lyriker Nikolaj Gumiljow, wurde von der Tscheka erschossen, ihr Sohn Lew verbüßte eine Lagerstrafe. – In der Sowjetunion Publikationsverbot 1922–40 und 1946–56.

Amalrik, Andrej Alexejewitsch
(1938–80), Dramatiker, Prosaiker, Publizist. Nach einem brillanten Essay »Kann die Sowjetunion das Jahr 1984 erleben?« (1969) zu einer mehrjährigen Lagerstrafe verurteilt, 1976 emigriert, kam 1980 in Spanien bei einem Autounfall ums Leben.

Andropow, Jurij Wladimirowitsch
(1914–1984), Politiker. 1967–82 Vorsitzender des KGB, 1982–84 als Regierungschef Nachfolger von Leonid Breshnjew.

Arshak, Nikolaj
Pseudonym von Daniel, Julij Markowitsch (geb. 1925–1988), Schriftsteller, 1966 zu fünf Jahren Zwangsarbeit verurteilt, lebte nach 1970 als Übersetzer in Kaluga.

Banja
Dampfbad

Berija, Lawrentij Pawlowitsch
(1899–1953), machte Partei- und Staatskarriere unter Stalin; von 1938 an Leiter des NKWD (MWD), das er nach den Säuberun-

gen zu seinem persönlichen Machtinstrument ausbaute. Seit 1946 Politbüromitglied und rechte Hand Stalins; versuchte nach dessen Tod die Herrschaft an sich zu reißen; 1953 gestürzt und erschossen.

Bliny
Eine Art Pfannkuchen

Blockade
Deutsche Belagerung Leningrads 1941–1943. Die Stadt war 900 Tage lang vom übrigen Rußland abgeriegelt, sie wurde beschossen und beinahe ausgehungert. Nach Schätzungen sowjetischer Historiker über 800 000 Todesopfer.

Breshnjew, Leonid Iljitsch
(1906–1982), Politiker, von 1960 bis zu seinem Tod nominelles Staatsoberhaupt der Sowjetunion. Breshnjew fehlten Stalins kriminelle Energie ebenso wie Chrutschtschows reformerisches Temperament; er versuchte im wesentlichen die Diktatur zu erhalten, ohne sie ideologisch befeuern zu können. Seine Regierungszeit ist als Phase der »Stagnation« in die sowjetische Geschichte eingegangen.

Brodskij, Jossif Alexandrowitsch
(1940–1996), Lyriker. In der Sowjetunion bis 1964 hauptsächlich über Samisdat bekannt. 1964 zu einer fünfjährigen Lagerstrafe verurteilt, wegen der empörten Reaktion der Weltpresse auf diesen Prozeß nach 1½ Jahren freigelassen, 1972 zur Ausreise gezwungen, bis zu seinem Tod lebte er in den USA. 1987 Nobelpreis für Literatur.

Chlestakow
Hauptfigur in Nikolaj Gogols (1809–1852) klassischer Komödie »Der Revisor«

Datscha
Sommerhaus, Landhaus; auch: Waldparzelle

Dermokrat
Kalauer. *Dermó* heißt auf russisch Dreck.

Dsjerhinskij, Felix Edmundowitsch
(1877–1922), Berufsrevolutionär polnischer Herkunft, erster Leiter der 1917 gegründeten Tscheka und Organisator des »Roten Terrors«.

Eherner Reiter
Monumentales Bronzedenkmal Peters I. des Großen zu Pferde, im Auftrag Katharinas II. 1782 auf dem Manegeplatz errichtet. Das Standbild wurde zum Titelhelden von Alexander Puschkins (1799–1837) Ballade »Der eherne Reiter«, die ihm rückwirkend den Namen gab.

Elektritschka
(elektrisch betriebener) Vorortzug

Entkulakisierung
Kollektivierung der Landwirtschaft 1929–34, s. d., s. a. Kulak

Geheimpolizei
Bezeichnung und Organisationsform der »Organe der Staatssicherheit« haben in der SU mehrfach gewechselt. 1917 wurde die Tscheka (*Č. K.* von *Vserossijskaja Črezvyčajnaja Kommissija* – Allrussische Außerordentliche Kommission) gegründet; Hauptaufgabe: Bekämpfung von Konterrevolution und Sabotage; außerdem: »Roter Terror« mittels Gefängnissen, Konzentrationslagern, Erschießungen. 1922 in geringfügig veränderter Form unter dem unverfänglichen Namen GPU (*Gosudarstvennoe Polítičeskoe Upravlenije* – Staatliche Politische Verwaltung) dem Volkskommissa-

riat des Inneren angegliedert, 1923–1934 als OGPU (*Obedinennoe Političeskoe Upravlenije* – Vereinigte Staatliche Politische Verwaltung) selbständige Behörde im Rang des Volkskommissariats der UdSSR. Seit Ende der 20er Jahre Hauptorgan des Stalinschen Terrors, zuständig u. a. für Entkulakisierung, Enteignungen, Musterprozesse, Hinrichtungen; die GULag (Hauptverwaltung der Lager) ging aus ihr hervor. 1934 in NKWD (*Narodnyj Komissariat Vnutrennych Del* – Volkskommissariat des Inneren) umbenannt. Als solches für Deportationen, Verbannungen und Einweisungen in Zwangsarbeitslager zuständig. Nach dem Dezember 1934 wurde der NKWD unter den berüchtigten Chefs Jagoda (bis 1936), Jeshow (1936–1938) und Berija (1938–1953) Instrument der großen Säuberungen. 1946 in MGB (*Ministerstvo Gosudarstvennoj Bezopasnosti* – Ministerium für Staatssicherheit) umbenannt. 1954 als KGB (*Komitet Gosudarstvennoj Bezopasnosti* – Komitee für Staatssicherheit) aus dem Innenministerium ausgegliedert.

Ginsburg, Jewgenija Semjonowna
(1896–1977), Lehrerin, Hochschuldozentin, Journalistin in Kasan; Parteimitglied, trotzdem 1937 verhaftet, zehnjährige Gefängnis- und Lagerstrafe, acht weitere Jahre Verbannung. Ihre Memoiren (1967; in Deutschland zwei Bände: »Marschroute eines Lebens« und »Gratwanderung«) wurden im Samisdat berühmt.

Gorbatschow, Michail Sergejewitsch
(* 1931), Politiker. Seit 1956 hoher Funktionär, seit 1980 im Politbüro, 1985–1991 Generalsekretär des ZK der KPdSU. Versuchte, das kommunistische System durch demokratische Reformen (s. a. Perestrojka) zu retten, und leitete dadurch den Zusammenbruch der Sowjetunion ein. 1991 zurückgetreten.

Hooligan/-in
Lehnwort aus dem Englischen seit dem Ende des 19. Jahrhunderts mit der klassischen Bedeutung: Raufbold, Schläger, Randa-

lierer. Russisch heißt es *chuligan,* die weibliche Form ist *chuliganka.* Ebenso geläufig ist das Verb *chuliganit'* – schlägern, randalieren. *Chuliganstvo* (»Hooliganismus«, Randalieren, Rowdytum), nach Definition des Strafgesetzbuchs der RSFSR »vorsätzliche Handlungen, welche die öffentliche Ordnung grob stören oder offene Mißachtung der Gesellschaft ausdrücken«, ist seit 1922 Straftatbestand.

Ikonastas
(im deutschen Sprachgebrauch auch: Ikonostase) Dreitürige Bilderwand zwischen Gemeinde- und Altraraum in der orthodoxen Kirche.

Ikone
Geweihtes Tafelbild der orthodoxen Kirche, thematisch und formal streng an die Überlieferung gebunde

Jagoda, Genrich Gregorjewitsch
(1891–1938), von 1934 bis 1936 Leiter des NKWD; 1938 im 3. Moskauer Schauprozeß verurteilt und hingerichtet.

Jeshow, Nikolaj Iwanowitsch
(1894–1940), als Leiter des NKWD 1936 Nachfolger von Jagoda. Unter ihm Höhepunkt der Säuberungen; diese Phase um 1937 ist als »Jeshowschtschina« berüchtigt. Jeshow wurde 1938 gestürzt und von Berija abgelöst; 1940 hingerichtet.

Jeshowschtschina
s. Jeshow

Kaganowitsch, Lasar Mojssejewitsch
(1893–1991) Politiker, 1924–1957 Mitglied des ZK, maßgeblich an den Säuberungen 1936–38 beteiligt. Im Juni 1957 aus Politbüro und ZK ausgeschlossen und aller Ämter enthoben.

KGB
Komitee für Staatssicherheit, s. a. Geheimpolizei

Kolchos
Abkürzung von *Kollektivnoe chozjajstvo,* Kollektiv-Wirtschaft. Laut offizieller Definition eine freiwillige Vereinigung werktätiger Bauern zur gemeinsamen wirtschaftlichen Großproduktion auf gesellschaftlicher Basis und mittels kollektiver Arbeit.

Kolchosmarkt
Landwirtschaftskollektive durften einen Teil ihrer Überschußproduktion auf speziellen Märkten verkaufen. Auf diesen Märkten gab es mehr und bessere Waren als in den staatlichen Läden, zu freiem und daher höherem Preis.

Kollektivierung der Landwirtschaft
Der Idee nach freiwilliger Zusammenschluß bäuerlicher Privatwirtschaften zu Kollektivbetrieben; in der historischen Praxis gewaltsame Enteignung der Bauern 1929–32 (auch »Entkulakisierung« genannt, s. Kulak). Als die Bauern aus Protest ihr Vieh abschlachteten, statt es an die Kolchosen abzugeben, gab es eine Versorgungsnotlage. Stalin erklärte im Dezember 1929, daß man nun dazu übergehe, »die Kulaken als Klasse zu liquidieren«. Bauern, die sich der Enteignung widersetzten, wurden deportiert oder erschossen. Viele Bauern flohen in die Städte, die landwirtschaftliche Produktion brach zusammen. Die Folge waren Hungersnöte, die 1932–34 nach westlichen Schätzungen 5,5 Millionen Menschenleben forderten.

Koltschak, Alexander Wassiljewitsch
(1873–1920), Admiral; bildete 1918 in Sibirien eine antibolschewistische Armee und Gegenregierung; wurde militärisch geschlagen und erschossen.

Kombat
Abkürzung von *Komendant bataliona,* Bataillonskommandant

Komitee
(auch: Staatskomitee), umgangssprachlich für KGB (s. d., s. a. Geheimpolizei)

Kommunalka
Umgangssprachliche Abkürzung von *Kommunal'naja kvartira* (Kommunale Wohnung): Wohnung, die auf mehrere Mieter aufgeteilt wird, meist ein Mieter bzw. eine Familie pro Zimmer bei gemeinsamer Küchen- und Badbenutzung. Staatliche Wohnraumverteilungsmaßnahme der postrevolutionären Ära, zuerst als Provisorium gedacht, aber in Rußland bis zum Ende der Sowjetzeit üblich. Die Verteilung der Mieter wird von einer Wohnungs-Nutzungs-Behörde geregelt.

Komsomol
(von: *Komsomolskaja molodež,* Kommunistische Jugend) Jugendverband

Komsomolze
Mitglied des Kommunistischen Jugendverbandes

Kulak
(von russ. »Faust«) Großbauer. Entkulakisierung (russ. Raskulačivanije): nach Wortsinn Enteignung der Großbauern. In der Praxis war davon jeder Bauer betroffen, der seinen Privatbesitz nicht abgeben wollte; s. a. Kollektivierung.

Lager
Lehnwort aus dem Deutschen, auch in der Wortbildung *Konclager,* Konzentrationslager. Die ersten »Besserungs-Arbeitslager« wurden bereits 1918 von Felix Dsjershinskij in Betrieb genom-

men. Während Stalins Herrschaft wuchs ihre Zahl auf weit über hundert. Zwangsarbeit wurde in der Holzindustrie, in Bergwerken, bei der Kohle- und Zink-, Phosphat- und Bleigewinnung eingesetzt, zum Eisenbahn- und Kanalbau. Über die Zahl der Insassen lagen lange nur westliche Schätzungen vor. Sie schwanken zwischen zwei und zwanzig Millionen; alle gehen von einer hohen Sterberate aus. Eine 1989 eingesetzte russische Kommission zur Klärung der Bevölkerungsverluste errechnete, daß allein im Jahr 1937 2,65 Millionen Lagerinsassen registriert waren.

Leningrad
1924–1991 Name der Stadt St. Petersburg

Lenin, Wladimir Iljitsch
(1870–1924), eigentlich W. I. Uljanow, Berufsrevolutionär, Politiker. Wegbereiter der sozialistischen Revolution in Rußland, unbestrittener Führer Sowjetrußlands 1917-1924.

MGB
Ministerium für Staatssicherheit; s. a. Geheimpolizei

NKWD
Volkskommissariat für Staatssicherheit; s. a. Geheimpolizei

OBChSS
Otdel Borby s Chiščenijami Socialističeskoj Sobstvennosti i Spekuljaciej – Abteilung zum Kampf gegen Diebstahl sozialistischen Eigentums und Spekulantentum: vor allem im Dienstleistungsbereich eingesetzte Unterabteilung der Geheimpolizei

Organe
Umgangssprachlich: Staatsorgane, im engeren Sinn: Geheimdienst, Staatssicherheit

OWIR
Otdel Vizi i Registracij – Paß- und Meldebehörde

Papirossa
Zigarette mit hohlem Mundstück

Perestrojka
Wörtlich: Umbau. Schlagwort für organisatorische Veränderungen in der Parteistruktur schon 1930 und 1934; international bekannt geworden als Überbegriff für den von Michail Gorbatschow 1985 eingeschlagenen Reformkurs. Dessen Hauptanliegen wurden ein offener Umgang mit der Gesellschaft *(glasnost')*, Stärkung der Sowjets *(demokratizacija)*, eine Wirtschaftsreform sowie die Neuordnung der Gesellschaft nach dem Gesichtspunkt sozialer Gerechtigkeit. Das Sowjetsystem selbst sollte zunächst nicht in Frage gestellt werden. Die Modernisierung der Wirtschaft nach kommunistischen Regeln unter einem verkommenen Apparat führte jedoch zu einer Wirtschaftskrise mit galoppierender Inflation. Konservative Kräfte versuchten im August 1991, die Perestrojka durch einen Putsch zu stoppen. Der Putsch scheiterte und leitete das Ende der Sowjetunion ein.

Pirogge
Pastete, Kuchen; Teigteilchen mit süßer (Quark, Mus) oder salziger (Kohl, Fleisch) Füllung

Radek, Karl
(1885–1939), Berufsrevolutionär aus Ostgalizien; Kominternfunktionär, Journalist, Bolschewik seit 1917, 1937 zu zehn Jahren Lager verurteilt, dort zugrunde gegangen.

Rayon
Lehnwort aus dem Französischen: (Stadt-)Bezirk; (Verwaltungs-)Kreis

Registration
Umgangssprachlich: standesamtliche Trauung

RONO
Rajonnyj Otdel Narodnogo Obrazovanija – Bezirksabteilung für Volksbildung

RSFSR
Rossijskaja Soveckaja Federativnaja Socialističeskaja Respublika – Russische Sozialistische Föderative Sowjetrepubik. Sie war bis 1991 die größte und bedeutendste Unionsrepublik der Sowjetunion (seit 1991 das Kernland der G.U.S.). Umfaßte mit 17,2 Millionen Quadratkilometern drei Viertel des Territoriums der UdSSR. Von den 137 Millionen Einwohnern waren 1979 82,6 % Russen; 69 % der Bevölkerung lebten in Städten.

Rubel
Offizielle sowjetische Währung
Alte Rubel, neue Rubel: Im Dezember 1947 und im Januar 1960 wurden Devaluationen mit der Rate jeweils 1:10 durchgeführt. 1960 wurde der offizielle Wechselkurs zum Dollar mit 1 R = 1,11 $ festgelegt. Neben dem offiziellen Kurs existierten davon stark abweichende Schwarzmarktkurse. Der Besitz von Valuta war Sowjetbürgern verboten.

Sakuski
»Zuspeise« z. B. zum Wodka, Imbiß

Samisdat
(von russ. *sam* – selbst, *izdat'* – herausgeben) »Selbstverlag«: Bezeichnung für die private Verbreitung von Texten und Manuskripten, die aufgrund ihres kritischen oder nonkonformistischen Inhalts kaum eine Chance gehabt hätten, die staatliche Zensur zu passieren. Die Werke wurden abgetippt oder von

Hand geschrieben, ihr Besitz war strafbar. Tamisdat (von russ. *tam* – dort): »Dortverlag«, im Westen gedruckte und von dort nach Rußland geschmuggelte, verbotene Literatur.

Sarafan
Vorn zuzuknöpfender Rock der russischen Bäuerinnen, sommerlicher Kleiderrock

Säuberung
(wörtliche Übersetzung von russ. *Čistka),* bedeutete ursprünglich die in Abständen erfolgte Prüfung des Mitgliederbestandes der Kommunistischen Partei, mit nachfolgendem Ausschluß der »parteifremden« und »parteischädigenden« Elemente. Historisch wurde der Begriff der Großen Säuberungen v. a. der 30er Jahre, in denen Stalin seine echten und vermeintlichen Feinde in der Partei nicht nur entmachtete, sondern physisch liquidierte (nach westlichen Schätzungen eine halbe Million Menschen). Darunter war ein Großteil der sowjetischen Intelligenz (Leitungskader in der Wirtschaft, Generalstab, Wissenschaftler, Künstler). Rechnet man zu diesen Erschossenen Kollektivierungsopfer und in den Arbeitslagern zugrunde gegangene Menschen hinzu, kommt man auf ca. zwanzig Millionen Todesopfer des Stalinschen Terrors. Eine 1989 im Zuge der Perestrojka eingesetzte Kommission berechnete aufgrund einer neuen Auswertung der Volkszählung die »Bevölkerungsverluste« allein zwischen 1927 und 1939 auf ca. zwölf Millionen.

Schalamow, Warlam Tichonowitsch
(1906–1982), Schriftsteller, Dichter. 1929–32 erste Lagerstrafe, ab 1937 weitere 17 Jahre Lager im Bereich Kolyma. Verfasser berühmt gewordener Prosaberichte aus dem Lagerleben (»Erzählungen aus Kolyma«), in der Sowjetunion nur im Samisdat erschienen.

Schwarze
Umgangssprachlich: (schwarzhaarige) Bewohner der südlichen Sowjetunion, im engeren Sinn: Kaukasier. Abwertend.

Sil
Sowjetische Nobellimousine, Funktionärsauto

Solshenizyn, Alexander Issajewitsch
(1918–2008), Schriftsteller. 1945 bis 1953 in Straf- und Sonderlagern, bis 1956 in »ewiger Verbannung« in Mittelasien. 1962 durch die Erzählung »Ein Tag im Leben des Iwan Denissowitsch« in die erste Reihe der russischen Autoren aufgerückt. 1969 Ausschluß aus dem sowjetischen Schriftstellerverband, 1971 Nobelpreis für Literatur, 1974 Ausbürgerung.

Stalin, Jossif Wissarionowitsch
(1879–1953), von 1927 bis 53 faktisch unumschränkter Herrscher der Sowjetunion. Seine Diktatur war charakterisiert durch rücksichtslose Machtpolitik, gewaltsame Maßnahmen wie die Kollektivierung der Landwirtschaft, die pauschale Vernichtung echter und vermeintlicher Gegner im Zuge von sogenannten »Säuberungen«, die Errichtung eines Geheimpolizei- und Spitzelapparats und eines Repressionsapparats von bisher in der Weltgeschichte einmaligem Ausmaß.

Stolitschnaja
»Hauptstädtischer«: Wodkamarke

Suslow, Michail Andrejewitsch
(1902–1982), Politiker und Funktionär, seit 1966 Politbüromitglied und als maßgeblicher Sprecher in ideologischen Fragen im inneren Führungskreis der Partei.

Tamisdat
s. Samisdat

Terem
Bojarenhaus; Wohnraum im oberen Teil des Hauses. Hier im Sinne von: Palast.

Terz, Abram
Pseudonym von Sinjaswskij, Andrej Donatowitsch (1925–1997), Schriftsteller. Publizierte unter diesem Pseudonym in Frankreich, 1966 zu sieben Jahren Zwangsarbeit verurteilt, 1971 entlassen, 1973 Emigration nach Paris.

Tolstoj, Alexej Konstantinowitsch
(Graf, 1817–1875), Dichter, Dramatiker, Publizist, dem Hofe nahestehend; nicht zu verwechseln mit dem sowjetischen Autor Alexej Nikolajewitsch Tolstoj (1883–1945).

Tschazkij
Hauptfigur in Alexander Gribojedows (1801–1838) klassischer Komödie »Verstand schafft Leiden«

Tscheka
Abkürzung von *Č. K., Črezvyčajnaja Kommissija,* Außerordentliche Kommission (zur Bekämpfung von Konterrevolution und Spionage); s. a. Geheimpolizei.

Tschernjenko, Konstantin
(1911–1985), Politiker, Funktionär. Von 1984 bis 85 als Staatschef Nachfolger von Jurij Andropow.

Vatersname
Vorname des Vaters, Mittelteil des russischen Namens; s. a. S. 716, Namen und Anreden im Russischen

Warenje
Eingemachtes; Marmelade, Konfitüre, Mus

Zertifikat
Sowjetbürger durften keine Devisen besitzen, im Ausland verdientes Geld aber zum offiziellen Kurs in sogenannte Zertifikatrubel umtauschen. In Zertifikatläden, die der Öffentlichkeit nicht zugänglich waren, gab es für diese Rubel Importware aus den kapitalistischen Ländern.

Zone
Umgangssprachlich: Lager

Zweiter Weltkrieg
Am 22. 6. 1941 überfiel Deutschland die Sowjetunion ohne Vorwarnung und drang schon in den ersten Kriegsmonaten bis Leningrad, Smolensk und – im Süden – bis zur Krim vor. Der Eroberungsfeldzug zur »Erschließung neuer Lebensräume im Osten« verwandelte sich in einen Vernichtungsfeldzug, der die slawische Rasse unterwerfen und den Genozid an Juden und Roma vervollständigen sollte. Für die unvorbereitete und schlecht ausgerüstete sowjetische Bevölkerung wurde es der mit dem Mut der Verzweiflung gewonnene »Große Vaterländische Krieg«. Geschätzte Anzahl der Todesopfer: zwanzig Millionen.

Irrungen und Wirrungen eines katholischen Provinzpfarrers

Isidor Rattenhuber, geschlagen mit roten Haaren, einem hartnäckigen Stottern und seiner Herkunft aus einem armen, lieblosen Elternhaus, wird Priester, um all dem zu entgehen. In der Liturgie erlebt er Ordnung und Geborgenheit, beim Vorlesen der Heiligen Schrift verliert sich sein Sprachfehler. So wirkt er jahrzehntelang als moralische Instanz in einer kleinen Gemeinde im bayrischen Wald, begleitet die Schicksale seiner Schäfchen und ringt doch immer wieder mit sich und der Kirche.

PENGUIN VERLAG

Jetzt reinlesen auf www.penguin-verlag.de

Ein farbenprächtiges, unterhaltsames Panorama der Opernszene

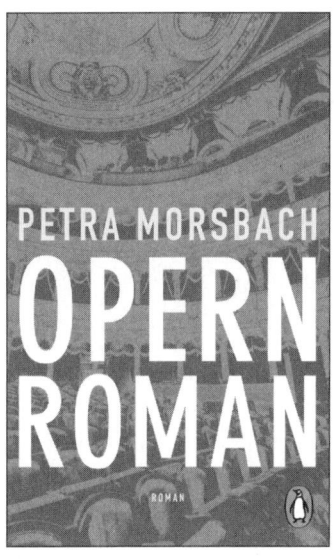

Triumph und Niederlage, Höhen und Tiefen, nirgendwo wird so intensiv gelebt und gelitten wie in der Oper. Dabei geht es hinter den Kulissen mindestens so dramatisch zu wie auf der Bühne. Von der Diva bis zum Beleuchter, von der Kantinenwirtin bis zum Intendanten – sie alle sind Teil eines ganz speziellen sozialen Kosmos, von dem Petra Morsbachs »Opernroman« leichtfüßig erzählt. Da opfern die einen für die Kunst ihr Leben, während andere die Kunst skrupellos in den Dienst ihrer Karriere stellen. Intrigen, Liebschaften und große Gefühle gehören zum Alltag – auch nachdem der Vorhang gefallen ist.

Jetzt reinlesen auf www.penguin-verlag.de